In der Reihe „Karl Mays Magischer Orient“ sind bisher erschienen:

Band 1 – Alexander Röder *Im Banne des Mächtigen*
Band 2 – Alexander Röder *Der Fluch des Skipetaren*
Band 3 – Alexander Röder *Der Sturz des Verschwörers*
Band 4 – Alexander Röder *Die Berge der Rache*
Band 5 – Alexander Röder, Tanja Kinkel u. a.
Sklavin und Königin (Frühjahr 2018)

Thomas Le Blanc (Hrsg.) *Auf phantastischen Pfaden*
Eine Anthologie mit den Figuren Karl Mays

Karl Mays Magischer Orient

Band 4

Alexander Röder

Die Berge der Rache

KARL-MAY-VERLAG
BAMBERG • RADEBEUL

Herausgegeben von
Thomas Le Blanc und Bernhard Schmid

Illustration: Elif Siebenpfeiffer
Umschlaggestaltung: Petry & Schwamb, Freiburg
Druck: GGP Media GmbH, Pößneck
ISBN 978-3-7802-2504-7
www.karl-may.de

Erstes Kapitel
Das schwarze Schiff

Über dem Schwarzen Meer tobte ein Sturm und peitschte die finsteren Fluten unter den düsteren Wolken einher. Es ging auf Mitternacht zu und die Blitze sandten ihren irrlichternden Schein auf das Deck des Dampfschiffs, welches durch die Dünung stampfte. Der Sturm war noch um einiges entfernt, doch die Regungen der Elemente wirkten bereits kraftvoll auf den eisernen Rumpf ein, ließen ihn wanken und schwanken, aber die mächtige Maschine hielt das Schiff auf Kurs, und Bug und Kiel schnitten schnell durch das dunkle Wasser.

Ich stand an der Reling und atmete die von Gischt durchsprühte Luft ein, während der Wind an meiner Öljacke zerrte. Es war ein herrliches Gefühl! Nach den staubigen Landstraßen des Balkan, den trockenen Schründen der Berge, den von Sommersonne durchglühten Tagen im Sattel genoss ich diese Überfahrt, die mich und meine Gefährten von Istanbul aus an die östliche Küste jenes Binnenmeers bringen sollte, welches auf Türkisch Karadeniz hieß, was eben Schwarzmeer bedeutet und somit mit jenem Namen korrespondiert, welchen ich auf meinen Reisen im Orient zu tragen pflege.

Mein Gefährte Halef, der sich neben mir an Stangen und Taue klammerte, hatte jedoch gar nichts Schwarzes an sich, zumindest oberhalb des dunkelnass glänzenden Ölzeugs: Sein Gesicht war fahl und bleich im dann und wann aufgrellenden Gewitterlicht, und seine Miene zeigte nichts von dem, was ich empfand, sondern nur Unwohlsein und Ungemach.

Ich selbst und meine Leser hätten nun erwartet, von Halef einen launigen, vielleicht etwas klagenden Satz zu hören, der mit

„O Sihdi“ beginnen würde; allein, Halef schwieg, weil er sich nicht getraute, den Mund zu öffnen, und dies lag nicht daran, dass er etwa befürchtete, mit der Gischt einen aus dem Meer geschleuderten Schwarzmeerfisch zu verschlucken. Nein, der gute arme Halef war ein wenig seekrank und schlaflos noch dazu, weswegen er sich um diese späte Stunde zu mir an Deck gesellt hatte. Ich wusste, dass er Haschim beneidete, der in seiner Kabine selig schlief. Ob diese Ruhe im Sturm dem edlen und klugen Mann, der unser Freund war, nun gegeben sein mochte, weil er als Scheik mit seinem Körper und seiner Seele im Einklang war, oder ob es doch daran lag, dass er ein Zauberer, ein Magier war, das mochte ich kaum entscheiden. Es gab schließlich auch sehr irdische Mittel, um sich einen gesunden und tiefen Schlaf sogar bei widrigen Umständen zu ermöglichen. Selbst ich, der ich kein Arzt oder Apotheker war, wenngleich ich auf meinen Reisen oft für einen solchen gehalten worden war, wegen meines kleinen Vorrats an Heilmitteln und weil der Orientale einen Europäer, insbesondere einen Franken, einen Deutschen, gern für einen Arzt hält – aus welchen Gründen auch immer – selbst ich also kannte genug Pülverchen und Tinkturen und Kräuter, die einen erholsamen Schlummer befördern. Manche greifen natürlich zu einem tüchtigen Schluck eines jener starken Getränke, die man auch geistige nennt – doch ist dies dem frommen Moslem, wie mein Freund Halef einer ist, ja durch seinen Glauben verwehrt, was nichts weniger als klug ist. Jene Männer jedoch, die der Religion der Seefahrt anhängen, trinken allzu gerne ihren Rum, vielleicht mit etwas heißem Wasser als Grog, und so schlafen sie stets prächtig, wenn sie es denn dürfen, also auf Freiwache. Was nicht heißt, dass jene, die Dienst versehen müssen, nicht auch einen ordentlichen Trunk zu sich genommen hätten, zumal in einer kühlen Gewitternacht auf dem Schwarzen Meer.

Die Matrosen, die ich als schwarze Schemen zwischen den Schatten der beiden Masten und des Schlotes erkennen konnte, hatten sich allerdings nicht mit karibischem Rum von innen gewärmt, sondern mit russischem Wodka; denn jenes Schiff, die „Knjas Korowjew“, also Fürst Korowjew, war ein Parochod der Russischen Gesellschaft für Dampfschifffahrt und Handel, im russischen Faible für Abkürzungen auf Russisch auch ROPiT genannt. Diese Reederei aus Odessa ist erst vor knapp zwanzig Jahren auf Betreiben Zar Alexanders gegründet worden, stellt aber mit ihren über sechzig Schiffen bereits ein äußerst wichtiges Unternehmen im Seehandel zwischen den Reichen Russlands und der Osmanen dar. Die Frachter selbst entstammen englischen und französischen Werften, was davon zeugt, dass selbst ein solch schreckliches Ereignis wie der Krieg auf der Krim rasch vergessen ist, wenn es um internationale Geschäfte geht. Aber ich will nicht moralisieren. Auch wenn ich ein Mann des Sattels bin und einen geschwinden Ritt schätze, so war ich doch zufrieden, die Strecke zwischen Bosporus und Kaukasus nicht auf dem Landweg zurücklegen zu müssen, denn es eilte durchaus. Meine Gefährten und ich hatten zwar unseren alten Feind, den Schut besiegt und sein Reich des Unrechts und der Ausbeutung zerstört, doch nun waren wir auf der Jagd nach jener Frau, die dem Schurken gedient und uns alle getäuscht und betrogen hatte: der Hexe Qendressa. Diese war vor uns geflohen, oder nein, ich will ehrlich sein: Sie hatte uns geschmäht und war ihrem weiteren Plan gefolgt, den Lohn für ihre Dienste und ihren Verrat einzufordern, und zwar bei des Schuts Bruder, dem Schwarzkünstler Al-Kadir, welchen sie aufzusuchen gedachte. Dass dieser tot war und nun in jenen überirdischen Gefilden herrschte, die von Anhängern der Magie das Geisterreich genannt wurden, war eine andere Sache. Mir waren diese Dinge allzu suspekt, zu nahe am Aberglauben und gauklerhaftem Geraune. Dennoch hatte ich in den vergangenen Monaten bei meinen jüngsten Reisen und Abenteuern so manches erlebt und geschaut, das sich nicht mit dem nüchternen Verstand eines modernen, von Wissenschaft und Technik geprägten Menschen erklären ließ. Nun aber, nach den Erlebnissen mit Al-Kadir, vor allem aber dem Schut und seinen Helfershelfern, war ich mir nicht mehr sicher, ob ich damals nicht auf eine gewisse Weise blind gewesen war – und nicht hatte sehen wollen, an was ich nicht glauben mochte. Doch mein kluger kleiner Freund Halef hatte einmal weise gesagt:

„Man muss an das glauben, was man sehen will, Sihdi."

Ich meinte damals, dass sich dies nur auf den religiösen Glauben beziehe, obwohl man auch sagen könnte, dass es sich mit der Wissenschaft ähnlich verhält. Doch dass es auch auf Magie und Zauberei zuträfe und auf die Wesen und Gestalten der Fabeln und Märchen, das hätte ich kaum für möglich gehalten. Aber haben frühere Generationen nicht auch Blitz und Donner für ein Spektakel der Überirdischen gehalten? Heute wissen wir, um was es sich wirklich handelt: um elektrische Entladungen in den Dunstkreisen des Himmels, also dem, was der Meteorologe eine Atmosphäre nennt. Vielleicht verbarg sich hinter der Magie und Zauberei ja auch etwas anderes, so wie das vormals göttliche Donnergrollen am Ende nur die Elektrizität des Himmels war.

Deshalb stand ich an Deck des Dampfers und spürte mit Genugtuung das Stampfen der Maschinen im Leib des Schiffs und das Bäumen und Gieren des Rumpfes im Kampf mit den Wogen, und den Wind und den Regen. Diese Dinge trogen nicht, sie waren wahr und wahrhaftig und ließen sich weder auslegen noch diskutieren oder hinterfragen. Mochte die von uns Gejagte eine Hexe sein, mochte der, den sie finden wollte, ein Magier in der Geisterwelt sein – am Ende verfolgten wir eine ganz menschliche Verräterin. Und ich will nicht selbstgerecht und grausam klingen. Ich wusste wohl, dass diese Frau mich und uns zwar betrogen hatte, aber von den Verbrechern ihrerseits betrogen worden war und für sich selbst wiederum Rache und Gerechtigkeit forderte – jedoch nicht gegenüber uns. Wir würden mit unseren eigenen Ansprüchen auf Gerechtigkeit und Rache sehr weise umgehen müssen. Und so war ich froh, dass uns Abdi auf dieser Reise nicht begleitete, sondern in Istanbul geblieben war. Er war von der Hexe entführt und verletzt worden – und hatte ihr blutige Rache geschworen. In den Wochen danach war sein Zorn auch durch unsere besänftigende Gegenwart verraucht, doch ich wollte nicht, dass er sich zu unbedachten Taten hinreißen ließ. Mit einem allzu wütenden Gefährten ist schlecht reisen und kämpfen. Deshalb hatte er mein ernstes Versprechen angenommen, dass wir für Sühne sorgen würden. Ich glaubte ohnehin, dass Abstand zu all jenen Geschehnissen für den jungen Koch heilsamer wäre, als wenn er sich die Hände mit Blut und die Seele mit Sünde befleckte.

Warum reisten wir also gen Osten, mit Ziel Kurdistan? Weil Haschim Kunde davon hatte, dass sich in dieser Weltgegend der vom Balkan aus gesehen nächstgelegene Ort befand, an dem ein Portal in die Welt der Geister führte, und dieser somit das Ziel der Hexe sein musste, die Al-Kadir aufsuchen wollte. Doch es hatte sich noch eine andere Sache herausgestellt, die mich, der ich auf meinen Reisen mit glückhaften Begegnungen und Wendungen des Schicksals so meine Erfahrungen gemacht habe, nun wahrlich wenig verwunderte. Haschim hatte von einer weisen, alten Frau gesprochen, die im Lande der Kurden lebte und die wohl wissen müsste, wo genau sich das Portal befinde. Bei dieser Beschreibung hatte ich aufgemerkt und mir war sogleich das Bild jener weisen Greisin vor Augen gestanden, die ich bei meinem ersten Besuch im wilden Kurdistan vor zwei Jahren kennengelernt hatte.

„Ihr meint doch nicht etwa Marah Durimeh?“, hatte ich zu Haschim gesagt.

„Ja, Kara Ben Nemsi …“, hatte dieser zögerlich zurückgegeben. „Ihr kennt sie auch ...?“

Über diese Verwunderung war ich amüsiert gewesen – angemessen und freundschaftlich.

„O ja“, hatte ich erwidert.

Und dann hatten wir beide gelacht, als Halef meinte:

„Da sagen manche, wie klein doch die Welt ist! Aber ich weiß das längst, weil ich mit meinem Sihdi so viel gereist bin."

Und nun stand eine weitere Reise an!

Wir fuhren also über das Schwarze Meer, um uns nach Landung an seinen östlichen Gestaden in die Wüsten und Gebirge des Kurdenreichs zu begeben. Dort würden wir den Rais von Schohrd aufsuchen und dessen Tochter Ingdscha, die eine Vertraute Marah Durimehs war und wohl um deren Aufenthaltsort wissen würde. So zumindest hatte ich es damals erlebt, in jener wundersamen Episode um den Ruh-i-Kulyan, den Geist der Höhle. Wer diese noch nicht kennt, kann sie in meinen Gesammelten Werken nachlesen, welche sich wohlfeil und schön gebunden erwerben lassen, meinem Verleger im malerischen Bamberg zur Freude.

Vielleicht las auch mein Freund und Mitstreiter Sir David Lindsay in dieser Stunde eines jener Bücher, in seiner prächtigen Privatkabine an Bord seiner ebenso prächtigen Privatjacht, die ihn gerade über das Mittelmeer hinweg zurück zu den heimatlichen britischen Inseln trug. Denn der Lord wollte endlich seinen Schatz, das goldene und silberne Schachpiel Al-Kadirs, in die Sicherheit seiner eigenen hochherrschaftlichen Wände bringen. Wie gut also, dass Sir David nicht auf Rache gegen Al-Kadir sann, weil dieser ihn in der roten Festung eingekerkert hatte. Als gelassenem Mann englischen Adels war ihm die kunstvolle Trophäe Entschädigung genug.

Ich war somit froh, unter meinen jetzigen Gefährten niemanden zu zählen, der auf heißblütige Rache aus war, sondern nur Halef und Haschim, die mir im gemäßigten Wesen doch ähnelten. Nun ja, der gute Halef schwingt oft laut drohende Reden und rüttelt wütend am Griff seiner Kurbatsch, aber er ist dann doch stets bedacht und ruhig. Genau dies brauchten wir auf unserer Mission.

Leider war es mit der Bedächtigkeit und Ruhe auf dieser Etappe unserer Reise nicht weit her.

Ein Donnerschlag riss mich aus meinen Gedanken an die Vergangenheit zurück in die Gegenwart, die aus gischtiger Nachtluft und schwankendem Plankenboden bestand.

„O Sihdi“, rief Halef nun doch über das Heulen des Windes, umklammerte mit einer Hand die Reling und bewahrte mit der anderen seinen Turban davor, sich in ein flatterndes Band aufzulösen – ganz nach der seemännischen Devise: eine Hand für das Boot, die andere für sich selbst.

„Ja, Halef?“, rief ich zurück und hielt die Krempe meines geborgten Südwesters nach oben, damit sie mir nicht in die Augen schlug.

„Sihdi, warum stehen wir hier an der Seite, wo der Wind weht, und nicht an der anderen?“

„Weil nur hier das Spiel der Elemente so grandios zu spüren ist, wie es sich dem Auge darbietet!“ Ich wies mit dem Kinn auf die wabernden Gewitterwolken, die im grellen Gleißen der Blitze aufglommen. Auf der Leeseite des Schiffs, also der vom Wind abgewandten, hätte man dies nicht beschauen können.

„Aber der Sturm treibt uns sowohl den Regen als auch die Wellen ins Gesicht. Diese Vermischung von süßem und salzigem Wasser ist mir nicht geheuer.“

„Das kann ich dir nachsehen, mein Sohn der Wüste. Belecke also nicht deine Lippen, die vom brackigen Nass benetzt sind.“

„Sihdi, ich glaube, du musst rasch wieder einmal nach Hause, nach Dschermania. Wenn du deine Dichterworte nicht auf Papier schreiben kannst, kommen sie aus deinem Mund. Und ich finde, solche gewählten Ausdrücke passen nicht zu diesem Ort und dieser Gelegenheit. Ich schmecke nur eine Erinnerung daran, wie ich ins Hafenbecken von Stambul gefallen bin.“

„Ach, Halef, so schlimm ist es nun wirklich nicht. Denn dort stand die Luft und war nicht so rein und klar wie jetzt, ganz zu schweigen von dem, was alles so im Hafenwasser einherschwamm.“

„Das waren wir selbst, Sihdi! Und bevor ich auch hier in die Fluten stürze, gehe ich lieber wieder unter Deck, auch wenn da die Wände um mich her schwanken, es dafür aber trocken ist ...“

Halef presste die Lippen zusammen.

„Wir können auch die Position wechseln“, schlug ich vor. „Vorn am Bug könntest du dich wahrhaft königlich fühlen ...“

„Danke nein, Sihdi. Ich will der Gestalt da vorn nicht zu nahe kommen. Die ist mir unheimlich ...“

Halef deutete fahrig zum Bugspriet, ohne hinzusehen. Ich erinnerte mich, dass sich darunter tatsächlich eine Galionsfigur befand, aber die war eine harmlose hölzerne Dame mit ein paar Schnörkeln darum, und ich hatte eher das Gefühl der Wehmut, da sie wohl zu den Letzten ihrer Art gehörte, denn mit dem fortschreitenden Einsatz der Dampfschiffe ohne zusätzliche Segel würden Bugspriet und Galionsfigur bald endgültig verschwinden. Ich wollte nun einen Scherz machen, dass eine Dame ohne Unterleib wirklich kein erbaulicher Anblick sei und besser auf den Jahrmarkt gehöre als zur christlichen Seefahrt – Tradition hin, Tradition her –, als ich am Bug eine Bewegung bemerkte, die nicht vom Stampfen des Schiffs herrührte und auch keine brechende Welle war. Ich sah tatsächlich eine Gestalt geduckt an der Wurzel des Bugspriets stehen – und dann war sie verschwunden!

Ich erschrak – war da jemand über Bord gegangen?

Jetzt aber zuckte Halef neben mir zusammen, denn hinter meinem Rücken war in einem Schwanken des Schiffs plötzlich ein Mann an die Reling getreten, in dem ich beim hastigen Umwenden den Ersten Offizier Bossoi erkannte, der das Schiff führte, während Kapitän Rimski schlief.

„Gaspadin Nemets“, sprach er mich aus seinem durchnässten Bart heraus an. „Sie hier, mitten in der Nacht?“ Im Gewitterleuchten sah ich seine hellen Augen unter dem Mützenschirm blitzen. Er machte sich seit unserem Auslaufen den Spaß, meinen arabischen Reisenamen zu russifizieren und mich somit als „Herr Deutscher“ anzureden. Da wir aber gemeinsam nach den Mahlzeiten in der winzigen Messe dann und wann jeder eine Zigarre geraucht hatten, nahm ich es ihm nicht übel.

„Die Nacht ist voller Wunder, Nikolai Bogdanowitsch“, antwortete ich ihm mit Nennung von Vor- und Vatersnamen, was im Russischen keine plumpe Vertraulichkeit ist, sondern höfliche Anrede. Zudem entsprach ich mit meinen Worten dem gefühligen Wesen jener Nation, welches bei ihren Seefahrern besonders ausgeprägt ist. Bossoi hatte mir bei unseren Rauchrunden so einiges an Seemannsgarn gesponnen, in welchem ich mich jedoch nicht verfangen hatte, da ich ja in beiderlei Sinn stets nüchtern bin – was in Gesellschaft eines russischen Seemanns nicht wenig Stärke und Moral erfordert.

„Wie wahr“, gab Bossoi zurück und spähte auf die wühlenden Wogen und den fahlgrün erscheinenden Schaum hinaus. „Die Meerhexen toben sich aus.“

Er nickte zu Halef hin und rollte mit den Augen. Dieser lächelte schief, da er das Märchenraunen des Offiziers nicht verstanden hatte: wegen des Russischen und des Windheulens gleichermaßen. Beide Männer hatten sich aber über einige Gläser Tee hinweg angefreundet, zumal Bossoi dem verschleckten Halef den speziellen Genuss gezeigt hatte, den Tee nicht direkt mit Zucker zu süßen, sondern nach oder vor jedem Schluck einen Löffel voll Konfitüre, also kleinen Früchten in Sirup, im Mund verschwinden zu lassen. Dieses Ritual hatte Halef begeistert, da es nicht allein seinem Naschdrang, sondern auch seinem Spieltrieb entgegenkam. Ich sah schon, wie sich in Zukunft Gläser mit Eingemachtem an den Zeltwänden der Haddedihn stapelten, oder zumindest jenen von Halefs Familie.

„Beschwören Sie es nicht“, meinte ich zu Bossoi und sprach damit das aus, was wohl Halef gesagt hätte. Ich wunderte mich ein wenig über mich selbst. Aber vielleicht lag es daran, dass das Wort *Hexe* für mich keinen märchenhaft-abergläubischen Klang mehr hatte, auch kein schlicht abwertendes Wort für eine resolute Dame oder ruppiges Frauenzimmer war, sondern dass dieser Begriff in meinem Leben tatsächlich mit einer konkreten Person und ihren Taten verbunden war und ich es als meine Aufgabe sah, die Hexe Qendressa zu verfolgen, von weiteren Verbrechen abzuhalten und die von ihr begangenen zu sühnen. Und hoffentlich auch diese so kluge und tapfere Skipetarin wieder auf den Pfad des Guten zu führen. Dies hoffte ich, wenn ich auch nicht wusste, ob es gelingen würde, bei einem Menschen, der sich der Zauberei verschrieben und mit finsteren Magiern verbündet hatte. Ich würde noch ergründen müssen, ob eine solche Seele sich überhaupt retten ließe. Vielleicht konnte Haschim mir Aufklärung verschaffen, oder eben Marah Durimeh, wenn wir sie erst gefunden hätten.

„Der Sturm zieht in unsere Richtung", bemerkte Bossoi und schaute zurück zum Ruderhaus.

„Erwägen Sie, den Kurs zu ändern?", fragte ich, als ich den ernsten Blick des Mannes bemerkte.

„Keineswegs", brummte der Erste Offizier. „Wir nähern uns der Küste erst, wenn wir den Hafen in Sicht haben. Die ROPiT war, ist und bleibt pünktlich."

„Sie sind der Nautiker", nickte ich.

„Allerdings. Bei Reisen über Land haben Sie Ihre Erfahrungen, und ich die meinen über See."

„Warten wir ab, ob es auch irgendwann Luftreisen gibt", sinnierte ich. „Und ich meine nicht das gemächliche Gondeln von Luftschiffen."

Bossoi lachte. „Diese Kinderballons *Schiffe* zu nennen ist nachgerade lächerlich. Aber was Wunder, es ist schließlich eine Erfindung der Franzosen ..."

Da meinte er wohl die Brüder Montgolfier, Jacques Charles und Henri Giffard gleichermaßen, und es mochte ihm gleichgültig sein, dass die einen mit Heißluft, die anderen mit Leichtgas geflogen oder eben doch gefahren waren. Meinen Landsmann Paul Haenlein wollte ich nicht erwähnen, weil dieser jüngst an der Finanzierung seiner futuristischen Idee des motorisierten Luftschiffs gescheitert war. Noch weniger Franz

Leppich, der vor sechs Jahrzehnten die Chuzpe besessen hatte, seine aerostatischen Luftgefährte in Kriegszeiten sowohl Kaiser Napoleon als auch Zar Alexander anzubieten. Das hätte der stolze Russe Bossoi mir wohl übelgenommen, und ich wollte auch nicht gezwungen werden, Partei zu ergreifen, in Dingen des reinen Renommées und des Chauvinismus, welche mir beide zuwider sind. So sagte ich also, Puschkin zitierend, um dem Russen eine Freude mit einem Wort seines Nationaldichters zu machen, und ich hoffte, dass ich den Petersburger Dialekt einigermaßen traf:

„*Vom ruhigen Himmel verjagt dich der Wind.* – Wie beruhigend, dass wir das vergleichsweise gut tragende Element des Wassers befahren. Und uns in einem stabilen Gefährt befinden. Ein gutes, russisches Schiff." Ich bemerkte, dass ich unbedacht die nichtrussischen Werften vergessen hatte. Bossoi ignorierte dies oder ließ sich vom eigenen Stolz und auch ein wenig Wehmut tragen. Er klopfte auf die Reling und deutete den Schiffsrumpf entlang.

„Die *Fürst Korowjew* trägt ihren Namen auch nicht von ungefähr! Sie müssen wissen, dass dieser edle …"

„Sihdi!", unterbrach Halef ihn mit einem aufgeregten Ruf, und gleichzeitig spürte ich die Hand meines Gefährten auf meiner Schulter. Ich wandte mich um und sah, wie Halef mit dem freien Arm übers Meer zeigte, hin zum tobenden Gewölk des Gewitters. In der Brise der Sturmausläufer löste sich ein Stoffende des Turbans und peitschte wie eine weiße Schlange vor dem schwarzen Himmel. Dies war jedoch nicht der erstaunlichste Anblick, denn was ich sah, als ich Halefs Finger mit den Augen folgte, raubte mir den Atem, wie es der beißende Wind nicht vermochte: Vor der fernen Wolkenwand, die schwarz in schwarz zwischen finsterem Meer und sternlosem Firmament brodelte und die durch zittrige Blitzfinger mit weißen Fetzen durchsetzt wurde, blähten sich die Segel eines Mehrmasters altertümlicher Bauart. Die Leinwände unter den Rahen leuchteten in düsterem Rot, als die himmlischen

Entladungen ihr bleiches Licht hindurchschienen. Das Schiff hielt auf uns zu, flog vom Sturm getrieben uns entgegen, die roten Segel wie der Kropf eines Fregattvogels geschwellt, und unter dem Bugspriet, am Vordersteven, sah ich ein goldenes Blitzen. Dort gab es wohl auch eine Galionsfigur, und vielleicht war es dieser Schimmer, der Halef aufmerksam gemacht hatte.

„Hast du das auch gesehen, Sihdi?“, rief Halef.

„Ein anderes Schiff“, nickte ich. „Welch mutige Mannschaft, sich ohne Dampfkraft dem Sturm zu stellen.“

„Kein Dampf?“, fragte Halef und schüttelte den Kopf, bemerkte seinen sich lösenden Turban und steckte das lose Ende rasch und vehement fest. „Dann habe ich mich wohl verhört, Sihdi. Denn ich meinte, ein Rufen zu hören, das der Sturm zu mir wehte. Es klang wie die scheußliche Pfeife an dem Eisenkamin, nur abgehackt, fast meckernd ...“

Er wedelte mit der Hand nach hinten, zur Sirene am Schlot hin. Er hatte dieses ihm verhasste lärmende Etwas schon zuvor ein wenig despektierlich mit einer Kirchenglocke verglichen. *‚Sihdi, warum immer nur dieser Lärm? Ihr Ungläubigen trötet damit die Hafenankunft heraus und kreischt schrill, wenn die eiserne Bahn ihren Hof erreicht. Aber warum der Bimbam aus dem Turm des Gotteshauses? Wir Muslime rufen freundlich zum Gebet, nur Männer mit schönen Stimmen werden Muezzin. Ihr aber lasst rohe Glockengießergesellen bestimmen, wie die Gläubigen an den Gottesdienst erinnert werden ...‘*

Nun, diese eigensinnige Sicht auf westliche Klänge war es wohl, warum Halef nun auch bei einem Segler ein Dampfsignal zu hören glaubte. Immerhin munkelte er nicht vom Fauchen der Meerhexen. Wie gut also, dass er des Russen Seemannsgarn nicht vernommen hatte, weil ich so vorausschauend gewesen war, es eben nicht zu übersetzen.

Mit gelassener Neugier zog Bossoi das Fernrohr aus dem Lederetui am Gürtel. Seine Geste war geübt, und auch wenn ich selbst über ein gutes Messingperspektiv verfüge und es oftmals zum Fernspähen eingesetzt habe, erinnerten mich die Bewegungen des Ersten Offiziers an einen Mann, der einen Revolver zieht – um ihn mit einem Handgriff zum schimmernden Säbel zu verwandeln. Dieser war natürlich stabrund und stumpf, die Schärfe lag in den geschliffenen Linsen, dennoch schien mir Bossoi nicht immer bei der Handelsmarine gedient zu haben. Es ist nun so, dass ein Kämpfer den anderen an solchen Kleinigkeiten erkennt. Ich fragte mich, ob er in unseren gemeinsamen Stunden wiederum erkannt hatte, dass ich nicht allein mit der Schreibfeder umzugehen weiß.

Jetzt blickte Bossoi durch das Teleskop. Er murmelte einige nautische Begriffe, mit denen er wohl die Art des Seglers bestimmen mochte, und suchte nach Anzeichen, eine Nationalität auszumachen. Dass er davon ausging, jene Entdeckungen in diesem unsteten Licht machen zu können, zeichnete ihn als Seemann mit geübtem, ja kühnem Auge aus. Dann ließ er das Fernrohr sinken, im Blitzeslicht bemerkte ich seine ernste Miene und glaubte, seine wettergebräunten Züge erbleichen zu sehen. So schaute kein Mann drein, der eine Handelsbrigg, einen Kauffahrerschoner oder eine Postbark erblickt hatte.

Bossoi hauchte einen wütenden Seufzer aus und knurrte dann:

„Piraten."

Zweites Kapitel
Die Teuta

„Piraten im Schwarzen Meer?“, sagte ich ungläubig. Nicht, dass ich mich dem Glauben hingab, das Piratentum sei für alle Zeiten ausgemerzt, nur weil in den vergangenen Jahrzehnten die Freibeuterei der Karibik und das Korsarentum des Mittelmeers niedergegangen waren, bedingt durch die politischen Entwicklungen betreffend der Großmächte und ihrer Kolonialreiche, wie auch der technischen Neuerungen, etwa der windunabhängigen Dampfschiffe. Auch wusste ich, dass die südlichen Küsten am Persischen Golf von den Briten nicht von ungefähr *Piratenküste* genannt wurden, wegen der Überfälle auf Handelslinien, die Waren aus Indien nach Europa brachten, vom scheußlichen Sklavenhandel unmenschlicher Verbrecher ganz zu schweigen. Dass es nach einigen Verhandlungen zwischen dem Empire und den betreffenden Emiraten zu Vertragsunterzeichnungen gekommen war und offiziell Frieden und Einigkeit herrschen sollten, änderte nur wenig an den grausamen Tatsachen, denn Übeltäter scheren sich nicht um offizielle Dokumente. Ich wusste also sehr wohl, dass es türkische und arabische Piraten gab in den Gewässern des osmanischen Reichs. Und selbst hier, auf dem Schwarzen Meer, hatte es Kosaken zur See gegeben, welche von der Krim und der Mündung des Dnjepr aus Beutezüge unternahmen. Doch dies war vor zweieinhalb Jahrhunderten gewesen. Und so spukhaft die Szenerie auch sein mochte, mit dem finsteren Schiff und dem nächtlichen Sturm, so würde es sich wohl kaum um geisterhafte Piratengestalten handeln. So sehr ich den Dichter Wilhelm Hauff schätze, der in seiner Erzählung vom *Gespensterschiff* die Sage vom *Fliegenden Holländer* ins Morgenland verbracht hat – diese war nun einmal ein Märchen.

Hier aber hielten wahrhaftige Segel auf uns zu, und der Erste Offizier schien besorgt. Ich wollte ihn aber ernst nehmen: „Was haben Sie gesehen?“, fragte ich, wobei ich nicht davon ausging, dass er mir nun von einer Flagge mit Totenschädel und gekreuzten Knochen berichten würde. Damit wären wir bei den übertriebenen Abenteuergeschichten, welche vor allem im angelsächsischen Sprachraum in billigster Heftung an der Hintertreppe vertrieben werden, als sensationelle Lektüre für schlichtere Gemüter. Letztere sind gute Menschen, die eben ihren eigenen Geschmack haben; jene, die aber solcherlei Schund verfassen, empfinde ich als Schande innerhalb der schreibenden Zunft. Wie gut, dass ich selbst nur von meinen Reisen und Erlebnissen berichte und mich nicht dem Flunkern und Fabulieren ergeben muss.

„Es ist die Teuta“, sagte Bossoi und hob erneut das Fernrohr ans Auge, wie um sich zu vergewissern.

Das gab mir Zeit zum verwunderten Nachsinnen. Ich war mit meinen Gefährten ja vom Balkan hergekommen, wo wir den Schut besiegt und sein Reich zerstört hatten. In diesem Land der Skipetaren, weit im Westen an der Küste des Adriatischen Meeres, in Albanien und Dalmatien, hatte in der Antike der Volksstamm der Illyrer geherrscht, und deren Name ging auf jene Gebiete über, bis in die heutige Zeit. Ich will nicht über Ländergrenzen und Gebietsansprüche referieren, über Österreich-Ungarn und das Osmanische Reich. Der Name Teuta wies auf viel frühere Zeiten hin, denn so hieß eine Königin der Illyrer, im dritten Jahrhundert vor der Zeitrechnung, zwischen den Punischen Kriegen, als Gnaeus Flavius Konsul war. Dieser bekämpfte Teuta in den sogenannten illyrischen Kriegen, die begonnen wurden, weil die kriegerische Dame einige nahe griechische Städte in Überfällen verheert hatte, die nichts anderes waren als – Piratenangriffe. Wenn sich also eine heutige Piratin Teuta nannte, so lag diese

Namenswahl nicht allzu fern – obgleich das Schwarze Meer doch einiges von der illyrischen Adria entfernt war, so wie unsere heutige Zeit von der Ära der Römer. Dennoch wollte ich dies nicht so recht glauben. Man mag es mir nachsehen und mich nicht der männlichen Überheblichkeit zeihen, als ich Bossoi fragte:

„Meinen Sie den Namen des Schiffs?“

Der Erste Offizier blickte mich scharf an. „Sie mögen verzeihen, aber dies kann nur ein Mann sagen, der ausschließlich die Landwege dieser Breiten, aber nicht die Seewege kennt. Sonst würde auch Sie der Name Teuta mit Respekt erfüllen, wenn nicht gar Ehrfurcht.“

„Aber wenn sie doch eine Piratin ist, warum spielt die Ehre in die Furcht? Verbrecher sind ohne Ehre, und diese sollte ihnen nicht zugesprochen werden.“

„Teuta ist die letzte Piratin. Oder die erste ...“

„Warum dies?“

„Weil sie von ihrem Gemahl das Schiff und die Mannschaft und die Profession ererbte. Sie ist Witwe. Und ihre Seele ist so schwarz wie ihr Schiff.“

„Es gab in China, in den fernöstlichen Gewässern einst eine Witwe Cheng, welche …“

„Teuta ist die letzte Piratin, weil sie sich nicht dem Schicksal ergeben hat, welches die Dampfkraft über die Segler gebracht hat. Ihr Schiff behauptet sich weiter in jedem Manöver. Weil Teuta mit dem Teufel im Bunde ist.“

Ich seufzte. In dieser Erzählung steckte doch wieder nur allzu viel Seemannsgarn, das zudem auf übliche Art gesponnen war. Irgendjemand hatte wohl von der chinesischen Piratenwitwe Cheng reden hören. Diese war mit ihrer ererbten Piratenflotte tatsächlich eine Bedrohung im Reich der Mitte gewesen, aber dies hatte sich zu Beginn des Jahrhunderts ereignet – und auch die Witwe hatte den Niedergang der Piraterie nicht aufhalten können, und seit fünfzig Jahren war auch im Gelben Meer dieser Spuk vorüber. Nun, und dieser Spuk des Schwarzen

Meeres und der Adriatischen See? Ich konnte nicht umhin, kopfschüttelnd zu lächeln. Da hatte man dem Fliegenden Holländer wohl nur einen Rock um die Hüften gewunden, ansonsten aber Teufelsbund und Fluch und Zauberschiff beibehalten, alles was es für eine abergläubische Klabauterei nach Seemannsgeschmack benötigte.

Ich wollte Bossoi aber nicht verhöhnen und fragte interessiert: „Woran haben Sie das Schiff der Teuta erkannt?"

„Am goldenen Ziegenkopf unter dem Galion."

Jetzt begriff ich: das Symbol der Illyrer. Dies war mir im Land der Skipetaren begegnet, es schmückte die Helme der Fürsten Skanderbeg und Dukagjini, zumindest deren sterblicher Überreste. Und die Hexe Qendressa hatte uns mit einem ziegenförmigen Schmuckstück eine Botschaft übersandt. Es lag also nahe, dass sich eine illyrische Piratin mit diesem Signet ausgestattet hatte, oder wer auch immer jenes Schiff führte und sich mit Schauermärchen schmückte oder mit dergleichen belegt wurde. Und nun erinnerte ich mich an die launige Bemerkung jenes österreichischen Beamten in Dalmatien, dass von einer Piratin gemunkelt werde, die vom leibhaftigen Bocksbeinigen begleitet werde. Ja, und selbst mein guter Freund Sir David hatte von einer Schiffsbegegnung erzählt, die er und seine Mannschaft auf der Fahrt von Malta zum Balkan, kurz vor der albanischen Küste gehabt hatten. Ein Schiff mit rötlichen Segeln und einer gehörnten Figur am Vordersteven. Und es hieß, man habe ein Meckern vernommen ...

Ich schaute Halef an, der in meiner Unterhaltung mit Bossoi das Wort *Pirat* zweifellos hatte ausmachen können und der von uns zu dem nahenden Schiff und wieder zurück blickte.

„Halef", sprach ich ihn an, „was hattest du über jenes Geräusch gesagt ..."

In diesem Augenblick heulte der ferne Sturm auf und schien wie eine Windsbraut heranzufegen. Die Wolken quollen in gewaltig sich türmenden Wänden auf uns zu, ihre erzdunkle Schwärze durchgrellt von silberhellen Adern aus Himmelsfeuer.

Und der Gewitterfront voran rauschte das Schiff mit den glühenden Segeln und dem goldenen Blitzen am Bug.

„Sie halten auf uns zu“, bemerkte Bossoi. Dies war augenscheinlich, wie ich befand. Seine weitere Einschätzung erstaunte mich jedoch: „Sie wollen entern.“

„Im Sturm?“, fragte ich und setzte nach: „In der Nacht?“

„Das ist die Teuta“, gab Bossoi zurück, als wäre dies hinreichende Antwort, als müsse mir dies alles sagen. Er presste die Lippen aufeinander und schob vehement das Fernrohr erst ineinander, dann in das Etui am Gürtel. Er blickte mich eindringlich an. „Verlassen Sie das Deck. Ich gebe Alarm.“

Letzteres war seine Entscheidung, Ersteres sah ich nur als Empfehlung, der ich nicht folgen musste. Bossoi stieß sich von der Reling ab und lief zum Ruderhaus, wobei er jedes Schwanken des Decks geschickt und erfahren mit seinen eigenen Bewegungen ausglich. Ich blieb neben Halef stehen und blickte dem Schiff entgegen, das vor dem Sturm heranflog.

„Es ist nicht möglich, ein Schiff bei Sturm aufzubringen“, sagte ich. „Dieses Manöver ist nur ein Schreckensakt, um die abergläubischen Seeleute zu verunsichern.“

„Aber Sihdi“, meinte Halef, „warum all das, wenn doch nur wir und die Nachtwache es sehen können?“

„Wie du bemerkt hast, eilt der eifrige Offizier zum Kapitän und scheucht die Besatzung aus den Kojen. Ein schöner Aufruhr und ausreichend Publikum für das Schauspiel.“ Ich musterte den Kurs des schwarzen Seglers. „Es wird kaum möglich sein, dass sie längsseits gehen, wie es für ein Entermanöver nötig ist. Bei diesem Wind können sie gar nicht mehr beidrehen.“ Ich erläuterte Halef mit den Händen, was ich meinte. „Sie werden wohl hinter unserem Heck vorbeifahren.“

„Und wenn sie das nicht schaffen und uns rammen? Oder rammen wollen?“

Halef umklammerte mit beiden Händen die Reling, als bereite er sich auf einen Aufprall vor.

„Das wäre auch für sie äußerst gefährlich. Schließlich ist es ein recht moderner Segler und kein antikes Kriegsschiff mit einem Rammsporn. Das ist ein …“

„Ein großes Ding aus Metall, das vorn am Schiff aus dem Wasser ragt?“

„Ja, richtig.“ Mein kluger Halef ist von rascher Auffassungsgabe.

„Dann hat das Schiff einen Rammsporn“, rief Halef und getraute sich, eine Hand von der Reling zu lösen und fahrig nach vorn zu deuten. Ich folgte seinem Wink und sah tatsächlich, dass sich einiges unter der schimmernden Galionsfigur ein weiteres glänzendes Etwas zeigte, als es sich aus den Fluten vor dem Bug erhob, wann immer das Schiff durch die Wellen stampfte. Es mochte ein solider Balken sein, der in den Kiel eingefügt und mit Kupferblech beschlagen war und so, ähnlich wie die Bocksfigur am Steven, das Licht zurückwarf.

„Das ist nur Blendwerk“, sagte ich grimmig. „Um ein Schiff gezielt zu rammen, braucht es Ruderer, die auch rückwärtig sozusagen für Vortrieb sorgen könnten, damit …“

„Was immer du da meinst, Sihdi“, rief Halef, „es scheint die da drüben nicht zu kümmern!“

Tatsächlich hielt das finstere Gefährt weiter auf uns zu, und wie ich verwundert bemerkte, auf einem Kurs, der exakt senkrecht zu dem unseren angelegt war, *dwars* oder querab, wie es in der Seefahrt heißt. Doch wir bewegten uns ja ebenfalls, und so hätte ich doch eine Schrägstellung des Rumpfes bei unserem Gegenüber bemerken sollen – denn dieser würde uns doch folgen müssen und hätte niemals andauernd auf unsere Mitte zielen können! Ich konnte jedoch stets von vorn auf den Bug blicken, und der Bockskopf schien mich ebenfalls anzustarren. Das war unmöglich! Ich spürte ein Ziehen in meinem Nacken, als mich diese Erkenntnis überfiel, und für einen Augenblick schien mir, als würde die abergläubische Saat des Seemannsgarns in mir aufgehen, in diesem Klima, das für Schauergeschichten so gedeihlich ist: Mitternacht und Sturmesbrausen.

Dann aber presste ich die Zähne aufeinander und ballte die Fäuste an der Reling. Ich spähte angestrengt zu den Aufbauten hinüber, ob ich nicht doch den Schlot einer verborgenen Dampfkesselbefeuerung erkennen könnte. Ich bin wahrlich kein Ingenieur der Marine, aber vermochte man ein solches Manöver, wie ich es hier beobachtete, vielleicht dadurch zu erreichen, dass es eine seitliche Schiffsschraube gab? Gewiss war dies zweifach absurd: Wer würde solch ein altes Segelschiff mit derartiger Technik ausstatten – und zudem, welchem Kopf entspränge eine solche Idee, wenn nicht einem Romanschriftsteller, der Fabeln über phantastische Fahrten erdachte, wie etwa der Franzose, der den deutschen Lesern als Julius Verne bekannt ist?

Bevor ich aber noch weiter darüber nachsinnen konnte, hörte ich hinter uns das Poltern schwerer Seestiefel. Die russischen Matrosen kamen heran, mit Gewehren und Beilen in den Händen, auch Stangen mit Haken an der Spitze. Das war wohl das Gegenkommando für den befürchteten Enterversuch, und Bossoi befehligte sie, diesmal nicht mit einem säbelähnlichen Teleskop in der Hand, sondern einem tatsächlichen Säbel, der möglicherweise schon bei Borodino gegen Napoleon geschwungen worden war, dann aber gewiss von Bossois Großvater. Der Marinerevolver, den er trug, war jedoch neu. Am Schwung des Hammers erkannte ich, dass es sich um die Kopie eines amerikanischen Modells aus der russischen Waffenfabrik in Tula handelte, eine Stadt, die auch für ihre vorzüglichen Samoware und köstlichen *pryaniki*, also Lebkuchen, bekannt ist. Den amerikanischen Waffenschmieden wäre es wohl lieber, wenn sich die Russen auf diese beiden Dinge beschränkten und nicht Revolver nach fremdem Vorbild bauten. Nun, sollte es wirklich zum Kampf kommen, war es mir einerlei, woher die Waffe des Offiziers stammte, wenn er nur geschickt damit umgehen könnte. Und jetzt fiel mir auf, dass ich selbst unbewaffnet war. Diesen Umstand mag man mir nachsehen, denn ich trage weder Revolver noch Henrystutzen, schon gar nicht den Bärentöter bei mir, wenn ich auf einer Schiffspassage übers Schwarze Meer kurz zum mitternächtlichen Luftschnappen das Deck betrete.

Bossoi schaute zu mir herüber und deutete mit dem Kolben seines Revolvers erst auf mich und dann auf seinen Gürtel. In dessen Halfter steckte eine zweite Waffe.

„Darf ich anbieten, Sie zu bewaffnen, Gaspadin Nemets? Ein vorzügliches Modell, russische Erfindung. Besser als ‚Kalt' oder ‚Smissenwessen'."

Ich fragte mich, ob er scherzte und sich absichtlich dieses schweren Akzents bediente.

„Danke, nein", gab ich zurück. „Ich habe ausreichend Feuerwaffen in meiner Kajüte."

„Aber nicht hier, wo Sie sie brauchen!"

„Warten wir ab." Ich wollte die Entscheidungen des Offiziers nicht in Frage stellen, aber ich glaubte noch immer nicht an einen Angriff.

„Wie Sie meinen", rief Bossoi über ein Aufheulen des Windes, und als er sich abwandte, um angespannt über die Reling zu spähen, sah ich, wie er etwas gewiss Despektierliches murmelte. Das störte mich nun, obwohl ich es dem Mann nicht verdenken konnte. Ich seufzte und wandte mich an Halef.

„Bist du so gut und gehst ausnahmsweise alten Dienerspflichten nach? Oder eher noch denen eines Schildknappen oder Waffenmeisters ..."

Halef legte den Kopf schief. „Ich soll unsere Gewehre holen, Sihdi?"

„Die Revolver sollten reichen", meinte ich. Dies war keine fahrlässige Verkennung der möglichen Gefahrensituation, sondern hatte auch andere Gründe. Halef schaute an mir vorüber, zu den Aufbauten unseres Schiffes hin.

„Das kann ich nicht, Sihdi."

„Aber ..."

Halef deutete über meine Schulter und ich wandte mich um. Vor dem Deckshaus stand Scheik Haschim mit finsterer Miene, doch wachen Augen. Seine helle Kleidung schien unter dem dunklen Umhang hervor, als sich die Ölhaut im Wind blähte. Und so sah ich auch, dass über Haschims eigenem Waffengurt, an dem er Säbel, Dolch und Revolver trug, locker mein eigener Gürtel um seine Hüften lag, mit meinem eigenen Revolver und dem Bowiemesser. In den Händen trug Haschim meinen Henrystutzen und Halefs Büchse, samt gefülltem Patronengurt.

Stumm trat Haschim an uns heran, reichte uns die Gewehre, und als er meinen Gürtel ablegte und ihn mir übergab, sagte er:

„Ich habe eine Präsenz gespürt, Kara Ben Nemsi. Und sie verheißt Unheil."

Ich legte mir den Gurt mit Messer und Revolver um, den Henrystutzen hatte ich mir am Riemen über die Schulter gehängt. An seinem Gewicht spürte ich, dass er vollständig geladen war. Es ist meine Gewohnheit, die Waffe nicht nur regelmäßig, vor allem nach Gebrauch, zu reinigen und zu prüfen, auf dass sie stets tadellos ihren Dienst verrichten kann. Sondern ich wechsle auch immer die Patronen, wenn sie längere Zeit im Röhrenmagazin verharrt haben, sowohl in ihrer Position, als auch gegen neue. Der Henrystutzen ist eine verlässliche und robuste Waffe, die aber ihre Eigenheiten hat. Diese kenne nur ich, und so ist dies neben der speziellen Funktionsweise jenes Gewehrs eine weitere Sicherungsmaßnahme gegen fremden Gebrauch. Ich hatte die Passage auf dem Schwarzmeerdampfer für eine grundlegende Wartung des Stutzens genutzt, und so wusste ich, dass er an diesem Abend zur Hälfte auseinandergenommen auf meiner Koje gelegen hatte. Und als ich an Deck gegangen war, hatte ich die Kabinentür verriegelt.

Ich wechselte einen Blick mit Haschim, in dem kein Vorwurf lag, sondern nur Verwunderung, vielleicht auch ein wenig Bewunderung, vor allem aber Respekt. Der Scheik ließ seine Mundwinkel nur kurz zucken, das weise Lächeln, welches sonst bei solchen Gelegenheiten um seine Lippen spielte, zeigte er nicht. Dies ließ mich begreifen, wie ernst die Lage sein mochte. Und dieser militärische Begriff, der mir in den Sinn kam, erinnerte mich daran, dass wir uns noch immer im Krieg mit dem finsteren Magier Al-Kadir befanden, selbst wenn er nicht mehr auf dieser Erde weilte, sondern im Geisterreich darauf harrte, Rache an uns zu nehmen und uns zu vernichten.

Und in eben dem Moment, in dem Haschim von einer Präsenz sprach, die er gespürt zu haben glaubte, empfand ich ebenfalls etwas. Es war jenes leichte Brennen in meinem Innern, das sich bemerkbar machte, seit ich Al-Kadir in dessen roter Festung im Duell mit dem magischen Schachspiel besiegt hatte, wodurch mir ein Preis der Macht zugestanden worden war, den ich jedoch abgelehnt hatte. Doch trotz meines Kampfs dagegen und meines Widerwillens war laut Haschim ein Teil dieser Kraft in mir verblieben. Und diese befähigte mich, Magie und Zauberei zu verspüren, wann immer ich ihr begegnete. Allerdings war es nun so, dass meine Zweifel an dergleichen Dingen und mein nüchterner Verstand sich oftmals dagegenstellten, ich es schlicht nicht wahrhaben wollte, selbst wenn ich es mit eigenen Augen sah. Aber wie ein weiser Mann einmal gesagt hatte, er mochte Wissenschaftler gewesen sein, doch kein Mystiker: *Deine Augen können dich täuschen, traue ihnen nicht.* – Solange es also keine Thermometer oder Barometer oder Kompassnadeln gab, die eindeutig auf unwiderlegbare Kräfte der Natur oder eben der Übernatur hinwiesen, blieb ich doch skeptisch. Auch und gerade, weil ich durchaus über ein Instrument verfügte, um damit die, wie es hieß, wahre Natur der Dinge zu schauen, namentlich den Musaddas. Dieser goldene Sechseckring aus dem Besitz Al-Kadirs, hatte bei meinem jüngsten Abenteuer zwar durch Halefs Hand seine Form verloren, besaß diese aber nun wieder, dank der Kunst von Schimin dem Schmied – und ein wenig Anleitung von Seiten Haschims. Aber nun, um den Ring zu nutzen, musste man hindurchblicken, mit den so leicht zu täuschenden Augen. Ich trug den Ring in meiner Westentasche, mittlerweile eher aus Gewohnheit als aus dem Grund, ihn rasch bei der Hand zu haben. Aber auch nach Haschims Worten beschloss ich, den Musaddas nicht zu nutzen, um etwa durch seinen goldenen Kreis hindurch auf das sich so seltsam annähernde Schiff zu blicken. Um – ja, was zu sehen? Ich vertraute Haschim, er war ein kluger und ehrlicher Mann, und so wollte ich ihn sich erklären lassen. Zudem hatte ich keine Hand frei für das goldene Spekulum, jetzt wo ich den Henrystutzen von der Schulter nahm. Sollten uns tatsächlich Piraten attackieren, wäre er wohl nützlicher als ein Ringlein, um dadurch – um es der Situation angemessen hanseatisch auszudrücken – Spöken zu kieken.

Ich lud den Stutzen durch. Neben mir repetierte Halef den Bolzen seiner Büchse. Die Revolver würden erst später nötig sein, wenn es zum näheren Kampf käme. Und schließlich müssten die Klingen herhalten.

„Ihr seid bereit zum Kampf“, sagte Haschim.

„Gewiss“, gab ich zurück. Es war offensichtlich.

„Nicht dieser Kampf, Kara Ben Nemsi.“

„Wie soll man Piraten anders begegnen? Oder einer Piratin, wenn man dem Ersten Offizier Glauben schenken mag.“

„Es ist die Teuta“, nickte Haschim.

Ich war kaum verwundert, dass der Scheik diesen Namen kannte. Als Kundiger der magischen Künste wusste er wohl auch um allerlei Sagen und Legenden und abergläubische Dinge, denn all das ging ja, zumindest nach meiner Vorstellung, nahtlos ineinander über und ließ die nötige Trennschärfe vermissen. Ich wusste nicht mehr, woher ich diesen Begriff kannte, vielleicht hatte ich in einem Buch über Optik davon gelesen, mir schien er recht passend. Aber ich war verwundert, dass Haschim jenes klabauterhafte Piratenweib so bezeichnete, als sei Teuta kein Name, sondern ein Titel, gerade wie Bossoi zuvor. Aber nun, Ähnliches war in der Geschichte oft genug vorgekommen: Der familiäre Beiname Caesar wurde zur römischen Würdenbezeichnung, und der Name des Kaisers Karl – man beachte wiederum den Titel – wurde im Slawischen zum Wort für König: *kral*. Mochte es also eine Namens-

Teuta gegeben haben, so war es eben nun eine Titel-Teuta, die mit ihrem Schiff die Seeleute in Schrecken versetzte – oder beides, mir war es einerlei.

„Und wer ist diese nun? Piratin oder Popanz? Eine reale Bedrohung oder eine Spukgestalt?“

„Schaut selbst.“

Ich sandte meinen Blick wieder über die Reling hinaus, nachdem ich mich etliche Herzschläge lang nur Haschim zugewandt hatte. Und ich erschrak! In dieser kurzen Zeit war das schwarze Schiff so nahe gekommen, wie ich es selbst mit Sturmwind in den Segeln kaum für möglich gehalten hätte. Und noch immer ragte uns der Vordersteven mit dem Bockskopf entgegen, darunter der drohende Rammsporn. Was mich jedoch am meisten erstaunte, war der Anblick einer Gestalt, die auf der Wurzel des Bugspriets stand, sich mühelos gegen das Schwanken und Stampfen geradehielt, die Hand nur locker an das Tau des Vorstags gelegt.

Es war eine Frau – es war die Teuta!

Ich konnte die hageren Züge ihres Gesichts erkennen, die Haut von Gischt und Sonnenglut gestrafft und verhärtet. Falten zogen sich als tiefe Linien hindurch, kaum weniger zahlreich als Taue und Stage in der Takelage des Schiffs, doch die Augen blitzten so wach wie der Goldschädel am Galion. Die Teuta mochte das mittlere Alter überschritten haben, ich erkannte ihr langes, graues Haar, das unter einem straff um den Schädel gewundenen Tuch hervorkam und im Wind nach hinten schlug, in verfilzten Strähnen, die mich an die Haartracht von Sufis oder Derwischen erinnerten. Doch ein Vergleich mit jenen heiligen Männern verbot sich wohl. Auch die Kleider waren wie die eines Mannes; an Jacke, Weste, Hemd konnte ich nichts Weibliches entdecken, was immer dies auch heißen mochte, denn Stickerei und Zierrat sind Dinge, die den Männern aller Kulturen keineswegs fremd sind. Ich sah keine Waffen, weder in der freien Hand noch im breiten Gürtel, und auch aus dem Stiefel ragte weder Dolchgriff noch Revolverkolben. Ja – aus dem *einen* Stiefel! Denn die Teuta stand am Bug ihres Schiffes und schwankte nicht, obgleich aus der einen gekappten Hosenröhre kein menschliches Bein aus Fleisch und Blut ragte, sondern eines, das aus Holz oder Elfenbein geschnitzt sein mochte. Dies war nun kein verwunderlicher Anblick, denn auch ohne die legendenhafte Beschreibung von Freibeutern und Bukanieren zu bemühen, sind hölzerne Beine eine Gehhilfe für Versehrte aller Art, hätten sie ihre Glieder nun durch Krieg, Unfall, Krankheit oder Schicksal verloren.

Doch die Teuta trug ein künstliches Bein, das gestaltet war wie der Lauf eines Bocks, vom Schwung der Linien bis hin zur Ausformung von Hinterklaue und Huf. Wäre die Teuta ein Mann gewesen, hätte man glauben mögen, man würde den bocksbeinigen Leibhaftigen erblicken! Ich aber erkannte, dass sie hiermit wohl ihre illyrische Herkunft und das alte Herrschersymbol würdigen wollte, wenn auch auf seltsam erscheinende Weise.

Ich riss mich von dem eigentümlichen Anblick los, denn die Männer um mich herum begannen zu wanken und zu zaudern. Sie glaubten nicht mehr, ein Kapermanöver verhindern zu können, allein mit einigen Salven aus den Gewehren oder ihrer schlichten Anwesenheit, die Bereitschaft zeigte, ein jedes Prisenkommando zurückzuschlagen.

Denn das geisterhafte schwarze Schiff mit den blutig leuchtenden Segeln und seiner teuflischen Kapitänin zeigte keine Kursänderung. Die Piraten wollten nicht längsseits gehen, für jedes Beidrehen war es wohl zu spät, es blieb allein der Rammstoß aus voller Fahrt!

Der Bocksschädel blitzte auf, ebenso der Metallsporn, welcher sich aus der schimmernden Gischt der Bugwelle erhob, und wir alle sahen den stummen, harten Blick der Teuta. Diese drei Anblicke bannten uns, und wir mussten uns von der Reling, von unseren Positionen regelrecht losreißen, um zu den Seiten zu fliehen, damit wir nicht an jener Stelle verharrten, die in wenigen Herzschlägen vom Aufprall des Sporns und des diesen tragenden Schiffs zerfetzt und zerschmettert würde. Ich warf einen hastigen Blick zurück zum Deckshaus und zum Schlot der Maschine. Würde der Rammsporn lang genug sein, der Aufschlag heftig genug, dass der Kessel zerrissen, gar zersprengt würde? Es wäre unser aller Ende!

Drittes Kapitel
Zwei Leibhaftige

Das schwarze Schiff kam noch immer heran und jedes Detail stach mir in die Augen, grell hervorgehoben während der kurzen Herzschläge des flackernden Lichts. Ich dachte nicht an Flucht, niemand dachte daran, denn an keiner Stelle auf Deck oder innerhalb des Schiffs, noch weniger in den Fluten der See, wäre die Gefahr geringer gewesen. Und so musterte ich ergeben das nahende Unheil. Der Bockskopf am Bug starrte mir aus den leeren Augenhöhlen entgegen, der Blick der Teuta hingegen schien zu brennen – doch nicht in meine Richtung! Ich glaubte zu bemerken, wie sie stattdessen Haschim mit einer Art nüchternem Erkennen bedachte. Und als ich zu Haschim sah, erstaunte mich der gelassene Ausdruck auf seinen Zügen, der mir jedoch nicht davon zeugte, dass er sich seinem Schicksal gefügt hätte – zumindest nicht dem Schicksal des Todes auf See! Wenn Haschim also die Teuta kannte, was wusste er noch?

In diesem Augenblick geschah das Unfassbare! Ich sah mit ungläubigem Staunen, wie das schwarze Schiff von seinem vermeintlichen Rammkurs abschwenkte, beidrehte und dabei auf schier unbegreifliche Art seine Geschwindigkeit minderte! Dies war nach allen Gesetzen der See und der Erde unmöglich! Und ich hörte über den Wind einen meckernden Laut, der alle Naturwissenschaftler von Archimedes bis Newton in Spott und Hohn zu verlachen schien. Das Schiff der Teuta ging längsseits, einen Steinwurf entfernt. Der Wellenberg, den der Rumpf bei diesem Manöver aufgeworfen hatte, schlug mit Macht gegen unsere Bordwand und ließ die Aufbauten erzittern, sandte einen Schlag durch unsere Leiber. Dies warf mich noch vorn, gegen die Reling, und als ich mich abfederte, fiel mein Blick nach unten auf das wühlende Wasser, und der Schaum schien mir auf widernatürliche Art zu schimmern, ähnlich jenem Phänomen, welches man in der südlichen See das Meeresleuchten nennt. Ich bezweifelte aber, nicht nur wegen unserer nördlichen Position, dass hier gütige Geschöpfe der maritimen Kleintierwelt ihr Lichterspiel trieben. Nicht allein wegen des erstaunlichen seefahrerischen und physikalischen Kunststücks, dessen Zeuge ich geworden war; auch nicht allein wegen des Raunens über die Teuta und der Worte Haschims – nein, auch ich hatte in meinen jüngsten Abenteuern mittlerweile zu viel Unglaubliches gesehen, als dass ich nicht sogleich an etwas Übernatürliches gedacht hätte. Oder doch immerhin an etwas, dessen Natur mir noch unbekannt war. Ich riss den Blick hinauf, wobei ich ohnehin gar nicht anders konnte, denn der Widerruck des Wellenschlags ließ mir Kopf und Körper zurückkippen, und als ich die Takelung des schwarzen Schiffs nun von der Seite sah, bemerkte ich etwas Ungewöhnliches: Wenn ich auch kein Seemann war und auch nie einer werden würde oder wollte, so erkannte ich doch, dass die Masten dieses Schiffs durchaus besonders waren. Ich hatte nun als Reisender zwischen den Kontinenten genug Schiffsmasten gesehen, um dies beurteilen zu können, auch ohne Schiffsbaumeister zu sein. Diese Masten erschienen mir nicht nur um einiges mächtiger im Umfang, als es üblich war, nein, um die Rundungen der Hölzer – wenn es denn Holz sein mochte – wand sich jeweils von Fuß bis Topp ein sicher armdickes Etwas, wie eine Schlingpflanze um den Stamm eines Urwaldriesen oder eben doch die sprichwörtliche Schlange um den Baum der Erkenntnis. Mir allerdings blieb die Erkenntnis, um was es sich dabei handeln mochte, verborgen – denn in diesem Moment wurde ich abgelenkt von einem entsetzten Aufstöhnen der Männer, die zu beiden Seiten neben mir an der Reling standen. Ich schaute von den eigentümlichen Masten des schwarzen Schiffs hinab zum Deck. Dort, hinter dem Schanzkleid, erkannte ich, wie eine finstere Spiegelung unser selbst, die Mannschaft der Teuta. Doch trotz des unsteten Lichts, in dem ich alles andere erkennen konnte, blieben diese Männer in Schatten verborgen, als seien sie keine Menschen, sondern Schemen, die mit der Dunkelheit verschmolzen. Mir war das alles unerklärlich, zumal ich noch über die nautischen Wunderkünste des Schiffes selbst rätselte. Wer nun bei solcherlei optischem Gaukelwerk verwundert ausgerufen hätte, dass es hier mit dem Teufel zugehen musste – ich glaubte, dergleichen von den Seeleuten zu vernehmen, wenngleich verhalten und murmelnd –, dem habe ich einzugestehen, dass ich in diesem Zustand der Verwirrung aufs Heftigste erschrak, denn unter den Schattengestalten auf dem gegenüberliegenden Deck erkannte ich eine düster beleuchtete Figur, die mir, als hätte ich sie selbst beschworen, wie der Leibhaftige erschien!

Ich sah die Hörner, die aus seiner Stirn sprossen! Spitze Ohren, die von seinen Schläfen ragten! Einen spitzen Bart, der das spitze Kinn verlängerte! Stechende Augen mit einer geschlitzten Pupille über einer gebogenen und doch zugleich flachen Nase und einem dünnen, grausamen Mund! Der Leib war muskulös, sehnig, halbnackt und haarig und wurde getragen von zwei kräftigen, aber schmalen Beinen, die in – Hufen endeten!

Ich bin nun weder abergläubisch noch von einem Glauben, der von Schreckensgestalten bevölkert ist. Ein anderer Mann wäre vielleicht von diesem Glauben abgefallen und hätte sich einer mittelalterlichen Furcht hingegeben, angesichts dieser Teufelsgestalt! Doch ich hatte ja noch meinen Intellekt und mein Gedächtnis – und so erinnerte ich mich nicht allein an das hölzerne Bein der Teuta in Form eines Bocksschenkels sowie an die Munkeleien und das Fabulieren über deren Gefährten, samt eines verstörenden Meckerlauts. Sondern ich erkannte in dieser gehörnten Gestalt eine veritable Ausformung eines klassischen Satyrs, wenn nicht gar des Gottes Pan selbst. Und wenn diese Erkenntnis nun einen Altvorderen, einen

Römer oder Griechen der Antike, in panischen Schrecken versetzt hätte, wenngleich es entgegen des damaligen Glaubens keine Mittagsstunde, sondern eben Mitternacht war, so fiel von mir doch jeglicher Schrecken ab und ich erkannte dies alles als Scharade, als Maskerade und Schabernack der Piraten, um die Mannschaften der angegriffenen Schiffe in lähmendes Entsetzen zu stürzen. Da stand also ein Mann auf Bocksstelzen und im Ziegenfell zwischen den verhüllten Gesellen des Enterkommandos, um das Spektakel nur recht schauerlich zu gestalten, denn eine Flagge mit Schädel und Knochen am Mast war in diesen Zeiten des Niedergangs des Freibeutertums nicht mehr hinreichend schreckerregend!

Ich überlegte rasch: War es für die Moral der russischen Seemänner förderlicher, wenn ich ihnen meine Erkenntnis in markigen Worten zurief – oder sollte ich doch besser Taten sprechen lassen? Ich entschied mich, indem ich meiner Eingebung folgte, die mich in Wüste und Prärie nie getrogen hatte. Ich hob den Henrystutzen an die Schulter, gleichzeitig fand ich sicheren Stand auf dem schwankenden Deck, indem ich mich mit den Stiefeln zwischen die Relingstangen stemmte. Rasch nahm ich mein Ziel ins Visier, federte die Dünung in den Knien ab – es war kaum anders, als aus dem Sattel meines galoppierenden Rih zu schießen. Ich atmete bedächtig aus. Mein Plan war es, dem Kostümierten zunächst die Hörner von der Maske zu schießen und hernach die Hufstelzen. Bei Letzteren war ich mir noch nicht ganz sicher, denn es schien mir, dass ich den Mann damit zu sehr demütigen, gar verletzen könnte, denn mir war die vergleichsweise geringe Größe der Gestalt aufgefallen, was bedeuten musste, dass der Stelzenträger ein Zwerg oder ein Versehrter ohne Beine war. Nun, ich würde mich nach den beiden Kugeln gegen die Hörner entscheiden, je nachdem, was nach meinen Schüssen geschehen würde.

Ich legte den Finger fest um den Abzug und zielte auf das Bockshorn.

„Kara Ben Nemsi!“

Mein Finger sprang vom Abzug fort! Es war nicht der Ruf allein, der mich vom Schuss abhielt – es war ein zweifacher Ruf! Wie ein seltsames Echo, das jedoch gleichzeitig erscholl, über das Rauschen der Wellen und des Windes. Zum einem hatte Haschim meinen Namen gerufen, direkt neben mir. Ich wandte kurz den Blick zu Seite und sah noch, wie der Scheik seine ausgestreckte Hand zurückzog. Hatte er mich greifen wollen, bei der Schulter, gar am Lauf des Gewehrs? Was konnte ihn dazu bewogen haben? Doch er musste mir nicht mehr mit einem Blick oder einem Wink bedeuten, dass ich meine Aufmerksamkeit sogleich von ihm wenden musste, wieder hinüber zum schwarzen Schiff. Ich spähte wieder über den Lauf meiner Waffe, in die Richtung, aus welcher der zweite Ruf erklungen war. Nein, es konnte nicht der Gehörnte, der Vermummte in seinem Bockskostüm gewesen sein, der da gerufen hatte – wie hätte er mich kennen können? Als ich noch mutmaßte, wer sich hinter der Maske verbergen mochte, trat jemand in mein Sichtfeld, aus der Masse der dunklen Gestalten und ebenfalls in Schwarz gekleidet, dennoch besser erkennbar als jene, aus welchem Grund auch immer. Die Gestalt hob eine schlanke, blasse Hand und vollführte eine knappe Geste. Kein Winken, kein Gruß, ich wusste nicht recht, was sie zu bedeuten hatte.

Wer die Gestalt war, erkannte ich jedoch, und es hätte nicht des grellen Himmelsleuchtens bedurft, um mir in Augen und Gemüt gleichermaßen ein Schlaglicht zu setzen:

Es war die Hexe Qendressa!

Sie sah kaum anders aus als damals, vor einigen Wochen im Land der Skipetaren, als ich ihr in der Berghütte des Schut unter dem Gipfel des Lowtschen begegnet war. Ihr Gesicht war fahl, die Augen schwarz in tiefschwarzer Umrandung aus Antimon, umweht von den Rabenschwingen ihres Haares, in dem sich einige helle Strähnen befanden. Kopf und Körper waren von einem Cape aus glänzender Ölhaut verhüllt, kaum anders als der Wetterschutz, den ich selbst trug. Sonst konnten wir unterschiedlicher nicht sein. Ich will nicht auf Gestalt und

Geschlecht anspielen, das sei einerlei, da sie doch wie ich ein Mensch war und mir alle Menschen gleich sind. Aber Qendressa war eine Hexe, eine Schwarzkünstlerin. Ohne in inquisitorischen Eifer geraten zu wollen, in den Wahn der Jagd auf Zauberinnen, so verachtete ich sie doch ob ihrer Grausamkeiten gegen die Meinen, den Verrat an mir und den Gefährten, die Entführung, die Verletzung und Weiteres mehr. Und selbst ihre kurzen Anwandlungen von Gnade und Gerechtigkeit konnte ich nur wenig schätzen, denn sie waren stets Teil eines Handels zu ihrem Vorteil gewesen oder aus der Not ihrer Lage geboren.

Nun wollte sie Al-Kadir aufsuchen, vorgeblich, um den Lohn für ihre Dienste einzufordern, um den sie sich geprellt sah. Dies verwunderte mich kaum, denn Schurken haben untereinander eben doch keine Ehre, gleich, was der Volksmund darüber sagen mag. Ich bezweifelte aber, dass diese beiden nur ihre Schuldgeschäfte abschließen würden, wenn sie denn aufeinanderträfen. Sie würden wohl neue schauerliche Pläne schmieden. Ob Al-Kadir die Hexe dazu drängen oder überreden oder locken würde, konnte ich nicht wissen, aber ich ahnte es wohl und befürchtete einiges. Und das, obgleich ich nichts von den Umständen wusste, die das Geisterreich betrafen. Ich glaubte aber der Kenntnis und Weisheit Haschims, und dieser ging von üblen Dingen aus. Diese mussten wir vereiteln, Al-Kadir finden, mit Hilfe Marah Durimehs. Und jetzt zeigte sich an diesem unerwarteten Ort die Hexe, welche eine willige Helferin der Verbrecher war und deren Spur wir gesucht hatten. Das Schicksal hatte uns diese Begegnung geschenkt – wer hätte erwartet, dass wir zur gleichen Zeit die Passage über das Schwarze Meer unternahmen? Ich war nun nicht so töricht anzunehmen, dass die Hexe über die Wasser geflogen wäre, auf ihrem Weg nach Osten. Zwar war mir der Unglaube an das zauberische Fliegen längst abhandengekommen, ich hatte die Hexe ja mit eigenen Augen durch die Lüfte schweben sehen. Doch hing ich andererseits auch nicht dem Aberglauben an, etwa zu denken, Hexen vermöchten kein Gewässer zu queren. Es schien mir schlicht ein zu großer Aufwand der Kräfte – einerlei, ob sich jemand körperlich oder zauberisch verausgabte. Zumal Qendressa unter dem Fluch des Alters litt und ihre jugendliche Gestalt nur mühevoll aufrechterhielt. Sie erschien mittlerweile zwanzig Jahre älter als bei unserem ersten Treffen in Stambul, doch war sie noch nicht die greisenhafte Erscheinung, als die ich sie in der Höhle des Skipetarenfürsten durch den Musaddas erblickt hatte. Ich musterte ihr Gesicht genauer: Waren die Linien in ihren Zügen noch tiefer geworden? Im unsteten Licht konnte ich dies kaum erkennen. Drängte die Zeit auch für die Hexe? Nutzte sie deshalb ein Schiff, um ihre Kraft für sich selbst aufzusparen? Und das Schiff selbst und dessen Herrin ...

Jetzt regte sich meine Hand am Henrystutzen, meine Finger krampften – als wollte mir mein Körper raten, nicht nachzusinnen, sondern zur Tat zu schreiten. Ich erschrak. Nie hatte ich geglaubt, dass mein Innerstes mir solch tückischen Rat geben würde, die Gelegenheit zu nutzen, einen Gegner, noch mehr: eine Gegnerin zu stellen. Ich wollte nicht die anderen Begriffe nutzen: zur Strecke bringen, ausschalten. Dies waren unmenschliche Denkweisen! Und doch: War eine Hexe, eine Zauberin, denn ein Mensch wie …

Ich presste die Augenlider zusammen und senkte das Gewehr. Dann erst schaute ich wieder zu Qendressa hinüber. Mein Nacken spannte und ich fühlte jenes Brennen in der Magengrube, welches mich verfolgte, seit ich Al-Kadir im magischen Schachspiel besiegt hatte und einen Teil jener seltsamen Macht in mir trug, die mich Dinge erkennen ließ, die jenseits der normalen Weltvorstellung lagen. Doch nie hatte ich solch eine geistige Einflüsterung erlebt, gar eine körperliche Regung verspürt, die mich in ihrer schieren Unmenschlichkeit abstieß. Ich wollte dies aber nicht nur mit jener Gabe erklären, die mir noch immer unvertraut war, und glauben, dass nun nach dem bisherigen Nutzen ein Preis zu zahlen sei. Es mochte auch an den unerhörten Umständen liegen, dass ich so ungewohnt reagierte. Man mache sich gewärtig: Ich befand mich auf dem Schwarzen Meer, am Rande eines nächtlichen Gewittersturms; das Schiff, auf dessen Deck ich stand, aufgebracht von einer finsteren Piratenbande, die mit Entern drohte; deren eigenes Schiff wundersam manövrierte und geführt wurde von einer furchtsam bemunkelten Kapitänin. Und dazu, mir gegenüber, die Frau, welche meine Feindin war – zumindest aber jene, die ich und meine Gefährten jagten. Da mochten selbst meine Moral und mein Urteilsvermögen für einen Herzschlag wanken!

Ich blickte kurz zu Haschim hinüber und erinnerte mich an seine ausgestreckte Hand – hatte er geahnt, was in mir vorging, und wollte mich nicht vom Schuss auf den Gehörnten abhalten, sondern bereits davon, auf Qendressa zu schießen?

Jetzt bemerkte ich die Stille und Reglosigkeit, nicht der Elemente und der Schiffe, sondern der Menschen neben mir und mir gegenüber. Die Matrosen des russischen Dampfers verharrten in Anspannung, auch in Furcht. Die Piraten rührten sich nicht, als warteten sie auf einen Befehl. Der Bocksbeinige stand fest auf seinen Hufen. Qendressa schaute mich an.

Dann ein einzelnes Pochen, über den Wind. Ich blickte zum Bug des schwarzen Schiffs, schemenhaft sah ich die Teuta. In ihrer Hand stecke ein langer Stab, ein Stock, nein, eher eine Krücke. Hatte sie deren Ende auf die Decksplanken gestoßen oder doch das hölzerne Bein? Einerlei, es war ein Signal – ich erkannte ein plötzliches Schimmern in den Reihen der finsteren Gestalten, wie der Widerschein der Blitze auf dunklem Metall: Enterhaken? Entermesser? Gleich würde der Angriff beginnen!

Ich schaute zu Halef, traf seinen Blick. Wir hoben die Gewehre. Um mich spürte ich, wie die Matrosen ihre Waffen fester packten. Bossoi zog den geschwungenen Hahn seines russischen Tula zurück. Haschim legte die Hand auf den Kolben seines Revolvers. Seine Ruhe gab mir Zuversicht. Dann aber zog der Scheik seine Faust zurück, die geheimnisvollen

Gravuren des silbrigen Laufs glitzerten, als die Waffe ihre lederne Hülle verließ. Da wusste ich, dass es ernst war!

Ich atmete tief. Welches Ziel sollte ich anvisieren? Ich schwenkte den Lauf über die Reihe der Piraten und bemerkte erstaunt, dass mein Blick weiterhin auf Qendressa ruhte.

Sie lächelte! Nein, es war ein spöttisches Verziehen des Mundes!

Ein weiteres Pochen! Am Bug hob die Teuta den Stab. An dessen Spitze prangte ein geschnitzter Ziegenschädel, die Hörner bildeten die Gabel der Krücke.

Die zuvor regungslose Reihe der Piraten bewegte sich nun. Die Männer – waren es Männer? – traten einen einzelnen Schritt vor, wie eine Kompanie Soldaten. Welche Art von Piraten beugte sich einer solchen Disziplin? Oder standen sie unter einem Zwang, dem Bann der Teuta? Warum konnte ich keines der Gesichter erkennen? Nur Schwärze und Schatten in der nächtlichen Finsternis, durch welche die Blitze zuckten.

Der Stab der Teuta stach in die elektrisierte Luft. Hätte sich nun ein Elmsfeuer mit seinem grünen Glühen gezeigt, ich glaube, die Männer um mich herum hätten den Verstand verloren. So bebten sie in unerträglicher Anspannung vor dem Angriff.

Jetzt!

Doch die Teuta ließ den Bocksstab sinken, setzte ihn geräuschlos auf die Planken. Die Piraten verharrten. Die Männer neben mir hielten den Atem an.

Die Teuta sandte einen Blick zu uns, den ich nicht deuten konnte, denn er war nur flüchtig, gar beiläufig. Die Frau mit dem hölzernen Bocksbein wandte sich von uns ab, blickte über den Bug ihres Schiffs hinaus, als kümmerte sie nur mehr der weitere Weg durch die Wellen.

Die Schattenpiraten zogen sich lautlos zurück, bis sie mit den Schatten der Decksaufbauten verschmolzen. Sichtbar blieben allein der Bocksbeinige und neben ihm Qendressa.

Wieder lächelte sie, und es war ein Lächeln der Überlegenheit, des Triumphs.

Mich durchfuhr ein Gedanke: War die Hexe nicht allein eine Passagierin auf dem schwarzen Schiff der Teuta, sondern eine Gefährtin, gar Gebieterin? Wer wusste um die Bündnisse unter zauberkundigen Gestalten?

Doch warum war es nicht zum Angriff gekommen? Hatte die Hexe die Kapitänin davon abgebracht? Oder war es nur eine Finte gewesen, ein scheußliches Spiel mit den Ängsten der russischen Matrosen und eine Marter meiner eigenen Nerven, wenn nicht gar meiner Moral?

Und dies kannte ich wohl! Denn Qendressa hatte ja nicht nur stets mit den Loyalitäten gespielt und Zwist und Zweifel gesät, sie hatte auch mit scharfzüngiger Ironie kokettiert und mich als Mann aufgezogen, sich als übermäßig moderne Frau gegeben, obwohl ich doch nun wahrlich kein altmodischer Mann war: weitgereist und weltoffen, wie es einem Reiseschriftsteller und Kämpfer für Gutes und Gerechtigkeit geziemt. Wer wüsste dies besser als meine Leser und vor allem meine Leserinnen, die mir so treu sind, wie ich es ihnen bin und mich deshalb stets um das Beste in Taten und Worten bemühe.

Diese Frau jedoch verhöhnte mich selbst in Sturm und Piratenbedrohung.

Jetzt streckte sie die Hand zur Seite aus und fuhr dem Bocksbeinigen durch den struppigen Schopf zwischen den Hörnern. Die Gestalt meckerte in einem Ton, der mir Wohlgefallen auszudrücken schien, schüttelte kurz das Ziegenhaupt, als Qendressa die Hand zurückzog, und stakste dann auf den Hufen zum Bug hin. Ich musste den Blick von diesem grotesken Schauspiel abwenden, auch weil ich Qendressa weiterhin betrachtete.

Sie schaute mich an. Das Hohnlächeln erstarb und ein bitterer Zug legte sich um ihre Mundwinkel. Es konnte nur am zitternden Licht und dem Schwanken der Schiffe liegen, dass ich meinte, ihre Lippen beben zu sehen. Gerade als ich dachte, in ihren Augen einen Schimmer zu erkennen, wandte sie den Kopf und schritt aus meinem Blickfeld. Ich verspürte einen seltsamen Anflug von Trauer und wollte nicht recht an die Möglichkeit glauben, dass diese Frau, die wir wegen ihrer Schandtaten verfolgten, vielleicht mein Leben und das meiner Gefährten wie auch all der anderen Seelen auf dem russischen Dampfschiff vor einem schrecklichen Schicksal bewahrt hatte. Doch wie könnte ich all dies ergründen?

Ich schaute zu Haschim, der seinen Revolver in das Halfter zurückschob, während alle anderen, mich einbegriffen, sich an ihre Waffen klammerten. Mein fragender Blick konnte jedoch keine Antwort abwarten, denn ein Rauschen lenkte meine Aufmerksamkeit wieder auf das Geschehen jenseits der Reling. Das schwarze Schiff nahm Fahrt auf. Die rötlichen Segel blähten sich gen Bug, entgegen der Richtung des Windes, als presste eine weitere unsichtbare Kraft den knatternden Stoff gegen die Rahen und die Takelage, und schoben so den Rumpf voran. An Deck war keine Bewegung zu erkennen, nichts regte sich, keine Gestalt waren mehr zu sehen. Einzig die Teuta stand am Bug und blickte voraus. Durch Schaum und Gischt glitt der Kiel des schwarzen Schiffs machtvoll und geschwind voran, schon passierte uns das Heck mit den prächtigen Schnitzereien und den dunklen Fenstern. Einzelheiten sah ich nicht, denn das Gewitter in der Ferne hatte sich aufgelöst und der Schein der Blitze war erloschen, der Wind war verstummt. Lautlos entschwand das Schiff der Teuta in die Nacht und mit ihm Qendressa, der östlichen Küste des Schwarzen Meers entgegen.

Still standen die Männer da, als vermochten sie nicht zu fassen, dass die Gefahr so rasch entschwunden war, wie sie sich genähert hatte. Da zudem der Sturm sich gelegt hatte, war es eine zweifache Anspannung, die sich nun lösen konnte, aber diese fiel nicht so leicht von den Schultern und Seelen der Matrosen – vielleicht, weil sie es nicht erwartet und mit ihren Leben schon abgeschlossen hatten. Dann aber brach die Erleichterung in einem einzigen Aufatmen hervor, als löse sich in den

Lungen ein atmosphärischer Druck, so wie dies bei Sturm und Gewitter über Land und See geschieht. – Aber ich will nicht gescheit daherreden: Auch ich war überaus froh, dass uns ein Kampf erspart geblieben war. Meine Gefährten und ich hätten uns wohl zu wehren gewusst, doch für die Matrosen wäre der Blutzoll zweifellos hoch ausgefallen. Ich glaubte wohl, dass sie tapfer und stark und wehrhaft waren, doch ich ahnte auch, dass es aus anderen Gründen einen ungleichen Kampf gegeben hätte. Sollte es tatsächlich der Wahrheit entsprechen und die Teuta und ihre Besatzung – wie die Abergläubischen meinten – mit dem Leibhaftigen im Bunde sein, was für mich schlicht bedeutete, dass sie über Magie verfügten oder Zauber anwandten, so glaubte ich doch, dass ich und die Meinen, allen voran Haschim, uns allein aus Erfahrung mit dergleichen Dingen besser geschlagen hätten, und sei es nur, weil wir angesichts etwaiger seltsamer Ereignisse nicht vor Entsetzen gelähmt gewesen wären. Obwohl es bereits eigentümlich genug erschien, schattenhafte Piraten, einen Bocksbeinigen und unerklärliche Schiffsmanöver erlebt zu haben. Oder eben doch nur anscheinend erlebt zu haben – konnte ich mir sicher sein? Fast bedauerte ich nun doch, nicht durch den Musaddas gespäht zu haben, um mir in mehrfacher Hinsicht Klarheit zu verschaffen. Doch danach hatte mir kaum der Sinn gestanden, als wir uns den Gegnern gegenübersahen. Ich besaß jedoch einen sehr belastbaren Anhaltspunkt, und das war die Anwesenheit der Hexe Qendressa. Mit wem anderen hätte diese sich wohl eingelassen als mit Gleichgesinnten, mit gleichermaßen magisch Begabten. Da mochten auch eine holzbeinige Piratin mit ihrem Geisterschiff und deren bocksfüßiger Geselle zu den Wahlverwandtschaften zählen. Die Sache hatte also in übertragener Weise einen Pferdefuß, den ich in Abwandlung einer originellen Berliner Redensart wohl trapsen hörte. Warum ich in diesem Augenblick solch launige Worte im Kopf hatte? Weil ich diesen zu meinem guten Halef wandte, um ihm mit frohem Mut die zweifellos tiefsitzende Furcht zu nehmen. Ich kenne meinen kleinen Gefährten ja allzu gut und weiß, wie er sich graust, wenn es spukt. Und es war wohl kaum zu leugnen, dass diese Begegnung auf See durchaus schauderlich und geisterhaft war. Zudem war Halef ein Mann der Wüste und nicht der wüsten See.

„Nun, Halef“, begann ich, „das haben wir ja glücklich überstanden ...“

Ich war nicht wenig erstaunt, als ich einen tapferen Hadschi neben mir sah, der sich rücklings an die Reling gelehnt hatte, das Gewehr bei Fuß, und die freie Hand unter der Nase, um sich die dünnen Schnurrbarthaare von der Gischt trockenzureiben.

„Ach, Sihdi“, gab Halef zurück. „Von Glück ist da doch kaum zu reden.“

„Wie meinst du das? Gewiss, ich glaube nicht an Glück, vielmehr an die Fügungen des vorbestimmten Schicksals. Aber du weißt doch, wie man so gemeinhin sagt, wenn eine heikle Situation sich auflöst, ohne dass es zum Kampf kam.“

„Ich hätte nicht ungern gekämpft, Sihdi. Und gerade der Hexe einen tüchtigen Schuss mit meiner Flinte verpasst.“

Halef bemerkte nicht, welchen Scherz er damit gemacht hatte, und so glaubte er wohl, ich verzöge deshalb so verblüfft das Gesicht, weil er die gute deutsche Büchse, die ich ihm geschenkt hatte, immer noch als Flinte bezeichnete, als sei sie das alte Ungetüm, das er früher stets benutzt hatte. Aber seine Erwähnung der Hexe ernüchterte mich ohnehin.

„Ja, du hast wohl Recht“, meinte ich. „Mir widerstrebt der Gedanke, jemanden, sei er auch noch so schurkenhaft, schlicht zu ...“ Ja, mir widerstrebte der Gedanke so sehr, dass ich es nicht aussprach. Also redete ich weiter: „Doch ohne die Hexe hätten wir vielleicht eine Sorge, eine Gegnerin weniger, die unsere Pläne durchkreuzt und uns in den Rücken fallen mag. Denn es ist ja nicht so, dass wir sie bräuchten, um Al-Kadir auf die Spur zu kommen. Den Weg in die Geisterwelt finden wir auf unsere Weise, mit unseren Verbündeten.“

„Das mag sein, Sihdi. Wir brauchen die Hexe nicht dafür. Aber warum, meinst du, hat das Schicksal uns dann diese Begegnung gesandt?“

Ich nickte bedächtig. Kluger Halef, philosophischer Halef!

„Nun“, begann ich, „wohl damit wir die Hexe nicht vergessen. Schließlich haben wir sie seit der Begegnung im Norden Albaniens nicht mehr gesehen.“

„Aber warum sollte das Schicksal glauben, wir hätten diese böse Frau vergessen?“

Ich bemerkte verwundert, welche seltsame Betonung Halef in das gewisse Wort legte.

„Manche Menschen leben nach der Devise: *Aus den Augen, aus dem Sinn.*“

„Diesen Satz kenne ich, Sihdi. Er ist wohl wahr. Aber was, wenn dem Schicksal der Sinn danach steht, unseren Sinn zu ändern?“

„Ich kann dir kaum folgen, mein wortgewandter Freund.“

„Das habe ich von dir gelernt, Sihdi!“

‚Und zweifellos von Lehrer Lohse‘, dachte ich.

„Aber was genau willst du damit ausdrücken, Halef?“

„Du hast doch selbst bemerkt, dass wir einer schrecklichen Seeschlacht entgangen sind …“

„Nun, eine Seeschlacht ist doch etwas anderes!“

„… weil die finstere Dame …“

„Ich möchte sie nicht als Dame bezeichnen.“

„Sihdi! Ich glaube, sie hat sich für uns eingesetzt, und nur wegen ihr wurden wir verschont!“

Ich seufzte. „Halef, wie kann das sein? Jene Qendressa diente dem Schut und Al-Kadir und nicht umgekehrt. Warum sollte ausgerechnet eine berüchtigte und gefürchtete Piratin sich ihrem Willen beugen? Eine solche mächtige Hexe ist sie nun auch nicht.“

„Ach, Sihdi! Du scheinst mir die Frauen nicht zu kennen.“

„Ich bezweifle, dass dies hier eine Frauensache ist, und ich möchte weiterhin nicht, dass du hier dem Irrglauben eines

Kriegs der Geschlechter entgegenkommst. Derlei Verschwörungen sind doch Unsinn!“ Darüber mochte man in den Salons der Großstädte raunen.

Halef schüttelte den Kopf. „Ich will gerade das Gegenteil behaupten und eben nicht über das Große reden, sondern über das Persönliche. Ich weiß wohl, was die Hexe getan hat, und dafür muss sie bestraft werden. Aber es ist auch wichtig, was sie nicht getan hat, und warum und weswegen. Sihdi, ich glaube, diese Frau ist dir gewogen. Sie mag di …“

Ich hob mahnend den Finger. „Sprich es nicht aus, Halef. Es ist nicht die Zeit noch der Ort für halbseidene Scherze.“

Halef zuckte mit den Schultern. „Du hast Recht, insofern, dass es spät ist, Sihdi. Wir sollten wohl zurückkehren in Kajüte und Koje.“

Wie mein guter Halef diese beiden ihm fremden Worte aussprach, erheiterte mich sehr, ohne dass ich mich auf seine Kosten amüsieren wollte. Denn im Grunde war ich es, der sich lachhaft verhalten hatte, indem ich nicht mehr darauf achtete, was nach Entschwinden der Bedrohung um mich herum geschehen war, etwas, das meiner Gewohnheit völlig entgegenging. Als ich mich nämlich umschaute, bemerkte ich, dass alle Matrosen bereits das Deck verlassen hatten, um andernorts Wache zu schieben, Dienst zu versehen oder schlafen zu gehen. Ich hatte versäumt, ein abschließendes Wort mit Bossoi zu wechseln; der Erste Offizier hatte sich ebenfalls zurückgezogen, zweifellos, um dem Kapitän Meldung zu machen. Einzig Haschim stand etwas abseits und schaute in die Finsternis, in welcher das Schiff der Teuta entschwunden war.

Ich klopfte Halef auf die Schulter. „Bist du so gut und gehst voran? Ich folge dir gleich nach.“

Halef feixte mit seinen salzverkrusteten Bartsträhnen, die keck abstanden und ihm ein zerzaustes Aussehen gaben, wie eine zufriedene Katze. Ich wusste zwar, dass manche Leute sich mit Zuckerwasser frisierten, doch dies hier war eine

Beobachtung, die mir neu war und wohl von meinem seltsam aufgewühlten Empfindungszustand zeugte.

„Dann lasse ich die Herren noch kurz reden", meinte er und ging fort, wobei er die Bewegungen des Schiffsdecks recht geschickt ausglich. Mein Halef würde wohl irgendwann noch tüchtige Seebeine bekommen, wie man so sagt.

Ich gesellte mich zu Haschim, der zunächst ernst schaute, mir aber dann einen freundlichen Blick schenkte.

„Nun, Kara Ben Nemsi", begann er, „das haben wir ja glücklich überstanden ..."

„O Haschim", gab ich zurück. „Von Glück ist da doch kaum zu reden."

„Richtig, Ihr glaubt ja nicht an Glück ..." Er bemerkte meinen Gesichtsausdruck, als ich stutzte und mich eines ähnlichen Gesprächs erinnerte.

Haschim lächelte. „Alles bewegt sich in Bahnen und Kreisen und alles wiederholt sich. Manchmal aber ist man dennoch verwundert."

„Das sind ziemliche Gemeinplätze, Haschim. Recht ungewöhnlich für Euch."

„Nicht ungewöhnlicher als die jüngsten Ereignisse."

Ich seufzte. „Wie wahr."

Wir beide lehnten an der Reling und schauten nebeneinander in die Nacht. Es ist erstaunlich, wie die Anspannung vor einem Kampf, selbst wenn sie sich dann ohne diesen löst, den Geist in einem seltsamen Missverhältnis erschöpft, auch ohne dass die Anstrengungen des Gefechts den Körper beanspruchen.

„Aber", begann Haschim, „wir sollten nicht weiter darüber nachsinnen, warum welche Begegnungen sich ereignet und warum welche Personen wie gehandelt haben. Schauen wir nach vorn. Die Hexe ist eine Nebenfigur. Es geht hier um Al-Kadir."

Dies traf für Haschim zweifellos zu. Die beiden Männer waren seit Jahren verfeindet. Wie lang genau und aus welchem Grund, hatte ich bislang nicht erfahren, es war auch nicht von

Belang, weil Al-Kadir mir und meinen Gefährten ebenfalls genug Leid zugefügt hatte, sodass ich ihn gleichsam als Feind sah. Die Hexe Qendressa hingegen war wohl nur meine persönliche Widersacherin. Haschim hatte sich ihr nur einmal entgegengestellt, als sie die magische Rüstung des Div-e-Sepid stehlen wollte, und ich wusste nicht, ob es Haschim eher um jenes Artefakt gegangen war oder darum, dass die Hexe mit Al-Kadir verbündet war. Ob es sich zudem um etwaige Feindschaften zwischen Zauberern, Magiern und Hexen handelte, die über die Zwiste zwischen Männern und Frauen hinausgingen, vermochte ich nicht zu beurteilen. Darüber wusste ich, ohne Halef bei dem einen zustimmen zu müssen, über das andere tatsächlich zu wenig.

„Gut", sagte ich, „richten wir unsere Aufmerksamkeit von der schwarzen Hexe auf die weise Frau, auf Marah Durimeh. Wir gehen in Trabzon an Land und reisen hinab ins Gebiet der Kurden. Dort sollten wir sie finden können. Oder habt Ihr genauere Kenntnisse über ihren Aufenthalt?"

„Gewiss", murmelte Haschim, „doch dies ist nicht von Nutzen."

„Aber wir werden sie treffen können?" Ich war durchaus zuversichtlich gewesen, doch Haschims Worte ließen mich zweifeln. Ich kannte Marah Durimeh und erhoffte mir zudem durch die Hilfe von deren Vertrauten, Ingdscha und Madana, zweier nestorianischer Kurdinnen, ein rasches Auffinden und eine erhellende Begegnung.

„Sicherlich", nickte Haschim. „Vielleicht wird es etwas mühsam werden. Denn ich glaube, dass Marah Durimeh schon längst von dem Umstand weiß, dass Al-Kadir sich in der Geisterwelt befindet. Und dies verheißt nichts Gutes ..."

Haschim sprach nicht weiter. Wir schauten weiter schweigend aufs dunkle Meer. Ich hätte zu gern gewusst, was genau er damit meinte: den schlichten Fakt oder die Auswirkungen. Aber schließlich wusste ich nichts über die Geisterwelt und nur wenig von Marah Durimeh. Es war kaum möglich oder angemessen, dass Haschim mir an der Reling eines russischen Dampfschiffs, in schwarzer Nacht auf dem Schwarzen Meer, all diese Dinge erläuterte. Auch war es spät. Ich unterdrückte ein Gähnen. Haschim schwieg weiterhin. Und dann bemerkte ich, warum:

Der Scheik kaute etwas. Sein Gesicht zeigte einen stoischen Ausdruck. In seinem Blick schimmerte es ein wenig, und ich war sicher, dass es nicht der Seewind war, der ihm die Feuchte in die Augen trieb.

„Was esst Ihr da, Haschim?", fragte ich. „Es scheint Euch nicht recht zu munden."

„Ein Seemannsgeschenk von Bossoi", erklärte Haschim mit verzogenem Mund. „Als Entschädigung für den entgangenen Kampf." Er blickte mich leidend an. „Mir scheint es eher als Strafe. Ich weiß, dass Seeleute ein besonderer Schlag unter den Menschen sind und die Russen ein besonderer unter den Männern Europas und des Westens."

„Ob sie zu Letzteren zählen, ist wohl Ansichtssache, wie mancher meinen würde." Mir waren diese Zuordnungen ohnehin einerlei. Als Weltreisenden kümmerten mich weder die Grenzen von Ländern noch Kulturen, am allerwenigsten jene der Sprachen.

Haschim nickte langsam und schluckte bedächtig.

„Aber zweifellos ist es sehr eigentümlich, den Tabak nicht zu rauchen, sondern zu kauen. Und von zweifelhaftem Genuss."

Ich atmete tief ein und wusste nicht, was mich mehr verwunderte: der sorglose Seemann mit seiner Gabe oder der gutgläubige Scheich, gerade weil dieser doch so gelehrt und weitgereist war.

„Haschim", sagte ich langsam. „Zunächst ist es so, dass man Kautabak nicht wirklich kaut ..."

Viertes Kapitel
Jenseits von Trapezunt

Die „Knjas Korowjew" lief bei morgendlichem Sonnenschein in den Hafen von Trabzon, wie das antike Trapezunt in osmanischer Zunge genannt wird. Vor den Höhen des Hausberges und der Hügel, welche die Mauern verschiedener Festungen tragen, ragten die Kuppeln und Minarette der einstigen Kirchen und neuen Moscheen auf. Doch diese Bauten sind nur steinerne Kinder im Vergleich zur Geschichte der Stadt, die zwei und ein halbes Jahrtausend zählt. Der Bildungsbürger kennt den Hafen aus der *Anabasis* des Xenophon, dem Bericht vom Zug der Zehntausend in den Perserkriegen. Aber ich will nicht weiter die Kriegsgeschichte referieren, die auch Skythen und Goten, Seldschuken und Mongolen als Gegner und Belagerer kennt, die ihre Spuren in Grund und Gedächtnis hinterließen. Auch die Herren der Stadt, ob Griechen, Römer, Byzantiner oder Osmanen, prägten das Bild Trapezunts ebenso wie jene Völker, die als Gäste oder Händler hier an der Küste des Schwarzen Meers eintrafen. Und alle Pracht ferner Länder kam über die Seidenstraße heran. Mit der Neuzeit erschienen dann Russen und Briten mit Botschaften und Dampfschiffen und Handelskontoren. Trabzon erblühte zu einem kleinen Istanbul, und nicht allein, weil es auch hier eine Hagia Sophia gibt – was nun wenig verwundert, denn auch Athen ist nicht die einzige griechische Stadt mit einer Akropolis. Doch was steigt, kann auch fallen und niedergehen, und nach den Kriegen zwischen Briten, Russen und Osmanen sank der Stern der Stadt, auch durch die Eröffnung der neuen See- und Landwege, durch Kanäle und Eisenbahnlinien, von welchen andere

Städte profitierten. Einzig eine abscheuliche Profession florierte noch in Trabzon, und das war der Sklavenhandel. Obgleich seit zwanzig Jahren verboten, trieben sich jene, die mit den Ärmsten und Verschleppten ihre niederträchtigen Geschäfte machten, noch immer in den Gassen und Hafenanlagen herum. Deren Handelsgut waren bedauernswerte Menschen aus dem Kaukasus, Georgier und Tscherkessen, die von hier aus bis nach Ägypten verkauft wurden, an die levantinische Küste und gewiss auch nach Stambul. Alles Drohen der Staaten Europas konnte dies nicht unterbinden, weder am Schwarzen, noch am Mittelländischen, noch am Meer zwischen Arabien und Persien. Hätte ich in diesem Teil der Welt nicht eine persönliche Aufgabe zu verfolgen gehabt, ich hätte mich nur allzu gern in Kampf und Abenteuer begeben, um zumindest einigen dieser widerlichen Menschenschacherer das Handwerk zu legen – wobei es einen jeden ehrbaren Handwerker zu Recht empört, wenn man den Sklavenhandel als solches bezeichnet. Doch ich wollte nicht verzagen: Ich habe stets das, was ich an guten Taten geplant hatte, vielleicht aufgeschoben, doch niemals aufgehoben. Das Schicksal würde mich noch zu einer Gelegenheit führen, meinen Wunsch nach gerechtem Handeln erfüllen zu können. Zu diesen Zeitpunkt wusste ich es noch nicht, aber ich sollte in einigen Wochen Recht behalten und tatsächlich ein neues Abenteuer erleben, eines, das noch weit über meine schlichte Hoffnung, ein wenig Gutes zu tun, hinausführte.

Jetzt aber landeten wir in Trabzon.

Am Vorabend hatte ich mit Kapitän Rimski zu Abend gespeist, auch Bossoi, Haschim und Halef waren bei Tisch gewesen. Aus einem mir nicht ganz erfindlichen Grund glaubte der Kapitän, dass ich und meine Gefährten den Piratenangriff vereitelt und so Ungemach von Schiff, Besatzung, Passagieren und Fracht abgewendet hätten, und so wollte er sich mit einem kleinen Mahl in trauter Runde bedanken. Die Vorräte des

Schiffs waren begrenzt, und doch richteten der Smutje und der Steward ein rechtschaffenes Vorspeisenbrett nach russischer Art an. Allerlei sauer und salzig Eingelegtes ordnete sich in schlichte gläserne Schalen: Gurken und Pilze und Zwiebeln und Tomaten, dazu Strömlinge und Stör, auch Würste und Käse, außerdem dunkles, ebenfalls etwas saures Brot, doch auch feines weißes, wenngleich etwas hart, und zuletzt ziemlich gesalzene Butter. Die Russen schienen zu glauben, was die Speisen über den russischen Winter haltbar machte, diente auch im orientalischen Klima – wobei ich natürlich auch um die heißen kontinentalen Sommer der Lande vor und jenseits des Urals wusste. Der Russe löscht seinen durch das Salzig-Saure verschafften Durst gemeinhin mit Wasser und Weizenbrand (böse Stimmen sprechen auch von Kartoffelsprit, was jedoch nur in Notzeiten wahr ist, und von solchen sollte man keine Kulinaritäten erwarten) – doch da der Kapitän ein erfahrener und verständiger Orientfahrer war, ließ er die Wodkaflaschen verschlossen und öffnete stattdessen solche mit karbonisiertem Wasser aus dem Ort Narsan, welches die Russen „Reckenwasser" nennen und was, ich muss es nüchtern bemerken, dann doch kaum anders mundet als Sauerbrunnen aus Selters.

Halef zog zunächst die Nase kraus, amüsierte sich dann aber über den Kitzel. Auch sprach er später seiner Schüssel Borschtsch zu, nachdem ihm alle versichert hatten, dass die rote Farbe der Suppe von roten Rüben herrührte. Ich wollte gar zu gern von der schwarzen Blutsuppe der Spartaner berichten, aber man unterband dies und bezichtigte mich halb scherzhaft einer gewissen Unsicherheit des Geschmacks bei Tischgesprächen. Immerhin konnte ich erfreuliche und gern angenommene Verbindungen zu den Krautküchen der Deutschen und Russen ziehen und die orientalischen Tischgäste durch solchen zweifachen Zuspruch auch zum Verkosten der mit Kohlstreifen gefüllten Teigtaschen bewegen. Denn so viel anders als die beliebten türkischen Strudelgebäcke sind jene Pirogen nun auch nicht.

Später raunte Halef mir fragend zu, was die Russen denn nur mit der Sauerkeit ihrer Speisen bezwecken wollten, und ob es etwas mit dem Magen oder der Mimik zu tun hätte. Ich konnte indes nur mutmaßen, dass dies ein Gegengewicht zu den Konfekten und Näschereien sei, die bei Zaren und Kulaken doch eher in orientalischer Übersüße verzehrt würden.

Auch mangels gebrannter Geister war der Abend heiter, eben der überstandenen Gefahren wegen, und nachdem der Erste Offizier Bossoi auch seinen Kautabak-Fauxpas gegenüber Haschim mit tiefem Bedauern und großzügiger Gabe aus seinem Rauchtabakvorrat feinster Herkunft wiedergutgemacht hatte, schieden wir voneinander und begaben uns zur Nacht.

Haschim hatte Bossoi ebenfalls etwas von seinem eigenen Tabak überlassen, mit der Empfehlung, ihn später bei Gelegenheit in einer europäischen oder eben doch russischen Pfeife zu rauchen, nicht in Papier gerollt oder mittels einer Nargileh. Da Bossoi wusste, dass Haschim ein Scheik und Gelehrter war, hatte er ergeben und geehrt all dies nach gehörigem Dank versprochen. Ich hatte ein amüsiertes Blinken in Haschims Auge bemerkt. Und da ich im Gegensatz zu Bossoi wusste, dass Haschim nicht nur ein Gelehrter in irdischen Dingen war, sondern eben auch in überirdischen, so fragte ich mich tatsächlich, ob dieser so edle und ehrbare Mann nicht vielleicht etwas im Sinn hatte, das ich und andere meiner Herkunft vielleicht unter dem Begriff Pennälerscherz kannten. Beim Einschlafen schwebten mir eigentümlicherweise Szenen aus den lustigen Bilderbögen des heiteren Zeichners Busch vor. Aber ich mochte auch im allmählichen Entschlummern nicht daran glauben, dass irgendwann irgendwo eine Pfeifenladung verpuffen und ein Offiziersgesicht schwärzen würde. Manchmal führt meine Kenntnis von solch vielfältigen Dingen meinen Geist an absurde Orte und zu nachgerade lächerlichen Ideen. Es mochte auch daran liegen, dass die beiden Russen, sozusagen zwischen Tür und Angel der Kapitänskajütentür, mir doch noch einen Ehrentrunk abverlangt hatten. So einen späten Schnaps bin ich nicht gewöhnt, da nutzt auch die reichliche Unterlage eines russischen Kapitänsdinners nicht. Ich fand es daher auch nicht ungewöhnlich, dass mir Halefs Schnarchen in der Koje nebenan tatsächlich so klang wie der wiederholte Name der köstlichen Rote-Rüben-Suppe.

Wir gingen von Bord, das Gepäck über den Schultern und unter den Armen. Über das stabile Fallreep nahe dem Laderaum klapperten die Hufe unserer Pferde: Rih, Risha und Halefs Ross hatten die Überfahrt ohne Blessuren überstanden und freuten sich nicht minder als wir über den festen Grund unter den Beinen, weil sie den Kopf frohgemut in den Nacken warfen und schnaubten. Mich selbst mag man für seltsam halten, aber nach der klaren salzigen Seebrise glaubte ich tatsächlich, ein wenig staubige Landluft vertragen zu können und statt eines schwankenden Decks einen wiegenden Sattel. Zudem waren mir der Trubel des Hafens, die Stimmen und der Lärm durchaus willkommen, nach dem eintönigen Rauschen des Wassers und dem Stampfen der Maschinen. Nichtsdestoweniger sah ich der Stille eines Ritts entgegen, bei dem nur das Hufschlagen und leiser Luftzug an die Ohren dringen.

Deshalb hatten wir auch beschlossen, nicht lange in Trabzon zu verweilen, sondern unseren Weg über Land rasch fortzusetzen, sobald wir uns mit Reisevorräten eingedeckt hätten.

Der russische Dampfer wurde entladen, Schauerleute schleppten polternd die Fracht über die Planken, die Ladekräne kreischten, warnende Rufe erschollen barsch. Die Passagiere hatten sich eilig, mit schwankenden Schritten, zu Karren und Kutschen begeben und schienen den Hafen, das Wasser, das Schiff fliehen zu wollen. Welche Gründe und Geschäfte sie auch nach Trabzon getrieben hatten, wer wusste dies schon; wir selbst wussten nur zu gut, was wir zu tun hatten. Ich schaute noch einmal aufs Schwarze Meer hinaus und fragte mich kurz, welchen Kurs das Schiff der Teuta wohl genommen hatte und wo ihr Gast, die Hexe Qendressa, an Land gehen würde.

Ein normaler Hafen würde es kaum sein, denn sowohl in Trabzon als anderswo konnte kaum ein alter Piratensegler mit roten Segeln einlaufen, ohne Aufsehen oder gar Gegenwehr zu erregen.

Doch dies musste zunächst einerlei sein. Wir würden uns landeinwärts nach Südosten wenden, ins Gebiet der Kurden.

Als wir unsere Pferde gesattelt und bepackt hatten, sahen wir zum Ruderhaus des Schiffs empor. Dort standen Kapitän Rimski und sein Erster Offizier Bossoi, überwachten das Löschen der Ladung und beschauten den Hafen und die Stadt, welche sich zu beiden Seiten am flachen Küstenstreifen und über die Hügel dahinter erstreckte.

Unsere Blicke trafen sich, wir tauschten einen letzten, knappen Gruß aus. Bossoi nahm die Pfeife aus dem Mund, deutete darauf und tat Haschim mit gleicher Geste Bescheid, wie er mir am Abend zuvor mit dem Glas zugeprostet hatte. Haschim sandte ihm ein Lebewohl und wandte sich kaum merklich lächelnd ab. Ich wollte es zunächst ergründen, doch Halef beanspruchte meine Aufmerksamkeit, weil er in kurzer, heiterer Scharade die Arme verschränkte und die bestiefelten Füße zweimal in knappem Tritt nach vorne warf. Richtig, die russischen Matrosen hatten auf Freiwache gesungen und getanzt, kurz nach dem überstandenen oder vielmehr abgewendeten Angriff. Halef hatte dies durchaus lustig gefunden. Sein jetziges Verhalten sah ich ihm nach, auch weil das Schauspiel kurz genug währte, um nicht allzu auffällig zu sein. Aber mein lieber kleiner Freund muss eben noch an der Anwendung von Ironie arbeiten, die, wie es in ihrer Natur liegt, doch eher leise daherkommen muss. Keck schaute Halef mich an. Er wusste nach all den Jahren genau, was und wie viel er sich erlauben konnte, bis ich ihn ein wenig mahnte. Ich nickte milde. Als ich mich abwandte, glaubte ich zu bemerken, wie Haschim und Halef einen Blick wechselten, der mir seltsam vertraulich schien. Noch bevor ich weiter nachsinnen konnte, schnaufte Rih und drückte mir die Nüstern in den Nacken. Er hatte

Recht: Was brauchte ich über meine Gefährten nachdenken – sie waren meine Gefährten, das war Ausgang und Ergebnis genug.

Wir stiegen in die Sättel und bahnten uns den Weg aus dem Hafen, hinein in die Gassen Trabzons. Zwischen den Festungshügeln, der dreifach unterteilten Zitadelle und den hadrianischen und byzantinischen Mauern hindurch ritten wir langsam voran. Wie überall im osmanischen Reich entstammten die Menschen hier vielen Völkern, und so wurde das Auge von vielerlei Tracht, das Ohr von vielerlei Sprache betört. Ich vernahm zum ersten Mal den Dialekt der Lazi, das Kartvelische, welches eine Kaukasussprache ist, die vornehmlich in Georgien, aber eben auch in dieser Gegend der Schwarzmeerküste gesprochen wird. Ich bin ja nun kein begeisterter Sprachwissenschaftler, sondern Reiseschriftsteller, also ein Mann, der gewissermaßen eine nüchterne Kunst betreibt. Und so mag man es für verwunderlich halten, dass ich bei den fremden Klängen tatsächlich vor meinem inneren Blick die schön gewundene Schrift des Georgischen sah, die sich wie Ranken über den Schreibgrund windet. Dieses Bild soll meinen Lesern genügen, denn obgleich das Kartvelische auch in lateinischer Schrift wie der unseren niedergeschrieben werden kann, so verlöre es doch recht viel dabei, weswegen ich hier von einer transkribierten Probe lazischer Rede absehe.

Dass ich auch Adyghisch und Kabardisch vernahm, die vorrangigen Dialekte der Zirkassier, sei nur am Rande und mit ein wenig Bitterkeit erwähnt, denn dieses Volk hat ein schlimmes Schicksal erlitten, weil es vor einigen Jahren einen erzwungenen Krieg mit dem russischen Zarenreich führte, unterlag, und aus seinen Landen des nordwestlichen Kaukasus vertrieben wurde.

All dies ließ mich recht verdrossen an die Überfahrt auf der „Knjas Korowjew“ zurückdenken. Doch was mochte der Kapitän mit der Kaukasuspolitik des Zaren zu schaffen haben? Wohl ebenso viel oder so wenig wie ich mit der Politik von

Kaiser und Kanzler. Ich versuchte immerhin, in jenem kleinen Wirkungskreis, der mir beschieden war, gerecht und ehrbar zu handeln.

Meine düsteren Gedanken wurden unterbrochen von Halefs hellem Ruf, dass wir uns doch vor dem langen Ritt stärken sollten, und so hielten wir an einer Garküche, aus der appetitreizende Dünste stiegen. Ich nahm es dankbar an. Denn auch wenn der Kopf es wohl bemerkt, wenn die Füße neuen Grund betreten, so ist man doch erst so richtig an einem Ort angekommen, wenn der Magen es begriffen hat.

Wir schmausten mit Genuss, aber nicht allzu überschwänglich und zeitraubend an einer Schüssel gebratener Sardellen aus den trabzonischen Gewässern, dazu Pfannenbrot aus Mais, welches mich sehr an jenes erinnerte, das auf dem nordamerikanischen Kontinent gebacken wurde, sowie drei Näpfe mit Eintopf aus Bohnen und Kohl, ähnlich, aber doch anders als die rote Krautsuppe von nördlich des Schwarzmeeres. Ich konnte meine Gefährten amüsieren, indem ich anmerkte, dass der Name jener Fischlein, *hapsi*, im pontischen, also Schwarzmeerdialekt des Türkischen, tatsächlich „Mundvoll" bedeutet, somit gleichbedeutend ist mit dem deutschen „Happen". Auch wenn Halef durch die nebensächlichen Deutschstunden bei mir und dem Lehrer Lohse noch näher am Verständnis dieses Sprachspaßes war, vermochte Haschim diesem doch zu folgen, weil er sich des pontischen Griechisch erinnerte, in welchem die Sardelle „hapsia" heißt. Und auch alle weniger polyglotten, vielsprachigen Zeitgenossen erkennen das treffende Schallwort. Wie schön, wenn Sprache und Schmackhaftigkeit so trefflich einhergehen.

Wir waren gesättigt und heiter, als wir mit frischem Reiseproviant und allerlei Ausrüstung auf den Packpferden Trabzon nach Südosten verließen. Wir passierten den mächtigen Hügel des Boztepe, der einst Minthrios hieß und an seinen Flanken antike Kultstätten des Mithras, byzantinische Höhlenkirchen, armenische Mönchs- und griechische Nonnenklöster beherbergt. Diesen wahrhaftig heiligen Berg ließen wir also hinter uns und begannen damit, das östliche Anatolien zu queren.

Die weiten Ebenen, Hügel, Berge und Hochplateaus wechselten im Takt der Tage. Ich muss gestehen, dass diese Reise, wenngleich zügig, doch eine entspannende Wohltat war, verglichen mit den scharfen Ritten, die wir jüngst auf dem Balkan hatten unternehmen müssen, als es galt, den Schut und seine Schergen an der Verübung ihrer Übeltaten zu hindern und an vielen Orten die gefangenen Unschuldigen zu befreien, die vom Schut zur Zwangsarbeit in seinen Fabriken versklavt worden waren.

Jetzt aber, wo die Zeit wohl ein wenig drängte, uns aber keine konkreten Schicksale die Schultern beschwerten, war es mir möglich, mich meiner Passion des Reisens hinzugeben.

Wir mieden die größeren Siedlungen und Städte, kehrten stattdessen in kleinen Orten und Gehöften ein, um zu speisen und die Nacht zu verbringen, auch kampierten wir dann und wann auf freiem Feld, in Wäldchen oder Taleinschnitten, um uns nach den Bequemlichkeiten wieder an das rohere, wildere Leben zu gewöhnen, das uns sicher bevorstand, wenn wir erst in den Kampf gegen Al-Kadir zogen.

Dennoch will ich meinen Lesern die Route ein wenig schildern, denn so sind sie es von mir gewohnt, und ich will niemanden enttäuschen, der von einem Reiseschriftsteller zurecht eine beschriebene Reise erwartet.

Nach Trabzon passierten wir Erzurum, von den Kurden Erzirom genannt, ein wenig eingezwängt zwischen der Hügelreihe, die den treffenden Namen „Kamelhals" trägt, und den hohen Bergen des Palandöken, in welchen eine der Quellen des Euphrat entspringt.

Von all den Kriegen und Herrscherdynastien aus den Jahrhunderten Erzurums will ich nicht berichten, stattdessen aber anmerken, dass der Nationaldichter der Russen, Puschkin, diesen Ort nach einer Reise dorthin als Arzrum verewigt hat.

Aber ach, eben doch in einem Bericht über den russisch-osmanischen Krieg vor einem halben Jahrhundert. Es dauert mich, aber Geschichte, selbst die der Kultur, kommt ohne Kampf und Konflikt nicht aus. Vielleicht sei etwas gefälliger vermerkt, dass Erzurum eine Kapitale der Schmuckherstellung ist, namentlich von solchem aus sogenanntem Schwarzen Bernstein.

„Oh", sagte Halef, „das klingt aber interessant. Ist Bernstein nicht eigentlich ein Edelstein aus deiner Heimat, Sihdi? Hübsch golden gelb und glänzend? Der Schmuck der Germani, so wie es der himmelblaue Lazaward für die Afghani ist?"

„Nun, Halef", meinte ich, „da liegst du in vielerlei Hinsicht gar nicht so falsch. Tatsächlich nennt man den Bernstein das Gold der Ostsee, und das ist ja ein Meer, welches die nordöstlichen Küsten meines Herkunftslands umspült – und den Bernstein an den Strand heran. Schön und schmückend ist dieser allemal. Für Damenhälse und für …"

„Ich habe gehört, dass er auch zum Hausbau verwendet wird, was mich sehr verwundert hat. Sind die Menschen an jenem östlichen Meer so reich, dass sie sich aus diesem Edelstein Paläste bauen, so wie es Könige und Sultane mit Gold und Marmor tun?"

„Nein, da hast du etwas missverstanden. Nicht Häuser werden aus Bernstein gebaut, sondern Zimmer. Und auch nur ein einziges. Das aber tatsächlich von einem König. Und er hat es gleich weiter verschenkt an einen anderen."

„Wie kann man denn Zimmer verschenken, Sihdi?", fragte Halef verblüfft.

„Das, mein Lieber, ist eines der Wunder des Abendlandes, welches ich dir später einmal berichten will. Es könnte eine längere Geschichte werden, und eine spannende noch dazu." Ich wackelte mit der Hand. „Aber etwas anderes ist nun wichtig: Der Bernstein ist gar kein Stein wie andere Edelsteine, sondern vielmehr das Harz von Bäumen, das aus der Urzeit herstammt und sich im Laufe der vielen Jahrtausende so verhärtet hat, dass man es als Stein bezeichnet."

„Harz, Sihdi? Klebriger Baumsaft? Wie Mastix und Gummi? Damit schmücken sich die Damen deiner Heimat?“ Er überlegte kurz. „Und ich dachte schon daran, dass ich vielleicht doch nach Erzurum reite, um ein wenig hübschen Schmuck für Hanneh zu kaufen, wo wir schon in dieser Gegend sind, wo es eben Schmuck gibt.“

„Guter Halef, ich möchte dich als Neugierigen warnen. Nicht etwa davor, osmanischen Schmuck zu kaufen oder zum Schmuckkauf in Städte des Osmanischen Reichs zu reiten, sondern vor dem betreffendem Material. Denn wenn du es schon nicht schön findest, wenn Hanneh altes Harz um den schönen Hals trägt, dann wirst du noch mehr gegen schlichtes Holz haben.“

„Du willst mich necken, Sihdi! Erst sagst du, goldener Bernstein kommt aus Bäumen, und nun behauptest du, schwarzer Bernstein sind die Bäume selbst?“

„In der Tat. Die langen, geradezu ewigen Zeiten, die aus Harz Bernstein gemacht haben, haben aus Holz ebenso Bernstein gemacht. Oder eben doch nicht. Den schwarzen Bernstein nennt man nur fälschlich so. Unter den Gelehrten heißt er Gagat oder in anderen Sprachen Jett oder Jais. Und im Grunde ist es Kohle, die noch nicht lange genug im Boden lag.“

„Kohle“, hauchte Half entsetzt. „Ich hätte es mir denken können, bei der Farbe. Möglicherweise färbt dieser falsche Schmuck auch noch die Hälse schwarz!“

„Nun, das nicht. Man könnte versöhnlich sagen, dass diese Kohle eben leider nicht lange genug im Boden lag, sonst wäre sie zu Diamanten geworden. Auch wenn dies nicht ganz den geologischen Tatsachen entspricht. Aber einerlei: Ein Beinahe-Diamant ist ebenfalls kein schönes Geschenk für eine Dame. Zudem, wozu braucht eine tapfere Kriegerin der Beduinen wie Hanneh irgendwelchen Tand?“

„Auch eine Kriegerin ist eine Frau, Sihdi. Und diese ist zudem noch die meine.“

„Da hast du wohl Recht. Und abschließend darf ich dir noch etwas erzählen, dass dich vollends von der Seltsamkeit des sogenannten schwarzen Bernsteins überzeugen wird. Die Merkwürdigkeiten gehen anscheinend auch auf Menschen über."

„Ich bin gespannt, Sihdi!"

„Du sollst nun nicht glauben, ich sei zu einem Experten für Schmuck oder hübsche Steine geworden, ich gebe hier nur eine Posse wieder, von welcher der französische Kaufmann Galingré während unseres jüngsten Zusammentreffens in Skutari erzählt hat. Also ..."

Und ich erzählte, in etwas anderen Worten für meinen Halef; meinen Leser gebe ich es wie folgt wieder: Es ging um einen wiederum französischen Preziosenhändler namens Jean Jais, der, *nomen est omen*, sich auf Trauerschmuck aus Gagat spezialisiert hatte. Wann immer also eine trauernde Witwe zu ihm kam, um etwas dezentes Geschmeide für das schwarze Kleid zu erwerben, verabschiedete er sie nach getätigtem Geschäft mit den Worten: *„J' aime le Rocambole."* Ich wusste nun, dass es sich bei diesem Rocambole um einen zweifelhaften Charakter aus einer Serie von Sensationsromanen des französischen Schreibers Pierre Ponson du Terrail handelte, welcher sich, obgleich von Adel, auf das Verfassen von Schauernovellen und erdachten Abenteuern verlegt hatte. Was aber die Murmeleien des Schmuckhändlers damit zu tun hatten, erschloss sich mir nicht. Selbst Galingré musste zugeben: *„Ils sont fou les français."* Dieser Seitenhieb auf die geistige Gesundheit seiner ehemaligen Landsleute fiel ihm, dem erfolgreichen Auswanderer nach Albanien, natürlich leicht.

Halef hatte aufmerksam gelauscht, mehr und mehr die Stirn gerunzelt, und als ich geendet hatte, atmete er tief durch.

„Ich verstehe diese Geschichte nicht", vermeldete er knapp.

„Ich auch nicht, Halef. Das ist ja das Kuriose daran."

„O Sihdi. Was du so alles erzählst. Nun, vielleicht können sich deine Leser später einen Reim darauf machen, wie man bei euereins so schön sagt. Ich reite jetzt zu Scheik Haschim hinüber. Vielleicht kennt der eine richtig lustige Geschichte."

Das tat Halef dann. Ich glaube aber nicht, dass Haschim eine solche Geschichte, wie Halef sie sich wünschte, parat hatte, oder wenn, sie überhaupt erzählen wollte.

Ich selbst hatte nun Zeit darüber nachzudenken, was Leute so alles von sich geben, wenn man lange am Schreibtisch oder eben im Sattel sitzt.

Wir kamen zu den südöstlichen Ausläufern des Taurusgebirges, den Ketten des Bingöl und des Bilican. Die Flüsse Murat und Karasu haben hier ihre Täler in den Grund geschnitten, und die hohen Berge und Plateaus wirken durch diese noch steiler und schroffer. Der mächtige Gipfel des Süphan ist dem See von Van nicht fern, und ein jeder, der dieses Land beschaut, ist nicht wenig ergriffen von diesen Extremen der Natur.

In der Provinz Muş lag die gleichnamige Stadt Mûs, oder auch umgekehrt, denn der türkische und der kurdische Namen unterscheiden sich nur durch jene Buchstabenornamente, die den Sprachforscher so entzücken. Den Völkerkundler hingegen bewegt, dass sich hier neben Türken und Kurden auch viele Armenier finden und dass jede Volksgruppe ihre Kirchen und Moscheen besitzt. Deren Türme und Minarette sahen wir, wie es unserer eingeschlagenen Reiseroute entsprach, jedoch nur von Ferne. Der bereits erwähnte Xenophon war einst in dieser Gegend, der ebenso erwähnte Puschkin nicht.

Schließlich trafen wir auf den Fluss Bitlis und folgten seinem Lauf, denn sein schmales Tal ist die einzige Passage durch den Taurus, zwischen den Niederungen des Sees von Van und der Ebene von Diyarbakir. Von Ferne drohte der erloschene Vulkan Nemrut, der an seinem Gipfel einen Kratersee trägt, gewissermaßen ein Gebirgszwilling des Van. Dieser Kegelberg trägt seinen Namen wegen einer Legende um den vorbiblischen Jäger Nimrod, doch so wie dieser in der Ferne der Zeit verschwunden ist, hat sich der Vulkan zum letzten Mal vor drei Jahrhunderten leise gerührt. Es möge so bleiben. Denn Gutes genug haben die früheren Eruptionen getan: Die Ebene vor dem einst feurigen Berg ist fruchtbar, und so ziehen sich weite Felder vor dem ragenden Gipfel dahin.

Die Stadt Bitlis umgingen wir, mochte auch deren Historie locken, die bis in die Zeit der Assyrer zurückreicht. Noch interessanter ist aber die jüngere Geschichte, welche der reisende Dichter Evliya Çelebi vor zweihundert Jahren in seinem *Seyahatnâme*, dem also schlicht ‚Reisebuch' genannten Bericht, beschrieben hat. Diesen Text kannte ich sowohl im originalen Wortlaut wie auch in der Übersetzung des geschätzten Orientalisten von Hammer-Purgstall, und besonders die Passagen über den kurdischen Fürsten Abdal Han, der sowohl dem osmanischen Sultan wie auch dem persischen Schah die Stirn geboten hatte, waren mir als sehr beeindruckend in Erinnerung geblieben. Vor allem, weil jener Abdal eben, um im Bilde zu bleiben, kein breit- oder engstirniger Herrscher war, der sich den fremden Potentaten der großen, mächtigen Reiche ringsum aus schlichtem Trotz nicht beugen wollte. Nein, diesem Fürsten lag schlicht sein Volk am Herzen, und er war darüber hinaus ein kluger und gelehrter Mann.

Tatsächlich griff Haschim diesen Punkt auf.

„Kara Ben Nemsi, Ihr kennt den Beinamen Abdals, zumindest jenen, den Çelebi ihm nicht von ungefähr gab?"

„Gewiss. Çelebi nannte Abdal Han den *Hazarfann*, den Mann der Tausend Künste."

„Da Ihr von vielen Künsten wisst, vor allem den sieben freien Künsten des Abendlandes ..."

Ich zählte an den Fingern ab: „Grammatik, Rhetorik, Logik – das Trivium. Arithmetik Geometrie, Musik, Astronomie – das Quadrivium."

„Sehr gut", nickte Haschim in einem angenehm wohlwollenden Tonfall, sodass ich gar nicht verstand, warum Halef gut hörbar in sich hineinkicherte.

„Aber“, begann Haschim, „auch wenn wir all die Künste hinzuziehen, die seitdem hinzukamen ...“

„Nun, auch neben den *septem artes* gab es ja bereits die Theologie, Jura, Medizin und vieles mehr, wenn auch nicht im heutigen Verständnis.“

„Und wer sie denn alle zählen wollte, würden dem nicht immer noch einige fehlen, bis zu den besagten tausend Künsten des Abdal Han ...?“

„Worauf wollt Ihr hinaus ...?“, wollte ich fragen, doch dann hatte ich begriffen und begegnete Haschims leisem, weisem Lächeln mit einem kleinen Seufzer und einem Heben und Senken der Schultern, das mir zu einem Strecken und Recken im Sattel wurde. Dann wurde ich ein wenig spitzfindig, zwar wohl auf freundliche Art, doch ich musste dieser meiner Empfindung, meiner immer noch vorhandenen Skepsis gegenüber allem, was vorgeblich magisch und zaubersam daherkam, Luft machen.

„Aber Haschim“, meinte ich also, „Ihr wollt doch nicht einem *Reiseschriftsteller* glauben, der vielleicht nur aus Gründen des Interessantmachens in seine Worte gewisse Doppelbedeutungen legt, um seine Leser zum Sinnieren, gar Phantasieren zu bringen ...“

Haschim zwinkerte mir zu, eine kokette Mimik, die ich von ihm noch nicht kannte.

„Abgesehen davon, dass ich es schätze, wie Ihr mit Worten über einen anderen gleichsam Euch selbst erkennen mögt, ganz gemäß dem Hellenenwort, so möchte ich doch anmerken: Warum sollte allein Çelebi den Abdal Han als so kunstreichen Mann bezeichnet haben?“

„Nun man kann ihn nicht mehr befragen. Beide nicht.“

„Befragen kann man wohl.“

„Ja, andere Schriften.“

„Nicht allein: auch Menschen, die Abdal Han kannten.“

„Diese dürften nach zweihundert Jahren allerdings recht alt sein.“

„Sehr alt. Älter als mancher meint."

Ich musterte Haschim und dann begriff ich erneut.

„Marah Durimeh."

„Wer weiß ...", sagte Haschim und lächelte. Ach, wie sehr ich doch meinen lieben Halef schätze, der sein Herz auf der Zunge trägt und aus nichts ein Geheimnis macht, selbst wenn es ein offenes sein mag.

Man spürte, dass unser Weg uns nun immer weiter vom eigentlichen Land der Türken hinab ins Zweistromland führte, und damit in biblische Gefilde. Der Euphrat und der Tigris hatten bereits schiffbare Ausmaße erreicht, lagen aber hier, in der Nähe der Stadt Cizre, so weit auseinander wie sonst nie in ihrem Doppellauf. Die Kurden nennen den Ort Cizir, die Araber Dschasirat, was jedoch nicht mit der Ebene im Zweistromland verwechselt werden sollte, welche man Al-Dschasira nennt oder eben Dschesireh. Wir waren dennoch recht nahe an den Weidegründen der Haddedihn, und Halef packte ein wenig die Sehnsucht. Aber da die Beduinen eben in diesem Gebiet umherziehen und selbiges wiederum sehr weit in den Westen reicht, wäre es wohl ein allzu großer Zufall gewesen, wenn wir Halefs Familie tatsächlich hätten einen kurzen Besuch abstatten können, ohne allzu lange zu suchen und Zeit zu verlieren. Dies alles würde warten müssen.

Am Rande des Landes um Cizir erhebt sich der Berg Cudi, von dem es heißt, hier sei die Arche des Noah gelandet, nachdem die Wasser der großen Flut sich zurückgezogen hatten. Allerdings gilt dies nur nach islamischer Tradition, die christliche verortet die Landungsstelle auf dem Berg Ararat, welcher viel weiter westlich, am anderen Ende Kleinasiens, sich erhebt. Es mag ohnehin nicht von Belang sein, wie es einst wirklich war, einzig die Stimmung, welche diese Lande hervorrufen, ist tatsächlich wahr und wahrhaftig, nahezu mit Händen zu greifen.

Doch es ist eben nicht nur die biblische Geschichte, die hier Erinnerungen hervorruft. Es ist auch meine eigene. Als wir östlich unserer Reiseroute den Stadthügel von Amadijah ausmachten, entsann ich mich meiner zwei Jahre zurückliegenden Erlebnisse. Halef, Sir David und ich hatten dort mit Mohammed Emin, dem Scheik der Haddedihn, dessen entführten Sohn Amad el Ghandur befreit. Auch traf ich dort zum ersten Mal auf Marah Durimeh. Nun würden wir sie gewiss nicht dort finden, weshalb wir Amadijah ebenso ohne Besuch passierten wie die Festung Kalah Gumri, die in einiger Entfernung über dem gleichnamigen Dorf thronte. Dort waren wir einst allesamt gefangen gesetzt worden, auf Befehl des Bey von Gumri, dem Anführer der Kurden von Berwari, und des Sohns von Abd el Summit Bey. Meine Leser kennen diese Ereignisse und erinnern sich so gewiss daran wie ich, obgleich sie jene nur aus meinen Berichten kennen, während ich sie eben selbst erlebt und teils erlitten habe und meine Freunde und Gefährten mit mir.

Doch nun war nicht die Zeit für kämpferische Nostalgie oder alte Geschichten, wir mussten voran. Und so passierten wir Mossul, ohne dass Halef und ich untereinander auch nur die Namen des damaligen Makredsch und des damaligen Paschas erwähnten, mit denen wir Händel hatten. Wir wollten auch Haschim nicht mit dergleichen belästigen, denn was war unser Streit mit jenen Provinzherrschern und Festungskommandanten schon gegen den bevorstehenden Kampf gegen den finsteren Magier Al-Kadir im Geisterreich! Tatsächlich waren dies bei all meiner Skepsis meine Gedanken. Ich konnte mich nicht erwehren, diese mir fremde Herausforderung als bedrohlich und unheilvoll zu verspüren. Ich konnte nicht wissen, was mich, was uns erwarten würde, und es war mir auch nicht gegeben, es mit früheren Erlebnissen zu vergleichen. Ich musste mir eingestehen, dass ich in die ersten Duelle mit Al-Kadir ungläubig, fast unbedarft hineingegangen war. Und dass meine alten Feinde, der Schut, der Mübarek und Hamd el-Amasat, wiederauferstanden waren, verändert und mit Zauber und Magie versehen, damit wirkten und ihr Unwesen trieben – dies hatte mich auch nur zum Teil auf jene fremde, befremdliche Welt vorbereitet. Jetzt aber wusste ich einiges und ahnte noch mehr, obgleich auf sehr unvertrautem Gedankengrund. Ich war froh, Haschim an meiner Seite zu haben, aus dessen Wesen und Kenntnis ich Vertrauen schöpfen konnte, vielleicht gar Hoffnung. Und die Aussicht, zudem die weise Marah Durimeh zu treffen und um Beistand und Rat bitten zu können, ließ mich ebenfalls zuversichtlich sein.

Und diesem Ziel näherten wir uns nun, zumindest was den Ort betraf.

Zwischen Mossul und Erbil, auf Kurdisch Hewler, welches die vielleicht älteste Stadt der Menschheit sein mag, weil dort laut Forschermeinung seit acht Jahrtausenden stets gesiedelt wurde, fließt der Strom des Großen Zab, der sich durch sein breites Tal wälzt, umgeben von den Höhen voller Eichen und Walnusswälder. Dessen Wasserlauf querten wir, um uns weiter nach Süden zum Bruderstrom des Kleinen Zab zu wenden, und damit in die Gegend von Lizan und Schohrd, zwei kleinen Orten, eher Dörfern nur, die jedoch die Stammsitze von einigen Menschen waren, die uns vor zwei Jahresläufen sehr nahe gestanden hatten. In Lizan, welches wir zunächst erreichen würden, waren dies vor allem der Melek von Lizan, also das Oberhaupt der Siedlung und seiner Bewohner, die nestorianische Kurden waren, wie auch Schakara, die Tochter des Gallapfelhändlers. Die Geschichten, welche uns mit diesen beiden verbanden, waren so unterschiedlich wie die Personen selbst und wiederum von solch Gegensätzen wie Liebreiz und Schauder als auch Feindschaft und Respekt geprägt. Diese Vielfalt von Gefühlen ergriff mich auch jetzt, als die erneute Begegnung nach langer Zeit bevorstand.

Wir kamen also von den bewaldeten Höhen hinab ins Tal des kleinen Zab und erwarteten, an besagter Stelle das vertraute Dorf Lizan zu erblicken – doch es war nicht mehr!

Fünftes Kapitel
Das Gallapfelhaus

Ich hatte schon auf dem Weg nach Lizan die Veränderungen bemerkt. Zwei Jahre zuvor war das fruchtbare Land im Tal des Zab brach gelegen, denn niemand hatte damals in größerem Umfang Felder anlegen und bestellen wollen, als noch die Kämpfe zwischen Kurden und Nestorianern gewütet hatten. Welcher Bauer wollte schon seine Ernte geplündert, seine Frucht auf dem Acker verheert sehen, Zeuge werden, wie die Mühe seines Tagwerks in den Mägen der Feinde verschwand oder in Rauch aufging?

Auf diesem neuerlichen Ritt entlang des Flusses nun, am Ufer oder den Höhen darüber, waren mir doch schon die weitgreifenden Felder aufgefallen, die im Herbst wohlgefüllte Scheunen und Speicher versprachen. So war es nun einmal: Der Krieg gebiert Hunger, der Frieden speist das Volk. Wie gut also, dass die Kämpfe zwischen dem Bey von Gumri und den verschiedenen Meleks der umliegenden Orte beigelegt waren und nun Land und Leute gleichermaßen gedeihen konnten.

Doch was ist der Anblick von Feldern – auf denen zwar körnerpralle Halme wogten, wo zuvor nur Gras und Unkraut wucherten, doch das ist ja schlussendlich nur Werk der Natur – gegen die Veränderung, die der Mensch zu bewirken imstande ist!

Lizan, das alte Dorf, war dahin. Die elenden Häuser und Hütten, die sich zu beiden Seiten des Zab in den Erdendreck geduckt hatten, waren gründlich ausgebessert, gar neu erbaut worden, und etliche waren hinzugekommen, nachdem das

Verheeren und Brandschatzen endlich ein Ende hatte. Irgendwann verliert ein jeder die Kraft, das Haus, die Hütte immer wieder zu reparieren, wenn es doch nur wieder zerstört wird. Und wer entkräftet und hungrig ist, schreinert und mauert auch nicht gut, zumal es am Geld fehlt, wenn kein Überschuss aus der Ernte verkauft werden kann.

Jetzt aber gedieh Lizan ebenso wie das Korn auf den Äckern, und die Gemüse und Kräuter, die in den Gärten prangten, verhießen in all ihrer Buntheit nahrhaften Wohlgeschmack.

Doch nicht nur im persönlichen Besitz hatten die Bewohner Lizans sich verbessert, auch die Brücke über den an dieser Stelle reißenden Zab war nicht mehr das erbärmliche Gebilde aus einigen Holzpfeilern und Flechtwerk, über das jeder Passant, ob Mann oder Pferd, nur ängstlich und schwankend geschritten war. Jetzt saßen die gemauerten Pfeiler fest im felsigen Flussbett und ein robustes Konstrukt aus Balken und Bohlen spannte sich über das rauschende Gewässer. Dort im Strom lagen zwar noch immer die vielen Felsen, welche keine Floßfahrt zuließen und das Schwimmen nachgerade lebensgefährlich machten, aber wer will mäkeln, wenn alles andere aufs Beste gerichtet ist. Lizan war schließlich kein Badeort für Kurgäste, sondern ein rechtschaffenes Dörfchen mit guten, schlichten Leuten.

Diese schauten nun einigermaßen neugierig auf und um die Ecken herum, wer denn da herankäme. Dass wir keine Türken oder Kurden waren, sah man ja sogleich, doch auch wenn wir von der Kleidung anders wirkten, war dies für die Menschen hier kaum verwunderlich, denn Mesopotamien war nicht weit, auch Persien nicht. Jedenfalls kamen wir nicht kriegerisch daher, selbst wenn unsere Waffen gut sichtbar waren, jedoch friedlich an den Sätteln befestigt oder bequem am Gürtel zurechtgeschoben.

Ich grüßte den Nächstbesten und fragte nach dem Melek, also dem Anführer, dem Bürgermeister sozusagen, obgleich Melek eigentlich König heißt, wobei sich ja auch anderswo so mancher Dorfschulze wie ein Monarch fühlen mag. Ich erfuhr, dass der Melek in seiner Residenz weilte und gewiss zu sprechen sei, was mich vermuten ließ, dass man uns für Händler hielt. Das war gar nicht das Schlechteste, und so dankte ich und schlug den Weg zum Haus des Melek ein, den ich ja kannte, und zudem hatte der Mann wie erwartet am Ufer des Zab entlanggedeutet.

Dort lag das Haus noch immer, halb in das Wasser des Flusses hineingebaut, wo der kühlende, stärkere Luftzug die Mücken verscheuchte. Das obere Stockwerk des Gebäudes hatte keine Mauern; es bestand einfach aus dem Dach, welches an den vier Ecken von je einem Backsteinpfeiler getragen wurde und so einen luftigen Raum schuf, der früher das Staatsgemach des Melek gewesen war. Allerdings war von dem Backstein der Pfeiler kaum mehr etwas zu sehen, denn an ihnen wanden sich blühende Ranken empor, bis zum Dachrand und quer durch die Balustraden, welche die Pfeiler verbanden. Auch am Fundament des Hauses waren Blumen gepflanzt, selbst unter den Fensteröffnungen hingen hölzerne Kästen mit bunten Blüten, wenig anders als bei einem deutschen Bürgershaus im Biedermeier.

Wir waren kaum aus den Sätteln gestiegen, als sich oben über dem Blütengerank ein rundes Gesicht zeigte, mit dichtem Schnauzbart und schiefem Turban. Man hatte uns wohl angekündigt. Der Melek hob beide Arme in einer Geste, die halb Willkommens-, halb Segensgruß war und rief „Guten Morgen“, obgleich schon beinahe Mittag war. Dann wurden wir mit einem Ruf hinaufgebeten, der freundlich-überschwänglich war, jedoch keinen Widerspruch duldete. Nun, warum auch. Halef und ich wandten uns dem Eingang zu, während Haschim zögerte.

„Ich bewache die Pferde und die Waffen“, verkündete er und warf mir einen eigentümlichen Blick zu. Ich hatte ihm auf dem Weg nach Lizan von unseren früheren Erlebnissen berichtet, von der einstigen Feindschaft mit dem Melek, aber dass sich schließlich, auch durch den Einfluss von Marah Durimeh, alles zum Besten und zum Frieden gewendet hatte.

„Hier droht keine Gefahr, kein Verrat“, sagte ich voller Überzeugung.

„Nicht wie in früheren Zeiten, gewiss“, gab Haschim zurück. Dann schaute er milde. „Lasst mir meine Eigenheiten, mein Freund. Und wenn Euch dort droben etwas Köstliches kredenzt wird, lasst mir doch etwas herunterbringen ...“

Ich nickte ergeben. Haschim begann mit Interesse die Umgebung zu betrachten, vor allem einen der Berghänge zur Rechten, an dem eine Mauer zu erkennen war.

Halef und ich betraten das Haus und gingen die Stiege hinauf. Ich bemerkte, dass die unteren Räume recht karg eingerichtet waren, jedoch war es nicht die Kargheit des Ärmlichen, sondern die Strenge, mit der sich manche, aber eben doch nur sehr wenige Wohlhabende umgeben. Oben empfing uns der Melek von Lizan. Er war schon immer ein kräftiger Mann gewesen, nun aber war er feist, nahezu fett. Seine lange Jacke stand offen, ich erkannte, dass die Doppelreihe der Knöpfe und Ösen gezerrt und ausgeleiert war und der Tuchgürtel nur locker um den mächtigen Wanst gewunden. Auch der Turban war nachlässig gebunden. Es schien, als habe das süße, friedliche Leben den einstigen Krieger faul werden lassen.

„Kara Ben Nemsi Effendi“, kollerte der Melek, und seine Wangen und die Kinne bebten. Dann tat er einen raschen Sprung auf mich zu, der noch von der alten Kämpferkraft zeugte, doch er kam schwer vor mir auf, trat mir beinahe mit den Pantoffeln auf die Stiefelspitzen. Was eine herzliche Umarmung werden sollte, war dann doch eher ein klammerndes Haltsuchen. Die noch immer muskulösen Arme hielten und pressten mich tüchtig, und die weichen Backen drückten sich erst rechts, dann links in meinen Bart. Dann hielt der Melek mich auf Armeslänge von sich.

„Weißt du noch“, begann er, „was ich dir damals sagte, kurz bevor wir voneinander schieden?“

Wie hatte ich dies vergessen können; ich hatte es schließlich später aufgeschrieben, im Bericht über meine Abenteuer im wilden Kurdistan!

„Du sagtest: ‚Ich zürne dir, denn du hast mich besiegt. Ich fürchte mich vor dir, aber ich habe dich dennoch lieb.‘“

Die Augen des Melek, die früher so hart wie Säbelstahl geblitzt hatten, füllten sich mit Tränen. „Und jetzt, jetzt habe ich dich nur noch lieb, Effendi! Kein Zorn mehr, keine Furcht! Ich liebe dich und ich liebe alle Menschen.“

„Das ist sehr schön, Melek. Wenn nur alle so dächten, hätten wir Friede auf Erden.“

Der Melek schniefte. „Wie wahr, wie wahr.“ Dann starrte er über meine Schulter, bis ich mich ebenfalls umwandte, aber dort war nichts außer den Blumen, die überall aus den Ranken und Blättern leuchteten. Ich blickte zurück zum Melek und der beendete seine Blütenschau und nickte. Er deutete zum Boden, der nicht wie früher allein mit zierlichen Matten bedeckt war, sondern zudem mit wulstigen Kissen, die nicht prächtig waren, aber sehr bequem ausschauten.

„Nehmt Platz, du, Effendi und dein Diener.“

„Das ist Halef, mein Gefährte und Freund.“

„Ja“, strahlte der Melek, „Gefährten und Freunde braucht es. Die dienen besonders gern und gut. Ich bin ja auch nicht der Melek der Menschen von Lizan, sondern ihr Freund, Gefährte, Diener.“

Er ließ sich schwer in die Kissenwülste fallen und war darin kaum noch zu erkennen, da sowohl seine Kleider als auch die Polster von schlichten braunen Farben waren, und die Blumen und Blätter mit ihrem glänzenden Grün und der rot-weiß-gelben Buntheit alles überstrahlten. Doch noch etwas Besonderes zeigte sich zwischen den Kissen. Der Melek nannte zwei Katzen sein eigen, die der seltenen Rasse entstammten, welche rund um den See des Van lebte, und die deshalb Katzen von Van, kurdisch *Pisîka Wanê*, genannt wurden. Ihr Fell ist rein weiß, die Augen hellblau oder grün-bernsteinfarben und die wertvollsten haben jeweils ein Auge in diesen Tönen. Die Vankatzen des Melek gehörten dazu, und ihr doppelt zweifarbiger Blick verfolgte mich während der gesamten Zeit unseres Besuchs.

Halef und ich setzten uns sachte nieder. Der Melek klatschte in die Hände, und schon kamen zwei Mädchen und eine Frau heran und boten uns Früchte und kleine Speisen auf Holztellern und in Bastkörbchen, dazu Wasser. Ich fragte, ob unser Freund vor dem Haus auch etwas von den Erfrischungen erhalten könnte.

„Noch ein Freund und Gefährte?“, rief der Melek. „Mag er sich nicht zu uns gesellen?“

„Wir sind ein wenig in Eile. Dies soll nur ein höflicher Besuch sein, um der alten Zeiten willen.“

„Der neuen Zeiten willen, denn diese sind gut, ganz anders als die alten, schlechten.“

„Wie man eben so sagt, Melek ...“

„Nenn mich *Dost*, nenn mich *Hewal*!“

Ich nickte, sprach dann aber weiter, ohne ihn als Freund oder Gefährten zu bezeichnen.

„Wir möchten Marah Durimeh aufsuchen. Und ich erinnere mich, dass deine ehrenwerte, alte Mutter mir damals hat sagen können, wo sich diese ihre weise Freundin aufhielt ...“

Der Melek atmete tief ein und unterdrückte ein Schluchzen.

„Es dauert mich sehr, Effendi. Sie ist tot.“

Ich spürte mein Herz einen Schlag aussetzen. Neben mir ächzte Halef und ließ eine Maulbeere zurück in das Bastkörbchen fallen.

„Aber sie war, wie du sagtest, schon sehr alt, wenngleich nicht so alt wie Marah Durimeh.“

„Ach so …“, atmete ich auf.

„Doch da mein Bruder ja Priester ist, konnte er ihr das schönste Begräbnis geben, das Lizan je gesehen hat!“

„Mein Beileid“, hauchte ich tief empfunden, auch wenn mich der vorige Schrecken noch umfangen hielt. „Eure Mutter wird im Himmelsparadies ihren verdienten Platz erhalten.“ Mir war etwas unwohl, als ich den Melek sich vor meinen Augen in den Kissenpolstern rekeln und mit seinen Kinnen nicken sah.

„Das wird sie. Mein Bruder hat sie sogleich begleitet, denn er war ebenfalls ältlich. Nach der Zeremonie hat ihn der Schlag gerührt. Sein Begräbnis war schlichter, sein Nachfolger hat es zelebriert, aber da mein Bruder ein wahrer Heiliger war, bin ich guter Dinge, dass auch er seinen Himmelsplatz erhält, wie es ihm zusteht.“

Er rührte mit einem wulstigen Finger in einer Schale mit Walnusskernen, bis er schließlich eine auswählte und verspeiste. Traurig kaute er.

Ich überlegte. Gewiss hatte ich nicht erwartet, Marah Durimeh in der alten Felsenstätte des Ruh-i-Kulyan anzutreffen, wie damals, als mir des Meleks Mutter mit ihren Worten den Weg gewiesen hatte. Denn den Höhlengeist hatte Marah Durimeh ja nur für die Leichtgläubigen gespielt. Vielleicht aber hätte ich einen Hinweis erhalten, wo sich die weise Frau mittlerweile aufhalten mochte. Dann entsann ich mich einer anderen Quelle für diese Kunde, die ich ohnehin hatte aufsuchen wollen; aber Vernunft und Höflichkeit hatten eben verlangt, zuerst das Oberhaupt des Dorfes zu begrüßen, selbst wenn dieses gar kein Oberhaupt mehr sein wollte. Es gab in Lizan noch den Mann, den ich in Ahmadija kennengelernt hatte – just zur selben Zeit, als ich zum ersten Mal auf Marah Durimeh traf. Ich war als vermeintlicher Arzt zu einer jungen Frau gerufen worden, die sich versehentlich mit einer Tollkirsche vergiftet hatte und der der örtliche Hekim, der eben kein Doktor, sondern ein Quacksalber war, nicht hatte helfen können. Die junge Frau, ein Mädchen noch, hatte Schakara geheißen und war die Tochter von ...

„Wo wohnt der Händler ...“, begann ich und bemerkte mit Erstaunen, dass ich den Namen des Mannes vergessen hatte. Wie konnte dies sein? Hatte er ihn mir damals gar nicht genannt? Hatte ich ihn inmitten der Sorgen um Schakara und dem Zorn über den stümperhaften Hekim und seine nutzlosen Amulette nicht erfragt, er ihn nicht genannt? Wie peinlich! Ich sprach also anders weiter: „... der Händler noch hier in Lizan, der Galläpfel vertreibt?“ Ich war mir nicht sicher, ob es nicht noch einen anderen geben mochte, denn Galläpfel waren ein Hauptprodukt dieser Gegend, ebenso wie Walnüsse, und so fügte ich hinzu: „Der mit der langen Stirnlocke. Der, obgleich Kurde, sich der Geschäfte wegen wie ein Türke kleidet?“

Der Melek schaute nicht mehr trauernd, doch auch nicht so heiter wie zuvor, sondern ein wenig feindselig. Es konnte aber auch sein, dass nur das feiste Gesicht seine Augen schmal machte.

„Nicht der Geschäfte wegen, sondern weil er Mohammedaner ist und nicht Christ wie unsereiner.“

„Und doch ist er dir gewiss ein Freund und Gefährte, weil er hier in Lizan unter deiner Führung lebt“, sagte ich rasch. „Denn das tut er doch?“

„Ja, das tut er.“ Der Melek griff in die Schale und schaufelte eine Handvoll Nüsse in seinen Mund. Während er kaute, deutete er über die Blumenranken ans entfernte Ende des Dorfes.

„Er wohnt im Gallapfelhaus. In Prunk und Pracht. Aber das wird er nicht mitnehmen können, denn …“

„… das letzte Hemd hat keine Taschen, wie man in meiner Heimat sagt“, bemerkte ich, um den Melek zu besänftigen. Ich übersetzte es natürlich in orientalische Begriffe und tat noch ein wenig fromme Schnörkel daran, um den Eifer des Mannes zu dämpfen. Das und die köstlichen Nüsse, die übrigens in aufgeschnittene Feigen gestopft noch vortrefflicher munden, ließ den Melek wieder milde werden. Wir plauderten noch ein wenig, und es blitzte etwas von dem einstigen Krieger durch, als er an die Episode erinnerte, wie ich mich in diesem Haus mit Nedschir-Bey geprügelt hatte. So nannte der Melek es, ich erinnerte mich an einen fairen Faustkampf aus ehrenhaften Gründen. Aber dazu würde ich später noch kommen, denn den Bey würde ich auch noch aufsuchen müssen, auf unserer Suche nach Marah Durimeh.

Dann verabschiedeten wir uns rasch genug, ohne unhöflich zu wirken, und stiegen unter vielen Grüßen und Wünschen des Melek und mit je einer Blüte bedacht die Stiege hinab. Die Vankatzen schlichen bis zur Schwelle und blickten uns nach.

Halef betrachtete seinen rötlichen Blumenkelch, drehte den Stiel in den Fingern und schüttelte den Kopf. „Ich glaube, Sihdi“, meinte er, „dass du mir auch nicht recht erklären kannst, warum der Melek – der Freund aller Freunde – sich so verändert hat?“

„Das kann ich nicht, Halef“, gab ich zu. „Mag es die Trauer sein oder der Friede, der einem alten Kämpfer zusetzt – aber es ist nun einmal der Lauf des Lebens, und …“

„O Sihdi!“, maulte Halef. „Ich weiß, du bist ein guter Mensch! Ein Gutmensch, müsste man sagen, damit die beiden Worte so recht dicht beisammen sind, aber du musst nicht gar so viel Allgemeines daherreden, wenn du die eigentliche Antwort nicht weißt!“

Ich zwirbelte meine weiße Blüte und schnupperte daran, damit Halef mein Feixen nicht so genau sehen konnte. Wie gut er mich doch kannte. Und wie froh ich war, dass mein guter Halef wohl auf immer seine manchmal so unerwartet scharfe Zunge behalten würde. So viele Walnüsse und Feigen konnte es gar nicht geben, dass dieses Instrument sich stumpfschleifen würde. Oder gar Ermahnungen seines Sihdi, um die er sich ohnehin selten scherte.

Vor dem Haus fanden wir Haschim bei unseren Pferden. Neben ihm, auf dem Sattel seiner Stute Risha, balancierten ein Becher und ein Körbchen mit Walnüssen; die leeren Schalen sammelten sich neben den Stiefeln Haschims.

„Dieser Melek ist kein guter Gastgeber“, sagte er trocken. „An euren Kleidern sehe ich, dass ihr die Nüsse bereits geschält erhalten habt. Aber das macht nichts.“

Halef und ich sahen erstaunt, oder eben doch nicht erstaunt, wie Haschim eine Nuss leicht zwischen Daumen und Zeigefinger nahm und die Schalen mit einem Mal zu beiden Seiten hinabfielen, ohne dass man gesehen hätte, dass Haschim Druck ausübte. Zudem hätten seine Finger dann aus Eisen bestehen müssen, was sie meiner Kenntnis nach nicht taten. Aber wer wusste das schon. Haschim warf den Nusskern in seinen Mund.

„Wohin nun?“, fragte er.

„Zum Gallapfelhaus“, sagte ich.

„Ein kurioser Name. Ich bin gespannt.“

Haschim setzte Becher und Körbchen auf einer Bank vor der beblümten Fassade nieder und griff dann die Zügel, um sein Pferd zu führen. Wir taten es ihm gleich und gingen durch Lizan, zum uns gewiesenen Dorfrand hin. Vor den Hütten und Häuschen stapelten sich große Körbe, und lange Stangen lehnten an den Wänden. Das war das Handwerkszeug, mit dem sowohl Galläpfel als auch Walnüsse geerntet wurden, indem man sie von den jeweiligen Eichen- oder Nussbaumzweigen herunterschlug und aufklaubte. Es schien aber noch nicht die rechte Zeit für die Ernte zu sein, denn die Walnuss- und Gallapfelsammler, das wusste ich, zogen gemeinhin in die bewaldeten Berge hinauf und blieben dann für einige Zeit dort und wohnten in rasch errichteten Laubhütten, schlichten Unterkünften, die aus frischen Zweigen zurechtgebogen und -gesteckt wurden. Dies ist ohnehin Brauch bei den Kurden, die auf diese Weise in den heißen Monaten sozusagen Sommerfrische machen. Ob dies allerdings auch bei den Einwohnern von Lizan so gehalten wurde, deren Ort vom rasch fließenden Fluss stets eine gewisse Kühle empfing, wusste ich nicht.

Dann erreichten wir das Gallapfelhaus. Und wenn Haschim bereits bemerkt hatte, dass der Name eigentümlich war, so galt das für das Aussehen des Gebäudes noch viel mehr. Ich mag nur mutmaßen, wie es auf meine Gefährten oder die Menschen Lizans oder durchreisende Fremde wirken mochte. Ich hingegen hatte das Gefühl, ich blickte auf das Gehäuse einer riesenhaften Schwarzwälder Kuckucksuhr! Anders als die gemauerten Häuser des restlichen Dorfs war dieses ganz aus Holz gebaut. Die Balken und Bretter glänzten in dunklem Braun, als sei das Holz nach dem Glätten mit Lasur bestrichen oder aber geölt worden. Was aber alles noch sonderbarer erscheinen ließ, war die Tatsache, dass die Balken, Balustraden, Tür- und Fensterrahmen beider Stockwerke über und über mit Schnitzereien verziert waren, die nur ein einziges Motiv zeigten, namentlich Eichenblätter mit Galläpfeln daran. Der Anblick all dieser Wellenlinien und Kugeln war verwirrend, und je mehr man alles beschaute, desto mehr Blätter und Blättchen und Gallen und Äpfelchen entdeckte man.

Halef staunte, bis sein Gesichtsausdruck der Begeisterung wich, Haschim hatte zunächst skeptisch, gar misstrauisch geblickt, dann aber wohl festgestellt, dass es nur ein hölzernes Haus war, an dem außer dem Zierrat nichts Besonderes war. Unerwarteterweise beruhigte mich dies. Dann aber sagte ich mir, dass ja nicht jedes seltsame Gebäude ein Hort der Finsternis sein musste, wie etwa die stählerne Festung des Schut, die über dem Wasserfall des Halbsterntals geschwebt hatte, im Land der Skipetaren, auf dem fernen Balkan.

Dies hier war nur die Behausung eines wohlhabenden Kaufmanns, der sich und seiner Handelsware ein Denkmal setzen wollte. Und man musste zugeben, dass dies gut gelungen war: Das prächtige, geradezu kunstvolle Haus, wie es sattbraun schimmernd vor dem Hintergrund der grün bewaldeten Berghänge stand, darüber die grauen Gipfel vor dem blauen Himmel, und der Zab rauschte wie ein Gebirgsbach dahinter. Ich war nachgerade froh, dass sich unter dem Giebel des Dachs kein Fenster oder auch nur eine Luke zeigte, denn sonst hätte ich wohl erwartet, dass sich dort ein riesenhafter Holzvogel gezeigt und uns die Stunde gepfiffen hätte. Nun, dies war meine seltsame Eingebung. All meiner üblichen Nüchternheit des Weltreisenden und Schriftstellers zum Trotz erfassen mich manchmal diese phantastischen Anwandlungen, die, so muss ich entschuldigend anfügen, doch meist nur von den Schrulligkeiten und kauzigen Ideen anderer hervorgerufen werden. Und dass gerade Menschen, die zu Wohlstand gekommen sind, diesem auf sehr merkwürdige Weise Ausdruck geben und dies nicht immer mit gutem oder zumindest schlichtem Geschmack einhergeht, ist nur allzu bekannt. Aber ich will nicht als Kritiker daherkommen. Wer weiß, was ich mir für ein hübsches Heim erbauen werde, wenn ich mich dereinst zur Ruhe setze und statt zu reisen und zu schreiben, vielleicht nur noch schreibe, an eben jenem Ort. Doch das dürfte wohl noch einige Zeit in der Ferne liegen.

Nun aber standen wir vor dem Gallapfelhaus und wollten uns weiter nähern, als die Tür sich erst langsam bewegte, dann nach innen schlug und ein hellbraunes Geschöpf aus dem dunkelbraunen Eingang hetzte. Unsere Pferde schnaubten kurz und traten einen Schritt zurück, auch wir Menschen reagierten für einen Lidschlag so, als würden wir angegriffen, doch dann erkannten wir, dass es nur ein Hund war, und ein freundlicher noch dazu, denn er verbellte uns nicht, sondern trat schwanzwedelnd von einer Pfote auf die andere. Und dabei schaute er mich an.

Als ich ihn wiederum musterte, fiel mir auf, dass es sich um einen recht jungen Windhund handelte, welcher der Rasse der Slogi entstammen mochte, jenen seltenen und kostbaren Tieren, die von den Kurden Tazi genannt werden. Dieser hier mochte aber nicht ganz reinrassig sein, denn die Tazi besitzen ein gelbgraues Fell, während dieser junge Rüde, wie schon erwähnt, von hellbraunem Haar bedeckt war. Zudem wirkte seine Schnauze nicht ganz so edel geschnitten, sondern war etwas kurz, doch nicht stumpf, und die Ohren standen lustig spielend vom Scheitel empor. Ich hätte ihn bei flüchtigem Blick auch für einen deutschen Schäferhund halten können. Aber dies war wohl nur eine Nachwirkung meiner vorigen Vision, die ebenfalls meine Heimat betraf. Vielleicht war es an der Zeit, dass ich wieder einmal für länger dorthin zurückkehrte. Aber ebenso wie ich nicht zurückblicken wollte, wollte ich auch noch nicht in die fernere Zukunft schauen. Zunächst hatten wir eine Aufgabe für die kommenden Tage.

„Das ist wohl der Hund des Hauses“, meinte ich also. „Er hat uns somit angekündigt, der Hausherr dürfte sogleich folgen.“ Ich schaute zum Eingang, während der Hund auf den Hinterbeinen saß und mich anhechelte.

„Sihdi“, rief Halef, „ist dir aufgefallen, was das für ein Hund ist?“

„Ein Tazi“, meinte ich beiläufig, „wenngleich wohl nur zum Teil.“

„Und an wen erinnert er dich?“

„An einen Schä ... an einen Slogi, wie diese Tiere auch genannt werden.“

„Du hattest einmal einen solchen Hund, Sihdi!“, sagte Halef mit Nachdruck, fast ein wenig empört. Und dann dämmerte es mir.

Gewiss! Der treue Dojan, den mir damals bei unseren ersten Abenteuern in Kurdistan der Älteste des Dorfes Spandareh geschenkt hatte. Der Hund hatte seinem Namen gemäß, der ‚Falke‘ bedeutete, mir und den Meinen als tapferer tierischer Gefährte gedient, bis er von ruchlosen Räubern erschossen wurde. Es mochte sein, dass ich dieses schmerzliche Ereignis ein wenig verdrängt hatte und mich deshalb nicht sogleich erinnern konnte, nur allein durch den Anblick eines Tazi in Lizan.

„Gewiss“, nickte ich zu Halef hin. „Aber der gute Dojan war nicht so ein drolliger Streuner wie jener hier, sondern ein edler Windhund.“

„Ihn selbst scheint es nicht zu kümmern, dass du nicht sein richtiger Herr bist, sondern ein fremder Effendi“, bemerkte Halef.

„Wahrscheinlich riecht er die Walnüsse ...“

„Keine Ausreden! Ich glaube, dass dich da jemand erkennt!“

„O bitte, Halef! Du bist doch kein Hindu, der an Wiedergeburt glaubt. Noch dazu bei einem Hund!“

„Ich weiß nicht, wie diese Wiedergeburt abläuft und was sie genau bedeutet, aber vielleicht liegt es nicht nur an dem, der wiedererkennt, sondern auch an dem, der wiedererkannt wird!“

„Halef, jetzt klingst du nicht hinduistisch, sondern sophistisch. Wende die Tatsachen nicht um und um, und lass den Hund einen Hund sein. Und so ein wiedererkennbarer Mensch bin ich nun auch wieder nicht!“

„Kara Ben Nemsi Effendi!“, rief es da aus der Tür des Gallapfelhauses und heraus trat, nein eilte, ein wahrhafter Gallapfelmann!

Da er mich erkannt und beim Namen gerufen hatte, musste es wohl der Gallapfelhändler sein, auch wenn er völlig anders aussah als zu jener Zeit in Ahmadija, als ich seine Tochter Schakara vor dem Gifttod gerettet hatte. Damals hatte er türkische Tracht getragen, Ähnliches trug er auch noch heute, aber das Aussehen war fern jeglicher Tradition. Am Kopf schon fing es an: Der Turban war so akkurat gewunden, dass er eine äußerst kugelige Form besaß und auch farblich an einen gelbgrünen Gallapfel erinnerte. Eine Schmucknadel prangte über der Stirn, und auch diese Nadel hatte erwartungsgemäß eine passende Form. Es war das emaillierte Abbild dreier Eichenblätter, auf denen je eine Kugelgalle saß. All diese Motivik setzte sich auf der restlichen Kleidung fort: Eichenblätter und Galläpfel, allüberall in gelbgrünem und braunem Garn gestickt, auf den braunen und gelbgrünen Stoffen, aus denen Hemd und Hose und Weste und Tuchgürtel bestanden. Auf den Pantoffelspitzen saßen ebenfalls kleine Gallapfelbommeln, die Knöpfe am Gewand waren Gallapfelkugeln.

Immerhin war das Gesicht des Mannes weder gelbgrün, noch waren es seine Augen; und seine Nase war erfreulicherweise auch kein Gallapfel. Die Wangen waren stattdessen von gesundem Rot, die Augen von wachem Braun.

All dies konnte ich mit Mühe in dem Heranstürmen des Mannes erkennen, bis er überschwänglich meine Finger ergriff, sie abwechselnd küsste und an seine Stirn drückte, dass mir die lange Stirnlocke unter dem Turbanrand den Handrücken kitzelte.

„Effendi! Hekim! Emir!", tönte der Mann, als er einen Schritt zurücktrat und mich anstrahlte. „Wie schön, dass du wieder hier bist, bei deinem ewig dankbaren Diener, dessen Tochter du gerettet hast."

Es war damals so gewesen, dass er mich zunächst für einen Hekim, also Arzt, gehalten hatte, dann aber meinte, mir den Titel eines Emirs verleihen zu müssen, da ich so weise und uneigennützig, das heißt, nutzbringend und ohne Bezahlung mein bescheidenes medizinisches Wissen angewendet hatte, welches doch nur darin bestand, dem Töchterchen mit der Tollkirschenvergiftung ein Brechmittel aus Kaffee und Zitronensaft zu verabreichen und sie mit Salmiakgeist vor einer gefährlichen Ohnmacht zu bewahren.

„Oh, das war doch selbstverständlich und ist kaum des Dankes wert, noch dazu nach so langer Zeit, mein ehrenwerter ..."

Ich stutzte, da ich mich noch immer nicht des Namens des Mannes entsann.

„Hosta Mazu!", rief er und warf sich in die Brust.

Das war nicht sein Name gewesen, dessen war ich mir sicher, denn ich hätte es mir gewiss gemerkt, wenn er sich damals als ‚Meister Gallapfel' vorgestellt hätte. Aber schon sprach er stolz weiter: „Im ganzen Zweistromland berühmt und von Istanbul bis Teheran geschätzt bin ich wegen *Mazi Dschallii*!"

Ich wusste nun nicht, ob er damit nur große, dicke, prachtvolle Galläpfel meinte, oder ob dies der Name seines Geschäfts war, so wie er sich selbst zum Meister aller Gallen ernannt hatte.

„Und wohl zu recht, wenn ich von den Früchten Eures Profits schließen darf." Ich wies auf seine Kleidung und sein Haus.

„Wundervoll, nicht wahr? Alles dank der Eichen und der Wespen."

Es war interessant, dass er so generös war, seinen Reichtum jenen kleinen Insekten zuzuschreiben, die durch ihre Stiche, Eier und Larven überhaupt erst die knolligen Auswüchse auf den Blättern der Eichen hervorriefen, aus welchen man jene Gallussäure gewann, die für die Herstellung von, wie der Name schon sagte, Eisengallustinte und anderen Farbstoffen wichtig war, für Teppichgarne, Papiere und dergleichen.

„Dann ist dieses Haus wohl nicht allein mit Gallengeld gebaut, sondern auch aus Eichenholz?"

Meister Gallapfel verlor für einen Herzschlag seine rosigen Wangen, doch dann kehrte die Farbe umso kräftiger zurück.

„Aber Emir! Wie könnte ich für mein bescheidenes Heim die wertvollen Eichen fällen?"

„Walnuss dann?", mutmaßte ich, weil die Wälder ringsum auch von dieser Art Baum reiche Bestände besaßen.

Hosta Mazu wackelte mit dem Kopf. „Nun ja. Ich wollte die Konkurrenz nicht schädigen. Die sollen mit den Nüsslein doch ihr Leben bestreiten. Aber wer will schon alle Tage Huhn auf Tscherkessenart oder Fisch mit syrischer Soße essen? Meine Mazi werden zu Tinte und Farbe und dienen dann zur Erstellung edler Koranseiten, schöner Teppiche, feiner Malereien – und die ein oder andere Arznei wird auch daraus bereitet. Was sind also ein paar Nüsse gegen meine Mazu?"

„Zweifellos, zweifellos." Was sollte ich anderes entgegnen?

„Und du, Emir? Was führt dich hierher? Bist du etwa unter die Händler gegangen, oder darf ich mich geschmeichelt fühlen, dass du den ewig dankbaren Vater seiner Tochter besuchen magst?"

„Das Letztere ist genau mein Anliegen, guter Mann!"

„Dann kommt herein und lasst mich ein geehrter Gastgeber sein! Meine Knechte kümmern sich nur allzu gern um eure Pferde." Er brüllte ein paar Befehle zur der Seite des Hauses hin, hinter der sich die Ställe und Lagerräume befanden.

Eilfertig kamen zwei junge Burschen und ein älterer Mann herbei. Ich hatte schon befürchtet, dass Haschim auch dieses Mal das gastfreie Haus nicht betreten wolle, aber er begann bereits, seine wertvolleren Habseligkeiten an sich zu nehmen, um den Rest den Knechten zur Aufbewahrung und Bewachung zu überlassen. Auch ich schulterte meine beiden Gewehre, nachdem ich den Hosta Mazu um Erlaubnis gefragt hatte, sein Haus mit Waffen zu betreten.

„Aber gewiss, gewiss“, sagte er. „Gewehre sind gut, damit sichere ich meine Warentransporte und mein Heim! Ich habe mir eine schöne Sammlung zugelegt und übe mich in der Kunst des Schießens.“

Ich erinnerte mich daran, dass ich vor zwei Jahren meine eigenen Schießkünste vor einigen Männern Nedschir-Beys hatte beweisen müssen, indem ich Galläpfel von Eichenblättern herunterschoss. Das erwähnte ich gegenüber dem Hosta Mazu wohl besser nicht, wer wusste, ob er mir dies nicht als Frevel an seinem Handelsgut auslegte. So herzlich und wohlwollend er auch auftrat, erschien mir dieser Mann doch ein wenig zweifelhaft. Ich wusste nicht, warum, doch mein Gefühl gegenüber Menschen hatte mich bislang selten getrogen – außer es war Zauberei im Spiel gewesen. Wie gut also, dass Haschim nun neben mir sitzen würde. Denn ich glaubte, auf Halef nicht recht zählen zu können, wenn wir uns erst im Gallapfelhaus befänden.

Und ich behielt Recht. Wobei ich zugeben muss, dass auch ich mich durchaus dem Staunen hätte hingeben können. Aber ich bin Reiseschriftsteller und kein Händler, der Maulaffen feil hält. Ich beschaute die kuriose Behausung, in die uns der Hosta Mazu hineinkomplimentiert hatte. Drinnen war es dämmrig wie in einem Eichenwald, denn vor den Fenstern hingen dicht an dicht Schnurvorhänge, wie man sie aus heißen Ländern kennt und die dazu dienen, die Fliegen draußen zu halten, während die frische Luft einströmt. Hier trugen die Schnüre natürlich keine Perlen, sondern Galläpfel, zierlich aus Holz geschnitzt und bemalt. Rechts und links der Fenster wiederum gab es Vorhänge von aufgefädelten Eichenblättern, die wohl aus grünem Filz geschnitten waren und gleichermaßen das einfallende Licht streuten und ihre Schatten warfen. Diese Schatten verwirrten den Blick noch weiter, da sie auf Wände und Balken fielen, die mit den bereits von der Fassade bekannten Mustern verziert waren. Die Schränke und Truhen und Kommoden, oder eben ihre orientalischen Varianten, waren nicht weniger von Schnitzwerk überladen, und auf allen Teppichen und Kissen und Polstern zeigten sich gestickte und gewirkte Galläpfel und Eichenblätter. Und von einem der Deckenbalken hing an zierlichen Kettchen ein breiter Leuchter mit ausladenden Armen, der aussah, als habe man aus der Krone eines recht kleinen, aber ungewöhnlich akkurat gewachsenen Eichenbaums ein Quersegment getrennt. Allerdings war es wohl ein sonderbarer Baum gewesen, denn die Blätter schimmerten wie Metall und die Galläpfel wie Glas.

„Und wenn die Lichter entzündet sind, sieht es noch viel prächtiger aus“, sagte der Hosta Mazu, als er unsere staunenden Blicke bemerkte, die er zweifellos erwartet hatte. Dann komplimentierte er uns auf die Kissen und klatschte zwei Bedienstete herbei, die uns Tee brachten und einige Schalen mit Gebäck: Letzteres in Blatt- und Kugelformen. Der Tee immerhin schmeckte weder nach Galle noch Eichenblatt, was selbstverständlicher erscheint, als es meiner Ansicht nach war, denn es geht ja die Sage, dass etwa die alten Hellenen ein Gebräu aus gerösteten Eicheln oder Erbsen tranken, da sie den Kaffee noch nicht kannten. Es mochte dies aber auch der Scherz eines Historikers gewesen sein. Dennoch wechselte ich über mein Teeglas hinweg Blicke mit Haschim und Halef. Es war doch gut, dass wir aus einem ernsten Anliegen heraus in diesem Haus waren, sonst hätten wir uns in unangemessener Heiterkeit ergangen. Der Hund schlich um uns herum und wollte allzu gern einen Happen erbetteln, doch der Gastgeber war streng. Halef gelang es dennoch, dem Tier etwas zuzustecken, indem er es unauffällig fallen ließ. Nach einigen höflichen Schlucken Tees und dem Verkosten des Gebäcks, welches nach Mandeln und allerlei Nüssen schmeckte, nur eben nicht nach Walnuss, begann ich zu sprechen.

„Werter Hosta Mazu, ist denn auch dein Töchterlein zugegen, von dem ich natürlich hoffe, dass es ihr in den vergangenen Jahren ebenso wohlergangen ist wie ihrem Vater?“

„Gewiss, gewiss ist Schakara wohlauf. Und in den Monaten, nachdem du sie gerettet hast, Emir, hat sie oft von dir gesprochen und fand es sehr bedauerlich, dass sie dich wegen ihres damaligen Krankseins ja gar nicht recht gesehen oder gehört hatte. Deshalb warst du für sie stets der edle Emir, der ein noch besserer Hekim war als alle ringsum. Allerdings hat sie seitdem weder Kaffee noch Zitronen leiden mögen, und Maulbeeren rührt sie schon gar nicht mehr an. Aber sie liebt ebenso wie ich die Galläpfel, wenngleich aus etwas anderen Gründen.“

Ich erinnerte mich, dass die gefährliche Tollkirsche zusammen mit anderen durch eine unachtsame Person in die Schale mit den Maulbeeren geraten war, damals in Amadijah. Wie gut, dass ich dies bemerkt hatte, denn so war es mir möglich gewesen, weiteres Unheil zu verhindern und zugleich den Weg der Heilung zu erkennen, nämlich die magenleerende Mixtur aus Zitronensaft und Kaffeesud und einem Aufguss von Galläpfeln zu verabreichen.

„Nun“, meinte ich, „wie man so sagt, das gebrannte Kind scheut das Feuer. Und in diesem Fall mag es nicht das Schlechteste sein. Denn dieser Tee mundet wohl. Aber sagt, ist denn Schakara hier? Ich würde sie gern etwas fragen, das ihre Urgroßmutter betrifft.“

Der Hosta Mazu wackelte mit dem Kopf. „Ach ja, die Großmutter meiner seligen Frau. Hat dem lieben Mädchen so einige Grillen in den Kopf gesetzt.“ Er schaute mich streng an. „Marah Durimeh mag eine ehrenwerte Frau sein, und ich sage über Anverwandte nichts Schlechtes, zumal wenn sie das würdige Alter einer Greisin erreicht haben ...“

Und noch darüber hinaus, dachte ich bei mir.

„... doch ich schätze es nicht, dass meine Schakara sich nicht bemüht, nach einem klugen und tüchtigen Ehemann zu suchen, der meine Geschäfte fortführen könnte, wenn ich einmal nicht mehr bin ..." Er deutete in der Luft herum, als wolle er auf jeden einzelnen Gallapfel zeigen. „... sondern stattdessen nach Wissen und Weisheit strebt. Wobei ich nicht weiß, ob sie ihrer Ahne nacheifern will oder dir, Emir, mit deinem weit gestreuten Wissen. Ich erlaube mir, deine Worte aufzugreifen: Wenn das gebrannte Kind ein anderes Feuer sucht, kann es auch dort drinnen verbrennen." Er stockte. „Oder wenn sie das Wasser sucht, welches das sie gefährdende Feuer gelöscht hat, dann kann sie darin ertrinken ..." Er wedelte mit den Händen, zeigte wieder auf die Galläpfel. „Was habe ich mit Worten zu schaffen, ich verstehe mich auf handfeste Dinge."

„Dennoch wohl gesprochen!", lobte ich. „Aber wo ist denn nun Schakara?"

„Das weiß ich nicht. Marah Durimeh hat sie mitgenommen."

Sechstes Kapitel
Ein fremder Freund

Ich war verblüfft, gar verwirrt!

„Du weißt nicht, wo deine Tochter ist?“, rief ich. „Es ist dir nicht vorzuwerfen, dass du sie hast mit Marah Durimeh gehen lassen, denn diese ist eine gute und weise Seele. Doch warum weißt du nicht, wohin?“

Der Hosta Mazu verzog das Gesicht.

„Weil meine Schwiegerahne um vieles, wenn nicht alles, ein rechtes Geheimnis macht. Nicht umsonst ist sie mit dem Ruh-i-Kulyan im Bunde.“

Der Mann wusste also nicht, dass es sich bei jenem Geist der Höhle um niemand anderen handelte als Marah Durimeh selbst. Ich würde ihm dieses Geheimnis gewiss nicht enthüllen.

„Hat Marah Durimeh denn nicht gesagt, wann sie wiederkehren würde, und Schakara mit ihr?“

„Nein. Seit einem Jahr bekomme ich dann und wann einen Brief, dass meine Tochter wohlauf ist.“

„Seit einem Jahr!“

„Nun, was soll ich tun? Ich muss Marah Durimeh glauben und tue es auch. Obzwar es scheint, dass du, Emir, meine Schakara nur dem Tode entrissen hast, damit Marah Durimeh sie mir wieder nehmen konnte.“

„Sag so etwas nicht“, entgegnete ich mit leiser Empörung. „Schließlich ist Schakara aus freien Stücken gegangen.“

„Das mag man so oder so sehen ...“

Ich hob die Hand. „Bitte, ich verstehe deinen Schmerz, aber äußere doch keine Mutmaßungen, gar Beleidigungen. Stattdessen sag mir lieber, warum du nicht nachgeforscht hast, wenn dich die Sache so leiden lässt? Warum hast du den Boten nicht gefragt, woher die Briefe stammen?“

„Weil der Bote den Brief von einem Boten erhielt, der wiederum ...“ Der Hosta Mazu schüttelte bitter den Kopf. „Meine Tochter ist in einem Geheimnis verschwunden, da könnte sie auch tot sein.“

Ich wollte dem Mann helfen und sagte bestimmt:

„Wir finden deine Tochter und geben dir Kunde, wo sie ist und wann sie zurückkehrt.“

Das war vielleicht etwas viel versprochen und nicht unsere Aufgabe. Aber wenn wir Marah Durimeh fanden, würden wir auch Schakara treffen, und nach einem Gespräch mit beiden würden wir wohl deren Beweggründe verstehen, den armen Vater im Ungewissen zu lassen. Vielleicht könnten wir die beiden Frauen zu etwas Barmherzigkeit bringen ...

Doch was dachte ich da? Wie konnte ich glauben, dass Marah Durimeh grausam war? Schließlich gab sie dem Vater regelmäßig Nachricht, wenn auch nicht zu dessen Zufriedenheit. Nun, es würde sich wohl alles klären. Aber dazu mussten wir weiterreisen. Ich erhob mich.

„Guter Gastgeber, hab Dank. Wir wollen dir deine Freundlichkeit vergelten, indem wir sogleich aufbrechen und dich nicht weiter belasten.“

„Aber wollt ihr nicht zum Essen bleiben? Ein Geschäftsmann ist oft einsam, zumal wenn er verwitwet und verwaist ist ...“

Dies hätte mich sonst gedauert, aber ich wollte keine weitere Zeit vertändeln. Wir hatten einiges erfahren, aber nichts Brauchbares. Ich beharrte auf Abschied. Der Hosta Mazu schaute so betreten wie sein Hund, obwohl der junge Halb-Tazi noch ein wenig trauriger dreinblickte, als wir zur Tür gingen. Es mochte aber nur sein, weil sein Wohltäter Halef jetzt entschwand und sein eigentlicher Herr ihn doch recht knapp hielt, denn unter dem Fell erkannte man Muskeln und Rippen etwas deutlicher, als es wohl nötig war.

„Wie heißt dein Hund?“, fragte ich.

„Mazu, wie sonst?“, kam es zurück. „Denn ich bin der Hosta Mazu.“

Halef hob das Kinn. „Und wie alt mag er sein?“

„Wohl etwas über ein Jahr“, meinte der Hosta Mazu, dessen Name nun eine weitere Bedeutung erfahren hatte. „Er lief mir zu, weil die Katzen des Melek ihm übel zugesetzt hatten. Ich bin kein Hundefreund, doch seine Gesellschaft ist besser als keine.“

Halef rechnete anscheinend etwas und blickte mich dann wissend an, sagte aber nichts.

„Auf bald“, sagte ich zum Hosta Mazu und dann verließen wir das Gallapfelhaus. Unsere Pferde warteten bereits auf uns, gefüttert und getränkt.

Als wir in die Sättel stiegen, räusperte sich Halef.

„Bitte“, sagte ich, „keine sentimentalen Tiergeschichten.“

Ich gebe zu, das ist nicht mein Metier. Auch wenn ich dem treuen Dojan in meinen Erinnerungen und Berichten ein gerechtes Denkmal gesetzt habe. Meine wahre Tierliebe gilt dem Pferd, besonders meinem Rih, und deshalb klopfte ich ihm auf den Hals, denn es mochte sein, dass er den Hund witterte, der um uns herumgestreift war.

„Ach, Sihdi, das wollte ich doch gar nicht. Ich wollte vielmehr fragen, warum wir das Essen ausgeschlagen haben. Zweimal gab es süße Sachen, die wohl schmackhaft waren, aber nun habe ich Hunger nach etwas Rechtschaffenem, für einen anständigen Männerappetit.“

„Du sprichst wahrlich wie ein Kerl, Halef. Und erinnerst mich an die Worte von Sir David, als wir damals in dieser Gegend waren. Der brummte stets über sein Gelüst nach Bärentatzen und Bärenschinken, geräuchert und geselcht.“

„Ich dachte, dergleichen isst man nur im Indianerland jenseits des Ozeans?“

„Nein, überall, wo es Bären gibt.“

„Dann sollten wir in die Wälder hinein, und du erlegst uns

einen mit deiner Doppelflinte. Ich würde tatsächlich die eine oder andere Bärentatze verspeisen."

Bis wir das Dorf verlassen hatten, konnte ich Halef noch auf den deutschen Begriff des Bärenhungers hinweisen, sowie auf das Kuriosum, dass es ein Schokoladengebäck namens Bärentatzen gibt, und gleichzeitig darauf, dass wir die jüngst genossenen Gebäcke zunächst verdauen sollten, was durch tüchtigen Ritt befördert würde. Ein kräftiges Mahl würden wir uns damit wiederum auch verdienen. Halef fügte sich und war still, und ich glaube, sein Magenknurren war ohnehin nur eingebildet.

Dass aber auch Haschim schwieg, machte mich neugierig.

Als wir das letzte Haus von Lizan passiert hatten und wieder am Zab entlangritten, um später die Route in Richtung des Dorfes Schohrd einzuschlagen, fragte ich ihn:

„Sagt, Haschim: Ihr kennt Marah Durimeh nach Euren Worten doch länger und genauer als ich. Was habe ich davon zu halten, dass sie ihre Urenkelin so lange Zeit vom Vater forthält?"

„Nun, Kara Ben Nemsi, zum einen ist *forthalten* wohl nicht der rechte Begriff. Schakara wird wohl aus freien Stücken mit ihrer Ahne gegangen sein. Über Marah Durimeh will ich mich nicht weiter auslassen, doch ist es Euch sicher bekannt, dass weise Frauen sich dann und wann Schülerinnen suchen, um ihr Wissen an diese weiterzugeben, damit sie irgendwann deren Nachfolge antreten können."

„Aber warum wird der Vater dann im Ungewissen gelassen?"

„Wer sagt, dass es so ist? Nur weil er sich darüber nicht geäußert hat?"

„Ihr meint, er weiß es wohl, aber ist seiner Schwiegerurgroßmutter gram?"

„Dies wäre nichts Ungewöhnliches unter der Sonne, nicht wahr? Zumal er auch Kaufmann ist und mehr auf das Materielle bedacht, also auf die Früchte der Galleneiche denn auf die Früchte des weisen Geistes."

„Welche wiederum Marah Durimeh das Wichtigste sind, und eben auch Euch, Haschim. Doch was sagt Ihr dazu: Ich versprach dem Hosta Mazu, seine Tochter zu finden, und dies wird uns wohl gelingen, auch aus dem Grunde, dass wir Marah Durimeh aufsuchen. Ich sehe die Möglichkeit, dass uns Ingdscha, die Schwiegertochter des Rais von Schohrd, Nedschir-Bey, vielleicht zu ihrer greisen, weisen Vertrauten führen kann, wie sie es schon einmal für mich getan hat. Doch solches erhoffte ich mir ja bereits von Schakara in Lizan und wurde enttäuscht. Ich muss Euch also fragen, Haschim: Habt ihr vielleicht Kenntnis über Marah Durimehs Aufenthalt?"

„Ich weiß nicht, wo sie sich jetzt befindet, Kara Ben Nemsi. Ihr wisst doch, dass ich nicht über die Gabe der Hellsicht verfüge ..."

„Das meinte ich nicht …"

„... an welche Ihr ja ohnehin nicht glauben werdet. Aber meine Verbindung zu Marah Durimeh ist auch nicht so stark, dass ich spüren würde, wo sie sich aufhält. Ihr müsst bedenken, dass es lange Jahre zurückliegt, seit ich mit ihr sprach."

„Wie kam es zu Eurer Bekanntschaft mit Marah Durimeh?"

„Nun, man könnte sagen, dass es ähnlich war wie bei Euch. Es musste jemand gerettet werden, und Marah Durimeh sorgte dafür."

„Sie rief Euch zu Hilfe?"

„Sie rief mich."

„Ich bemerke, wie Ihr nicht allzu auskunftsfreudig seid ..."

„Vielleicht habe auch ich Hunger und meine Zunge möchte nicht sprechen, sondern schmecken?"

Ich lächelte Haschim an, indem ich versuchte, jenes milde, wissende Lächeln nachzuahmen, welches er mir stets schenkte. Wie gut mir dies gelang, konnte ich nicht beurteilen. Doch ich war mir bewusst, dass ich nicht allzu klug gesprochen und gefragt hatte, sondern neugierig gewirkt haben mochte, wie ein … nein, ich möchte die Damen des Wäschergewerbes nicht schmähen, zumal nicht die gesetzteren Alters. Es würde sich die Zeit finden, wo mir Haschim meine Fragen beantwortete, und überhaupt waren diese Antworten wohl weniger wichtig als andere. Ich würde in der nächsten Zeit gut damit leben können, dass Haschim für mich noch immer ein Mensch voller Geheimnisse war, kaum weniger als Marah Durimeh. Und es ist ja auch so, dass ich selbst ein Mann bin, von dem nicht alle alles wissen, vor allem, wenn es um die Vergangenheit geht. Aber ich will mich nicht unnötig offenbaren und gestehe mir zu, ebenso wie Haschim ein wenig geheimnisvoll zu sein und meinen Lesern besser weiterhin von fremden Ländern und Leuten zu berichten als von mir selbst, der ich doch nur bescheidener Reiseschriftsteller bin.

Aber ich versuche stets, ein einfühlsamer Gefährte zu sein, und so ließ ich mich von den Bedürfnissen Halefs und Haschims leiten, wie ernst Letzterer seine Worte auch gemeint haben mochte. Wir machten also Rast, auf einer Hügelhöhe über dem Zab, der wild über die Steine seines Bettes rauschte. Durch das Buschwerk und die Bäume rings um die kleine Lichtung drang das Geräusch jedoch nur noch als sanftes Murmeln, und das Licht war ebenfalls mild, da sich die Sonne langsam zu senken begonnen hatte und nur noch knapp über die Berge schien. Die Eichen, welche sich aus dem Unterholz erhoben, waren stattlich, aber ich bemerkte, dass sich an den Blättern keine Galläpfel befanden, was ich durchaus begrüßte. Ich hatte genug von diesen Kugeln und allem, was mit ihnen zusammenhing. Man kann sich an einem Anblick sattsehen, wie es so schön heißt, selbst wenn es nicht das Ding an sich ist, sondern Nachbildungen als Schmuck der Wohnstatt. Dennoch will ich dem Hosta Mazu einen gewissen guten Geschmack nicht absprechen, noch weniger gute Gastfreundschaft, denn es war so, dass er uns wegen unseres frühen Aufbruchs aus seinem Haus, kurz bevor wir davonritten, durch seine Dienerschaft, vor allem die Köchin, mit jenem Mahl bedacht hatte, das er mit uns nicht hatte einnehmen können. Und so waren wir in der bequemen Lage, uns an jenem lauschigen Rastplatz unter Eichen nicht mit den Mühen des Abkochens zu belasten, sondern nur die Tuchbündel auseinanderschlagen mussten, die man uns überreicht hatte. Und schon lagen dort ein tüchtiger Braten und frisches Brot vom Morgen als auch etliche Zukost, die wohl aus dem Garten des Kaufmanns stammte, wie Tomaten, Lauchzwiebeln und anderes, welches uns sehr willkommen war, denn diese Dinge eignen sich nicht dazu, als robuster Dauervorrat auf Überlandreisen zu dienen. Und nicht immer ist ein Markt oder Dorf in der Nähe, um dieses zu kaufen, so es denn Saison hat, wie Landwirte und Küchenmeister sagen. Und ich habe es mir zum Gesetz gemacht, nicht irgendwelchen armen Landbewohnern ihr mühevoll der Scholle abgerungenes Nahrungsmittel abzuschwatzen, gar mit übertriebener Münze abzukaufen. Denn Geld kann man nicht essen, wenn es nichts zu kaufen gibt. Solcherlei Gedanken und Prinzipien schmälern im Übrigen nicht den Appetit, sondern befördern ihn sogar durch gutes Gewissen, und wenn man sich an dem gütlich halten kann, was ein Brite wie Sir David ein *lönsch päcket* genannt hätte, so schmeckt es noch einmal so gut. Der Braten war kalt, aber scharf und fettig, das Brot und die Gemüsefrüchte milderten aufs Angenehmste, und als wir anschließend dann bei Kaffee und Tabak saßen, war es dunkel geworden und wir drei recht guter Dinge. Wir sprachen kaum und hingen unseren Gedanken nach – wir hatten mit zwei Herren lange Gespräche geführt, dies war für einen Tag wohl genug. Ich blies den letzten Tabaksrauch gegen den Feuerschein und lehnte mich bequem gegen meinen Sattel. Ich hatte die Kleidung gelockert und wollte gemütlich die Arme verschränken, als mein Finger unabsichtlich in die Westentasche glitt und den Goldreif des Musaddas berührte. Ich zog die Hand zurück – nicht schreckhaft, nicht heftig, sondern gelassen. Ich wollte jetzt nicht über Zauberringe, Al-Kadir und dergleichen Dinge nachsinnen, so gesättigt und ein wenig müde. Es war noch nicht die Zeit, um sich ein Lager für die Nacht zu bereiten, aber durchaus die Gelegenheit, für einen Moment die Augen zu schließen und dem Mahl, dem Kaffee und dem Tabak nachzuschmecken. Von ferne rauschte der Zab, über mir raschelte das Blattwerk der Bäume, im Feuer knackten die Scheite, auch hörte ich die Pferde leise grasen und schnauben. Im Unterholz knisterte es.

Ich fuhr auf. Die Pferde blieben ruhig. Ich erkannte, dass der leise Windhauch aus der dem Laut entgegengesetzten Richtung kam. Halef und Haschim folgten meinem Blick.

Am Rande der Lichtung funkelte etwas im Flammenschein, wie zwei kleine Lichter, dicht über dem Grund, halb verdeckt vom niedrigen Gesträuch.

Mir fuhr es als schneidende Erinnerung durch den Sinn: damals, in der Wüste der Al-Badiya, als Al-Kadir viele Spione in Gestalt tierischer Späher besaß, in Form von Füchsen …

„Es ist ein Hund“, erkannte Halef. Und schon kam vorsichtig der Vierbeiner heran, mit gespitzen Ohren und wedelndem Schweif, dennoch ein wenig geduckt.

„Es ist Mazu“, sagte Haschim. „Nun hat es hier immerhin einen Gallapfel ...“

Ich schaute von dem Tier zu den beiden Männern und fragte mich, warum sie all dies rascher erkannt hatten als ich selbst. Auch umgekehrt hatte Mazu mich selbst genau erkannt, blieb vor mir stehen und musterte mich eindringlich.

„Siehst du, Sihdi“, meinte Halef, „ich habe Recht behalten. Das ist nicht einfach irgendein Hund, sondern …“

„Lass gut sein“, gab ich zurück und streckte die Hand aus, um dem Tier über den Scheitel zu fahren, danach aber ein strenges Wort an es zu richten. „Du musst zurück zu deinem Herrn!“ Als ich die Hand fortnahm, um in die Richtung Lizans zu weisen, hob Mazu den Kopf und beleckte meine Finger.

Halef lachte. „Das ist mein kluger Sihdi! Er lässt den Hund den Braten kosten, der ihn an die heimatliche Küche erinnert! Aber er wird ihm nichts von den Resten geben, sondern mit so geschärftem Appetit nach Hause eilen lassen.“

Ich betrachtete die Schnauze des Hundes. „Ich glaube, Mazu hat schon gespeist. An seinen Lefzen klebt Blut.“

„Dann war seine Beute aber nicht allzu schmackhaft, sonst hätte er wohl alles fortgeschleckt."

„Halef, ich glaube, dich hungert noch etwas, da du stets vom Speisen sprichst."

„Ich meine ja nur, Sihdi!"

Ich wandte mich dem Hund zu. „Geh!", sagte ich nachdrücklich und zeigte in das Gebüsch, aus dem er gekommen war. Und tatsächlich wandte Mazu sich um und lief eilig davon, um im Unterholz zu verschwinden.

„Das war ein kurzer, netter Besuch", befand ich. „Wie gut, dass der junge Gallapfel weiß, wo sein Herr ist. Der soll nicht klagen, dass ihn nach der Tochter auch noch der Hund verlassen hat." Ich stand auf. „Und jetzt mag es Zeit zum Schlafen sein."

Haschim schaute zum Waldrand. Es knackte wie zuvor, jedoch heftiger.

„Das bezweifle ich, Kara Ben Nemsi. Hier ist etwas, das uns wach halten könnte."

Ich folgte seinem Blick und sah Mazu, wie er erneut über die Lichtung auf uns zukam, doch dieses Mal schleppte er etwas in seinen Kiefern mit sich. Ich sah einen haarigen Balg und einen buschigen Schwanz, und als Mazu seine Beute nahe des Feuers ablegte, erkannte ich, dass es ein toter Fuchs war, mit zerrissener Kehle.

Halef grunzte. „Ein zweifelhaftes Geschenk. Aber was soll man von einem Jagdhund auch anderes erwarten."

Mir missfiel weniger der blutige Kadaver als die Tatsache, dass er meine Erinnerung von zuvor Gestalt werden ließ. Aber es handelte sich um keinen sandfarbenen Wüstenfuchs, was mich in diesen bewaldeten Bergen doch etwas beunruhigt oder zumindest in zoologischer Hinsicht verwundert hätte. Was dort mit verkrümmten Läufen im Gras lag, war ein Kurdenfuchs, wie er in dieser Gegend heimisch war und sich zwar vom üblichen Rotfuchs in einigen kleinen Details unterschied, aber eben nichts Ungewöhnliches an sich hatte.

Haschim hingegen atmete tief.

„Ich hatte es befürchtet, glaubte aber, es sei nicht möglich."

„Was meint Ihr?", fragte ich.

„Dass Al-Kadir auch aus der Geisterwelt heraus in die unsere hineinwirken kann."

Ich verspürte ein leises Brennen in meinem Magen, und es lag wohl nicht am reichlichen Abendmahl. Ich schloss kurz die Augen, auch um Haschims wissendem und besorgtem Blick nicht zu begegnen. Dann griff ich in die Westentasche und zog den Musaddas hervor. Ich hob ihn nicht an mein Auge, dazu schien mir mein Arm zu schwach. Ich hielt ihn über den Kadaver des Fuchses und sah, wie sich in dem Goldkreis die Farbe des Fells von schmutzigem Rot in ein finsteres Schwarz verwandelte, das wie Erdpech schimmerte. Es war nicht nötig, den Musaddas noch über den Schädel zu schwenken, um als letzte Gewissheit zu erleben, wie sich die toten Augen mit dem gebrochenen Blick von ihrer dunklen Farbe in geisterhaftes Weiß wandeln würden. Dies war ein Schattenfuchs, ein *Tha'lab al-Azrak*, ein scheußliches Wesen, das Al-Kadir zu Diensten war. Was es gesehen hatte, bevor der treue Mazu es erlegen konnte, würde auch Al-Kadir vor Augen gestanden haben. Wo auch immer er sich gerade aufhalten mochte, er wusste nun, wo wir waren. Und es würde nicht mehr lange dauern, bis sich uns nicht nur ein Späher des Magiers, sondern auch seine Schergen in den Weg stellen würden. Da Al-Kadir nun unseren Lagerplatz kannte und wohl an seine Henkersknechte in der Menschenwelt weitergeben würde, waren wir an diesem Ort in Gefahr und würden ihn besser verlassen. Nun ist es zwar so, dass eine Gefahr, wenn sie denn erst erkannt ist, auch leicht zu bannen sein mag, wie der Volksmund sagt. Doch wie so oft gibt es auch ein gegenteiliges Sagwort, nach dem die Vorsicht der bessere Teil der Tapferkeit ist.

Wir packten also zusammen und brachen auf. Mazu lief währenddessen eifrig zwischen uns herum, sodass Rih sich gezwungen sah, herrisch mit dem Huf zu stampfen. Der Hund hielt sich daraufhin von meinem Rappen fern, jedoch nicht von mir. Als ich schließlich im Sattel saß, brachte dies den jungen Halb-Tazi in Entscheidungsnöte. Ebenso wie mich.

Halef beschaute sich das Bild vom Hund und seinem Wahlherren, der jedoch zauderte.

„Ja, Sihdi, was nun?“, fragte Halef. „Diesen treuen Begleiter wirst du wohl nur los, wenn du ihn mit Steinwürfen forttreibst.“

„Ich würde nie mit Steinen nach einem Hund werfen“, gab ich zurück.

„Dann mit Galläpfeln. Aber hier gibt es ja keine.“

Ich seufzte. „Es wird wohl kaum möglich sein, ihn zu vertreiben. Er würde uns sicher weiter folgen. Also nehmen wir es hin, ebenso wie der Hosta Mazu nun hinnehmen muss, dass sein Hund fortgelaufen ist.“

„Umso mehr wird er sich freuen, wenn wir ihm Hund und Tochter gemeinsam zurückbringen“, befand Halef.

„Nun, das ist nicht …“, begann ich, doch dann sprach Haschim, dessen Blick über Mazu und den toten Schattenfuchs gestreift war.

„Dieser Hund hat uns geholfen“, befand Haschim. „Er kann uns auch weiterhin helfen. Und wenn er Euch ohnehin folgt, können wir ihn bei uns aufnehmen.“

„Da muss ich wohl zustimmen“, sagte ich, wenngleich ich meinte, dass Haschim diese Sache doch allzu nüchtern betrachtete.

„Aber“, fügte Haschim an und lächelte, „ein tapferer Hund sollte einen besseren Namen tragen als *Gallapfel*.“

„Oh, ich weiß einen Namen“, rief Halef. „Er soll *Fuchstod* heißen! Auf Kurdisch würde das also ...“ Er schaute zu mir herüber und hob den Finger. „Nein, Sihdi, bitte lass mich selbst nach Worten suchen. *Fuchs* heißt *Rovi*. Und Tod – ich glaube, *Tewaf* – oder war es *Zewal*?“

„Oder *Mirin* oder *Kirbun* oder *Merg*, je nach Bedeutung oder Dialekt“, zählte ich auf. „Aber abgesehen davon, dass wir solche Feinheiten nicht für den Namen eines Hundes abwägen sollten, so dürfte ein solcher Name doch derart lang geraten ...“

„... dass der Hund schon weit fort ist, bevor man ihn zurückrufen kann.“ Halef nickte. „Kluger Sihdi. Und überhaupt gebührt ja dir die Aufgabe, den Hund neu zu benennen, denn er läuft ja dir hinterher.“ Halef wackelte mit dem Kopf und schaute den Hund prüfend an. „Vielleicht sollte er *Hewar* heißen, was Helfer bedeutet ...“

„*Sangar*“, sprach ich knapp, und Sangar schaute zu mir auf und hechelte. „Du warst uns ein Schutz und deshalb sollst du auch diesen Namen tragen.“

„Ein guter Name“, stimmte Haschim zu.

„Ähnlich wie Hewar“, meinte Halef. „Kurz und gut zu rufen. Obwohl ...“

„Reiten wir!“, rief ich und wir verließen die Lichtung. Sangar folgte. Der Schattenfuchs lag tot neben dem gelöschten Feuer, aus dem ein letzter Rauchfaden aufstieg.

Der Weg nach Schohrd war nicht mehr weit gewesen. Ich hatte dennoch die Rast auf der Eichenwaldlichtung gewählt, auch wenn wir nach etwas mehr Zeit im Sattel das Dorf erreicht hätten. Ich hatte aber nicht am Abend dort ankommen und uns dem Rais von Schohrd, Nedschir-Bey, als Gäste aufdrängen wollen. Dies hatte weniger mit den Ereignissen in der Vergangenheit zu tun. Mit wem ich einmal Frieden geschlossen habe, der ist mir als Mitmensch so gut wie ein alter Freund, und ich würde unter seinem Dach wohnen, auch wenn ich einst sein Gefangener war. Damals hatte eben Krieg zwischen den Nestorianern und den Berwari-Kurden geherrscht, der Dank Marah Durimehs beendet worden war.

Nein, ich will ehrlich sein: Nach den beiden Besuchen bei den Herren von Lizan stand mir das Bedürfnis nicht mehr nach reicher Bewirtung und schon gar nicht nach bequemer und von Dienern umsorgter Unterkunft. Ich wollte nicht faul und weich werden. Der Krieg zwischen den Bewohnern dieser Berge mochte beigelegt sein, der Kampf zwischen uns und Al-Kadir stand noch bevor. Ich schalt mich selbst, so gemütlich im Eichenwald geschmaust zu haben, und für den Plan zu anschließendem satten Schlummer. Wenn Mazu, nein, Sangar nicht gewesen wäre … ja, was dann? Was wusste ich von der Macht Al-Kadirs aus der Geisterwelt heraus? Auch Haschim schien keine rechte Kenntnis zu haben. Wir mussten also hoffen, Marah Durimeh bald zu finden. Deshalb also Schohrd. Die Schwiegertochter des Rais, die junge Ingdscha, würde uns helfen können.

Wir suchten uns einen anderen Rastplatz, teilten die Wachen ein und nahmen uns abwechselnd den nötigen Schlaf. Die innere Unruhe, die uns der Schattenfuchs und die Erinnerung an die Bedrohung durch Al-Kadir beschert hatten, wurde nur ein wenig vom Wissen über unseren neuen Wachhund und der eigenen, neu geschärften Aufmerksamkeit besänftigt. Noch vor Sonnenaufgang brachen wir das neue Lager ab. Wir ritten den Flusslauf abwärts, bis sich zur Linken ein wildes Bergwasser zeigte, das sich in den Zab ergoss. Diese Stelle kannte ich nur zu gut und werde sie kaum je vergessen. Hier hatte man mich damals als Gefangenen emporgeführt, ohne Rücksicht, dass ich auf dem steilen Weg strauchelte und stürzte. Hernach war es durch wildes Geröll gegangen, durch wirres Dorngestrüpp, bis an eine Schlucht, welche in das Tal von Raola hinabzuführen schien. Unweit davon hatte man mich in eine rohe Steinbehausung geführt und an einen Pfahl gebunden. Meine Wärterin war die alte Madana gewesen, die Vertraute Ingdschas, die mich beide später befreit hatten. Wie gut wäre es, wenn sie mir diesmal wiederum helfen könnten, mich aus jener misslichen Lage zu befreien, die aus der Unwissenheit über Al-Kadir und die Geisterwelt bestand.

Das Dorf Schohrd selbst bot den gleichen erfreulichen Anblick wie zuvor Lizan, was nun schon keine Überraschung mehr war. Die ärmlichen Hütten und Häusertrümmer von früher hatten sich zu ansehnlichen Wohnstätten gewandelt, ebenso wie die Felder ringsum, die nun nicht mehr brache Ödnis, sondern reiche Äcker waren. Auch hier hatte der Friede für Wohlstand gesorgt, obgleich ich bemerkte, dass Schohrd dem zuvor besuchten Lizan doch ein wenig nachstand. Warum, würden wir wohl noch erfahren können.

Die Frage war, von wem. Denn Schohrd war trotz der frühen Stunde, in der sich ein wackeres Dörfchen gemeinhin regt und seine Bewohner den nötigen Arbeiten nachgehen, recht ruhig und wenig bevölkert. Niemand steckte neugierig den Kopf aus einer Fensteröffnung oder lugte um die Mauerecke, als wir die noch immer etwas holprige Dorfstraße entlangritten. Es wäre wohl ein einsamer Ritt geblieben, wenn Sangar nicht eine Katze entdeckt und verbellt hätte, worauf ein hutzeliges Weibchen um die Ecke kam und bös dreinschaute.

„Gute Frau, guten Morgen“, rief ich. „Wo finden wir das Haus des Rais?“

Die Alte blickte mürrisch und deutete dann mit einem gichtigen Finger die ungefähre Richtung.

„Habt Dank“, sagte ich und wir ritten weiter. Sangar folgte uns, mit stolz erhobenen Ohren.

Die Residenz des Rais war einem Stammesoberhaupt in dieser Gegend angemessen. Ich hatte ihn als robusten, schlichten Mann kennengelernt und auch das Gebäude war trutzig, grob gemauert und mit rohen Balken und Brettern versehen. Es war durchaus repräsentativ und wir hätten es auch ohne Wegweisung gefunden und erkannt. Ich musste mir vergegenwärtigen, dass nicht alle wichtigen oder sich als wichtig empfindenden Männer in diesem Bergland solch schillernde Domizile bewohnten wie der Gallapfelhändler von Lizan.

Wir saßen ab und schritten auf den Eingang dieses Ensembles aus steinernen Quadern zu. Niemand kam uns begrüßend entgegen, obwohl man uns doch leicht hatte herannahen sehen können. Sangar witterte nach beiden Seiten, schüttelte dann den Kopf und starrte auf die Tür. Nun roch ich es auch. Ein Odor aus Verbranntem und Verrottetem, fauligem Fisch und Knoblauch und Spülwasser drang aus dem Haus.

Die Erinnerung ist eine seltsame Sache: Bekannte Gesichter und Namen entfallen, während man an manchem Ort glaubt, man sei schon einmal dort gewesen, obgleich dies nachweislich nie der Fall war. Manche glauben wahrhaftig, Dinge erlebt zu haben, die ihnen nie widerfahren sind, und verdrängen andererseits erfolgreich Ereignisse aus Kindheit und Jugend – teils zum Guten, teils zum Schlechten. Andere schwelgen in bildlichster Nostalgie und rufen sich Empfindungen aller Art mit Leichtigkeit ins Gedächtnis zurück. Dies vermag ich ebenso, sonst könnte ich meine Abenteuer und Erlebnisse auf Reisen nicht so getreulich niederschreiben. Aber mir ergeht es kaum anders als allen anderen Menschenkindern: Die Erinnerung an Anblicke, Laute und Geschmäcker mag im Laufe der Zeit zu trügen beginnen, doch Gerüche prägen sich meist so tief und nachhaltig ein, dass ein Wiedererschnuppern sogleich zweifelsfrei die Stunde des ersten Gewahrwerdens heraufbeschwört.

Und so erging es mir jetzt. Noch bevor sich also die Tür auf mein Pochen hin öffnete, wusste ich schon, wer mir da auftun würde: Madana, die alte Nestorianerin, deren Name *Petersilie* bedeutet, die aber niemals das Aroma jenes erfrischenden Würzkrautes umgeben hatte, sondern eben jenes Miasma, jener Pestdunst, den ich oben schilderte. So war es vor zwei Jahren gewesen und so war es auch heute noch.

Die Tür knarrte schwungvoll nach innen, der Sog schlürfte die reine Luft um mich herum ins Haus hinein, und gemäß der Lehre vom Vakuum und Atmosphärendruck strömte es vom Haus heraus in jene Hohlstelle zurück, denn die Natur verabscheut ja bekanntlich die Leere. Ich wurde also unsichtbar umwölkt von brandig-fauligem Gestank, während mein Auge allzu deutlich vom Morgenlicht erhellt die holde Madana sah. Ich hatte mich bei ihrem Anblick schon vor zwei Jahren ins

Sarkastische geflüchtet, und auch jetzt blieb mir nichts anderes übrig. Es war nur allzu gerecht, denn Madana trug ähnliche, wenn nicht sogar genau die gleichen Kleider wie damals, wenn man sie denn Kleider nennen wollte: ein kurzer Rock wie ein Scheuerlappen, unter dem die schmutzigen Knie herausragten, eine Schärpe wie ein Küchenhandtuch, ein verfärbtes Leinenhemd und Fußlappen, die einstmals wohl rot gefärbt waren. Auf dem Kopf trug sie einen Hut mit breiter Krempe, welcher obenauf jedoch offen klaffte und den Scheitel sehen ließ.

Die gleiche Madana wie damals! Wie konnten der Wohlstand und das Ansehnliche des Dorfes so an ihr vorübergegangen sein?

„Was ist?", grunzte sie heiser und blinzelte ungehalten ins Licht.

„Madana!", sagte ich. „Ich bin es, Kara Ben Nemsi! Und ich …"

In den kleinen Äuglein der Petersilie leuchtete es wie ein Irrlicht und ihr Mund klappte auf, klappte zu und dann fuhren ihre Hände, die je ein Putztuch umklammerten, zur Hutkrempe hinauf.

„Ach du je!", rief sie. „Der Herr Kara!" Sie zupfte am Saum ihres Rockes. „Und ich in dem Aufzug!"

Selbsterkenntnis ist der erste Weg zur Besserung, schoss es mir unwillkürlich durch den Kopf, aber gleichzeitig stutzte ich. Bevor ich fragen konnte, sprach Madana weiter.

„Ich habe die alten Kleider angelegt, weil Putztag ist." Jetzt hob sie das Kinn und begann mit beiden Putztüchern zu wedeln. „Oder doch eher Putzwoche! Ich muss alles endlich sauber bekommen, jetzt wo Nedschir-Bey mal aus dem Haus ist. Ihr müsst wissen, er ist auf Jagd gezogen, mit seinem Hofstaat, und mir ist es nur recht, da habe ich eine Gelegenheit, alles in Ordnung zu bringen. Er lässt mich sonst ja nicht und haust hier wie ein Junggeselle mit seinen Jagdgenossen! Immer nur jagen, jagen, jagen! Und ich muss putzen, putzen, putzen!"

„Das musst du?“, fragte ich, etwas verblüfft ob ihres Wortschwalls.

„Das *will* ich! Es ist doch eine Schande, wenn das Dorf so schön geworden ist, nur das Haus des Rais ist ein … Nein, das spreche ich nicht laut aus!“

„Gute Madana, es ist also nie zu spät, sich zu ändern, das ehrt dich!“

Sie schaute mich unverständig an. „Wieso ändern?“

„Nichts, nichts“, sagte ich, denn ich hörte Halef hinter mir unterdrückt lachen. „Aber sag, Madana, ich bin eigentlich nicht wegen Nedschir-Bey hierher gereist, sondern wegen Ingdscha.“

„Ach?“, meinte Madana mit schiefem Blick.

„Ich muss ihr Fragen zu Marah Durimeh stellen.“

„Ach so“, brummte Madana. „Die ist nicht hier.“

„Das weiß ich, deshalb will ich Ingdscha nach ihrem Aufenthalt fragen, denn beide sind doch sehr vertraut, und Ingdscha führte mich schon einmal mit Marah Durimeh zusammen.“

„Natürlich ist Marah Durimeh nicht hier“, raunzte Madana. „Ich meinte Ingdscha, die ist auch nicht hier.“ Sie schüttelte unwirsch den Kopf. „Ihr könntet ja hier warten, aber …“

Ich hob beschwörend die Hände. Nichts würde ich mehr meiden, als dieses Haus zu betreten.

„… aber ich muss putzen, und da stören die Herren nur.“

„Wo ist denn Ingdscha?“

„Auf Jagd mit Nedschir-Bey.“

„Sie hat an der Jagd Geschmack gefunden?“ Das erstaunte mich.

„Eher an den Gepflogenheiten eines Herrschers. Aber Nedschir-Bey hofft, dass sie unter den jungen Prinzen endlich einen Ehemann findet.“

Die Frage war also, wer oder was bei dieser Pirsch nun wirklich gejagt werden sollte.

„Kannst du uns denn sagen, wo Nedschir-Bey dem edlen Weidwerk nachgeht?“

„Was meint ihr damit? Er jagt doch nur ...“

„Und wo tut er dies?“

Madana zeigte die Berge hinauf und gab mir ausführlich weitere Hinweise, bezüglich diverser Landmarken, wie Felsen, Bäume, Bäche, Hänge und dergleichen, welche nur dem eingeborenen Ortskundigen etwas sagen würden – oder eben mir. Ich dankte recht schön und wünschte einen guten Putztag.

„Einen?“, krächzte Madana heiser. „Ich habe doch gesagt, dass ich wohl die ganze Woche zu tun habe! Ich werde erst am Sonntag ruhen, so wie der Herrgott selbst!“ Sie bekreuzigte sich, die gute Christenseele. Mir fiel bei ihren Worten ein, dass wohl Montag sein musste. Nun, auf Reisen achte ich nicht so sehr auf den Kalender, ich bin schließlich kein Kaufmann mit Termingeschäften. Doch unsere Taten waren nicht weniger drängend, deshalb verabschiedeten wir uns von der Petersilie und von Schohrd und ritten in die Berge, um die Jagdgesellschaft von Nedschir-Bey zu finden.

Wir passierten die Geröllhalde und das Dornendickicht oberhalb von Schohrd und drangen tiefer ins Gewirr der schroffen Felsen, die grau mit grünen Sprenkeln von allerlei Gräsern und Sträuchern aufragten, und der steilen Hänge, die grün mit grauen Sprenkeln von Steinen und Felsen abfielen. Ab und an gähnten dunkle Höhlenschlünde in den Bergflanken, und die versteckten Wäldchen aus Eichen und Walnuss wirkten finster, selbst die ersten roten Beeren von Hagedorn und Eberesche, die sich im Blätterwerk zeigten, wirkten nicht heiter, sondern schienen mir wie Tropfen von Blut, wie Vorbedeutung.

Als wir an einen mächtigen Felsbuckel kamen, welcher aus der Schulter eines Berghangs wuchs und von wirrem Gestrüpp bekrönt war, erkannten wir, dass sich auch hier eine tiefe Höhlung ins Gestein grub. Und aus dieser drang ein grauenerregender Schrei.

Siebtes Kapitel
Jagdgrauen

Wir waren sogleich alarmiert: Der Schrei war der eines Menschen gewesen, eines Menschen in Todesangst! Und gleich hernach drang aus der Höhle ein gewaltiges Brüllen, das selbst meinen tapferen Rih für einen Herzschlag scheuen ließ. Dann war es still.

Ich wusste wohl, dass die Berge Kurdistans die Heimat von Bären waren, nicht so mächtig, wie der Grizzly in Amerika, doch kaum weniger gefährlich, zumal wenn bei der Jagd in die Enge getrieben und verwundet, oder eben wenn ein solches Tier sein Lager und seine Jungen beschützen wollte.

Auch wusste ich, dass Nedschir-Bey in dieser Gegend seine Jagd abhielt. Zweifellos hatten hier einige eifrige Krieger ihre Beute verfolgt, jedoch nicht die Gefahr bedacht.

Auf dem Grund um die Höhle herum sah ich die Spuren von Bärentatzen und Stiefeln, auch von den Hufen dreier Pferde. Die Pferde waren wohl geflohen, würden sich irgendwo in der Nähe aufhalten, die Menschen jedoch waren in der Höhle, und mit ihnen der wütende Bär. Wir mussten zur Rettung eilen!

Ich schwankte kurz in der Wahl der Waffen. Gewiss besaß ich meinen Bärentöter, doch würde ich diese schwere Doppelflinte erst laden müssen, denn ihr großes Kaliber verlangt nicht nach Patronen, sondern altmodischem Pulver und Blei. Zudem, wie ich schon bemerkte, ist der Schwarzbär kein Grizzly und kann so auch mit den schlichten Kugeln des Henrystutzens erlegt werden, notfalls auch mit mehr als einer, und davon birgt der Stutzen wohl genug. Ich zog also das Gewehr aus dem Sattelfutteral und ließ mich von Rihs Rücken gleiten. Halef hatte ebenfalls seine Büchse zur Hand, als er die Stiefel auf den Grund setzte und sogleich Ausschau hielt, ob das Gebrüll nicht noch einen Bären angelockt hätte – vielleicht ein weiteres Mitglied der Familie, welche in der Höhle hausen mochte.

Sangar witterte ins Dunkel des Felsenlochs und schüttelte den Kopf, ging einige Schritte zurück, mit halb eingekniffenem Schwanz. Nun, er war auch kein Hund, der für die Bärenhatz ausgebildet war, vor allem aber nicht dafür, in Höhlen und Baue einzudringen.

Ich wollte also allein, mit dem nötigen Bedacht in den Felsenschlund dringen, als ich einen Schatten spürte. Eine Wolke zog über die Sonne. Ich wandte mich um und sah Haschim noch immer im Sattel sitzen.

„Geht allein", sagte der Scheik, der meinen fragenden Blick bemerkt hatte. „Ich muss etwas bereiten." Er griff hinter sich in eine seiner Satteltaschen.

Ich zögerte, als mich eine Kühle umfing, die nicht davon herrührte, dass die Sonne verdeckt war. Und ich war verwundert, mich selbst sagen zu hören: „Ist etwas in dieser Höhle?"

„Nur ein Bär und seine erfolglosen Jäger. Und dann Ihr, Kara Ben Nemsi. Aber geht nun!"

Ich wandte mich um und packte den Henrystutzen fester, an meiner Hüfte hing schwer das Bowiemesser. Das Gewicht beider Waffen beruhigte mich, und ich fragte mich, warum ich denn überhaupt besorgt gewesen war. Als ich in den Schatten des Höhleneingangs trat, dessen Felskanten mit Moos bewachsen und von Ranken umwuchert waren, fuhr mir durch den Sinn, dass ich wohl noch allzu beeindruckt war von der Entdeckung des Schattenfuchses. Warum, war mir ein Rätsel. Ich hatte doch allzu gut gewusst, dass Al-Kadir noch Macht besaß. Dass auch andere Macht besaßen. Dass es gefährlichere Gegner gab als menschliche Schurken und wilde Tiere. Doch dass mich dieses Wissen nahezu scheu werden ließ, verursachte mir Unbehagen. Ich durfte doch nicht stets die Geschehnisse und Situationen um mich herum, noch weniger meine eigenen

Handlungen, danach abwägen, ob ich irgendetwas Überirdischem begegnen könnte!

Die Kühle des Felseninnern ließ mich noch mehr die Hitze eines unerwarteten Gefühls verspüren. Ich dachte wahrhaftig, dass es Haschim war, der mich so verunsicherte. Seine Gegenwart, seine Präsenz, die stets mit jener von Magie oder doch zumindest dem Wissen darum einherging, schien meine irdischen Instinkte, ja meinen Mut zu mindern. Der Gedanke beschämte mich und ich schob ihn von mir, verbannte ihn weit nach hinten in mein Bewusstsein. Ich atmete tief die modrige Luft ein – und mit diesem Atemzug stachen mir der Gestank des Bären und der Geruch von Blut in die Nase. Früher hätte ich dies bereits beim ersten Schritt in die Höhle bemerkt, nein, gar einige Schritte vor dem Eingang! Dann aber entzog ich mich den Gedanken an das Früher, sondern ließ mich ganz von meinem Jagdtrieb treiben.

Vorsichtig pirschte ich mich den schroffen, hohen Gang entlang. Auf dem Grund lagen alte Blätter, die Erde war teils festgetrampelt, teils aufgewühlt. Im schwachen Licht, das vom Eingang hereinfiel, konnte ich das Schimmern der feuchten Wände erkennen, auch die glattgescheuerten Stellen, an denen hier und da Bärenhaar klebte. Und Blut, glänzend schwarzrot im Halbdunkel.

Ich wollte schon nach meinem Phosphorlämpchen greifen, dachte halb an Halefs Leuchtkugel und dass keine Zeit geblieben war, eine Fackel zu entzünden, als ich bemerkte, dass durch einen schmalen, natürlichen Kamin Tageslicht in den Gang fiel, was es mir ermöglichte, sicher weiterzugehen. Ich sah einen zerbrochenen Schilfspeer auf dem Boden. Die Kurden mochten tapfere Krieger sein, doch ihre Traditionen in der Bärenjagd hatten mich schon vor Jahren verwundert, wenngleich nicht so sehr wie Sir David, der mich damals begleitete. Statt mit Gewehren jagen die Kurden den Bär mit einer Gruppe von Lanzenreitern, die nacheinander angreifen, um dem Tier einen Speer in die Seite zu rammen, und einen weiteren, und einen weiteren, bis das geschwächte Geschöpf an Blutverlust stirbt. Eine Kugel ist da wesentlich rascher und wohl auch besser für Beute und Jäger. Sir David hätte angemerkt, auch für den Pelz des Bären, welcher dann nur von einem einzelnen statt von vielen Löchern verunziert wäre. Ein Kurdenkrieger stellt jedoch den mutigen Kampf über alles. Ein gleichfalls stolzer Spanier würde hier vielleicht den Vergleich mit einer Corrida, einem Stierkampf, ziehen. Mir hingegen ist solcherlei Schauspiel ein rotes Tuch und ich bin auch kein alter, weißbärtiger Mann, der von solchen Mannbarkeitsritualen schwärmen könnte.

Doch was auch immer von Kultur und Tradition herrühren mag – ich fragte mich, wie die Jäger so töricht hatten sein können, den Bären bis in seine Höhle zu verfolgen – dorthin wo Speere schlecht zu handhaben sind und zudem die sichere Höhe des Pferdesattels fehlt, vom zusätzlichen Schwung ganz abgesehen. All dies nur für ein Bärenfell und ein wenig Jagdruhm?

Ich vernahm ein Grunzen und Brummen, auch ein leises Wehklagen, einige Schritte vor mir im Zwielicht. Es musste sich hinter einer Windung des Gangs die eigentliche Höhle befinden. Der Gestank wurde schärfer, auch der Geruch nach Blut, und unter beidem nahm ich eine Bitternis war, die mir widerlich und vertraut zugleich schien. Unwillkürlich – nein, ich muss es gestehen: willkürlich spürte ich dem Gefühl nach, welches der Musaddas in meiner Westentasche mir bereitete, wann immer ich etwas Übernatürlichem begegnete. Auch bedachte ich die ungeliebte Erkenntnis, dass ich selbst es war, der dergleichen erfühlen konnte, seit dem Duell mit Al-Kadir. Doch ich empfand nichts, das Brennen in der Magengegend blieb aus, sah man von der üblichen Anspannung ab, die mit der Kenntnis von Gefahr einhergeht. Haschim hatte wohl Recht: Hier waren nur der Bär, seine Opfer und ich selbst. Doch warum ...

Ich kam vorsichtig, geduckt um die Biegung des Felsengangs. Das Gestein weitete sich zu einer breiten Höhle, begrenzt von wulstigen Auswüchsen, die sich wie Geschwüre aus dem Erdreich ballten. Aus der gespaltenen Decke sickerte bleiches Licht an den kantigen Steinplatten entlang und beleuchtete die grausige Szene. Unweit von mir lag ein junger Kurdenkrieger in seinem Blut, das sich im matten Schein unnatürlich grellrot gegen die dunklen Felsen, die braunen Kleider und die totenblasse Haut abhob. Der Schaft des zerbrochenen Speers ragte noch aus der kraftlosen Hand, lag quer über der zerschmetterten Schulter. Eine Blutspur führte zur Mitte der Höhle, wo ein weiterer Jäger mit zerborstener Hirnschale lag, das Gesicht zerfetzt, ebenso die Brust. Vor meinem geistigen Auge flackerte der Anblick des Mübarek, der auf dem Balkan einen ähnlichen Tod gefunden hatte – und auf widernatürliche Weise wiederauferstanden war, bis zu seinem endgültigen Aufgehen in Asche und Staub – wortwörtlich. Doch dies alles würde hier kaum geschehen, denn hier herrschten nicht Zauber oder Magie, sondern nur die gnadenlose Natur.

Und diese stand triumphierend auf ihren vier Pranken, in Gestalt eines mächtigen, schwarzen Bären, dem die Schnauze vor Blut troff. Ich musste bemerken, dass dieses Tier nicht die vergleichsweise geringe Größe eines kurdischen Bergbären besaß, sondern nahezu an jene eines Grizzly, gar eines Kodiakbären heranreichte. Wie konnte ein solches Tier sich nur durch die vergleichsweise engen Gänge zwängen? Die Wohnstatt selbst war recht geräumig; aber der Weg dorthin? Und erneut: Was hatte die Kurden dazu bewogen, eine solch gewaltige Bestie nur zu dritt anzugehen und in deren Quartier zu verfolgen? Gewiss war das Tier dort in die Enge getrieben, aber eben auch umso gefährlicher – und die Speere eine unzureichende Waffe!

Ich wollte mit dem Henrystutzen anlegen, um den Bären zu töten, als ich zögerte. War da nicht ein Wimmern zu vernehmen gewesen? Und wo war der dritte Jäger, den ich doch vermuten musste? Ich spähte durch die Höhle. Der Bär musste mich gewittert haben, doch er griff nicht an, und so konnte ich mit meinem Schuss noch warten. Ich war weit genug entfernt, dass ich nicht Gefahr lief, plötzlich angesprungen zu werden.

Über das schwere Atmen des Bären hörte ich wieder die Klagelaute, die vom entfernten Teil der Höhle herrührten.

Tatsächlich! Im Halbdunkel einer Nische, auf zweifacher Mannshöhe über dem Grund der Höhle, hing ein junger Kurde, verzweifelt ins Gestein gekrallt. Seine Kleider waren zerfetzt und blutig, er selbst aber schien nur leicht verletzt, sonst hätte er kaum die Kraft besessen, sich am Fels zu halten. Dennoch zitterte er vor Angst und würde wohl jeden Augenblick seinen sicheren Halt verlieren und der Bestie zur Beute werden. Ich konnte ihn nur retten, wenn ich den Bären erschoss. Doch da ich nicht wusste, ob der Kurde mich bemerkt hatte, also die Hoffnung auf Rettung verspürte, musste ich ihn vorwarnen. Nicht, dass er durch meine Schüsse erschrak und sich beim Sturz schwer verletzte.

„Junger Jäger“, rief ich also. „Halte aus! Ich töte den Bären mit meinem Gewehr!“

Ein Laut der Erleichterung brach sich aus der Kehle des Kurden Bahn und wurde sogleich übertönt vom Gebrüll der Bestie. Der Bär schwenkte seinen groben Schädel in meine Richtung und riss die Kiefer auf, entblößte seine gewaltigen Zähne, die in einem Lichtstrahl aufschimmerten, ebenso wie die glitzernden Geiferfäden. Das Tier schüttelte sein Haupt, als sei es unschlüssig, ob es mich angreifen sollte. Ich spannte meinen Körper an, nahm mit dem Henrystutzen mein Ziel auf. Ich würde schießen, sobald der Bär vorstürmte – dann würde er den Kopf auf mich ausgerichtet haben und mir einen Treffer zwischen die Augen oder durch den Rachen direkt in sein Gehirn ermöglichen und ihn somit in einem Wimpernschlag zu Tode bringen.

Doch die Bestie griff nicht an! Sie verharrte an ihrem Standort – und hob sich von allen vieren auf die Hinterbeine. Langsam tat sie dies, in einer schrecklich menschlichen Bewegung.

Denn gemeinhin erhebt sich ein Bär ruckartig, mit breit gespreizten Hinterläufen, während die Vorderpranken rudern, um die Balance zu wahren, denn der aufrechte Gang ist nun einmal nicht seine natürliche Fortbewegung.

Dieser Bär jedoch streckte seinen Leib, und die Vorderläufe hingen locker hinab von den straff zurückgenommenen Schultern. Sein Schädel war leicht gesenkt und er starrte mit schrecklich wachen Augen in meine Richtung. Dies war nicht das Wittern eines Tieres, das einen Menschen bemerkt, dies war ein Erkennen!

Ich sah mit Entsetzen, wie der Bär die Vorderpranken hob, die Läufe leicht ausgebreitet, bis er in einer Pose dastand, welche als ein widernatürliches Nachahmen einer menschlichen Willkommensgeste erschien. Dann öffnete sich der Rachen des Bären und ein Grollen kam hervor, das sich zu einem Wort zu formen schien.

Ich schoss! Ich konnte es nicht ertragen, was ich da sah, und wollte es beenden. Meine Kugel traf den Bären ins Herz. Doch er wankte nicht! Ich repetierte kühl und schoss erneut. Auch mein zweiter Treffer zeigte keine Wirkung. Das dritte und vierte Mal lud ich die Waffe mit zitternder Hand durch, und als ich den fünften, den sechsten Schuss abgab und die Bestie noch immer ungerührt dastand, brannte es mir heiß im Nacken und stach mir kalt ins Herz.

Der Bär sprach nicht, das erkannte ich mit einem schwachen Aufflackern der Erleichterung. Und doch – und dies schien mir den Schädel zu zersprengen – vernahm ich eine Stimme in meinem Kopf, die nicht die eines Menschen war.

Ich schoss weiter. Die rauchenden Hülsen spritzten von mir fort und klingelten gegen den Fels, in einem höhnischen Lied, das vom Pfeifen meines Atems begleitet wurde. Wie durch einen Tunnel sah ich die pelzige Brust des Bären, in der sich klaffende Löcher auftaten, aus denen das Blut strömte und sich am Boden zwischen den Pranken der immer noch aufrecht stehenden Bestie sammelten.

Noch immer die Stimme in mir! Und dann:

„Sihdi!“

Halef drückte den Lauf des Henrystutzens hinab. Ich hörte das Zischen, als das heiße Metall den Schweiß verdampfen ließ. Mein Abzugsfinger schmerzte, endlich unterließ ich das wiederholte Krampfen, mit dem ich wohl wieder und wieder den Bolzen in das leere Verschlusslager hatte schnellen lassen. Ein letztes Klicken. Ich erkannte, dass ich anscheinend das Zweifache der fünfundzwanzig Schuss hatte abgeben wollen, abgeben müssen, doch alles ohne Erfolg. Der Bär erhob sich noch immer als scheußliches Wesen mit menschlicher Geste. Er rührte sich nicht, die Stimme in meinem Kopf war verstummt. Nur Halef sprach beruhigend auf mich ein. Er hatte die Leuchtkugel in einer Hand, die mit ihrem sanften Licht mein Gemüt beruhigte, auch wenn das Blut und die Leichen in der Höhle allzu deutlich zu sehen waren. Aber ich sah auch den jungen Kurden, der zögerlich und zitternd aus seinem Versteck in der Felswand hinabkletterte, den Blick nicht vom mächtigen Rücken des Bären abwendend. Dieser stand noch immer aufrecht, aber ohne Regung. Er musste, er musste tot sein! An der Höhlenwand neben Halef lehnte mein Bärentöter, ohne sein Futteral. Halef musste ihn geladen haben! Ich langte fiebrig danach, löste zitternd die geheime Sicherung.

„Nein, Sihdi!“, sagte Halef sanft.

Doch ich hatte ihm den Henrystutzen gegen die Brust gedrückt, legte den Bärentöter an.

„Nein ...“

Das war nicht Halefs Stimme! Das war die Stimme in meinem Kopf!

Ich krümmte den Finger. Der erste Lauf donnerte los und riss ein menschenkopfgroßes Loch in die Brust des Bären, als hätte sich die zwei Lot schwere Bleikugel noch vor dem Aufprall in eine Kartätsche verwandelt. Aus der Leibeshöhle des Bären quollen nicht Lungenfetzen und Rippensplitter, sondern weiße Maden und schwarze Würmer!

Ich schoss zum zweiten Mal. Der Schädel des Bären zerplatzte in Knochenscherben und Hirnmasse, in der es sich wand und wimmelte. Endlich, endlich schwankte der Leib des Untiers und stürzte nach hinten, aus meiner Sicht, aus meinem Sinn!

Was als dunkles Fellbündel zwischen den Steinen lag, sah aus wie der Kadaver eines Bären, doch ich wollte ihn keineswegs prüfend beschauen. Zitternd und bebend setzte ich den Bärentöter ab und stützte mich schwer darauf. Ich sah wie durch einen Schleier, dass der junge Kurde im weiten Bogen um den Bärenkadaver herumhinkte und auf mich und Halef zukam. Halef ließ durch leisen Befehl die Leuchtkugel verdunkeln und stieß den Ruf eines Mannes aus, dem die Fackel erloschen war. Ich war noch immer erschüttert, erkannte aber, wie klug sich mein kleiner Freund verhielt. Es war besser, diese Zauberdinge geheimzuhalten. Der junge Kurde hatte gewiss andere Dinge im Kopf, als sich zu fragen, woher das Licht gekommen war, zumal ich ohnehin nicht wusste, wie aufmerksam er gewesen sein mochte, in seiner Todesangst. Wahrscheinlich hatte er mit in Furcht geschlossenen Augen in seiner Felsnische ausgeharrt, bis alles vorüber war. Wie er über den unbesiegbaren Bären dachte, mochten wir noch erfahren. Aber da ich selbst nicht im Klaren darüber war, was ich in dieser Höhle erlebt hatte, war es ohnehin nicht von Belang.

Halef und ich stützten den jungen Kurden mit jeweils einem freien Arm, trugen in unseren Händen die Gewehre und mühten uns durch die engen Gangwindungen, die wieder ins Freie führten. Der verletzte junge Jäger war wohl weniger vom Blutverlust geschwächt, durch Wunden oder Brüche, sondern eher durch den Schrecken des Erlebten, was man nach einer Bezeichnung durch französische und amerikanische Ärzte, vor allem Edwin Morris, einen *Schock* nennt. Er war bleich und teilnahmslos, aber ich hoffte, in ihm wieder die Lebensgeister zu wecken, wenn er erst aus der stickigen Höhle herausgeschafft war, aus dem Gestank von Moder und

Blut. Frische Luft und ein Mundvoll Wasser würden ihm guttun.

Endlich traten wir ins Freie. Der junge Jäger hob den Kopf und blinzelte ins Licht – und stieß einen entsetzten Schrei aus!

Halef und ich zuckten zusammen! Ich erwog für einen Herzschlag, den Verletzten fallen zu lassen, auch den Bärentöter, damit ich den Revolver ziehen konnte, als ich mehrerlei erkannte: Es drohte keine Gefahr. Zudem hätte Haschim eine solche wohl abwehren können, denn er befand sich noch immer vor der Höhle. Die drei Pferde der Kurden waren zurückgekehrt oder Halef hatte sie eingefangen, wohl mit Sangars Hilfe, der in respektvoller Nähe des Höhleneingangs saß und uns entgegenhechelte. Die Reittiere waren ruhig und standen einträchtig mit den unsrigen zusammen, bildeten den Hintergrund, vor dem ich Haschim auf einem Felsen sitzen sah, die Beine untergeschlagen und die geöffneten Hände auf den Knien gelagert. Er hatte die Augen geschlossen und ein Windstoß blähte seinen Umhang, hob ihn kurz an, sodass sich dessen Tuch für einen Augenblick wie eine Aura oder ein Pfauenrad hinter der Figur Haschims ausformte. Das Licht fing sich im Stoff, leuchtete halb hindurch, und ich bemerkte, dass mir zuvor wohl entgangen sein musste, dass der doch so schlichte Umhang in seinem Innern ein farbiges Muster besaß, das seltsam zu schillern schien.

Dann war die Brise verweht, der Umhang sank nieder und legte sich wie gewöhnlich um Haschims Schultern. Es war nichts Besonderes an diesem Tuch. Die Helligkeit des Tages musste nach dem Halbdunkel der Höhle meinen Augen etwas vorgegaukelt haben, und dem verschreckten jungen Kurden nicht minder.

Haschim schlug die Augen auf und blickte ernst zu uns herüber, doch was er in unseren Mienen las, schien ihn zu beruhigen. Er stand auf, sprang geschmeidig von dem Felsen und kam uns entgegen. Ich lehnte den Bärentöter gegen die Felswand des Höhleneingangs, um den jungen Jäger besser stützen zu können, und bat Halef, ihm Wasser zu bringen. Halef lief zu Rih hinüber, den Henrystutzen in der Hand. Als er Haschim passierte, schienen die beiden einen Blick zu wechseln. Es mochte wohl ein Ausdruck der Erleichterung sein. Haschim sah mir in die Augen, legte in einer ungewohnten Geste seine Hand auf meine Schulter und prüfte dann den jungen Kurden, indem er ihm etwas unsanft die Lider anhob. Dies erinnerte mich allzu sehr an eine Begebenheit in Ostromdscha, als Haschim Ähnliches mit Abdi und Halef vollzogen hatte, nachdem sie ein Loch in der Erde inspiziert hatten. Der Gedanke daran fuhr mir als Schauder über die Schultern, denn damals …

„Hier ist Wasser", sagte Halef und hielt dem Verletzten die Kalebasse hin, mir reichte er meine Feldflasche. Der junge Kurde war bei Haschims Berührung zurückgezuckt, was wohl verständlich war, angesichts der Situation, nun löste er sich aus meinem Griff, nahm das Kürbisgefäß und trank durstig, wobei er furchtsam zu Haschim schaute. Dieser wandte sich mir zu, nahm mich beiseite und wisperte mir knapp zu:

„Verzeiht, dass ich Euch nicht ins Innere folgen konnte. Doch ich musste meine Kraft von außen anwenden. Und Halef davon abhalten, zu früh die Höhle zu betreten."

Ich nickte schwach. „Ostromdscha?", fragte ich.

„Ja. Ein anderer Ort, die gleiche Finsternis."

Er schien in meinen Augen etwas zu lesen und hob sachte die Hand.

„Ihr seid nicht in Gefahr gewesen, nicht so wie Abdi und Halef damals. Und dies lag an mir und …"

Ich schüttelte abwehrend den Kopf. „„… und mir, wollt Ihr sagen. Doch ich will dies nicht hören." Ich trank aus der Flasche, das Wasser schmeckte schal, obgleich es noch vor Kurzem einer Quelle entsprungen war. „Ich will es nicht *jetzt* hören", fügte ich an. „Wir haben anderes zu bewältigen. Sagt mir nur eins: Hat dies mit Al-Kadir zu tun?"

„Nein. Es ist älter und …"

„Genug. Ich bitte Euch. Ist der junge Jäger in Mitleidenschaft gezogen?"

„Nur durch die Wunden der Jagd und etwas Schrecken."

„Dann bringen wir ihn zurück zur Gesellschaft von Nedschir-Bey und seinen Gefährten."

Der junge Kurde lehnte tief atmend an der Felswand und hatte die Kalebasse dankbar an Haschim zurückgegeben. Sangar drückte sich an seine Stiefel, und der junge Jäger reichte mit seiner bebenden Hand hinab und zauste dem Hund das Nackenfell, was beide zu beruhigen schien, vor allem den erschütterten Mann. Ich sprach ihn an.

„Ich bin Kara Ben Nemsi. Wie ist dein Name?"

„Ich bin Zinar."

„Du jagst mit Nedschir-Bey?"

„Ja."

„Wir kennen ihn und wollen ihn aufsuchen. Kannst du uns zu ihm führen?"

Ich wusste, es war gut, wenn Zinar eine Aufgabe hatte, die über das Heimbringen seiner toten Jagdbrüder hinausging.

„Ja."

„Dies sind Haschim und Halef. Wir helfen dir, deine Brüder aus der Höhle zu tragen."

Zinar schaute Haschim mit furchtsamen Augen an.

„Er soll sie nicht berühren! Er ist ein Teufelsanbeter!"

Nun begriff ich! Ich hatte ja Haschims Umhang, der sich vor meinen geblendeten Augen bunt schillernd im Wind gebauscht hatte, selbst mit einem Pfauenrad verglichen. Der junge Zinar, wie alle seines Stammes ein frommer Nestorianer, musste sogleich an den Melek Taus, den Engel Pfau, gedacht haben, welcher das Idol der Jesiden ist. Und diese werden fälschlich als Anbeter des Teufels geschmäht, nur weil sich ihr Dienst an Gott ein wenig von jenem der Christen und Muslime unterscheidet. Ich fragte mich, was Nestorianer und Muslime wohl von den aberhunderten Heiligen der katholischen Kirche halten würden, mit all ihren Attributen und Beifügungen, die oft gewiss schauerlicher sind als das Rad eines Pfaus. Aber nun, selbst andere Christen halten den Heiligenkult für eigentümlich, wenngleich sie ihn nicht mit Abgötterei und Teufelsgötzendienst gleichsetzen. Doch für theologische Feinheiten war hier nicht der Ort, und so entgegnete ich Zinar schlicht:

„Haschim ist Muslim, ein Scheich gar. Und Halef ist schon den Weg nach Mekka gegangen, also ein Hadschi. Ehrbare Männer. Ich selbst bin Christ. Und auch da drinnen war kein Teufel, sondern nur ein wütender Bär. Ein recht gewaltiger, das sei zugegeben."

Zinar hatte zweifelnd meine Gefährten angeschaut, dann mich, und dann erinnerte er sich an die Höhle, den Bären und die Jagd. Er senkte den Kopf und griff sich an die Brust mit dem blutigen Hemd.

„Wir waren dumm. Wir verfolgten den Bären in seinen Bau. Er schien nicht so groß zu sein. Doch drinnen konnten wir ihn nicht besiegen."

„Warum habt ihr ihn nicht auf die gewohnte Art gejagt, mit Spießen zu Pferde?"

„Er entkam uns. Doch sein Pelz schien allzu prächtig."

„Du und deine jungen Freunde, ihr wolltet euch beweisen?"

Zinar reckte sich, was ihm sichtlich Schmerzen bereitete, doch in seinen Augen leuchtete es hell auf.

„Es geht um Nedschir-Beys Tochter Ingdscha."

„Stieftochter", sagte ich, um meine Überraschung, aber auch mein Feixen zu unterdrücken.

„Er will sie verheiraten, doch nur an den Tapfersten!"

Meine Mundwinkel sanken. Nedschir-Bey wollte seine Perle, denn dies bedeutete der Name Ingdscha, also für das Fell eines Bären hergeben. Er war in seine alten, rohen Gepflogenheiten verfallen. Ich hätte nach dem Frieden, den Marah Durimeh gestiftet hatte, eher erwartet, dass der Bey so klug wäre, dies dadurch zu verfestigen, dass er für Ingdscha einen Mann der Berwari-Kurden gesucht hätte. Aber das war von mir wohl gar zu vernünftig gedacht. Und wer bin ich, um von Vernunftehen zu sprechen.

Dennoch sagte ich nüchtern, um das unangemessen geckenhafte Leuchten in den Augen des jungen Gesellen zum Erlöschen zu bringen: „Bergen wir deine Brüder!“

Wir gingen in die Höhle zurück. Auch Haschim folgte. Er würde mir später über die Dinge berichten können, die das Überirdische oder das Unterirdische betrafen. Jetzt hatten wir eine schlicht irdische Tat zu vollbringen. Wir trugen die Körper der beiden Kurdenjäger, so sachte wir es vermochten, durch den engen Weg ins Freie. Jeglichen Blick auf den Kadaver des Bären vermieden wir. Ich will ihn weiter einen Bären nennen, denn er war einer gewesen, als er vor den Jägern geflohen war, und er war einer in seinem endgültigen Tod. Was in der kurzen, schrecklichen Zeitspanne dazwischen sich ereignet hatte, wollte ich nicht wissen, wenn es nichts mit unserem Kampf gegen Al-Kadir zu tun hatte. Ich hatte nicht vor, meinen Kenntnissen über allerlei Dinge noch die über dämonisch besessene Bestien hinzuzufügen. Oder um was auch immer es sich hier gehandelt hatte.

Wir nahmen die überzähligen Decken der Kurden, hüllten die beiden Toten darin ein und legten sie über die Rücken ihrer Pferde. So würden wir sie ehrenvoll ins Lager von Nedschir-Bey bringen können. Wie es Zinar ergehen mochte, der seine Kameraden verloren hatte, wohl durch eigenen Leichtsinn, welcher jegliche zuvor geleistete Tapferkeit auslöscht, konnte ich kaum ahnen. Aber ich fürchtete, dass Nedschir-Bey so seine eigenen Ansichten über Heldenmut oder Torentum hatte und gewiss nicht gnädig gegenüber jenem handeln würde, den er verachtete.

Mit Letzterem sollte ich Recht behalten. Doch es würde nicht den jungen Zinar treffen, sondern jemand anderen, mit großen Folgen für die kommenden Tage.

Achtes Kapitel
Verrat und Verbannung

Wir ritten von der grauenvollen Höhle fort, zwischen Felsen und Buschwerk entlang. Die Sonne war wieder hinter den Wolken hervorgekommen, sank aber langsam und würde bald hinter den Bergen verschwunden sein. Das milde Licht ließ das Blättergrün weniger harsch wirken, auch die roten Früchte der Eschen und des Hagedorns leuchteten hell auf, schienen mir aber nicht mehr als drohende Vorbedeutung, sondern nur als leiser Nachklang.

Obgleich wir den Weg kannten, ließen wir uns von Zinar leiten. So musste er nicht in Gedanken seinen schweren Erlebnissen nachhängen. Wenn wir erst im Lager der Nestorianer einträfen, bekäme er den Beistand seiner Stammesbrüder, den wir ihm kaum leisten konnten.

An einem schmalen Wasserlauf ritten wir einen Hügel empor, bis zu einem Wäldchen aus Eichen, welches die Lagerstatt des Nedschir-Bey barg. Aus einiger Entfernung hörten wir schon das Tönen der Jäger, die von der Pirsch zurückkehrten und sich daranmachten, das abendliche Fest für das erfolgreiche Weidwerk zu bereiten. Über den Wipfeln der Bäume stiegen die zerfaserten Rauchfäden der Kochfeuer auf, die jetzt geschürt wurden, damit sie bei Einbruch der Dunkelheit bereit waren, über der Glut die Wildbretstücke zu garen.

Als wir uns näherten, klangen zweifache Rufe auf: dass Fremde herankämen, aber auch ein Gefährte – allein am Leben, doch jene, die ihn auf der Jagd begleitet hatten: tot.

Am Waldrand wurden wir empfangen von Kriegern, die ihren Habitus als Jäger abgelegt hatten, ohne Kleider oder

Waffen zu wechseln. Wir würden erklären müssen, dass hier ein Jagdunfall und kein kriegerischer Akt für die Toten verantwortlich war. Zinar richtete knappe Worte an die Wachen, Weiteres würde er nur dem Bey berichten.

Man geleitete uns durch den breiten Ring aus Bäumen, welcher eine Lichtung umgab, die mit Zelten bestanden war, mit Pferchen für die Pferde, und von vielen Feuern beleuchtet, jetzt wo die Sonne halb von den Berggipfeln verdeckt wurde. In der Mitte der kleinen Zeltstadt erhob sich das Domizil des Nedschir-Bey, dreifach größer und um einiges höher als die Gebilde aus Stoff und Stangen ringsum. Der Bey schien mir ein orientalischer Nachfahre der frühmittelalterlichen Könige des Frankenreichs zu sein, die keine festen Herrschaftssitze besessen hatten, sondern nur Pfalzen, die sie als Reisemonarchen abwechselnd besuchten, um Hof zu halten. Wir kamen gewissermaßen zu einer Audienz, doch leider ohne gute Kunde oder reiche Geschenke, sondern mit zwei toten Jägerkriegern.

Die Nestorianer umringten uns. Zinar musste entsetzte Fragen beantworten, wir hingegen misstrauische. Zinar konnte für uns bürgen, und es war wohl unser Glück, dass unter den Nestorianern einige waren, die mich und Halef von unserer letzten Begegnung mit Nedschir-Bey kannten. Argwöhnisch wurde Haschim beäugt, wenngleich erst nach einigen gewisperten Worten Zinars. Sangar streifte ihm durch die Beine und hielt ihn wohl von weiterem Gerede ab, auch war ihm die Stimme schwach und belegt. Dennoch lehnte er einen gereichten Krug ab, der gewiss kein Wasser enthielt, und deutete zum Zelt des Bey. Uns wurde kein Willkommenstrunk gereicht, die Männer kümmerten sich darum, die verhüllten Leichname von den Pferden zu nehmen und Letztere abzusatteln und zu versorgen.

Wir selbst waren abgesessen und hielten unsere Tiere an den Zügeln. Die Gruppe der Nestorianer zwischen uns und dem großen Zelt teilte sich, und der Bey kam durch diese Menschengasse auf uns zu. Er war so riesig wie eh und je, und noch kräftiger, wie mir schien. Der Frieden hatte ihn nicht faul und behäbig werden lassen, und statt durch Kriegswerk erhielt er sich durch die Jagd die Stärke des Leibes. Er trug wie damals weite Hosen und eine Jacke aus Kattun. Ich wusste nicht, ob er dies schlicht aus Gewohnheit beibehalten hatte oder ob er diese Kleidung nur zu gewissen Gelegenheiten anlegte, so wie Madana die ihre beim Hausputz. Nedschir-Bey hingegen war auf der Jagd. Deshalb würdigte er uns keines Blickes, sondern wandte sich allein Zinar zu und ließ diesen berichten, wie es zu den beiden Toten gekommen war. Ich kannte Nedschir-Bey und las aus seiner Miene, dass er den Verlust der beiden Kriegerjäger wohl verschmerzt hätte, wenn es einen Bären als Beute gegeben hätte. Auch bemerkte ich, dass er Zinar mit einer Geste unterbrach, wann immer dieser von den Fremden zu berichten gedachte; und als Zinar allzu heftig auf Haschim weisen wollte, unterband der Bey dies mit einem noch harscheren Wink. Als Zinar geendet hatte, legte der Bey diesem in einer unerwartet sanften Geste die Hand auf die Schulter und bedeutete ihm, sich zurückzuziehen, um seine Wunden versorgen zu lassen. Ein paar Krieger traten hinzu und nahmen sich Zinars an, geleiteten ihn fort. Der junge Mann schaute kurz zurück, mit einem dankbaren Blick für mich, aber scheu bemüht, Haschim nicht anzuschauen. Ich sah, wie ihm ein Mann folgte, der bisher hinter dem Bey gestanden hatte. Er war kleiner und schmaler als dieser, was ihn noch immer zu einem recht stattlichen Mann machte, doch trug er nicht die gesunde Gesichtsfarbe all jener Krieger. Er war fahl von Angesicht und auch sein Bart war von matter, kaum zu definierender Farbe. Bevor ich aber genauer schauen konnte, war er fort, und dazu kam, dass der Bey mit starken Schritten auf mich zukam und mich mit dem vollen Bass seiner Stimme andröhnte.

„Hund!“

Ich spürte, wie Halef sich neben mir regte. Auch ohne es aus den Augenwinkeln sehen zu können, wusste ich, dass seine Hand zur Kurbatsch im Gürtel gezuckt war. Nedschir-Bey hatte sich keinen Deut geändert. Er beleidigte mich auf dieselbe Weise wie bei unserem ersten Zusammentreffen. Dass er sich dessen erinnerte, sagte mir jedoch, dass ich wohl keinen geringen Eindruck auf ihn gemacht hatte. Ich wollte ihm jedoch nicht auf gleiche Art antworten, schließlich war ich nicht nachtragend, und wenn der Bey schon die Gastfreundschaft des Gebenden mit Füßen trat, würde ich die meine als höflicher Gast besonders betonen. Doch bevor ich den Mund öffnen konnte, deutete der Bey zu meinen Füßen hin.

„Du hast einen Hund. Wie damals schon“, nickte er. „Das tut einem Mann gut. Er ist treuer als Männer. Und kehrt immer zurück.“ Er hob die Brauen, dass sich das Tuch um seinen Kopf verschob. „So wie du, Kara Ben Nemsi!“

Er schlug seine Pranken gegen meine Schultern und packte dann mit beiden meinen Unterarm.

„Du hast einen meiner Krieger gerettet. Das ist ein gutes Gastgeschenk. Willkommen also, auch deinen Gefährten!“

„Danke, Bey“, sagte ich überrascht, ließ mir aber nichts anmerken. „Wir taten, was wir vermochten. Es dauert mich, dass nicht alle deine Krieger so große Jäger sind wie du, der du diesen Namen zurecht trägst.“ Damit schmeichelte ich ihm nur halb, da sein Name im Dialekt des Kurmandschi eben *tapferer Jäger* bedeutete. Doch er bemerkte meine Spitze nicht oder ignorierte sie. Stattdessen legte er seine Hand auf die Brust. „Nicht alle sind zur Jagd geboren. Manche aber zum Herrscher. Es ist nur schwierig, es herauszufinden.“

„Ich weiß bereits, dass es bei dieser Jagdgesellschaft nicht allein darum geht, viel Wild zu erlegen, sondern ...“

„Vergleicht meine Tochter nicht mit einem Wild ...“, begann der Bey und lachte dann tönend. „Oh, du bist noch immer so klug wie je. Meine scheue Ingdscha. Keiner ist ihr gut genug, deshalb muss ich ihn selbst wählen.“ Er kam mit seinem Gesicht näher an das meine und sprach leiser. „Oder wählen lassen, durch die Wildnis selbst. Zwei der Männer haben gezeigt, dass sie nicht würdig sind ...“

„Hart gesprochen, Bey.“

„So ist die Jagd und das Leben“, rief er. „Aber wir leben noch und etliches an Wild ist tot, deswegen wollen wir dennoch feiern. Die Toten begraben wir ehrenvoll. Es gibt schlechtere Tode als den durch einen mächtigen Bären. Doch ich bin froh, dass du einen meiner Männer hast retten können. Zinar ist tapfer. Auch wenn er heute seinem Namen nacheiferte, obgleich auf nicht ganz ehrenvolle Weise.“

Zinar bedeutet *Fels* auf Kurmandschi. Tatsächlich hatte er sich ja durch eine Felswand vor dem Bären gerettet. Ich wusste nicht, dass der Bey solche Scherze machen konnte.

Er lachte mich an. „An deinem Blick sehe ich, dass dir solcherlei Wortspäße gefallen. Wie das mit dem Hund. Wie lautet denn sein Name?“

„Sangar.“

„Du hast Schutz nötig? Genügt der tapfere Halef nicht mehr?“

Nedschir-Bey schaute von hoch oben auf Halef hinab, entbot ihm aber einen gemessenen Gruß, sodass mein kleiner Gefährte unauffällig die Finger von der Kurbatsch gleiten ließ.

„Und dies ist …?“, fragte der Bey mit Blick auf Haschim.

„Scheik Haschim.“

Der Bey nickte. „Ein Scheik. Ein würdiger Gast für einen Bey.“ Dann zeigte er hinter sich. „Kommt, ihr werdet hungrig sein. Zudem will ich auch von euch hören, wie sich der Kampf zugetragen hat. Der junge Zinar ist noch nicht ganz Herr seiner Zunge und seiner Sinne, wo er doch sonst so klug ist. Fast wie du ...“ Er bleckte die Zähne im Bart. „Aber nun kommt, kommt!“

Er wandte sich um und marschierte auf sein Zelt zu. Kurz schaute er zurück: „Bringt eure Pferde zu den Pferchen, da werden sie versorgt. Der Hund bekommt Fraß und Saufen bei den unsrigen. Und ihr speist und trinkt mit mir!“ Dann ging er weiter und seine Krieger folgten ihm. Schon standen wir allein am Rand der Lichtung und besahen das Zeltlager wie Fremde.

Halef räusperte sich. „Ja, Sihdi, ich frage mich, wie man uns wohl aufgenommen hätte, wenn wir allein gekommen wären." Er warf einen Blick zu Haschim. „Ich meine, ohne die Männer des Bey, tot und lebendig."

Haschim wiegte den Kopf. „Ich habe Euch bereits zuvor verstanden, Halef. Aber ich weiß nicht, ob Ihr mit der anderen Bedeutung Eurer Worte nicht näher an der Wahrheit wärt ..."

„Aber …", begann Halef und winkte dann ab. „Seien wir zufrieden, dass der einst so grimme Bey dem Sihdi nicht mehr grollt. Und vielleicht bietet er uns ja von seiner Beute einen fetten Bissen." Er schaute mich an. „Oder sind die Bärentatzen dem Bey vorbehalten?"

„Die Frage ist, Halef", gab ich zu Bedacht, „ob das Jagdglück dem Bey überhaupt einen Bären beschert hat. Und wenn mich meine Ohren nicht trügen, habe ich von dort hinten ein Meckern vernommen. Die Frage ist, ob es eine wilde Ziege ist oder ein häuslicher Hammel ..."

„Einerlei. Etwas frisch Gebratenes, dass man nicht selbst zubereiten muss, ist immer willkommen."

So sprach Halef. Und ich konnte nur mutmaßen, ob er dem heimatlichen Beduinenzelt nachsann oder den Zeiten auf Reisen mit Abdi, dem famosen Koch. Ich hingegen war froh, dass dieser uns nicht begleitete, denn die Kurden wären auf einen Türken wohl nicht gut zu sprechen gewesen, wie fein auch immer er kochen mochte – wenn sie ihn überhaupt hätten kochen lassen.

Halef hatte die Zügel gepackt und die Pferde vorangeführt. Ich ging mit Haschim hinterdrein, um ein dringendes Wort mit ihm zu wechseln.

„Glaubt Ihr, wir werden Ingdscha in dieser Umgebung zu einem Gespräch über Marah Durimeh zur Seite nehmen können? Dies hier ist eine Brautschau oder wohl das umgekehrte Unterfangen. Nicht, dass wir Nedschir-Bey verstimmen oder er uns missversteht ..."

„Ja, das wäre fatal“, meinte Haschim und musterte mich. „Nicht, dass Ihr am Ende mit dem Bey als Schwiegervater ...“

„Haschim, ich fürchte, der Umgang mit Halef färbt auf Euch ab. Ihr beginnt zu scherzen!“

„Was mir zu misslingen scheint“, lächelte Haschim. „Ich werde es nicht weiter versuchen.“

„Aber nicht doch“, beschwichtigte ich. „Zudem habt Ihr nicht ganz Unrecht, wenngleich nicht von meiner Seite aus. Ich erinnere mich, wie Ingdscha mich mit ihren damaligen Kleinmägdeleinaugen angeschaut hat. Es ist wohl gut, dass wir keinen Besuch in des Beys Haus in Schohrd abstatten konnten, sondern hier in der Wildnis, auf der Jagd. So können wir uns auch rasch wieder entfernen, wenn wir es müssen.“

„Das mag stimmen, Kara Ben Nemsi.“

„Was meint Ihr?“, fragte ich, besorgt ob Haschims Tonfall. „Droht Gefahr? Durch jenes ...“ Ich wollte nicht aussprechen, was ich ohnehin nur mutmaßen konnte.

„Nein. Das unterirdische Böse ist hier fern. Ich fürchte anderes. Aber dies ist nichts, was nicht zu bewältigen wäre.“

„Ihr sprecht in Rätseln.“

„Dies kann ich besser, als zu scherzen, nicht wahr?“

Haschim lächelte und dann rief uns Halef zu, dass wir nicht schwatzen sollten, wo es doch bald einen Braten gab. Wir folgten seinem Aufruf.

Es war fast dunkel geworden, und Fackeln und Feuer erleuchteten das Lager. Am Pferdepferch sattelten wir unsere Tiere ab, um sie dann der Obhut dreier Krieger zu übergeben. Die Männer schauten ehrfürchtig, als habe der Bey persönlich ihnen eingeschärft, die edlen Rosse der edlen Gäste mit besonderer Sorgfalt zu versorgen. Halef fühlte sich durch die Ehrerbietung sehr geschmeichelt, Haschim schien unbeeindruckt und ließ sich Zeit, prüfte die Festigkeit der Sattelgurte und den Sitz des Gepäcks, statt die Schnallen und Knoten zu lösen. Ich nahm zunächst meine beiden Gewehre an mich. Mit beiden hatte ich jüngst geschossen, mit dem Henrystutzen gar eine vollständige Ladung. Es wäre also nötig, beide Waffen umgehend und sorgfältig zu reinigen. Mir schwebte vor, dass ich dies bei Bedarf in Anwesenheit des Bey vollziehen könnte, etwa wenn ich ihn für mich einnehmen wollte. Er mochte es als Ehre empfinden, meine beiden berühmten und sehr besonderen Feuerwaffen aus der Nähe zu betrachten und mir beizuwohnen, wenn ich deren Innerstes und dessen Geheimnisse enthüllte. Letzteres würde ich natürlich nicht tun, sondern nur den Anschein geben. Nedschir-Bey würde es dennoch gewogen machen, das mochte nützen.

Ein Mann kam heran, gefolgt von zwei weiteren. Die Krieger waren vollständig bewaffnet, mit Säbel und Messer, auch mit nicht allzu alten Flinten. Sie waren wohl zur Wache eingeteilt – für unsere Pferde? Da wollte uns wohl jemand schmeicheln!

Der erste Mann kam ins Licht, blieb vor uns stehen, die Krieger flankierten ihn. Jetzt erkannte ich, wer es war: der Bleiche mit dem blassen Bart. Sein Gesicht sah ich nun genauer, es war das Antlitz eines einst kräftigen Kämpfers, dem seine Kunst aber aus irgendeinem Grund versagt war und der darunter litt. Doch war sein Geist nicht gebrochen, sondern füllte die Augen mit kaltem Feuer. Seine Stimme aber war brüchig wie die eines Greises.

„Ich bin Sergen, der Berdevk des Bey."

Ein Berater also.

„Ich bin Kara Ben Nemsi. Und dies sind …"

„Ich kenne den kleinen Mann, wie ich dich kenne", gab Sergen zurück. „Auch wenn ihr euch nicht an mich erinnern werdet. Aber um uns geht es nicht, sondern um diesen Unmenschen da!"

Er zeigte auf Haschim, welcher die harsche Geste und die ungebührliche Anrede ungerührt hinnahm. Ich hingegen war empört.

„Wir sind Gäste des Bey. Mäßige dich!"

„Ihr beide seid Gäste. Diesem da hat der Bey das Gastrecht entzogen. Er wird das Lager sogleich verlassen." Die beiden

Wachen hoben die Flinten, eine Geste, die ich allzu lächerlich fand. Und ich sah Furcht in den Augen dieser Männer. Ich hob beschwichtigend die Hand.

„Was wird ihm vorgeworfen?“

„Er ist ein Zauberer.“

Halef atmete entsetzt aus. Auch mir war unwohl, als seien wir, oder eben Haschim, einer notwendigen Tarnung ledig geworden, seien entlarvt oder entdeckt worden. Dann wurde mir gewahr, wie lächerlich dies war. Doch gleichzeitig erkannte ich die Gefahr. Früher hätte ich diesen Vorwurf verlacht, heute wusste ich es notgedrungen besser. Dennoch handelte ich, wie ich es von früher gewohnt war.

„Ah“, sagte ich, „ich ahne, was geschehen ist. Der junge Zinar hat in seinem Schrecken der Erlebnisse diesen ehrenhaften Mann fälschlich für einen Jesiden gehalten. Doch er ist keiner von jenen, die man Teufelsanbeter nennt, wofür ich bürgen kann und auch dieser Hadschi hier.“

Es war wohl besser, auf die Befürchtungen der Nestorianer einzugehen, statt sie in Glaubensdingen oder derlei Vorurteilen zu verlachen.

„Nein“, entgegnete Sergen. „Er ist kein Jeside. Er ist ein Zauberer. Und er muss gehen.“

Ich versuchte nun doch ein schwaches Lachen. „Aber nicht doch. Dies muss ein Missverständnis sein, welches sich gewiss klären lässt.“ Ich überlegte fieberhaft, wie der Berdevk auf diese Idee kam, wenn es nicht die Worte Zinars gewesen waren.

Der Berdevk hob die rechte Hand. Sie war schwärzlich verfärbt und wirkte wie verdorrt.

„Ich erkenne seinesgleichen“, sagte er und ich bemerkte, wie er nie die Augen auf Haschim richtete. „Ich kenne seinesgleichen auch allzu gut. Er geht. Sonst töten wir ...“

Ich fragte mich, wie er glauben konnte, einen Zauberer mit Flintenkugeln töten zu können, als er weitersprach:

„... dich und deinen Freund.“

Die Wachen zielten auf Halef und mich.

„Unerhört!“, rief ich. „Der Bey …“

Sergen schnitt mir das Wort ab.

„Der Bey weiß nichts davon. Ich schütze ihn. Und du tust gut daran, ihm nichts davon zu sagen. Denn er vertraut mir mehr als einem alten Gegner. Ich bin sein Berdevk.“

Mir wurde unangenehm bewusst, dass dieser Titel nicht nur Berater bedeuten konnte, sondern auch Führer. Doch der Berdevk schien den Bey nicht durch Einflüsterungen anzuleiten, sondern ihm noch viel heimlicher seinen eigenen Willen aufzuzwingen.

Ich wandte den Blick von Sergen ab, zu Haschim, der ohne eine Bewegung und ohne ein Wort dagestanden hatte, wohl um bei den anderen keine unbedachten oder eben doch allzu bedachten Handlungen zu erregen.

Er nickte mir sachte zu und seine Augen sagten mir: Es ist gut.

Also wandte ich mich, zwar zerknirscht, aber mit stolzer Stimme an Sergen:

„Wir beugen uns. Aber nicht deinem Willen, sondern nur der Ehre des Bey. Ich werde ihm sagen, dass der Scheik uns verlassen musste und dass dieser es bedauert. Halef und ich werden ihm umso dankbarere Gäste sein. Über dich verliere ich kein Wort.“

„Das genau ist mein Wille“, sagte Sergen und es war nur ein Flüstern.

„Dann zieh dich mit deinen Männern zurück. Ich will meinen Freund verabschieden.“

„Wir stehen weiter in Schussweite“, drohte Sergen leise. „Wenn der Zauberer eine Geste vollführt oder ein Wort der Macht über die Lippen bringt, töten wir dich.“ Er deutete mit seiner verdorrten Hand auf Haschim. „Meine Stimme mag gelitten haben wie meine Hand, doch meine Ohren kennen die Sprache der Zauberer.“

Dann wandte er sich halb ab und ging leise und zweifellos lauschend mit seinen Männern einige Schritte fort.

Ruhig wandte sich Haschim an mich.
„Er ist ähnlich wie Ihr."
Ich erschrak. „Das könnt Ihr nicht wahrhaftig ..."
„Doch, Kara Ben Nemsi. Sergen hat eine Begegnung mit einem finsteren Magier überlebt und etwas ist in ihm zurückgeblieben, was ihn leiden lässt, aber auch erkennen. Er ist verbittert und will seinen Bey vor Ähnlichem bewahren."
„Ihr versteht ihn? Verteidigt ihn?"
„Das Erstere solltet auch ihr tun, wie ich das Zweite auch stets für Euch täte. Und bedauert ihn. Es hätte Euch ähnlich treffen können."
Ich wischte den Gedanken fort. „Was wollt Ihr tun? Ihr könntet in der Nähe warten, bis wir hier erfahren haben, was wir wissen wollen."
„Nein, ich werde fortgehen. Weit fort."
„Aber …"
„Sergen wird seine Wachen aussenden und prüfen, ob ich fort bin."
„Wenn wir nur das Zelt hätten ..." Ich schaute zu Halef, den ich vor Kurzem mit sanftem Druck überzeugt hatte, den magischen Zufluchtsort an Abdi zu übergeben.
„Nein, sie sollen mich fortreiten sehen. Es ist besser." Er lächelte. „Ich bin nicht kugelfester als Ihr, müsst Ihr wissen. Aber verratet es niemandem."
Mir war nicht nach Scherzen. „Wohin werdet ihr gehen?"
„Nach Lizan."
Ich war erstaunt. „Aber Ihr sagtet, Ihr wolltet weit fort."
„Nicht dieses Lizan. Lizan in Persien, nahe Ilam. Die Verwechslung liegt nahe."
„Aber nicht die Orte. Einige Hundert Meilen ..."
„Ihr wisst, dass Risha wie eine Feder fliegt."
„Und Ihr ahntet etwas, weshalb Ihr den Sattel nicht gelöst habt."
„Ihr ahnt auch oft, nicht wahr?" Haschim schaute nach Süden, wo in der Ferne Ilam lag. Ich nickte.

„Ihr geht deshalb so leicht, weil etwas in dieser Höhle geschah?“

„Auch deshalb. Zudem das Schicksal Sergens. Ich muss in Ilam Dinge in Erfahrung bringen und auch Dinge in meinen Besitz. Doch ich muss Euch sagen, Kara Ben Nemsi, diese Dinge werden nicht sogleich nützlich werden. Nicht in den kommenden Tagen oder Wochen, vielleicht erst viel später. Doch man muss vorsorgen, wie Ihr wisst. Man kann nicht in die Zukunft schauen, aber sie doch erahnen

„Rätsel, Haschim, Rätsel.“

„Je weniger Ihr wisst ...“ Er legte den Finger an das Kinn. „Aber Ihr wisst doch sicher einiges von Ilam.“

„Der Legende des *Schah Nameh*, des Königsbuchs von Firdausi nach, erschlug dort der Held Esfandiar den Drachen.“

„Und dessen Blut sprudelt seitdem aus einer Quelle. Aber es ist natürlich nur Erdpech, wie wir beide wissen. Doch wir wissen auch, dass Esfandiar mit Rostam gefochten hat. Und Rostam war für Euch stets ein gutes Omen.“

Ich erinnerte mich. „Mein Duell mit Al-Kadir. Ich dachte an Rostam. Weil zuvor in Basra jener blinde Sänger ...“

Ich schaute Haschim fragend an. Er wiegte den Kopf.

„Ich kann nicht singen, Kara Ben Nemsi. Und ich war zu jener Zeit auch in Al-Kadirs Kerker gefangen.“

„Gewiss. Und wir wollen auch nicht in Sagen schwelgen. Es mag Schicksal und Vorbedeutung geben, aber nicht in alten Legenden. Sie wirken doch nicht in unsere Zeit, selbst wenn …“

„… es um magische Dinge geht? Lasst mich überlegen: Esfandiar überwand auch eine böse Zauberin und schlug zwei Löwen, zwei Wölfe, den mythischen Vogel Simurgh ...“

„Das erinnert mich doch sehr an den hellenischen Herakles. Noch eine alte Heldengeschichte. Und ich bitte euch: Herakles, Esfandiar, Rostam … Wie viele Helden sollen denn noch Vorbild und Vorbedeutung sein?“ Ich lachte schwach.

„Es gibt auch den deutschen Siegfried.“

„O bewahre. Ihr wisst, wie er endete.“

„Verzeiht, das hatte ich vergessen. Ich dachte nur an den Drachen. Aber wir wissen ja, dass das Blut der Monstren aus der Erde doch nur Teer und Pech ist."

„Dann reitet zu den Quellen in Ilam. Das Pech gönnen wir der Hexe Qendressa und Al-Kadir. Ich werde mich hier bemühen, Marah Durimeh zu finden. Dann treffen wir uns wieder."

„Wir treffen uns wieder. Bald."

„Und schreiben unsere eigenen Legenden."

„Das werden wir."

Ich wusste, diese letzten Worte waren allzu sentimental. Doch ein wenig half mir das Plaudern von den alten Sagengestalten über den Schmerz des erzwungenen Abschieds hinweg. Nein, er war nicht von fremder Hand erzwungen, sagte ich mir. Es geschah aus anderen Gründen, und die Trennung von Haschim und mir würde uns ermöglichen, noch besser vorbereitet zu sein, auf den letzten Kampf mit Al-Kadir.

Haschim stieg bedächtig in den Sattel. Ich wusste, dass Sergen und seine Krieger jede Bewegung beobachteten. Ich war erleichtert, dass sie unsere Unterhaltung ebenfalls als eine solche erachtet hatten und nicht als das Gespräch zweier Verschwörer.

Haschim beachtete Sergen nicht, wandte nicht den Kopf in dessen Richtung. Er schaute jedoch zu Halef.

„Auf bald", sagte er zu ihm. „Gebt auf Euren Sihdi Acht."

„Gewiss. Gute Reise", gab Halef mit belegter Stimme zurück. Er hustete kurz. „Rih wird sich langweilen, wenn er nicht mit Risha die Köpfe zusammenstecken kann, um über die beiden Herren zu plaudern."

„Ihr wisst Halef, dass ich hier nicht laut und herzlich lachen darf, um niemanden zu erschrecken. Aber der Gedanke wird mich begleiten und erheitern."

Er wandte bedächtig den Kopf, zu mir und wieder zu Halef, denn wir standen zu seinen Seiten. „Lebt wohl", sagte er zu Halef und zu mir. Dann ließ er Risha langsam voranschreiten, bis die weiße Stute im Dunkel des Waldrands verschwand.

Nun zogen sich auch Sergen und seine beiden Krieger zurück, ohne ein weiteres Wort.

Halef zeigte zum Zelt des Bey.

„Mir ist alles Verlangen nach einem Braten vergangen, Sihdi."

„Nein, Halef. Lass uns essen und fröhlich sein. Um unser selbst willen und weil wir in guter Stimmung des Bey und seiner Tochter wohl das erfahren können, was wir brauchen. Das ist unsere Aufgabe, so wie Haschim die seine hat."

„Und wir sollen mit dem Berdevk nett tun?"

„Zumindest wollen wir ihn nicht reizen. Und wir wollen Verständnis zeigen."

„Du bist ein allzu guter Mensch, Sihdi."

„Gerade wenn andere es nicht sind. Denn sie haben ihre Schicksale."

„So viel Schwermut lässt mich dann doch nach Braten gelüsten. Und der Bey hat doch sicher guten Tabak?"

„Du kannst gewiss seine Vorräte mindern, als kleine Rache."

„Immerhin. Dann auf zum Schmaus. Sihdi."

Halefs Lächeln war etwas schief, aber ich wollte mich ihm nur zu gern anschließen. Was brachten Trauer und Missmut? Wir mussten all unsere Sinne und unser Können scharf halten.

Wenngleich ich dennoch über die Worte Haschims nachdachte. Wie ungewohnt, dass mir nicht selbst die Spiegelung dieser Situation in jener alten Mär aufgegangen war, die man das Nibelungenlied hieß. Dort war der hehre Siegfried mit seinem König Gunther in den Odenwald gezogen, um Jagd abzuhalten. Und der finstere Hagen von Tronje hatte dort den Helden mit einem Speerwurf getötet, was ihm durch Verrat möglich geworden war. Das heutige Geschehen war nun glücklicherweise nicht in solcher Härte geendet, das hätte ich auch nicht erwartet. Was mich jedoch verwunderte, war, dass der Verrat Haschim getroffen hatte. Nicht, dass ich mich in der Rolle des strahlenden Helden gesehen hatte, beileibe nicht. Ich hatte ja auch keinen Drachen getötet. Im übertragenen Sinne stand dies mir, stand dies uns ja noch bevor. Ich fragte mich also, ob die gesuchten Vorbedeutungen in den alten Sagen und Legenden durchaus zutrafen – aber in umgekehrter Reihenfolge. Und was würde sich noch in sein Gegenteil verkehren und nicht so geschehen wie erwartet?

Nun, ich schüttelte diese Gedanken ab, als mir die ersten Düfte des festlichen Hammelbratens in die Nase stiegen, der als Abendmahl der Jagdgesellschaft herhalten musste. Auch ich hatte mein Jagdglück erfahren und einen Bären erlegt. Was schreckten mich dann die Aussichten, wie der persische Held Esfandiar darüber hinaus noch Wölfe und Löwen zu töten? Sollten sie auch so monströs sein wie der eigentümliche Bär in der finsteren Höhle. Und den mythischen Vogel Simurgh, den gab es ja nun nicht, der flog nur über die Seiten der Bücher voller Märchen. Und dies hier war die Wirklichkeit und kein Roman.

Neuntes Kapitel
Ein Bote

Im Zelt des Bey war alles für ein festliches Gastmahl gerichtet. Gewiss wirkten die Tuchwände aus grobem Gewebe recht rustikal, die Teppiche und Polster waren einfach und ohne Zierrat, ebenso die wenigen Möbel, zwei kastenförmige Truhen und die Geschirre aus Holz und Blech. Einige Kohlenbecken waren aufgestellt, gegen die Kühle der Nacht, welche hier in den Bergen bemerkbar war. Das Licht der Öllampen war sanft und schmeichelnd, doch konnte es die Schlichtheit dieses behelfsmäßigen Herrschersitzes nicht verbergen.

Einen Schmuck aber bot das Zelt des Bey, und dieser Anblick wärmte das Herz, wie die Kohlenbecken den Körper wärmten. Neben Nedschir-Bey saß dessen Stieftochter Ingdscha. Sie war nicht mehr das Mädchen, das mich mit Madana aus dem Kerker befreit hatte, sondern eine junge Frau, die ernst dreinblickte. Ob sie sich so dem strengen, rohen Umfeld anpassen mochte, oder ob sie missbilligte, dass der Bey ihr auf der Jagd einen Ehemann suchen wollte, konnte ich kaum ahnen – es sei ebenso dahingestellt, welches der beiden letzteren Dinge ihr missfiel.

Als ich Ingdscha das letzte Mal gesehen hatte, war sie in eine kurze, mit Schnüren besetzte Jacke und weite Hosen gekleidet gewesen, in kleine Stiefel und ein gefälteltes Kopftuch und ein weites, langes Obergewand – all dies in heiteren Farben, in weiß und blau, rot und gelb. Nun war sie ebenso bekleidet, doch die Tönungen waren dunkler und nur mehr braun und grün. Wohl einer Jagd angemessen, wenn man es mit europäischen Augen betrachtete, doch keinesfalls der Aufzug einer Braut oder einer, die es werden sollte. Einzig die beiden dunklen Zöpfe ihres Hauptes schienen mir unverändert. Und das Leuchten ihrer Augen, als sie mich sah. Der Bey musste ihr gesagt haben, dass ich im Lager eingetroffen und ins Zelt geladen worden war, doch schien der leibhaftige Anblick sie dennoch sehr zu rühren.

Ja, ich hörte wie Halef neben mir unterdrückt in sich hineinlachte, in jenem wissenden Ton, den der Ehemann und Vater gegenüber dem Junggesellen anschlägt, wenn dem ein hübsches Fräulein Augen macht. Doch da trübt wohl der eigene Familienstand das Urteil und wünscht dem anderen allzu gern ein Gleiches. Ich hingegen erkannte in Ingdschas Blick allein die Vertrautheit gegenüber einem Menschen, der einen aus einer Not gerettet hat und dem man sich somit verbunden fühlt. Und dies ist ein viel wahrhaftigeres Gefühl als irgendeine Aufwallung von Liebelei.

„Hammel“, raunte ich Halef zu und meinte damit selbstverständlich den dampfenden Braten, der herrlich knusperbraun und fettglänzend angerichtet war, als Krönung der sonst kargen Schüsseln, die nur Brot und Beeren enthielten. Letztere waren wohl die einzigen Früchte der Jagd, die hier verspeist wurden, auch wenn sie im Wald gesammelt und nicht erlegt worden waren. Ich ging davon aus, dass in den vergangenen Tagen gewiss das eine oder andere Wildbret verzehrt worden war, denn in den Wäldern hier gab es wohl Rehwild und dergleichen. Wer nun glaubt, mir sei als Gast der Rehschlegel in Sahnesoße oder der gespickte Rehrücken mit Kompott vorenthalten worden, weil es in Kurdistan mit der Kochkunst nicht weit her war, dem sei gesagt, dass hier nun mal keine europäischen Küchensitten gepflegt werden, die ohnehin teils zweifelhaft sind. Dazu gehört, dass man hier Wildfleisch nicht so lange abhängen lässt, bis es einen Hautgout hat, was entgegen des eigentlichen Wortsinns ja kein Hochgeschmack, sondern eher ein Faulzustand ist. Und weiterhin tischt man hierzulande dem Gast nicht auf, was man zufällig am Tage geschossen oder aufgespießt hat, sondern man opfert dem hochgeschätzten Kostgänger sozusagen als Ehrengabe ein frisches Tier. Ob dieses nun auf Verdacht mitgeführt wurde oder einem nahen Hirten abgeschwatzt, sei dahingestellt. Ein frischer Hammel ist allemal besser als ein von Speeren oder Bleischrot zerfetztes Wild. Und es sei nie vergessen: Man speist die somit eingelegte Ehre gleich mit, was im Grunde der Sinn der ganzen Sache ist.

Nedschir-Bey komplimentierte uns dröhnend auf unsere Plätze. Schließlich saßen wir im Rund: ich mit Halef neben dem Bey, neben Ingdscha tatsächlich der junge Zinar, sowie ein weiterer Jäger und Krieger, der Sivan hieß. Dieser war etwas älter an Jahren und schien mit Zinar vertraut, wenn auch kein Bruder, so doch ein Verwandter. Des Weiteren Welat, dessen Bart das erste Grau zeigte, und auch der Berdevk Sergen.

Dieser tat, als habe es die Begegnung bei den Pferdepferchen nie gegeben, ließ sich uns beide von Nedschir-Bey vorstellen und gab sich freundlich, gar enttäuscht, als ich verkündete, dass Haschim wegen dringender Geschäfte hatte abreisen müssen.

„Wie schade“, wisperte Sergen heiser und drehte ein Stück Hammel in den Fingern, als könne er sich nicht entschließen, es zu verspeisen. „Ein wahrhaftiger Scheik, ein Mann des Glaubens wäre ein solch ehrenvoller Gast in diesem bescheidenen Zelt gewesen.“

„Nun, nun, Sergen“, tönte Nedschir-Bey, „auch Kara Ben Nemsi und Hadschi Halef Omar sind Gäste, die ihren glänzenden Gastgeber angemessen bespiegeln. Zudem habe ich jenen Haschim ja gleich als einen erkannt, den ich nicht gern in meiner Nähe habe.“

Ich reckte den Kopf und drückte den Fetzen Brot in meinen Fingern.

„Was meinst du?“, fragte ich und vermied den Blick zu Sergen hin.

„Das liegt, wenn nicht auf der Hand, so doch im Auge des Betrachters“, bellte der Bey. „Ich kann doch keinen neben mir haben, der so stattlich und gutaussehend ist, dass ich wie ein grober Kerl erscheine, von der Klugheit ganz zu schweigen!“

Halef schluckte sein Hammelstück und griff eilig nach dem Becher mit Wasser.

Der Bey feixte mich an und riss einen stattlichen Brocken aus dem Bratenleib.

„Schließlich habe ich schon mit dir zu kämpfen, mein kluger und hübscher Freund!“

Halef atmete in seinen Becher, ich hingegen aß gelassen meinen Bissen Brot.

„Ich danke für das Kompliment, Bey. Aber keiner der Herren hier ist von Missgestalt, und zur Tapferkeit gehört auch immer ein heller und wacher Geist.“ Ich nickte Welat und Sivan zu und bedachte Zinar mit einem verständigen und aufmunternden Blick. Den Berdevk ignorierte ich erneut. Doch er nicht mich.

„Sag, Kara Ben Nemsi, was hat der Scheik denn so Wichtiges zu schaffen, dass er die Ehre der Einladung in das Zelt des Bey ausschlägt? Und wie hat ihn die Kunde denn erreicht, hier in den Bergen und Wäldern?“

„Der Scheik hatte uns nur bis hierhin begleitet, da wir eine gemeinsame Reiseroute besaßen. Unsere Wege hätten sich ohnehin getrennt.“

„Wohin führt ihn denn der seine? Und was mag er dort tun?“

Der Bey brummte. „Sergen! Frage den anwesenden Gast nicht nach einem Abwesenden aus!“ Er biss von seiner Fleischportion ab. „Verzeiht meinem Berdevk“, bat er mit vollem Mund. „Er ist gierig nach allem, was Leute tun und warum sie es tun. Denn sonst könnte er mir ja keinen Rat über sie geben.“ Er lachte kurz und kaute dann lang weiter.

Der Berdevk schaute mich aus seinen hellen Augen an, die mir im Halbdunkel draußen nicht aufgefallen waren. Besaß er diese von Geburt oder rührten sie von seiner Verletzung her, die ihm schon Haut und Haar gebleicht und seine Hand geschwärzt hatte?

„Gewiss verzeihe ich Sergen", sagte ich. „Wir tragen den gleichen Namen, denn *Kara* bedeutet ebenso wie *Sergen* die Farbe Schwarz. Dies verbindet. Und ebenso tun dies ähnliche Erfahrungen."

Sergen senkte die Lider über seinem bleichen Blick, seine Stimme knisterte.

„Was willst du damit sagen ..."

„Du bist dem Bey ein Ratgeber, und ich muss oftmals meinem treuen Halef einen Rat geben. Doch so oft, wie er diesen ausschlägt, mag es sein, dass auch mein Haar bald hell wird und ich nicht mehr Kara heißen darf!"

Die Runde lachte, der Bey am lautesten, selbst Ingdscha kicherte wohlerzogen hinter vorgehaltener Hand. Halef dehnte sein Lachen, bis es wie der Laut eines beleidigten Tieres klang, ich vermeide zu enthüllen, welches. Aber er feixte mir zu, denn er wusste, warum ich diesen Scherz gemacht hatte. Der Berdevk Sergen schaute mich kalt an, stimmte aber dem Bey zuliebe in die Heiterkeit ein, wenngleich sein heiseres Gelächter mich schaudern machte. Dann griff er zu seinem Becher, mit der gesunden Linken, denn die verdorrte Rechte schien zu schwach zu sein, etwas zu halten. Das Sprechen schien seine Kehle sehr zu fordern, und es mochte wohl eine grausame Volte des Schicksals sein, dass ein Mann, den die Äußerung von Worten leiden ließ, zum Ratgeber seines Bey wurde. Doch dann wiederum weiß man ja, dass Ratgeber und Berater sich keiner lauten Sprache bedienen, sondern ihren Herren die Gedanken eher einflüstern.

Laut sprachen dann hingegen der Bey und seine Jägerkrieger von den Abenteuern des Weidwerks, und ich musste erzählen, wie ich Zinar gerettet und den Bären besiegt hatte. Ich berichtete so getreu, wie es dem Anlass angemessen war. Die weniger gewöhnlichen Dinge behielt ich für mich, was ich ohnehin getan hätte, doch die Anwesenheit Sergens bestätigte mich noch einmal darin. Ich vermied ebenfalls, Zinar als unerfahrenen, törichten Jäger erscheinen zu lassen, noch weniger dessen verstorbene Gefährten. Und auch wenn mir das Prahlen ohnehin nicht liegt, war es keine Schande, den Bären als einen der größten und gefährlichsten dieser Wälder und Berge darzustellen, und dass nicht allein Können und Waffen, sondern auch Jagdglück oder Vorsehung mir den Sieg ermöglicht hatten.

Die Frage Sergens, warum ich von dem Tier keine Trophäe genommen hatte, beantwortete ich wahrheitsgetreu: Ich hatte der Bestie Brust und Schädel zerschießen müssen, und zudem sei sie krank gewesen, bei lebendigem Leibe von Würmern zerfressen und wohl deshalb so tobend und gefährlich. Aus diesen Gründen also kein Schmuck für einen Jäger.

Alle stimmten zu und dem Fluch auf die Bestie folgte eine Ehrung der Getöteten.

Dann war das Mahl vorüber und der Tabak wurde hervorgeholt. Halef und mir wurde als Gästen untersagt, den eigenen zu nutzen, stattdessen bot der Bey den seinen an, ganz wie Halef es sich gewünscht hatte. Wir rauchten Tschibuk, denn für die Nargileh war der Ort dann doch nicht geeignet, mit dem wassergefüllten Behältnis, zumal so auch kein Mundstück herumgehen musste und jeder sozusagen selbst, allein, aber doch gemeinsam, rauchen konnte.

Halef griff reichlich in des Beys schwarzen Tabak. Mir hingegen bot Sergen aus seinem persönlichen Vorrat an.

„Dieser ist noch schwärzer“, sagte er, „sehr passend für uns beide.“

Das klang wie ein Friedensangebot, und da ich den Brauch der Friedenspfeife ja nun von meinen Reisen und Abenteuern in der Neuen Welt allzu gut kenne, schien es mir recht treffend, ein ähnliches Ritual auch mit dem Berdevk zu vollziehen. Selbst wenn ich es ihm gegenüber so nicht nannte oder dazu erklärte, sondern eben nur der Gastfreundschaft und der freundlichen Geste entsprach. Und es war in der Tat ein sehr schwarzes und kräftiges Kraut, das ich da rauchte. Beim ersten Zug verschlug es mir, der ich einiges gewohnt bin, nahezu den Atem. Und dann erschrak ich ein wenig und schmeckte dem

Aroma bedächtig und auch etwas misstrauisch nach. Ich fürchtete, der Tabak des Berdevk sei vielleicht mit betäubenden Kräutern oder Drogen versetzt, um etwaige Leiden Sergens zu lindern, doch ich erkannte nichts dergleichen. Dem Tabak waren weder Haschisch noch Hanf beigemischt, auch kein Stechapfel oder Bilsenkraut; das kannte ich ja durchaus, weil ich ein vorsichtiger und gelehriger Mann bin. Es handelte sich wohl um einen besonders starken, aber dennoch reinen Tabak, den Sergen bevorzugte, weil vielleicht sein Geschmacksempfinden beeinträchtigt war. Oder er ein höheres Maß an jenem Wirkstoff benötigte, welcher nach dem Monsieur Nicot benannt worden war und das Rauchen erst zum Genuss macht.

Ich sog also beruhigt am Mundstück meines Tschibuk, hoffte dabei, dass mein flüchtiger, erstaunter Gesichtsausdruck den Berdevk nicht allzu sehr mit Genugtuung erfüllt hatte, und schaute zu, wie sich der Himmel des Zelts mit tanzenden Rauchschwaden bedeckte.

Bald aber begannen auch die Bilder der Umgebenden vor meinen Augen zu tanzen. War der Tabak doch zu stark für mich? Niemals! Ich hatte schon so manchen Knaster geschmökt, in den alten Zeiten, als ich noch kein erfolgreicher Reiseschriftsteller gewesen war und mir noch keine guten Zigarren hatte leisten können. Auch hatte ich auf meinen Reisen so manches zweifelhafte Kraut geraucht, der Ehrerbietung wegen. Daran konnte es also kaum liegen. Vielleicht aber war es ein Zusammenspiel des fetten Hammelbratens und der Schrecken der Jagd, auch der Bedrohung durch den Berdevk und des schmerzvollen Scheidens von Haschims. Tatsächlich fühlte ich mich auch ein wenig müde. Ich sah zu Halef hin, der gerade die Ballade vom Gallapfelhund zum Besten gab … Nein, was dachte ich da? Er erzählte nur, wie uns der Hund zugelaufen war und dass er vielleicht ein passabler Jagdhund würde.

Ich zischte ein wenig, um ihn von allzu vielem Plappern abzuhalten, etwa über einen Fuchs, der anders wirkte, als er wirklich war. Mein Zischen geriet mir leider zu einem Prusten und Halef lachte mich an. Ich fand, seine Augen wirkten doch sehr groß, und auch, dass er sie bei einer solch harmlosen Geschichte über einen Hund nicht gar so spannungsheischend aufreißen sollte. Nun, den anderen gefiel das Geplauder, und die Krieger und Jäger lachten, selbst Ingdscha kicherte wieder. Hinter ihrer Hand sah ich aber, dass ihr Mund ernst war und sie meinen Blick suchte. Nein, nicht aus koketten Gründen! Sie blickte auf eines der kleinen Flechtkörbchen, in denen sich Beeren befanden. Ich begriff: Sie wollte auf die Ereignisse in Amadijah hinweisen, wo Schakara, die Enkelin der ihr Vertrauten Marah Durimeh, sich mit jener Tollkirsche vergiftet hatte, die durch unbedachtes Sammeln unter die Maulbeeren geraten war. Ich hatte Schakara gerettet, und Ingdscha wollte es mir mit Blicken danken.

Oder wollte sie mich – warnen? Vor Gift? Gift im Tabak?

Mir wurde heiß, der Kragen eng, obgleich ich doch keinen engen Kragen trug, also drückte mir der Schrecken wohl die Kehle zu. Doch Ingdscha schaute nicht warnend, besorgt, sondern nickte mir zu und formte mit den Lippen zwei Worte: Marah Durimeh!

Woher wusste sie, was ich von ihr erfragen wollte? Oder war es nur ein weiterer Hinweis auf ihre damalige Rettung? Zu dumm, dass ich sie nicht fragen konnte, denn dergleichen privates Gespräch in dieser Runde wäre unangemessen gewesen. Auch konnte ich sie kaum mit einer Geste oder einem Wink nach draußen bitten, um heimlich mit ihr zu sprechen. Und noch viel weniger würde sie mir mit einer Entschuldigung an die anderen folgen können, wenn ich selbst zuvor das Zelt verlassen hatte. Ach, die strengen Sitten! Ob in den Bergen Kurdistans, im Bürgersalon von Berlin oder auf dem Parkett von Paris. Nun gut, es würde sich eine Gelegenheit finden. Mir war ohnehin immer weniger nach einer Unterhaltung, ob heimlich oder offen. Ich verspürte das dringende Bedürfnis nach frischer Nachtluft – doch ich wollte mir keine Blöße geben.

Ich reckte und streckte mich.

„Bey! Ich gehe zu meinem Gepäck. Ich hatte doch versprochen, dir die Waffen zu zeigen, mit denen ich den Bären erlegte. Ich hole sie jetzt!“

Halef schaute mich schief an, der Bey nickte, die Jägerkrieger stimmten ein. Man hatte Halef und mir für die Nacht die Nutzung eines Zelts angeboten. Ich fürchtete zwar, dass es sich um jenes der Toten handeln würde und nicht um eines, aus dem die vorigen Schläfer aus- und umquartiert worden waren, aber es wäre eben unhöflich gewesen, diese Ehre abzulehnen, zumal die meisten der Jäger und Krieger ohnehin unter freiem Himmel nächtigten.

Ich bemühte mich um ein sicheres Aufstehen, was mir gelang, selbst wenn die Bilder vor meinen Augen seltsam verschoben wirkten und es an den Rändern der Menschen und Gegenstände unstet zitterte. Der Weg zum nahen Zeltausgang wirkte mir sehr lang, aber dann trat ich aus dem Rauch und der Wärme und dem milden Licht in die Kühle und das Halbdunkel der Waldlichtung hinaus. Ringsum brannten die Wachfeuer und Kochstellen, auch die Zelte waren von innen beleuchtet, wie große, aber unförmige und missfarbene Lampions, aber ich stand an einer Stelle, die recht finster war und von kaum einem Schimmer beleuchtet. Ich fragte mich, ob das Zelt des Bey mit Bedacht an dieser Stelle errichten worden war oder eben die anderen so um dieses gruppiert, dass ich von meinem Standort keinen direkten Blick auf ein Feuer hatte und auch nicht auf die Krieger und Jäger, welche an den Flammen saßen. Es mochte auch ein eigenartiger Zufall sein. Ich ging ein paar Schritte und bemerkte mit Verwunderung, dass mich mein Schlendern durch das Lager tatsächlich auf einen Pfad geführt hatte, auf dem ich wiederum niemanden sah und auch die Feuer nur durch ihren Widerschein oder einzelne emporgetragene Funken erkannte, welche sich über die Zeltdächer erhoben. Mir war es nur recht, ich wollte keine Worte wechseln, da mir noch immer unwohl war. Ich ging zum Waldrand hin, einem weiteren Bedürfnis folgend als dem nach Luftschnappen und

Beinevertreten, ich muss mich wohl nicht weiter darüber auslassen. Ich bin nun wahrlich nicht scheu, verschämt oder zimperlich und mir ist nichts Menschliches fremd, aber auch hier war ich zufrieden, dass ich nicht auf einen Wächter traf. Mir war nicht nach Kriegsmännergesprächen oder Jägerlatein.

Ich trat nicht allzu tief in den Wald hinein. Nicht, dass ich Tiere gefürchtet hätte, diese wären von dem Licht und den Geräuschen des Lagers ohnehin abgeschreckt und vertrieben. Auch wenn ich selbst dergleichen gar nicht so bemerkte. Es war still. Vielleicht war es die Wildnis-Variante jenes Phänomens, das man von Zusammentreffen in geselliger Runde kennt, wenn unvermittelt und zufällig alle Anwesenden für einen Herzschlag schweigen.

Und tatsächlich war auch diese Stille sogleich vorüber, denn ich vernahm ein fernes Rascheln im Unterholz, nein, eher einen Takt, wie Schritte. Ich wandte den Kopf und sah in der Dunkelheit zwischen den Bäumen einen hellen Fleck, einen sich bewegenden Nebelstreif – und schon erkannte ich, dass es ein Pferd sein musste, mit seinem unverkennbaren Umriss und Gang. Ein weißes Pferd! Wie Risha, die Feder, die edle Stute Haschims.

Haschim war zurückgekehrt!

Ich schaute angestrengt, konnte aber keinen Reiter im Sattel erkennen, da die dunklen Stämme die Sicht auf den schimmernden Schemen immer wieder verdeckten. Ich reckte den Hals, um besser sehen zu können, da drang ein Klang an mein Ohr, der mich verwunderte – es war das leise Klingen von winzigen Glöckchen, und der silberhelle Ton ließ mich entgegen meiner unpoetischen Ader sogleich glauben, dass diese zierlichen Schellen auch tatsächlich aus Silber getrieben sein mussten.

Haschim hatte jedoch keinen Zierrat an seinem Zaumzeug.

Das Pferd kam näher und ich erkannte, dass nicht Haschim es war, der dort im Sattel saß – sondern niemand. Ein reiterloses Ross? Der Bey hatte nichts von einem vermissten Jäger berichtet, und selbst wenn, würde ein solcher kaum ein Pferd mit klingelndem Zaum führen.

Es konnte also nur das verirrte Tier eines Verunglückten sein, eines törichten Reisenden, der einem Unglück, wildem Getier oder Räubern zum Opfer gefallen war. Vielleicht ganz in der Nähe – und Hilfe wäre noch möglich.

Eilig ging ich auf das Pferd zu, das langsam und bedächtig und ohne Furcht einherschritt. Ich sah keine Verletzungen auf dem hellen Fell, nur den dunklen Sattel, welcher also nicht vom Rücken gerutscht war, durch zerstörten oder mangelhaften Gurt. Dann erkannte ich auch zwei schmale Taschen, die hinter dem Sattel befestigt waren, aber leer zu sein schienen.

Schon wollte ich nach den Zügeln greifen, die jedoch nicht vom Zaum hingen, wie erwartet, sondern nach hinten an den Sattel geführt waren – als ich den Mann bemerkte!

Er ging neben dem Pferd, war vor meinen Blicken durch den Leib des Tieres verborgen gewesen, und dies nicht von ungefähr, denn es war nicht nur dunkel im Wald und die Bäume hatten ihn verdeckt, er war auch klein und gedrungen von Gestalt und dunkel gekleidet, nicht in Schwarz, sondern in das Grau der Nacht und der Schatten.

Der Mann blickte mich an, als habe er mich erwartet. Er erschrak nicht, obgleich er meine Schritte über den seinen und jenen des Tieres wohl kaum vernommen haben konnte. Aber vielleicht hatten meine vergleichsweise hellen Kleider und der Feuerschein vom Lager mich erkennbar werden lassen.

Ich selbst erkannte den Mann jedoch nicht genau. Das Licht war zu schwach, um mehr als eine Ahnung seiner Gesichtszüge zu erhaschen, die mir schienen, als sei er Angehöriger eines Turkvolkes, vielleicht sogar ein Tatare oder Mongole. Fern seiner Heimat war er also allemal, die Frage war, was ihn hierher verschlagen hatte.

Ich wollte ihn nicht in einer nur vermuteten Sprache begrüßen, und so hob ich nur die Hände in einer freundlichen, friedlichen Geste.

Er hingegen richtete kurdische Worte an mich, wohl weil er in Kurdistan weilte und sich des örtlichen Idioms befleißigte. Dies gelang ihm jedoch nur auf äußerst schwer verständliche Weise. Ich konnte beileibe nicht ausmachen, woher sein Akzent stammte, aber er war schwer und schleppend, als bereitete es dem Mann Mühe, die Worte zu artikulieren.

Deren Inhalt jedoch verstand ich, wenngleich er sich sehr vage und schwankend ausdrückte. Er war wohl ein Bote oder ein Händler, und er hatte die Aufgabe, dieses weiße Pferd an diesen Ort zu bringen.

Ich fragte, an wen er es denn übergeben solle.

Den Ersten, den er träfe, gab er zurück. Und das sei eben ich.

Mir kam das eigenartig vor, doch der Mann beharrte darauf. Er müsse zudem eilig zurückkehren, die Zeit dränge ihn.

Dieser Ausdruck war wohl der Tatsache geschuldet, dass er das Kurdische doch nicht allzu gut sprach. Ich bot mich an, das Tier zu übernehmen und ins Lager zu führen, es würde sich schon der auffinden lassen, dem es zustand.

Der Mann schaute mich mit starrer Miene an, bis ich die Zügel des Pferdes in den Händen hielt. Er schien aufzuatmen, und wie ich nun bemerkte, hatte er das Tier weder berührt noch geführt, noch war er näher als eine Armlänge an es herangetreten.

Man habe ihm eine Entlohnung versprochen, machte er mir begreiflich.

Nun, das hatte ich erwartet. Und da ich um Armut weiß, recht freigiebig bin und ohnehin mit den Gepflogenheiten des Bakschisch vertraut, fragte ich, um welche Summe es sich handle.

Die kleinste Münze sei nur recht, gab der Mann zurück.

Das schien mir wohlfeil und ich griff in meinen Geldbeutel und zog zwischen zwei Fingern das Gewünschte hervor. Der Mann hielt mir beide Hände wie eine Schale hin und ich bemerkte in seinen Augen ein Brennen, dass mir anders erschien als alle Not oder Gier, die ich je in den Gesichtern eines Menschen gesehen hatte. Ich legte die Münze in die dargebotenen

Hände und spürte für jenen Herzschlag der Berührung ein Vibrieren, das mir wie der Kontakt mit einer Elektrisiermaschine erschien. Die Glöckchen am Zaumzeug des weißen Pferdes erbebten ebenfalls.

Ich zog die Hand bedächtig zurück und nickte.

Grußlos schritt der Mann fort, rückwärts trotz des bewachsenen Grundes, den Blick auf die Münze in seinen Händen gerichtet. Mir schien, dass er aus meinem Blick entschwand, einen Atemzug bevor die Schatten des Waldes ihn hätten verschlucken dürfen.

Da stand ich nun und hatte das Gefühl, ich hätte ein Pferd gekauft, des Nachts im Bergwald von Kurdistan. Aber ich hatte wohl doch nur ein Geschenk angenommen. Und jetzt begriff ich: Da wollte wohl jemand um die Tochter des Bey werben! Und um sich interessant zu machen, befleißigte er sich einer geradezu kindischen Heimlichkeit. Ach! Junggesellen auf Brautschau!

Ich beschaute das Ross mit anderen Augen, doch konnte ich kaum mehr ausmachen, als dass es eine Schimmelstute war. Also führte ich das Tier vom Waldrand heraus auf die Lichtung. Die Glöckchen am Zaumzeug klangen mir etwas unangenehm in den Ohren. Ich könnte dergleichen bei einem Ritt mit Rih kaum ertragen, dies war wohl eher die Untermalung für eine Parade oder eine Schlittenpartie – oder eben eine Hochzeit.

Dass ich nun wie ein Hochzeitsbitter und als Brautgeschenksbote daherkam – nun, immerhin war ich nicht der Bräutigam.

Im Licht der Lagerfeuer schimmerte das Fell des Tieres in hellem Gold, bei Tage mochte es gar einen perlengleichen Glanz aufweisen. Mir tränten ein wenig die Augen, als sei ich nicht vom Waldesdunkel in Flammenschein getreten, sondern aus einem Kerker ins Tageslicht. Oder in eine verräucherte Stube, ein Zelt voller Tabakschwaden. Ich schüttelte den Kopf und mir schwindelte. Der verwünschte Tabak!

Ich verspürte den Drang, ein harsches Wort an Sergen zu richten, aber dazu musste ich erst wieder bei klarem Verstand sein. Ich erwog kurz, mir ein Pülverchen aus meiner Reiseapotheke zu verabreichen, entschied mich aber dagegen. Wer wusste schon um die Wirkung im Zusammenspiel der Stoffe. Schließlich war ich trotz bescheidenen Wissens und reicher Geistesgegenwart doch kein Doktor, sondern Reiseschriftsteller. Ich mochte wohl auch Abenteurer sein, aber hier war Bedacht gefordert.

Ich würde mich ins Zelt des Bey zurückbegeben und einen heißen, starken, schwarzen Kahwe trinken, da die kühle, milde Nachtluft mir nicht half, den Kopf zu klären. Meine Gewehre würde ich dort belassen, wo sie waren. Mir stand nicht der Sinn nach einem Schauputzen der Waffen. Zumal ich schon allzu lange fort war. Ich mochte die launigen und spitzen Kommentare des Bey und des Berdevk aufs geringste Maß mindern, vor allem, um Halef ein Wortgefecht zu ersparen.

Dann würde ich mich zurückziehen und auf die Präsentation des vierbeinigen Brautgeschenks verzichten. Am Morgen würden alle das prächtige Tier ohnehin noch besser bestaunen können.

Ich ging zu meinem Zelt und band die Schimmelstute an einem Pflock an. Ich würde mich gleich nach meiner Rückkehr um sie kümmern, gemeinsam mit Halef.

Ein guter Plan. Ich schritt zufrieden zum Zelt des Bey. Niemand begegnete mir, auch hatte niemand mich mit dem auffälligen Pferd gesehen. Ich würde mit dem Bey wohl über seine Wächter reden müssen!

Ich trat in das Zelt, und die Wärme und die Tabakschwaden raubten mir den Atem – doch mit einem Mal waren der Schwindel und der tränenverhangene Blick verschwunden. Da spreche noch einer schlecht über die durchaus wohltuende Wirkung des Rauchens! Ich lachte in mich hinein. Nein, das war absurd. Selbst der feinste Tabak verursacht ja Schwindel und tränende Augen, zumindest bei jenen, die es nicht gewöhnt sind. Ich verspürte ein dringendes Bedürfnis nach Süßholzwurzel. Vielleicht sollte ich das Rauchen zumindest für eine Zeitlang aufgeben. Wieder lachte ich. Wiederum eine Absurdität.

Ich nahm meinen Platz ein und war froh, dass niemand bemerkt hatte, wie ich lachend am Zelteingang gestanden hatte.

Der Bey und seine Männer rauchten still, auch Halef schwieg. Ich holte Luft, oder was noch an Luft in dem Zelt schwebte, und sagte: „Ich werde meine Waffen zu einem späteren Zeitpunkt putzen."

Meine Stimme klang mir ungewöhnlich laut in den Ohren und mit einem Mal drang auch das Plaudern und Schnaufen der anderen Männer mit Macht auf mich ein.

Halef schaute mich groß an. „Was sagt du da, Sihdi?"

Der Bey lachte. „Wie gut, dass der große Schütze die Pflege der Gewehre auch einmal verschieben kann und stattdessen mit seinem Gastgeber feiert. Auch wenn ich die berühmten Büchsen gar zu gerne einmal aus der Nähe sehen würde."

Der Berdevk warf mir einen Blick zu, als hätte ich mich ungebührlich in den Vordergrund spielen wollen, die anderen Jäger und Krieger achteten nicht weiter auf mich.

Seltsam. Zuvor waren sie noch begeistert gewesen, als ich …

Halef drückte mir eine Schale Kahwe in die Hand und raunte mir zu: „Du hättest den Tabak des Bey rauchen sollen, und nicht den anderen ..."

„Das mag sein, Halef", gab ich leise zurück. „Aber der Kahwe tut mir wohl."

„Du solltest besser an die frische Luft gehen."

Ich blickte Halef erstaunt an. „Das habe ich doch getan!"

Halef zog die Brauen zusammen. „Nein, Sihdi, das hast du nicht. Du hast hier neben mir gesessen und nichts gesagt, was mich schon etwas verwundert hat." Er lächelte schief. „Und dann hast du unvermittelt von den Gewehren gesprochen." Halef nickte nachdrücklich. „Ich sage doch: Der Tabak des Berdevk tut dir nicht gut."

Ich saß da und presste die Schale in den Händen.

Ich hatte das Zelt nie verlassen?

Zehntes Kapitel
Drei Gaben

Ich war verwirrt und innerlich aufgewühlt, hatte aber dennoch das Gesicht zu wahren. Ich wollte weder mir noch dem Bey und seinem Berdevk gegenüber eingestehen, dass ich einen Wahntraum gehabt hatte. Sollte ich die unschöne Tatsache annehmen müssen, dass ich wahrhaftig halluziniert hatte, so musste ich mir nicht öffentlich die Blöße geben.

Ich trank also meinen Kahwe und plauderte wie zuvor mit der Runde, nahm meinen Ausruf über die verschobene Waffenschau zum Anlass, noch ein wenig das kleine Fest zu loben, das der Bey zu unseren Ehren gegeben hatte, aber dass die Anstrengung des Bärenkampfs nun doch ihren Tribut forderte. Ich wies auch auf Zinar hin, der immer mehr in sich zusammensank, vor Schwäche und Müdigkeit, nur dann und wann wachgerüttelt, wenn seine frischen Wunden schmerzten.

Ich musterte auch Ingdscha, ob ihr Blick oder ihre Miene mir etwas enthüllen mochten, doch sie schaute so, wie man eben einen Gast und früheren Lebensretter anschaut, aber nichts wies auf das hin, was ich zuvor zu erkennen glaubte. Und so sandte ich selbst auch keine Botschaften aus, auch kein wissendes Nicken oder Blicken oder dergleichen.

Ebenso wenig sprach ich von jenem vermeintlichen Brautgeschenk, der weißen Stute, die mir im schwarzen Wald anvertraut worden war, von einem geheimnisvollen Boten – denn alles war wohl nur ein Traum gewesen. Dachte ich nun nüchtern darüber nach – und ich fühlte, wie ich langsam wieder wacher wurde, der Schwindel und die tränenden Augen waren vergangen, ich fühlte mich also tatsächlich nüchtern –, so konnte es nur ein Traum gewesen sein. Denn es war allzu deutlich: Ein weiße Stute? Wie jene Haschims? Da war ich wohl eingenickt und mein Geist hatte mir den Schmerz über Haschims Fortgang in einen Traum geformt und zudem die Pläne des Bey hineingemischt, einen Gemahl für Ingdscha zu finden. Und der unheimliche Geselle, der das Traumpferd überbrachte, war vielleicht ein Nachhall des Berdevk gewesen – oder desgleichen. Was wusste ich von der Bedeutung von Wahngesichten oder woher sie rührten, ich war kein Traumdeuter und kein Nervenarzt. Was ich wusste, war, dass mir etwas Schlaf sehr wohltun würde.

Der Bey beschloss die kleine Feierlichkeit. Er verkündete, am Morgen zu entscheiden, ob die Jagd fortgesetzt würde. Die Leichname der Jäger sollten zurück nach Schohrd gebracht werden, zur ehrenvollen Beisetzung, an welcher der Bey teilnehmen wollte. Ob man die Getöteten zusätzlich ehren sollte, indem man in ihrem Namen einen weiteren Bären jagte, würde sich weisen. Die anwesenden Männer nickten ernst, Ingdscha ebenso.

Ich erhob mich, sagte ein paar Dankesworte und Ehrenbekundungen und verkündete, mich für die Nacht zurückzuziehen. All dies sprach ich mit Erfahrung und geübten Worten, wohl mit Wahrhaftigkeit, aber währenddessen war ich weniger verwirrt als empört darüber, dass ich meinen klaren Verstand für einige Zeit nicht unter Kontrolle gehabt hatte.

Als ich dem Berdevk für den guten Tabak dankte, achtete ich auf die kleinste Regung in seinem Gesicht, auf ein verräterisches Funkeln in seinen Augen, aber ich fand dergleichen nicht, eher ein wenig Spott und noch immer Misstrauen.

Dafür blickte mich Zinar mit Dankbarkeit an. Den schmerzlichen Ausdruck seiner Züge wollte ich nur seinen Verletzungen beimessen, nicht etwa einem schlechten Gewissen, weil es durch seinen Verdacht dazu gekommen war, dass Haschim das Lager hatte verlassen müssen. Schließlich hatte Sergen, der Berdevk …

„Komm, Sihdi“, sagte Halef und berührte meinen Ellenbogen. „Du zögerst den Abschied zu lange hinaus, weil du zu viel nachdenkst“, wisperte er.

Endlich verließ ich das Zelt des Bey – tatsächlich. Denn die Nachtluft war frisch und kühl, ringsum brannten die Feuer, und die Krieger und Jäger schnarchten oder sprachen leise, während sie die Flammen schürten und Scheite nachlegten. Die Wachen standen still am Rande des Lagers, wie ich hier und da erkennen konnte. Meine Sinne waren also wieder so wach wie stets, und zugleich verspürte ich eine angenehme Müdigkeit, die sich doch unterschied von der bleiernen Erschöpfung, welche man nach einem solchen Tag hätte erwarten können.

Ich ging mit Halef zu unserem Zelt.

„Ja, Halef“, begann ich, „da habe ich wohl mit offenen Augen geträumt. Kannst du es mir nachsehen? Alles war etwas seltsam heute, verwirrend und enttäuschend.“

Ich schilderte knapp meine Gedanken und war Halef dankbar, dass er nicht allzu viel in die Sache mit dem Brautgeschenk hineinlas. Er glaubte nämlich gar zu gern, ein Traumdeuter zu sein. Stattdessen sagte er nur:

„Du hast von einem Pferd geträumt?“

„Nichts anderes habe ich dir gerade erzählt.“

„Ich glaube dir nicht, Sihdi.“

„Warum nicht, Halef? Ich habe von der weißen Stute geträumt, da ich wohl an Risha dachte, weil Haschim uns verlassen musste. Das ist doch ganz einfach zu verstehen.“

„Ich verstehe, wie du deinen Traum deuten willst, Sihdi. Aber ich glaube nicht, dass es ein Traum war.“

„O Halef. Dann willst du also nicht nur Traumdeuter sein, sondern auch …“

Ich blieb stehen. Halef musste nicht wie üblich „Schau, Sihdi“ sagen, ich sah es bereits. Vor unserem Zelt stand ein weißes Pferd, just an jenem Pflock angebunden, an dem ich es – tatsächlich angebunden hatte. Ich trat heran und erkannte, dass es sich um die gleiche reinweiße Stute handelte, an die ich mich erinnerte. Letzte Gewissheit gaben mir die beiden schmalen Taschen hinter dem Sattel.

Ich schaute von der Stute zu Halef und zurück. Ich wusste nicht mehr, was beunruhigender war: der vermeintliche Traum, oder dass der Traum die Wirklichkeit gewesen war.

Halef half mir gedanklich auf die Sprünge: „Sihdi, du hattest wohl Recht. Das alles kommt von Haschim her, aber nicht nur in deinem Kopf, sondern tatsächlich von ihm."

„Wie meinst du das?", fragte ich, wenn ich auch ahnte, worauf er hinauswollte.

„Schau Sihdi: Das ist eine weiße Stute wie Risha. Haschim ist nicht hier, weil er vom Berater des Bey vertrieben wurde ..."

„Ihm wurde das Verlassen des Lagers nahegelegt und er entsprach dem aus seiner Weisheit heraus."

„So kann man es auch nennen, bei euch klugen Herren." Er wackelte mit dem Kopf. „Also: Haschim hat diese Stute gesandt, damit der Bey sie als Geschenk erhält für …"

„Doch nicht als Brautgeschenk für Ingdscha, Halef!"

„Nein, als Geste dafür, dass Haschim nicht Gast sein konnte. Schließlich weiß der Bey nichts von den Ränken des Berdevk."

„Stell ihn nicht als Verschwörer hin. Er sorgt sich um seinen Bey wie …"

„Ich mich um meinen Sihdi. Ganz recht. Aber ich würde doch nie jemanden um ein Hammelessen bringen."

„Nun, darum ging es ja nicht, sondern darum, dass der Berdevk Haschim für einen Zauberer hielt."

„Er ist ja ein Zauberer, Sihdi. Aber eben ein guter und kein böser, wie der Berdevk vermutet hat."

„Gewiss", meinte ich und rieb mir das Kinn unterm Bart. „Aber wo hat Haschim so rasch diese prächtige Stute aufgetrieben? Gewiss nicht in Schohrd oder Lizan ..."

„Er wollte doch gar nicht nach Lizan."

„Das andere Lizan. Es wird ja oft verwechselt. Dennoch: Selbst wenn er auf der federgleich dahinfliegenden Risha einen guten Rossmarkt erreicht hätte; wie wäre dieses Tier so rasch hierhergelangt?“

„Dann hat er es doch aus der Nähe.“

„Hier gibt es dergleichen Pferde nicht.“

Halef tippte sich an die Schläfe. „Ach Sihdi, du denkst wieder allzu irdisch. An Pferdehändler. Haschim ist ein Zauberer, der zaubert das schönste Pferd einfach herbei!“

„Aus der leeren Luft?“

„Das weiß ich nicht, ich bin kein Zauberer. Aber dass sie dergleichen können, davon erzählt eine alte Geschichte: Es war einmal ein junger Zauberer, der hatte von einem alten Zauberer das Handwerk gelernt, war aber noch nicht ganz so gut darin. Da kamen Männer und baten um Hilfe, weil ein schrecklicher Drache das Land verheerte. Der alte Zauberer sagte zu, kam aber zu Tode, da nahmen die Männer den jungen Zauberer mit. Und am Ende konnte er den Drachen besiegen, auch mit Hilfe des alten Zauberers, der kurz von den Toten zurückkehrte, weil Allah dies der guten Sache wegen erlaubte.“

„Eine schöne, fromme Geschichte, Halef“, bemerkte ich. „Aber wo ist da das Pferd?“

Den Drachen hatte Halef wohl daher, dass Haschim von der Legende des persischen Drachentöters gesprochen hatte.

„Du hast mich ja unterbrochen, Sihdi. Als der junge Zauberer am Ende vom Ort des siegreichen Drachenkampfs fort wollte, taten ihm die Füße weh und er wünschte sich ein Pferd. Und schon kam es über die grünen Hügel getrabt. Es war weiß, Sihdi!“

„Nun, das erklärt und belegt alles.“

„Und eine hübsche junge Frau war auch in der Geschichte. Die ritt am Ende mit auf dem Pferd.“

„Gewiss, Halef. Damit ist alles in der Geschichte, was eine schöne Geschichte ausmacht. Aber dies hier ist wirklich!“

„Ich wollte ja auch nur erklären, dass Zauberer Pferde herzaubern können. Besonders weiße Pferde.“

„Gut denn“, lenkte ich ein. „Das Pferd ist da. Und wohl für den Bey bestimmt, zur Besänftigung. Oder für Ingdscha, als Brautgabe.“ Ich wollte meiner ersten Einschätzung nicht ganz entsagen. Vielleicht hatte Haschim ja an beides gedacht. Dass er es mir nicht hatte mitteilen lassen, sondern einen verstockten und sich geheimnisvoll gebenden Boten mit der Übergabe betraut hatte, musste ich wohl hinnehmen. Haschim war eben ein Zauberer und, wie ich ihn als Mensch erlebt hatte, ohnehin kein Mann der eindeutigen Worte.

„Was ist in den Satteltaschen, Sihdi?“, fragte Halef.

„O Halef, du Kluger!“, rief ich. „Dein Sihdi sieht den Wald vor Bäumen nicht und grübelt über das Pferd, ohne nach Nachrichten zu suchen!“

Ich griff nach den schmalen Taschen und erkannte, dass sie nicht leer waren, wie zuvor vermutet. Doch eine Nachricht, ein Schreiben Haschims fand sich nicht darin. Stattdessen ein schmales Päckchen, bestehend aus zwei kleinen Gegenständen, umhüllt von weißem Leder, mit einem Band aus ebensolchem verschnürt. Ich löste den Knoten, der kunstvoll und sicher war, aber mir nicht solche Probleme bereitete, dass ich mein Bowiemesser als Schwert hätte benützen müssen, um das gordische Knäuel zu zertrennen.

„Halt, Sihdi!“, sagte Halef. „Sollten wir nicht besser ins Zelt gehen? Nicht, dass neugierige Augen das schauen, was für uns bestimmt ist und von Haschim stammt. Du weißt, wen ich meine ...“

„Deine Vorsicht ist löblich, Halef.“

Ich schob das Päckchen in die Satteltaschen zurück und hängte sie mir über die Schulter. Dann sattelten wir rasch die weiße Stute ab und brachten sie zum Pferch. Das Tier war nicht erschöpft und hatte augenscheinlich keinen langen Weg hinter sich.

Futter und Tränke fanden sich im Pferch, und mein Rih würde bis zum Morgen sicher auf das edle Mitgeschöpf Acht geben. Bis dahin würden Halef und ich das Rätsel gelöst haben und etwaige Fragen beantworten können, zumindest zur Zufriedenheit der Fragenden.

Wir gingen zurück zu unserem Zelt und setzten uns drinnen auf dem Teppich nieder, worauf ich das halb aufgeschnürte Päckchen zwischen uns legte. Dann öffnete ich die letzte Schlinge und schlug das Leder auseinander. Im Licht der Lampe glitzerte eine kleine Flasche aus dickem Glas, kaum eine Handspanne lang und mit Daumen und Zeigefinger mühelos zu umfangen. Das Glitzern entsprang nicht etwa einem kunstvollen Schliff der Oberfläche, sondern vielen winzigen Luftblasen, die im Glas eingeschlossen waren. Gefüllt war die Flasche mit einer wasserklaren Flüssigkeit, im Hals steckte ein Pfropfen aus Kork, mit Schnur und Siegellack gesichert. Alles wäre das Urbild einer Arzneimittelflasche gewesen, wenngleich nicht von einem rechtschaffenen Apotheker, sondern einem zweifelhaften Anpreiser von Schlangenöl, Theriak, Opodeldok und anderer angeblicher Allheil- und Wundermittel. Es fehlte hier allein das aufgeleimte Papier mit vorgeblich wissenschaftlicher und vor allem reißerischer Aufschrift.

„Da hätte ich aber etwas anderes erwartet, Sihdi“, meinte Halef enttäuscht. „Es mag ja ein Zaubertrank sein, weil er von Haschim herstammt, aber ich dachte, dergleichen käme in einem hübscheren Behältnis.“

„Den Inhalt sollte man nicht nach der Flasche bewerten“, gab ich zurück. „Aber ich stimme dir zu, was Haschim betrifft. Ich hätte zumindest einen Hinweis erwartet, um was es sich hier handelt.“

„Um einen Zaubertrank“, beharrte Halef.

„Und wenn es so wäre? Für oder gegen was ist er gedacht?“

„Gegen böse Dinge und für unser Wohlergehen“, sagte Halef bestimmt. „Was gibt es noch?“ Er deutete mit dem Finger auf den zweiten Gegenstand, der auf dem Leder lag, ebenso lang wie die Flasche, handgroß und zwei Finger breit in der Höhe, ein flaches Kästchen aus schlichtem Holz, ohne Schnitzereien oder Einlegearbeiten, nicht poliert oder lackiert, sondern mit Öl behandelt.

„Schüttel es einmal", schlug Halef vor. „Dann hört man, ob und was darinnen ist."

„Gewiss nicht!", sagte ich und hob stattdessen den gut sitzenden Deckel ab. Im Kästchen reihten sich kurze Metallröhrchen, zweimal ein Dutzend, und entgegen aller Erwartung handelte es sich um …

„Patronen", bemerkte Halef dumpf.

„Nicht ganz richtig", erkannte ich und verspürte einen seltsamen Anflug von Freude, doch gemindert durch das Gefühl, in gutem Willen ein wenig hintergangen worden zu sein.

Es waren Patronen, wie sie allein in meinem Henrystutzen verwendet werden konnten und die so speziell und selten waren wie dieses Gewehr selbst. Ich erinnerte mich an die Passage über das Schwarze Meer, als ich bemerkt hatte, wie vertraut Haschim mit meiner Waffe war. Es blieb die Frage, wann und wo er diese Patronen hatte anfertigen lassen. Ich bezweifelte, dass er neben all seinem Können auch noch ein Kugelmacher war. Und ein besonderer dazu!

Halef zuckte mit den Schultern. „Nun, du kannst einen Vorrat Patronen gut gebrauchen, nachdem du eine ganze Ladung auf den bösen Bären verschossen hast."

„Das ist nicht allein ein Satz Patronen für den Henrystutzen – zumal ich gerade bemerke, dass dafür ja eine fehlt, denn die Waffe fasst fünfundzwanzig Schuss, nicht nur zwei Dutzend. Aber einerlei! Halef, sieh doch! Die Kugeln sind nicht aus schlichtem Blei! Sondern aus Silber!"

Tatsächlich erkannte ich den Glanz des Metalls sogleich, und als ich eine der Kugeln in der Hand wog, war sie tatsächlich leichter als eine der gewohnten. Ich musste sie nicht erst mit der Klinge prüfen. Zumal dies ohnehin niemals angeraten ist für einen umsichtigen Schützen, dem seine Waffe und sein Leben lieb sind, und sogar jenes seines Ziels, so seltsam dies erscheinen mag.

Ich ließ die Silberkugel im Licht aufschimmern, um Halef zu überzeugen.

„Sihdi, das ist gewöhnliches Blei. Ich erkenne das sehr wohl, wenn ich es sehe, denn ich habe bis vor Kurzem mit meiner alten Flinte viel näher damit hantieren müssen als du mit deinen Patronen. Und auch mit der feinen neuen Büchse muss ich ja immer nachladen, im Gegensatz zu dir."

„Es ist Silber, Halef."

„Es ist Blei, Sihdi. Du scheinst dir allzu sehr zu wünschen, dass Haschim etwas Besonderes gesandt hat. Aber überlege doch: Haschim ist so ein kluger Mann, aber niemand von Verstand würde Kugelnaus Silber fertigen. Das ist viel zu teuer und auch gar nicht zum Schießen geeignet."

„Du verwunderst mich, Halef. Eben noch hast du darauf beharrt, dass in der Flasche ein Zaubertrank sein müsse, und nun sprichst du den Kugeln jegliche Magie ab?"

„Weil es gar keine magischen Kugeln gibt, Sihdi, Zaubertränke aber wohl!"

Ich hätte Halef nun allzu gern widersprochen. Zauberkugeln kannte ja ein jeder Europäer, vor allem die Deutschen, als Freikugeln. Dies vor allem durch die Oper mit Namen „Der Freischütz" aus den Federn des Komponisten Carl Maria von Weber und seines Librettisten Kind, vielleicht auch durch die Schauersage aus dem „Gespensterbuch" der Herren Apel und Laun, welche übrigens sächsische Landsleute von mir sind. Und während mir diese Fakten ins Gedächtnis flogen, wie sie es so oft tun, erkannte ich, dass ich dergleichen besser nicht gegenüber Halef erwähnen sollte. Nicht etwa, weil ich die Dichter von Ritter-, Räuber- und Gespenstergeschichten schmähen wollte, wie es der große Goethe einst getan; meine Leser wissen, wie gelassen ich jenen gegenüberstehe, die sich für ihr Brot irgendwelche Geschichten ausdenken, statt sie wie ich zu erleben. Nein, ich schwieg gegenüber Halef, weil der Besitz der legendären Freikugel ja stets mit einem Teufelsbund einhergeht und ich nichts weniger wollte, als Haschim in die

Nähe des Leibhaftigen zu rücken. Dies war am heutigen Tag schon einmal geschehen, und zwar in zweifacher Ungerechtigkeit gegenüber ihm und den sogenannten Teufelsanbetern, den in Wahrheit ehrenhaft religiösen Jesiden, deren Eigenheiten im Glauben auch nicht sonderbarer sind als die von Christen, Juden und Muslimen, auch von Hindus und Buddhisten und all den anderen. Hauptsache, sie sind anständige Menschen. Das ist meine Meinung und niemand muss sie teilen, obgleich es wohl vielen zum Vorteil gereichen würde. Ich aber hatte mich in diesem Moment nur um mich und Halef zu kümmern und wollte mit unbedachten Worten nichts heraufbeschwören, was Furcht oder Zweifel säen könnte.

Ich gebe aber zu, dass mich das doppelte Dutzend der Kugeln daran erinnerte, dass der Legende nach ein Satz Freikugeln aus sieben Stück bestand. Sechs trafen unfehlbar ins Ziel, das der Schütze anvisiert hatte, die siebte Kugel jedoch würde der Teufel selbst lenken. Um dies zu vermeiden, schien schlichte Mathematik zu helfen, denn vierundzwanzig Kugeln bestanden wohl aus vier Sätzen zu je sechs Patronen. Keine Gefahr also, würde man dem Aberglauben frönen.

Dennoch wollte ich mit Halef auch jenseits aller metaphysischen Vermutungen das Offensichtliche klären: „Schau doch hin, Halef. Die Kugeln bestehen aus Silber: Sie sind hell und glänzend, nicht stumpf und dunkel wie Blei.“

Halef schaute mir tief ins Auge.

„Ist dir wirklich wieder wohl, Sihdi? Dein Auge scheint getrübt, oder eher das Gegenteil, weil du Glanz siehst, wo keiner ist.“

Ich zwinkerte und erinnerte mich an zuvor, als mir die Augen getränt hatten. Aber nun war dies nicht der Fall. Allerdings wollte ich nun doch nicht weiter diskutieren und lenkte unsere Aufmerksamkeit auf das Leder, welches die beiden Dinge geborgen hatte.

„Schau, Halef, jetzt wird sich alles klären. Da steht etwas geschrieben, schwarz auf weiß, gewiss eine Botschaft.“

Ich nahm die Schachtel und die Flasche von dem weißen Leder, das wohl aus der Haut eines nicht allein hellfarbigen, sondern durch eine Laune der Natur tatsächlich weißhäutigen Kamels hergestellt worden war. Die Feinheit und Geschmeidigkeit ließen mich glauben, dass dieses Kamel wohl nie geboren worden war und das Leder somit ein Gegenstück zu dem, was man Jungfernpergament nannte. Ich will nicht weiter darauf eingehen, sondern die Kunstfertigkeit des Kürschners preisen: An den vier Enden des Leders waren die langen, dünnen Riemen, die als Schnürung dienten, nicht etwa angesetzt, sondern aus dem Stück selbst geschnitten und der Länge nach mit Schmuckmarkierungen geprägt, die sich am Rand des Rechtecks fortsetzten. In dessen Mitte nun hatte jemand mit schwarzer Tinte einen Rahmen von arabesken Verzierungen gezeichnet und dort drinnen stand ein Text in arabischer Schrift.

Doch ich konnte sie nicht lesen. Damit meine ich nicht, dass mir Sprache oder Dialekt fremd gewesen wären, nein, ich vermochte die einzelnen Silben nicht voneinander zu scheiden. All die Linien und Schwünge gingen ineinander über. Nun gut, ich wusste, dass im Altertum und Mittelalter die niedergeschriebenen Worte nicht sorgsam voneinander getrennt worden waren, doch auch auf diese Weise betrachtet, ergab sich kein Sinn,

Halef reckte den Hals und mühte sich, den für ihn auf dem Kopf stehenden Text zu entziffern:

„*Lutap Mirk Ihsimuz Rubhga* … nein, *Lu Tapmirki* ... ach, Sihdi, das ist doch, wie man auf Deutsch sagt, Kauderwelsch! Hattest du nicht berichtet, ein Mongole hätte dir das Pferd und die Satteltaschen überbracht?“

„Es ist kein Mongolisch, Halef, so viel ist sicher.“

„Nein, ich meine, dass dieser wilde, ungebildete Mann wohl irgendetwas auf dieses schöne Leder geschmiert hat.“

„Und dabei kunstvoll die arabische Schrift nachgeahmt?“

„Vielleicht hat er etwas falsch abgeschrieben.“

„Dann wären auch die Buchstaben falsch. Dies hier hat ein geübter Schreiber abgefasst. Jedoch in einer Sprache, die ...“

„Das ist keine Sprache, Sihdi, das sind nur schwarze Schriftzeichen. Und wenn es eine Sprache wäre, dann wäre sie schwarz und dunkel, womit ich dich nicht gruseln will, sondern nur sagen, dass sie unverständlich und dumm ist.“ Er gähnte. „Also haben wir keine Gebrauchsanleitung für die Geschenke. Aber im Grunde ist das ja nicht nötig. Mit den Patronen schießt man und die Flasche trinkt man aus. Haschim brauchte keine langen Sätze zu schreiben; er weiß ja, wie klug wir zwei beiden sind.“

Halef wischte mit der Hand über das Leder. „Und das hat er vielleicht nur als Verpackung genommen, weil es zur Hand war. So wie man Fisch in alte Zeitungen wickelt.“

„Ach, Halef, bitte nicht solcherlei Vergleiche.“

„Ach, Sihdi, sei nicht so zimperlich! Es wird sich schon zeigen, wofür diese Dinge gut sind. Sie sind von Haschim. Und wohl magisch. Zumindest zum Teil. Und wie bei allem Magischen findet sich der Wert und Nutzen erst allmählich und bei Gelegenheit. Weil es eben keine normalen Dinge sind. Denk an meine Kugel und mein … Abdis Zauberzelt. Jetzt hast du eben auch mal zwei Zaubersachen. Eine schöne Bescherung. Und nun gehen wir schlafen!“

Auch ich war müde und mochte Halef in allem zustimmen. Also schlug ich das Patronenkästchen und die Flasche wieder in das Leder ein und verschnürte es sorgfältig. Ich würde es unter mein Kissen legen und vielleicht im Schlaf eine Eingebung haben. Oder auf den Morgen und die kommenden Tage warten. Im Wegdämmern kam mir die Idee, dass ich die Gaben Haschims vielleicht durch den Musaddas hätte betrachten sollen. Möglicherweise hatte Haschim dies im Sinn gehabt, um sicherzustellen, dass die Dinge nur mir von Nutzen waren, auch über die Patronen für den Henrystutzen hinaus.

Immerhin war ich froh, die Satteltaschen geprüft zu haben, bevor ich das Pferd an den Bey übergeben hatte. Dieser hätte mit den Stutzenpatronen kaum etwas anfangen können, und es wäre wohl eine peinliche Situation entstanden, wenn man die Geschenke derart vermischt hätte. Und ein unlesbares Schriftstück hätte für Ähnliches gesorgt. Und nicht zu vergessen war der misstrauische Sergen. Der Berdevk des Bey hätte in der Flasche Gift vermutet und im Leder eine Schriftrolle mit bösen Zauber gesehen, alles eine Bedrohung für seinen Herrn – überbracht von mir im Auftrag Haschims!

Ich würde mir also eine vorsichtige Erklärung für die Übergabe des Pferdes einfallen lassen müssen. Ich hoffte, dass dann auch der Berdevk nach der alten Weisheit handelte, dass man bei einer geschenkten Stute nicht das Gebiss prüfte. Und da er kein Trojaner und ich kein Grieche war, er auch gewiss keinen Homer gelesen hatte, würde er auch dergestalt keinen falschen Verdacht hegen.

Mit einem sachten Lächeln um die Mundwinkel schlief ich ein.

Am frühen Morgen erwachte ich durch zweierlei Dinge: Der treue Sangar schleckte mir das Gesicht ab, und die Jäger und Krieger des Bey bestaunten lautstark die weiße Stute im Pferdepferch. Halef und ich erhoben uns und schlenderten aus unserem Zelt.

Und wer hätte dies gedacht: Das Schicksal hatte bereits ein viel feineres Schauspiel geschrieben, als ich mir hätte erdenken können, und so war ich aller Grübelei und Abwägungen ledig. Denn bei den Pferden standen, umringt von den Männern, der Bey und Ingdscha. Diese schmiegte ihre Wange an die Nüstern der weißen Stute, und diese wiederum schlug angetan mit dem seidigen Schweif. Der Bey schaute stolz und anerkennend, wobei ich nicht zu sagen vermochte, wem seine Blicke galten, der Tochter, dem Tier oder beiden schönen Geschöpfen gleichermaßen.

Was mir an diesem Bild besonders gefiel, war die Tatsache, dass der Berdevk nahebei stand und eine milde Miene aufgelegt hatte. Im Morgenlicht wirkte er weniger finster, auch weil seine verdorrte Hand verborgen war, denn Sergen hatte sie über dem Leibgurt in das Hemd geschoben. Blass und müde wirkte er dennoch. Ob Letzteres an der vorigen Nacht lag oder ob er stets so erschien, wusste ich nicht. Ich ahnte zwar, was ihn in den Träumen umtreiben mochte, nach seinen Erlebnissen mit finsterer Magie, hoffte aber, dass es seine Sicht der Dinge nicht in allen Belangen geprägt hatte und er überall nur noch bösen Zauber sah. Deshalb entschloss ich mich, keinesfalls zu erwähnen, dass jene prächtige Stute wohl ein Geschenk von Scheik Haschim war. Ich glaubte nämlich durchaus, dass das somit erweckte Misstrauen Sergens sich auf den Bey übertragen würde, der seinem Berdevk vertraute, und dann könnte Ingdscha das offensichtlich bereits lieb gewonnene Tier wieder verlieren. Und diesem vielleicht ein schreckliches Schicksal bevorstehen. Ich hatte das Eifern Sergens bereits erlebt – und seine Drohungen. Wer wusste, ob er solche nicht skrupellos umsetzte, wenn es sich nicht um Menschen, sondern Tiere handelte. Schließlich wurde, so erinnerte ich mich, in den schrecklichen Zeiten des Hexenwahns in Europa selbst Tieren der Teufelsbund vorgeworfen und sie in absurdem Prozess zum Tode verurteilt. Und auch wenn ein Hahn oder ein Schwein weniger wertvoll erscheinen mochte als ein Pferd; wer wusste, wie weit ein Fanatiker gehen würde?

Ich grüßte also heiter in die Runde.

„Ein schönes Pferd“, rief ich wahrheitsgemäß, und ebenso: „Dies habe ich gestern noch gar nicht im Pferch gesehen!“ Dann ging ich zu Rih hinüber und klopfte ihm auf den Hals.

„Wir auch nicht“, bekannte der Bey. „Und wir fragen uns, woher es stammen mag.“

Ich überlegte, ob ich die Gedanken des Bey in die richtige Richtung lenken und über ein Brautgeschenk mutmaßen sollte, da sagte er es bereits selbst:

„Ich glaube ja, ein geheimer Verehrer meiner Ingdscha hat es hierhergebracht, um mich und auch sie selbst gewogen zu machen.“ Seine Blicke wanderten zwischen den beiden hübschen Geschöpfen hin und her, als wäge er ab, ob das eine für das andere angemessen sei.

Mir fiel auf, dass bei diesen Worten Ingdscha den Bey mit einem Seitenblick bedachte, der, halb vom Haupt der Stute verdeckt, dennoch eindeutig war. Wie ich bereits geahnt hatte, war sie von der Brautwerbung nicht sonderlich begeistert. Mancher oder manche würde einwerfen, was sie denn dagegen haben konnte, sozusagen eine *gute Partie* zu machen und einen tapferen Krieger, vielleicht auch wohlhabend, zum Gatten zu haben. Dem gebe ich zu bedenken, dass die junge Dame nicht nur einen Gatten hätte, sondern der Krieger auch ein Eheweib. Als ich vor Jahren Ingdscha zum letzten Mal sah, hätte ich geglaubt, dass sie sich wie jedes junge Mädchen nach dem Ehestand und einem stattlichen Mann sehnte, doch nachdem ich sie am Vorabend an der Seite des Bey erblickt hatte, nicht in bunter Tracht, sondern dem Gewand einer Jägerin und Kriegerin, schien mir, dass ihr nicht allein die Kleidung, sondern auch dergleichen Stand und Rang gut zu Gesicht gestanden hätten.

Aber was wusste ich schon – man soll nicht nach dem Äußeren urteilen, und vielleicht hatte Ingdscha auch nur die passende Ausstattung zu Anlass und Gelegenheit gewählt. Wie sie in diesen Augenblicken die weiße Stute herzte, schien mir nicht der Umgang einer Kriegerin und Jägerin mit ihrem Ross zu sein.

Der Bey blickte mich an.

„Kara Ben Nemsi! Ich bin nur ein schlichter Kriegsfürst, dem durch Schicksal der Krieg abhanden gekommen ist. Doch ich bin kein Pferdekenner. Was sagst du zu diesem Tier? Ist es ein wertvolles Geschenk, auch über das blendende Äußere hinaus, und somit ein angemessenes Brautgeschenk? Mag der Schenkende sich dadurch als würdig erweisen?“

Ich kam heran und reckte überdeutlich den Hals und musterte die Stute.

„Der Wuchs ist gut und das Auge hell“, befand ich, „doch der wahre Wert wird sich erst in Lauf und Ritt zeigen.“

Der Bey schaute zwischen der Stute und Ingdscha hin und her, blickte auch auf mich und seine Jäger. Dann atmete er tief in seine mächtige Brust, stemmte die großen Fäuste in die Hüften und straffte die Schultern.

„Die heutige Jagd ist bereits angesetzt“, stellte er fest. „Ob das Tier jedoch dafür geeignet ist, wissen wir nicht. Die Gelegenheit wäre gegeben, doch will ich weder meine Tochter noch das Tier gefährden. Ein anderer als sie aber soll die Stute nicht reiten. Deshalb beschließe ich ...“ – Mit großer Geste schwenkte er seinen Arm über mich und Rih. – „... dass diese beiden schwarzen Ehrenmänner den beiden perlenweißen Damen zur Seite stehen. Bei einem ehrbaren Ausritt, der alten Zeiten wegen. Heute Abend, nach der Jagd, wird mir dann berichtet.“

Der Bey nickte, zufrieden mit seiner Entscheidung. „Und dann“, fügte er hinzu, „werden wir uns daran machen, den Schenkenden zu enthüllen. Wenngleich ich glaube, dass er sich auch selbst zu erkennen geben mag.“

Ich versuchte, in Stimme und Gesicht des Bey zu lesen, ob da eine Anspielung oder Hoffnung in seinen Worten verborgen lag, doch es war nur eine Verkündung des Rais von Schohrd, bevor er zur Jagd aufbrach. Zu dieser rief er nun seine Männer, und bald waren das Lager und der Pferch der Pferde leer und verlassen, bis auf jene, die Wache halten sollten.

Der Bey hatte mir zuvor noch mit den Worten eines Vaters eingeschärft, ganz besonders aufmerksam zu sein. Auch hier legte er keine besonderen Betonungen auf bestimmte Worte, doch ich glaubte, hier zwischen den tönenden Zeilen lesen zu müssen.

Halef hatte sich zurückgezogen, mit dem fadenscheinigen Argument, er wolle noch ein paar Schriften studieren, wobei er verschwörerisch raunte und zwinkerte, was ich nachgerade als übertrieben und possenhaft empfand.

Da stand ich nun am Pferdepferch, neben mir Rih und gegenüber Ingdscha, deren Name ja *Perle* bedeutete, und die weiß schimmernde Stute.

„Ich wusste nicht um die poetische Ader des Bey“, sagte ich.

Ingdscha blickte mich an, und mit einem Mal war alles Mädchenhafte aus ihren Zügen gewichen.

„Der Bey ist ein Narr“, sagte sie fest. „Satteln wir auf, Kara Ben Nemsi. Wir haben aber nicht allein zu reiten, sondern auch zu reden.“

Elftes Kapitel
Die Beute des Jägers

Ich war froh, dass ich nicht allein mit Ingdscha war. Neben Rih trottete Sangar einher. Er hatte gar zu sehr gebellt, als ich ihn hatte zurücklassen wollen. Indem ich ihn mitnahm, sorgte ich für Ruhe im Lager und hatte zudem einen weiteren Gefährten, falls das Gespräch in Bahnen geriet, die mir nicht genehm waren. Man soll mich nicht für feige halten, aber ich war nicht hier, um, wie man so sagt, Süßholz zu raspeln, sondern hatte eine Mission und Aufgabe, und von dieser wollte ich mich nicht ablenken lassen. Zudem bemühe ich mich stets, nicht harsch und unhöflich zu sein, und da man selbst oft so wirkt, wenn man ein Gesprächsthema unterbricht oder unterbindet, ist es angeraten, dies durch Dritte tun zu lassen. Da aber Halef vorgezogen hatte, im Lager zu bleiben, musste eben Sangar als mein Retter herhalten, denn er trug seinen Namen ja nicht von ungefähr.

Ingdscha und ich hatten auf unseren Pferden den Waldgürtel um das Lager an einer lichten Stelle durchquert und ritten jetzt über die ebenen Bereiche zwischen den steilen Hügeln. Die weiße Stute war kraftvoll und folgsam; ein gutes Pferd, das nicht nur für Paraden oder lustige Ausritte über Land geeignet war. Sie würde sich auch in Jagd und Krieg beweisen können, was mich stutzen ließ: Warum sollte die Tochter des Rais ein solches Tier benötigen? Nicht, dass ich es Ingdscha nicht vergönnte, doch mir schien die Stute als zu tüchtig und prächtig, um die kommenden Jahre eher in Pferch und Stall zu verbringen. Dann wiederum bemerkte ich, wie könnerhaft Ingdscha mit Zügeln und Steigbügeln umging, sich im Sattel hielt und das Pferd im Terrain führte. So ritt kein braves Töchterlein, das dann und wann den Vater begleiten durfte. Meines Wissens hatte sie an den Jagdpartien nicht teilgenommen, und das trotz ihrer Übung. Gewiss hatte dies mit Ehre und Tradition zu tun, doch konnte ich mir nicht vorstellen, warum Ingdscha dann dennoch so erfahren war. Was hatte sie in den vergangenen beiden Jahren noch gelernt, seit ich sie als junges Mädchen das letzte Mal gesehen, ja kaum ihren Namen erfahren hatte?

Wir ritten einen Hang empor und hielten auf einem schmalen Streifen grasbewachsenen Gerölls, von dem die Hügelflanke vor uns abfiel und hinter uns hinaufstieg. Weit sahen wir über die Hügelketten und die Berge, in einiger Entfernung lag der Ringwald mit dem Lager darin, auch wenn die hellen Flecke der Zelte verborgen waren.

Sangar verschwand im Gebüsch, er hatte wohl etwas gehört und verspürte die Lust zur Jagd. Von Ferne trug der Wind schwach die Rufe der Jäger des Bey heran.

Ingdscha nahm den Blick von der Aussicht und schaute mich an.

„Welch geschickter Ansatz, mit mir sprechen zu können", sagte sie. „Mir ein Pferd zu schenken."

Ich musste widersprechen. „Es kam nicht von mir."

„Aber von dem Scheik."

„Das denke ich auch, aber es war wohl eher ein Geschenk für den Bey."

„Und das, obwohl du, Herr, von mir etwas erfahren willst."

Ingdscha sprach mich ebenso an, wie sie es vor Jahren getan hatte, als sie mich mit Madana aus der Gefangenschaft befreit und zum Geist der Höhle geführt hatte, der ja Marah Durimeh gewesen war.

„Du musst mich nicht Herr nennen."

Sie schaute mich mit schmalen Augen an. Ich spürte, wie sie allzu gern etwas erwidert hätte. Beinahe glaubte ich ihre Stimme zu hören: *Aber mich wird man Herrin nennen.*

„Und du kannst deine Frage stellen."

„Du bist sehr direkt."
„Ich komme nach meinem Vater, dem Rais."
„Der dein Stiefvater ist."
„Und der mich verheiraten will."
„Du willst dies nicht? Der Bey wird einen guten Mann für dich wählen."

Ingdscha schien abzuwägen, nicht allein ihre Worte, auch ihre Gedanken und Empfindungen, als hätte ich sie zum ersten Mal ins Zweifeln gebracht.

„Ich werde nicht allein die Ehefrau eines Kriegers sein."
„Sondern?"

Sie straffte die Schultern. „Ich kann reiten und kämpfen. Ich spreche Kurmandschi, Türkisch, Arabisch und Persisch. Und ich habe den Reden der Männer aufmerksam zugehört und nicht dem Tratschen der Weiber."

„Die Sprachen hat dich Marah Durimeh gelehrt", stellte ich fest, ein wenig unbedacht, wie mir sogleich schien.

„So ist es also heraus!"

„Aber du hast doch selbst ihren Namen gesagt, gestern Abend im Zelt."

„Das muss dein eigenes Hoffen gewesen sein. Ich habe ihren Namen seit Jahren nicht geäußert."

„Aber warum? Sie hat deinem Volk den Frieden gebracht!"

„Und ist dann verschwunden! Als sie selbst und als der Geist der Höhle, sie hat mich im Stich gelassen."

„Sei nicht ungerecht. Sie hatte ihr gutes Werk getan!"

Ingdscha funkelte mich an. „Ja, sie brachte Frieden. Aber sie veränderte dadurch die Männer, die der Krieg geformt hatte."

„Der Bey ist so kraftvoll wie je."

„Aber nur noch, wenn es um die Jagd geht. Die Feinde jenseits der Berge kümmern ihn nicht."

„Weil sie jenseits der Berge sind. Doch hier in den Hügeln und Tälern herrscht Frieden, wenn er nicht gebrochen wird."

„Wer mag ihn brechen? Du hast sicher den Melek von Lizan gesehen bei deiner Suche nach Marah Durimeh. Er ist ein weicher, schlaffer Dummkopf geworden. Das ist das Werk von Marah Durimeh.“

„Du bist zornig, weil sie dich verlassen hat ...“

„Uns. Sie hat uns alle verlassen. Aber erst nachdem sie ihre Saat von Frieden und Faulheit gesät hat.“ Bevor ich antworten konnte, hob sie die Hand. „Der Frieden ist gut. Er bringt uns Wohlstand. Aber er wird nicht von Dauer sein, wenn sich die Männer der Blumenzucht und dem Jagdvergnügen hingeben. Und ich wäre ein dummes Ding geblieben, das fröhlich dem Ehestand entgegenblickt, wenn nicht Sergen …“

Nun begriff ich. Es war das alte Spiel um die Macht. Ich unterbrach Ingdscha.

„Der Berdevk des Rais hat dich dazu gebracht, so schlecht über Nedschir-Bey und Marah Durimeh zu sprechen?“

„Nein, er hat mich all die Dinge gelehrt, die nötig sind, damit es nicht zum Sturz von Schohrd kommt, wenn die Feinde angreifen. Nicht heute, nicht morgen, aber bald!“

Jetzt begriff ich.

Nicht Sergen, der Berdevk, wollte Rais von Schohrd werden, sondern Ingdscha sollte als Raissa dessen Nachfolgerin sein. Ein unmöglicher Wunsch, zu diesen Zeiten und in diesen Gefilden. Ich wollte jedoch kein Mahner sein und keinen Streit hervorrufen, indem ich Ingdscha verlachte, wie es ein anderer getan hätte, aber auch keine falschen, weil verfrühten Hoffnungen wecken, indem ich Zustimmung zeigte. Also nickte ich und sagte:

„Du wirst deinem Vater, dem Rais, also gut zur Seite stehen können. Und wenn er einen Mann für dich gefunden hat, wirst du bei diesem ein Gleiches zu tun vermögen. Gemeinsam mögt ihr dann den möglichen Feinden entgegentreten können. Wollen wir dennoch hoffen, dass es nicht dazu kommt.“

„Schöne und kluge Worte“, entgegnete Ingdscha. „Wenn sie nur die anderen hören könnten.“

Ich wusste nicht, wen genau sie damit meinte, doch bevor ich nachfragen konnte, sprach sie bereits weiter.

„Aber du willst wissen, wo du Marah Durimeh finden kannst. Nun, ich kann es dir nicht sagen – weil ich es nicht weiß. Sie weilt nicht mehr in ihrer Höhle und hat auch über lange Zeit keine Nachricht gesandt, wo sie sich nun aufhält“

„Das ist traurig, wo ihr doch mit ihr befreundet wart, du und Madana.“

„Mich kümmert es nicht. Sie kann nichts weiter tun und mich nichts lehren. Sie stiftet wohl Frieden an einem anderen Ort. Das mag ja auch gut sein, wenn es anders gerät als hier.“

Ich fragte mich, ob dieser andere Ort vielleicht nicht auf dieser Welt wäre und Marah Durimeh deshalb verschwunden. Oder eben doch niemand von ihrem Aufenthalt wusste. In diesem Moment war ich froh, dass Haschim bereits an anderer Stelle nach Hinweisen und Kunde suchte.

„Nun“, meinte ich, „dann war mein Besuch bei euch dennoch nicht ganz vergebens. Ich kann dir Glück wünschen für deinen weiteren Weg. Und ich habe dem Rais entsprochen, indem ich mit dir das Geschenk prüfte. Ich verspreche dir wiederum, dass ich mich nicht einmischen werde und dem Rais nichts von dem sagen, was du mir enthüllt hast.“

„Ich habe keine geheimen Pläne enthüllt, ich bin nicht töricht. Der Rais weiß, woran er mit mir ist. Er mag es nur noch nicht glauben.“

„Das wird er wohl noch.“

„Ja, das wird er.“

Dann schwiegen wir. Die Pferde schnaubten und wollten weiter. Als ich nach Sangar rufen wollte, kam er schon herbei. Er trug einen Fellbalg in der Schnauze, und für einen Herzschlag fürchtete ich, es sei ein weiterer Späher Al-Kadirs, den Sangar erlegt hatte. Doch es war wohl nur ein Hase oder Wiesel oder dergleichen.

Ingdscha schaute auf die blutige Schnauze des Hundes.

„Er hat anscheinend bekommen, was er wollte. Leider war dir nicht das Gleiche beschieden.“

„Ich hatte einen guten Ausritt in angenehmer Gesellschaft", gab ich zurück. „Ich bin zufrieden damit. Und die Jagdbeute des Rais wird heute Abend uns allen zugutekommen."

„Ja, es wird sich heute Abend zeigen, was der Tag gebracht hat." Dann nahm Ingdscha die Zügel fester und ritt auf ihrer weißen Stute den Hang hinab.

Ich folgte ihr.

Im Lager empfing uns Halef. Der Bey war noch nicht zurückgekehrt. Halef schaute mich und Ingdscha an und erkannte, dass die Gespräche wohl nicht sonderlich erfreulich und noch weniger erhellend gewesen waren – zumindest was den Verbleib Marah Durimehs betraf. Also fragte er schlicht nach dem Wert der Stute, ob sie denn ebenso kräftig wie ansehnlich war, was Ingdscha und ich bejahen konnten. Dann rief Ingdscha zwei Pferdeknechte herbei und beließ das weiße Pferd in deren Obhut, während sie sich selbst zurückzog, mit nur einem Mindestmaß an höflichen Worten.

„Du schaust betrübt, Sihdi", sagte Halef.

„Ingdscha hat viel von ihrem Ziehvater, so wie er früher einmal war. Ihr steht der Sinn nach Macht und Krieg. Es fehlt die besänftigende, gar mahnende Hand Marah Durimehs."

„Die weise Frau hat sich also auch von ihr zurückgezogen?"

„Ja."

„Dann scheint es mir umso dringlicher, dass wir sie finden. Nicht, um erneut Frieden stiften zu müssen, sondern um Krieg zu verhindern."

„Doch Ingdscha weiß nicht, wo sich Marah Durimeh aufhält."

„Hat sie dir das vielleicht nur gesagt? Weil sie nicht will, dass ..."

„Solches wollen wir nicht hoffen. Nein, ich sah bei Ingdscha wirklichen Schmerz und auch Bedauern darüber, dass Marah Durimeh sie verlassen hat. Ich fürchte, die Trauer bricht sich langsam in Wut Bahn. Und sie sieht überall Feinde."

„Das mag nicht ganz falsch sein, Sihdi ..."
„Sicher. Es gibt immer noch Stämme, die verfeindet sind."
„Ich meine vielmehr: Was wenn Al-Kadir die Saat der Zwietracht sät, um Marah Durimehs Friedenswerk zunichtezumachen?"
„Da er seine Gier nach Herrschaft über diese Länder nicht hat stillen können, will er zumindest, dass niemand anderes darüber herrscht?"
„So ist es doch bei vielen Männern, Sihdi. Was sie nicht haben können, soll auch niemand anderes besitzen. Eher zerstören sie es."
„Glaubst du, dass Al-Kadir mit solcher Macht aus dem Geisterreich wirken kann? Wenn doch nur Haschim hier wäre, vielleicht wüsste er es. Oder wenn er doch schon mit neuer Kunde zurückgekehrt wäre ..."
Halef hob zwei Finger. „Erstens, Sihdi: Wozu muss Al-Kadir selbst zerstören, wenn das Krieger und der Krieg tun können? Er muss beides nur irgendwie entfesseln. Und zweitens: Vielleicht haben wir schon Kunde von Haschim."
„Das Leder mit den Schriftzeichen? Wir können es nicht lesen, Halef."
„Nicht mit bloßem Auge, Sihdi."
Ich nickte. An den Musaddas hatte ich gedacht, es aber am vorigen Abend nicht in die Tat umgesetzt. Dann aber fiel mir etwas anderes ein.
„Halef, wie kann Haschim uns eine Nachricht mit neuem Wissen gesandt haben? Er ist doch erst vor Kurzem fortgeritten. Und selbst wenn sein federgleiches Ross so rasch rennen kann …" Ich schüttelte den Kopf. „Das ist nicht möglich, dafür war die Zeit zu knapp."
„Du erinnerst dich aber, dass man mit der Zeit so einiges anstellen kann? In gewissen magischen Zelten?"
„Du sehnst dich doch hoffentlich nicht nach diesem Ding zurück oder bereust, es Abdi zum Geschenk gemacht zu haben?"

„Schelte mich bitte nicht wankelmütig oder sentimental, Sihdi! Ich wollte nur sagen, wenn in einem magischen Zelt viele Menschen und auch Pferde aus der Zeit fallen können, warum sollte dann Haschim nicht ein einzelnes Schriftstück durch die Zeit zu uns gesandt haben? Verstehst du, Sihdi? Er hat erst in ein paar Tagen etwas daraufgeschrieben, aber da wir es schon heute wissen müssen ..."

Ich zweifelte. „Aber nicht allein das Schriftstück, sondern auch die Patronen und die Flasche – und das Pferd dazu?"

Halef zuckte mit den Schultern. „Was weiß ich von Magie? Oder der Zeit? Ich bin kein Zauberer ..."

„Und wir sollten über dergleichen nicht so offen sprechen!" Ich blickte mich um. „Ist der Berdevk hier oder mit dem Bey auf der Jagd?"

„Oh, das weiß ich nicht. Aber wenn du befürchtest, er könnte uns belauschen, dann hätte er doch viel bessere Gelegenheit dazu, wenn wir im Zelt säßen. In unserem dort drüben. In meinem … in Abdis Zauberzelt wären wir allerdings vor Lauschern sicher."

„Und der Berdevk würde es wohl erspüren, vergiss das nicht!"

„Gut, dann gehen wir ins normale Zelt. Und sprechen leise."

Ich nickte und wir gingen hinüber. Drinnen sah ich meine Gewehre auf einem Lappen abgelegt, das Putzzeug ringsum.

„Halef", fragte ich streng und verwundert zugleich, „was hast du getan, während ich mit Ingdscha ausgeritten bin?"

Halef wackelte mit dem Kopf. „Das siehst du doch. Ich habe meine eigene Büchse gereinigt, also dachte ich, ich könnte dir etwas Arbeit abnehmen ..."

Ich blickte über den Henrystutzen und den Bärentöter. Sie waren blank und rochen nach Öl. Das alles war ja sehr umsichtig und freundlich von Halef; aber warum nahmen meine Freunde und Gefährten sich in jüngster Zeit heraus, mit meinen Waffen zu hantieren?

„Dank dir, Halef", sprach ich. „Aber ich bin froh, dass du nicht aus Langeweile auf Kleintierjagd gegangen bist ..."

„Ach, Sihdi, was du von mir hältst. Das würde ich nie tun. Den Bärentöter kann ich nicht einmal anlegen, und mit dem Henrystutzen schießen kannst nur du. Aber ich kann ihn immerhin saubermachen."

„Achte aber bitte darauf, dass du nicht so putzwütig wirst wie die treue Madana."

„Niemals, Sihdi!"

„Dann ans Werk!"

Halef räumte die Gewehre sorgsam fort, dann legte er das Lederpäckchen zwischen uns. Ich entschnürte es erneut, breitete das Leder aus, nachdem ich Kästchen und Flasche beiseitegelegt hatte. Die Schrift wirkte so wirr und unentzifferbar wie zuvor. Ich griff dennoch zögerlich in die Westentasche und zog den Musaddas hervor. Da Halef gar zu andächtig und erwartungsvoll zuschaute, hob ich den Sechseckring in bedeutsamer Geste empor, um dann hindurchzuschauen. Ich hielt ihn auf halber Armeslänge von mir, damit ich nicht wie ein affektierter Monokelträger wirken würde. Schließlich senkte ich den Ring auf das Leder hinab und spähte hindurch.

„Und, Sihdi?", flüsterte Halef. „Was ist das wahre Aussehen der Schrift? Was schreibt uns Haschim?"

Ich schwenkte die Hand mit dem Ring, um alle Winkel des Leders abzusuchen.

„Nichts", hauchte ich.

„Nichts?", ächzte Halef. „Er schreibt uns nichts? Oder kannst du es noch immer nicht entziffern?"

„Es ist nicht mehr zu sehen. Das wahre Wesen der Lederschrift ist Leere."

„Das verstehe ich nicht", murrte Halef und beschaute die für ihn deutlich sichtbare, doch unverständliche Schrift.

„Dieser Text bleibt so geheimnisvoll wie der Inhalt der Flasche. Allein die Kugeln sind für den Henrystutzen gedacht, jedoch aus Silber."

„Sind sie auch durch den Ring betrachtet aus Silber?", fragte Halef misstrauisch.

Ich prüfte es beiläufig nach.

„Silber ist Silber, Halef."

„Nicht, wenn nur du es sehen kannst. Aber wie ich schon sagte: Was weiß ich von Magie?"

„Ich weiß doch auch nichts darüber, Halef."

„Aber du kannst es sehen – dann und wann zumindest." Er musterte den Musaddas mit zweifelndem Blick. „Vielleicht ist er kaputt? Schließlich ist er einmal zusammengedreht gewesen, und Schimin der Schmied hat ihn erst wieder gerichtet."

Halef erinnerte an die Ereignisse im Stahlpalast des Schut, als der Musaddas, zum Pfeilbolzen gewunden, als Geschoss gedient hatte, um einen Bannkreis zu brechen, der … Aber meine Leser kennen diese Geschichte aus meinem jüngst geschilderten Abenteuer, welches vom Sturz des Verschwörers handelte.

Tatsächlich hatte erst Schimin den Musaddas wieder in seine Form gebracht, denn er war ein kunstfertiger Schmied, der sich nicht nur auf Werkzeuge und Waffen, sondern auch auf speziellere Dinge verstand, die man aus Metallen fertigen konnte. Aber ich will nicht vorgreifen, das ist eine andere Geschichte und ich will sie erst später berichten.

„Halef, so wie ich es verstehe, ist der Musaddas keine Uhr, die defekt sein kann. Deine Leuchtkugel funktioniert ja auch stets, ohne dass man sie aufziehen muss."

„Die Kugel muss man nicht aufziehen, sie ist ja keine Uhr. Man muss sie auch nicht befüllen wie eine Lampe."

„Eben, sie wirkt immer. Und dass der Musaddas wirkt, steht auch außer Zweifel. Wir haben durch ihn den Schattenfuchs erkannt."

„Dann ist nicht der Musaddas daran schuld, dass du nichts auf dem Leder siehst … vielleicht wehrt sich das Leder, gelesen zu werden? Sowohl bei Menschen mit wie auch bei Menschen ohne Musaddas ..."

„Oder, Halef, es liegt daran, dass es noch nicht an der Zeit ist, es zu lesen ..."

Halef feixte. „Ich wusste, dass es eine Sache der Zeit ist, Sihdi! Da habe ich dich auf die richtige Idee gebracht."

„Mein kluger Halef", rief ich, und es klang spöttischer, als ich es meinte.

Draußen erklangen Rufe. Die Wachen verkündeten nahende Reiter, der Bey kehrte von der Jagd zurück. Rasch verpackte ich die magischen Gaben wieder. Ich blickte Halef an.

„Während ich fort war, hast du darauf Acht gegeben. Was machen wir nun? Es würde auffallen, wenn ich das Bündel mit mir herumtrage."

„Du glaubst, der Berdevk hat wirklich diese Macht, Zauber zu erkennen?"

„Zumindest mag er Zauberer erkennen. Was ihm sein Blick sonst noch enthüllen kann, wissen wir nicht."

„Da wir nicht mehr das Zauberzelt haben, um etwas verschwinden zu lassen …"

„Halef, die Fortgabe des Zeltes scheint sehr an dir zu zehren."

Er ignorierte mich und sprach weiter: „… halten wir uns an eine gute und alte Tradition des Verbergens: Wir vergraben es!"

Halef schlug den Teppich zurück und legte den blanken Erdboden mit dem zerdrückten Gras frei. „Es reicht ein kleines Loch, das ist rasch gegraben. Und die Erde verteilen wir ..."

„... unter dem Teppich. Madana würde es nicht gutheißen, aber für uns ist es gut genug."

„Kluger Sihdi."

Rasch war die Arbeit vollbracht. Dann klopften wir uns die Hände ab und traten aus dem Zelt. Die zurückgekehrten Jäger wurden jubelnd empfangen. Der Rais hatte zwei Bären erlegt. Der kleinere der beiden hing an Stangen, die zwischen zwei Pferde gebunden waren, der größere wurde auf einem Schlitten aus jungen Baumstämmchen herangeschleift. Die Speere steckten noch im grauen Fell, das vom Blut feucht und dunkel glänzte.

Der Rais sprach mich von seinem Pferd herab an.

„Das Jagdglück war uns beschieden, Kara Ben Nemsi. Und der Tod der Bären nach alter Tradition ehrt den Jäger. Ich habe nachgedacht. Du brauchst mir deine Gewehre nicht mehr vorzuführen. Ich bleibe bei den Speeren."

Ingdscha war herangekommen. Sie wechselte keinen Blick mit mir.

„Solange du Bären jagst, Vater", sagte sie, „mögen die Spieße hinreichen. Jedoch wenn …"

Nedschir-Bey lachte.

„Ich werde auch weiterhin Bären jagen. Denn nach anderer Beute steht mir nicht der Sinn."

„Ja, denn es herrscht Frieden in diesen Bergen", sprach Ingdscha in scharfem Ton, der das hehre Wort scheußlich klingen ließ.

Nedschir-Bey blickte seine Tochter streng an.

„Sei darüber froh. Denn wenn es anders wäre, würdest du kaum einen Mann finden können. Und wenn, wärest du wohl allzu rasch Witwe."

„Ich will …", begann Ingdscha.

„Schweig, meine Tochter!", rief der Bey, wenngleich in beherrschtem Ton. „Es ist gut, dass du überhaupt etwas wollen kannst und wir nicht zu Dingen gezwungen werden. Weil Friede herrscht in diesen Bergen." Er schaute zurück, in die Richtung, aus der seine Jagdtruppe gekommen war.

„Da du aber misstrauisch bist", sagte er sanft, „kann ich dir berichten, dass wir auf eine Gruppe von Kriegern stießen, die von Rewandiz kamen und über den Pass von Gaura nach Mehabad südlich des Sees von Urmiye zogen. Doch sie waren nicht für den Krieg gerüstet und verhielten sich auch nicht so unauffällig, als ob sie Späher seien. Wir sprachen kurz und sie neideten uns den Zeitvertreib der Jagd."

„Was war deren Auftrag?", fragte Ingdscha alarmiert.

Nedschir-Bey lachte erneut, aber nicht zu seiner Tochter hin, sondern zu seinen Männern.

„Sie sollten die Ehreneskorte für eine Hochzeit sein!“

Ingdscha verschränkte die Arme und blickte wütend. Der Rais schwang sich aus dem Sattel und schritt zu ihr hin, griff sie mit seinen Händen an den Schultern.

„Meine Tochter“, begann er sanft, „wie hat dir der Ritt auf deinem neuen Pferd gefallen?“

Ingdscha schaute noch immer zornig, wagte es aber nicht, sich aus dem Griff des Rais loszureißen. Der Gedanke an die weiße Stute schien sie schließlich zu besänftigen.

„Sie ist ein gutes Tier. Leichtfüßig und stark“, urteilte sie.

„Du klingst verdrossen, als glaubtest du, das Geschenk sei an eine Gegenleistung geknüpft.“

Ingdscha schwieg. Der Rais löste seine Finger und trat einen Schritt zurück. „Aber da sich der edle Schenker bislang nicht zu erkennen gegeben hat, verfüge ich, dass die Stute dir gehört, ohne dass sie mein Urteil beeinflusst. Wer namenlos gibt, soll keinen Vorteil haben, wenn er sich denn zeigen sollte.“ Er blickte zum Pferch, wo das Tier unter den anderen Pferden hell leuchtete. „Also, gib dem Ross einen Namen und es ist dein, frei von Forderungen.“

Ingdscha schien ein wenig erstaunt über den Rais. Ich glaubte, Nedschir-Bey war so gewogen, weil er zwei Bären mit Speeren erlegen und seine Tochter mit Worten hatte widerlegen können.

Ingdscha überlegte nur kurz, vielmehr schien mir, als würde sie nur vorgeben, es zu tun, und hätte schon längst einen Namen für die Stute gefunden.

„Sie soll Pervin heißen. Sie, die leicht wie auf Flügeln dahinfliegt.“

Der Rais hob wie zum Segen die Hand und die Männer jubelten, fast noch ein wenig mehr als über die erlegten Bären. Als ich seinen Blick auffing, schien mir, als blitzte etwas in seinen Augen, von dem ich nicht zu sagen vermochte, ob es Rührung oder Schläue war.

Ich nahm die Gelegenheit wahr und trat zu Nedschir-Bey hin.

„Rais“, sprach ich ihn ehrenvoll an. „Ich glaube, dass es sich ziemt, wenn ich in dieser guten Stimmung meinen Abschied verkünde. Heute Abend sollst du dein Jagdglück feiern, und auch, dass deine Tochter ihr Herz an ein stattliches Geschöpf verloren hat. Da wären ich und mein Gefährte Halef nur fehl am Platze, wo wir doch schon gestern als Ehrengäste zugegen waren.“ Und um die Heiterkeit zu nutzen, fügte ich an: „Zudem reicht es, wenn zwei launische Bären dein Fest zieren. Derer vier wären doch zu viel! Also werden wir uns trollen.“

Ich zeigte auf Halef und auf mich. Halef legte die Stirn in Falten und sah mich peinlich berührt an.

Nedschir-Bey lachte dröhnend los. „Du warst nie ein Mann der gelungenen Scherze, Kara Ben Nemsi.“ Dann nickte er. „Aber du bist ein Mann weiser Worte.“ Er klopfte mit der Hand auf seine Brust. „Ich lasse euch mit besten Wünschen ziehen.“

Dann kam er näher und sagte leise. „Ingdscha scheint dir nicht mehr ganz so gewogen zu sein. Aber das waren wohl die Schwärmereien eines Kindes. Jetzt ist sie eine junge Frau und hat ihren eigenen Kopf. Und da sie wie jede Tochter kaum auf ihren Vater hört, bin ich froh, meinen Berdevk zu haben.“

Der Rais wies kurz mit dem Kinn zur Seite. Im Hintergrund sah ich Sergen stehen. Ich wusste nicht, ob er mit dem Rais ausgeritten und zurückgekehrt war oder ob er sich die ganze Zeit im Lager befunden hatte, und das missfiel mir. Was aber Nedschir-Bey sagte, missfiel mir noch mehr.

„Sie ist so schwierig geworden“, seufzte er. „Seit Marah Durimeh, der gute Geist des Friedens, fort ist. Ingdscha schien es an Anleitung zu fehlen. Sergen ist der rechte Mann dafür. Er ist nahezu so klug wie du. Und ihr beide viel klüger, als ich es bin, denn ich bin ein alter Krieger, der nun ein alter Jäger ist.“ Nun leuchteten seine Augen wieder auf und er schlug mir die Pranke auf die Schulter. „Und das ist ja auch mein Name!“

„Das ist er, Nedschir-Bey. Und treffender denn je. Und wie schön, dass die Perle Ingdscha nun ein prächtiges Ross besitzt, dem nur die Flügel zur Vervollkommnung fehlen ...“

Als ich dies sagte, bereitete mir mein Spiel mit Worten Unwohlsein. Denn ich erinnerte mich an das schwarze Pferd mit Schwingen, welches Al-Kadir in die Geisterwelt getragen hatte. Mochten die jetzigen Geschehnisse und Namen eine Vorbedeutung haben?

Umso richtiger erschien mir mein Entschluss, das Lager des Rais zu verlassen. Mit solchen Gedanken hätte ich kein weiteres Fest, keine weitere Nacht an diesem Ort verbringen können. Doch wohin sollten Halef und ich uns wenden? Wir hatten keinen Hinweis auf Marah Durimeh erhalten, wie wir es so sehr gehofft hatten.

Obgleich wir rasch packen und abreisen wollten, wurden Halef und ich doch freundlich genötigt, die Jagdbeute ausgiebig zu bestaunen und uns eine knappe Fassung des Jägerlateins anzuhören, da wir am Abend ja nicht mehr zugegen sein würden.

Als wir endlich in unser Zelt zurückkehrten, erwartete uns ein Schrecken!

Der Teppich war beiseitegeschoben, an einem Ende umgeschlagen, das Gras darunter freilegt. Schlimmer noch: An der Stelle, wo wir die Gaben Haschims vergraben hatten, war die Erde fortgescharrt, die flache Grube – leer!

Ich sprang herbei, entsetzt, und wollte mich schon verzweifelt zu Halef umdrehen, als ich diesen lachen und gleichermaßen fluchen hörte. Ich wandte den Kopf und sah in einer Nische den Übeltäter liegen: Sangar, der im Begriff war, das feine weiße Leder zu zerkauen.

Halef knurrte, zerrte an der Kurbatsch, als ich schon bei Sangar war und eine Hand auf seinen Kopf und die andere an das Lederbündel legte. Aus der Kehle des Tiers kam ein leises Grollen, das weniger bedrohlich als ungehalten klang. Halefs Laut war erschreckender gewesen. Dann aber strich ich Sangar über die Ohren, und er ließ bereitwillig seine Beute fahren. Das Leder war nicht so in Mitleidenschaft gezogen, wie man hätte befürchten können, nur ein Ende war etwas angeknabbert und von Speichel und Erde beschmutzt. Halef hatte endlich seine Kurbatsch in der Hand und schwang sie zornig.

„Der vermaledeite Köter! Ich weiß nicht, was schlimmer ist: geglaubt zu haben, dass die Gaben gestohlen sind, oder dass dieser Sohn eines geifernden Gierschlunds sie in seinen Fängen hatte!“

„Hunde kauen nun einmal gern.“

„Und ich hatte die Gaben so gut verborgen“, maulte Halef.

„Hunde graben nun einmal gern. Und sie spüren Dinge auf.“

Halef drohte mit der Kurbatsch.

„Man sollte dem Flegel das Fell über die Ohren ziehen und einen neues Bündel draus machen!“

„Ich glaube nicht, dass ein so schönes Leder daraus würde, Halef.“

„Es ist nicht mehr schön, es ist zerkaut! Und schau, wie die Töle glotzt und giert! Sie will noch weiter ihre Zähne hineinschlagen.“

„Sangar schaut eher auf deine Kurbatsch, die ein feiner Kauknochen wäre ...“

„Er kann sie haben!“, rief Halef und hob die Nilpferdpeitsche erneut.

„Dann lass sie los und leg sie ihm hin“, meinte ich und wischte die Erde von dem weißen Bündel. „Und zwar als Lohn. Denn ich glaube, wenn jemand die Gaben hätte stehlen wollen, wäre Sangar ein besserer Schutz gewesen als all unser Graben und Verbergen.“

Halef brummte und schob die Kurbatsch in die Schärpe. „Ich glaubte wirklich, dass alles fort war. Und habe mich geärgert.“ Er schaute Sangar an, der ihn freundlich anhechelte und wiederum auf die Kurbatsch schaute. „Ich verzeihe ihm“, verkündete Halef, „dir zuliebe, Sihdi. Aber wenn er meine Kurbatsch zernagen sollte, dann gerbe ich seine Haut und schreibe etwas darauf, das man auch lesen kann.“ Er verschränkte die Arme. „Wir sollten endlich reiten. Hier ist zu viel Aufregung, die nicht die gute Aufregung von Kampf und Abenteuer ist.

Und andernorts können wir auch Haschim wiedertreffen, denn hierher kommt er ja nicht zurück, weil der Berdevk es ihm verboten hat."

„Ich folge deiner Argumentation nicht ganz, Halef, aber ich gebe dir Recht."

„Wie schön, Sihdi. Reiten wir."

Sangar gab einen zustimmenden Laut von sich.

Zwölftes Kapitel
Im Zagros

Als wir uns aufmachten, das Lager zu verlassen, war es schon spät am Tag. Wir wussten aber, dass wir vor Einbruch der Nacht ein kleines Dorf erreichen würden, in dem wir einkehren konnten und so eine angenehmere Nacht verbringen, als wenn wir in der Bergwildnis das Lager aufschlugen. Eigentlich war es nicht unser Einfall gewesen, sondern war uns von dem jungen Krieger Zinar ans Herz gelegt worden. Er stammte aus diesem Dorf und man würde uns dort freundlichst willkommen heißen, wenn wir berichteten, dass wir Zinar vor dem Bären gerettet hatten. Diese frohe Kunde würden wir gern überbringen, hatten Halef und ich gesagt, am Abend des Festes zu unseren Ehren. An diesem heutigen Tag des zweiten Festes, das Halef sich fragen ließ, ob der Rais nicht allzu viel feierte, änderte sich jedoch so einiges.

Halef und ich saßen schon in den Sätteln und Sangar lief eifrig um die Hufe der Pferde, wenngleich in gebührendem Abstand, denn Rih verhielt sich dem Hund gegenüber freundlich, doch mit erhabener Strenge, als drei weitere Reiter zu uns kamen. Ich blickte auf. Es waren Zinar, sein Verwandter Sivan und Welat mit dem grauen Bart. Zunächst glaubte ich, der Rais – welcher uns schon vor einiger Zeit verabschiedet hatte, um vor dem Fest ein wenig zu schlafen, zu meiner Verwunderung und Halefs Heiterkeit – hätte uns eine Ehreneskorte gestellt, die uns aus dem Lager und durch den Wald begleiten sollte. Doch dann bemerkte ich, dass die Männer bewaffnet waren und zur Reise gerüstet. Und ein vierter Mann schritt vor den Reitern hin. Es war Sergen, der Berdevk. Seine hellen

Augen schauten freundlich, seine verdorrte Hand steckte in den Falten seines Hemds und er hatte nichts von der Düsterkeit seines ersten Auftritts.

„Kara Ben Nemsi", sagte er, „diese Männer werden dich begleiten."

„Das ist freundlich", gab ich zurück. „Das Heimatdorf Zinars liegt wohl sehr versteckt?" Allerdings ahnte ich, dass die Eskorte einen anderen Beweggrund hatte.

„Nein", antwortete Sergen. „Sie haben einen dringenden Auftrag, der sie nach Schino führt. Und da auch du nach Norden reisen willst, habt ihr den gleichen Weg."

„Warum sollte ich nach Norden reisen?"

Sergen lächelte, doch man erkannte, dass er darin nicht geübt war. Auch seine heisere Stimme klang kaum anders als zuvor.

„Ich könnte sagen, dass von hier aus kein anderer kluger Weg führt. Oder dass du aus Süden kamst und diesen Weg wohl weiter gehen willst." Er schaute mich ohne einen Lidschlag an. „Ich aber weiß, dass du jemanden suchst, der verschwunden ist und schmerzlich vermisst wird."

Ich sah keinen Anlass, mein Vorhaben zu leugnen, mochte aber an der Darstellung zweifeln. „Verschwinden oder Zurückgezogenheit mögen zweierlei Dinge sein. Ebenso das persönliche Vermissen oder allgemeiner Verlust."

„Du hast wohl Recht. Es ist eine Sache des Betrachtens und Empfindens."

„Und du? Wie siehst du dies?"

„Ich bin Berater, kein … Seher."

Ein anderer als Sergen hätte hier die Mundwinkel spöttisch zucken lassen, der Berdevk blieb ernst. „Aber ich erinnere mich an Dinge. Wie ich dir sagte, kenne ich dich und deinen Gefährten aus der früheren Zeit. Du erinnerst dich nicht, weil ich ein anderes Äußeres hatte. Damals war eine gewisse Person noch zugegen. Und ich hörte einmal von einem Ort nahe Mehabad, namens Inderghasch, an dem es eine Art Höhle geben soll. Und in Höhlen mag es Geister geben ..."

Ich sah den Berdevk lange an.

„Dank dir“, sagte ich schließlich. „Du bist ein guter Ratgeber. Und gibst den Rat nicht einer Person allein.“

„Jeder, die des Rats bedarf. Gute Reise, Kara Ben Nemsi.“

„Leb wohl, Sergen.“

Wir ritten aus dem Lager hinaus. Als ich mich am Waldrand noch einmal umwandte, sah ich, dass der Berdevk noch immer dort stand, wo wir ihn verlassen hatten. Er blickte uns jedoch nicht nach, sondern sah zu dem Pferch hinüber, wo neben den anderen Pferden die weiße Stute Ingdschas stand.

Die dichten Wälder wichen zurück, als wir uns dem Gebirge näherten, das im Persischen *Reschte-ku-e Zagros* und im Kurmandschi *Tschijajen Sagrose* heißt, allgemein jedoch, schlicht und erhaben nur: der Zagros.

Der Bewuchs des Grundes duckte sich zunächst zum Gebüsch hinab, dann zeigte sich im Gras kaum noch ein Strauch. Die Halme krochen in dichtem Rasen über den hell- und dunkelbraun gemaserten Fels, der zu steinernen Wänden emporstieg und in steile Schluchten abfiel. Immer näher kamen die weißen Spitzen der in blassblauer Ferne schimmernden Berge, die jedoch hier im Norden nicht so steil aufragen wie weiter südlich, wo sie um gut ein Drittel höher sind. Ich könnte nun im alten preußischen Maß rechnen, da einige meiner Leser sich nach den wenigen Jahren seit der Umstellung noch nicht ganz mit dem neuen System angefreundet haben, aber da ich es als moderner Mensch als zu umständlich empfinde, in Bruchteilen von alten deutschen Meilen zu rechnen, sei also leicht verständlich angegeben, dass der Zagros im Norden an die dreimal tausend Meterlängen gen Himmel misst.

Nahezu auf dieser Höhe zog sich der Gebirgspass, den wir zu beschreiten hatten, denn er war die einzige leichte Querung der hohen Felsenketten des Zagros. Der Pass wurde auch Pass von Rewandiz oder Rawanduz – so der persische Name – genannt, da diese Stadt in seiner Nähe liegt; der gebräuchlichste

Name ist jedoch *Kel-i-Schin*, was auf Kurdisch „blauer Stein“, genauer: „blauer Grabstein“ bedeutet, nach einer steinernen Stele, die auf der Höhe des Passes steht. Dennoch ist dort niemand zur letzten Ruhe gebettet, denn der Stein ist ein Wegstein aus der Zeit Assurs, errichtet von einem König der Urartäer, welche ihr Reich rund um den See von Van besaßen. Der persische König Kyros nutzte den Pass für seinen Feldzug gegen Babylon. Dass der Stein aber dennoch ein Stein des Todes ist, rührt von der tragischen Tatsache her, dass in den vergangenen Jahrzehnten bei oder wegen ihm gleich zwei deutsche Gelehrte ums Leben gekommen sind beim Versuch, die Urgeschichte dieser Gegend zu erforschen und die Stele zu dokumentieren. Sie wurden getötet, von Banditen oder weil sie für Spione gehalten wurden. Ich sah dies nun nicht als Vorbedeutung oder Mahnung. Ich würde mich gegen Banditen und falsche Verdächtigungen zu wehren wissen, zumal mit Halef an meiner Seite und zudem noch einheimischen Begleitern.

Was mir jedoch aufging, war etwas anderes. Der blaue Stein schien mir bedeutsam zu sein. Ich bin nun kein Jeside, dem das Blau als heilige Farbe verboten ist, und mir gilt es auch nicht wie jenen als Farbe der Trauer.

Vielmehr erinnerte ich mich an eine Karte, die ich in Al-Kadirs roter Festung in der Felsenwüste gesehen hatte. Dort war der Orient, vom Balkan über Mesopotamien bis Persien, in drei Farben und Bereiche gegliedert worden. Der Balkan in Gelb hatte nach dem Plan der Verschwörer dem Schut anheimfallen sollen, Al-Kadir wollte über den rot markierten Bereich der beiden großen Ströme herrschen. Und das Blau Persiens sollte der Herrschaftsbereich des dritten der Brüder werden, dessen Namen ich nicht kannte und über den ich auch sonst keine Kunde besaß. Mochte diese blaue Stele ein Hinweis sein, zumindest um die Farbenwahl zu erklären, welche die Schurken genutzt hatten? Ich wusste wohl, dass das Gelb ohnehin mit dem Schut verbunden war, seinem Kampfnamen und seiner früheren, von einer Krankheit herrührenden Gesichtsfarbe.

Das Rot war die bevorzugte Farbe Al-Kadirs, es mochte eine reine Vorliebe sein oder doch tiefere Beweggründe haben. Vielleicht wusste Haschim davon, der Al-Kadir länger kannte als ich und länger mit ihm verfeindet war. Möglicherweise wusste er auch von dem dritten Bruder und der Farbe Blau. Ich würde also warten müssen, bis ich Haschim wiedersah.

Dennoch: Persien war nah. Und damit auch jener Bruder des Schut und Al-Kadirs, der einzige, der noch auf Erden wandelte, denn der Schut war tot und Al-Kadir in der Geisterwelt. Drohte von diesem Gefahr? Mir wurde bewusst, dass Haschim und ich diesen unbekannten Mann bislang missachtet hatten, denn wir waren zu eifrig gewesen, die geflohene Hexe zu jagen und einen Weg ins Geisterreich zu finden, um Al-Kadir zu stellen.

Ich entsann mich des Gesprächs mit dem Schut, als er mein Gefangener in der verlassenen Druckerei in Zetinje gewesen war. Er hatte diesen dritten Bruder verhöhnt, als eben so sinnlos magiegläubig wie Al-Kadir, während er, der Schut, allein auf Technik und Geld schwor, um Land und Leute zu unterjochen. Und der Schut hatte ebenso abfällig erwähnt, dass es bis zu jenem Zeitpunkt keinerlei Hinweis oder Nachricht aus Persien gegeben hätte, dass dort ein geheimnisvoller Herrscher aufgetreten sei, der die Farbe Blau in Wappen oder Namen oder dergleichen trug. Und dies sei ein Hinweis darauf, dass jener Mann wohl gescheitert sei, in seinem Versuch, den Traum der drei jungen Brüder von uneingeschränkter Macht in die Wirklichkeit umzusetzen.

Der Schut mochte damit Recht gehabt haben – was seine Sichtweise der Dinge betraf. Ich glaubte nun, dass es durchaus möglich sein konnte, dass der dritte Bruder noch immer an seinem Aufstieg arbeitete, im Verborgenen, und erst dann ins Offene träte, wenn er sich seines Erfolgs sicher sein könnte. Und mit einem Mal ergriff mich eine tiefe Furcht. Was, wenn dieser Mann der Grund für Marah Durimehs Verschwinden wäre?

Als die Sonne hinter den Bergen versunken war, hatten wir das kleine Dorf erreicht, aus dem Zinar herstammte und auch Sivan, welcher der Sohn von Zinars Onkel war. Wir wurden herzlich empfangen, konnten als Dank für Speise, Trank und Obdach einige Geschichten erzählen, auch solche, die heiterer waren als die glückliche Errettung Zinars aus den Klauen des grauenvollen Bären. Es war ein ehrliches, bescheidenes Mahl, das wir bei diesen freundlichen Leuten genießen durften, und alles wärmte mir mehr das Herz als das Jagdmahl von Nedschir-Bey. Früh legten wir uns auf die Lager nieder, um beim ersten Sonnenstrahl den Pass durch die Berge zu beschreiten. Bevor ich einschlief, dachte ich an die Erzählungen des Abends zurück. Ich war froh, dass Zinar das schreckliche Jagdunglück überstanden hatte und sich nicht dafür schämte, was geschehen war, nämlich das unbedachte Verfolgen des Bären in seine Höhle und die Rettung durch einen Fremden. Unter den rohen Gesellen des Nedschir-Bey mochte er als Feigling und schlechter Jäger gelten, auch wenn diese durch meine Schilderungen hätten einsehen müssen, dass jener Bär ein besonders gefährlicher gewesen war. Gewiss verschwieg ich die schauerlichen Einzelheiten und das Wissen über die widernatürlichen Abgründe, die das Tier zur Bestie hatten werden lassen. Mein Bericht half immerhin, dass Zinar gegenüber seiner Familie und seinem Dorf das Gesicht wahren konnte, war man doch stolz auf ihn, dass er unter dem Rais von Schohrd diente. Und so folgten, wie bereits erwähnt, andere abenteuerliche Erzählungen aus den Wäldern und Bergen, von denen ich einige als kleine, liebenswerte Aufschneidereien erkannte, aber darum umso amüsanter empfand. Den anderen mochte es ebenso ergangen sein. Einzig ein alter Mann wurde, wenn nicht verlacht, so doch mit wohlwollendem Abwinken bedacht. Er schien seine Mär schon öfter, wie man so sagt, zum Besten gegeben zu haben, und zwar so häufig, dass selbst die Familienmitglieder und Dorfbewohner, welche die Alten gemeinhin ehren und hoch ansehen, heimlich die Augen verdrehten. Allein die Kinder lauschten mit großen Augen und gespitzten Ohren, denn Kinder, mancher möchte sagen, Kinder jeden Alters, hören die immer gleichen Geschichten immer wieder gern. Halef hingegen – nein, ich will meinem lieben treuen Freund und Gefährten kein kindlicheres Gemüt unterstellen, als er tatsächlich besitzt – Halef hingegen hört jede für ihn neue Geschichte nur allzu gern, vor allem, wenn sie etwas schauerlich und recht abenteuerlich daherkommt. Und der alte Mann, Helin mit Namen, konnte sehr gut erzählen, er mochte ja auch einiges an Übung haben:

„Als ich jung war, ging ich ins Gebirge, während die Sonne aufging. Ich wollte Adlerfedern sammeln, um diesen Schmuck des edlen Vogels an tapfere Krieger zu verkaufen, die sie als Symbol der Stärke tragen mochten."

Ich lächelte. Das kannte ich auch aus anderen Gegenden der Welt, die, wie man sieht, recht klein ist, denn die Wünsche der Menschen sind sich doch sehr ähnlich.

„Ich sah auf einem Felsvorsprung ein Adlernest und dachte mir, dass ich dort Federn finden würde. Vorsichtig kletterte ich hinauf und war nicht wenig erstaunt, als ich dort nicht nur Federn fand, sondern auch drei Adlerjunge. Diesen wollte ich nichts zuleide tun, denn ich wusste, wenn sie zu stattlichen Tieren heranwachsen würden, hätte ich noch mehr Federn zu finden. Doch die Jungen waren schon adlerhaft mutig, denn sie verteidigten die abgefallenen Federn ihrer Eltern, als seien sie ein wertvoller Schatz – kaum anders als sie mir erschienen. Während die Jungen nach meinen Fingern pickten und ich mich gleichzeitig am Fels festhalten musste, schlich sich unbemerkt eine Schlange heran! Ich erschrak! Die Adlerjungen sahen sie nicht, und das scheußliche Kriechtier hoffte auf leichte Beute. Da nahm ich die Hand aus dem Nest, griff einen Stein und erschlug die Schlange. Mit einem Mal fiel ein Schatten über mich und in gewaltigem Rauschen kam der Adler heran! Ich fürchtete um mein Leben! Gleich würde er mich angreifen, vom Fels in die Tiefe schleudern, weil ich seine

Brut gestört hatte! Doch der Adler setzte sich über mich auf einen Vorsprung und schaute mich mit scharfem Blick an, der dennoch dankbar und gütig erschien. Und dann geschah das Erstaunliche! Der Adler zupfte drei große und schöne Federn aus seinem Kleid, je eine aus den beiden Schwingen und eine aus dem Schweif! Mit einem Nicken ließ er sie in meine Hand fallen, als Dank dafür, dass ich seine drei Jungen gerettet hatte! Dann ließ er mich gehen, ohne weiter zu drohen."

Ich selbst nickte ebenfalls, als Dank für die erbauliche Geschichte, und hoffte, nicht selbst wie ein strenger Adler zu blicken. Denn ich glaubte nicht ganz, dass dies ein wahres Erlebnis gewesen war. Es klang mir allzu sehr wie eine der Fabeln und Tiermärchen, die es mit ähnlicher Handlung überall gibt. Allerdings war es bei diesen so, dass der Retter die Adlerfedern als Pfand erhalten hatte, mit denen er wiederum den Adler dreimal als Retter herbeirufen konnte. Ich hingegen konnte nicht umhin, diesen Umstand als kleine Anspielung anzumerken. Und so fragte ich beiläufig, ob der Alte die drei Federn denn noch besäße; sicher habe er sie doch in Ehren gehalten. Daraufhin verzog der Alte das Gesicht und einige in der Runde begannen unterdrückt zu lachen oder zu kichern. Wie gut, dass der Greis bereits etwas schwerhörig war.

„Nein", sagte der Alte stolz, „ich habe sie beim Abstieg durch einen Windhauch verloren. Aber es waren die schönsten Federn, die ich je gesehen hatte. Sie waren schwarz und braun und golden, so wie auch der Adler der prächtigste war, den ich je erblickte. Seitdem hatte ich keine Federn mehr gesammelt, weil keine je an diese herangereicht hätten. Denn ich glaube, dass der Adler kein Adler war, sondern ..."

In die bedeutsame Pause klangen die gemurmelten Worte der Umsitzenden. Aber es war nicht so, als würden sie nur den Höhepunkt der ihnen altbekannten Geschichte vorwegnehmen, sondern auch ein wenig Spott in diese Wort legen:

„... der Simir!"

Der Alte lehnte sich stolz zurück und schwieg.

Ich begriff nun so einiges. Der Simir war ein Fabelvogel, und wie am Namen unschwer zu erkennen, die kurdische Variante des persischen Simurgh. Und dieser kommt nun in allerlei Märchen, Sagen und Fabeln vor. Jüngst hatte ich mich mit Haschim daran erinnert, als wir über die Helden Rostam und Esfandiar aus dem Königsbuch des Dichters Firdausi sprachen. Es galt aber weiterhin, dass diese Geschichte von der Schlange und der Gabe der drei Federn durch vielerlei mythische Vogelwesen in zahlreichen Sagen der Völker eine Verwendung fand. Es mochte also sein, dass der alte Mann ein Märchen aus seiner Kindheit zu seiner eigenen Geschichte gemacht hatte. Das wollte ich ihm nachsehen, denn ich verstand nur allzu gut, dass manche Menschen sich durch Erdachtes ein wenig interessanter machen wollen. Ich war froh, dass es mir beschieden war, dies nicht nötig zu haben. Und was den angeblichen Simir betraf: Selbst wenn er doch nur ein Steinadler war, der nach der lateinischen Namensgebung des Carl von Linné übrigens ein goldener Adler ist, so hatte der alte Mann sicher ein prächtiges Exemplar erblickt und vielleicht tatsächlich ein gutes Werk an dessen Jungen getan. Wer wusste es schon? Und was die Federn als Beweis betraf, oder vielmehr den Mangel daran: Irgendwann würde man einem gealterten, grauhaarigen Zinar ebenfalls anzweifeln, ob er denn wirklich einem solch monströsen Bären begegnet war – denn er besaß weder Pelz noch Zahn als Trophäe, sondern nur seine Erinnerung.

„Wer weiß“, sagte ich also, „vielleicht war es wirklich der Simir.“

Der alte Mann lächelte leicht, und die anderen wollten ihren Gast nicht schmähen.

Bevor Halef neben mir einschlief, sagte er noch:

„Das war nett von dir, Sihdi, den alten Mann nicht zu verlachen, obwohl du doch sonst gegen alle Arten von Fabeln und Märchen bist.“

„Nun, Halef, wäre der Mann ein Aufschneider gewesen und hätte ausschweifend von den Dingen erzählt, die man vom

Simir oder Simurgh zu kennen glaubt, wie das Pfauengefieder, die Löwenklauen und das Hundegesicht, dann hätte ich den Alten als einen erkannt, der Fremdes nachplappert und für Eigenes ausgibt. Aber seine Erzählung scheint mir wahr und wahrhaftig."

„Du glaubst wirklich, er hat eine Schlange erschlagen, damit die Jungen gerettet, und der Adler hat ihn deshalb verschont? Das ist doch unglaublich!"

„Das ist nicht wichtig, Halef. Der Alte hat es in seinem Empfinden wirklich erlebt, und somit sind seine Worte für ihn wahr und sollten es auch für uns sein."

„Ach, Sihdi, ich glaube, du siehst das alles zu sehr mit den Augen eines Schreibers, der sich ja stets zwischen Dichtung und Wahrheit entscheiden muss. Ich aber meine: Entweder ist die Geschichte gut und auch schön oder eben nicht. Ob sie wahr ist, ist doch gleich."

„Ich habe nichts anderes gesagt, Halef."

„O Sihdi, aus deinem Mund spricht so oft der Kopf, dass ich, der ich mit dem Herzen spreche, dir nicht immer folgen kann."

„Du musst zugeben, Halef, dass du manchmal auch aus dem Bauch heraus sprichst oder eben auch dem Magen."

„Nur wenn ich hungrig bin, Sihdi, und das bin ich jetzt nicht. Bis morgen früh zumindest."

„Dann gute Nacht, Halef."

„Gute Nacht, Sihdi"

Die Lampe war schon längst gelöscht und deshalb schliefen wir bald ein. Und ich träumte weder vom Simir noch vom Simurgh, nicht einmal von Steinadlern. Es ist gut, einen schlichten, erquickenden Schlaf zu haben, trotz eines Abends voller Geschichten.

Kurz nach Sonnenaufgang bewegte sich unsere kleine Gruppe bereits am Beginn des Passes entlang. Die Felswände ragten neben uns auf, und die Schatten der Morgensonne waren harsch und von eigentümlicher Farbe auf dem braungelben

Fels, sie hatten einen Ton, der unter dem Dunkel ein tiefes Indigoblau barg. Vielleicht glaubte ich aber nur dies zu sehen, trotz der Lehre, dass Schatten den Komplementärton zur Farbe des Gegenstands tragen. Mir ging noch immer die Bedeutung und Herkunft der blauen Symbolfarbe des Bruders von Schut und Al-Kadir durch den Kopf. Vielleicht würde mir der Anblick der Kel-i-Schin, der blauen Steinstele, eine Eingebung schenken.

Als ich gegenüber Zinars Verwandtem Sivan jenen Wegstein erwähnte – denn wir plauderten ein wenig, um uns die Zeit zu vertreiben –, schaute er zu Welat, der sich daraufhin den grauen Bart kratzte.

„Du weißt, Herr, dass wir drei auf Geheiß des Rais nach Schino reiten?"

„Ja, und mein Gefährte und ich begleiten euch bis Mehabad. Oder eben andersherum."

Ich hatte auf unserer bisherigen Reise dann und wann scherzhaft mit den Tatsachen dieser Eskorte gespielt, denn ich wusste nicht, ob es wahrhaftig der Rais gewesen war, der den Befehl gegeben hatte; und wenn es so war, fragte ich mich, was der Berdevk im Sinn hatte. Sollten die drei Männer irgendetwas auskundschaften, mit Halef und mir als unverdächtigen Begleitern – den Fremden, die nur einheimische Führer in Anspruch nahmen? Ich wusste, dass ich durch direkte Fragen oder gar Forderungen keine Antwort erhalten würde, deshalb plauderte ich.

Sivan blieb ernst. „Wir werden die Kelischin nicht passieren, Herr", sagte er in seinem abgeschliffenen Dialekt.

„Das ist schade. Doch warum?"

„Es gibt einen weiteren Weg nach Schino. Ein schmaler Pfad, kein bequemer Pass. Aber wir gewinnen viel Zeit."

„Ist Zeit denn so wichtig?"

„Man sagte uns, Herr, dass du es eilig hast, weil du auf einer Suche bist."

„Was sagte *man* noch?"

Sivan überhörte wohl meine Betonung.

„Nichts weiter, Herr."

„Du bist ein guter Mann, Sivan. Ehrlich und gewissenhaft. Und ich bin dankbar für die Aussicht auf Zeitgewinn und die mannhafte Unternehmung, nicht den einfachen Pfad zu beschreiten."

„Gut gesprochen, Sihdi", rief Halef. Und zu Sivan sagte er: „Wo ist die Wegkürzung nach Schino? Ich bin froh, dass wir den Grabstein nicht sehen müssen. Ohnehin eine seltsame Sitte, Menschen an einem Weg zu begraben."

Ich wollte Halef noch einmal erklären, was die Stele wirklich war, als Zinar einen alarmierten Ruf ausstieß.

„Simir!"

Ich lächelte Halef an. Da flog wohl ein besonders großer und prächtiger Steinadler über unseren Köpfen. Ich hätte nicht gedacht, dass Zinar solcherlei Scherze machte – oder hatte ihn die Erzählung des Alten wieder allzu tief in die Märchenzeit des Kindesalters gezogen? Ich wandte mich langsam um. Die drei Krieger reckten sich in ihren Sätteln und zeigten in einmütiger Aufregung gen Himmel. Ich folgte ihren Armen und Fingern mit meinem Blick und …

Halef ächzte. Ich hob erstaunt die Brauen.

Hinter den näheren Gipfeln schimmerte ein kupferfarbenes Gebilde auf, bewegte sich langsam über den blauen Himmel und war dann hinter der Bergkette verschwunden.

Die Männer starrten noch eine Weile ehrfurchtsvoll auf jene Stelle, wo nur noch Fels und azurfarbene Ferne zu sehen waren, dann begannen sie zu reden. In ihrer Aufregung verfielen sie in eine Form ihres Heimatdialekts, der selbst mir nur schwer verständlich war, doch die Namen Helin und Simir waren klar auszumachen, nebst den zu erwartenden Vokabeln für *Federn*, *fliegen* und dergleichen mehr. Dazu muss ich bemerken, dass Zinar, Sivan und Welat nicht etwa wie die angstvollen Tratschfrauen oder abergläubischen alten Männlein durcheinanderriefen und sich vor dem Fabelvogel fürchteten. Der Simir oder

Simurgh gilt ja nicht als grausames Flügelmonstrum, wenngleich er der Legende nach so riesenhaft und kräftig ist, um einen Elefanten in seinen Klauen fortzutragen – also ähnlich wie es der Vogel Rokh in den Tausendundeinen Nächten vermag. Vielmehr ist der Simir glückverheißend und hilfreich – etwa wenn man sein Gelege vor einer Schlange rettet, wie die Sage geht, und dann drei Federn von ihm als Geschenk erhält.

Die drei Männer diskutierten nun darüber, ob man den Simir verfolgen solle und nach seinem Nistplatz Ausschau halten, um dort vielleicht ein paar Federn zu finden oder ein Gelege mit Eiern oder gar Junge …

Ich konnte nicht ganz ausmachen, ob die Männer dies alles ernsthaft erwogen oder sich halb scherzhaft den Gedanken an eine Fabelvogeljagd hingaben.

Neben mir schnappte Halef nach Luft, um mir eine drängende Frage zu stellen, aber ich bat ihn mit einer Geste, noch ein wenig zu warten, und signalisierte ihm zugleich, dass es keinen Grund zur Sorge gab. Dann sprach ich Zinar an:

„Warum riefst du den Simir aus? Das dort hinten war doch wahrlich kein Vogel, nicht einmal einer aus den Märchen."

Ich wollte nicht, wie es ein anderer vielleicht getan hätte, die Männer sogleich verlachen und ihnen vorwerfen, viel Lärm um einen Vogel gemacht zu haben, der doch nur ein Adler oder Geier gewesen wäre. Denn ich hatte ja ebenfalls etwas gesehen, und dies war kein Flügeltier gleich welcher Art gewesen, sondern etwas anderes.

„Herr", begann Zinar mit gemessener Anrede, aber einem etwas spöttischen Ton, der wohl noch von dem Geplauder mit seinen Gefährten übergeblieben war, „gewiss war dies kein Vogel. Denn der Simir ist ja viel mehr als das."

„Aber er fliegt doch auf Schwingen daher?"

„Ja, und sie sind wie aus Kupfer."

„Wie die Farbe dessen, was dort hinten leuchtete."

„Genau, Herr. Deshalb war es der Simir", beharrte Zinar.

„Aber Zinar", sagte ich, „dies dort hinten besaß doch keine Schwingen, sondern glitt über den Himmel wie – die Sonne oder der Mond." Ich schaute zu Halef hin, zwinkerte ihm zu, damit er erkannte, dass sein Sihdi schon wusste, um was es sich da gehandelt hatte, dieser aber ein kleines Wortgefecht führen wollte, das er sicher gewinnen würde.

„Ja, Herr", nickte Zinar, „das ist die Macht des Simir. Er kann auch in fremden Formen die Lüfte durchreisen, er ist nicht an seine Flügel gebunden, denn er ist ein Zaubertier."

Halef lachte ein wenig. Ich musste wohl etwas verblüfft dreingeschaut haben.

Ich räusperte mich. „Das ist er wohl. Im wahrsten Sinne."

Weil es ihn nicht gibt, dachte ich. Doch eine Stimme in mir sagte: *Nur dieser dort war keiner.*

Ich schüttelte den Gedanken ab und sprach wieder zu Zinar, den ich nicht weiter mit jener Art Gespräch fordern wollte, wie ich es so gern mit Halef führte. Ich gab also keinesfalls auf und mir waren auch nicht die Argumente ausgegangen – ich beendete diese Spitzfindigkeiten nur, weil ich weiß, wann es genug ist. Schließlich gebe ich niemanden der Lächerlichkeit preis, sondern lasse einem jeden seinen Glauben, selbst wenn es ein Wunderglaube ist.

„Aber, Zinar", begann ich, „ihr wollt doch nicht wirklich hinter jenem herreiten, was da am Himmel zu sehen war? Ihr habt den Befehl, nach Schino zu gehen."

Welat kratzte sich an seiner ergrauten Schläfe, zeigte dann in die Richtung, in der die Erscheinung verschwunden war. „Dort liegt auch der geheime Pfad, den wir ohnehin nutzen wollten."

Sivan schaute vergnügt. „Das ist schon das erste Glück, das uns der Simir gebracht hat: keinen Umweg auf dem Weg zu noch mehr Glück."

Ich seufzte. „Dann soll dies gute Vorbedeutung ein. Also weist den Weg zum verborgenen Pass. Wir sollten uns vielleicht ein wenig eilen, wenn wir die Spur nicht verlieren wollen, denn in den Lüften ist schlecht Fährtenlesen."

Da lachten die Krieger, die auch Jäger waren, und ritten los.
„Sihdi“, rief Halef. „Jetzt sag mir endlich, was du weißt! Ich habe mich ja zurückgehalten mit meiner Neugier und wurde dafür auch entschädigt, weil ich dein Gesicht sehen durfte, als du erkannt hast, dass Zinar ein fast ebenso guter Finder von Gegenworten ist, wie ich einer bin.“

„Nun ja, Halef ...“

„Also, was war das da oben am Himmel? Ich habe keine Angst, da vertraue ich dir, weil auch du keine gezeigt hast. Aber dass du nun sozusagen zugestimmt hast, ebenfalls hinter diesem Ding herzureiten …“

„Ich bin nicht weniger neugierig als du, Halef. Denn auch wenn ich weiß, um was es sich gehandelt hat, möchte ich doch gern die Herkunft wissen.“

„Es ist gewiss aus keinem Ei geschlüpft.“

„Nein, es ist das genaue Gegenteil von etwas, das aus der Natur stammt. Es ist von Menschen gemacht.“

„Solange es kein Teufelswerk ist oder aus der Geisterwelt stammt ...“

„Nein, es entstammt den Köpfen kluger und mutiger Männer. Und manche haben sogar Bücher darüber geschrieben.“

„Solche wie du, Sihdi?“

„Nein, ausgedachte Bücher, Romane. Und wenn jetzt ein gewisser Professor hier bei uns wäre, würde er ganz entzückt sein und uns viel erzählen.“

„Sihdi, jetzt schleiche nicht herum wie die Katze um den Kuskustopf, wie man in meiner Heimat sagt. Was war das da oben?“

„Das, Halef, war ein Luftfahrzeug. Ein Gasballon. Und ich würde zu gern wissen, wer ihn steuert. Also los!“

Dreizehntes Kapitel
Vom Himmel hoch

Der verborgene Pfad führte an einer steilen Felsflanke entlang, tief unten sprang ein schmaler Fluss über das Geröll seines Betts. Die geheime Passage hatte hinter einem eigentümlich geformten Vorsprung in der Steinwand begonnen, den ein jeder Reisender auf dem großen Pass wohl bemerkt, aber nicht als Tor zu einem weiteren Weg durchs Gebirge erkannt hätte. Zudem wäre wohl niemand vom vergleichsweise bequemen Reiseweg abgewichen, wenn er denn nicht todesmutig gewesen wäre oder eben gewusst hätte, was ihn erwartete. Überhaupt konnten wir uns mit den Pferden am Zügel nur auf den versteckten Pfad begeben, weil Welat zuvor einen kleinen Felsbrocken beiseitegerückt hatte, der kunstvoll mit weiteren Steinen zu einem natürlich erscheinenden Hindernis gestaltet war. Und anschließend betätigte sich Sivan als Künstler der Tarnung, indem er alles wieder wie zuvor herrichtete. Ich hatte nun selbst in der Vergangenheit allerlei verborgene Felsspalten, Höhlen und Passagen entdeckt und genutzt, aber diese waren von Gebüsch, Gestrüpp, Ranken und Zweigen umwuchert und bedeckt gewesen, was alles nur schlicht beiseitegebogen werden musste, woraufhin es sich von selbst wieder richtete und den Durchgang verschloss. Ich wusste schon, warum ich eher ein Mann der Prärie, der Hügel und der Wälder war, auch einige Berge waren mir genehm, aber das Hochgebirge ist mir in seiner Kahlheit und Kargheit fremd geworden. Obgleich ich mich seiner Erhabenheit und Majestät noch immer nicht verschließen kann, so scheinen mir nach meinen jüngsten Erfahrungen in den finsteren Schründen und selbst den verheißungsvoll gleißenden Gipfeln doch Geheimnisse zu lauern, welche so alt sind wie die Schöpfung, denn die Berge sind kaum jünger und haben vielleicht allzu viel gesehen und gar in sich aufgenommen. Mein Wissen um die Magie in der Welt ließ mich nicht mehr so sicher sein, dass diese Geheimnisse, wie ich einst glaubte, milde und wunderbar waren.

Während wir uns mit den Pferden und den Felsen mühten, kletterte Sangar wie ein Steinbock über die Vorsprünge, und statt eines prächtigen Gehörns trug er stolz die spitzen Ohren auf dem Kopf.

„Er hat es gut", maulte Halef. „Kein Pferd und kein Gepäck. Und ein solch guter Spürhund ist er wohl auch nicht, denn er ist am Eingang zum Geheimpfad vorübergelaufen, als wäre da gar nichts gewesen."

„Er ist ja auch ein Jagdhund und kein Navigator, der den Weg finden soll."

„Dir scheint die Reise über See noch sehr in den Knochen zu stecken, Sihdi. Hier ist kein Wassermeer, sondern ein Felsenmeer."

„Und doch haben wir ein Schiff gesehen. Ein Luftschiff oder doch zumindest ein Luftboot, da es allzu groß nicht war."

„Gibt es denn noch größere? Keine Kugelballons, sondern andere?"

„Die mag es wohl irgendwann geben. Noch wird über sie fabuliert, von gewissen Autoren, allen voran dem Franzosen Julius Verne, die sich so allerlei ausdenken: Schiffe, die durch die Luft fahren, unter dem Wasser und dergleichen mehr, bis hin zum Mond. Aber das ist ja nichts Ungewöhnliches. Auch der alte Grieche Lukian, der französische Herr von Bergerac und der deutsche Baron zu Münchhausen haben in Fabeln und Märchen Menschen hinauf zu den Wolken und darüber hinaus gesandt. Das ist so eine Eigenart der Dichter, dass sie nicht mit den Füßen auf der Erde bleiben wollen. Nur jener Monsieur Verne versucht es mit dem Anschein des Realismus zu versehen, indem er moderne Technik weiterdenkt und gewisser-maßen wissenschaftliche Fiktionen ersinnt – aber solche Utopien verwirren doch nur die Köpfe und werden das zukünftige Leben kaum beeinflussen … Hörst du mir noch zu, Halef?"

„Verzeih, Sihdi, ich habe dieser Eidechse dort zugesehen, sie glänzte so hübsch in der Sonne."

„Ja, da hast du Recht. Und verzeih mir, ich bin abgeschweift und habe mich in jenen kruden Gedanken verloren, die den Herrn Professor Thadewald so beeindruckt haben."

„Das war der zauselige Gelehrte aus deiner Heimat, nicht wahr, Sihdi? Sind denn alle deutschen Gelehrten so?"

„Nur wenn sie sich mit Hirngespinsten abgeben. Aber ansonsten sind sie gute Seelen, wenngleich sie wohl zu viel Phantasie haben oder eben die Phantasie anderer schätzen. Oder überschätzen."

„Aber wer sitzt nun in dieser Ballonkugel? Vielleicht der Franzose?"

„Du meinst, dass jemand, der sich Abenteuer ausdenkt, sie irgendwann auch selbst erleben will? Das ist unsinnig, und wenn doch, dann muss es ja andersherum geschehen."

„Und wenn jemand, der solche Geschichten liest, so etwas erleben möchte?"

„Leser auf den Spuren von Autoren? Nein, das gibt es nicht. Die Leser bleiben zu Hause und lesen Bücher, wie es sich gehört ..."

Ich stutzte und fragte mich, wie es wohl wäre, wenn ein wahrhafter Abenteurer sich durch meine Reiseberichte dazu inspiriert fühlte, mir auf meinen Spuren zu folgen? Und ich einen solchen träfe? Aber nein, dachte ich. Wer meine Bücher liest, ist selbst kein Abenteurer, sonst bräuchte er sie ja nicht zu lesen und würde selbst Abenteuer auf Reisen erleben. Und deshalb war ich mir auch ziemlich sicher, dass ich mit dem Recht behalten würde, was ich Halef daraufhin sagte und wovon ich glaubte, dass es sein nächster Gedanke gewesen wäre.

„Und dort oben in der Gondel sitzt gewiss auch nicht Professor Thadewald, selbst wenn ich ihm dies gönnen würde. Aber er ist wohl kaum der Mensch dazu. Also bezweifle ich, dass dort irgendjemand durch die Lüfte fährt, den wir kennen oder der uns kennt. Das muss wohl jemand ganz besonders mutiges sein."

„Du bewunderst jemanden, der fliegt? Ach, Sihdi, ich weiß nicht. Das ist, wenn auch kein Teufelswerk, so doch nichts, was ein guter und kluger Mensch tun sollte. Wenn Allah gewollt hätte, dass wir fliegen, hätte er uns Flügel verliehen."

„Aber, Halef, wenn er gewollt hätte, dass wir schneller laufen, als wir es auf unseren zwei Beinen vermögen, hätte er uns vier Beine gegeben wie den Pferden. Und dennoch …"

„Dafür hat er die Pferde geschaffen und uns die Gabe verliehen, diese zu reiten."

„Das ist wahr. Aber er hat uns auch die Gabe verliehen, allerlei zu erfinden: Schiffe und Gewehre und Lampen. Und mit diesen ist es dem Menschen gegeben, dass er ..."

„Schau, Sihdi, wieder eine hübsche Eidechse!"

„Ich habe verstanden, Halef."

Wir mussten uns redlich mühen, den schwierigen Pfad zu beschreiten. Ich fragte mich, wozu die Nestorianer ihn gemeinhin nutzten. Man konnte keine Waren transportieren, und eine größere Menschengruppe würde einer zu großen Gefahr ausgesetzt, denn mit jedem Reiter samt Pferd stieg wohl die Gefahr, dass es zu einem Unglück kam. Auch würde die Zeitersparnis verlorengehen. Einzig die Heimlichkeit der Bewegung war gegeben, aber wozu diese zu Friedenszeiten nötig war, erschloss sich mir nicht. Außer, ich übersah die politischen Ränke im Hintergrund. Dies konnte wohl möglich sein, denn darauf verstehe ich mich nicht allzu gut.

Was sich aber auf halbem Weg zeigte, war gar nicht heimlich, sondern offenbar und deutlich. Denn der Pfad weitete sich ein wenig und hinter diesem dürftigen Vorplatz öffnete sich in der

Felswand der Eingang zu einer Höhle. Welat verkündete, dass dies ein Platz zum Rasten sei, geräumig genug für uns Menschen und auch die Pferde, selbst für den Hund.

Und dies stimmte. Die Höhle war nicht nur hoch und recht weit, in ihr befanden sich auch Kisten mit Vorräten und Fässer mit Wasser, dazu noch allerlei anderes an Ausrüstung. Ich hätte es allzu gern für den Stützpunkt von Forschern gehalten, ein Lager von Jägern, doch es war wohl ein Außenposten von Kriegern und Spähern.

Welat und Sivan bemerkten meine Blicke, Zinar selbst schaute sich neugierig um, er war wohl zum ersten Mal an diesem Ort, obgleich er nicht so überrascht war, als hätte er nie zuvor davon gehört. Sivan sprach mich an.

„Dies hier stammt aus Zeiten von Krieg und Not her. Wir haben es seitdem nicht benutzt. Dieser Ort ist alt."

„Sehr alt, wie mir scheint", bemerkte ich.

„Wir haben ihn nicht geschaffen, auch nicht unsere Väter oder jene vor diesen."

„Er ist wohl Jahrhunderte alt, wenn ich die Spuren von Fakkeln und Meißeln richtig deute."

„Alte Krieger und Könige", sagte Welat mit Stolz und Schaudern.

„Was ist dies?", fragte ich und deutete auf eine Nische, in der es im Dunkel der Höhle leuchtete.

„Ein Aufgang zu einer Warte, von der man weit über die Berge und den Pass schauen kann."

„Sehr trefflich zu Kriegszeiten."

„Oder wenn man den Simir finden will", meinte Zinar mit leuchtenden Augen.

„Oder anderes ...", lächelte ich.

Wir rasteten ein wenig, ohne es uns allzu gemütlich zu machen. Es galt nur, neue Kraft für den beschwerlichen Weg zu sammeln, für Mensch und Pferd, aber auch Sangar legte sich nach Futter und Trank auf einen Sonnenfleck vor der Höhle. Ich wollte gar zu gern den Ausguck besuchen, aber dann wiederum verspürte ich eine gewisse Müdigkeit, weniger körperlich als jene des Geistes. Ich wollte mein Denken und Streben nicht vertändeln, indem ich dem Ballon nachforschte, zumal er gewiss schon weit fortgeweht war. Die Luftfahrer hatten bestimmt nicht zur Landung im Zagros angesetzt, denn ein Ballon ist ja gerade dazu da, einen Höhenzug zu überfliegen, der sonst gewaltige Reiseanstrengungen bedeutet. Ich wusste nun nicht, was die Ballonschiffer in diese Gegend getrieben hatte, wenn es nicht ein zufälliger Wind gewesen war. Waren es Forscher oder Abenteurer, oder waren sie doch aus militärischen Erwägungen hier, waren sie Prospektoren? Ein moderner Gasballon, mit einem Heizelement zum kontrollierten Aufsteigen und Absinken ohne Verlust der tragenden Füllung, war nicht billig und die Fahrt gefährlich. Es mussten schon triftige Gründe sein, ein solches Unternehmen zu wagen. Und dies hieß für mich: dort nicht hineinzugeraten, denn ich hatte anderes, Wichtigeres zu schaffen. Ich musste rasch nach Mehabad und Inderghasch, in der Hoffnung, dort einen Hinweis auf den Verbleib von Marah Durimeh zu erlangen.

In diese Gedanken, während ich meinen Becher in den Händen drehte, drang ein leises Grollen – aus dem Hintergrund der Höhle! Ich wandte mich um, die anderen ebenfalls. Sogleich erkannten wir, dass es nicht das Geräusch eines Tieres war, sondern wohl ein Donner, der durch die Berge und Schluchten rollte. Doch dann wiederholte sich der Klang und es wurde klar, dass es sich um Schüsse handelte, verzerrt durch die Echos und durch die Tatsache – dass wir sie durch den Felskamin vernahmen, der zur Warte hinaufführte!

Nun galt es doch, den Aufgang zu nutzen, und ich weiß nicht, wer alarmierter war: die Nestorianer oder ich selbst und Halef. Es eilte und deshalb stiegen nur zwei von uns den engen Steinschlund empor, ich selbst und Sivan, denn er hatte von den Kriegern die besten und schärfsten Augen. Ich griff statt dem Henrystutzen das Fernrohr, denn ich begab mich ja auf einen Ausguck und keinen Jagdansitz. Mit allzu vielen sperrigen Dingen war der Aufstieg nicht rasch zu bewältigen, obwohl die Wände ein wenig geglättet waren und einige Tritte und Stufen in den Stein gehauen.

Der scharfe Wind biss uns entgegen, als wir den Ausstieg erreichten, der zwischen zwei niederen Felsspitzen lag. Die Schüsse waren lange verhallt und wir hatten keinen Anhaltspunkt, in welche Richtung wir zu spähen hatten. In einer Eingebung folgte ich mit dem Blick jenem Kurs des Ballons, an den ich mich erinnerte, und ich hatte Erfolg! Etwas weiter ab lag ein kleines Plateau, das einem Luftfahrer wohl sehr lockend erscheinen mochte – und tatsächlich sah ich in dem Braun und Grau der Felsen und Steine deutlich den kupferfarbenen Fleck der Ballonhülle. Doch es wölbte sich keine stattliche Kugel gegen den Himmel, sondern das Rot erstreckte sich wie ein Blutfleck über den Grund. Der Ballon war zerstört – ob durch Absturz oder Schüsse war einerlei, hier war ein Unglück geschehen: durch Menschenhand oder von dieser zumindest noch verschlimmert. Ich riss das Fernrohr ans Auge und sah die Trümmer der Gondel, glücklicherweise keine Toten, doch diese mochten zwischen den Felsen oder unter der Ballonhülle verborgen sein. Ich schwenkte den Bereich mit dem Glas ab und sah für einen flüchtigen Moment eine Bewegung am Rand des Plateaus. Männer! Eine Handvoll, die beim Weg hinunter zwischen den Felsen verschwand. So vielen Menschen hätte die Gondel niemals Platz geboten, und da Schüsse gefallen waren, handelte es sich gewiss nicht um rettende Helfer, welche die Verletzten bargen. Und noch etwas ging mir auf – es musste sich um Leute handeln, die genau wussten, was ein Ballon war. Die ängstlicheren Bewohner dieser Berge hätten sich erst gar nicht an die Stelle gewagt; und selbst wenn sie doch der Neugierde nachgegeben hätten, gar der Hoffnung, den Simir zu finden, würden sie sicherlich noch staunend um die Überreste des Luftfahrzeugs herumgestanden haben. Gewiss hätten sie die Verletzten fortgeschafft, doch nicht in jenem kurzen Zeitraum, der seit den Schüssen vergangen war.

Wer auch immer die Opfer des Absturzes oder des Überfalls waren – mir wäre wohler gewesen, wenn ich sie in den Händen von Bergbewohnern, ob Kurden, Persern oder Türken, hätte glauben können. Jene jedoch, die nun die Gefangenen fortbrachten oder auch ohne diese vom Plateau hinabstiegen, waren andere. Das hatte ich an deren Kleidung erkannt, die in dieser Gegend fremd war. Wichtiger aber als diese Hinweise und Überlegungen waren mir meine Gefühle und Eingebungen: Hier geschah Unrecht und ich hatte einzugreifen!

Kurz entschlossen verkündete ich, die Warte zu verlassen und zu dem Plateau mit dem havarierten Ballon zu gehen. Das Gelände war zu Fuß zu bewältigen und die Entfernung nicht allzu groß. Ich rief zu Halef hinab, mir den Henrystutzen zu bringen, und er selbst möge mir ebenfalls bewaffnet folgen, mit Wasserflaschen für uns beide. Sogleich erklärten sich auch Welat und Sivan bereit, uns zu folgen. Ich wusste, dass sie weniger neugierig waren als besorgt. Ob sie dies angesichts der noch unbekannten Fremden empfanden oder ob ihnen aufgetragen war, mich und Halef zu beschützen oder zu überwachen – dazu hätte ich zunächst Klarheit darüber besitzen müssen, wer sie zuvörderst auf diese Reise geschickt hatte: ihr Rais Nedschir-Bey oder dessen Berdevk Sergen oder gar Ingdscha.

Aber nach solchen Fragen stand mir nicht der Sinn. Es galt, den Ballon zu erreichen, zu erfahren, von wo er gekommen und was mit den Insassen geschehen war. Ich malte mir zwei gleichermaßen schreckliche Szenarien aus: Alle waren beim Absturz ums Leben gekommen, oder alle waren von den Fremden gefangen genommen worden. Friedlich und zivilisiert war es kaum abgelaufen, sonst wären keine Schüsse gefallen.

Halef brachte mir mein Gewehr, Wasser und ein Seil, dessen Windungen ich mir über die Schulter hängte. Sivan und Welat trugen ihre Flinten. Wir waren übereingekommen, dass Zinar bei den Pferden in der Höhle bleiben sollte, zusammen mit Sangar. Letzterer wäre wohl ein guter Wachhund für die Tiere und Vorräte gewesen, doch wir hatten eingesehen, dass angesichts der Ungewissheit darüber, was uns erwartete, es wohl angeraten sei, einen Mann zurückzulassen, der als Bote dienen konnte. Der Plan sah vor, dass Zinar zu Nedschir-Bey zurückreiten würde, wenn wir nicht nach angemessener Zeit zurückkehrten oder Nachricht sandten. Ich glaubte zudem, dass Zinar noch nicht ganz in der Lage war, mit voller Kraft zu kämpfen, sollte es denn nötig sein, da seine Wunden noch nicht gut genug verheilt waren.

Wir kletterten aus dem Ausguck und stiegen den sanft abfallenden Felshang hinab. Dies gelang erfreulich unbeschwerlich und rasch, da kein Geröll den Tritt unsicher machte und Steinvorsprünge festen Griff boten. Eilig durchquerten wir die Senke zwischen den Hängen, stiegen wieder empor, wiederholten ein Gleiches noch zweimal und erreichten dann nach kurzer Zeit das schmale Plateau.

Der Anblick war ernüchternd, auch für jemanden, der kein Aeronaut oder Luftschiffer war. Die prächtige kupferrote Hülle des Ballons lag wie ein achtlos abgeworfener Riesenumhang über den verstreuten Felsblöcken. An einigen Stellen war die Haut zerrissen und die Fetzen schlugen im Wind, sodass man die innere Gummibeschichtung des leichten Seidengewebes erkennen konnte. Mir schien, dass diese Zerstörungen nicht durch die Felsen entstanden waren, aber ich konnte es mir auch nicht durch Materialfehler oder aufgerissene Nähte erklären. Durch den Aufprall zerschmettert war jedoch die Gondel aus Weidengeflecht und Leinwand, auch die bemerkenswerten Bestandteile aus dünnem Drahtgeflecht und gelochtem Blech. Ich wusste nicht, ob diese zur Verstärkung oder zum Schutz gedient hatten, aber ohnehin schien mir die Konstruktion doch auf recht besondere Art von dem eines gewöhnlichen Gasballons oder eben einer Rozière abzuweichen. Eine Rozière ist das Gegenstück zur Montgolfière, dem nach seinen Erfindern benannten Heißluftballon, und mit einem tragenden Gas gefüllt, welches durch eine spezielle Vorrichtung beheizt werden kann, um durch das Erwärmen und Abkühlen einen Steig- oder Sinkeffekt zu erreichen, je nach Wunsch des Ballonfahrers, aber ohne Ballast abzuwerfen oder Gas ausströmen zu lassen. Erfunden hat dies, wie man am Namen erkennt, ein Franzose namens Rozier, vor nicht ganz einhundert Jahren. Das Wrack schien eine respektable Weiterentwicklung der ursprünglichen Konstruktion zu sein, die jedoch nicht vor Absturz gefeit gewesen war.

Wir gingen näher heran, um nach Hinweisen auf die Herkunft zu suchen, eine Plakette oder einen Aufdruck, was auch immer. Ringsum waren Vorräte und Ausrüstungsgegenstände verstreut. Ob diese durch den Absturz fortgeschleudert worden waren oder hernach durchsucht, war nicht zu erkennen. Jedoch sah ich etliches an Verpflegung und Gerätschaften, die gewiss von jenen Fremden mitgenommen worden wären, hätte es sich um Bergbewohner oder Krieger gehandelt. Stattdessen waren anscheinend nur die zweifach unglückseligen Ballonfahrer abgeführt worden.

Bis auf einen, wie ich sogleich betroffen erkannte.

Zwischen den Trümmern lag ein toter Mann, schmählich zurückgelassen. An seinen Verletzungen erkannte ich aber, dass er wohl sogleich beim Absturz gestorben sein musste und nicht erst später aufgrund vorenthaltener Hilfe einsam verschieden war.

Der Tote war nicht mehr jung, wie man an seinem hellgrauen Rauschebart und den Falten erkannte, die jedoch seltsam geglättet waren, weil ein eigentümlich friedlicher Zug auf dem Gesicht lag. Ich rückte ihm die dunkle Schirmmütze zurecht. Es war keine militärische Kopfbedeckung, auch nicht die eines Seekapitäns, aber dieser wohl nachempfunden, denn anstelle eines Ankersignets war eine Metallbrosche in Form eines Ballons mit Flügeln daran befestigt. Die restliche Kleidung war stattlich, aber praktisch. Der Mann mochte ein Abenteurer gewesen sein, hatte jedoch auf guten Schnitt bei seinem leicht wattierten Mantel geachtet, auch seine Stiefel waren robust und schlicht, aber von herausragender Qualität. Unter der Rockjacke und der Weste sah ich den Kragen eines Sporthemds, welchen eine Krawatte mit tadellosem, wenngleich etwas verrutschtem Knoten schmückte. Ich ahnte schon, was ich bestätigt sah, als ich pietätvoll nach dem Schneideretikett der Rockjacke schaute: Der Mann war kein Franzose, sondern Engländer. Dass aber nicht allein seine Kleidung, sondern auch er selbst aus London stammte, erfuhr ich durch seine Papiere. Diese nahm ich an mich und studierte sie gewissenhaft, doch gewiss nicht aus Neugierde, sondern weil es mir ein Anliegen war, so bald als möglich den Hinterbliebenen die tragische, aber notwendige und ihnen zustehende Kunde zu übermitteln. Der Herr hieß mit Namen Irwin Webster Hardwicke. Seinen Stand, seine Profession und den Wohnort anzugeben ist hier nicht vonnöten, wohl aber das, was ich über sein früheres Freizeitvergnügen erfuhr: Er war Mitglied im Travellers Club zu London, bekanntermaßen logierend an der Near Street 47, und somit ein Gefährte im Geiste und kameradschaftlicher Reiseabenteurer meines hochgeschätzten Sir David Lindsay. Nun war er in Ausübung seiner Vereinsstatuten vom Himmel gefallen und zu Tode gekommen, was seine Club-Brüder wohl rühren mochte. Doch bevor sie Toast und Trinkspruch auf ihn ausbringen konnten, musste ich den Verbleib der weiteren Reisenden aufdecken, wenn nicht gar ihr Schicksal ergründen. Ausgehend von den verstreuten Vorräten, Kleidungs und Ausrüstungsstücken, waren wohl noch zwei weitere Personen im Ballon gewesen, und diese waren von den Fremden fortgeführt worden. Ich entsann mich meiner Beobachtungen durch das Teleskop, schaute kurz zurück zur Warte über der alten Höhle der Urartäer und berechnete die Richtung, in der die Männer verschwunden waren. Ein knapper Abgleich mit den Spuren, die sich an diesem Ort fanden, bestätigte mich und zugleich hatte ich ein ungefähres Bild der Ereignisse vor Augen. Die Ballonfahrer mussten auf dem Plateau eine Rast eingelegt haben, die Landung war sicher verlaufen und auch das

Nachfolgende, denn ich sah ein sorgsam gebautes und wieder gelöschtes Lagerfeuer. Beim Wiederaufstieg jedoch musste etwas geschehen sein, das den Ballon zum Absturz brachte. Wie ich bereits bemerkt hatte, war es kein Versagen der Ballonhülle oder des Heizmechanismus. Und mir schien, als seien auch die Fremden, welche die Schüsse abgegeben hatten, nicht die Ursache der Havarie gewesen. Dieses Rätsel mochte gelöst werden, wenn wir die Ballonfahrer fanden, seien sie nun entführt oder geborgen worden. Wer sie auch immer in Gewahrsam oder Gewalt hatte – es konnten keine rechtschaffenen Menschen sein, denn sie hatten den toten Ballonkapitän Hardwicke zurückgelassen, ohne ihn zu bestatten.

Dies holten wir nach, in angemessener Weise angesichts der Möglichkeiten und Umstände. Rasch schichteten wir einen Hügel aus Steinen über dem Leichnam auf, um ihn vor Witterung und Tierfraß zu schützen, so gut es ging. Hoffentlich würden wir ihm später ein Begräbnis in der Heimat ermöglichen oder diese letzte Ehrerweisung doch seinen Gefährten überantworten können.

Wir brachen auf, der Spur der Schützen folgend.

Ich hatte bemerkt, dass die beiden Nestorianer sich kaum für den Ballon interessiert hatten. Wohl hatten sie dem Verstorbenen ihren Respekt gezollt, nachdem ich ihnen erläutert hatte, dass er ein Luftreisender war, aus Anglia in der Nähe meiner Heimat, und zudem jemand, den ich über einen Freund hätte kennen können. Doch Sivan und Welat nahmen die Tatsachen eines Ballonflugs unaufgeregt und gelassen hin und taten gerade so, als hätten wir bloß einen Toten in einem Zelt gefunden. Ich gebe zu, dass man noch so viel von der Luftfahrt erzählen kann, wenn alles, was die Anwesenden mit eigenen Augen sehen, nur an Zeltbahnen und Tragkörbe erinnert, also Dinge, welche für sie in all deren Alltäglichkeit keine Sensation bergen. Deswegen versuchte ich auch nicht, die beiden zu überzeugen, dass der vermeintliche Simir, den wir über den

Bergspitzen gesehen hatten, nichts anderes war als jener Ballon. Denn die Trümmer hatten nur für jenen Betrachter eine Ähnlichkeit mit einem Luftfahrzeug, der bereits einmal eines gesehen hatte. Ich ersparte mir also lange, fruchtlose Erklärungen. Dem Aufruf zur Befreiung der Gefangenen folgten die beiden Krieger ohne zu zögern.

Die Spuren der Verfolgten waren trotz des felsigen Grundes leicht zu lesen, es gab genug Geröll und Erde, welche die Schrittfolgen und Stiefelabdrücke bewahrten. Zudem hat das Gebirge des Zagros noch eine weitere Besonderheit, da sich auf seinem Fels vielerorts eine Ablagerung von Steinsalz findet. Im Süden ist dies ausgeprägter als im Norden und sorgt für Abscherungen in den Sedimenten. Dies mag für Geologen höchst interessant sein, einem Abenteurer, der Spuren lesen muss, bietet die Salzkruste jedoch ein anderes Vergnügen, das ich mit jener Posse vergleichen mag, wenn man Mehl auf dem häuslichen Boden verstreut, um die Fußspuren von Einbrechern, Mitbewohnern oder vermeintlichen Gespenstern sichtbar zu machen.

Kurzum, wir kamen den Verfolgten bald sehr nahe, denn die Spuren führten zu einem weiteren Plateau, das durch große Felsen wie von Zinnen umkrönt war.

Wir stiegen den Hang hinauf bis zum Rand und spähten vorsichtig durch die Felsen.

Der Anblick war von mir erwartet worden, doch nicht in jenem Umfang.

Auf dem Plateau befand sich ein Militärlager. Ich hatte zuvor die Kleidung der Schützen als Uniformen erkannt, durch den kurzen Blick, den ich durch das Teleskop erhaschen konnte, auch wenn ich nur graue und sandfarbene Jacken gesehen hatte, die wattiert zu sein schienen, und Fellmützen auf den Köpfen. Dies allein war noch kein Hinweis auf eine Armee, wohl aber die Tatsache, dass ein halbes Dutzend Männer die gleiche Kleidung trug, ohne persönliche Unterscheidungen. Sivan und Welat mochten auf den ersten Blick sogleich als nestorianische

Kurden zu erkennen sein, jedoch waren ihre Gewänder im Detail sehr individuell.

Das Militärlager bestand aber nicht etwa aus einer Handvoll Zelten, die einen Spähtrupp vermuten ließen, nein, hier gab es langgestreckte, niedrige Baracken aus Holz und zudem eine ganze Reihe von Zelten, alles höchst akkurat in Linien und Rechtecken angeordnet. Wenn ich den Raum bedachte, den diese Behausungen boten, mochten es wohl zweihundert Soldaten sein, die hier untergekommen waren: eine nicht unerhebliche Anzahl. Die Frage war nur, welchem Herrscher sie dienten. Es war erwartungsgemäß keine Staatsflagge am Fahnenmast aufgezogen, obgleich es tatsächlich einen gab, doch statt einer Flagge zuckte nur eine lange Stoffbahn im Wind. Rings um den Mast waren große dunkle Planen auf dem Boden ausgebreitet, deren Zweck sich mir nicht erschloss. Sie mochten etwaigen Exerzierzwecken dienen, die mir als nichtmilitärischem Menschen fremd sind. Einige Personen liefen zwischen den Gebäuden und Zelten einher, sie trugen die mir bekannte Kleidung, aber ich konnte auch mit dem Teleskop keine Rangabzeichen oder Hoheitsinsignien ausmachen, was jedoch nicht bedeuten mochte, dass diese Männer, die ich noch immer für Soldaten, zumindest aber Söldner hielt, keinen Dienstherrn hatten; es war nur fraglich, wo dieser seinen Thron besetzte. Dass ich ebenfalls keine bewaffneten Wachen sah, war wohl nur dem Umstand geschuldet, dass man sich an diesem abgelegenen Ort nicht bedroht fühlte. Wenigstens bis jener Ballon aufgetaucht war und die Briten an Bord als Gefangene abgeführt wurden. Irgendwo in den Gebäuden oder Zelten mussten sie sich befinden.

Aus dieser Entfernung war nicht viel mehr zu erkennen, wir mussten uns dem Lager nähern, um Genaueres herauszufinden. Die Zeit dazu war günstig, denn die Sonne hatte sich den Bergspitzen zugeneigt und die Schatten begannen durch die Täler zu kriechen. Bald würde das Plateau im Zwielicht liegen und schließlich in Dunkelheit gehüllt sein. Bis dahin müssten wir die Gefangenen entdeckt haben, um sie im Schutz der hereinbrechenden Nacht zu befreien.

In diesem Augenblick war zudem ein weiterer Vorteil auf unserer Seite: Die Sonne sank in unserem Rücken, und wenn wir uns heranschlichen, konnten wir die blendenden Strahlen des tiefstehenden Glutballs nutzen, um uns vor beiläufigen Blicken zu verbergen. Noch würden wir aber kundschaften müssen, deswegen legte ich Sivan und Welat nahe, zwischen den Felsen des Plateaukranzes zu warten. Ich würde die Fremden belauschen müssen, denn da ich zweifelte, dass es Einheimische waren, waren meine Sprachkenntnisse nötig, um zu erfahren, was wir wissen mussten. Halef wollte ich an meiner Seite haben, weil wir miteinander erfahrene Kämpfer waren. Den beiden Nestorianern wies ich die dennoch wichtige Aufgabe zu, unseren Weg zu beobachten und wenn nötig für eine Ablenkung zu sorgen, falls wir Gefahr liefen, entdeckt zu werden. Sie würden uns somit retten können. Dies sagte ich ihnen ernsthaft und ohne Ironie, aber im Grunde doch vor allem, um den stolzen Kriegern nicht das Gefühl zu geben, sie müssten wie die Straßenbuben Schmiere stehen.

Vierzehntes Kapitel
Ein Zwiegespräch

Halef und ich warteten noch kurz ab, dann liefen wir eilig zur nächstliegenden Baracke hinüber. Es gab zwei Dinge in Erfahrung zu bringen: zum einen, wo sich die Gefangenen befanden, und zum anderen – was wichtig für unseren Rückzug mit diesen und als Kenntnis für später war –, wie viele Soldaten genau sich im Lager aufhielten, insgesamt und zur jetzigen Zeit.

Bereits an der Wand der Baracke bemerkte ich, dass diese keine Unterkunft sein konnte, denn es gab keinerlei Fenster. Dass es sich aber ebenso wenig um einen Lagerraum handelte, bedeutete mir der strenge, stechende Geruch, der aus dem Innern drang. Hier konnten sich keine Vorräte befinden. Ich legte das Ohr an die rohen Bretter und lauschte. Drinnen vernahm ich leise, regelmäßige Geräusche, ein Atmen und Murren, als ob dort vielerlei Geschöpfe einen unruhigen Schlaf schliefen. Es waren keine Menschen.

„Sihdi", wisperte Halef, der ebenfalls an der Wand horchte, „das muss wohl ein Stall sein."

Ich nickte. „Dem Geruch nach zu urteilen sind es aber keine Pferde."

„Auch keine Ziegen."

„Es sind Hühner. Oder anderes Geflügel. Nun, das ist als Verpflegung praktisch. Soldaten trinken keine Milch, sondern schlürfen lieber ein Ei aus."

„Das ist scheußlich, Sihdi. Aber gehen wir weiter. Auch wenn die Männer aus Anglia vom Himmel gefallen sind, werden sie bestimmt nicht bei den anderen Vogeltieren gehalten."

Wir schlichen zum nächsten Holzbau. Dort bemerkten wir ein Gleiches: keine Fenster, beißender Geruch und ein schläfriges Kakeln dann und wann. Die Tiere wurden wohl ähnlich gehalten wie Hamburger Stubenküken, warm und finster, ohne Auslauf. Nun, was hätten sie auf diesem Plateau auch zum Picken finden können. Dennoch war dies sehr ernüchternd, zumal in jenem Ausmaß.

Zwei weitere Baracken waren ebenso bewohnt. Wenn sich die anderen Hütten gleichermaßen voller Hühner befänden, würde ich einsehen müssen, dass dies hier kein Militärlager war.

Ich war also zweifach froh: Weder würden wir eine Kompanie Soldaten gegen uns haben, noch war das Geflügel so wachsam, dass es uns heimliche Eindringlinge verraten hätte wie einst die heiligen Gänse des römischen Kapitols die heranschleichenden Gallier. Nun, wie auch immer man die damaligen Gegner moralisch bewerten mochte, hier und jetzt waren wir wohl die Guten und das Geflügelglück war uns hold. Um ein bekanntes Berliner Zitat abzuwandeln: Eine geruhsame Gans ist eine gute Gabe Gottes.

Halef und ich umrundeten das Lager im einsetzenden Dämmerlicht. Ich schaute dann und wann zu dem Ring aus Felszacken, der das Plateau umgab, und wusste, dass Sivan und Welat uns wie Trabanten folgten. Einzig bei der breiten Lücke, welche den Zugang zum Lager bot und an einen recht breiten Pfad ins Tal hinab anschloss, mussten die beiden Männer einen Weg weiter unterhalb nehmen, bis sie kurz darauf wieder zu erahnen waren.

Nur erahnen konnten wir ebenfalls die Bewohner der weiteren Stallbaracken. Nicht, dass ich allzu neugierig gewesen wäre, durch ein Fenster oder eine Luke ins ohnehin finstere Innere zu schauen. Doch der Ort und die Anlage schienen mir allzu eigentümlich. Allerdings auch sehr ordentlich. Ich sah nicht das kleinste Federchen, obwohl solche doch gewiss durch Bretterritzen hätten geweht werden können, wegen des steten Windes auf dem Plateau. Dieser hätte sie auch weiter- und fortgeblasen, aber ein wenig Flaum wäre doch sicher an Holz und Splittern hängengeblieben. Die Bewohner der Baracken blieben also unbekannt.

Als wir an einen weiteren Bau kamen, sahen wir an einer Stelle der Wand einige neue, quer daraufgenagelte Bretter direkt über dem Boden, und darunter frisch aufgeworfene, aber wieder festgestampfte Erde, mit einigen Felsbrocken darauf. Ein Loch in der Barackenwand war so verschlossen worden. Sogleich dachte ich an einen Bären, der sich hier Zugang verschafft haben mochte, um einige Stück Federvieh als Atzung zu rauben. Doch dann erkannte ich, dass die Wand von *innen* beschädigt worden war. Ich war für einen Augenblick unschlüssig: Konnten die Engländer hier gefangen gewesen sein und hatten sich befreien können? Nein, unmöglich: Die gestampfte Erde war wohl einen Tag getrocknet und dies hätte nicht zum Ablauf der Ereignisse gepasst.

Halef beschaute weiter die verbliebenen Spuren der Zerstörung. „Sihdi, ich glaube nicht, dass hier Hühner oder Gänse gezüchtet werden. Es müssen größere und gefährlichere Vögel sein“, flüsterte er mit ein wenig bebender Ehrfurcht in der Stimme.

Ich seufzte. „O Halef, du willst doch nicht etwa vom Simir unken, wie die kurdischen Märchenmänner? Zudem: Ein Simir allein ist schon unglaubhaft genug; doch ganze Ställe davon?“

„Ach, Sihdi, was denkst du nur von mir! Und vor allem, wie denkst du selbst? Deine Gedanken sind sogleich beim Sagenvogel, ich hingegen lasse mich von meiner Bildung leiten: Ich weiß nämlich, dass es in Afrika große, starke Vögel gibt, die zwar nicht fliegen können, aber schnell und kraftvoll laufen. Sie fressen auch Steine und Sand! So ein Vogel könnte ganz leicht die Wand eintreten und sich durch den Boden beißen, um aus dem Bretterhaus zu fliehen!“

„Aber warum sollten hier solche Vögel, die übrigens Strauße heißen, gezüchtet werden? Gewiss, sie besitzen prächtige

Schwanzfedern, die bei der Damenwelt als Hutschmuck sehr begehrt sind, aber ich bezweifle, dass von hier aus die Putzmacherinnen und Hutmodisten Europas versorgt werden. Zumal ich nicht glaube, dass sich die Federn bei dieser engen Haltung hübsch entwickeln können. Und Laufvögel müssen doch laufen, Halef."

„So wie Flugvögel fliegen und Schwimmvögel schwimmen müssen, Sihdi. Und dennoch werden sie in Ställen gehalten."

„Das ist nun ein wenig anders, Halef. Doch selbst wenn an diesem Ort Strauße gezüchtet würden, bezweifle ich, dass ein solcher hier ausgebrochen ist. Ich bleibe bei meinem Bärenverdacht. Und ich erweitere den Gedanken so: Jener Meister Petz ist durch eine fahrlässig und unachtsam offen gelassene Stalltür hineingeschlichen, hat sich einen feinen Fraß besorgt und ist bei Entdeckung schlicht durch die Rückwand entkommen. So wird es gewesen sein."

„Was immer du sagst, Sihdi. Du kennst dich ja mit Bären aus. Vom Jagen mit dem Bärentöter bis zum Aufbinden ..."

„Wie bitte?", fragte ich.

„Auffinden, Sihdi. Ich sagte: auffinden. Was hast du denn verstanden?", gab Halef treuherzig zurück. Ich hatte mich wohl tatsächlich verhört. Der Unterricht, welchen der Lehrer Lohse den Kindern der Haddedihn gab und welchen Halef streng und wissbegierig überwachte – wie er selbst es nannte –, umfasste gewiss die Tierkunde der Welt, aber doch nicht deutsche Redensarten. Und falls doch, warum sollte Halef seinem Sihdi so etwas vorwerfen, wenn auch nur im Scherz? Ich habe durch meine Erlebnisse ebenfalls viel zu erzählen, gleichwohl bin ich ja beileibe kein Aufschneider, sondern getreulicher Reiseschriftsteller. Und durch diese meine Erfahrungen weiß ich auch, wann es naheliegender ist, von einem Bären des Zagros auszugehen, statt von einem Straußenvogel aus Afrika.

Dennoch belustigte mich der Gedanke, was wohl einer der scheußlichen Schattenfüchse erleben könnte, wenn er sich in so einen vermeintlichen Hühnerstall begäbe – denn er war ja nun doch ein Fuchs – und es mit einer Schar großfüßiger und trittstarker Strauße zu tun bekäme!

Dann ließ ich die zoologischen und tierfabelhaften Gedanken fallen und schlich mit Halef weiter, um das Areal zu erkunden.

Wir hatten schließlich auch die Lagerräume ausgemacht, voller Kisten und Säcke und Fässer und Krüge. Die Menschen auf dem Plateau ernährten sich also nicht allein von Eiern und Geflügel. Die Tiere wiederum brauchten ja ebenfalls Nahrung, und da sich hier kaum Käfer und Würmer im Gras fanden, würden sie wohl Körner bekommen. Dass all diese Vorräte für Menschen und Federvieh jedoch in diese abgelegene Gegend geschafft werden sollten, erschien mir absurd. Solche Anstrengungen mussten ihren guten Grund haben, doch dieser erschloss sich mir nicht. Dazu hatte es der Kenntnis der Hintergründe bedurft – was nur durch Belauschen zu erlangen war, und zwar nicht des Kakelns schlafender Hühner.

Wir schlichen weiter.

Endlich fanden sich Fenster in den Bretterwänden, durch die Halef und ich spähen konnten. Und so sahen wir nicht nur Menschen, sondern hörten sie auch. Zunächst wurde mir bestätigt, dass es keine Kurden waren, doch auch keine Perser. Im Innern der Hütte – denn Halef und ich pressten uns gerade an die Fensterleibung eines Gebäudes, das kleiner war als die Baracken – unterhielten sich … Russen.

Genauer gesagt erkannte ich Worte in kleinrussischer oder ruthenischer Sprache, die man nach dem Ort ihrer weitesten Verbreitung auch Ukrainisch nennen kann. Streng genommen waren die Männer also wohl Ukrainer, aber da sie als solche auch Untertanen des russischen Zaren beziehungsweiße Bürger des russischen Reichs waren, mochte ich sie genauso gut Russen nennen. Ich warf einen Blick in die Hütte, die bereits von zwei Lampen mit gelben Glasschirmen erleuchtet war. Es schien eine Art Handelskontor oder Büro zu sein, wenn auch spartanisch eingerichtet, und zugleich ein Wohnraum, denn neben einem Regal mit Kladden und Papieren stand ein Feldbett. Nahe der Tür des kleinen Raums waren zwei der soldatisch wirkenden Männer postiert, ein weiterer saß auf einem Stuhl an einem Tisch in der Mitte und schien ein Befehlshabender zu sein. Keine Rangabzeichen wiesen ihn aus, sondern allein sein Blick und seine straffen Schultern. Sein Kopf war kahl, der volle Bart umso buschiger. Zwei Zivilisten in grauen Kitteln standen hinter einem weiteren Sitzenden am Tisch, der einen schäbigen Anzug trug, nicht elegant, sondern grob und robust, aus kariertem Wolltuch. Auch sein Gesicht war derart: vierschrötig und unrasiert. Auf dem Tisch zwischen den Männern lagen zweifellos die Besitztümer der Ballonfahrer: zwei Jagdbüchsen, dazwischen in einem flachen Korb einige Papiere, Kartenrollen, zwei Taschenuhren, ein Kompass, Schreibzeug, Geld und zwei Revolver. Über dieser unordentlichen Ansammlung thronte, quer über die Kanten des Korbs gelegt, ein erstaunliches Gewehr, oder eher ein Gewehrstumpf, denn es handelte sich um eine Zwillingsschrotflinte, deren beide Läufe übereinanderlagen und kurz vor dem Holzschaft abgetrennt waren. Auch der Kolben war bis zum Griffstück gekürzt. Wer dies einem ansonsten tadellosen Produkt britischer Büchsenmacherkunst angetan hatte, musste ein wahrhafter Barbar oder eben schlechter Schütze sein.

Die Russen wunderten sich hingegen nicht über die Waffen, sondern waren alarmiert von deren plötzlicher Gegenwart oder doch zumindest von der ihrer Eigentümer.

Denn darüber stritten sich die beiden am Tisch sitzenden Männer.

„Es sind keine Spione“, rief der Unrasierte im Anzug, und sein Tonfall ließ erkennen, dass er dies bereits zum wiederholten Mal erwähnt hatte. „Hier gibt es nichts zu spionieren!“

„Nur ein Zivilist kann so sprechen“, knurrte der Kahlkopf in beherrschtem Zorn. Ob er dies aus Disziplin tat oder weil er sich gegenüber dem Zivilisten keine Blöße geben wollte, wusste wohl nur er selbst.

„Ohne Uniform sind sie ja selbst einer“, gab der Unrasierte scharf zurück.

„Den Militär machen andere Dinge aus. Aber ein Zivilist ist auch im Kürassierrock noch immer ein erbärmlicher Anblick.“

„Aber mit Durchblick!“, beharrte der Mann im Anzug und setzte den Kneifer auf, den er in der Hand gehalten hatte, während er mit der anderen Hand auf ein Papier auf dem Tisch klopfte. „Hier steht es: Reiseclub, Pässe, Routenplan. Wer außer einem Briten auf Freizeitunternehmung würde eine solche Merkliste erstellen?“

„Eine Tarnung, nichts weiter!“

„Von wem, gegen wen? Der britische König lässt nachschauen, ob der russische Zar den persischen Schah angreifen will? Um erneut zu siegen? Wo doch jeder weiß, dass es demnächst gegen die Osmanen gehen wird!“

„Was wissen Sie schon, Sie Hühnerzüchter!“

„Eben deswegen müsste ich mir viel mehr Gedanken um Spionage machen! Ich bin der erfolgreichste Hühnerzüchter in ganz Südrussland: Modest Pojarskij aus Kiew!“ Er warf sich in die Brust, eine geckenhafte Geste, die gar nicht zu seinem groben Äußeren passte.

„Deshalb hocken Sie hier im Zagros, an diesem schäbigen Ort!“

„Von Ihnen beschützt, Stassow! Doch vor niemandem als dem Wind, der dann und wann einen britischen Ballon heranweht.“ Pojarskij feixte. „Aber ich muss mich korrigieren. Sie beschützen ja nicht mich, sondern meine *Hühner*!“

Stassow ließ sich nicht provozieren. „Es sind nicht Ihre. Sie gehören dem widerlichen Perser.“ Der Offizier spie trocken aus.

„Da sind wir einer Meinung“, nickte Pojarskij. „Und das sollte uns Sorgen machen, nicht die Briten. Die lassen wir verschwinden. Und zwar rasch, denn morgen hat sich Tair Mirza angekündigt. Mit neuen Eiern und guten Gaben zum Geburts-, nein, Schlüpftag.“

„Tair Mirza ist pünktlich wie stets. Wie macht er das nur? Kaum bemerken meine Männer, wie es sich unter den Planen regt, ist er zur Stelle."

Der Zwist zwischen den beiden Männern schien verraucht, sie redeten ernst, wenngleich sie den persischen Namen mit einigem Spott erwähnten. Er bedeutete „Herr der Vögel" und wirkte angesichts der erwähnten Geflügelzucht tatsächlich recht ironisch, obwohl ich mich fragte, warum die Russen den Mann auf Persisch schmähten. Es war wohl doch dessen eigener, selbstgegebener Name. Weiter verwunderte mich aber, was die Männer über die Zuchtmethoden von sich gaben. Unter den Planen in der Mitte des Plateaus wurden Eier ausgebrütet? Grundsätzlich erschien mir dies möglich, denn der dunkle Stoff nahm das Sonnenlicht auf und darunter würde sich einiges an Wärme entwickeln. Aber konnten die Tiere, welche die Eier legten, diese nicht selbst bebrüten? Und warum hieß es, dass jener Perser die Eier hier an diesen Ort brachte? All das schien mir absurd und von ungewöhnlichem Aufwand. Allerdings nur, wenn es sich tatsächlich um Hühner handelte und nicht um anderes Geflügel.

„Wo wir von Ihren Männern sprechen", warf Pojarskij ein. „Tair Mirza ist zur Stelle, wenn die neuen Tiere schlüpfen. Aber Ihre Kosaken oder was sie sein mögen …"

„Wären Sie kein erbärmlicher Zivilist, wüssten Sie, dass kein Kosak sich für eine solch schäbige Kampagne hergeben würde!"

„Stassow, ich bitte Sie", sagte Pojarskij sanft, aber ich erkannte, wie es ihn freute, den Militär in Rage gebracht zu haben, wofür er die Beleidigung wohl gern in Kauf nahm. „Ihre Männer also haben ihre Aufsichts-, nein, Wachpflichten verletzt und einen Jungvogel entkommen lassen. Im Grunde ist es also deren und somit Ihre Schuld, dass er den Ballon angegriffen hat und die Briten etwas bemerkten."

Stassow wusste, dass er gegen dieses Argument nicht ankam, ging aber zum Angriff über.

„Ihre Experten sollen die Viecher auch nicht anstacheln! Ich könnte Tair Mirza auch verraten, dass Sie über Ihre Aufgaben hinausschießen. Da kann der Hühnerzüchter wohl nicht anders und denkt über die Preise bei der nächsten Rassegeflügelschau nach, oder was sich mit einem hübschen ...“

„Hybrid heißt das Wort“, half Pojarskij hämisch nach.

„... Hühnerbastard wohl anstellen ließe!“ Stassow ließ sich nicht beirren. Aber er wurde wieder ernst. „Modest Wassiljewitsch“, sagte er höflich. „Bedenken Sie, diese Tiere sind gefährlich. Es sind keine Legehennen. Sie wissen das, weil Sie ein Kenner und guter Geschäftsmann sind. Ich aber bin Soldat. Ich bin Krieger. Und ich erkenne andere Krieger, selbst wenn sie keine Menschen sind. Diese Vögel sind keine Jagdfalken. Und auch wenn es Beizjäger gibt, die mit Adlern oder Geiern jagen, so sind diese hier noch viel größer und gefährlicher. Sie wachsen langsam, aber wir können absehen, wie mächtig sie einst sein werden. Doch wir wissen nicht, was Tair Mirza mit ihnen vorhat.“ Stassow lehnte sich vor. „Eines aber weiß ich: Dieser Mann ist auch ein Krieger.“

Pojarskij hatte sich zurückgelehnt. „Sie haben Recht, Wiktor Petrowitsch. Sie sind Soldat. Ich bin Geschäftsmann. Ein guter. Und deshalb ist mir das Geld, was Tair Mirza zahlt, am wichtigsten. Ich bitte Sie hingegen nur, für Ihren Lohn und Sold dafür zu sorgen, dass dieser Vorfall mit dem Jungvogel die Ausnahme bleibt.“

Er griff zu den Habseligkeiten der Briten auf dem Tisch. Als sich seine Hand den Waffen näherte, spannte Stassow sich an, doch Pojarskij zog nur eine der Taschenuhren an ihrer Kette aus dem Korb und pendelte mit ihr durch die Luft.

„Seien wir den Briten dankbar, dass sie dem Tier so eine nette Beute beschert haben. So ist es nicht entkommen. Und Tair Mirza wird uns glauben, dass wir ein weiteres Tier erschießen mussten, weil die Prägung nicht gelungen ist. Kein Verlust also. Sondern ein kleiner Zugewinn.“ Er zeigte auf den Korb. „Möchten Sie auch eine Uhr? Oder die Flinte? Selbst wenn sie trotz ihrer Herkunft etwas unansehnlich ist ..." Dies schien eine Anspielung zu sein.

„Sie sind widerlich, Modest Wassiljewitsch", sagte Stassow, doch es klang wie Anerkennung.

„Wie ein altes britisches Hühnerzüchtersprichwort sagt: *Birds of a feather flock together.* Das kennen Sie wohl, und seit der Krim sprechen Sie ja Englisch."

„Gleich und gleich gesellt sich gern."

Ich hingegen übersetzte: Eine Krähe hackt der anderen kein Auge aus.

Stassow erhob sich. „Dann schaue ich mal nach den Engländern. Oder dem Engländer und der kleinen Engländerin. Zu schade um sie."

Auch Pojarskij stand auf. „Lassen Sie die Finger von ihr. Das gilt auch für Ihre Männer. Erledigen Sie beide. Wer durch die Lüfte fährt, kann tief fallen. Und die Schluchten des Zagros sind tief."

„Sollten wir Tair Mirza nach einer Prämie fragen?"

„Er wird nichts erfahren."

Ich hingegen wusste genug!

Ich wandte mich zu Halef, der im Gespräch der Männer wohl nur den Namen des Persers und die Erwähnung der Engländer erkannt hatte.

„Der Kahlkopf geht zu den beiden Gefangenen", zischte ich ihm zu, „und er soll sie töten!"

„Dann wird er uns zu ihnen führen, zumindest das ist gut", gab Halef kühl überlegt zurück.

„Es ist auch eine junge Frau bei ihnen."

Halef bekam große Augen, die voller Angst und Empörung waren. „Sie wollen ein Mädchen töten!" Ich wusste, dass er sogleich an Djamila dachte, die kleine Schwester seiner Ehefrau Hanneh, die erst vor Kurzem in sein Leben getreten war und die er wohl weniger als Schwägerin, denn als Tochter ansah, selbst wenn sie nur zwei Jahre jünger war als Hanneh.

Aber aufgrund ihrer Herkunft und ihres Schicksals als Piratentochter und Straßendiebin war Djamila auch eher eine wilde Halbwüchsige als eine stolze Beduinin.

Dann knurrte Halef entschlossen: „Geh voran, Sihdi!“

Ich musste meinen Plan nicht erläutern, er lag auf der Hand. Wir schlichen an der Hüttenwand entlang, bis wir um die Ecke herum die Tür einsehen konnten. Mittlerweile war es fast dunkel auf dem Plateau. Aus den Fenstern der Hütten schien Licht, ebenso waren einige Zelte erhellt. Da es in dem Lager ohnehin nicht allzu geschäftig zuging, würden wir Stassow leicht folgen können, und ebenso leicht überwältigen und die Gefangenen befreien.

Der Russe trat aus der Tür und atmete tief ein. Ob wegen der vergangenen oder der bevorstehenden Ereignisse, konnte man nicht wissen, sicher aber nicht wegen der klaren Abendluft, denn der Wind hatte gedreht und wehte den beißenden Geruch der Geflügelställe heran.

Stassow murmelte einen russischen Fluch, den ich hier seiner Ruppigkeit wegen kaum wiedergeben kann; wiederum wusste ich nicht, welchem Umstand er gelten sollte. Der Russe zog seine wattierte Jacke gerade und bedeutete seinen Männern, ihm zu folgen.

Halef und ich folgten den dreien im Schutz der Baracken. Als wir sahen, dass sie zwei bestimmten Schuppen zustrebten, liefen wir voraus. Ich wusste, an welchem der Verschläge wir die Männer erwarten konnten, denn zwei nachlässig bemalte Schilder über den Türen verkündeten in kyrillischer Schrift, dass in dem einen Werkzeug und in dem anderen Vogelfutter gelagert wurde. Niemand bei rechtem Verstand würde Gefangene, selbst wenn sie gebunden waren, in einem Raum voller Gerätschaften mit scharfen Metallkanten und Klingen unterbringen. Als wir an dem Futterhäuschen angelangt waren, presste ich gewohnheitsmäßig das Ohr an die Bretterwand, konnte jedoch keinen Laut vernehmen. Gewiss würden die Gefangenen sich ruhig verhalten, um die Wächter nicht zu reizen, doch mochte es ja sein, dass sie ihrem Unmut Luft machten. Aus Erfahrung wusste ich, dass gerade Briten bei Ungerechtigkeiten gegen die eigene Person kaum an sich halten können, auch wenn stets die englische Kaltblütigkeit und Gelassenheit beschworen wird. Ich hoffte nun, dass die Gefangenen, kaum, dass sie ihre Wärter an der Tür hörten, sich regen und, falls nicht geknebelt, für eine Geräuschkulisse sorgen würden, hinter der Halef und ich sozusagen hervorspringen konnten, um die Russen auszuschalten. Um dies zu befördern, aber auch um die Rettung anzukündigen, klopfte ich gegen die Rückwand des Schuppens. Mit der Faust ahmte ich eine Tonfolge nach, die jeder Untertan der Königin Victoria wohl erkennen musste: *God save the Queen.* Zumindest die ersten Takte. Dies musste genügen. Dann begaben Halef und ich uns zu den vorderen Ecken der Hütte, jeder an eine andere. Die Vorgehensweise hatten wir knapp besprochen.

Ich lugte um die Kante. Jetzt waren Stassow und seine beiden Männer herangekommen, Letztere hatten Karabiner geschultert, Stassow besaß einen Gurt mit einem Pistolenhalfter. Niemand trug eine Lampe oder eine Fackel. Es war noch hell genug, um sich, zumal auf vertrautem Gelände, zurechtzufinden. Aber ich wusste auch, dass der Auftrag Stassows zu jenen gehörte, die besser im Finstern ausgeführt wurden.

Stassow nahm einen Schlüssel vom Gürtel, um das Vorhängeschloss des Riegels zu öffnen. Die Tür würde sich so öffnen, dass die beiden Soldaten zurückweichen mussten – und sie gäbe einen trefflichen Sichtschutz für Halef ab, um sich jenen zu nähern. Doch mein Plan setzte früher ein, dank des belauschten Gesprächs.

Als der Schlüssel im Schloss knirschte, sprach ich Stassow an.

„Wiktor Petrowitsch!“ Ich hatte den Kiewer Dialekt nachgeahmt, und dies mit Erfolg, denn Stassows Reaktion war eine gedankenschnelle Kaskade von Schreck, Erleichterung, Vertrauen und Empörung. Im Mittelteil dieser Abfolge trat ich heran, und als bei Stassow die Empörung, gestört zu werden, sich in Alarm und Abwehr wandelte, war es schon zu spät. Seine Rechte lag noch am Schlüssel, seine Linke am Schloss – meine Faust traf ihn an die Schläfe, da er den Kopf gedreht hatte, um zu sehen, wer da käme. Noch bevor Stassow zu Boden sank, hatte ich den Henrystutzen am Lauf nach vorn geschwungen und stieß den Kolben gegen das Kinn des einen Soldaten. In das Krachen des Aufpralls mischte sich der gleiche Ton, als Halefs Büchsenschaft den Hinterkopf des anderen traf. Wir setzten über die hingestreckten Männer hinweg, ich stieß das Schloss fort, zog den Riegel zur Seite und Halef griff nach der Tür, die ich in der gleichen Bewegung aufriss.

Ein Schatten flog auf mich zu, und nur weil ich mich in der Rückbewegung des Türöffnens befand, konnte ich rechtzeitig ausweichen. Ein kleiner Sack aus grobem Gewebe fiel zu Boden und aus der geplatzten Naht sprühten Körner.

Ungehalten trat ich in den Schuppen und rief mit gedämpfter Stimme auf Englisch:

„Hier ist Rettung. Die *angekündigte*!“

„Wie soll man hier drinnen etwas hören, *Sir*!“, kam es zurück, und es war eine tiefe, männliche Stimme. „Alles ist voller Futtersäcke. Das dämmt.“

Dann schoss eine Hand vor und griff die meine mit harten Fingern. Im letzten Licht, das durch die Tür hereinfiel, sah ich einen stattlichen dunklen Schnurrbart, der in einem markanten Gesicht mit hellen Augen prangte, alles auf Höhe meines eigenen Kopfs. Der Mann war ebenso groß und kräftig wie ich selbst. Er trug aber keine orientalische Kleidung, sondern eine wärmende Variante eines Tropenanzugs in jenem sand- und erdfarbenen Ton, welchen die Briten Khaki nennen und in den sich gleichermaßen Soldaten, Forscher und Abenteurer kleiden. Einen der Letzteren hatte ich zweifellos vor mir.

„Cedric Fergus Allen, Travellers Club London, aber das wissen Sie sicher, sonst wären Sie nicht hier!“

„Das ist im Wesentlichen korrekt, Sir", gab ich zurück und musste mich der Höflichkeit beugen, obgleich die Zeit drängte, denn der Engländer bestand auf förmlicher Vorstellung.

„Mit wem habe ich die Ehre, wen darf ich als meinen Retter rühmen?"

„Kara Ben Nemsi", antwortete ich. „Und der zweite Retter ist Hadschi Halef Omar", wollte ich anfügen, doch ich wurde unterbrochen.

„Kara Ben Nemsi!", echote es aus dem Dunkel und dann stolperte eine Gestalt nach vorn, von der ich bemerkte, dass sie in Größe und Gestalt Halef ähnelte, so wie Cedric Allen mir selbst. Doch bevor ich noch den kuriosen Umstand würdigen konnte, dass Halef und ich gewissermaßen unseren Schatten gegenüberstanden, sprach die Mädchenstimme weiter, die jedoch nicht durchgehend hell war, sondern wellenartig auf und ab hüpfte.

„Sie müssen der Freund von Onkel sein!"

„Ich bin vieler Männer Freund", gab ich etwas nüchtern zurück. „Doch wer mag Ihr Onkel sein?"

„Onkel Daffy, wer sonst?"

„Annabelle!", schalt Cedric Allen. „Nicht vor Fremden!"

„Er ist doch kein Fremder, das ist Kara Ben Nemsi! Der Freund von Onkel Da...vid!", tönte das Mädchen in ihrem eigentümlichen Auf und Ab. Und fügte mir zugewandt an: „Sir Lindsay! Den kennen Sie doch wohl noch!"

Die Nichte von Sir David! Nun, dachte ich, denn zu mehr Gedanken war ich in meiner Überraschung nicht fähig, dass die Sprechweise der jungen Dame wohl zu jenen Marotten gehörte, an denen die Familie der Lindsays nicht arm war.

Eine schmale Hand in braunem Lederhandschuh schwang sich unter mein Gesicht, aber ich hielt einen Handkuss für unangemessen und so ergriff ich sie leicht. Schon wurde meine eigene Hand nach unten gezerrt, da die junge Dame allen Ernstes einen Knicks vollführte. Ich schaute nach unten und sah geschnürte hohe Stiefel, Hosen und einen zerrissenen Rock, der sich darüber bauschte. Bevor ich aber Jacke, Gürtel, Bluse, Weste oder dergleichen erkennen konnte, ragte ein rundes Gesicht in mein Gesichtsfeld und zeigte kräftige Zähne in einem etwas bemühten Lächeln.

„Annabelle Boudicca Lindsay. Aber nennen Sie mich Ann.“ In ihrem Seitenblick auf Allen zeigte sie eine kleine runde Nase und ein rundes Kinn. „Weil er kein Fremder ist!“, kam sie einer Ermahnung zuvor. Dann schaute sie wieder mich an, mit Augen von undefinierter Farbe und einer Stirn, über die Haarsträhnen von ähnlichem Ton hingen, denn ihre praktisch aufgesteckte Frisur begann sich aufzulösen. Auch löste Annabelle Lindsay ihre Hand aus meinem leichten Griff und spreizte den Zeigefinger vor meiner Nase ab. „Aber – es heißt Ann! Nicht Anna und schon gar nicht Annie! Denken Sie einfach an den Buchstaben. N – wie Nemsi!“ Sie kicherte knapp, was in ein Räuspern und Kinnrecken überging. „Sorry.“

Halef staunte und sagte zu mir, ohne den Blick von Ann zu nehmen: „Sihdi, wir müssen gehen. Die beiden müssen in Sicherheit gebracht werden.“

„Netter kleiner Mann!“, rief Ann, bemerkte ihren Fehler in Ton und Lautstärke und flüsterte betreten. „Salamaleikum, Hadschihalefomar.“ Ihr Arabisch war äußerst hektisch und bar jeder Eleganz. Halef zog die Stirn kraus und schaute mich flehentlich an.

Ich ergriff das Wort.

„Dies ist eine Befreiung, kein Empfang in der britischen Botschaft“, sagte ich strenger als gewollt. „Nehmen Sie bitte die Waffen der Wachen an sich. Ich hoffe aber, wir kommen in kein Gefecht. Außerhalb des Lagers warten zwei Kurdenkrieger auf uns, die uns helfen.“

„Nein“, sagte Ann Lindsay.

„Es sind Freunde“, sagte ich, ohne nachzudenken, weil ich glaubte, die von Absturz und Gefangenschaft gebeutelte und in Haar und Sprache ziemlich aufgelöste junge Dame würde weitere Fremde scheuen. Ich irrte mich.

„Nicht ohne Godiva!“

„Wer ist …?“, begann ich und begriff, dass es kaum eine weitere Person sein konnte, auch kein Pferd oder ein anderes Tier.

„Mein Gewehr. Ich habe es von Onkel, und der Russe im schäbigen Anzug hat es mir weggenommen.“

„Der Ukrainer“, sagte ich unbedacht und bekam einen bösen Blick entgegengeschleudert. „Wir haben keine Zeit für dergleichen! Wir müssen uns beeilen.“

Ann Lindsay drängte sich an mir vorbei und griff einen Karabiner vom Boden. Sie hielt ihn wie einen Dreschflegel.

„Ich habe eines genommen“, sagte sie trotzig. „Aber jetzt gehen wir da rüber. Es ist doch niemand zu sehen. Und wenn Sie den drei Militärs einen *knock-out* beschert haben, dann gelingt das wohl auch bei dem *Ukrainer*.“

Ich sondierte die Umgebung, ebenso Halef. Cedric Allen griff nach den Waffen, löste Stassows Revolvergurt, legte ihn um seine Hüften und packte den Karabiner. Er schaute mich an. „Alles ist ruhig. Lassen Sie ihr ihren Willen. Sie kennen die Familie ...“, murmelte er.

Ann Lindsay pendelte ungeduldig mit dem Kopf. „Ich kann es auch selbst machen. Ich hatte auf dem Internat Unterricht im Boxing.“ Sie verzog das Gesicht und wurde leiser. „Aber ich war nie gut ...“

„Also denn“, befand ich einsichtig. „Schließlich liegen dort auch Ihre Papiere und dergleichen.“

„Das ist ein Wort“, nickte Ann. „Sie gehen vor.“ Sie änderte den Griff am Karabiner, und daran, wie sie diesen hielt, erkannte ich, dass sie ihre Schrotflinte wirklich vermisste und benötigte. Es konnte nur die Schrotflinte sein.

„Wir gehen denselben Weg zurück“, sagte ich zu Halef und bedeutete den anderen, uns zu folgen. Ich konnte Cedric Allen wohl die Nachhut überlassen, denn er wusste sicher am besten, wie man Ann Lindsay im Zaum hielt.

Tatsächlich sahen wir keine Seele.

Die braven Hühnerzüchter und die Soldaten hatten sich zurückgezogen, es war wohl Essenszeit. Die nachlässige Bewachung des Plateaus hatte gewiss ihre Gründe, und auch der jüngste Vorfall hatte nichts daran geändert. Oder wenigstens noch nicht, was uns zugutekam. Wir erreichten unbehelligt die Kontorsbaracke. Ein Blick durchs Fenster zeigte mir, dass nur Pojarskij sich im Innern befand und am Tisch Suppe und Brot aß, Hühnersuppe wahrscheinlich. Die Beute aus dem Besitz der Engländer war nur auf der Tischplatte beiseitegeschoben, nach jedem Löffel und Bissen schaute Pojarskij das Sammelsurium mit Gier und Genugtuung an.

Ich führte meine Gruppe vor die Hütte, klopfte an die Tür.

„Modest Wassiljewitsch“, rief ich. Von drinnen grunzte es laut. Ich klopfte erneut. Ein Stuhl scharrte und eilige Schritte kamen heran. Die Tür wurde aufgerissen und Pojarskij stand im Rahmen, eine fleckige Serviette im Kragen, einen Brotkanten in den Fingern. Er schaute ungehalten zur Seite.

„Alles erledigt, fein“, sagte er kauend. „Die Meldung hätte auch warten können, Ex-Offizier Stassow …“

Erst da bemerkte er, dass ihm nicht der Erwartete gegenüberstand; er öffnete Augen und Mund weit und ich bescherte ihm den *knock-out*, wie von Lady Lindsay gewünscht. Diese jauchzte auch ganz undamenhaft, aber immerhin leise, als Pojarskij nach hinten kippte und auf den Brettern aufprallte. Die Serviette flatterte nieder und bedeckte das Gesicht des Ohnmächtigen.

Ich gab Ann Lindsay den Weg frei, ließ auch Cedric Allen vorbei, während ich mit Halef die Umgebung sicherte. Drinnen griffen die Briten ihre Habseligkeiten, wofür Cedric Allen einen Rucksack zum Verstauen benutzte, der achtlos in einer Ecke lag.

„Gehört ebenfalls mir“, erklärte er.

Ann Lindsay herzte ihre Schrotflinte.

„Meine Godiva.“ Dass sie mich dabei anstrahlte, war ein wenig seltsam, aber ein netter und freundlicher Anblick. „Ich habe sie nach Tantchen benannt, weil …“ Sie stutzte und musterte mich. „Wieviel hat Onkel Daffy Ihnen von unserer Familie erzählt?“

„Annabelle!“, mahnte Cedric Allen.

„Kaum etwas“, antwortete ich, schaute nach draußen und winkte mit der Hand zur Eile.

„Gut“, sagte Lady Lindsay und schob die Flinte in das übergroße Halfter an ihrem Gürtel. „Dann kann ich es Ihnen erzählen, das kann ich ohnehin besser als Onkel Da...vid!“

Sie verdrehte gänzlich undamenhaft die Augen und schielte zu Cedric Allen. Im gelben Licht der Lampen wirkte sie dadurch noch jünger als zuvor, sie mochte nicht allzu weit von den Zwanzig entfernt sein, erinnerte aber sehr an einen halbwüchsigen Trotzkopf. Das Internat hatte ihr zudem die Eigentümlichkeiten der Lindsays anscheinend kaum ausgetrieben, eher noch verstärkt. Immerhin war sie verständig, was unsere Situation betraf.

„Und jetzt nichts wie fort von hier“, tönte sie, als habe sie etwas angestellt, und stapfte los, über den ohnmächtigen Pojarskij hinweg. „Wie kann man nur Karo tragen ...“, murmelte sie. Dann schaute sie erschrocken zu mir. „Sorry.“

Cedric Allen schaute sich noch einmal in dem Raum um, ging dann ebenfalls zur Tür, die er gewissenhaft schloss. Er kaute an einem Bissen Brot. „Scheußlich. Roggen und Gerste. Aber der Hunger … nun ja.“ Er bot Ann Lindsay einen dunklen Brocken an.

Sie schüttelte den Kopf. „Ich kann jetzt nichts essen.“ Dann spähte sie ins Dunkel.

Cedric Allen wandte sich an mich. „Von wo sind Sie gekommen? Wir gehen notgedrungen mit Ihnen, aber wir müssten kurz zu unserem Ballon. Er liegt wohl ...“

„In dieser Richtung“, deutete ich. „Wir haben ihn gesehen, weil wir von dort kamen.“ Ich legte die Hand auf die Brust. „Wir haben Ihren Kollegen Mister Hardwicke bestattet, so gut es die Umstände erlaubten.“

„Danke“, sagte Cedric Allen knapp. „Wohin geht es dann?“

„In den Bergen dort drüben ist ein geheimer Zugang zu einer Höhle. Dahinter führt ein Pass aus dem Zagros hinaus. Es ist ohnehin unser Weg, Sie können sich uns anschließen, bis Mehabad oder weiter.“

„Zum nächsten Telegrafen, denn wir …“

Ann Lindsay unterbrach ihn, indem sie mit der Zunge schnalzte. „Sollten wir nicht gehen?“ Mir behagte nicht, wie sie in fordernder Pose neben Halef stand, der mich und Cedric Allen ebenso dringlich anstarrte.

„Gewiss“, nickte ich und schritt voran. „Eilig, dort hinüber!“

Es war allerdings an der Zeit!

Fünfzehntes Kapitel
Flucht und Flügel

Wir erreichten die Felsumrandung des Plateaus, ohne bemerkt zu werden. Welat und Sivan erwarteten uns bereits. Knapp erklärte ich ihnen, dass wir die befreiten Engländer mit uns nehmen würden.

„Können sie im Dunkeln genug sehen?“, fragte Sivan und deutete den Hang hinab und weiter über die Hügel bis zum Berg mit der Warte der Urartäer. „Ich habe gehört, dass die Menschen aus dem Westen sich die Augen verdorben haben, durch zu helles Licht, das sie in der Nacht benutzen.“

„Sollen wir im Finstern herumstolpern?“, fragte Ann Lindsay, als sie die Geste Sivans gesehen hatte. „Wo haben Sie Lampen oder Fackeln?“ Sie erhob sich aus der Deckung. „Ich kann nochmal zurück und die …“

Cedric Allen schüttelte den Kopf. „Irgendwann werden die Wachen wieder auf Posten sein, dann werden sie uns sehen, kaum dass wir den Hang dort drüben hinaufgestiegen sind.“

„Wir haben ein passendes Licht“, verkündete ich und nickte zu Halef hin. „Er muss es nur *anzünden*“, fügte ich betont hinzu. Dann wiederholte ich beides für die Nestorianer.

Halef holte die Leuchtkugel hervor, kehrte den anderen den Rücken und flüsterte die magischen Worte, während er mit irgendetwas aus seinen Habseligkeiten vernehmlich raschelte und klapperte. Die Kugel glomm schwach und rötlich auf, dann wendete Halef sich wieder um.

„Ohhh“, machte Ann Lindsay und reckte den Hals. „Ist das chemisch? Wie Ihr Phosphorlämpchen, Mister Kara?“

„Sir David hat ja recht viel erzählt“, meinte ich, auch um von der Zauberkugel abzulenken.

„Nein, er schreibt lange Briefe“, erklärte Ann Lindsay. „Die lese ich dann den anderen vor. Vor allem Holly Lloyd und Adéline Tard und Aga Claydyne ...“ Sie zählte an den Fingern ab, und da sie noch etliche zur Verfügung hatte, unterbrach ich sie.

„Sie haben viele Freundinnen, das ist gut.“

„Vor allem weil ich so interessante Leute kenne“, nickte sie. „Aber ich muss auch selbst etwas unternehmen, deswegen bin ich in den Ferien …“, sie seufzte und biss sich auf die Unterlippe, „… abgestürzt.“

Sie schaute zu Cedric Allen. „Ich will mich von Webby verabschieden.“

Sie schaute zu Halef. „Auf, Hadschihalefomar, leuchte uns den Weg!“

Sie nickte nachdrücklich und schniefte ein wenig.

Halef zwinkerte verwirrt, doch auf meine vage Handgeste hin ließ er es gut sein und ging voran. Die Kugel sandte ihr schwaches rotes Licht aus, und wir konnten unsere Schritte sicher setzen. Aus weiterer Entfernung würde der Schein schwerlich auszumachen sein, sodass wir kaum vom Plateau aus entdeckt werden konnten, wenn jemand ohne genauen Anhaltspunkt Ausschau halten sollte. Dennoch empfahl ich, dass wir nicht in einer Linie hintereinander gingen, sondern in einem engen Halbkreis, die Enden des Bogens voran, mit mir am Scheitelpunkt und Halef davor. Von oben mochte es aussehen, als ob ein seltsames Sternbild in angedeuteter Augenform sich über den Grund bewegte, mit einer rötlichen Pupillensonne in der Mitte und schwach widerscheinenden Punkten, welche die Braue formten. So würden wir alle das Licht nutzen können und dessen Quelle zugleich mit unseren Körpern verdecken.

Wir hatten den Hang gerade verlassen, die Senke am Fuß des Plateaus durchquert, und befanden uns am Aufstieg des anschließenden Hangs, als im Lager der Tumult begann. Ob Stassow oder Pojarskij aus der Ohnmacht erwacht waren oder jemand sie gefunden hatte, weil die Abendmahlzeit vorüber war, erschloss sich mir nicht. Ich ließ unsere Gruppe kurz anhalten. Gewiss hätten wir den Aufruhr und die Aufregung droben nutzen sollen, um den vor uns liegenden Hang eilig zu bewältigen, doch ich wollte kurz erlauschen, was vor sich ging. Der Wind trug Stimmenfetzen heran, die ich nicht verstehen konnte – aber dann erhob sich ein Geschrei aus aberdutzenden Schnäbeln, wie ich es noch nie vernommen hatte. Die Tiere in den Baracken, oder eben Geflügelställen, waren erwacht. Doch es war nicht die Art von Lauten, die man erwarten konnte, wenn Hühner oder Enten oder Gänse in großer Schar aus voller Kehle tönten. Die Schreie erinnerten eher an die Rufe von Raubvögeln, scharf und durchdringend, dennoch mit einem grollenden Unterton. Aber ich erkannte, auch aufgrund des belauschten Gesprächs, dass dies nur die Stimmen von Jungtieren waren, und vermochte mir kaum auszumalen, welche Wirkung die Töne von ausgewachsenen Geschöpfen dieser Art auf die Ohren, wenn nicht gar auf die Seele des Hörenden hätten. Und von welcher Art Vögel die beiden Männer auch gesprochen hatten, deren Eier von einem geheimnisvollen Perser herangeschafft wurden, sie waren wohl nichts, was diese Welt bislang gesehen oder zumindest gehört hatte. Welche fremde Vogelart war hier entdeckt oder vielleicht überhaupt erst gezüchtet worden? Und zu welchem Zweck? Eine Ahnung beschlich mich, aber ich wischte sie fort und erinnerte mich an die Worte der beiden Russen von Beizjagden und allerlei Raubvögeln. Es mochte sich auf dem Plateau kaum um etwas anderes handeln als um die Falkenzucht eines arabischen Scheichs, nur etwas roher und wilder, der Gegend des Zagros gemäß.

Das Geschrei der fremden Vögel drang durch die Bretterwände der Barackenställe, und ich ahnte, wie es ungedämpft geklungen hätte. Vom Plateau kam der wütende Ruf nach Ruhe – denn die Aufregung der Männer um die zu Boden Geschlagenen und die befreiten Gefangenen hatte den Aufruhr unter den Tieren erst ausgelöst. Nun wiederum trieben sich die Vögel gegenseitig zum Geschrei an. Ich ging davon aus, dass die Soldaten und anderen Männer nun eher ihre kostbare Zucht würden beruhigen wollen, als nach den Geflohenen und ihren Befreiern zu suchen. Dies war unsere Chance, völlig außer Sicht zu gelangen. Ich glaubte zudem nicht, dass man uns in der Nacht verfolgen würde, selbst wenn es keinen lärmenden Aufruhr gegeben hätte. Und am Morgen würde man wohl eher glauben, die Befreier seien über den Versorgungspfad gekommen, statt in Richtung der Berge jenseits der Absturzstelle des Ballons.

Rasch erklommen wir im hilfreichen und doch heimlichen Licht der Leuchtkugel den Hang. Als wir den Kamm überschritten hatten und außer Sicht waren, atmeten wir dennoch auf. Der Wind wehte das schwächer werdende Geschrei der fremden Vögel heran. Die Furcht vor Entdeckung durch einen flüchtigen oder forschenden Blick der Wachen war geringer als das eigentümliche Gefühl, welches die unvertrauten Laute auslösten. Sie ließen den Kopf ein wenig schmerzen und ich verspürte unter der leichten Anstrengung, welche die Bewegung an den Hängen mit sich gebracht hatte, einen Schmerz in den Muskeln und inneren Organen, den ich mir nicht erklären konnte. Dann aber entsann ich mich des Gefühls, das der Musaddas dann und wann in mir auslöste, obwohl dieses doch wieder anders war und stets nur auf meine Körpermitte beschränkt, während die jetzige ziehende Taubheit den gesamten Leib umfasste. Wieder dachte ich daran, was die Laute der Tiere erst bewirken könnten, wenn sie einmal ausgewachsen wären. Und ich fragte mich, ob die Russen wohl während ihrer Arbeit Pfropfen aus Wachs in den Ohren trugen wie der sagenhafte Odysseus bei seiner Begegnung mit den schaurig singenden Sirenen. Diese Eingebung teilte ich jedoch nicht mit meinen Gefährten, denn den Orientalen hätte ich wohl allzu viel erläutern müssen, während ich wusste, dass der Homer zur Pflichtlektüre im Travellers Club gehörte, wenngleich weniger die Ilias als vielmehr die Odyssee und Letztere vor allem als mahnendes Exempel, wie man es eben nicht machen sollte und stattdessen nur wohlvorbereitet und zielgerichtet zu reisen hätte.

Als ich zu den anderen hinübersah, bemerkte ich, wie auch diese ihre Gliedmaßen streckten, verwundert, dass die kurze Zeit der Bewegung sie derart angestrengt hatte. Und in ihren Gesichtern las ich, dass sie ebenfalls von den unheimlichen Lauten angegriffen waren. Gleichwohl ahnten sie wie ich, dass wir aus vielerlei Gründen keine Verfolger zu befürchten hatten, und so gingen wir forsch, aber nicht furchtsam voran auf unserem weiteren Weg zur Warte der Urartäer.

Schließlich erreichten wir das kleine Plateau, auf dem der abgestürzte Ballon wie der Kadaver eines gestrandeten und zusammengefallenen Wals unter dem Sternenlicht lag. Halef hatte die Leuchtkugel zu einem helleren Licht angefacht oder eben um ein solches gebeten. Der Schein war noch immer rot und reichte kaum an eine Blendlaterne mit Petroleumflamme heran, aber er erfüllte beiderlei Zwecke: Wir konnten angemessen schauen, zogen aber keine meilenweite Aufmerksamkeit auf uns.

Der rote Widerschein, den die kupferfarbene Hülle des Ballons aussandte, tauchte das Plateau in einen unwirklichen Schimmer, der die bedrückte Stimmung noch beförderte, als Cedric Allen und Ann Lindsay an das Steingrab ihres Freundes Hardwicke traten. Halef und ich hielten uns abseits, ebenso Sivan und Welat, denn wir hatten dem Verstorbenen bereits die letzte Ehre erwiesen und wollten diesen Abschied nicht stören. Ein paar unterdrückte Worte der Trauernden wehten heran, Ann Lindsay schniefte und zerrte ein Taschentuch hervor, in welches sie vernehmlich hineinblies und sich die Nase putzte. Dann wischte sie sich die Augenwinkel mit einem zweiten Tuch, verstaute wieder beide und wandte sich zu mir um.

„Wollen Sie sehen, wer das angerichtet hat? Oder vielmehr: *was*?“

„Gewiss“, gab ich interessiert und verwundert zurück. „Doch sagen Sie doch zunächst, was überhaupt geschehen ist? Wir sahen über den Gipfeln den Ballon und hörten dann Schüsse, fanden schließlich das Wrack und den bedauernswerten Toten. Die Spuren waren nicht eindeutig ...“

„Wir drei hatten auf diesem Plateau eine Rast eingelegt“, berichtete Ann Lindsay. Sie klang ernst und war weit weniger plapperhaft als zuvor. Die Erleichterung der Befreiung war der Nüchternheit angesichts des Unglücksorts gewichen.

„Eine bemerkenswerte Landung“, lobte ich und umfasste mit einer Geste die geringen Ausmaße des flachen Geländes.

„Webby – ich meine, Professor Hardwicke, war sowohl ein herausragender Konstrukteur als auch ein geschickter Ballonfahrer. Auch war er Meteorologe, aber er konnte wohl kaum absehen, was uns hier widerfahren ist.“ Ann Lindsay seufzte. „Wir wollten wieder aufsteigen, weil der Wind günstig stand. Wir hatten von ferne das Lager auf dem anderen Plateau gesehen und ich wollte ein Lichtbild anfertigen …“

„Aus dem Ballon heraus? Respekt! Sie kennen doch sicher den Franzosen Nadar, dessen Name eigentlich …“

„Gaspard-Félix Tournachon lautet, sicher doch!“, nickte sie. „Der erste Luft-Fotograf, Schlacht von Solferino, 1859!“

Nun, ich hätte dies etwas ausführlicher formuliert, aber die junge Dame bediente sich eben des Telegrammstils, es mochte eine Eigentümlichkeit ihrer Generation sein oder ihrer sogenannten *clique* im Internat.

„Sie haben also nicht allein eine Ballon-Expedition unternommen, sondern auch eine aerofotografische Expedition?“

„Nur nebenbei“, sagte Ann Lindsay und war einen Augenblick abgelenkt. Sie schaute über die verstreuten Gepäckstücke und Ausrüstungsgegenstände. „Wo ist denn meine Kamera?“ Sie rümpfte die Nase. „Wohl kaputt, ach je.“ Sie wandte sich wieder mir zu. „Ich wollte also ein Bild von dem Lagerplateau machen, aber …“

„Ich habe abgeraten“, warf Cedric Allen ein. „Wir wollten nicht für Spione gehalten werden.“

Ann Lindsay rieb sich die Nase. „Die hätten doch gar nicht bemerkt, dass ich fotografiere, so ohne Blitzpulver ...“

„Aber dennoch“, vermutete ich, „wurden Sie bemerkt und die Soldaten haben Sie beschossen!“

„Keineswegs“, sagte Cedric Allen. „Es kam viel schlimmer!“ Er schüttelte entsetzt den Kopf und schaute auf die Stelle der Ballonhülle, die zerfetzt war. „Wir stiegen gerade auf, beim ersten Sonnenlicht, als etwas aus der Felsschlucht dort drüben kam.“

„Ein Bär?“, fragte ich und erklärte mir so die Risse in der Ballonhaut, die von Krallen herrühren mochten. Aber weshalb war der Ballon zuvor abgestürzt?

Cedric Allen schnaufte. „Dem hätten wir davonfliegen können. Das Biest, das uns angegriffen hat, konnte aber ebenfalls fliegen.“

„Es war eher ein Flattern“, meinte Ann Lindsay. „Als wäre das Vieh noch unsicher, wie es die Flügel zu benutzen hätte. Und ausgewachsen war es wohl auch nicht. Nicht auszudenken, wenn ...“

„Aber was war es denn?“, fragte ich, während mir ein Schauder über den Nacken rann, was jedoch auch an einer kühlen Nachtbrise liegen mochte.

„Ein Riesenvogel“, urteilte Cedric Allen. „So groß wie ein Kondor, aber mit den Proportionen eines Adlerkükens. Kein stattlicher Anblick, aber erschreckend.“

„Erschreckender war, dass dieses Biest sich sogleich auf den Ballon gestürzt hat“, erinnerte sich Ann Lindsay. „Mit Schnabel und Klauen. In wenigen Augenblicken war alles auf dieser Seite zerfetzt und wir stürzten ab. Cedric und ich konnten abspringen, aber Webby ...“ Sie presste die Faust gegen den Mund, Cedric Allen sprach weiter:

„Professor Hardwicke hatte wohl einen tödlichen Schrecken erlitten.“

„Wegen des Tiers ...“, bemerkte ich. „Was war das für ein Wesen? Verzeihen Sie mir die Nüchternheit, aber es ist zu bedauernswert, dass ihre Kamera nicht einsatzbereit war.“

„Eine Kamera ist kein Gewehr, mit dem man aus der Hüfte schießen kann“, murmelte Ann Lindsay. Dann schaute sie mich an. „Geschossen haben die Russen, die in diesem Augenblick herankamen. Zu spät für – Professor Hardwicke und seinen Ballon. Aber immerhin rechtzeitig für uns.“

„Sie haben das Biest erschossen, als es uns angreifen wollte. Sie hatten es wohl schon gesucht“, meinte Cedric Allen.

„Und als sie dazu noch ein paar Briten fanden, haben sie eben uns gefangen genommen.“ Ann Lindsay verschränkte die Arme. „Und haben den Professor hier liegen gelassen.“

„Und das Tier …?“

Die beiden Briten zeigten an den Rand des Plateaus.

„Haben sie dort hinuntergestoßen“, knurrte Cedric Allen.

„Ich möchte es gern sehen“, sagte ich. „Dies ist keine makabre Neugierde. Ich habe einen Verdacht oder vielmehr eine Befürchtung.“

Ann Lindsay horchte auf. „Das hat hoffentlich nichts mit den Dingen zu tun, von denen Onkel mir schrieb?“

„Was hat er Ihnen denn geschrieben?“, fragte ich vorsichtig, befürchtete aber eher die Tatsache, dass Ann Lindsay die Schreiben Sir Davids ihren Internatsfreundinnen vorgelesen hatte.

„Dass es seine *fowling-bulls* wirklich gibt“, antwortete sie und zog den Mund schief. „Ich dachte ja, er meint damit die ewig gesuchten Statuen, die er endlich gefunden hat. Und er hat auch den genauso spleenig gebildeten Namen *fowling-steeds* erwähnt. Warum nicht einfach Pegasus-Statue schreiben? So ist er eben, Onkel Da...vid.“ Sie zuckte mit den Schultern. „Aber worum es ihm da auch immer ging: Was uns angegriffen hat, war weder ein geflügelter Stier noch ein geflügeltes Pferd, so viel habe ich dann doch erkannt, bei allem Schrecken. Es war ein Vogel.“

„Ich glaube nichts anderes“, sagte ich, erleichtert über andere Dinge. „Aber was es für ein Vogel ist, scheint mir von besonderer Bedeutung. Ich steige dort hinab. Sie müssen nicht folgen, sondern mir nur die genaue Stelle zeigen, soweit Sie es vermögen.“

„Natürlich komme ich mit“, befand Ann Lindsay. „Ich bin doch nicht zimperlich. Ich will das Biest genau sehen, das Webby getötet hat.“ Sie zeigte auf mein Bowiemesser am Gürtel und schaute grimmig. „Und ich will mir eine Trophäe abschneiden. Sie kennen sich doch mit dem Skalpieren aus?“

„Da hat Ihr Onkel Ihnen nicht ganz korrekt über mich berichtet.“

„Einerlei. Steigen wir in die Felsspalte. Seile genug haben wir.“ Verdrossen wies sie auf den zerschmetterten Ballon. „Und wohl auch genug Zeit?“

Ich lauschte in Richtung des Lagers.

„Ich denke schon. Doch wir sollten es rasch angehen!“

Eilig verbanden wir einige Taue, da wir nicht wussten, wie tief die Felsspalte hinabreichte. In die Tiefe steigen würden also Ann Lindsay, Halef und ich. Cedric Allen gab sich ohne längeres Argumentieren mit der jungen Dame geschlagen und bot sich an, das Seil zu sichern. Welat und Sivan würden Ausschau halten, ob nicht doch die Russen herankamen, zudem wollten sie ein kurzes Feuersignal zur Warte der Urartäer hinübersenden, damit Zinar wusste, dass wir wohlbehalten auf dem Rückweg waren.

Wir seilten uns ab, zunächst ich und dann Halef. Ich hatte Ann Lindsay überredet, dass wir zuvor die Lage prüfen, sie aber keinesfalls davon abhalten würden, uns zu folgen. Halef leuchtete mit seiner Kugel. Er hatte schon vor einiger Zeit ein passendes Netz aus Kordeln geknüpft, welches ihm ermöglichte, die Kugel am Gürtel zu befestigen, damit er die Hände frei hatte. So beschien das magische Licht, noch immer rötlich, damit es nicht blendete, unseren Weg in die Tiefe. Ich sah an den Felswänden, welche uns eng umgaben, bereits die Spuren, die der hinabgestoßene Kadaver hinterlassen hatte: Abschürfungen der Salzkruste und losen Gesteins, feuchte Stellen von Blut, dessen Farbe ich nicht genau ausmachen konnte, und einige Flaumfedern, die daran klebten. Diese Federn waren indes keineswegs so fein und weich, wie man es von Daunen erwartet hätte, aber es handelte sich bei diesem Vogel ja auch nicht um einen, den man gerupft hatte, um damit Kissen zu füllen.

Und da war er.

Zwischen einem Vorsprung im Fels und der gegenüberliegenden Wand eingeklemmt hing der leblose Körper eines Vogels, dessen Leib wohl die zwei-, wenn nicht dreifache Masse und Größe eines stattlichen und feisten Mannes besaß. Das Federkleid war spärlich, schütter und ließ die schwärzlich dunkle Haut durchscheinen, die von Stoppeln und Kielen durchsetzt war, die sich wohl noch zu Gefieder entwickelt hätten. Jene Federn, die ausgewachsen waren, schimmerten in einem Kupferton, der vom roten Licht der Leuchtkugel vertieft wurde. Hier und da sah ich Spuren von Blau, welches im Kugelschein violett wirkte, bei Tageslicht jedoch in sattem Azur leuchten musste. Die Form der Federn war eigentümlich: teils schmal geschwungen wie bei einem Raubvogel, teils breit und rund wie bei einem Pfau. Die Flügel waren für den plumpen Körper sehr kurz, weil ihnen wohl noch die langen Schwungfedern fehlten, doch fragte ich mich, wie sich das Tier denn mit jenen, die ich sah, hatte in die Luft schwingen können. Es kam mir der seltsame Zweifel, ob es sich überhaupt um einen Vogel handeln konnte. Ich sah eine der beiden Klauen, und auch wenn sie an die Fänge eines Greifvogels erinnerte, so hatte sie doch fünf Krallen und ähnelte auf schreckliche Weise einer menschlichen Hand, bedeckt von Schuppen und mit klingenartigen Nägeln. Noch beunruhigender war der Schädel des Tiers, der am nackten, sehnigen Hals schlaff über die Schulter hing. Dieser Kopf war in Proportion zum Körper übergroß, wie man es von jungen Vögeln kennt, auch war er nur von Flaum bedeckt, wenn man bei den kurzen, harten Federn von Flaum sprechen konnte. Erschreckenderweise sah ich zwischen den Kielen auch dünnere Strähnen, die an Haar erinnerten, wie von einem Säugetier. Und gleichfalls waren die Züge des Antlitz' – ich kann und will nicht von Gesicht sprechen – nicht allein die eines Vogels. Es war seltsam hundeartig und die Augen saßen weniger an den Seiten, sondern schauten gebrochen und starr unter Wülsten hervor, die sich über einer kurzen Schnauze zeigten. Das Hundemaul stand halb offen, erstarrt im Tod, und es zeigte keine Kiefer mit Zähnen, sondern einen scharfen Schnabel, wie jener eines Kraken, der sich ebenfalls unter Haut und Fleisch zurückziehen konnte. Der Schnabel hatte spitze Ausformungen an den Rändern, die bei einem ausgewachsenen Tier wohl durchaus an ein Gebiss erinnern mochten.

Dieses Wesen war ein schreckliches Zwittertier, wie es die Welt kaum je gesehen hatte. Ich erinnerte mich an den Mantikor in der kerkergesäumten Arena tief unter Al-Kadirs Felswüstenburg – oder doch nur an den undeutlichen Anblick des Ungetüms im schwachen Fackellicht. Es hatte einen Löwenschädel besessen, doch mit Haifischzähnen, und einen Leib wie ein Rhinozeros, wenngleich mit einem Skorpionsschwanz. Eine Gestalt der Fabeln, wie von einem Kind oder in einem studentischen Jux aus den Bildern oder ausgestopften Bälgen bekannter Tiere zusammengesetzt. Ich frage mich noch heute, ob der Mantikor nicht doch ein mit präparierten oder eigens hergestellten Teilen maskiertes Geschöpf gewesen war – oder, welch schrecklicher Gedanke, die Kreatur eines menschlichen Schöpfers, der sich nicht damit beschied, anders gestaltete Pflanzen oder Tiere zu schaffen, indem er sie züchtete, also über lange Zeit nur die gegebenen Möglichkeiten der Natur zu nutzen verstand, sondern die Natur selbst verkehrte und nach seinem Willen formte.

Dann wiederum entsprach das Wesen vor mir auf bedenkliche Art den Beschreibungen, welche die Sagen und Märchen vom Simurgh verkündeten – war dies ein Beleg, dass die Legenden der Wahrheit entsprachen, oder hatte eben doch irgendetwas sich der Erzählungen angenommen und das Wort Fleisch werden lassen? Wenn ein Künstler aus Farben oder Werkstoffen ein Beschriebenes sichtbar und greifbar machen konnte, war es dann einem Künstler anderer Art möglich, diesem zudem noch Gestalt und Leben einzuhauchen? Welch Blasphemie! Und doch schien es mir nach meinen Erfahrungen möglich zu sein, hatte ich doch erlebt, wie Tote ins Leben zurückkehrten, auch verändert in ihrer Erscheinung und ihrem Wesen. Wenn derlei mit dem Menschen geschehen konnte, was wäre dann mit dem schlichten Tier möglich, welches unser Mitgeschöpf ist, aber eben doch bloß ein Tier und daher noch mehr dem Menschen ausgeliefert als dieser selbst.

Ich hatte auch einen Namen: Tair Mirza. War er der Herr der Vögel, weil er diese schuf? Doch warum ließ er sie von anderen aufziehen? Dennoch eifrig darauf bedacht, dass sie mit ihm auf irgendeine Art verbunden waren. Welches Wort hatten die Russen benutzt? Prägung? Was mochte das bedeuten – etwa dass Tair Mirza den Tieren einen seelischen Stempel aufsetzte, ein geistiges Brandzeichen, das sie nicht nur als zu ihm gehörig kenntlich machte, sondern wodurch sie ihm auch hörig waren wie Sklaven oder ihn gar als einen Gleichen und dennoch Höherstehenden ansahen, wie einen Herrn, einen Heerführer oder den Anführer eines Rudels? Das teils Hündische dieses Tieres schien mir bedeutsam zu sein, doch mich schauderte beim Gedanken, dass ein Simurgh einem Mann folgte wie ein treuer Hund, der zwar auch Jäger und Schützer sein mag, aber doch nicht fliegen kann, während ein Jagdfalke seinem Herrn wiederum nur wegen Lohn und Atzung zu Willen ist.

Ich entsann mich des jungen Sangar und des treuen Dojan von einst.

Und dann erinnerte ich mich an eine noch viel frühere Begebenheit:

Als junger Mann war ich einmal mit einem Freund gleichen Alters, dessen Name hier nichts zur Sache tut, auch wenn ich ihm noch immer gewogen bin, zu einer Fußwanderung durch den ländlichen Teil meines Heimatlandes aufgebrochen, fernab meiner – der Scherz sei erlaubt – gewohnten Jagdgründe des Erzgebirges und den Felsgebieten, die man die Schweiz der Sachsen nennt. Und in einem lauschig gelegenen Dorf, in das wir zur Jause eingekehrt waren, waren wir einem Mann begegnet, der von allen anderen nur der „Gänsevater" genannt worden war. Denn er kümmerte sich um die frisch geschlüpften Gänseküken seiner Geflügelzucht auf eine ganz besondere Weise, sodass sie ihn, entgegen seines Necknamens, sozusagen als „Mutter" annahmen und drollig hinter ihm dreinliefen, wohin auch immer er ging. Dies taten sie im Gänsemarsch, wie es ihnen gegeben war. Im Englischen des fernen Amerika nennt man dieses Laufen in Reihe übrigens *indian file*, also Defilée der Indianer, wie ich erfahren habe. Mich hat dies wenig amüsiert, noch weniger meine roten Freunde, aber man kann solcherlei unschöne Ausbildungen der Sprache eben nicht verhindern, sondern sie nur auf ein angemessenes Maß zurückstutzen, indem man dergleichen despektierliche Begriffe nicht verwendet und somit deren Verbreitung nicht befördert. Diese sind nicht *polite*, höflich, wie der Engländer sagen würde, und eben auch nicht *correct*, also stimmig und folgerichtig. Man sollte sich in seiner Sprache daher bemühen, stets eine *polite correctness* an den Tag zu legen, und seinem Mund nur entströmen lassen, was höflich und stimmig ist. Ich spreche und schreibe nach diesem Ideal und hoffe, meine treuen und klugen Leser folgen mir darin nach. Sie müssen es ja nicht so eng und gleichförmig tun wie die Gänseküken dem Gänsevater. Aber zurück zu diesem und jenen: Die erwachsenen Gansvögel jenes sächsischen Dorfes nun hatten auch später noch eine innige Bindung an ihre menschliche Ersatzmutter. Und dies mochte es sein, was der Perser erreichen wollte, nur statt mit harmlos-nützlichen Gänsen mit riesigen Greifvögeln. Und auch wenn der Simurgh der Sage nach gemeinhin ein sanftes und glückbringendes Tier ist: Geprägt und aufgezogen von bösen Menschen, kann nur Übles daraus erwachsen, wie auch ein braver Hund durch schlimme Behandlung zu einer reißenden Bestie werden kann. Was mit den Simurgh-Jungen während der Aufzucht geschah, wollte ich gar nicht in Erfahrung bringen. Auch mochte es sein, dass ihnen gar nichts Übles angetan wurde, sondern dass sie allein durch jene Aufzucht in Finsternis und Abgeschiedenheit gefährlich wurden. Oder es stand noch eine weitere Sache dahinter. Schließlich waren die Tiere nicht von dieser Welt – vielleicht nicht wortwörtlich, aber doch aus dem Reich der Sagen oder von nicht-natürlicher Herkunft. Wer wusste schon, was sie auf welche Art verändert hatte.

Jedenfalls erklärte ich mir so auch den Angriff des jungen Simurgh auf den Ballon der Briten, auch seinen Ausbruch aus der Aufzuchtsbaracke. Bei ihm war jene Hinwendung zum Schlechten wohl allzu früh oder extrem aufgetreten. Wer wusste, was er in dem Ballon gesehen hatte? Einen Feind? Oder etwas anderes?

Ich besah das tote Tier mit Trauer, selbst wenn es Schrecken und Leid über die Briten gebracht hatte. Es war ihm nicht vergönnt gewesen, Herr seines Willens oder seines Wesens zu sein, und so war Tair Mirza der wahre Schuldige am Absturz des Ballons und am Tod von Professor Hardwicke.

„Sihdi, was für ein Untier“, hauchte Halef und riss mich aus meinen Gedanken.

„Nein, Halef“, gab ich zurück. „Es sieht ungewohnt aus und ist uns fremd, aber es ist doch ein Tier wie viele andere. Mir ist aufgegangen, warum es den Ballon angegriffen hat. Denk an einen Bären, der verletzt ist, oder eine Bärin, die ihre Jungen verteidigt. Dieser Vogel war nicht körperlich, sondern in seinem Wesen verletzt und verteidigte sich oder sein Selbst, wenngleich unbewusst. Ich erkläre es dir bei Gelegenheit.“

„Du sprichst von Bären, Sihdi. Vergiss aber nicht, dass du jüngst einen getroffen hast, der gewütet hat, weil wohl etwas Schreckliches in ihm war.“

„Es ist hier nicht anders. Nur sind das Schreckliche wohl die Taten des Mannes, der sich Tair Mirza nennt."

„Wenn dieser der Herr der Vögel ist, dann ist dies hier trotz seiner wunderlichen Gestalt also doch ein Vogel?"

„Ja. Und was ich dir nun sage, bleibt unter uns. Weder die Briten und schon gar nicht die Nestorianer sollen es erfahren. Ich glaube, dies ist ein Simir, ein Simurgh."

Halef ächzte.

„Dann sind all die anderen in den Hütten ebenfalls solche?"

Ich nickte.

„Aber warum? Wer will denn so viele von solch schrecklichen Biestern? Und wofür?"

„Wofür richtet ein Mann seinen Hund ab oder seinen Falken?"

„Für die Jagd."

„Oder den Krieg."

„Doch wen will Tair Mirza bekriegen?"

„Wer weiß ..." Ich erinnerte mich an die Worte der Russen. „Tair Mirza soll morgen hier eintreffen. Wir könnten ..." Ich schüttelte den Kopf. „Nein, wir können nicht erneut ins Lager zurück. Die Wachen werden jetzt aufmerksamer sein als zuvor. Und wir müssen ohnehin fort von hier. Die Briten brauchen unsere Hilfe. Und wir müssen Marah Durimeh suchen."

Halef bemerkte meine leise Verbitterung, er weiß ja nur zu gut, wie es mich dauert, wenn ich gezwungen bin, einem Unrecht nicht umgehend entgegenzutreten.

„Und wir werden wieder auf Haschim treffen. Er weiß wohl, was es mit dem Simurgh auf sich hat, und vielleicht sogar, wer Tair Mirza ist. Oder was dieser plant." Halef nickte mir zu. „Und wenn nicht, werden wir es gemeinsam herausfinden. Ein wenig später."

„Recht so, Halef. Eines nach dem anderen. Es wird wohl so rasch nicht wieder ein junger Simurgh aus seinem Verschlag brechen und einen britischen Ballon angreifen. Und bis all die anderen ausgewachsen sind, ist wohl noch Zeit."

„Und es ist an der Zeit, dass wir aus dieser Felsspalte herauskommen. Auch ist dort oben jemand ungeduldig."

Ich blickte hinauf und sah gegen den dunklen Himmel das schwach erleuchtete Gesicht von Ann Lindsay. Auch sah ich ihre ungeduldige Handgeste. Immerhin hatte sie nicht zu uns hinabgerufen. Sie mochte wohl unser Gespräch gehört haben, wenn auch nur undeutlich. Als wir schwiegen, wisperte sie unterdrückt:

„Was ist nun? Ich will das Biest …"

„Oh!", rief ich in gespielter Hektik zurück.

Ich war mir nicht ganz im Klaren, ob der junge Simurgh nicht als Trophäe dienen sollte, auch nicht nur ein Stück von ihm, oder ob ich Ann Lindsay keine Bilder für ihre Albträume geben wollte. Jedenfalls trat ich mit dem Stiefel gegen den Felsvorsprung, der den Kadaver des Tieres hielt. Ich hatte bemerkt, wie einige größere Geröllbrocken recht locker saßen. Diese löste ich nun und da begann der Leib des toten Simurgh sachte zu rutschen und glitt schließlich mit einem leisen Scharren der Federn am Fels in die schwarze Tiefe. Wie weit die Felsspalte hinabreichte, konnte ich nicht ermessen, ich hörte keinen Aufprall. Mochte hier das Grab des jungen Fabelvogels sein, auf welche Weise er auch immer den Geschichten entsprungen sein mochte oder wie und wann auch immer jemand einen seiner Vorfahren erblickt hatte, um jene Sagen zu erzählen.

„Was ist geschehen?", rief Ann Lindsay leise hinab.

„Es ist völlig hinabgerutscht! Und die Seile werden kaum bis nach unten reichen!", erklärte ich. „Wir kommen wieder hinauf."

Als Halef und ich im Schein der Leuchtkugel die Felskante überwanden, erwartete uns Ann Lindsay mit ungehaltenem Gesichtsausdruck.

„Zu dumm", sagte sie. „Ich hätte doch gleich mit hinuntersteigen sollen."

„Es war sehr eng dort unten“, sagte ich. „Man konnte sich kaum bewegen. Und der Kadaver saß nicht sicher. Nicht, dass Ihnen beim Trophäenschneiden etwas geschehen wäre ...“

„Vielleicht hätte ich das geborgte Messer verloren. Das wäre dumm gewesen“, sagte sie und verzog den Mund. Dann aber hob sie die Brauen und blickte Halef an.

„Kannstdumirleuchten, Hadschihalefomar?“, sagte sie haspelnd und schaute Halef dann nickend an, als glaubte sie, er wäre etwas schwer von Begriff; dabei verstand er sie nur so schlecht wegen ihrer nachlässigen Aussprache des Arabischen. Dann gab sie Cedric Allen einen Wink, wand sich das Seilende um die Taille und verknotete es geschickt, noch bevor der Brite Warnung oder Widerspruch geben konnte. Er packte stattdessen das Seil fester, denn schon trat Ann Lindsay an den Rand der Felsspalte und ließ sich ganz undamenhaft am Rand nieder. Sie räusperte sich ungehalten und gleich trat Halef eilig hinzu und hielt am langen Arm die Leuchtkugel über die Felskante.

„Dankeschön“, sagte Ann Lindsay gepresst und angestrengt. Sie schob den Kopf vor und angelte mit einer Hand hinunter. Dann stieß sie einen unterdrückten Triumphruf aus. Wiederum undamenhaft ächzend richtete sie sich auf und hob mit spitzen Fingern eine staubige und blutige Flaumfeder empor, die sie von der steinernen Spaltenwand geklaubt hatte.

„Immerhin!“

Dann nickte sie Halef zu, der froh zu sein schien, dass sie nichts weiter sagte. Er hatte Sir David Lindsays radebrechendes Arabisch stets tapfer ertragen, aber was Ann Lindsay seiner Mutterzunge antat, bereitete ihm anscheinend körperliches Unwohlsein.

Die junge Lady löste den Knoten des Seils erstaunlich geschickt mit nur einer Hand, stapfte an Cedric Allen vorüber, der dergleichen Verhalten wohl kannte. Ich verstand ihn. Man muss die Menschen aus dem Geschlecht der Lindsays nehmen, wie sie eben sind.

Ann Lindsay griff beiläufig einen Fetzen Tuch vom Boden und reinigte die Feder, dass man deren kupferrote und himmelblaue Tönung erahnen konnte. Schließlich hatte sie im Durcheinander des zerstreuten Gepäcks ihre Kopfbedeckung entdeckt, einen runden Korkhelm mit Khakibezug, der allerdings weniger hoch aufragte als jene, die gemeinhin von den Briten in den Tropen getragen wurden. Dennoch besaß er das typische schalartige Tuch, das als Hutband darumgewunden war. In dieses steckte Ann Lindsay die gesäuberte Feder, stülpte sich den Helm auf die halb aufgelöste Frisur, wandte sich dem schwachen Signalfeuer der Nestorianer zu und rief zu uns herüber, die Fäuste in trotziger Heldenpose in die Seiten gestemmt:

„Jetzt können wir aufbrechen."

Wir standen da und konnten kaum widersprechen.

Dann schaute Ann Lindsay sich unschlüssig um.

„Aber ich muss noch packen."

Sechzehntes Kapitel
Höhlenrast

Wir erreichten die Warte der Urartäer ohne Mühen und ohne drohende Gefahr. Die Blicke, die wir während unseres Wegs zurück zum Lager der Russen warfen, zeigten, dass uns niemand verfolgte, es sei denn, diese Männer wanderten in völliger Finsternis und ohne Lampen oder Fackeln durch die Dunkelheit. Und am kommenden Morgen würden sie kaum unsere Spur aufnehmen können, denn einerseits bezweifelte ich, dass unter den ehemaligen Militärs, welche die Wachmannschaft bestellten, sich allzu gute Spurenleser befanden, und andererseits hatte ich keinen Hinweis darauf vernommen, dass sich im Lager Spürhunde befunden hätten. Angesichts der gefährlichen Vögel in den Baracken wäre die Gegenwart von Hunden ohnehin nicht angeraten gewesen, wenngleich aus entgegengesetzten Gründen als denen, weshalb man sonst auf Hunde auf der Hühnerfarm verzichtet. Der Begriff Hühnerhund, welcher eigentlich Vorstehhund lauten müsste, bezieht sich ja nicht auf Wachhunde in einer Hühnerzucht, sondern auf Hunde, die bei der Geflügeljagd eingesetzt werden.

Der einzige Hund in dieser Gegend erwartete uns in der Höhle am Fuß der steilen Stiege, welche uns von der Warte der Urartäer hinabführte. Die beiden Briten waren gänzlich unverwundert in den steinernen Ausguck gestiegen, nachdem wir ihnen erklärt hatten, wohin unser Weg führte. Sie sahen dies weniger als eine Flucht oder Befreiung, sondern vielmehr als ein neues Abenteuer, eine Fortführung zu Fuß von jener Reise, zu der sie mit dem Ballon aufgebrochen waren. Und sie sahen es als Beginn einer Expedition, die sie zunächst zu einem geeigneten Ort führen würde, von dem aus sie hierher zurückkehren konnten, um den Leichnam Professor Hardwickes zu bergen, zwecks Überführung in die britische Heimat. Anhand einiger Äußerungen glaubte ich allerdings Überlegungen zu erkennen, dass dies einerseits mit der Familie des Mannes, andererseits mit dem Vorstand des Travellers Club besprochen und mit den Club-Statuten abgeglichen werden sollte. Ich hatte Sir David nie gefragt, welchem Ziel oder Anliegen sich der Travellers Club über das abenteuerliche Reisen seiner Mitglieder hinaus eigentlich verschrieben hatte, aber es mochte da nun doch so einiges geben, wie ich aus Andeutungen erfuhr. Ich drang aber nicht weiter in die Hintergründe vor, da ich mich nie sonderlich für Vereine begeistert oder in ihnen engagiert habe, denn ich bin mein eigener Herr und reise aus eigenen Interessen und eigener Profession, da ich mich allen verpflichtet fühle, die an meinen Berichten Gefallen finden, und nicht allein für irgendwelche Herren in einem Vereinsheim oder in einem *club-room* referieren möchte.

Von diesen kleinen Eigentümlichkeiten abgesehen, verhielten sich die junge Lady Lindsay und Cedric Allen wie rechte Abenteurer. Sie hatten eingesehen, dass wir ihr reichliches Gepäck, welches beim Absturz zerstreut worden war, nicht neuerlich zu Bündeln schnüren und Ballen formen und dann huckepack durch die Berge befördern konnten, als seien wir Expeditionsführer und eingeborene Träger gleichermaßen. Ich beschrieb noch an der Absturzstelle den Einsteig zur Warte der Urartäer und die Stiege dahinter, und dass dort niemand mit Ballen oder Bündeln, noch weniger Kisten oder Truhen passieren konnte, selbst wenn es sich um solch bescheiden bemessene Truhen und Kisten handelte, wie sie die Briten mit sich führten. So beschieden die beiden sich mit ihren Waffen, den Wertgegenständen, Dokumenten und einigen Kleidungsstücken, also allem, was man am Leib tragen konnte. Sie wollten zunächst auch einen Mundvorrat an Verpflegung mitführen, um sich nicht von uns aushalten zu lassen, doch ich verkündete, dass wir wohl genug auf den Packtieren verstaut hatten, um bis Mehabad noch zwei weitere Münder zu versorgen. Ann Lindsay ließ sich aber nicht davon abbringen, sich eine Riementasche mit einigen Konservendosen über die Schulter zu hängen. In den verlöteten Blechbüchsen befanden sich ihrer Angabe nach zwei für sie unschätzbar wichtige, gar lebensnotwendige Nährmittel, ohne die sie unmöglich die kommenden Tage überstehen könne. Ich ahnte etwas und begriff: Die junge Dame hatte auf dem Internat wohl die Wichtigkeit des Verzehrs von Gemüse verinnerlicht und dies mit der Vorliebe der Engländer für weichgekochte Vegetabilien verbunden. In den Dosen befand sich gewiss die Königin der Gemüsekonserve, nämlich haltbar gemachter Spargel. Für dieses Patent hat der Franzose Nicolas Apert, bemerkenswerterweise ein Zuckerbäcker, nicht von ungefähr hohes Lob des damaligen Franzosenkaisers Napoleon erhalten. Heute, und das sage ich nicht ohne Stolz und auch mit dem Genuss einer gewissen Ironie, stellen die Deutschen den besten Dosenspargel her, namentlich in der Gegend von Braunschweig, was einem Herrn Gustav Grahe zu verdanken ist. Gewiss ist frisches Gemüse, zumal der Spargel im Frühjahr, seinem in Zinn gehüllten Blechkameraden stets vorzuziehen, doch wenn Gaumen und Magen außerhalb der Saison danach verlangen, ist man auch über die Konserve froh, erst recht in einem Ballon über dem Zagros.

Ich sagte also nichts dagegen, dass Ann Lindsay sich mit einer kleinen Büchsenlast belud, denn – die scherzworthafte Gleichsetzung sei mir erlaubt – sie trug an ihrer Flinte ja umso weniger schwer, während wir Männer vollständige Gewehre, Flinten, Stutzen und eben Büchsen mit uns trugen. Und in der engen Felsstiege zur Höhle hinab, hatte die junge Dame auch wesentlich weniger mit der Sperrigkeit der Schießgeräte zu kämpfen.

Unten angekommen, empfing uns Zinar, der oben in der Warte gewacht hatte, bis wir herangekommen waren, um sich dann eilig an die Lagerstatt zu begeben, damit er uns mit einem kräftigenden Mahl aus Brot und Fleisch und Kaffee empfangen konnte. Das Feuer hatte er, wie es die Nestorianer stets an diesem Ort taten, nahe genug am Höhleneingang entfacht, damit der Rauch dort abzog und sich nicht die Felsstiege als Kaminabzug suchte. Es wäre wohl sehr unangenehm gewesen, einen Abstieg in einer veritablen Räucherkammer zu unternehmen, und selbst wenn ich schwarzen Schinken und harten Würsten durchaus hold bin – so will ich doch keineswegs selbst als solche enden.

Zinar begrüßte uns, auch Sangar sprang freudig einher – bis beide der unerwarteten Gegenwart von Ann Lindsay gewahr wurden. Zinar mochte die junge Dame in ihrem Abenteureranzug nicht gleich als solche erkannt haben, war dann aber äußerst höflich und zuvorkommend, wenn auch scheu und linkisch, was wir Männer mit amüsierter Miene, aber ohne Spott bemerkten. Im Gegenzug nahm die Partei der anwesenden stolzen Nestorianer es hin, dass Ann Lindsay in ihren Worten des Dankes für Befreiung und Verköstigung das Kurmandschi ebenso schrecklich verhaspelte wie zuvor das Arabische. Sie sprach beide Sprachen und, wie sie anfügte, auch noch einige weitere meines Ermessens ja durchaus flüssig und sicher, auch ihr Wortschatz war glänzend, aber für die Melodie jener Idiome war sie wohl nicht recht empfänglich, also gewissermaßen unmusikalisch. Aber wir befanden uns hier ja auf keinem Sprachkongress und in keiner Debattierstunde. Vielleicht aber ein klein wenig in einem Zirkus. Denn Sangar, der junge, aber bereits tüchtige Jagdhund, war wie aus dem Häuschen, als er die Neuankömmlinge kurz beschnüffelt hatte. Cedric Allen hatte während der allgemeinen Begrüßung Zinars, welcher er auch eine wiederholte und diesmal förmliche Vorstellung gegenüber Welat und Sivan anschloss, dem Hund nur beiläufig die Hand hinuntergestreckt, damit dieser sie beschnuppern konnte, ansonsten aber Sangar nicht weiter beachtet – der Brite schien ein Hundekenner zu sein, denn man soll ja gerade die Jagdhunde unter ihnen nicht durch Kosen und Poussieren verzärteln, wie es ältere Damen mit ihren Schoßhündchen zu tun pflegen. Stattdessen soll zwischen Herr und Hund eine freundschaftliche Strenge angestrebt werden. Dies mochte Sangar wohl wissen, aber ebenso, dass er bei jüngeren Damen, wie man so sagt, auch einen Schlag haben mochte. Also sprang er munter um die Stiefel Ann Lindsays herum, und diese bestätigte ihn, da sie mit dem weitermachte, was sie von sich gegeben hatte, kaum dass sie Sangar gesehen hatte:

„Feiner Hund! Ja, ist der goldig! Wie hübsch! Guter – wie heißt er denn? – Sangar! Ja, wo ist er, der Sangar! Da ist er ja! Braver Sangar!“

Dabei klatschte sie in die behandschuhten Hände, wackelte mit dem Kopf, drehte sich um sich selbst, dabei dem Hund folgend oder zuvorkommend oder entgegengesetzt, und lachte fröhlich. Wann immer Sangar an ihr hinaufspringen wollte, wich sie geschickt aus, um das Spiel weiterzutreiben. Da sowohl Sangar als auch Ann Lindsay dabei nicht allzu viel Lärm machten, der über den Felskamin oder die Schlucht vor der Höhle verräterisch fortgetragen worden wäre, ließ ich den beiden jungen Geschöpfen ihren Spaß. Schließlich trollte sich Sangar, denn er hechelte und zog sich in seine Nische zurück, um den Kopf auf die Pfoten zu legen. Zinar warf ihm einen Brocken hin und Sangar kaute zufrieden, nachdem er daran geschnuppert hatte.

„Sie mögen Hunde?“, fragte ich das vermeintlich Offensichtliche, nur um etwas Konversation zu machen. Ann Lindsay legte ihre Tasche und die anderen Dinge ab, um sich ans Feuer zu setzen, wobei sie einen Blick in die Nische warf, in der Sangar lag.

„Nein, im Gegenteil“, gab sie zurück. „Ich fürchte mich vor ihnen und mag sie gar nicht um mich haben.“

„Oh“, sagte ich erstaunt. „Aber warum dann das eifrige Spiel und die Freude, die somit wohl nur vorgeblich war?“

Ann Lindsay schaute mich ernst an. „Ja, glauben Sie denn, ich *zeige* den Hunden, dass ich Angst habe? Dann würden sie doch schnappen, beißen oder sonst etwas! Die schrecklichen haarigen Biester!“ Sie schüttelte sich, griff nach dem angebotenen Brot und spähte während des Kauens misstrauisch in die Nische des Hundes. Der kaute ebenfalls und blickte sie treuherzig an. Ann Lindsay seufzte. „Wie Onkel zu sagen pflegt: Kannst du den Feind nicht schlagen, verbünde dich mit ihm. Oder so ähnlich.“

„Das klingt gar nicht nach Sir David.“

Sie schüttelte den Kopf. „Anderer Onkel. Militärpfarrer.“

„Sir David ist mit Ihnen in welchem Grade verwandt?“

„Er ist der Bruder meines Vaters, dem achtzehnten ...“

Ich vermeide es, die längere Titelnennung und damit einhergehende Genealogie derer von Lindsay hier auszubreiten, um meine Leser nicht zu langweilen, denn sie schätzen ja meine Reiseerzählungen und wollen nicht stattdessen Adelsromane oder Hofberichte erhalten, geschweige denn Klatsch und Tratsch der oberen Zehntausend, wie man es nennen könnte. Und sollte es sich wider meines Erwartens doch so verhalten, so möchte ich doch diverse Dinge verschweigen, welche die Familie meines geschätzten Freundes Sir David betreffen. Dieser mochte seiner Nichte so einiges im Vertrauen per Brief mitgeteilt haben, was meine Person betrifft, aber es blieb dann doch in der Familie. Und auch wenn ich meine Leser sehr schätze, mich ihnen wohl so nahe fühle wie sie sich mir, so seien mir doch einige Diskretionen erlaubt, vor allem wenn sie Menschen von höherem Stand und Adel betreffen.

Ich darf, um die wahrscheinlich doch vorhandene Neugier ein wenig zu befriedigen, den weiteren Verlauf des Gesprächs wiedergeben, welches übrigens nicht allein am Feuer in der Höhle, sondern auch auf der anschließenden Reise nach Mehabad geführt wurde. Den üblichen Gepflogenheiten des Erzählers gemäß erlaube ich mir, es so wiederzugeben, wie es interessant und schlüssig zu lesen ist, und nicht unbedingt, wie es sich genau ereignet hat, so wie auch andere gewisse Details in einem dennoch getreulichen Reisebericht geflissentlich und dankbar verschwiegen werden können.

Ann Lindsay plauderte also:

„Onkel Da...vid ist das schwarze Schaf der Familie, wie Mutter zu sagen pflegt. Nun, das sagt sie, weil sie eben angeheiratet ist, und sie nutzt auch ein anderes Wort, aber das sage ich hier nicht.“ Sie lächelte kokett.

„Warum aber Onkel *Daffy*, was Sie ja in der Öffentlichkeit und in Gegenwart von Cedric Allen tunlichst vermeiden sollen?“

„Oh, das stammt noch aus meiner Kindheit. Als ich noch ganz klein war, habe ich *David* falsch ausgesprochen. Alle haben herzlich gelacht, wie es Erwachsene eben bei den Worten von Kindern so tun. Ich dachte damals natürlich, sie lachten, weil es so putzig klingt, aber dann habe ich erfahren, dass *daffy* eben *seltsam* oder gar *verrückt* bedeutet und alle es für äußerst treffend hielten. Und mich hielten sie für klug, weil ich das erkannt hätte. Dabei habe ich damals doch nur nicht deutlich sprechen können.“ Sie zuckte mit den Schultern und straffte sie dann. „Heute ist das natürlich anders.“

„Gewiss.“

„Aber der Name ist hängengeblieben. Auch Vater nennt Onkel so, Mutter ohnehin. Nur die Tante aus Cardiff redet sich, wenn man sie dabei ertappt und schimpft, damit heraus, dass Dafydd ja nur die walisische Variante von David sei und somit alles gar nicht so schlimm. Nun ja, er hört es ja nicht oft, weil er so selten zu Hause ist oder eben auf Besuch bei uns.“

„Und deshalb sind Sie in den Travellers Club eingetreten, um Ihren lieben Onkel öfter zu sehen.“

„Aber nein!“

„Nicht? Ich dachte, Sie verstehen sich gut mit ihm, und er schreibt Ihnen doch lange Briefe?“

„Nein, ich bin kein Mitglied im Club. Ich bin erst Anwärterin. Zudem in der neuen Damenabteilung.“

„Das ist sehr modern, geradezu sensationell!“

„Onkel Da...vid hat die Gründung angeregt und befördert.“

„Das lobe ich! Eine sehr ehrenwerte Sache im Dienste der Emanzipation. Und Ihnen wünsche ich viel Glück!“

„Das brauche ich. Ich bin nämlich die einzige Anwärterin. Wenn ich versage, ist die Damenabteilung dahin, bevor sie begonnen hat.“

„Oh.“

„Und der Tod von Web … Professor Hardwicke und der Verlust des Ballons werden nicht … nun ja.“

„Aber dies war doch nicht Ihre Schuld! Cedric Allen wird für Sie bürgen. Und auch ich werde das gern tun, denn gewissermaßen bin ich ja Zeuge, zum Teil zumindest. Und ich kenne Sir David.“

„Das würde die Sache nur heikler machen. Bevorzugung durch Bekanntschaft und so.“

Sie seufzte erneut. „Und meine fotografische Kamera ist auch dahin. Ich wollte doch die Reisefotografie oder fotografische Reise befördern – auch und gerade in der Luft.“

„Grämen Sie sich nicht. Es kann und wird alles weitergehen. Sie werden dem großen Nadar erfolgreich nachfolgen, Reisen im Ballon unternehmen und sogar darüber Bücher schreiben. In dieser Reihenfolge, das hat sich bewährt.“

Sie lächelte schwach. „Nun, ich habe Nadar ja bereits nachgeeifert… schließlich hat er ebenfalls einen Absturz erlitten. Mit seinem Riesenballon, dem *Giganten*. Großer Ballon, großer Absturz.“

„Der *Gigant*? Daran erinnere ich mich! Es ist gut eineinhalb Jahrzehnte her und ereignete sich in Deutschland, in der Gegend von Hannover, genauer bei …“

„Neustadt am Rübenberge!“ Ann Lindsays Akzent war sehr goldig, um eines ihrer eigenen Worte zu benutzen. „In Hannover wurde er im Spital behandelt. Übrigens, Mister Kara: Onkel hat mir in seinem jüngsten Brief aus Istanbul berichtet, dass Sie einen Herrn aus Hannover kennengelernt hätten, erstaunlicherweise mitten in der Wüste. Die Welt ist doch klein, nicht wahr? Aber wer wüsste das besser als Sie!“

In der Tat, da hatte Ann Lindsay nicht nur in diesem Belang Recht, sondern auch darüber hinaus, ohne es zu ahnen! Denn nun wurde mir so einiges klar. Der besagte Herr aus Hannover war Professor Wolfgang Thadewald, Bibliothekar an der dortigen Königlichen Bibliothek, Experte für Keilschrift, deshalb auf Expeditionen im Zweistromland unterwegs, zudem Schachkenner und – eifriger Leser des französischen Romanautors Jules Verne, der sich mit der Erzählung phantastischer Fahrten einen Namen gemacht hatte, als Julius Verne in Übersetzung auch in Deutschland. Die Begeisterung Thadewalds für Verne ging sogar soweit, dass der Herr Professor seinen stattlichen Bart und seinen vollen Haarschopf tatsächlich in der Art des Romanciers trug und diesem wahrhaft verblüffend ähnlich sah.

Nun begann ich zu rechnen und – entgegen meines Naturells und meiner Gewohnheit – zu fabulieren: Ich wusste, dass ein Kollege und Studienfreund Thadewalds, Oppert mit Namen und ebenfalls Keilschriftexperte, in Frankreich forschte und Thadewald stets mit den neuesten Romanen Vernes versorgte, bevor diese in Deutschland erschienen. Auch erinnerte ich mich nun eines Details aus der Erzählung Thadewalds während unserer ersten Begegnung in der Wüste, in seinem Zelt nahe der britischen Ausgrabung, bei der er nicht nur von seiner Liebe zu Verne berichtet hatte, sondern, etwas plapperhaft und zerstreut wie er nun einmal war, auch von einer gewissen schicksalhaften Verbindung oder Begegnung, die zu all diesem geführt hatte. Ich gebe zu, dass ich dieser Abschweifung damals keine rechte Aufmerksamkeit schenkte und sie später nicht aufschrieb; ich war damals schon zu sehr damit beschäftigt, dem Geheimnis des Schurken Al-Kadir auf die Spur zu kommen. Aber Thadewald berichtete damals von einem Besuch im Hospital Hannover, um den fabelhaften Luftfahrer Nadar zu sehen. Und Oppert war damals bereits in Frankreich. Dies war im Jahre 1863. Just in diesem Jahr erschien der erste Roman Vernes über eine fünf Wochen währende Reise im

Ballon, der eben diesen Titel trug. Man mag nun mutmaßen, dass Verne direkt von Nadar inspiriert wurde, welcher ja ein berühmter Mann war. Doch ich weiß allzu gut, dass Tatsachen allein noch keinen Autor machen, es braucht auch einen Anstoß dazu. Und ich fragte mich, ob hinter Thadewalds Faible für Verne mehr steckte als nur die ausgeprägte Leseleidenschaft … schließlich glaube ich nicht an Zufälle, und meine Reisen und Erlebnisse haben mich darin stets bestätigt, dass es diese nicht gibt, nur eben die Wege des Schicksals.

„Nun“, sagte ich zu Ann Lindsay, „das alles lohnte sich, einmal näher zu beschauen. Aber sprechen wir kurz über Sie und Ihren Onkel, also Sir David. Sie hatten zuletzt aus Istanbul von ihm gehört, vielmehr: gelesen?“

„Ja, er schrieb über die gemeinsamen Erlebnisse mit Ihnen und dass er sich auf ein Schiff nach London begeben würde. Er wollte mich nämlich treffen, um mich zu meiner Ballonexpedition zu verabschieden. Aber dann kam ein Kabeltelegramm, in dem er bedauerte, bei der Abfahrt nicht zugegen sein zu können, er sei auf Malta aufgehalten worden und überhaupt hätten sich seine Pläne geändert.“ Ann Lindsay zuckte mit den Schultern. „So etwas ist doch ganz üblich bei einem tüchtigen Traveller. Ein Reiseplan lässt sich nicht nach Stunden und Minuten planen und läuft dann auch nicht wie ein Uhrwerk ab. Ein Reisender ist keine Maschine. Er handelt nach den Umständen und der Eingebung.“

„Das sind kluge und wahre Worte, junge Dame!“, lobte ich. „Und auf Sir David bezogen: Es kam eben etwas dazwischen, wie man so sagt. Aber seien sie unbesorgt, Sir David geht es gut, er hat bekommen oder vielmehr wiedererhalten, nach was ihn verlangte.“

„Das Schachspiel“, nickte sie. „Das freut mich. Ich würde es zu gerne sehen!“

„Wenn Sie nach England zurückkehren, werden Sie das wohl tun können, denn Sir David hat sich ebenfalls dorthin begeben.“

„Nicht über Malta, hoffe ich."

„Zumindest auf keinem Militärschiff. Er wird umso mehr zu schätzen wissen, woran er mit seiner eigenen Yacht ist. Wenn er mit dieser damals nach Basra gekommen wäre, hätte es wohl einige der Scherereien nicht gegeben." Ich dachte an Edward Drax Bradenham, diesen unangenehmen Menschen, wollte aber gleichsam nicht nachtragend oder ungerecht sein, denn er hatte mich auf dem Balkan ja durchaus aus einer misslichen Lage befreien können. Oder zumindest Halef und mich dabei unterstützt. Ich will niemandem seine Meriten verwehren, jedoch auch keinesfalls übertreiben.

„Die Yacht war in der Werft", erklärte Ann Lindsay. „Die Umbauten dürften fertiggestellt sein, wenn Onkel eintrifft. Und dann kann er gleich alles ausprobieren. Ich werde ihm bei nächster Gelegenheit kabeln, dass er mich abholen soll. Das wird er gerne tun." Sie suchte in den Taschen ihrer Jacke herum, fand aber nicht das Gewünschte und verzog das Gesicht. „Mein Merkheft ist fort. Verloren, gestohlen, wer weiß?" Dann biss sie sich auf die Unterlippe und schaute mich fragend an. „Ich habe die Gegend nicht so im Kopf: Soll ich auf Onkel besser an der levantinischen Küste warten, Libanon und Syrien und so, oder doch lieber am Schwarzen Meer? Was meinen Sie, würde ihm als Reiseziel eher behagen?"

„Ich kam mit meinen Gefährten über das Schwarze Meer. Da ist es etwas unruhig."

„Wetter?"

„Piraten."

Ann Lindsay riss die Augen auf. „Famos! Das würde Onkel gefallen, ein wenig Abenteuer!"

„Ach, junge Lady Lindsay …"

„Ann!"

„Lady Ann …"

„Ann!"

„Ihr Onkel ..."

„Ist nicht Francis Drake, der Freibeuter, ich weiß. Aber das macht nichts!“ Sie lächelte mich an. Bevor ich etwas entgegnen konnte, wechselte sie das Thema, indem sie ihre Riementasche heranzerrte und zwei Konservendosen hervorholte. „Soll ich zur Feier der Rettung etwas spendieren?“

„Was ist das?“, fragte ich, denn die Blechbüchsen waren unbeschriftet.

Ann Lindsay schüttelte beide, jeweils an einem Ohr, und hielt dann erst die eine, dann die andere nach vorn. „Gezuckerte Kondensmilch und *Lemco*. Die eiserne Ration oder eben doch die in Blech. Unverzichtbar auf Reisen. Nahrhaft bei geringem Gewicht und es schmeckt gut.“ Sie leckte sich undamenhaft die Lippen und hielt dann doch etwas peinlich berührt die Hand vor den Mund. „Sorry.“

„Lemco, Lemco“, überlegte ich und begriff dann. „Ach, es ist Fleischextrakt.“

„Bestes Rind, eingedampft und eingedost von *Liebig's Extract of Meat Company* in London“, strahlte Ann Lindsay und zwinkerte. „Wenn es um *Beef* geht, macht uns Engländern niemand etwas vor!“

„Justus von Liebig war Deutscher“, korrigierte ich vorsichtig. „Aber er war stets um das Wohlergehen der Welt bemüht. Deshalb der Firmensitz in London und die Rinderfarmen in Argentinien und Westafrika.“ Ich winkte ab, denn ich wollte nicht dozieren. „Aber Sie müssen Ihre eiserne Ration nicht anbrechen. Sie sind gewiss um das Wohlergehen Ihrer Retter bemüht, aber ich denke nicht, dass Sie den anwesenden Herren damit eine Freude machen, denn dergleichen Speise ist ihnen doch allzu fremd.“

„Dann müssen sie es ja gerade versuchen“, beharrte die junge Dame und suchte nach ihrem Gürtelmesser. Dabei erinnerte sie sich an den Verlust ihres Gepäcks. „Ach je, die Tassen und Töpfe sind ja noch im Trümmerhaufen.“ Sie prüfte mit gewissenhaftem Blick die Dosen. „Man könnte natürlich zunächst etwas entnehmen und dann umfüllen ...“

Ich vermied zu erwähnen, dass sich in unserem Gepäck durchaus Kochgeschirre und Näpfe befanden. Aber ich hatte eine schreckliche Ahnung.

„Sie brauchen die Gefäße nicht zum Ausschenken und Verdünnen, sondern ..."

Ann Lindsay schaute mich verständnislos an. „Zum Mischen, selbstverständlich! Halb und halb. Ich nenne es: Ambrosia der Ballonfahrer. Das gibt Kraft für viele Stunden, ohne langwieriges Kochen und Kauen und dergleichen." Sie nickte vor sich hin und schnalzte undamenhaft mit der Zunge.

Ich wagte nicht, sie zu fragen, ob sie von der eisernen Ration der deutschen Armee wisse, der sogenannten Erbswurst, einem Verbund aus Hülsenfruchtmehl, Trockenzwiebeln und Speck, aus welchem man eine schlichte Variante dessen bereiten kann, was der Franzose eine Potage St. Germain zu nennen pflegt. Vor wenigen Jahren hatte Johann Grüneberg aus Berlin diese formidable Erfindung gemacht, mit Gewinn an die Armee verkauft, und dies zum Wohlergehen der Soldaten und mittlerweile auch des einsamen Wanderers oder Forschungsreisenden. Doch ich fürchtete, wenn Ann Lindsay davon erführe, würde sie ihrem zweifelhaften Nährmittel noch eine weitere Komponente hinzufügen, um es noch gehaltvoller zu machen. Dies konnte ich kaum verantworten, auch ihren Mitreisenden gegenüber. In diesem Augenblick war ich froh, dass Abdi der Koch nicht zugegen war. Ihm solches zu erklären, hätte ihn gewiss geschreckt.

„Eine höchst effektive Mixtur, zweifellos", nickte ich anerkennend. „Aber wohl nicht für jedermanns Gaumen und nur den todesmutigen Abenteurern vorbehalten."

„Wie Sie, Mister Kara?"

„Ich halte mich gern an schlichtere und weniger moderne Speisen. Für die anderen kann ich vielleicht insofern sprechen, dass Sie, wenn Sie jenen etwas Gutes tun wollen, ihnen in Mehabad ein Mahl spendieren. Ansonsten sehen die Männer es wohl als Ehre genug an, eine junge Dame gerettet zu haben."

„Und Cedric Allen“, fügte Ann Lindsay an, dann seufzte sie leise. „Webby hat das Ambrosia gemocht. Er hatte dann ziemlich lustige Flecken im Bart ...“ Sie schniefte ein wenig. „Na gut“, sagte sie dann und verstaute die beiden Blechdosen. „Ich sollte jetzt ein wenig schlafen. Sie haben doch eine Decke übrig?“ Dann schaute sie argwöhnisch zu dem schlummernden Sangar hinüber. „Er ist doch keiner, der einem morgens über das Gesicht leckt, oder?“ Sie klopfte auf die Tasche mit den Dosen. „Notfalls habe ich ja das hier.“

Ich wusste nicht genau, wie sie dies meinte.

Am darauffolgenden Morgen brachen wir früh auf. In der Nacht hatten wir wechselnd an der Warte gewacht, doch es waren keine Verfolger herangekommen. Ich hatte Gelegenheit gehabt, mit Cedric Allen zu sprechen, der während meines Gesprächs mit Ann Lindsay gemeinsam mit Halef und den Nestorianern geplaudert hatte. Sein Arabisch und sein Kurmandschi waren schlicht, aber angenehm. Er hatte mir erklärt, dass er der Patron oder Bürge für Ann Lindsay sei, was die Aufnahme in die Damenabteilung des Travellers Club betraf, eine Neuerung, die übrigens weniger von Sir David als vielmehr einer anderen Verwandten aus der Familie angeregt und vorangetrieben worden war. Ich hinterfragte all dies nicht weiter, doch der Name der Dame, Godiva Lindsay, erklärte mir so einiges.

Cedric Allen war der Techniker und Ballonist des verstorbenen Professor Hardwicke gewesen und hätte das Luftfahrzeug wohl wieder flott machen können, wenn die Umstände nicht Gegenteiliges verlangt hätten. Immerhin sei die Havarie, so meinte er, in vergleichsweise abgelegenem Gelände erfolgt, trotz der Nähe der Russen und der Geflügelfarm, sodass zu hoffen sei, bei Rückkehr nichts geplündert oder weiter zerstört vorzufinden. Er überlegte, ob von Mehabad aus nicht sogleich eine Bergungsexpedition unternommen werden sollte. Man würde es vor Ort entscheiden, auch nach Rücksprache mit London, per Telegrafie.

Dann aber fragte er mich, was ich von den jüngsten Ereignissen hielte, vor allem jenem geheimnisvollen Tair Mirza. Er selbst habe ja durch Ann Lindsay von Sir Davids knappen Berichten über Al-Kadir erfahren.

„Ein machtgieriger Schurke, wie so viele in diesen Ländern, aber doch nur ein besserer Räuberhauptmann", befand er und ich erkannte, dass Sir David in seinen Einlassungen alles Magische unerwähnt gelassen hatte. Allerdings muss ich gestehen, dass ich nicht recht weiß, ob Sir David der Anerkenntnis des Übernatürlichen noch skeptischer gegenübersteht als ich selbst, oder ob es ihm, was vielleicht näher liegt, überhaupt völlig gleichgültig ist und er es für nicht erwähnenswert hält.

„Was meinen Sie, Kara Ben Nemsi? Sie haben Erfahrung mit dergleichen, sowohl auf dem Balkan wie im Zweistromland. Dieser Tair Mirza ist angeblich Perser, so wie jener Al-Kadir und der Schut. Doch ich habe aus einigen aufgeschnappten Äußerungen und Worten unserer Entführer geschlossen, dass er oder zumindest seine Begleiter wohl eher Paschtunen sein mögen oder aus Afghanistan stammen. Alles mag also von weiter aus dem Osten herrühren, und da ist Indien nicht weit. Ich will nicht als Engländer gelten, der stets nur an das Empire denkt, aber glauben Sie, hier könnten sich Verbrecher oder Aufständische aus solch weit voneinander entfernten Gegenden zusammentun, um etwas Größeres anzuzetteln? Ein Revolte des Ostens gegen den Westen?"

Ich musste ihm diese politische Einschätzung schuldig bleiben, erkannte aber, dass ich mich von den gegenwärtigen, drängenden Geschehnissen hatte ablenken lassen. Ich bin ein gewissenhafter Mann und versuche stets das Große und Ganze zu sehen, vor allem, wenn ich mich im Kampf gegen eine größere Bedrohung oder Ungerechtigkeit sehe. Wenn aber in diesem meinem Streben sich ein weiterer Umstand ergibt und ich helfen und einschreiten muss, so gebe ich mich dieser unmittelbaren Not sogleich hin und widme ihr völlige Aufmerksamkeit. Die Rettung der Briten, ihre Havarie mit dem Gasballon, die seltsame Gegenwart der Russen mit ihrer Vogelzuchtstation und der Offenbarung, dass es sich keineswegs um harmloses Geflügel handelte, sondern um gefährliche oder zum Gefährlichsein gezwungene Wesen, die zudem nicht ganz von dieser Welt waren – all dies hatte mich von meinen Gedanken abgebracht, die mich noch beim Beschreiten des Passes von Keli-Schin beschäftigt hatten. Nun kehrten diese mit aller Macht zurück, unterfüttert von neuen Erkenntnissen: Was, wenn Tair Mirza tatsächlich der dritte Bruder war, mit dem der Schut und Al-Kadir die alten Herrschaftspläne geschmiedet hatten? Jener Tair Mirza kam aus dem Osten, just jenen Gebieten der Landkarte, welche die drei Brüder bei ihrer Aufteilung des Orients untereinander in Blau gefärbt hatten. Welche Farben dem Schut und Al-Kadir zugeordnet waren, wusste ich nun. Es fehlte das Blau, die Farbe des Himmelsstein, des Lapis Lazuli, des Lazaward aus den Bergen Afghanistans. Und Blau war auch die Farbe der Pfauenfeder, jenes Vogels, von dem gesagt wurde, dass auch der Simurgh dessen Merkmale trägt. Und das Blau hatte ich im Gefieder des toten Jungvogels erkannt. War dies der Zusammenhang? Plante Tair Mirza, eine Streitmacht aus kämpferischen Fabelvogelwesen heranzuziehen, um damit das zu erreichen, was Al-Kadir mit seiner Magie und seinen Räuberbanden sowie dem Schut mit seinen Söldnern und Fabriken misslungen war – woran meine Gefährten und ich einigen Anteil hatten, indem wir eingegriffen hatten, um diese Pläne zu vereiteln?

Es war nötiger denn je, wieder mit Haschim zusammenzutreffen. Und Marah Durimeh zu finden. Sie würden wissen, ob meine Annahmen absurd waren oder all dies tatsächlich möglich sein könnte. Ich befürchtete aber nach all meinen jüngsten Erfahrungen, immer häufiger erkennen zu müssen, dass zwischen Himmel und Erde mehr geschah, als ich je zuvor hatte ahnen können. Und schauerlicherweise auch jenseits des Himmels und in der Erde.

Siebzehntes Kapitel
Der rote Feind

Wir verließen die Höhle, nachdem die Nestorianer alles wieder so hergerichtet hatten, wie wir es vorgefunden hatten, als Rast oder Zuflucht für die Nächsten, die den geheimen Pfad durch den nördlichen Zagros kannten. Dann bewegten wir uns im hellen Morgenlicht weiter auf dem schmalen Weg zwischen tiefer Schlucht und hohen Felswänden. Dieser war nicht sonderlich beschwerlich, auch nicht für die zwei weiteren Menschen, die nun mit uns gingen; sie hatten kaum Gepäck, und obgleich wir keine Reittiere übrig hatten, benötigten die Briten ohnehin keine, da auch wir unsere Pferde nur an den Zügeln führen konnten. Diese langsame Fortbewegung hintereinanderweg als Gänsemarsch zu bezeichnen, behagte mir nicht mehr so recht.

Wir trotteten also einher: Menschen, Reitpferde und Packpferde in Abwechslung, vom Hunde in diesem Fall nicht zu schweigen. Sangar war so klug, nicht zwischen den Füßen und Hufen der Zweibeiner und anderen Vierbeiner herumzulaufen, sondern nutzte die Gelegenheiten, wann immer der Pfad breiter wurde oder sich eine Nische in der Felswand bot, seine Position in unserer Reisegruppe zu ändern. Wer mochte es ihm verdenken, denn immer auf die gleichen Beine zu starren, mag selbst für einen Hund auf Dauer nur Langeweile bergen. Zudem war Sangar noch jung und somit ein wenig verspielt. Es mochte auch daran liegen, dass er keinen eigentlichen Herrn hatte und keine Aufgabe, zumal auf diesem Teil des Wegs: Es gab nichts zu bewachen, nichts zu pirschen, und für die prächtige Landschaft aus schattigen Schluchten und lichten

Berggipfeln hat ein Hund nun einmal keinen Sinn, allerdings, gerechterweise erwähnt, ebenso wenig wie ein Pferd. Um vom Hund auf eben diese zu kommen – dass wir keine überzähligen Pferde als Reittiere besaßen, um sie Ann Lindsay und Cedric Allen anzubieten, war auch aus jenem Grunde nicht allzu bedauerlich, dass beide, obgleich Engländer, diesen edlen Geschöpfen nicht gar so viel abgewinnen konnten, entgegen aller Tradition oder eben auch dem, was der Franzose *cliché* zu nennen pflegt, denn das deutsche Wort Vorurteil ist gar zu hart und wertend. Was ich also von den beiden Reisenden erfuhr, war, dass sie es gemeinhin vermieden, im Sattel zu reisen. Dies ist bei Routen über Meer oder durch die Lüfte nun ohnehin nicht möglich – außer bei einigen Ausnahmen, an die sich meine Leser wohl gut erinnern, ich selbst jedoch nicht allzu gern –, aber über Land ist man eben doch, sofern es keine Bahnlinien gibt, auf das Pferd angewiesen. Wenn nicht im Sattel, dann immerhin als Zugtier, sofern man nicht mit Eselsfuhrwerken oder gar Ochsenkarren vorlieb nehmen will, die doch gar zu gemächlich dahinfahren.

Während aber Cedric Allen sich nur nichts aus Pferden machte und als Ingenieur ohnehin an Zeiten glaubte, in denen das Pferd durch Maschinen ersetzt würde, quasi durch Dampflokomotiven ohne Schienen, so legte Ann Lindsay eine geradezu ausgeprägte Scheu vor Hengsten, Stuten und Fohlen jeglicher Größe und Farbe an den Tag. Dies erfuhr ich von Cedric Allen, der aber nicht um die Hintergründe wusste und auch nicht mutmaßen wollte. Mir ist derlei Pferdescheu nun völlig fremd, ich muss aber auch nicht erforschen, was andere Menschen dazu bewegt, jene herrlichen und prächtigen Tiere zu meiden. Und wenn ein Mensch der britischen Inseln es vorzieht, weder an Derbys, Parforcejagden noch Poloturnieren teilzunehmen, sei es als Beteiligter oder Zuschauer, so ist das dessen eigener Geschmack, und darüber gilt es nicht zu streiten. Immerhin war die Abneigung gegenüber Pferden, gleichermaßen wie die gegenüber Hunden, wohl der Hinweis darauf, dass Ann Lindsay auch nicht anderen Varianten der Jagd frönte, denn jenseits der Fuchshatz zu Pferde braucht man auch für das Vogelschießen sowohl Hunde als auch Flinten. Und mit jenem Schrotgewehr, das Ann Lindsay mit sich trug, konnte man kaum auf wildes Geflügel anlegen, geschweige denn solches akkurat treffen, trotz kleinteiliger Bleiladung.

Da ich nun nicht nur ein Mann der Pferde, sondern auch der Waffen bin – Letzteres notgedrungen, denn ich reise ja nicht nur durch unwegsame, sondern auch gefährliche Gegenden –, interessierten mich die Umstände von Ann Lindsays Armierung nun doch. Mit Cedric Allen hatte ich am Lagerfeuer in der Höhle eines jener männlichen Gespräche geführt, in dem die Herren einander die Waffen zeigen und deren Vorzüge und Verwendung preisen. Er besaß eine ansehnliche, wenngleich nicht überaus bemerkenswerte Jagdbüchse, englischer Art selbstverständlich, dazu einen Revolver aus gleicher Herstellung, wie ich ihn bei Edward Drax Bradenham gesehen hatte. Immerhin verzichtete Cedric Fergus Allen auf die Eitelkeit, eine Schmuckplakette mit seinen Initialen am Kolben anzubringen, wie es jener doch etwas überhebliche und eigensinnige Mann getan hatte. So würde der rechtschaffene Abenteurer des Travellers Club sich auch nicht dem Spott aussetzen müssen, wenn jemand die Buchstaben absichtlich falsch als despektierliche Botschaft in Abkürzung las: C.F.A. brachte niemanden auf höhnische Gedanken, wie es das E.D.B oder eher F.O.B. getan hatte. Aber nun, es lag wohl auch an jener Person selbst, wenn man sie verspottete. Meine Leser erinnern sich daran.

Cedric Allen, der nichts Unangenehmes an sich hatte, war nun, was die Bewaffnung betraf, auch mit der Last des Gewehrs und Revolvers von Professor Hardwicke bestückt. Man soll nicht glauben, es sei respektlos, den Mann zurückzulassen, doch seine Waffen mitzunehmen. Sie sollten niemand anderem in die Hände fallen, denn auch der größte Schurke würde einem notdürftig Bestatteten wohl nicht den toten Leib anrühren, sei es aus Ehrfurcht oder Aberglaube; eine feine Büchse hingegen oder einen modernen Mehrschüsser verschmähte er wohl kaum, wenn er sie in einem Steingrab fände.

Cedric Allen trug auf dem Fußweg durch den Zagros also beide Jagdgewehre, weil er kaum anderes Gepäck besaß, und er hatte auch beide Revolvergürtel um die Hüften geschnallt, was ihm ein ziemlich martialisches Aussehen verlieh und wozu auch sein prächtiger Schnauzbart beitrug. Hätte er die Krempe seines breiten Filzhuts nicht auf einer Seite hinaufgeknöpft getragen, und wäre die Jacke statt aus Khakituch aus Wildleder gewesen, vielleicht mit hübschen Fransen daran, so wäre er als stattlicher Westmann durchgegangen. Selbstverständlich hätte er auch nicht im Zagros, sondern in den Appalachen einherschreiten müssen. Ich fragte mich, wie er wohl im Sattel ausschauen würde. Nun, ich würde es ja vielleicht noch erfahren.

Es war auf jenem Teil unserer Reise, da wir den geheimen Pfad verließen und aus den Bergen heraustreten konnten: Der verborgene Weg mündete in ein kleines Tal, wo sein Eingang ebenso mit Stein und Strauch getarnt war wie zuvor am Pass von Kel-i-Schin.

Dies fand Ann Lindsay unerhört interessant und spannend, wie sie ausführlich mitteilte, so wie wir alle ein wenig Erleichterung empfanden, als es uns nun wieder möglich wurde, die Reise durch Gespräche und Unterhaltungen kurzweilig zu gestalten, was auf dem engen Pfad nicht möglich gewesen war. Nun, ich will gestehen, dass dies nicht für alle unserer Gruppe galt. Die Nestorianer, die nun auch Kurden waren und somit wie alle Bergvölker etwas spröde und schweigsam, außer wenn man sich zu Feier oder Lagerfeuer versammelt, verwunderten oder belustigten sich eher über den Mitteilungsdrang und das Plauderbedürfnis der Europäer. Halef sah sich hier zwischen zwei Feuern, denn er ist ja durch die lange Freundschaft mit mir und die Bekanntschaft mit Sir David und seit etlicher Zeit auch durch die Schulstunden des Lehrers Lohse bei den Haddedihn durchaus mit der Art der Okzidentalen vertraut – und andererseits weiß er sehr wohl, wie auch ich, von der Erzähllust und der Palaverfreude der Orientalen. Nun, und so erging Halef sich manchmal in kleinen Boshaftigkeiten gegen seine orientalischen Brüder, die man ihm nachsehen konnte, denn auch die Deutschen haben ja ihre freundschaftlichen Zwiste zwischen den angeblich spröden Norddeutschen und den als heiter verschrieenen Rheinländern, den verstockt genannten Westfalen und den gemütvollen Süddeutschen. Dies könnte man auf alle Landstriche und Regionen ausdehnen – warum sollte es also im Morgenland anders sein als im Abendland?

Als die Wege nun breiter wurden und die kargen Berge den grünen Hügeln wichen, kam auch wieder angemessene Heiterkeit in die Gespräche. Noch gingen wir weiterhin neben den Pferden her. Es eilte nicht allzu sehr, der geheime Pfad hatte trotz der Befreiung der Briten etliches an Reisezeit gespart und die Strecke nach Mehabad war nicht allzu lang. Dennoch hatte ich mit Cedric Allen besprochen, dass es aus Gründen der Vernunft oder in Situationen der Notwendigkeit wohl unvermeidbar sei, dass die Briten sich demnächst zu uns in die Sättel verfügten. Dann wäre es am praktikabelsten, wenn Cedric Allen auf Halefs Pferd zustiege, Ann Lindsay aber auf meinen Rih. Allgemein wäre dies schon durch die vernünftige Verteilung des Körpergewichts vorgegeben, und im Besonderen war es wohl angeraten, dass die pferdescheue Lady Lindsay einem ausgesprochen empfindsamen Ross und einem gleichsam gewissenhaften Reiter zugeteilt würde. Diesen Umstand würde ich ihr nun antragen müssen, geschickt verpackt in ein angenehmes Gespräch.

„Sagen Sie, Miss Ann“, begann ich und bemerkte, dass diese Anrede der jungen Dame wohl genehm zu sein schien, „Ihre Waffe ist nun durchaus bemerkenswert. Eine gekürzte Schrotflinte mit Doppelläufen in Bock-Anordnung übereinander. Was hat es mit ihr auf sich?“

„Ein Geschenk von Tantchen, wie ich bereits sagte. Sie meinte, ich müsse mich doch bewaffnen und nicht allein auf die Schießeisen der Herren verlassen."

„Eine recht robuste, aber wohl auch moderne Denkweise. Ihre Tante ist wohl ebenso bemerkenswert wie die Waffe, die sie Ihnen geschenkt hat."

„Allerdings. Tante Godiva ist auf der weiblichen Seite der Familie etwa das, was Onkel Da...vid für die männliche ist."

„Besagte Tante ist also die Schwester Ihrer Mutter?"

„Die Tante meiner Mutter, also meine Großtante. Nur darf ich sie bloß nicht so nennen, weil sie das alt machen würde, sagt sie." Ann Lindsay schaute mich verschwörerisch an. „Aber sie ist schon ganz schön alt und färbt ihr Haar, weil sie so stolz darauf ist."

Sie stocherte mit dem Finger am Rand ihres Tropenhelms herum und kratzte sich ein wenig am Kopf, worauf der Helm bedenklich in Schieflage geriet. Sie verzog das Gesicht.

„Zu dumm, dass ich das rote Haar nicht geerbt habe. Tantchen Godiva hat es, die andere Tante, meine Mutter, sogar deren Bruder. Nur ich nicht. Das liegt an den Lindsays, sagt Tantchen, obwohl sie ja selber eine ist, zumindest angeheiratet. Seitenlinie."

Sie zuckte mit den Schultern und ich dachte zum ersten Mal daran, ihre Erscheinung im hellen Tageslicht zu mustern. Sie war abgesehen von ihrer Kleidung und der Tatsache, dass sie jüngst in einem Gasballon über den Zagros geflogen war, eine höchst normale junge Dame. Ein ungalanter Mensch hätte sie als gewöhnlich bezeichnet, und damit etwas Unschönes gemeint. Ich aber meinte stattdessen, dass sie eben nicht ungewöhnlich war: Sie war weder allzu groß noch allzu klein, weder füllig noch mager, und ihre Züge waren freundlich und angenehm, aber eben unauffällig. Die Farbe ihrer Augen und ihres Haars war im Tageslicht kaum besser zu bestimmen als in Dämmerung, Lampenlicht oder Lagerfeuerschein.

Die junge Lady Lindsay mochte beklagen, das rote Haar ihrer weiblichen Ahnen nicht geerbt zu haben, doch ich befand, dass ihr unauffälliges Aussehen einem Leben als Abenteurerin nur entgegenkäme: Kein übelwollender Mensch würde sie wiedererkennen und verfolgen können.

Ann Lindsay seufzte. „Und ich hätte *so* gern rotes Haar. Locken am besten. Das würde so gut zu einem Leben als Abenteurerin passen! Wie in den Büchern. Da haben alle tollen Mädchen rotes Haar. Und Locken. Aber ich habe noch nicht mal Sommersprossen."

Tatsächlich war ihr Teint eben nicht allzu hell und sonnenempfindlich. Ideal also für Reisen in heiße Länder. Nun, wenn sie es nicht selbst zu schätzen wusste, so würde sie von den Vorteilen auch profitieren, ohne sie zu bemerken. Ich fragte mich, von welcher Art Büchern sie da sprach. Was wusste ich schon darüber, was junge Mädchen im Internat lasen. Heimlich wahrscheinlich. Aber solange diese Lektüre junge Ladies wie Ann Lindsay auf keine schlimmeren Gedanken brachten, als dem Travellers Club London, Damensektion, beizutreten, mochten sie lesen, was sie wollten.

„Grämen Sie sich nicht", sagte ich. „Und seien Sie nicht so streng mit Ihrem Erbe, also dem äußerlichen. Es ist doch recht erfreulich, dass sie nicht den allzu langen Wuchs Ihres Onkels Sir David geerbt haben."

Ann Lindsay kicherte. „Oder die spitze Nase und den breiten Mund. Von wem er die wohl hat? Vater sieht nicht so aus und auch Großvater nicht. Nun ja. Das mag wohl irgendwo aus einer vergessenen Linie herstammen. So wie mein Maushaar." Wieder seufzte sie.

„Aber nicht doch!", beharrte ich. „Keine Klage über Äußerlichkeiten!" Ich wollte unbedacht auf Halef hinweisen, der mit seinem schütteren Bart auch zu leben hatte, als mir einfiel, dass derlei kein Trost für eine junge Dame war und man ohnehin nicht auf solche Art mit einer solchen scherzen sollte. Also sagte ich: „Sie sind wohlgeraten, so wie Sie sind!"

„Ach, dankeschön!“, gab Ann Lindsay zurück und lächelte. „Im Übrigen mögen Sie Recht haben. Was könnte ich mit rotem Haar anfangen? Sonst müsste ich mich ja … lassen Sie mich überlegen … *Ahmara Bint Inglesi* nennen. Oder würde von anderen so genannt, ach je.“

Ihr Lächeln verbreiterte sich zu einem Feixen, das sehr wohl an ihren Onkel Sir David gemahnte, aber dennoch netter anzusehen war. Meine Miene hingegen muss sehr erstaunt gewirkt haben. Ann Lindsay riss die Augen auf und wedelte erschrocken mit der Hand.

„Sorry.“

„Keine Ursache. Sie haben mich keineswegs beleidigt. Und selbst wenn dies so wäre und sie ein Mann wären, würde ich Sie dennoch nicht zum Duell fordern, bei ihrer erschreckenden Bewaffnung.“

„Sie schmeicheln, Mister Kara. Weniger mir als dem Büchsenschmied. Und das von dem Mann, der den Henrystutzen und den Bärentöter trägt.“

„Und sie tragen die Godiva. Haben sie den Namen eingravieren lassen? Ich sah einen Schriftzug.“

„Das ist das Signet des Büchsenmachers, ein Bekannter von Tantchen. Rhys Cahill.“ Sie runzelte die Stirn. „Ich weiß gar nicht, ob er nun Waliser oder Ire ist.“

„Welch stolzer Landessohn er auch sein mag, als fähiger Handwerker, gar Künstler mag er es keinesfalls gern gesehen haben, dass sein Werk so – verändert wurde.“

„Aber nicht doch. Er hat sie genauso gebaut! Wer würde denn eine gute Waffe mit der Säge malträtieren? Doch nur ein wahrhafter Barbar oder eben ein schlechter Schütze.“

Ich war über die Einsichten ihrer Aussage erstaunt. Eine kluge junge Dame!

Sie biss sich auf die Lippe. „Tantchen hält mich dafür. Obwohl sie mich nie hat schießen sehen.“

„Und wie schießen Sie, nach eigener Einschätzung?“

Sie zuckte mit den Schultern.

„Ich habe noch nie geschossen."

„Das mag einiges erklären. Sie sollten es bei Gelegenheit nachholen. Zu Übungszwecken."

Ann Lindsay griff in eine der Taschen ihrer Jacke und holte ein metallenes Etui hervor.

„Das habe ich von Onkel. Er meint, damit schießt es sich besser."

Sie öffnete das Etui und darin lag eine Drahtbrille mit runden Gläsern, so wie Sir David sie trug. Sie besaß jedoch keine blauen Gläser, sondern solche in einem hellen Gelb, weniger in der Farbe einer Zitrone als vielmehr einer Osterglocke; und so absurd wie dieser Vergleich schien mir auch der Plan, mit einer gelben Brille die Schießkünste zu verbessern. Eine blaue Brille mochte vor der blendenden Sonne schützen, doch eine, die aus Gläsern in Sonnenfarbe bestand? Da verließen mich meine bescheidenen Kenntnisse im Bereich der Optik.

Ann Lindsay hielt die Brille ins Licht. „Die muss ich dann auch noch ausprobieren."

„Vielleicht haben Sie bald Gelegenheit dazu", sagte ich leise und ernst.

In den Schatten der Bäume, welche unseren Weg säumten, in Gebüsch und Unterholz der sanften Hügel zu unseren Seiten, hatte sich etwas bewegt. Dutzendfach.

Im selben Augenblick schlug Sangar an, sein kehliges Knurren brach sich in einem heiseren Bellen Bahn. Auch die Pferde wurden unruhig, Rih warf kurz den Kopf zurück, beherrscht und klug wie er war, und diese Bewegung zeugte weniger von seinem eigenen Schrecken, als dass sie eine Äußerung des Warnens war.

Ich spähte angestrengt zu einem der Punkte hin, an denen ich die Bewegung ausgemacht hatte. Gleichzeitig hatten Halef und die Nestorianer andere Richtungen im Blick, auch Cedric Allen war alarmiert.

Ann Lindsay wisperte mir zu: „Was ist das?"

„Vielmehr: wer?“, raunte ich zurück. Es war klar, dass nicht irgendein Fallwind, der durch das Tal aus den Bergen strömte, nur die niedere Vegetation in Bewegung setzte. Auch war dies nicht das verräterische Zeichen von Männern, die sich an uns heranschlichen. Niemand würde aus den Schatten der Stämme hervortreten, denn die unteren Gewächse wurden nicht von Stiefeln oder Beinen gestört und zum Aufmerksamkeit heischenden Rascheln gebracht. Und wer glaubte, hier schlichen sich Räuber oder Krieger bäuchlings durch Kraut und Gras und Klaubholz, der weiß nichts von Hinterhalten, denn wenn ein Angreifer erst vom Boden aufspringen muss, um einen Hang hinunterzurennen, so ist er wachsamen und bewaffneten Menschen, wie wir welche waren, hoffnungslos unterlegen. Allein wenn ein solcher Gegner zahlenmäßig überlegen wäre …

„Es sind viele“, rief mir Halef mit unterdrückter Stimme zu. „Sehr viele.“

Ich wechselte einen Blick mit Welat: *Feinde?* – Ein Kopfschütteln, doch zögerlich, unsicher.

Kein Laut drang aus dem Unterholz. Auch die Bewegungen ebbten ab. Nein, sie verschwanden schlagartig. Stille. Kein Vogelruf. Sangar schwieg. Winselte.

Ich zog den Henrystutzen aus dem Sattelhalfter. Die anderen griffen ihre Flinten. Ich nickte zu Halef hin: *Besser den Revolver.*

Auch Cedric Allen bedeutete ich, dass er keines der beiden Jagdgewehre zur Hand nehmen sollte, sondern die beiden Revolver. Er zog sie etwas umständlich aus den beiden Halftern, denn er war dies nicht gewohnt, weil kein *Gunslinger* oder Schießkünstler aus dem Westen Amerikas; doch als er die beiden Kolben in den Fäusten hatte, machte er eine gute, kämpferische Figur. Die Nestorianer hatten ihre Flinten erhoben und zielten auf die Bewuchslinie am Hügelhang. Die Pferde hatten wir in unsere Mitte genommen, um sie zu schützen, dabei dennoch genug Raum gelassen, um selbst nicht verletzt zu werden, falls sie durchgehen und fliehen würden. Mein Rih und Halefs Ross würden das kaum tun, doch ich kannte die Reittiere der Nestorianer nicht.

Wir waren sechs Männer, je drei sicherten nach einer Flanke.

Und dann stand dort noch Ann Lindsay, unschlüssig, vielleicht starr vor unbekanntem Schrecken.

„Nehmen Sie Ihre Godiva“, sagte ich ruhig und leise. „Aber stecken Sie die Brille fort, die brauchen Sie nicht.“

Ann Lindsay stopfte rasch, aber nicht hektisch, das Etui mit einer Hand in die Jackentasche. Die Brille hatte sie in der anderen Hand behalten.

„Oh“, bemerkte sie, doch mit recht fester Stimme. Statt das Etui wieder hervorzuholen, setzte sie die gelbe Brille auf. „Sorry“, wisperte sie, dann zog sie die kurze Bockflinte aus dem langen Halfter am Gürtel und packte sie fest.

„Ist sie geladen?“, fragte ich.

„Nein“, gab sie langsam zurück, „sor…“

„Laden Sie. Langsam. Keine Eile.“

Lady Lindsay nahm bedächtig die eine Hand vom Vorderschaft und ließ den Verschluss aufkippen, ohne lange zu hantieren, dann glitten die Finger zur Patronentasche am Gürtel. Sie zog eine Schrotkartusche hervor und schob sie bedächtig in den ersten Lauf.

„Sehr gut machen Sie das“, lobte ich leise und schaute wieder über den Lauf des Henrystutzens. Nichts war zu sehen, nichts rührte sich. Doch wir konnten uns nicht geirrt haben. Nicht nur die Tiere spürten es, auch ich. Da war etwas. Ja, nicht jemand. Etwas.

Ann Lindsay lud den zweiten Lauf und schloss die Waffe sachte und ohne sich die Finger einzuklemmen. Ganz so unerfahren war sie also doch nicht. Dann hob sie die Flinte leicht in die Richtung, die ich ihr wies.

„Gut festhalten. Und wenn Sie etwas sehen, das bedrohlich ist, schießen Sie.“

„Ich sehe nur gelb ...“

„Dann schießen Sie, wenn ich schieße.“

„Gut.“ Sie klang nicht ängstlich, was mich beruhigte – zumindest, was Ann Lindsay betraf.

Wir alle harrten regungslos, angespannt. Das Gefühl, dass dort keine Menschen lauerten, verstärkte sich noch. Welche Wegelagerer würden so stumm auf ihre erhoffte Beute starren, welche Krieger würden nicht die verhassten Gegner angreifen?

Nun regte sich wieder etwas im Unterholz. Und aus dem Schatten des Buschwerks, der Zweige und Blätter, traten ins niedere Gras der beiden Hügelflanken – Füchse hervor.

Ihr rötliches Fell hob sich deutlich vom Pflanzengrün ab, die schwarzen Augen schimmerten blank.

„Oh“, machte Ann Lindsay erstaunt.

„Sihdi ...“, sagte Halef.

Ich zählte mit raschem Blick – es mochten drei Dutzend Tiere sein. Füchse jagten nicht in Rudeln, das wusste ich. Dafür, dass sie in solch großer Anzahl auftraten, konnte es nur eine Erklärung geben. Doch ich wagte nicht, das Gewehr sinken zu lassen, um nach der Westentasche und dem Musaddas darin zu greifen.

Stattdessen zog ich der Erkenntnis das Handeln vor und zielte.

Jetzt zogen die Füchse die hellen Lefzen zurück, zeigten dunkles Zahnfleisch und die blitzenden Fänge, von denen Geifer troff. Ihre Augen wurden finster und schmal, das Nackenfell sträubte sich. Die Muskeln der Läufe und Leiber spannten sich an, die Ruten schlugen aus – und dann sprangen die Tier los, griffen uns an!

In geradem Lauf kamen sie die beiden Hügel herab, das Knurren aus ihren Kehlen vibrierte mit dem Schlagen ihrer bekrallten Pfoten auf den Grund.

Wann hätten je Füchse eine Gruppe Menschen angegriffen! Sie waren keine Wölfe, es herrschte kein strenger Winter, in denen sie hungerten – dieses Verhalten war widernatürlich und konnte auch von keiner Krankheit herrühren, nicht einmal von rasender Tollwut. Denn diese Füchse waren keineswegs verwirrt oder krankhaft aggressiv – die Art des Angriffs zeigte, dass sie einem Willen folgten, der ihnen aufgezwungen war, und kein Wahn kann solches bewirken, nicht bei Tieren und nicht in solcher Zahl.

Ich wusste, dies war das Wirken von Al-Kadir. In der Wüste waren die Füchse seine Familiare gewesen, seine tierischen Vertrauten, seine Späher, und auch hier im Norden hatten wir einen entdeckt. Oder doch war Sangar es gewesen, der ihn erlegt hatte.

Sangar! Ich blickte knapp nach unten, einiges zur Seite hin. Der junge Rüde knurrte, fletschte die Zähne, sein Anblick war kaum weniger furchteinflößend als die verzerrten Fratzen der Füchse, und doch war es gut, ihn als Gefährten zu wissen. Gleichwohl konnte er gegen eine solche Übermacht schwerlich bestehen. Ich musste verhindern, dass ihn mehr als zwei der heranstürmenden Tiere angreifen konnten, sonst würde Sangar wohl von ihnen zerrissen werden.

Jetzt war der Augenblick gekommen, den Angriff zu kontern! Ich hatte die Linie abgeschätzt, an der wir das Feuer eröffnen mussten, damit auch die Nestorianer mit ihren Flinten sichere Treffer landen konnten. Ich durfte nicht von den guten britischen und deutschen Büchsen ausgehen, die Cedric Allen und Halef besaßen, zumal ich beiden zu den Revolvern geraten hatte. Bei dieser Überzahl von Gegnern war eine hohe Feuerkraft wichtiger als Reichweite. Ich selbst hatte mit dem Henrystutzen beides zur Verfügung, wollte aber nicht zu früh schießen – ich wusste nicht, ob die Tiere sich dann nicht verteilen würden. Denn selbst ich mochte einen einzelnen Zickzack schlagenden Fuchs rasch erlegen können, nicht aber viele.

Die Füchse überrannten die von mir gedachte Feuerlinie.

„Jetzt!“

Unsere Salve brach los und erfüllte den Weg zwischen den Hügeln mit berstendem Schall, welcher von den Bergen zurückrollte. An den Hügelflanken stürzten einige Füchse, sie buckelten und überschlugen sich, vom Schwung des Ansturms hinabgerissen, und kugelten als leblose Fellbündel, rot und rot in Haar und Blut zwischen die Läufe ihrer weiterhin voranrennenden Artgenossen, die zur Seite sprangen und darüber hinwegsetzten und die toten Körper hinter sich ließen.

Ich verspürte nicht den Triumph des Erfolgs, auch keine Erleichterung über die geglückte erste Schussfolge. Gedankenbilder von königlichen Kesseljagden, dem herrschaftlichen Zeitvertreib, im Jagdgatter zusammengetriebene Geschöpfe niederzuschießen, blitzten in mir auf. Gesehen und erlebt hatte ich dergleichen nie, doch so musste es sich dargestellt haben – wenngleich die Adligen, welche den Adel nur in Namen und Geblüt, aber nicht in Anstand und Seele hatten, von ihrer leichten Beute niemals bedrängt worden waren, so wie wir!

Wir hatten wohl ein Drittel der rasenden Tiere mit unseren Kugeln getroffen, die Nestorianer mussten ihre alten Gewehre nachladen. Deren zweifaches Glück war, dass sie immerhin Büchsen besaßen, die Patronen verschossen, und nicht Pulver und Blei benötigten. Nedschir-Bey hatte seine Männer gut gerüstet, mochte es noch aus Kriegszeiten herrühren oder jüngst auf Betreiben des Berdevk erfolgt sein – oder gar Ingdschas. Weiterhin konnten Zinar, Sivan und Welat sich auf unsere beständigen Salven verlassen, um sicher weiterschießen zu können. Cedric Allen und Halef leerten die Trommeln ihrer Revolver, ich konnte mit der Feuerkraft des Henrystutzens Ann Lindsay schützen. Sie hatte die beiden Schrotschüsse abgegeben, welche ihre Bockflinte ermöglichte, und das hochschlagende Gewehr nur mit Mühe halten können. Von ihrer Unerfahrenheit im Zielen und Schießen zeugten zwei Löcher im Grassoden des Hangs, vielleicht hatten einige Schrotkugeln die nächstlaufenden Füchse getroffen; wer wusste dies schon. Die Tiere kümmerten sich nicht um unsere Gegenwehr, sondern rannten mit gebleckten Gebiss weiter auf uns zu. Ich konnte etliche erlegen, auch wenn dies zu sehr nach Weidwerk klingt und nicht nach der Abwehr eines Angriffs.

Doch es waren zu viele! Jetzt waren sie heran und sprangen die letzten Meter, um wie Schleudergeschosse aus Fell und Zähnen über uns zu kommen.

Kurz zuvor hatten die Nestorianer ihre Gewehre fallengelassen und die Säbel gezogen, auch Halef hatte den Revolver rechtzeitig in den Gürtel gerammt und seinen Yatagan aufblitzen lassen. Da ich bis zum letzten Augenblick und der letzten Kugel geschossen hatte, war mir der Griff zum Bowiemesser nicht möglich – ich hieb mit dem rasch umgewendeten Henrystutzen gegen einen nahezu fliegenden Fuchs und zerschmetterte seinen Schädel. Dies tat ich in der gleichen Bewegung, mit der ich mich vor Ann Lindsay warf und sie so vor dem Angriff schützte. Doch Cedric Allen war in Gefahr! Seine beiden Revolver geleert, versuchte er noch, eines der Gewehre von der Schulter zu nehmen, um es gleichsam als Schlagwaffe einzusetzen, aber dies misslang – ein Fuchs sprang an ihm hoch und schnappte geifernd nach dem Gesicht des Engländers. Was zunächst töricht erschienen war – die beiden Gewehre nicht zuvor abzulegen –, rettete ihn vor schlimmen Wunden. Der Fuchs verbiss sich in den Riemen, und als Cedric Allen sich mit abwehrenden Fäusten um sich selbst drehte, schwangen die Gewehrläufe um seinen Körper und trafen einen weiteren Fuchs im Angriff.

Ich schlug den nächsten tierischen Gegner nieder, Halefs Klinge traf im Schwung gleich zwei. Die Nestorianer hackten zum Boden hin, um die Füchse daran zu hindern, ihnen Waden und Schenkel zu zerfleischen.

Ann Lindsay aber verblüffte mich, indem sie ihre kurze Schrotflinte fest an Griff und Bügel hielt und mit hartem Schwung gegen Schnauzen und Kehlen der bissigen Bestien führte. Laut krachten die Treffer, kaum minder als die meinen mit dem Kolben des Henrystutzens. Scharf pfiffen die Säbel der Nestorianer, und Halef schwang den Yatagan so treffsicher wie je. Cedric Allens Finger zerrten an der Kehle eines Fuchses, der ihm die Fänge in den Hals schlagen wollte, und mit einem deutlichen Knacken brach das Genick des bis zuletzt wütend und rasend fauchenden Tieres. Keines der verletzten Geschöpfe gab auch nur ein Winseln von sich, als spürten sie den Schmerz nicht oder scherten sich, von unbändigem Blutdurst getrieben, nicht darum. Ich habe nun schon viele Tiere abwehren müssen, die mich angriffen, und ein jedes hatte, so wutentbrannt und tobend es gewesen sein mochte, im Augenblick schwerer Verwundung oder gar des Todes noch einen Laut des Leides von sich gegeben, der mir trotz der Gefahr und des hitzigen Kampfes das Herz schmerzen ließ. Diese roten Gestalten mit ihren schwarzen Augen und weißen Reißzähnen jedoch schienen gänzlich unbeseelt und unempfindlich gegenüber Pein und natürlicher Regung. Dies hatte ich bislang nur ein einziges Mal bei einem Tier erleben müssen – bei dem grauenvollen Bären in der unheimlichen Höhle … und doch war dies noch einmal anders gewesen, weil ich der widernatürlichen Bestie allein gegenüberstand und sie mich auf seltsame Weise zu erkennen schien. Ein Schauder rann über meinen Nacken und ließ mich in der Hitze des Kampfes frösteln.

Ein weiterer Fuchs sprang heran und an mir hinauf, ich sah sein fiebrig leuchtendes Auge und spürte seinen Atem – der kalt war und bitter! Ich hätte den Gestank von Aas erwartet und den warmen Hauch eines atmenden Wesens, doch dieser Luftstrom war bar jeden Lebens und schien aus fernen Tiefen zu kommen, und dies waren nicht die glutflüssigen Tiefen der Erde, sondern ein Ort darüber hinaus, von jenseits des Himmelszelts oder dem Jenseits selbst. Das Tier mochte mich in dieser Welt angreifen, doch gelenkt wurde es von einer anderen, und es wollte meine Kehle zerfleischen.

Ich konnte den Stutzen nicht mehr schwingen, auch nicht umkehren und so rammte ich dem Tier den Lauf in den Schlund, dass die Zähne über das Metall kreischten, bis die Mündung gegen das Innere des Schädels schlug. Rasch stieß ich hinab und schlug den bereits toten, aber noch zuckenden Balg gegen den Grund, den Lauf des Stutzens hinausreißend, um mich rasch dem nächsten Angriff stellen zu können. Um mich wieherten die Pferde, stampften mit den Hufen und traten um sich, in Panik vor den Füchsen, die nach ihren Fesseln bissen. Rih konnte sich selbst wehren, ich stand für einen Augenblick frei und unbehelligt und konnte so zwei Angreifer von einem Nestorianerpferd fernhalten; welches es war, entging mir in diesem Moment. Als ich mich erhob, mit dem Stiefel gegen einen Fellbalg tretend, sah ich, dass der Angriff vorüber war. Keine weiteren Füchse stürmten den Hügel hinab, die erste Welle war die einzige gewesen und dies wohl unsere Rettung. Noch drehten sich meine Gefährten einige Male um sich selbst, mit erhobenen Waffen und gerecktem Kinn, dann wichen die aufgerissenen Augen und zusammengebissenen Kiefer der Erleichterung. Die drei Nestorianer ließen die Säbel sinken, in ihren Schultern löste sich die Spannung. Ihr Atem ging schwer – wohl weniger des Kampfes wegen, als den ungewöhnlichen Gegnern geschuldet. Es erfordert Mut, auf der Jagd einem mächtigen Bären mit Spießen entgegenzutreten, doch ist eine Jagd gewollt und geplant, ebenso wie ein Feldzug im Krieg. Ein Überfall feindlicher Stämme mag überraschen, doch die Kämpfer sind Menschen, die menschlich kämpfen. Ein Rudel Füchse ist unerhört und birgt den Schrecken des Ungewissen – dennoch hatten sich die drei Kurden tapfer und kundig gewehrt, selbst der kaum genesene Zinar. Ich sah Blut an seiner Kleidung – es war wohl das der Gegner, weil ich mich erinnerte, wo er Wunden vom Kampf gegen den Bären davongetragen hatte, und die roten Flecken nicht dort waren, auch nicht von innen kamen. Die Kleidung der anderen war ebenfalls nicht von Klauen zerrissen oder Zähnen zerfetzt, sie hatten die Angreifer abwehren können. Cedric Allen zerrte endlich die Riemen der Gewehre von den Schultern und prüfte, sichtlich erschüttert, doch gewissenhaft, ob er mehr als Kratzer erlitten hatte, und schien vom Ergebnis erleichtert. Halef wischte mechanisch seinen Yatagan am Fell eines gefallenen Fuchses sauber. In seinem Blick sah ich aber, dass ihn das

Ereignis umtrieb. Er ahnte wohl so wie ich, woher der Angriff rührte, angesichts der Art der Tiere.

Sangar hatte vom Blut befleckte Lefzen, doch er beleckte diese nicht mit der Zunge, sondern streifte mit seinem Kopf durch eine Stelle mit Gras, welches unberührt war. Er schien zu spüren, dass mit diesen Wesen etwas anders war, als gewohnt und bekannt.

Ringsum lagen die reglosen Körper der Füchse, mit gebrochenen Wirbeln und klaffenden Wunden. Ihr Blut sickerte in den Grund, und unter dem warmen, metallischen Geruch schwebte ein unbestimmter Hauch von Widernatur, der uns schaudern machte. Bevor jemand etwas sagte, bevor auch nur allgemeine Blicke der erschöpften Erleichterung gewechselt wurden, begann jeder von uns, sich von diesem Ort fortzubewegen. Wir griffen ohne Aufforderung nahezu gleichzeitig die Zügel der Reittiere oder Packpferde und führten die zitternden Geschöpfe auf dem Weg weiter. Niemand von uns blickte zurück. Doch wir hörten, wie die Vögel wieder zu rufen begannen. Ich vernahm den Schrei eines Falken. Er würde wohl klug genug sein, die Kadaver zu verschmähen.

Einige Windungen des Weges entfernt kam aus einer Kerbe in der Hügelflanke zu unserer Linken das Rinnsal eines Springquells herausgeflossen und sammelte sich in einer kleinen Mulde, die mit duftenden Kräutern und niederen Sträuchern umstanden war. Hier rasteten wir. Die Pferde tranken mit bebenden Nüstern, Sangar schleckte mit eifriger Zunge das süße Wasser und wir labten ebenfalls unsere wie wund sich anfühlenden Kehlen. Wir wuschen uns das fremde Blut ab, doch schöpften wir das dafür Nötige mit Näpfen und den ledernen Eimern aus dem Weiher, um ihn nicht zu verunreinigen. Es schien uns besser so.

Dann endlich setzten wir uns nieder und verspürten die Anstrengung und Anspannung, auch einen zehrenden Hunger, doch niemand brachte auch nur einen Bissen über den brennenden Gaumen. Schließlich kochten wir aus einer der

Konservenbüchsen Ann Lindsays eine dünne, aber hinreichend nahrhafte Suppe. Wir konnten kein Wild jagen, um es auszuweiden und zuzubereiten, der Gedanke an das Blut widerte uns an, schreckte uns.

Eine der anderen Blechdosen aus dem Notvorrat der jungen Lady bot uns süße Nachspeise, und ich, der ich nicht verschleckt bin, verwunderte mich nicht wenig über die Wohltat, die solcherlei nicht allein der Zunge, sondern auch, wie man so sagt, Leib und Seele vermittelt.

Niemand von uns sprach mehr als unbedingt nötig, als wagten wir nicht, uns unsere Erschütterung einzugestehen.

Wir wollten nicht sogleich weiterreisen, sondern schlugen unser Lager auf, da das muntere Wispern des Quells sich wie Balsam auf unser Gemüt legte, und der kühle Duft der Kräuter nicht minder. Wir schliefen erschöpft, teilten aber doppelte Wachen ein.

Als Halef und ich still am Feuer saßen, trat unvermittelt eine Gestalt heran, die ein weißes Pferd am Zügel führte.

Ich hatte das Nahen des Mannes nicht bemerkt, weder durch Geräusch noch durch leise Erschütterung des Grunds. Doch war ich nicht etwa alarmiert darüber, dass vielleicht meine sonst so wachen Sinne versagt hätten. In meinem Innern hatte ich seine Anwesenheit in der Nähe bereits gespürt.

„Friede sei mit euch“, sagte Haschim leise.

Achtzehntes Kapitel
Unheil und Hoffnung

Haschim setzte sich zu Halef und mir ans Feuer. Seine weiße Stute Risha schritt langsam ins Dunkel, zum Weiher hin, dort wo die anderen Pferde standen, auch Rih. Wir blickten versonnen auf den hellen Fleck, der in der Nacht jenseits des Flammenscheins verschwand.

Haschim rückte seinen Sattel zurecht und lehnte sich mit dem Rücken daran. Er seufzte behaglich.

„Eine lange und eilige Reise“, begann er, „aber nicht wert, darüber zu plaudern.“ Er schaute uns prüfend an. „Ihr habt eine Schlacht geschlagen.“

Ich nickte und musste mich räuspern, bevor ich sprechen konnte.

„Es waren wütende Füchse, gesandt von Al-Kadir.“

„Schattenfüchse?“, fragte Haschim und er klang besorgter, als ich erwartet hätte.

„Ich glaube es, aber ich habe es nicht überprüft.“

„Das ist nicht nötig. Ihr habt, was dies betrifft, das rechte Gespür.“

Haschim wies mit einer Geste zu den anderen hin, die auf ihren Lagern schliefen. „Ist jemand verletzt? Auch nur der kleinste Kratzer?“

„Nein, niemand“, sagte ich. „Wir haben gewissenhaft geschaut.“

„Dann ist es gut“, befand Haschim und er schien mir wahrlich erleichtert zu sein.

Er griff nach der ledernen Tasche, die er neben sich abgelegt hatte. „Ich hatte auch eine Begegnung mit solchen. Ich muss mich nicht darüber auslassen, weil Ihr nun ebenso wisst, was in diesen Landen geschieht. Al-Kadir wirkt immer stärker in unsere Welt. Aber noch versucht er, allein uns zu schaden, um uns von unserem Vorhaben abzubringen. Wir müssen umso rascher handeln, bevor er auch andere vernichtet. Und schließlich: alle."

Haschim griff in die Tasche und zog eine hölzerne Dose hervor, die mit reichem Schnitzwerk versehen war, mit vielen Löchern und Aussparungen, wodurch das Behältnis sehr filigran wirkte. Ein helles Etwas war darin. Haschim zog den Deckel ab und reichte mir das Unterteil, welches die gleiche Form und Größe hatte wie eine britische Blechbüchse.

„Ihr fühlt Euch gewiss erschöpft. Das kann helfen", meinte Haschim.

Das helle Etwas in der Dose war eine verschnürte Schafsblase, die ich öffnete und eine weiße, fettig schimmernde Masse darin erblickte.

„Es ist Gaimar", erklärte Haschim. „Mild und süß und gut gegen die Begegnung mit dem Bösen."

„Die Türken nennen es Kaymak", nickte ich. „Milchrahm, dick und fest." Ich hielt es Halef hin und lachte. Haschim hob eine Braue, lächelte aber.

„So viel Freude über eine Näscherei?"

„Wir haben Ähnliches bereits genossen, ohne zu wissen, dass es unsere Leiden lindern würde. Ich war verwundert, wie wohl mir gezuckerte Kondensmilch aus einer Konservenbüchse von Zinnblech tat, obwohl es im Grunde weniger verspeist werden sollte, sondern auf der technischen Weltausstellung bestaunt als wundersames Produkt der Industrie ..."

„Der Vorteil ist die Haltbarkeit", sinnierte Haschim, „der Nachteil die hässliche Darreichung. Bei diesem ist es umgekehrt." Er deutete auf Halef. „Esst, esst. Morgen ist er nurmehr halb so gut. Wenn die Wirkung auch nicht mehr nötig ist, so bleibt doch die Freude." Er zwinkerte. „Lasst mir einen Happen über."

Halef bemerkte den kleinen Löffel, der aus durchscheinendem Horn geschnitzt war und an der Innenseite der Holzdose steckte. Er verzog das Gesicht. „Wie bei den Fischeiern der Russen“, murmelte er. „Aber ich nehme ihn“, versicherte er Haschim. „Ich werde nicht mit den Fingern essen. Euch zuliebe.“ Er nahm den Löffel und betrachtete ihn angetan gegen den Schein der Flammen.

Ich wandte mich an Haschim. „Eure Reise war lang und eilig, wie Ihr sagtet. War sie auch erfolgreich?“

„In manchen Dingen ja, in manchen anderen nicht. Ich musste Dinge geben, ich bekam Dinge. Manches musste ich opfern, andere brachten ebenfalls Opfer ...“

Ich musterte Haschim ein wenig in Sorge. Tatsächlich sah ich einige jüngst verheilte Schnitte an seinen Unterarmen. Er bemerkte es und richtete seine Ärmel.

„Es ist nichts, was Euch beunruhigen sollte, Kara Ben Nemsi. Es ist die Art der Magier, ein wenig umständlich und geheimnisvoll daherzureden. Es trägt zu ihrer Aura bei.“ Er lächelte. „Man könnte über meine Geschäfte auch schlicht sagen, ich habe gehandelt und gefeilscht. Kaum anders als auf dem Basar. Nur dass man nicht mit Münzen bezahlt.“

Halef ließ den Löffel vor dem halb geöffneten Mund sinken.

„Nein, guter Halef“, bemerkte Haschim. „Dies habe ich ganz ehrbar erstanden. Esst nur weiter.“

Halef schien misstrauisch, konnte aber nicht widerstehen und kostete – zu seinem Wohlgefallen!

Haschim nickte bedächtig. „Nun, ich habe das Wichtigste erlangt, für das ich aufgebrochen war: die Kunde, dass Al-Kadir in der Geisterwelt bezwungen werden kann, und die Gewissheit, dass Marah Durimeh uns dabei helfen kann. Wir müssen sie nur auffinden. Ich musste erfahren, dass sie nicht mehr an dem Ort weilt, an dem ich sie erhofft hatte.“

„Da kann ich helfen. Wir sind auf dem Weg nach Mehabad, weil sich in dessen Nähe Marah Durimeh aufhalten soll. In einer Höhle, wie zuvor schon.“

„Ja, sie hat eine Vorliebe für die Erde. Das zeichnet sie aus. Sie weiß um die Notwendigkeit, das Hohe und das Tiefe in Einklang zu bringen."

„Ihr habt erwähnt, dass Ihr sie kennt?"

„Ja, aber das ist keine Erzählung für nun. Später, Kara Ben Nemsi. Vielleicht erfahrt Ihr es auch von Marah Durimeh. Ihr steht es mehr zu als mir, davon zu sprechen."

„So soll es sein", sagte ich und verspürte jene Ehrfurcht, die mit dem Namen der weisen Frau stets einherging, und wie sich jenes Gefühl noch steigerte. Rasch sprach ich von nüchternen Dingen.

„Ihr mögt kaum glauben, Haschim, von wem ich den erhofften Aufenthaltsort erfahren habe."

„Es wird Euch kaum ein Vöglein gesungen haben, wie man so sagt."

Ich räusperte mich. „O Haschim, da sprecht Ihr unbewusst etwas an …"

„Tue ich das?", fragte er, und ich wusste nicht, ob dies nur eine launige Entgegnung war, wie der Satz zuvor. Doch ich freute mich, Haschim trotz der schweren Stunden und kommenden Beschwernisse, heiter zu sehen. Ich hob knapp die Hand.

„… aber ich werde es später berichten, denn wir reisen ja fortan wieder zusammen. Doch den Weg nach Mehabad wies mir Sergen, der Berdevk von Nedschir-Bey."

Haschim schaute mich ohne eine Regung an, was mich etwas verwunderte.

„Das ist erstaunlich", sagte er tonlos. Dann schloss er die Augen, öffnete sie wieder und strich sich über den Bart, als sei er aus einem Traum erwacht. „Ich habe ein wenig über Sergen in Erfahrung gebracht. Nicht viel, und einiges davon ist widersprüchlich, doch es scheint mir, als sei dieser Mann niemand, von dem für unsere jetzige Unternehmung eine Gefahr ausgeht. Wir werden prüfen, ob er die Wahrheit gesprochen hat. Die Gründe werden wir vielleicht erfahren."

„Wo Ihr von Gründen sprecht“, begann ich, „so müsst Ihr mir noch etwas erklären. Woher stammt die Stute, die Ihr mir ins Lager des Rais sandtet, und was hat es mit den drei Gaben auf sich?“

Haschim atmete tief.

„Kara Ben Nemsi, ich bin froh, dass Ihr, wenngleich ungewollt und unwillig, eine einzelne Gabe empfangen habt, damals in der roten Festung Al-Kadirs. Denn diese hat Euch befähigt, die Natur der Gaben zu erkennen, von denen Ihr sprecht. Sie müssen also gut sein und von wohlwollendem Geist gesandt – das habt Ihr unbewusst verspürt und glaubtet, was mir eine Ehre ist, dass sie von mir stammen. Doch ich habe euch kein Pferd überbringen lassen und auch keine drei Gaben.“

Ich musste Haschims Worte erst richtig erfassen, dann begriff ich die Geschehnisse.

„Nicht von Euch“, stellte ich fest. „Aber von wohlwollendem Geist. Das kann nur bedeuten ...“

„Marah Durimeh. Ihre Wege sind unergründlich, aber ohne Zweifel weise.“

„Aber ich habe die weiße Stute Ingdscha geschenkt, der Tochter Nedschir-Beys. Ich dachte, es sei ein Geschenk, um alle wohlgestimmt und gewogen zu machen.“

„Hat es diese Bestimmung erfüllt?“

„Ja, mehr oder minder.“

„Dann war es so gewollt und vorherbestimmt. Marah Durimeh kennt Euch wohl gut genug, um sich auf Eure Entscheidungen zu verlassen, ohne dass Ihr Eingaben oder Anweisungen erhalten müsst.“

„Ich habe Marah Durimeh nur wenige Male getroffen.“

„Das genügt ihr. Vergesst nicht, welch weise Frau sie ist. Vielleicht die weiseste aller Frauen.“

„Dann müssen die drei Gaben auch ihre ganz besondere Bewandtnis haben.“

„Zweifellos“, sagte Haschim und Halef grunzte amüsiert, während er den Löffel abschleckte. Später sagte er mir,

Haschim hätte wie ich geklungen, was ich als absurd empfand. Vielleicht hatte Halef zu viel Süßes gegessen, was manche Menschen ja allzu unkonzentriert macht. Oder er hat über etwas anderes gelacht, weil er doch oft weiser ist, als selbst ich zu erkennen vermag. Wie auch immer, nun sprach Haschim weiter:

„Um welche Dinge handelt es sich, die Ihr so ehrfurchtsvoll Gaben nennt?"

„Ein Kamelleder mit Schrift, die nicht zu lesen ist."

„Fremde Schrift?"

„Arabisch, aber die Sprache ist fremd. Gänzlich fremd."

„Aha", nickte Haschim. Ich wartete, aber er schwieg, also sprach ich weiter.

„Eine Phiole aus Glas mit heller Flüssigkeit darin."

„Aha."

„Und eine Schachtel mit Patronen für den Henrystutzen."

„Eindeutig für Euch bestimmt."

„Die Kugeln sind aus Silber."

„Aha."

„Haschim, verzeiht, aber ich hatte gehofft, Ihr könntet mir helfen, die Gaben zu verstehen."

„Sie stammen von Marah Durimeh, also kann sie selbst diese am besten erklären. Ihr werdet wohl alles erfahren, wenn wir bei ihr sind."

Ich deutete zu meinem Gepäck. „Wollt Ihr nicht einen Blick darauf werfen?"

„Morgen, im Licht des Tages", verkündete Haschim. „Ich möchte nun ein wenig schlafen. Es ist angenehm, dabei Freunde um einen zu wissen. Und der Gepflogenheit ferner Völker zu frönen, vor dem Schlaf etwas Süßes zu verspeisen."

Er streckte die Hand zu Halef hin, um die Holzdose mit dem Gaimar entgegenzunehmen. Halef schaute betroffen und ließ den Löffel sinken. Dann blickte er sich eilig um und zog eine Blechbüchse aus dem Gewand.

„Ich habe aber etwas von dem anderen aufgehoben ..."

„Umso besser“, lächelte Haschim.

Dann wandte er sich ab. Ich glaubte zu erkennen, dass sein Lächeln einen Wimperschlag zuvor erloschen war. Und dass sein Schritt, der ihn zu seinem Lager führte, nicht der eines Mannes war, welcher sich müde zu erquickendem Schlummer begeben wollte. Die gestrafften Schultern Haschims und sein eiliger Gang waren die Kennzeichen eines Mannes, der in einen Kampf zog. Beinahe hätte ich ihm nachgerufen. Doch ich wagte es nicht, weil ich spürte, dass meine Worte und meine Sorge nicht hilfreich gewesen wären.

Am Morgen wurde ich durch aufgeregtes Rufen geweckt. Ich ahnte, was geschehen war. Die letzte Wache vor Sonnenaufgang hatten die beiden Nestorianer Welat und Sivan bestritten. Und beim ersten Licht hatte sich wohl Zinar zu ihnen gesellt und dabei den schlafenden Haschim bemerkt oder dessen Stute, und sogleich den vermeintlichen, sowohl verhassten als auch gefürchteten, Jesiden wiedererkannt, selbst wenn dieser zu seinen Rettern aus der Bärenhöhle gezählt hatte. Dass Zinar Haschim nicht im Zelt des Rais gesehen hatte, beim Festmahl des Nedschir-Bey für Halef und mich, mochte ihn in seinem Urteil bestätigt haben, selbst wenn es der Berdevk gewesen war, der Haschim das Gastrecht verwehrt hatte, obgleich aus anderen und doch ähnlichen Gründen. Der jetzige Aufruhr rührte sicherlich von all dem her. Ich war froh, dass Haschim ein solch besonnener Mann war, und das Übrige würde ich bestimmt mit bedachten Worten regeln können.

Dann aber bemerkte ich, dass es nicht Zinars Stimme war, die ich hörte, und der Klang war auch nicht jener des Vorwurfs und der Anklage, sondern zeugte von Furcht und Sorge. Und beides erscholl zweifach. Welat und Sivan umstanden das Lager von Zinar, der sich, noch immer liegend, in stillem Schmerz wand. Und ein Gleiches sah ich dort, wo Cedric Allen geschlafen hatte, nur dass es hier Ann Lindsay war, die bang an dessen Schulter rüttelte.

Kaum war ich aufgesprungen und herangeeilt, schloss sich mir Halef an, und im Hintergrund erhob sich Haschim, langsam und wie schlaftrunken. Doch er war nicht auf seinem Lager ausgestreckt gewesen, sondern hatte in einer Position gesessen, wie ich sie von ihm bereits von der Bärenhöhle kannte. Damals hatte er einen Zauber gewirkt. War er nun in einer ähnlichen Trance gewesen? Im selben Herzschlag gab ich mir selbst die schreckliche Antwort: Es war ein übler Zauber, der Cedric Allen und Zinar getroffen hatte, und Haschim hatte ihn abzuwehren, zu bekämpfen gesucht – doch wohl vergebens!

Ich wusste kaum, wohin ich mich wenden sollte, denn beide Männer am Boden litten, und die sie Umstehenden waren verzweifelt. So blieb ich zwischen beiden Gruppen und warf meine prüfenden Blicke hin und her. Es schien, als habe sowohl Zinar als auch Cedric Allen eine Krankheit erfasst, welche jedoch anders war, als mir bekannt. Beide Männer hatten sich wohl im Schlaf die Kleidung am Hals gelockert, weil sie Hitze verspürten, doch ich sah keinen Schweiß auf ihrer Haut und auch nicht jene Rötung, die mit einem trockenen Fieber einherging. Vielmehr waren die Gesichter farblos, während sich der Ton der Lippen in eine Schattierung verfärbt hatte, die zunächst an das blasse Blau von Ertrunkenen erinnerte, bei näherer Betrachtung jedoch den gelbgrünlichen Ton einer abheilenden Prellung besaß. Am schrecklichsten jedoch war, dass die Kranken ihre Augen nicht geschlossen hatten, sondern mit weit aufgerissenen Lidern, und dennoch, blind gen Himmel blickten. Auch das Weiß der Augäpfel war verfärbt, doch nicht gallenfarben wie bei Gelbsucht, eher wie mit blassgrünem Schimmel überzogen.

„Was ist nur geschehen?“, rief Ann Lindsay. „Er war nicht verletzt, also kann es doch keine Blutvergiftung sein.“

Sie hatte wohl Recht mit ihrem Gedanken, dass die plötzliche Krankheit nur vom Kampf gegen die Füchse Al-Kadirs herrühren konnte.

Haschim war nicht nähergekommen, doch er sprach uns an.
„Ich fürchte, dies ist meine Schuld."

„Wie kann das sein?", gab ich empört zurück, sowohl wegen der unerklärlichen Selbstbezichtigung Haschims als auch, weil nun die Nestorianer und Ann Lindsay den ihnen Fremden zu Recht misstrauisch anstarrten. Ich konnte in dieser Lage der Not keinen Streit zulassen, und so sagte ich: „Dies ist Scheik Haschim, ein Freund. Und er kann gewiss helfen!"

„Das kann ich", nickte Haschim. „Indem ich gehe."

Ann Lindsay richtete sich auf. „Sie haben dies verschuldet und wollen nun fliehen?" Sie tastete an ihre Taille, doch trug sie den Gürtel mit Gewehr und Messer nicht, und ohnehin war es eine leere, weil zögerliche Geste.

Die Nestorianer hingegen hatten wohl verstanden, aber ebenso wenig begriffen wie ich, was Haschim meinte. Sie schauten scharf zu ihren Waffen hinüber, die am Feuer lagen.

„Bitte", sagte ich und erhob Stimme und Hand, damit die anderen schwiegen und sich nicht rührten. Dann trat ich Haschim entgegen, um leiser mit ihm zu sprechen.

„Erklärt Euch, Haschim. Was wisst Ihr?"

Er deutete auf die beiden leidenden Männer. „Ich hätte nicht erwartet, dass Al-Kadir eine solche Macht über die Wesen erlangen könnte. Ich fragte Euch, ob einer von euch verletzt worden wäre. Ich habe jedoch nicht bedacht, dass ich auch nach anderem hätte fragen müssen. Nun ist es zu spät."

„Was meint Ihr, Haschim?", sagte ich fast ungehalten, denn die Sorge überkam mich wie eine Woge und darin spürte ich schamvoll so etwas wie Empörung und Vorwurf.

„Der Atem der Füchse."

Ich erinnerte mich an den schrecklichen Hauch, den ich verspürt hatte. Und sogleich zog es sich um mein Herz zusammen, denn ich fürchtete, dass auch Halef und die anderen, die noch nicht leidend am Boden lagen, in jedem Augenblick gefällt werden würden. – Und auch ich selbst? Noch fühlte ich mich wohl, von Sorge und Furcht abgesehen.

„Was ist damit?“, fragte ich tonlos, obgleich ich doch die Antwort ahnte.

„Der Atem der Füchse ist Gift. Es tötet unerkannt. Außer, ein Mensch mit Kunde und Kenntnis ist zugegen. Dann tritt das Leid deutlich hervor, um ihn zu quälen.“ Haschim sah mich mit Schmerz im Blick an. „Denn er kann nichts dagegen tun.“

„Wer kann etwas dagegen tun?“, rief ich laut, um die anderen zu beruhigen.

„Kein Arzt in dieser Welt“, sagte er und schaute gen Mehabad. Ich begriff.

„Wie viel Zeit bleibt ihnen?“

„Wenn ich mich entferne, einiges mehr. Ich kann es nicht genau sagen. Doch Marah Durimeh vermag dies.“

„Dann müssen wir eilen!“ Ich wandte mich an die anderen und rief zum Aufbruch. „Scheik Haschim weiß Rat. Er wird voranreiten. Wir bringen die beiden nach Mehabad. Dort können wir Hilfe erhoffen.“

Die Nestorianer und Ann Lindsay schauten mich furchtsam und missmutig an. Wie hätte ich es ihnen verdenken können? Sie kannten mich kaum und Haschim war ihnen gänzlich fremd. Doch das sichtbare Leiden von Zinar und Cedric Allen ließ sie nach jedem Schimmer Hoffnung blicken und so begannen sie, das Lager abzubrechen. Ich bat Halef, die nahezu Verzweifelten anzuleiten, damit ich weiter mit Haschim sprechen konnte. Ich blickte ihn eindringlich an und spürte wie mir die Kehle trocken wurde.

„Auch mich hat der Hauch eines Fuchses getroffen. Droht mir Ähnliches wie den beiden? Doch ich fühle mich gesund, obgleich ich doch vor Euch stehe.“ Ich bemerkte meine unbedachten Worte und bat mit einer Geste um Verzeihung. Haschim legte seine Hand auf meine Schulter.

„Ihr wisst, was Euch schützt. Indes weiß ich nicht, wie lange. Auch ahne ich, dass Zinar besonders geschwächt ist, durch die Begegnung mit dem Bären, der kein Bär mehr war. Aber ich weiß nicht, was dies für Euch bedeutet. Deshalb tut Eile not.“

Er blickte zu den anderen hinüber. „Ich bedaure, nicht einen der beiden mit mir nehmen zu können, um ihn rasch nach Mehabad zu bringen. Doch meine Nähe würde ihn umso schneller töten. So müsst Ihr es allein bewältigen."

„Ich nehme Cedric Allen zu mir. Rih kann leicht zwei Männer tragen. Auf Halefs Ross wird Zinar Platz finden, weil Halef leicht ist." Ich überlegte. „Sollten wir also voranreiten? Und die anderen ..." Ich blickte zu den Nestorianern und Ann Lindsay. Sie würden keineswegs allein mit den Packpferden reisen, während sich ihre Freunde mit uns entfernten, denen sie doch beistehen wollten. Und Haschim wäre als ihre Begleitung wenig erwünscht, das war ihm bewusst.

„Leider werden sie mir kaum vertrauen, nach unserer ersten Bekanntschaft, unter diesen Umständen."

„Wir werden also die Pferde anders nutzen. Die Nestorianer werden ihren Gefährten zu sich nehmen. Der Brite teilt mit Halef dessen Ross, und die junge Lady, die Pferde scheut, ist mit mir auf Rih am besten aufgehoben." Ich nickte. „Und Ihr reitet am besten voran und sucht Marah Durimeh. Ihr findet Sie wohl rascher als ich, weil Ihr noch vertrauter mit ihr seid."

„Ich war es", erklärte Haschim.

Ich erschrak fast. „Bedeutet das, Ihr seid nun ..."

„Nein", beruhigte er mich. „Das bedeutet nur, dass wir beide nun eigene Wege gehen. Doch Ihr wisst, dass Wege sich stets auch kreuzen und alte Bekannte einander gern treffen, selbst wenn sie lange Zeit getrennt waren."

„Das verstehe ich, wenn es auch sicher für Euch noch andere Bedeutungen hat."

„Ganz recht."

„Und deshalb zeige ich mich auch als Unvertrauter, wenn ich frage, warum Ihr mit Eurer Anwesenheit das Fuchsgift schlimmer wirken lasst, wir die beiden Bedauernswerten aber zu Marah Durimeh bringen sollen."

„Das ist einfacher, als Ihr glaubt: Weil Marah Durimeh keine Zauberin ist." Er stutzte. „Wenn auch manche dies ..."

„Aber warum sendet sie mir dann magische Dinge?"

„Sind sie denn magisch?"

„Ich glaube es. Denn ich sah sie auf andere Weise, als Halef es tat." Ich erinnerte mich an Haschims Worte vom Vorabend. „Ihr wolltet sie auch einmal beschauen ..." Dann kam mir sogleich ein Gedanke, der mich aufwühlte. „Was wenn in der Phiole ein Heilmittel ist? Die weise Marah Durimeh mag dergleichen geahnt haben?"

„Sie ist weise", nickte Haschim. „Und sie vertraut auf die Weisheit derer, denen sie ihr Vertrauen schenkt. Dies ist ein Kreis, wie Ihr erkennt, oder vielmehr eine Windung besonderer Art, denn so einfach wie ein Kreis ist es nun doch nicht."

Ich beharrte auf meiner Eingebung.

„Schaut bitte einmal die Phiole an. Es gab keine Aufschrift, keinen Hinweis – keinen, den ich zu lesen oder deuten vermochte!"

„Ich habe gestern aus gutem Grund abgelehnt, die Gaben Marah Durimehs zu betrachten. Verzeiht mir, dass ich es nicht sogleich gestand, sondern Euch auf diesen Morgen vertröstete, der kein guter Morgen ist." Haschim schaute bitter auf unsere Gefährten, die beinahe alles für die Abreise bereitet hatten. „Aber nun soll es heraus: Ich darf die Dinge nicht schauen, die Marah Durimeh Euch gesandt und geschenkt hat. Sie gehören nur Euch."

„Aber ich habe sie mit Halef betrachtet, gar untersucht!"

„Halef ist kein Magier."

„Aber Ihr wollt doch nicht sagen, dass es sich mit diesen Dingen so verhält wie mit dem Gift der Füchse! Dass Euer Einfluss etwas Schlechtes bewirkt!"

„Es ist, wie man in Eurer Welt zu sagen pflegt: kompliziert!"

„Ich habe kaum etwas anderes erwartet. Doch ich mag es nicht glauben. Wenn Ihr noch im Lager des Rais gewesen wärt, hättet Ihr die Gaben doch auch gesehen, weil ich sie Euch gezeigt hätte, meiner Fragen wegen."

„Aber ich war nicht im Lager des Rais. Ihr glaubt doch an Vorherbestimmung, Kara Ben Nemsi. Oder an Schickung, wie ich Euch habe sagen hören. Dies und die Weisheit Marah Durimehs ist alles, was Ihr braucht, um Vertrauen zu haben."

„Gewiss. Aber die Dinge … wenn sie magisch sind, warum habe ich dies nicht verspürt?"

Ich klopfte zögerlich gegen meine Westentasche und wusste selbst nicht so recht, ob ich mit der Geste auf den Musaddas hinweisen wollte oder auf das, was in mir selbst war.

Haschim seufzte.

„Die Neugierde des Unkundigen. Löblich, aber anstrengend", sagte er lächelnd, denn er wusste, dass er mich nicht beleidigte. Warum aber dachte ich für einen Herzschlag an Halef und den Lehrer Lohse? Seltsame Gaukeldinge des Gedächtnisses!

Haschim blickte zu den anderen hinüber. Es war Zeit aufzubrechen.

„Sie sind magisch, Kara Ben Nemsi. Doch nicht in dieser Welt. Das muss Euch nun genügen. Ihr werdet es alles begreifen."

„Ich weiß nicht recht ..."

„Glaubt mir. Marah Durimeh ist eine gute Lehrerin."

„Darf ich auch hoffen, dass sie eine gute Heilerin ist?"

„Gewiss. Sie hat einst in Amadijah auch das Mädchen Schakara geheilt, nicht wahr?"

Ich war verwirrt – hatte ich Haschim je davon erzählt? Aber gewiss, ich hatte ihm auch davon berichtet, wie von so vielem. Doch war ich vielleicht nicht deutlich genug gewesen, insofern ich selbst …

„Haschim, verzeiht, da irrt Ihr Euch. Marah Durimeh heilte Schakara nicht von der Tollkirschenvergiftung, sondern sie ließ nach mir rufen ..."

„Eben, Kara Ben Nemsi. Eben."

Er drückte kurz meine Schulter. Dann schwang er sich auf den Rücken seiner weißen Stute. Ich hatte kaum bemerkt, dass er während unseres Gesprächs seine Sachen gepackt und Risha gesattelt hatte. Aus dem Himmel stieß lautlos der weiße Falke Manakir herab und setzte sich auf Haschims Faust.

„Ich sende Euch Nachricht", versprach Haschim. „Und sagt dem Mädchen und den Männern, dass es Hoffnung gibt, wenngleich nicht durch mich."

Er nickte ernst und ritt davon.

Halef kam mit Rih heran und übergab mir die Zügel.

„Es ist schade", meinte er, „dass Haschim schon wieder fortreiten muss. Dieser Fuchsfluch lastet sicher schwer auf ihm. Wegen ihm muss er alte Freunde verlassen und hat neue Feinde gewonnen."

„Ich mag nicht glauben, dass die Nestorianer oder Lady Lindsay so empfinden."

„Wann hast du das letzte Mal um jemanden gebangt, Sihdi? Und der Mann, der seine Schuld eingesteht, verschwindet auf seinem weißen Ross, nachdem er in finsterer Nacht aufgetaucht ist? Nicht alle Menschen können so vernünftig und edel sein, wie du es vermagst oder dir es gegeben ist."

Meine Kehle war trocken, wohl weil ich nach dem Erwachen noch keinen Trunk zu mir genommen hatte.

„Ich danke dir Halef, dass du mir den Kopf zurechtrücken willst. Ein anderer Mann als ich würde sich beschämt oder beleidigt fühlen. Ich aber bin froh, dich zum Freund zu haben. Auch weil du nun an meiner Seite bist, denn ich habe im Gespräch mit Haschim Dinge erfahren, die mich nicht weniger demütig machen als deine Worte."

Halef nickte, er schien ein wenig gerührt zu sein. Aber da mein Halef neben dem Gefühl auch Verstand besitzt, wunderte es mich kaum, dass er nun die Hand hinter dem Rücken hervorholte und mir einen Becher Wasser reichte.

Auch wenn es kein Becher war, sondern eine Konservendose.

Das Wasser schmeckte süß.

Dann ritten wir los.

Neunzehntes Kapitel
Die Quellen von Mehabad

Über die Ebene von Derijaz kamen wir in jenes schmale Tal zwischen den Bergen, durch welches der Fluss Mehabad seine Windungen zieht, bis er in den See von Urmiya einmündet. Südlich von diesem liegt die kleine Stadt, die mit dem Fluss ihren Namen teilt. Einst ein Dorf, dann die Kapitale einer Stammesregion, war sie über die Jahrhunderte wie so oft Schauplatz von Krieg und Tod, jetzt lag sie still auf den kleinen Höhen und Senken, die der mäandernde Wasserlauf gebildet hatte.

Mir war nicht nach historischen Anekdoten, nicht nach kulturellen Anmerkungen. Ich war in Sorge um unsere Gefährten, die wir erst so kurze Zeit kannten. Noch mehr aber bedrückte mich der Gedanke, dass Al-Kadir uns die giftige Plage gesandt hatte, an der nun Zinar und Cedric Allen litten und wohl dem Tod nahe waren.

Die Hufe unserer Pferde schlugen rasch den Grund, doch die niedrigen Häuser Mehabads kamen nur quälend langsam näher. Ich hatte keinen Blick für die Überreste der Herrschaft alter Könige, jene Ruinen und Grabstätten, die von der reichen Kultur ferner Zeiten zeugten. Auch die zahlreichen Quellen mit heilendem Wasser, welche die Gegend prägen und berühmt machen, waren mir einerlei. Die Luft, mild und feucht durch die Gewässer, hätte angenehm sein können nach der trockenen Kühle des Gebirges. Aber ich konnte all dies nicht genießen, eher störte es mich, weil ich die sanfte Brise wie Hohn empfand. Mir war so kalt ums Herz, als seien wir noch vom harten Fels der Berge umgeben und von Höhenwinden gepeitscht.

Doch dann flog die Hoffnung heran, denn Haschim hatte Wort gehalten. Manakir, der weiße Falke, schwang sich vom Himmel herab, schlug mit den Schwingen und landete auf meinem Arm, den ich nach kurzem Zögern vertrauensvoll ausgestreckt hatte. Ich hielt nicht im Ritt inne, und auch wenn Rih nicht mit dem höchsten Tempo dahingaloppierte, zu dem er fähig war, so war das Manöver des Falken doch ein deutliches Zeichen, dass jener edle Greifvogel ein ganz besonderer Sohn seines gefiederten Geschlechts war. Seine Schwungfedern streiften nicht einmal die Spitzen meines wehenden Haars, der Griff seiner Krallen war fest, aber sanft, und die scharfen Klauen ritzten mir weder Hemd noch Haut, so sachte hielt sich Manakir auf meinem Arm. Und dies alles, obwohl in meinem Rücken sich Ann Lindsay mehr recht als schlecht auf dem Ross hielt, trotz des Arabersattels, an dem man guten Griff finden konnte, und trotz der geschmeidigen gleichmäßigen Gangart meines Pferdes. Die junge Lady zog erschrocken die Luft ein, als Manakir herangeflogen kam, doch das entsetzte Kieksen erstarb ihr halb in der Kehle, wurde halb vom fordernden Schrei des Falken übertönt. Manakir wusste wohl, dass die Botschaft in der ledernen Kapsel an seinem Bein wichtig und eilig war – oder er wollte das Gebinde endlich gelöst haben, um sich dann einige lohnende Bissen im Gras der nahen Quellen zu suchen. Wie auch immer – schließlich war er ein stolzer Greif und keine geduldige Taube. Ich griff mit der freien Hand hinüber, die Zügel konnte ich getrost loslassen, denn Rih kannte und fand seinen Weg ohnehin auch ohne mich, und als ich das lose Ende des Lederstreifs kaum ergriffen hatte, um die Schlaufe aufzuziehen, öffnete sich der Knoten wie von selbst und die Kapsel glitt in meine Hand. Sogleich stieg Manakir wieder auf und verschwand mit kreischendem Gruß über meinen Kopf hinweg und den von Ann Lindsay, die wohl froh war, den Korkhelm zu tragen, obgleich ich wusste, dass sie auch diesmal weder von Fängen noch Flügeln gestreift worden wäre.

Ich nahm die Zügel wieder auf, senkte meine Hände und ließ sie auf der Sattelkante ruhen, um die Lederkapsel zu öffnen. Sie war eine schmale Röhre mit ledernen Deckeln an beiden Seiten, und als ich diese abzog, entrollte sich das Ganze, die Verschlüsse von Bändern gesichert. Innen klemmte ein Papier, von der mir bekannten Hand Haschims beschrieben:

Geht in Mehabad zum Haus von Ascher, dem Juden, in der Gasse der Hebräer. Er hilft.

Signiert war die kurze Note mit dem H. in lateinischer Schrift und der rasch hingeworfenen, aber kunstvollen Zeichnung einer schwarzen Feder. Hier erinnerte mich Haschim an die Feder des Pegasos oder doch eher des Burak, welche ich seit unserem Abenteuer in Al-Kadirs roter Festung besaß und die sich, fast vergessen, im Lederköcher einer Kartenrolle unter meinem Gepäck befand. Haschim hatte das Signet schon damals in Stambul verwendet, und wie damals ging ich davon aus, dass er mir damit signalisieren wollte, dass die Nachricht von ihm stammte. Doch in Stambul hatte ein Bote den Zettel überbracht und ich war mit Haschim noch nicht vertraut gewesen. Nun aber – wie hätte ich an der Herkunft der jetzigen Nachricht zweifeln können, wo doch der weiße Falke sie überbrachte? Dann wiederum hätte Haschim es wohl deutlicher erwähnt, wenn der schwarzen Feder in dieser Situation irgendeine Bedeutung zukäme. Aber die Hauptsache, die wichtige Hoffnung war, dass wir nun wussten, an wen wir uns in Mehabad zu wenden hatten. Ich gebe zu, dass es mir zunächst als zweitrangig erschien, ob Haschim den Aufenthaltsort von Marah Durimeh gefunden hatte oder ob sich der Hinweis des Berdevk als wahr bestätigte. Haschim hatte nichts in seiner Botschaft erwähnt – was vieles bedeuten mochte: dass er Erfolg gehabt hatte, aber mich in meinem rettenden Vorhaben nicht ablenken wollte, oder dass er selbst noch suchte. Einerlei, ich vertraute auf Haschim und seine Urteilskraft.

Und so signalisierte ich meinen Mitreitern, dass wir in Mehabad ein genaues Ziel hätten. Die Erleichterung war den

Nestorianern anzusehen, von Ann Lindsay hörte ich ihr schweres Aufatmen weniger, als dass ich es spürte, weil sie sich nun nicht allein an den Sattel, sondern auch an mich klammerte. Wir alle klammerten uns an die Hoffnung, dass jener unbekannte Ascher den Vergifteten helfen konnte.

Wir querten eine Brücke über den Fluss Mehabad und sein breites Kiesbett, dann ritten wir in die Stadt und ich fragte sogleich ein gebeugt dahertrottendes Weiblein nach der Hebräergasse. Sie schaute mich mit ihrem tief umrunzelten Blick an und verzog den zahnlosen Mund.

„Armeniergasse?“, krächzte sie und hielt die dürre Hand ans Ohr oder doch eher hinter die Schläfe. Sie trug ein dickes Tuch um den Kopf und eine Kappe darunter, und so wusste ich nicht, ob sie schwerhörig war, oder meine Stimme allzu gedämpft an ihre Ohren drang.

„Hebräergasse“, wiederholte ich.

Die Alte zupfte ihr Ohr frei und in dem imposanten langen Lobulus, denn der Begriff Läppchen schien mir hier zu possierlich, prangte ein schimmerndes Goldgehänge.

„Nein, nein“, beharrte die Greisin und schüttelte den Kopf, dass der Schmuck klimperte. „Armenier. Gold kauft man nur beim Armenier.“

„Aber ich will kein Gold kaufen“, erklärte ich. Für einen Herzschlag musste ich überlegen, was ich stattdessen wollte oder vielmehr preisgeben konnte – ich wollte verständlicherweise nicht ausplaudern, dass wir zwei von magischem Gift gepeinigte Gefährten auf Geheiß eines Magiers zu einem jüdischen … ja, wer oder was war dieser Ascher überhaupt? Ein türkischer Hekim, ein arabischer Habib, ein kurdischer Nojdar war er wohl kaum, aber ob er ein hebräischer Asa oder Rof …

„Aha“, schnarrte die Alte und musterte mich mit halb zusammengekniffenen Augen, die sie dann öffnete, worauf sie mit einem Mal sehr hell dreinblickte. „Zu den Hebräern also.“ Sie nickte und klopfte sich gegen die Kehle, wobei sie die

Nestorianer und die Briten musterte, vor allem Zinar und Cedric Allen, die schlaff im Sattel hingen, gestützt vom eigentlichen Reiter.

Dann zeigte sie den Weg entlang, bedeutete ein Haus, winkte mit den Fingern, während sie mir Biegungen und Windungen beschrieb, um die Route anzudeuten; als sie ihren umständlichen Vortrag beendet hatte, lächelte sie zuckersüß und sagte. „Geht zu Ascher, der hat den besten!“ Dann zog sie das Tuch über ihren Ohrschmuck und wackelte davon.

Dies war nun erstaunlich!

„Sihdi“, raunte Halef mir zu, der sein Ross neben meines gelenkt hatte. Ann Lindsay streckte Arm und Hand aus und wollte Cedric Allen besorgt über die Stirn streichen, langte aber nicht ganz hinüber und zögerte zudem, weil das Gesicht des Briten durch die vielfältigen Verfärbungen allzu schauerlich ausschaute. Sie seufzte unterdrückt.

„Sihdi, was ist dies für ein Mann, dass jedes alte Mütterchen das Haus von Ascher kennt?“

„Wer weiß, Halef. Er ist zumindest kein Schmuckhändler, denn die greise Dame kennt sich damit wohl aus.“

Ann Lindsay begann ungeduldig zu zappeln und zerrte an meinem Ärmel.

„Mister Kara, wenn Sie so gut sein mögen!“, presste sie zwischen den Zähnen hervor. „Reiten wir hin, dann wissen wir es!“

„Ganz recht, junge Lady Lindsay“, nickte ich. „Der Weg hätte uns nicht besser beschrieben werden können. Also: Dort vorne rechts abbiegen!“

Wir setzten uns wieder in Bewegung und trabten auf die erste der Gassen zu, die den Beginn des Handwerkerviertels bezeichneten, leicht zu erkennen daran, dass emsig gewerkt und gehämmert wurde, nebst leiseren Verfertigungen von Waren aller Art. Nach einigen Wendungen passierten wir die Armeniergasse, wie ich an den Rufen und Gesprächen in eben armenischer Sprache erkannte, die zwischen dem gelegentlichen

Kurdisch und Arabisch aufklangen. Auch Persisch war zu hören, wie überall in diesen Landstrichen, sowie sogar das Azeri der Aserbaidschaner, denn wenn auch der Kaukasus noch weit entfernt war: Es kommen ja nicht nur Menschen zu den Bergen, um ein bekanntes Wort abzuwandeln, sondern auch von ihnen her.

Unter den Armeniern gab es nun tatsächlich viele Goldschmiede, und wenn ihr Geschäft auch leise vonstatten ging und die Auslagen nicht so reichlich und groß waren wie bei anderen Gewerken, so konnte man es doch hier und da blitzen sehen, wobei ich aber glaubte, dass die schimmernden Ladenschilder und blinkenden Aushänge doch eher aus Messing denn aus Gold bestanden. Aber nicht allein Schmuck wurde hier erstellt und feilgeboten – oder eben gerade nicht feil, sondern teuer –, auch viele weitere edle Dinge verschiedenster Herkunft. Hier gab es nämlich Weinhändler und Schnapsverkäufer und somit also Waren, die den muslimischen Bewohnern verpönt, ja verboten waren. Wenn man also einen gehaltvollen Trunk erwerben wollte, ob aus reiner Lust oder rituellen Gründen, so musste man zu den Armeniern gehen. Oder zu den Juden, denn nun erreichten wir die Gasse der Hebräer. Dies erkannte ich nicht allein an den gelegentlichen Äußerungen in jener biblischen Sprache, welche den meisten Juden des Orients aber keine Alltagssprache ist, sondern dem familiären oder liturgischen Gebrauch vorbehalten; ansonsten wird das lokale Idiom gesprochen, oder eben mehrere. Auch die Aufschriften der Werkstattschilder und Ladenfronten hatten sich geändert. Wohl fanden sich noch arabische Lettern, die eben Worte in Arabisch, Kurdisch und Türkisch bezeichneten, zumindest für jene, die lesen konnten. Aber die stolzen und hoffnungsvollen Armenier hatten ihre Läden mit ihrem ganz eigenen besonderen Alphabet beschriftet, welches der flüchtige Betrachter auch für indisches Sanskrit hätte halten können – so er denn von diesem wusste. Die Juden wiederum hatten für ihre Leute einige Zeilen im hebräischen Alphabet an Wände und Schilder gemalt, oder eben für jene, die jemals einen Blick in eine Thora geworfen hatten, um die Zeichen an den Ladenwänden zu deuten. Im Zweifel wussten die Einwohner von Mehabad, welchen Glaubens und welcher Herkunft sie auch sein mochten, dann doch aus reiner Gewohnheit, wer was in diesem oder jenem Laden zu verkaufen hatte. In der Hebräergasse gab es nun ebenso Goldschmiede wie Weinhändler, wie bei den Armeniern – und allerlei andere Geschäfte, die es andernorts in der Stadt ebenfalls gab, die aber hier nichts zur Sache taten. Ich war gespannt, was für ein Mann jener Ascher nun war – Goldschmied oder Weinhändler. Ich konnte mir aber nicht vorstellen, wie uns der eine oder der andere in unserer Not helfen konnte.

Dann hatten wir unser Ziel erreicht. Ein schlichter kleiner Laden wies uns seine Front, und über dem Eingang hing ein Schild, dessen blumig formulierte Aufschrift ich so übersetzen konnte: *Feine Weine und reine Geister.* Dies hätte wohl auch jenseits des Orients über einer eleganten Weinhandlung mit Spirituosenangebot stehen können. Sogar ein wenig Gold blitzte an den Kanten des Schildes, in welche einige schlichte Schnörkel geschnitzt waren. Dies war also das Haus von Ascher.

Ich sprang aus dem Sattel. Ann Lindsay schwankte ein wenig, konnte sich aber festhalten, um dann ebenso eilig von Rihs Rücken zu rutschen. Ich schritt zum Eingang und hob die Hand zum Klopfen.

Da öffnete sich auch schon die Tür, zunächst einen Spalt. In diesem erschien ein Streifen Gesicht: eine hohe und blasse Stirn, ein großes und dunkles Auge, eine Adlernase, ein verzogener Mundwinkel und ein Kinn, das von einem Halstuch verborgen war.

„Ja?“, knurrte eine ungehaltene Stimme, als fühlte sich der Mann gestört, obgleich ich doch noch gar nicht hatte klopfen können und wir vor dem Laden nicht allzu viel Lärm gemacht hatten.

„Ich möchte zu Ascher, dem …“

„… dem Goldschmied? Drei Häuser weiter“, sagte der Mund und der Türspalt schloss sich ein wenig.

Zu dumm, dass ich nicht den vollständigen Namen des Mannes kannte. Rasch überlegte ich, ob mein eigener Name helfen mochte, dann entschied ich mich anders:

„Haschim schickt mich.“

Das Auge öffnete sich interessiert, ebenso der Mund – und auch die Tür. Nein, sie wurde aufgerissen und vor mir stand ein älterer Mann mit weißem, fädigem Haarschopf, der wild unter einem Käppchen hervorwucherte und den Kopf umwehte, gebeutelt vom Zug des geöffneten Türflügels. Ob der Mann beleibt war oder nur einen weiten Kaftan trug, konnte ich nicht sagen, seine Züge waren aber trotz der Falten nicht eingefallen, sondern freundlich und rundlich. Die blasse Stirn hatte ihren Kontrapunkt in den leicht geröteten Wangen.

Jetzt breitete der Mann die Arme aus, die kräftig behaart waren, wie man wegen der umständlich aufgekrempelten Ärmel sehen konnte, und nun spannte sich auch ein Bauch unter dem Kaftan und wölbte eine lange Schürze aus Leder, die ihm vom Hals aus über die Brust bis zu den Knien hing.

„Ich bin Ascher!“, rief der Mann freundlich. „Ascher ben-Aron, kommt herein.“ Er reckte den Hals, um an mir vorüberzuschauen, und dabei verschob sich das Tuch unter seinem Kinn und ich konnte einige Narben an der Haut erkennen, die nicht von Schnitten, sondern Verbrennungen zu stammen schienen. Ascher bemerkte dies und zog das Tuch zurecht.

„Kommt herein“, wiederholte er, und mit einem Blick auf meine Gefährten fügte er an: „Und rasch, wenn’s denn geht und beliebt.“

Ascher trat zurück und öffnete die Tür weit, blieb erwartungsvoll an der Kante stehen, während er mit dem einen Arm schaufelnde Bewegungen machte.

Es schien also tatsächlich so, als seien wir erwartet worden. Ich wollte aber höflich bleiben.

„Ich bin Kara Ben Nemsi", stellte ich mich vor, während meine Gefährten von den Pferden stiegen und die halb Bewusstlosen stützten und zur Tür führten.

„Ja, schon recht", gab Ascher zurück und wedelte weiter mit der Hand. „Hurtig jetzt!"

Halef und Ann Lindsay hatten Cedric Allen in ihre Mitte genommen und wirkten wie ein schwankendes Denkmal, dessen Hauptfigur von zwei Nebenfiguren flankiert wurde. Cedric Allens Gesicht hatte tatsächlich den beunruhigenden Farbton eines grauen Steins, der mit grünweißen Flechten bewuchert war.

Ascher kniff ein Auge zu, warf mit dem anderen einen knappen, prüfenden Blick auf den Kranken und verzog den Mund. „Nach hinten mit ihm!", befahl er und zeigte durch den Verkaufsraum. „Aber nicht die Ware umreißen!", fügte er an, nachdem er Halef und Ann Lindsay prüfend beschaut und bemerkt hatte, wie sehr sich die junge Lady mit ihrer Last mühte, gebeugt weniger des Gewichts wegen als wegen ihrer Sorge um den vergifteten Cedric Allen.

Der Weinhändler Ascher hatte hingegen Sorge um all die gläsernen Flaschen und tönernen Krüge, die auf Tischen und Gestellen den Laden bevölkerten. Die Fässer und Fässchen aus Holz, die es ebenfalls gab, standen aber wohl sicher und schwer genug, dass sie nicht durch leichtes Anstoßen zu Boden gefallen wären. Ascher folgte mit misstrauischem Blick den dreien, die sich zu einem Durchgang bewegten, der von einem Vorhang verdeckt war. Dennoch schien er die sprichwörtlichem Augen im Hinterkopf zu besitzen, denn als Sivan und Welat auf die Ladenschwelle traten, den schwachen Zinar zwischen sich, schoss Aschers Hand hervor, ohne dass er hinsah, und schwebte als Haltesignal vor den dreien, nur um Fingersbreite entfernt.

„Moment!", rief er gedehnt und wartete, bis der Vorhang sich hinter Halef und den beiden Briten geschlossen hatte. Dann drehte Ascher sich um und zog seine Hand zurück.

„So, jetzt“, sagte er und prüfte Zinars Gesicht mit dem gleichen einäugigen Blick wie zuvor. Er nickte mürrisch. „Ab nach hinten!“ Und er mahnte die Nestorianer ebenso, unterstrichen mit einer deutlichen Geste. Wieder überwachte er den Weg der drei, bis der beiseitegeschobene Vorhang wieder in die Senkrechte gefallen war.

Er wandte sich mir zu. „Ich habe keine Lust, eine Bescherung aufzuwischen. Und roter Wein macht ja schreckliche Flecken, nicht wahr?“

Ascher schaute mich erwartungsvoll an, als sollte ich über seine launige Bemerkung lachen. Denn tatsächlich zwinkerte er mir belustigt zu, wo er zuvor so barsch und streng gewesen war.

„Nicht lustig?“, fragte er erstaunt. „Nun denn, genug gelacht“, befand er dann und klatschte in die Hände, worauf er sie aneinanderrieb. „An die Arbeit!“, sagte er mehr zu sich als zu mir. Dann schaute er an mir vorüber, auf die Gasse hinaus.

„Du räumst jetzt mal die Pferde fort, Freund von Haschim“, befahl er und fügte erklärend hinzu: „Die leeren *und* die bepackten. Hier ist eine Ladengasse, kein Rossmarkt.“

Ascher deutete auf eine Lücke zwischen zwei Häusern. „Da geht es zu einem wohlfeilen Mietstall. Aber da solltest du sagen: *Ascher schickt mich.* Denn nicht jeder kennt Haschim. Und das ist auch gut so.“ Er zwinkerte und wedelte mit der Hand. „Jetzt rasch, wenn’s denn geht und beliebt.“

Dann wollte er sich ins Ladeninnere wenden, hatte schon die Türkante in der Hand, als ihm wohl etwas einfiel. Er griff meinen Arm, schaute mich beschwörend an und sagte sanft:

„Es wird gut, keine Sorge.“

Dann drückte er mich mit der Tür hinaus.

„Hurtig jetzt!“

Ein wenig überrumpelt stand ich wieder auf der Gasse. Nun hätte ich sagen können, dass ich tat, wie mir geheißen. Aber unsere Pferde mussten ohnehin untergestellt werden. Also nahm ich den einen oder anderen Zügel und führte den Treck oder die Karawane durch die Gassen zu dem mir angezeigten Ort. Rih übernahm gewissermaßen die Nachhut, während Sangar neben mir trottete.

Tatsächlich kam man mir sehr entgegen, als ich bei dem Mietstall angekommen den Namen Aschers nannte. Dass der Pferdebursche sich mit mir den Scherz erlaubte, ob ich Ascher, den Goldschmied meinte, nahm ich gelassen hin. Es schien ein heiteres Volk zu sein in dieser Gasse. Man bot mir an, die Wertsachen gesondert zu verschließen, aber ich verhielt mich wie gewohnt. Ich vertraute einerseits auf die Empfehlung und den Leumund wie auch auf meine großzügige Zahlung. Die Satteltaschen allerdings, welche die drei Gaben bargen, die, wie ich nun wusste, von Marah Durimeh herstammten, nahm ich doch lieber mit mir. Und auch den Lederköcher mit der schwarzen Feder.

Als ich zu Aschers Weinhandlung zurückstapfte – ich hatte Sangar bei unserem Gepäck gelassen –, war ich froh, dass Halef seine Riementasche nicht abgelegt hatte und die Leuchtkugel bei sich trug. Und dass er die Perlentasche mit dem Zauberzelt an Abdi verschenkt hatte – denn sonst hätte ich mich wie ein wandelnder Wunderwarenhändler gefühlt. Ich, der nüchterne Abenteurer und Reiseschriftsteller. Der mit einem Magier befreundet war, einen geisterhaften Schurken zu bekämpfen hatte und nun zu dem Ort ging, an dem zwei Gefährten geheilt werden sollten, die dem Tode nahe waren, durch ein Gift, welches wohl nicht von dieser Welt stammte.

Ich war froh, nicht weiter grübeln zu müssen, als ich die Weinhandlung erreichte und an die Tür klopfte. Sie öffnete sich sogleich, und der mich willkommen hieß, war nicht Ascher, sondern Halef. Ich blickte ihn erstaunt an, doch er winkte mürrisch ab.

„Der Herr Ascher meinte, ich wäre der geeignete Türwächter“, sagte Halef spitz, „weil ich ja gar nicht von den Flaschen und Krügen und Fässern naschen dürfte ...“

Als er hinter mir die Tür geschlossen hatte, zeigte er durch den Laden. „Als wenn ich dies allein deshalb nicht trinken würde, weil es mir verboten ist", maulte er. „Ich will es auch gar nicht und würde ohnehin nie etwas stehlen." Halef schaute mich empört an. „Was hält dieser Mann von mir? Hätte Haschim ihm nicht sagen können, dass ich ehrbar und anständig bin? Wie denkt denn der Scheik über mich?"

Ich unterbrach ihn in seinem überzogenen Zorn. „Ich glaube nicht, Halef, dass Haschim jenem Ascher allzu viel von uns berichtet hat, sondern dass er ihm nur unsere Not schilderte. Und dies ist das Wichtigste." Ich schaute zu dem Vorhang, der in den hinteren Bereich des Hauses führte.

„Sind sie nebenan?", fragte ich.

„Nein", gab Halef zurück. „Sie sind weitergegangen. Aber mich hat er zurückgeschickt." Er verschränkte trotzig die Arme.

„Hat Ascher dir auch aufgetragen, was du tun sollst, wenn ich wieder zugegen bin?"

„O Sihdi, zieh mich bitte nicht auf!"

„Keineswegs. Ich wollte damit nur sagen, dass wir jetzt tun können, was wir wollen."

Ich griff nach dem Riegel an der Tür und schob ihn vor.

„Die Weinhandlung ist geschlossen und braucht keinen Halef als Bewacher. Wir gehen zu unseren Gefährten. Weise mir den Weg, Halef!"

„Da entlang, Sihdi, das weißt du doch."

Ich schob ihn voran und legte den Arm besänftigend um seine Schultern.

„Halef, ich verstehe deine Empörung. Aber sieh es so: Ascher mag Weinhändler sein. Und noch etwas darüber hinaus, sonst hätte Haschim uns nicht zu ihm gesandt. Aber jener Ascher ist wohl auch ein Menschenkenner."

„Er erkennt einen frommen Muslim, wenn er ihn sieht", knurrte Halef. „Und macht sich über ihn lustig."

„Er hat sich auch über mich lustig gemacht. Es scheint seine Art zu sein. Du bist in seinen Augen der beste Bewacher von

Wein und Schnaps, und ich der beste Pferdeknecht. Was schert es uns, stehen wir darüber."

Halef schob mich im Gehen ein wenig zur Seite. „Vorsicht, der Tisch mit den Flaschen", meinte er mit säuerlicher Miene.

Ich erklärte weiter: „Schau, Halef. Die bedauernswerten Vergifteten sind Nestorianer und Brite. Beide haben sozusagen Angehörige, die sich sehr sorgen. Ascher hat dich fortgeschickt, um mit jenen allein zu sein, die seiner Hilfe bedürfen, auf die eine oder andere Weise."

„Da hast du wohl Recht, Sihdi", brummte Halef. „Aber er hätte es auch freundlicher sagen können."

„Das ist nicht jedem gegeben, Halef. Vielleicht scheint es aber auch nur so und Ascher redet laut anders als leise. Das weiß ich."

„Na dann, Sihdi, kannst du ja gleich zwischen seinen lauten Worte die leisen heraushören. Da geht es hinunter."

Wir hatten den Vorhang passiert und ein kleines Kontor durchschritten, mit Schreibpult und Papieren. Daran schloss sich eine weitere Kammer an, die zwei Türen besaß. Eine stand offen und zeigte eine hölzerne Stiege nach oben. Die andere Tür führte in den Keller, denn es drang der Geruch nach feuchtem Stein herauf und mattes Licht. Halef ließ mir den Vortritt und ich nahm die erste Stufe der Steintreppe. Sogleich bemerkte ich, dass es nicht nach Moder roch und die Luft warm war. Letzteres ließ mich glauben, dass wir in keinen Weinkeller hinabstiegen. Nach einigen Schritten öffnete sich ein schmales Gewölbe, das wohl nur halb ins Erdreich gebaut war, denn von dort gingen an drei Seiten weitere, flachere Stufen hinunter, in tatsächlich unterirdische Räume. Es war warm hier, doch kaum wegen der Lampen, die in Mauernischen standen; und ich ahnte wegen eines leisen Geräuschs von fließendem Wasser, dass es hier wohl einen Zugang zu den Quellen gab. Allerdings war mir nicht bekannt, dass diese heiß waren. Ihre Heilkraft kam allein von der Zusammensetzung des Wassers, wie man sagte.

Nun hörte ich die Stimme Aschers, und so wandten wir uns jenem Seitengewölbe zu, aus dem auch weiteres Licht drang.

Ascher stand neben einem flachen, schmalen Wasserbecken, welches in den Steinboden eingelassen war. Ich sah noch vier, fünf weitere, die sich im Halbdunkel des niedrigen Raums aneinanderreihten. Der Boden war feucht, hier und da zeigten sich Wasserlachen.

Ich war mir nicht sicher, was für ein Ort dies sein mochte.

„Ist dies eine Mikwe?“, fragte ich Ascher, obgleich ich zu wissen glaubte, dass jenes rituelle Tauchbad doch etwas anders gestaltet war.

„Ganz sicher nicht!“ Ascher lachte kurz auf. „Oder bist du sieben Stufen hinabgegangen und stehst tief im Nass? Außerdem hättest du als Goj – verzeih, als Nichtjude – nichts darin zu schaffen.“ Er schaute schräg nach oben, als müsse er überlegen. „Ach, oder wolltest du dich säubern, gar erfrischen? Vier Gassen weiter ist ein schönes Hamam. Ein schöneres noch zwei Gassen ...“

„Ascher, du scherzt erneut, dabei ist der Anlass, aus dem wir hier sind, ein ernster!“

„Eben darum“, nickte er. „Es ist alles schlimm genug. Deshalb sollten wir heiter sein.“

„Was ist dies also?“, fragte ich erneut.

„Ein Ort der Heilung.“

„Unsere Gefährten leiden nicht unter Gicht oder Krätze ...“, sagte ich etwas ungehalten.

Ascher seufzte. „Das weiß ich wohl. Hier wirken ja nicht allein die Quellen von Mehabad, sondern auch anderes.“

Ich trat zu Ascher hin und damit zu dem ersten Becken, warf einen beiläufigen Blick hinein – und erschrak! Das Becken war wohl eine Armlänge tief und bis zum Rand mit Wasser gefüllt, und auf dem Grund lag – ein Mann! Er trug ein schlichtes Leinengewand und lag still wie in einem Grab, doch seine Augen waren geöffnet und schauten in todesähnlicher Starre nach oben. Ich konnte das wächsern bleiche Gesicht erkennen, denn in dem Becken schien ein sanfter Schimmer zu herrschen, den ich mir nicht erklären konnte und dessen Farbe ich nicht kannte. Ich musste entsetzt gestarrt, gar eine heftige Bewegung gemacht haben, denn Ascher legte mir die Hand an den Arm. „Er lebt. Und heilt."

„Wer ist er? Und was ist ihm widerfahren?"

„Ein Opfer der Dinge, die seit einiger Zeit hier vorgehen. Über lange Jahre musste dieser Ort nicht genutzt werden, jetzt sind die Becken – alle belegt." Ascher zuckte mit den Schultern. „Die Kranken ruhen hier, damit sie nicht sterben. Aber sie würden rascher heilen, wenn die Quelle des Unheils versiegen würde. Und diese Quelle liegt nicht in der Erde von Mehabad, nicht einmal …"

„… in dieser Welt", nickte ich. „Du weißt also, was vor sich geht."

Ascher drehte seine Hand in der Luft. „Ich weiß nicht alles, aber genug. Genug, um zu helfen."

„Dank dir dafür", sagte ich und blickte zu den anderen Becken. „Sind unsere Gefährten dort?"

„Nein. Oder siehst du deren besorgte Freunde?" Ascher schüttelte den Kopf. „Sie sind nebenan. Das hier ist für meine Leute."

„Freunde?"

„Nicht alle, die den gleichen Glauben haben, sind Freunde und umgekehrt." Ascher wackelte mit dem Kopf. „Hier muss aber nach Sorten getrennt werden, wie oben beim Wein. Ich sagte dir, dass hier nicht allein das Wasser heilt. Das Wasser ist für alle gleich, der Rest ist je nach Glauben."

„Dann sind dies hier Juden, und die Muslime und Christen sind in anderen Gewölben?"

„Ich habe auch eines für Jesiden. Und Kurden, solche wie solche. Ich habe alles im Angebot, so wie oben beim Wein. Und die Nachfrage bestimmt ja nicht allein das Geschäft, sondern auch die Taten von Ehre und Menschlichkeit."

Halef schaute Ascher an und dann mich. „Er redet wie du, Sihdi."

„Ich spreche wie ein Mensch, guter Hadschi" gab Ascher zurück. „Also auch wie du."

„Ja, gewiss …", meinte Halef zögerlich.

Ascher breitete die Hände aus. „Wenn hier alles bereitet ist, kann ich dir eine Geschichte erzählen, die das alles fein symbolisch erklärt, mithilfe von drei Ringen. Mein Vorfahr hat sie sich erdacht, ein Sepharde aus Sevilla, mit Namen Natha ..."

Ich horchte auf! Wollte sich Ascher einen Scherz machen, weil er wusste, dass ich Deutscher war, und auf die Ringparabel Lessings anspielen, die aus dessen Lehrstück *Nathan der Weise* stammte? Woher mochte er dies überhaupt kennen? Doch Ascher sprach weiter:

„… nael Ibn Verga. Aber Vetter Nathanael war ein ziemlicher Fabulist, dennoch ist ihm manch Schönes gelungen. Und es gilt noch immer, auch nach Jahrhunderten. Er war wohl das, was man einen Weisen nennt."

Ascher feixte mich an. „Aber nun zu den anderen. Sie haben genug gebetet, das Wasser dürfte verstanden haben." Er scheuchte uns in Richtung des nächsten Gewölbes.

Ich war noch immer etwas verwundert, aber Ascher erklärte bereits weiter.

„Ich habe den Nestorianern ein Becken zugewiesen und den Anglikanern ebenfalls. Voneinander geschieden, damit sie Ruhe haben zur Einkehr und Fürbitte." Er wandte sich zu mir um, während er uns an weiteren Becken vorüberführte. „Das wären die Orte für die Brüder des Hadschi. Euresgleichen wären nebenan, doch ich weiß nicht recht ..." Er blieb stehen und kniff die Augen zusammen, musterte mich im Schein der Lampe, die in der Mauernische brannte. „Du bist wohl Christ, aber ich weiß nicht recht, ob Katholik oder Protestant – na, einerlei, du bist ja gesund, dem Herrn sei Dank."

Er ging weiter und ich dachte mir meinen Teil. Dann kamen wir in das Gewölbe, wo Ann Lindsay an einem Becken kniete, in welchem wohl Cedric Allen liegen mochte. Sie erhob sich, als sie uns sah, und wischte sich die Augen.

„Danke, Ascher“, schniefte sie und sah mich bedrückt, aber zuversichtlich an. „Sie haben gute Freunde, Mister Kara.“

„Freunde von Freunden“, sagte ich.

„Nicht so bescheiden“, meinte Ascher. „Wir werden dies mit einem Trunk besiegeln, wenn wir wieder oben sind.“

Er nahm Ann Lindsay bei der Schulter. „Komm, Töchterchen, alles wird gut.“

Die junge Lady lehnte sich an Ascher, schniefte noch ein bisschen und lächelte tapfer. Dann schob Ascher sie und damit uns in das nächste Gewölbe. Dort hatten die Nestorianer ihr Gebet beendet und erwarteten uns. Auch sie dankten Ascher, als sie von dem Becken traten, das Zinar zugedacht worden war.

Ascher drängte in seiner üblichen Art zum Gehen. „Jetzt rasch, wenn's denn geht und beliebt. Ihr kennt den Weg!“

Die anderen gingen voran, mir raunte Ascher zu: „Ich muss die Trübnis vertreiben. Ist schließlich kein Begräbnis hier.“ Dann schaute er sich um, obwohl uns nur die Wände des kurzen Gangs umgaben. „Zudem ist es für die Gesunden nicht allzu heilsam hier. Deshalb: hurtig jetzt!“

Zwanzigstes Kapitel
Die Faghragha

Wir versammelten uns in einem bequem eingerichteten Raum, oder vielmehr: Ascher scheuchte uns hinein. Dann komplimentierte er uns auf die Kissen und Hocker. Es war angenehm licht und hell in diesem Zimmer, die Sonne fiel durch das weite Kreuzgeflecht der Fenster und brach sich in den leeren Flaschen, die auf hoch angebrachten Borden ringsum sich reihten. Die Reflexe in allerlei Farben machten das Zimmer bunt und heiter, doch ohne die sakrale Strenge, welche die Mosaikfenster einer Kapelle beschert hätten.

„Das ist mein Probierraum", erklärte Ascher. „Doch da wir nicht für Geschäfte hier sind, können wir uns allesamt entspannen. Das hilft uns und den Menschen dort unten."

Er deutete auf den Grund, unter dem sich die Gewölbe befanden. Und auch wenn ich bemerkt hatte, dass die steinernen Kellerräume keineswegs kalt oder finster gewesen waren, so war der Kontrast zu diesem Zimmer doch höchst angenehm. Ähnliches verspürten auch die Nestorianer und Ann Lindsay, denn deren besorgte Züge wurden allesamt weicher. Ich konnte nur erahnen, wie sie sich fühlen mochten, denn sie hatten an das tückische Gift beinahe je einen engen Freund verloren, während mir selbst Zinar und Cedric Allen doch nur jüngst angenommene Reisegefährten waren, auch wenn ich mich ihnen durchaus nahe fühlte, weil es mir vergönnt gewesen war, sie aus Gefahr und Gefangenschaft zu retten.

Welat und Sivan saßen zusammengesunken in ihren Kissenpolstern. Sie mochten in ihrem Kriegerleben schon häufig genug um verletzte und dem Tode nahe Vertraute gebangt haben, wenngleich ich bezweifelte, dass sie je mit bösem Zauber konfrontiert worden waren. Dann aber dachte ich an den Berdevk des Rais. Jener Sergen hatte üble Erfahrungen mit finsterer Magie gemacht, und wer konnte wissen, ob er diese nicht mit anderen teilen musste. Zudem schien es ja ohnehin so, dass allein ich es war, welcher dem magischen Orient so ungläubig entgegengestanden hatte, während alle anderen sich gelassen gaben oder wissend waren. – Wie mochte es also Ann Lindsay ergehen? Vor dem näheren Anblick des Simurgh hatte ich sie bewahren können, doch ihre Erlebnisse mit dem Fabelvogel wogen ohnehin schwer genug. Der Angriff der Füchse mochte ihr als Laune der Natur gegolten haben. Aber deren Gift und die Behandlung durch Ascher? Ich machte mich darauf gefasst, allerlei Fragen beantworten zu müssen, obgleich ich wusste, dass ich auf die meisten wohl keine Antwort wissen würde.

Nun aber kam Ascher wieder in den Raum und balancierte ein hübsches Kupfertablett mit hohem Rand, auf dem sechs Gläser und zwei Flaschen standen.

„Gute Geister gegen böse Gedanken."

Er setzte das Tablett etwas zu schwungvoll auf einem kleinen runden Tisch ab, und die Gläser und Flaschen klingelten gegeneinander.

Halef atmete scharf ein und öffnete den Mund. „Ich bitte um Verzeihung, aber da ist wohl ein Glas zuviel ..."

Ascher schnalzte mit der Zunge. „Ts-ts. Als ob ich so taktlos wäre." Er zeigte auf Halef und das Tablett. „Genauer betrachtet, ist nämlich nicht ein Glas zu viel, sondern eine Flasche. Und die ist nur für dich, guter Hadschi, und der Inhalt wohl ebenso gut wie jener der anderen. Da ist es mit den Flaschen wie mit den Menschen."

Er nahm die erste Flasche und zog den Korken heraus. „Aber erst, wenn du erlaubst: der Trank für die, welche zwar nicht schwächer im Glauben, aber denen die starken Geister erlaubt sind."

Ich roch, wie ein kräftiger Dunst nach Branntwein durch den Raum zog, der sich verstärkte, als Ascher die Mündung der Flasche nacheinander über fünf der sechs Gläser senkte und der wasserklare Inhalt einströmte.

„Das ist ein besonders wirkkräftiger Brand", erklärte er. „Weckt jene Geister, vertreibt andere und so weiter. Ich will euch ja nichts verkaufen, also nichts anpreisen. Aber eine Erklärung, was es denn ist: Dies ist aus der Artischocke von Jerusalem gebrannt, wohlschmeckend ohnehin und der Herkunft wegen erquickend für den Leib und erhebend für den Geist!"

Er setzte die Flasche neben dem Tablett ab und nahm die andere, welche beim Entkorken ein leises Zischen von sich gab und deren Inhalt beim Eingießen ein wenig sprudelte. Dann setzte Ascher auch diese Flasche ab und ging mit dem Tablett durch unsere Runde, indem er jedem ein Glas anbot, dabei das Tablett drehte, sodass Halef am Ende das zuletzt eingeschenkte Glas erhielt. „Und dies ist ein prickelndes Tonikum aus der gleichen Pflanze, mit besonderer Sorgfalt vergoren, und zwar ohne, ich wiederhole: ohne, dass sich Alkohol gebildet hätte. Alle Gärung ging in die lustigen Bläschen darin über."

Halef schaute das Glas zweifelnd an und blickte dann kaum weniger zweifelnd zu Ascher. Dieser verdrehte den Blick zur Decke und setzte eine Faust in die Hüfte, während er auf der anderen Hand das Tablett hielt.

„Nur Mut, tapferer Hadschi. Der Trunk ist etwas klebrig, aber köstlich und belebend! Das Rezept stammt von einem Freund aus Mossul, der sich das Prozedere mit der speziellen Gärung erdacht hat. Vor zwei Jahren hatte er nämlich die Geschichte vernommen, dass ein fremder Hekim dem Pascha einen schäumenden, spritzenden Wein verfertigt hatte, ganz ohne Alkohol. Allerdings stammte das Gebräu zur Hälfte aus der Apotheke und wird wohl entsprechend geschmeckt haben. Dies hier ist etwas ganz anderes. Wunderbar!"

Halef hatte mit großen Augen zu mir geschaut. Und ich erinnerte mich ebenfalls allzu gut an jene Begebenheit in Mossul, denn der fremde Hekim war niemand anderer als ich selbst gewesen. Aber ich sagte nichts weiter, sondern lächelte Halef an und nickte zu seinem Glas hin, in dem kleine Luftbläschen tanzten und an der Oberfläche zerplatzten, dass feine Gischt den Rand netzte.

„Gut denn, nun ein Trinkspruch", verkündete Ascher. Sein eigenes Glas hatte er zuvor beiseitegestellt, neben die Flaschen. Dorthin zurückgekehrt, erhob er es.

„Auf uns und die unseren. L'chaim – zum Wohl."

„Prosit", sagte ich.

„Cheers", sagte Ann Lindsay.

„Nosch", sagten Welat und Sivan.

„Fi sahitak", sagte Halef, ein wenig zögerlich und an seinem Glas schnuppernd.

Ich nahm aus meinem eigenen unter dem scharfen Weingeistgeruch ein Aroma wahr, das mir aus Baden im Süden Deutschlands bekannt war, von einem Schnaps, den man dort *Rossler* heißt, weil er aus der sogenannten Rosskartoffel gebrannt ist. Diese Erdknolle ist andernorts als Topinambur bekannt: ein aus Amerika stammendes Gewächs, benannt nach einem Indianerstamm. Dass Ascher diese aber als Jerusalemer Artischocke bezeichnete, lag einerseits am eigentümlichen Geschmack der Knolle, welcher dem jener essbaren Distelart ähnelte. Und andererseits an einem sprachlichen Missverständnis: Als die Pflanze nach Europa kam, benannten sie italienische Botaniker nach ihrer Ähnlichkeit mit der heimischen Sonnenblume als *girasole articiocco* – und Ersteres wurde dann irgendwann mit der Stadt Jerusalem als Herkunft verwechselt. Woher Ascher dies wusste und ob er dies als Scherz oder zu anderer Gelegenheit als Verkaufsargument nutzte, sollte sein Geheimnis bleiben.

Jetzt trank er sein Glas leer und schmeckte begeistert dem Aroma nach. Ich war so mutig und trank als Zweiter. Es war tatsächlich kaum etwas anderes als der badische Rossler, schmeckte ein wenig nach Nuss und Enzian, dabei angenehm brennend, doch nicht beißend. Wer immer diesen Brand hergestellt hatte, verstand sein Handwerk, nein: seine Kunst.

Ich nickte in die Runde, die anderen tranken ebenfalls, und wenn ich hernach bei ihnen auch keinen gewogenen Kennerblick erkannte, so doch, dass es ihnen wohltat. Halef schlürfte, gegen die platzenden Bläschen mit den Lidern zwinkernd, sein Tonikum, während er über den Rand des Glases den feixenden Ascher fixierte. Dann hob er die Brauen und ließ lächelnd das Glas sinken.

„Gut", sagte er gedehnt und nickte Ascher zu.

„Fein denn", sagte dieser, hob den Arm über den Kopf und warf das geleerte Glas mit Schwung in einen Eimer, der neben dem Tisch stand und welchen ich für einen Spucknapf gehalten hatte. Das Glas zerschmetterte, die Splitter klirrten sicher im Behältnis.

„Masel Tow!", rief Ascher und gebot uns mit einer Geste, es ihm nachzutun. Fünfmal klirrte es, und von uns allen schien eine Last abzufallen.

„Es ist vollbracht", sagte Ascher und setzte sich schwer auf einen Stuhl. „Und nun?"

Ich schaute in die Runde und ergriff das Wort.

„Halef und ich werden uns mit Haschim treffen", begann ich. „Bei Inderghasch." Es schien mir nicht nötig, Marah Durimeh zu erwähnen. „Wenn ich mich recht erinnere, wollten Welat und Sivan nach Schino reisen. Und Lady Lindsay benötigt einen Telegrafen." Ich blickte zu Ascher. „Oder ist noch weiterer Beistand nötig? Vielleicht gewünscht?"

„Nein, geht nur eurer Wege", meinte Ascher. „Haschim weiß wohl, was weiter zu tun ist."

Welat schaute zu Sivan, dessen Verwandter Zinar unten im Gewölbe in seinem Heilbecken lag. „Wir müssen nach Schino", sagte er fest. „Wir haben viel Zeit verloren."

Ann Lindsay seufzte. „Und ich habe zu viel Zeit. Bis ich nach London telegrafieren kann und jemand kommt und Cedric wieder gesund ist ..." Sie ließ die Schultern sinken.

Die junge Dame dauerte mich. Niemand kann gelassen warten, wenn Sorgen das Gemüt beschweren. Noch dazu, wenn das Warten in Untätigkeit geschehen soll. Man musste nicht aus England stammen und dem Travellers Club beitreten wollen.

„Sie können mit uns kommen, Lady Lindsay", bot ich kurzerhand an. Daraufhin blickten sowohl sie als auch Halef mich verwundert an und anschließend einander. „Schließlich ziehen wir aus, um die Quelle des Übels versiegen zu lassen, welches neben Zinar auch Cedric Allen befallen hat. Sie besitzen wohl den nötigen Ansporn, um hilfreich zur Hand zu gehen."

Ann Lindsay schaute nicht weniger zweifelnd als Halef. Ich sprach weiter.

„Sie schießen noch nicht ganz so treffsicher, aber mit Schlagwaffen sind sie recht passabel." Ich ahmte den Schwung nach, mit dem sie einige der angreifenden Füchse abgewehrt hatte.

„Ich hatte Tennisstunden auf dem Internat", sagte sie schwach lächelnd. „Aber ich war nie gut."

„Ein Ball aus Filz ist etwas anderes als der Kiefer eines Gegners", beharrte ich. Nach einem Blickwechsel mit Halef hob dieser zögernd das Kinn.

„Wo der Sihdi Recht hat, junge Mila-idi …"

Ann kicherte ein wenig, denn ‚mila' mochte man als Verkürzung von Djamila auffassen, was ‚die Schöne' bedeutet. Und ich dachte wiederum an das Mädchen Djamila, das sich von Ann Lindsay unterschied wie Britannien vom Orient.

Halef vollführte eine galante Geste und fuhr fort: „Und Ihr habt Stärke und Kraft gezeigt, als Ihr mir halft, den kranken Inglesi zu tragen."

Sie nickte. „Ich hatte Turnen und Klettern auf dem Internat. Aber ich …"

„Wichtig ist, wie Sie jetzt sind", erlaubte ich mir, sie zu unterbrechen.

Daraufhin strahlte sie. „Gut, ich komme mit. Wenn ich damit Cedric helfen kann. Und es ist allemal besser, als hier herumzusitzen." Sie schaute erschrocken zu Ascher. „Aber das sind sehr schöne Kissen hier und die Flaschenlichter sind auch hübsch!"

Ascher lachte und hob in gespielter Geste der Entwaffnung die Hände.

Welat fuhr sich durch den ergrauten Bart und straffte die Schultern. Auch Sivan richtete sich auf, dann sprach der Ältere: „Wir können nicht hinnehmen, als Männer zu erscheinen, die ihren Bruder auf dem Krankenlager zurücklassen. Wir kommen ebenfalls mit euch!"

Dies verstand ich wohl. „Doch euer Auftrag?"

Sivan, der am Leid seines Verwandten schwer trug, atmete tief ein.

„Unser Auftrag war, euch zu begleiten."

Halef stieß empört die Luft aus.

„Uns zu überwachen!"

Ich blieb gelassen. „Und wer glaubte, dass wir nicht allein unseren Weg finden könnten?"

Die Nestorianer schwiegen betreten. Ich hakte nach.

„Nedschir-Bey, Sergen oder Ingdscha?"

Die beiden schwiegen weiterhin.

„Ihr seid treue Krieger", befand ich. „Wem auch immer eure Pflicht gilt und wem ihr dient. Ich will euch nicht des gebrochenen Vertrauens anklagen. Ihr solltet uns wohl gegen mögliche Feinde unterstützen – und das habt ihr, obgleich nicht gegen solche, die noch gegen euren Stamm Groll hegen. Also danke ich euch. Wir danken euch."

Halef nickte, wenn auch widerwillig. Welat und Sivan wirkten erleichtert.

„Dann dürfen wir euch weiter begleiten?", fragte Sivan.

„Gewiss. Doch ihr tut es nicht zu unserem Wohlergehen, sondern zu dem Zinars."

„So wird es sein", verkündete Welat feierlich. „Doch wir stehen auch an der Seite von Kara Ben Nemsi, der nicht nachtragend ist, sondern edel gegen jedermann."

„Fein, fein“, rief Ascher und erhob sich. „Damit sollte das Reden auch ein Ende haben. Die Herrschaften haben Taten zu vollbringen. Und das rasch, wenn’s denn geht und beliebt. So ist allen geholfen.“ Er winkte aufmunternd mit den Händen. „Und ich habe auch noch das eine oder andere zu erledigen! Hurtig jetzt!“

Dies ließ kaum Widerspruch zu, zumal Ascher vollkommen Recht hatte. Und so nahm ich es heiter hin, als er auch den Rest unseres Aufbruchs plante.

„Ihr da“, sagte er und zeigte auf die Nestorianer, „und die junge Dame könntet die Pferde aus dem Mietstall holen. Kara Ben Nemsi muss ja nicht erneut als Pferdeknecht herhalten. Geht also dort entlang und dort weiter und dann seid ihr da und sagt: Ascher schickt euch!“

Er klatschte in die Hände und rieb sie. „Hurtig jetzt“, rief er und zeigte zur Tür.

Da die Nestorianer und Ann Lindsay ihm dankbar waren, störten sie sich nicht an seiner Art. Sie waren erfreut, zur Tat aufzubrechen.

Mich und Halef hielt Ascher zurück.

„Wartet.“

Dann ging er eilig in einen Nebenraum und kam mit einer bauchigen Glasflasche zurück, die mit einer rotgoldenen Flüssigkeit gefüllt war.

„Kommt!“

Ascher stapfte in den Verkaufsraum.

Halef sah mich an und verzog dieser Befehle wegen das Gesicht. Ich zuckte mit den Schultern und ließ Halef den Vortritt. Ascher stand hinter dem Verkaufstresen und schnürte die Flasche sorgfältig in Stroh ein. Dann reichte er sie mir.

„Alter Weinbrand aus Aserbaidschan. Es ist versagt, ihn Cognac zu nennen, doch er mag so gut sein wie der französische aus jener Gegend. Interessanterweise stammt er von Deutschen, die am Rande des Kaukasus Trauben anbauen. Ein kurioser Zufall, nicht wahr?“

„Hab Dank, Ascher“, sagte ich. „Aber es wäre nicht nötig, mich mit feinem Reisetrunk zu versorgen.“

Ascher schaute verständnislos. „Das ist doch nicht für dich! Sondern ein Gastgeschenk für Marah Durimeh!“

„Marah Durimeh!“, rief ich aus. „Du kennst sie?“

„Wer kennt sie nicht?“, gab Ascher zurück. „Zumindest, wenn man das eine oder andere ...“ Dann wurde er ernst. „Nicht von ungefähr sind die Becken voller bedauernswerter Opfer. Seit kurzer Zeit mehren sich die Vorfälle.“

„Ich ahne, warum.“

„So auch Marah Durimeh.“

„Und Haschim? Hat er dir berichtet, dass …“

„Haschim macht nicht viele Worte“, lachte Ascher und hob sogleich die Hände. „Was nichts über andere sagen soll.“

Ich ging geflissentlich darüber hinweg. „Also ist es wahr, dass Marah Durimeh hier in der Nähe ...“

„Ja, seit Kurzem.“

„Und zuvor?“

„Marah Durimeh mag es dir sagen. Mir ist es nicht bekannt. Aber hier ist sie, weil es nötig ist. Mehr denn je.“

„Es ist gut, dass du helfen kannst“, sagte ich.

„Es ist gut, dass du helfen willst“, nickte Ascher. „Hurtig jetzt!“

Halef schüttelte den Kopf. „Die Pferde sind noch gar nicht da.“

„Je nun, was kann ich dafür?“, sagte Ascher und breitete die Hände aus, wie er es oft tat. Ich bemerkte, dass die beiden Ringe, die er rechts und links am Finger trug, nicht so schlichte Goldreifen waren, wie es den Anschein hatte, sondern dass jeder einen kleinen, wenn auch hübschen funkelnden Stein besaß.

Halef hatte dies ebenfalls erkannt und konnte nicht an sich halten.

„Warum trägst du die Steine innen, Ascher?“, fragte er. „Man kann sie doch nur sehen, wenn sie außen sind?“

Ascher stutzte, als sei dies ein völlig absurder Einwand, dann aber erklärte er freimütig:

„Guter Hadschi", sagte er. „Rede ich so – oder so?"

Rasch kehrte er die Hände einmal einwärts, was in der Tat seltsam und verkrampft ausschaute, dann breitete er wieder die Arme aus, in jener Geste, die bei ihm so natürlich war. Und gerechterweise bemerkt, wohl auch bei jedem anderen.

„Aha", machte Halef und betrachtete seine eigenen Hände, wendete sie um und um und breitete ein wenig, sozusagen versuchsweise, die Arme aus.

Ascher feixte. „Der Goldschmied Ascher ist drei Häuser weiter."

Halef schaute mich an. Draußen klangen Hufschlag und Schnauben auf.

„Die Pferde sind da", wandte ich ein. „Hurtig jetzt."

Ascher lachte und scheuchte uns aus seinem Laden.

Wir ritten aus Mehabad hinaus und wandten uns in Richtung des Dorfes, das Inderghasch hieß. Ich erwartete ein wenig, dass Haschim uns entgegengekommen oder Nachricht senden würde. Denn ich wusste nicht, wie ich den Hinweis des Berdevk deuten sollte, dass es eine Art Höhle in der Nähe gab, in welcher sich vielleicht Marah Durimeh aufhalten könnte, wie damals, als sie vorgab, der Ruh-i-Kulyan zu sein. Hätte der Berdevk sich so vage ausgedrückt, wenn es eine tatsächliche Kaverne in einem Berg gewesen wäre? Ich mochte die Vorstellung nicht, die Menschen von Inderghasch nach ihnen bekannten Höhlen zu fragen und die umliegenden Berge abzusuchen. Und ich bezweifelte, dass Marah Durimeh sich hier derart bekannt gemacht hatte, dass ein jeder ihren Aufenthaltsort kannte. Ascher mochte wohl der Einzige in dieser Gegend sein, seiner besonderen Fähigkeiten wegen. Oder der besonderen Umstände seiner Behausung wegen – das vermochte ich nicht zu sagen. Wie bei so vielen Dingen.

Ich trug das Geschenk Aschers für die weise Frau mit mir. Wie auch ihre Geschenke an mich, deren Nutzen oder Bedeutung ich bis auf eines nicht kannte.

Mich beschlich das Gefühl, dass ich einer Prüfung unterzogen wurde. Doch es konnte sich bei dieser kaum darum handeln, einen geheimen Ort zu finden, denn …

Ich schaute zur Seite, wo die ersten Hütten des Dorfes lagen, und dahinter: die Höhle! Oder doch nur eine Art.

Aus der Ebene erhob sich eine grüne Anhöhe, deren Grasbewuchs auf voller Länge in sandfarbenen Fels überging, sodass sich dort eine Steinwand bildete, wie eine natürliche Burg. Unregelmäßig und schroff streckte sich das von Wind und Regen geschaffene Bollwerk über den Hang, die obere Kante flach und dennoch wie mit niedrigen Zinnen und Basteien besetzt. Im Licht der sinkenden Sonne färbte sich der Stein in immer kräftigeren Tönen von Gelb und Rot, auch wurden die Schatten tiefer. Der Anblick dieses massigen, rötlich leuchtenden Gebildes beschwor eine Erinnerung, doch diese schwand, als ich wieder die Gesamtheit des Bildes betrachtete, mit der grünen Ebene darunter und dem blauen Himmel darüber, und ich erfreute mich an jenem eindrucksvollen Schauspiel der Farben der Natur.

Dann erkannte ich jedoch jene Einzelheit, die auf andere Weise erstaunlich war. Denn beim Herannahen war es, dass sich in der Mitte der Felsenfront, auf halber Höhe drei dunkle Rechtecke zeigten, wie Fensteröffnungen! Es konnte keine zufällige Anordnung von Schrunden oder Klüften sein, diese waren von Menschen geschaffen!

Ich deutete darauf, die anderen hatten es ebenfalls bemerkt. Und auch wenn sie wohl nicht wussten, was sie dort erwarten mochte, riefen sie einander erleichtert zu. Allein Halef zeigte einen ehrfürchtigen Ausdruck im Gesicht, denn er wusste, *wer* uns dort erwarten mochte.

Wir kamen näher. Jetzt erkannte ich, dass es keine drei Fenster waren, die schwarz aus dem hellen Fels blickten, sondern eine einzelne, breite Öffnung, die von zwei Säulen unterteilt war. Und in der Dunkelheit dahinter konnte man weitere Pfeiler erkennen, die das Innere des in den Stein geschlagenen Raums zierten oder sicherten.

Dann waren wir ganz herangekommen, ritten vom Weg aus die Anhöhe hinauf, bis wir an die Stelle kamen, wo das Gras in Fels überging und die steinerne Wand aufragte. Etwas weiter ab wuchsen einige niedrige Bäume. Wir stellten die Pferde dort unter und ich sagte zu meinen Gefährten, dass sie hier rasten und warten mochten.

Halef blickte sich um. „Ob Haschim in der Nähe ist? Seine weiße Stute würde wohl auffallen. Oder glaubst du, er hat sie mit seinem Amulett verborgen, wie auch unsere Pferde, damals am Fuß des Karauls des Schut?“

„Ich weiß nicht, Halef“, gab ich zurück. „Es mag sein, dass Haschim mit Marah Durimeh gesprochen hat und nun eigenes erledigt. Wir werden warten müssen, bis er sich zeigt oder Nachricht sendet. Ich muss nun dort hinauf, denn ich glaube, dort wartet die weise Frau.“

„Und ich werde hier warten, Sihdi. Und die Ungeduld der anderen lindern, soweit ich es vermag.“

„Dank dir, Halef“, sagte ich und nahm die Satteltasche mit den drei Gaben von Rihs Rücken, und auch den Köcher mit der schwarzen Feder, denn dieses wollte ich mit mir nehmen. Alles andere ließ ich zurück. Ich wollte Marah Durimeh nicht mit Waffen gegenübertreten. Und ich war zuversichtlich, dass dieser Ort keine Falle war. Vielleicht hätte ich dem Berdevk misstrauen können. Doch weder Haschim hatte mich gewarnt noch Ascher. Also hatte ich Vertrauen in mein eigenes Gefühl, wenn es mir auch seltsam vorkam, einen so fremden und seltsamen Ort ungewappnet zu betreten. Aber dann war es wiederum doch nur ein in den Fels geschlagener Raum, wohl ein altes Grabmal oder eine Kultstätte. Und es war am Ende des Tages, nicht wie damals finstere Nacht, und ich stand auch nicht vor der Höhle des Ruh-i-Kulyan, von dem die Menschen sich furchtsam und heimlich erzählt hatten. Und auch über Marah Durimeh hatten sie dunkle Dinge gemunkelt: dass sie eine Sahira sei, eine alte Zauberin, die über die Geister der Erde gebieten könnte, welche ihr großen Reichtum ermöglicht hatten, durch das Gold, das sie aus den Tiefen gruben und ihr schenkten. Damals hatte ich derlei nicht geglaubt; ich wusste, es war abergläubisches Gerede. Und ich fühlte mich bestätigt, weil die Weisheit Marah Durimehs nicht aus Zauber bestand, denn das Amulett, das sie mir damals gegeben hatte, um mich aus einer Notlage zu befreien, hatte, als ich es denn öffnete, sehr hilfreiche Dinge enthalten: nämlich hohe Pfundnoten, die ich nutzen konnte, auf gänzlich irdische Weise.

Nun war alles anders. Ich wusste um die Magie in der Welt. Doch auch wenn Marah Durimeh mir die drei Gaben hatte zukommen lassen, welche zweifellos zauberischer Natur waren, so glaubte ich doch Haschims Worten, dass die weise Frau eben keine Magierin war. Und ich glaubte ohnehin, dass sie anders sein musste – ohne die Kunst zu schmähen, die Haschim beherrschte. Er war ein kluger und gütiger Mann, so wie Al-Kadir ein schlechter und böser Mann war. Die Hexe Qendressa wandte ihre Fähigkeiten nur zum Eigennutz an, was wohl an ihrer gequälten Seele lag, aber dennoch war sie eine Gegenspielerin und Gehilfin des Bösen. Ich kannte also drei Menschen, die Magie wirken konnten, und sie waren ein Dreigestirn unterschiedlicher Charaktere. Marah Durimeh war anders, konnte nur anders sein, sie stand wohl über jenen, was immer dies bedeuten mochte – das spürte ich.

Und nun würde ich Gewissheit erlangen, indem ich sie traf.

Zunächst aber musste ich den Fels erklimmen, solange noch genügend Tageslicht mir den Weg erhellen konnte. Es gab jedoch keinen Weg und auch keine Stufen hinauf zu der Öffnung mit den Säulen. Doch wie ich die Gestalt der Vorsprünge und Risse einschätzte, würde es mir kaum Schwierigkeiten bereiten, hinaufzuklettern. Ich brauchte wohl keine Haken, obgleich ich solche seit den Abenteuern in den Bergen des Balkans mit mir führte, doch ich schlang mir ein Seil um die Schultern, um später sicher hinabsteigen zu können, wenn es dunkel geworden war. Ich setzte meinen Fuß auf den ersten Halt, griff nach oben und zog mich empor.

Für einen Augenblick dachte ich daran, wie Marah Durimeh, die hundertjährige Greisin, an diesen Ort gekommen wäre – aber ich kannte ja weder die genaue Gestalt des großen Felsens noch die der Kammer darin. Man mag mich für unbedacht halten, den direkten Weg an der Wand hinauf genommen zu haben, statt rings um die Felsenburg nach anderen Möglichkeiten zu suchen. Doch es drängte mich, und dann nehme ich lieber den direkten Weg, selbst wenn er beschwerlich ist.

Der Fels war an manchen Stellen spröde, vom Wetter zerfressen, zerfiel unter meinen Fingern zu Steinchen und Staub, doch ich fand stets einen anderen Tritt, einen anderen Halt und kam so gut voran. Ohnehin hatte ich nur einige Mannslängen zu überwinden.

Schließlich zog ich mich über die Kante, richtete mich auf, wandte mich um und schaute kurz durch das Tal. In einiger Entfernung lag Mehabad, nahebei Inderghasch, ringsum die Berge, die grau und schroff das allmählich in Dunkel und Schatten verblassende Grün der Senke umgaben, das von den Quellen gesättigt war. Kurz dachte ich daran, dass sich hinter den fernen Gipfeln die jungen Simurghe befanden, aufgezogen zu geheimem Zweck von einem geheimnisvollen Mann, der sich Tair Mirza nannte. Wenn er tatsächlich der dritte Bruder neben Al-Kadir und dem Schut war, so würde Marah Durimeh es wissen. Warum ich diese Gewissheit besaß, konnte ich mir nicht erklären, sie war mit jedem Griff gewachsen, den ich am Felsen getan hatte. Ich spürte die Anwesenheit Marah Durimehs wie ein warmes Gefühl der Zuversicht. Und dies war gänzlich anders als jenes Ziehen und Brennen, das sich zu anderen Gelegenheiten in mir ausbreitete. Ich tastete nach dem Musaddas in meiner Westentasche; wenn ich auch wusste, dass er nicht ursächlich für jenes Brennen verantwortlich war, galt er mir doch als Symbol jener Macht, die ich in mir trug. Und auch wenn ich wohl nicht auf die gleiche Art auf magische Personen ansprach, wie es Sergen, der Berdevk des Rais, vermochte, beruhigte mich das Ausbleiben jenes Gefühls. Dies verschaffte mir die erleichternde Erkenntnis, dass ich noch immer nach meinen eigenen Eingebungen urteilen konnte, welche ich mir über Jahre des Reisens und der Begegnung mit Menschen angeeignet habe.

Ich wandte mich dem Eingang mit den drei Säulen zu. Drinnen sah ich im schwindenden Licht die weiteren Säulen, die wie ein steinerner Hain im Dunkel standen.

Ich zögerte, hineinzugehen. Sollte ich rufen?

Nein, ich hatte eine andere Möglichkeit, mich bemerkbar zu machen, oder vielmehr, mich zu erkennen zu geben. Ich nahm mein Phosphorlämpchen heraus und ließ sein schwaches Licht aufglimmen. Dann trat ich in das Halbdunkel des Eingangs und hielt die Glasphiole vor meine Brust, sodass ich mit meinem Leib und den Händen das Leuchten vor dem letzten Tageslicht abschirmte. Ich würde vom Innern der Kammer heraus betrachtet vor dem matt erhellten Rechteck des Eingangs eine deutliche Schattenfigur sein, mit einem Schimmer über dem Herzen.

Ich wartete einige Atemzüge, dann sagte ich leise:

„Marah Durimeh?“

Aus dem Dunkel klang eine alte, sanfte Stimme, die ich sogleich erkannte.

„Ich bin hier, mein Sohn. Komm nur herein, Kara Ben Nemsi.“

Eine kalte Faust presste mir das Herz zusammen. Marah Durimeh hatte mich stets nur als Sohn angesprochen, doch nie meinen Namen genannt. Mit Entsetzen erinnerte ich mich daran, wie Al-Kadir in seiner roten Festung die Stimmen einiger Menschen nachgeahmt hatte, um mich und die Meinen zu verwirren. Und schlimmer noch – er hatte im verborgenen Palast des Schut, in den Bergen des Balkan, aus dem Mund des toten

Hamd el Amasat zu mir gesprochen, aus unbekannter Ferne, aus der Geisterwelt. Was wenn es hier nun ähnlich wäre? Die Stimme Marah Durimehs, doch vor mir in Wahrheit Al-Kadir, der ohne Körper sprach oder schlimmer noch, aus dem toten Leib von …

Ich schüttelte diese Gedanken und das Entsetzen ab. Ich musste Klarheit gewinnen. Und so erinnerte ich mich an das erste Treffen mit Marah Durimeh in der Höhle des Ruh-i-Kulyan.

„Es ist deine Stimme, aber ich kann dich nicht sehen", sprach ich, so wie sie einst gesprochen hatte.

„Verlange ein Zeichen von mir", kam die Stimme Marah Durimehs zurück, und sie nutzte dieselben Worte, wie ich sie damals gesagt hatte. Ich war erfreut, doch wollte ich sicher gehen! Also erinnerte ich mich weiter und führte unser altes Gespräch in verkehrten Rollen fort.

„Gut! Was hatte der türkische Hekim in seinem Amulett, mit dem er den Teufel der Krankheit vertreiben wollte?"

„Es war keine Tollkirsche, mein Sohn, sondern eine tote Fliege", sagte die Stimme Marah Durimehs und gab damit noch ein Detail mehr, als ich es damals gegeben hatte! Nun war ich mir sicher und rief aus:

„Gute Mutter! Du bist es wirklich!"

„Ja, ich bin es. Wer hat dir die Faghragha gewiesen?"

„Die Faghragha?"

„Diesen Ort hier, ein altes Grabmal der Sassanidenkönige."

Wie sehr dieser seltsame Ort für Marah Durimeh angemessen war, denn auch sie entstammte einem Geschlecht von Königen! Doch ich musste ihre Frage beantworten.

„Es war Sergen, der Berdevk des Rais von Schohrd, welcher Nedschir-Bey heißt und Vater ist von Ingdscha. Und weiter wiesen mir den Weg Haschim, der mehr ist als ein Prinz der Haschemiten, und Ascher, der mehr ist als ein Weinhändler in Mehabad."

„Das sind Bürgen genug, mein Sohn. Du warst misstrauisch, und das war weise. Du verzeihst mir ebenfalls meine Frage?"

„Gewiss, gute Mutter."

„Dann tritt vor. Viermal vier Schritte."

Meine Augen hatten sich noch nicht ganz an die Dunkelheit gewöhnt, auch wenn das Tageslicht keine Leuchtkraft mehr hatte, und das schwache Glimmen des Phosphorlämpchens durchdrang nicht den finsteren Säulenwald, den ich mehr spürte, als dass ich ihn sah, während ich voranschritt.

Da bemerkte ich, dass das Lämpchen erloschen war, die Reaktion des Phosphors mit der Luft verebbt. War der Stoff verbraucht oder …

Eine weiche Hand ergriff die meine und zog mich sachte seitwärts, bevor ich die bezeichnete Anzahl Schritte vollführt hatte. Ich wurde ins völlige Dunkel geleitet.

„Jetzt warte", sagte Marah Durimeh, von der ich noch immer allein die Stimme hörte, aber nichts sehen konnte. „Ich werde das Licht anzünden."

Einen Augenblick später brannte die Kerze, und ich sah Marah Durimeh vor mir stehen, eingehüllt in einen weiten Mantel, aus dem ihr wundersames Gesicht mir freundlich ernst entgegenblickte. Warum nenne ich es wundersam? Weil ich sie als edle Greisin erblickt hatte, als ich sie vor zwei Jahren zum letzten Mal sah. Wohl hatte sie damals keine eingefallenen Züge besessen, wie man wegen ihres Alters von hundert Jahren hätte erwarten können, denn ich habe auch schon solche gesehen, die gebeugt und fürchterlich hager waren, nur aus Haut und Knochen bestanden und Gesichter besaßen wie die von Totenköpfen.

Doch in den vergangenen beiden Jahren schien Marah Durimeh nicht etwa um zwei Sommer und Winter gealtert zu sein, sondern sich vielmehr verjüngt zu haben! Man halte mich nicht für im Urteil getrübt, weil ich diese hehre, gute Frau so verehre. Und man sage nicht, dass man nach einem Leben von einem Jahrhundert kaum ein einzelnes weiteres Jahr erkennen könnte, auch nicht derer zwei. Doch ich sah es deutlich! Ihre Züge waren seltsam schön und weich und es war fast keine

Falte um Augen oder Mund zu sehen. Die Augen hatten jugendlichen Glanz und dennoch glomm eine tiefe Weisheit aus ihnen, die das sichere Zeichen langer Lebenserfahrung waren … oder von noch mehr.

Sie leuchtete mich an, und mit dem Heben der Kerze schimmerten ihre beiden weißen Haarzöpfe auf, die schwer bis fast auf den Boden hinabreichten – und diese waren nun eindeutig Zeichen des hohen Alters, die auch mein Urteil nicht bezweifeln konnte.

Marah Durimeh stand neben einer breiten Bank aus Stein wie einst in der Höhle des Ruh-i-Kulyan, doch diese Bank war nicht schlicht und nur ein schmaler Fels, sondern verziert mit den alten Ornamenten der Sassaniden, deren Grab dies war.

Es war bezeichnend, dass Marah Durimeh, die Greisin, zu mir, dem noch jungen Mann, sagte: „Komm, setze dich."

Dann erst ließ sie sich neben mir nieder und stellte die Kerze zwischen uns.

„Du hast Fragen und Wünsche, mein Sohn. Sprich, ich habe Zeit, dich anzuhören, wenngleich nicht viel. Und du weißt, warum dies so ist."

„Ja", sagte ich und begann zu berichten, von den Ereignissen, meinen Sorgen und Nöten.

Einundzwanzigstes Kapitel
Marah Durimeh

Ich erzählte in knappen Worten die Ereignisse der vergangenen Wochen, sodass Marah Durimeh verstand, warum ich die Hexe Qendressa jagte und Al-Kadir verfolgen musste. Ich schilderte ihr die Schandtaten und das Schurkentum der beiden, und wie viele Menschen sie verletzt hatten, mir Unbekannte ebenso wie Freunde.

„Al-Kadir ist in die Geisterwelt übergegangen. Die Hexe Qendressa will ihn aufsuchen, um den Preis für ihre Taten einzufordern. Ich kenne die Geisterwelt nicht, doch ich habe erlebt, dass Al-Kadir auch aus ihr heraus in diese, unsere Welt wirken kann. Und ich fürchte Schlimmes. Es ist also nicht allein der eigene Wunsch nach Vergeltung und Gerechtigkeit, der mich antreibt, sondern auch die Sorge um das, was kommen mag.“

„Und warum glaubst du, dass ich dir helfen kann? Auch ich lebe in dieser Welt, nicht in der anderen.“

„Du hast mir damals in der Höhle gesagt, dass du eben nicht mehr lebst, sondern ein Geist bist: der Ruh-i-Kulyan. Ich habe dies damals nicht recht verstanden und glaubte, du sprächest vom Tod und dem Jenseits. Heute aber glaube ich, dass du von mehr gesprochen hast, ich es aber noch nicht verstehen konnte.“

„Was hat dich verändert?“

„Die Erlebnisse und die Worte Haschims. Er sagte, dass er dich kennt.“

„Ich kenne ihn“, sagte Marah Durimeh mit besonderer Betonung. „Aber jetzt sprechen wir von dir.“

„Oder von dir, gute Mutter. Ich will frei heraus fragen: Hast du Zutritt zur Geisterwelt?“

Sie schwieg. Ich fragte anders.

„Kannst du mir helfen, dorthin zu gelangen?“

„Das ist die richtige Frage, denn wie ich sagte, wir sprechen von dir.“ Sie schaute mich aus ihren stillen Augen an, die doch so viel über sie sagten. „Ja, ich kann dir helfen, hinüberzugelangen. Du darfst aber nicht glauben, dass ich über solche Macht gebiete, das Gefüge der Welten zu ändern und Übergänge zu schaffen. Ich bin keine Herrin über Leben oder Tod, Diesseits oder Jenseits oder die anderen Welten. Ich kenne allein einige Orte und weiß um einige Dinge. Und diese sind besonders.“

Sie schwieg einige Herzschläge. Dann sprach sie langsam weiter, mit schwerer Stimme:

„Seit Al-Kadir in die Geisterwelt gelangt ist, herrscht stiller Aufruhr und Kummer dort. Du weißt, er ist durch böse Taten und unglückliche Umstände hinübergetreten. Er gehört nicht dorthin, weil er noch zu irdisch ist. Deshalb ist es nötig, dass ein Mensch ihn bekämpft. Nur um das Gleichgewicht wieder herzustellen, darf dies geschehen.“

Sie hob die Hand in beschwörender Geste.

„Geister in der Menschenwelt haben Kräfte, die über jene der Menschen hinausgehen. Bei Menschen in der Geisterwelt ist es ähnlich, wenngleich umgekehrt. Al-Kadir wurde von einem Burak gebracht und ist deshalb besonders mächtig.“

Marah Durimeh seufzte, als würde sie, wie ich, in diesem Augenblick über die schreckliche Wahrheit des Namens nachsinnen, welchen dieser Böse sich als Mensch gegeben hatte.

„Es ist nun so“, sprach sie weiter. „Nur weil du aus freien Stücken die Geisterwelt betreten willst, und dies ohne Machtgelüste, kann ich dir beim Übertritt helfen. Ich selbst hätte dich aber nicht rufen dürfen, um für mich in der Geisterwelt zu wirken, denn so sind die Gesetze der Geisterwelt.“

„Du hättest mich rufen wollen?“, gab ich erstaunt zurück. „Aber warum? Verzeih, wenn ich dennoch über Haschim spreche – doch ist er nicht seit Langem mit Al-Kadir verfeindet, und wäre somit der Mann, der ihn bekämpfen sollte?“

„Lass uns nicht über Haschim sprechen“, sagte Marah Durimeh sanft. „Was du wissen willst, kann er dir selbst sagen. Doch bedenke, dass es hier nicht um Al-Kadir geht.“

„Ja, ich will die Hexe verfolgen und hindern, dass sie Al-Kadir trifft. Ist dies möglich?“

„Du hast richtig geahnt. Sie ist noch nicht hinübergegangen. Für ihresgleichen ist es schwer.“

„Weil sie selbst hinüber will“, nickte ich. „Aus Gründen, die nur sie selbst betreffen.“

Marah Durimeh lächelte ein wenig. „Und sie kann nicht mich fragen, so wie du es kannst.“

„So habe ich noch eine Frage. Zwei meiner Gefährten sind krank. Wie Haschim mir enthüllte, vom Gift Al-Kadirs. Beide sind in der Obhut von Ascher. Doch um sie ganz zu heilen, reicht dies nicht. Was kann ich also tun?“

„Es ist ein Zauber Al-Kadirs, der mit ihm verbunden ist. Ein übliches Gift, auch eines aus Magie gewirkt, hat eine eigene Kraft. Dieses aber wurde aus der Geisterwelt gesandt, mit der Macht Al-Kadirs. Wird diese gebrochen, erlischt auch die schreckliche Wirkung.“

„So habe ich also noch einen guten Grund, in die Geisterwelt zu treten. Um Haschim zu helfen, den Bösen zu besiegen.“

„Ein guter Grund. Und auch darüber hinaus von Wichtigkeit“, sagte Marah Durimeh, und in ihrer Stimme lag eine Schwere, wie ich sie noch nicht gespürt hatte. Ich wusste zu diesem Zeitpunkt noch nicht, was ihre Worte wirklich bedeuteten, und so wandte ich mich einer anderen Sache zu, die mir fraglich war.

„Es scheint“, sagte ich, „dass nicht allein Al-Kadir uns bedroht, sondern es noch jemanden gibt. Und er ist wohl mit Al-Kadir im Bunde, von früheren Zeiten her.“

Marah Durimeh wurde sehr ernst.

„In der anderen Welt herrscht nicht allein Furcht wegen Al-Kadir, sondern auch Trauer und Sorge. Denn jemand begeht den Frevel und stiehlt Kinder jener Welt, verschleppt sie in die hiesige, wo sie verderben, ihre Seele verlieren und zur Bedrohung werden."

Ich war entsetzt. „Das ist schrecklich! Wie kann man dies jungen, unschuldigen Geschöpfen antun!" Ich schüttelte den Kopf. „Ich konnte nicht ahnen, dass es zwischen den Welten Sklavenhandel gibt und überhaupt Kinder in der Geisterwelt. Verzeih, gute Mutter, aber es ist mir so fremd und doch schrecklich vertraut."

„Ich habe dich mit meinen Worten fehlgeleitet, und du denkst verständlicherweise, wie du es gewohnt bist. Ich sprach nicht von Menschenkindern. Sondern von den Kindern des Simurgh."

Dies war etwas anderes, wenngleich kaum weniger verwerflich!

„So ist es also wahr? Im Zagros habe ich tatsächlich die Jungen des Fabelvogels gesehen?"

Nun berichtete ich von diesen Erlebnissen und den Hintergründen, wie ich sie mir gedacht hatte. Marah Durimeh nickte, denn sie wusste oder ahnte bereits, was geschehen war.

„Aber wer", fragte ich, „ist nur dieser Tair Mirza, jener Herr der Vögel? Mag er wirklich der dritte Bruder sein?"

„Davon habe ich keine Kenntnis", sagte Marah Durimeh. „Dies verwundert mich und eben wieder nicht. Du musst wissen, mein Sohn, ich bin nicht allwissend und kenne auch nicht alle Geheimnisse. Und auch ich kann mich irren, so wie damals, als ich dir sagte, dass wir uns nicht wiedersehen würden. "

„Es ist gut, dass wir uns wieder trafen, wenn auch die Gründe tragisch sind."

„Ich habe Hoffnung. Denn du wirst in der Geisterwelt bestehen können, weil du ein gutes Werk verrichtest. Du wirst den Diebstahl der Simurghbrut aufhalten, wer auch immer ihn betreibt."

„Hast du mir für diese Aufgabe die drei Dinge übersandt?"

„Ja, doch waren es nicht vier?"

„Das Pferd, gewiss. Doch ich wusste damals nicht, dass alles von dir stammt. Und so übergab ich die weiße Stute an Ingdscha. Denn verzeih, Marah Durimeh, ich habe doch bereits ein Ross, den edlen Rih."

„Du hast richtig gehandelt. Ich wusste, dass ich auf dein Gespür zählen konnte. Denn es war Ingdscha, die das Pferd erhalten sollte. Ich konnte es ihr jedoch nicht offen übergeben."

„Ich bedauere, dass eure Freundschaft unter dem Umständen gelitten hat."

„Es ist nie zu spät, solche zu erneuern."

„Und wie, wenn ich fragen darf, ist es Schakara ergangen? Ich habe oft an sie gedacht, seit ich wieder im Land der Kurden bin."

„Sie ist an einem guten Ort. – Nein, mein Sohn, schau nicht besorgt. Ich spreche nicht in jenen Worten, die das Schreckliche auf scheue Art beschönigen. Ich fürchte den Tod nicht, da ich ihm stets nahe bin, und deshalb würde ich auch stets von ihm sprechen, wenn ich ihn denn meine. Nein, Schakara geht es wohl. Und der Ort, an dem sie weilt, ist gut und sicher. Und sie ist gelehrig. Aber eben noch sehr jung, und es wird alles seine Zeit brauchen."

„Hoffen wir, dass die Zeit uns allen gegeben ist."

„Das ist sie, mein Sohn, das ist sie. Und wenn ich auch ahne, dass du eben besonders von mir gesprochen hast, will ich doch, dass es wiederum um dich geht. Du hast Fragen zu den drei Dingen in deinem Besitz."

„Ja, denn ich kann sie nicht recht bezeichnen. Es wundert mich, dass du mir Kugeln für mein Gewehr schenkst."

„Du wirst sie brauchen."

„Wofür?"

„Mein Sohn, wofür braucht es wohl Gewehrkugeln? Und du ahnst auch, wann und wo du sie einsetzen wirst."

„Gewiss. Aber dies Rätsel war leicht. Was ist nun mit der Flasche voller Flüssigkeit?"

„Dies darf ich dir nicht enthüllen. Du wirst wissen, wann und wofür du sie zu nutzen hast. Solltest du es jetzt erfahren, magst du falsch oder unbedacht handeln, womit ich nicht sagen will, dass ich dich für einen leichtfertigen Menschen halte. Aber du bist eben ein Mensch."

„Und dieser kann irren. Ich vertraue dir, gute Mutter, so wie du mir vertraust. Und dann ist da das Leder, mit der Schrift, die ich lesen, aber nicht verstehen kann."

„Die Schrift ist eine Warnung an jene, die sie verstehen können. So sie sich in dieser Welt befinden, was ich in dieser Zeit befürchten muss. Aber das Leder selbst kann dir in der Geisterwelt helfen, Freunde zu finden oder Helfer."

„Ein Ferman für die Geisterwelt? Ich hätte nicht geglaubt, dass dort so etwas wie ein Passierschein nötig ist."

„Die Geisterwelt ist wie die unsere, gleich und doch anders."

„Manche sagen dies über das Jenseits. Dass es die gleiche Gestalt hat wie unsere Welt. Es gibt einen Mann, einen Mystiker, mit Namen Swedenborg …"

„Mein Sohn, wir wollen doch nicht plaudern!"

„Gewiss, gute Mutter."

„Du wirst es bald mit eigenen Augen sehen."

„Wie komme ich dorthin?"

„Ich werde dir den Weg weisen. Es ist kaum anders als die Reise in ein anderes Land."

„Reise ich denn auch so, wie ich es gewohnt bin?"

„Zu Pferd und mit all deinen Besitztümern. Es ist eine Reise des Leibes, nicht des Geistes, sonst hätte ich dir keine Dinge gegeben, die du sonst nicht mit dir führen könntest."

Ich atmete tief ein und sah die stolze Greisin mit Demut an.

„Werde ich allein sein?"

„Nein, mein Sohn. Du reist, wie du es gewohnt bist, mit deinen Gefährten, alten wie neuen. Sie dürfen dich begleiten, weil dein Auftrag gewollt ist: von dir, von mir und von der Welt der Geister.“

„Dann will ich mich dem mutig stellen. Ich vertraue dir und deinen Worten.“

„Vor allem vertraue dir selbst.“

„Muss ich sonst noch etwas wissen?“

„Du musst noch vieles wissen, mein Sohn, so wie jeder Mensch. Aber dies kommt mit der Zeit und mit dem Wunsch danach.“

„Wann soll ich aufbrechen, wann beschreibst du mir den Weg?“

„Morgen. Such dir mit deinen Gefährten Unterkunft in Inderghasch und kehre morgen beim ersten Licht zurück, so wie du heute beim letzten Licht zu mir kamst. Dann erfährst du den Weg zur Pforte in die Geisterwelt. Nun geh und schlafe, du wirst die Kraft brauchen und einen wachen Geist.“

„Danke, gute Mutter.“

„Wir sehen uns bald wieder, mein Sohn.“

Ich nahm ihre Hand und drückte sie an meine Lippen. Dann erhob ich mich.

In diesem Augenblick erlosch die Kerze und Marah Durimehs Gestalt verschwand in der Finsternis.

„Warte“, sagte ich, „ich kann leuchten.“ Dann erinnerte ich mich, dass das Phosphorlämpchen seinen Dienst versagt hatte. Aber Marah Durimeh hatte auch zuvor die Kerze entzündet, und so wartete ich, dass sie dies wiederholte, damit wir nicht in der Dunkelheit Abschied nehmen müssten, für so kurze Zeit dies auch nur sein mochte.

Ich wollte sie nicht drängen, deshalb sagte ich nichts. Ich stand still und hörte nur meinen Atem, aber nicht den von Marah Durimeh. Ich sagte ihren Namen, bekam keine Antwort. Ich erschrak, doch wagte nicht, in die Schwärze zu greifen, um nach ihr zu tasten.

Da schien ein Schimmer auf, der aus meiner Tasche drang. Ich hatte die Phiole mit dem Phosphor achtlos fortgetan, sie nicht sorgfältig verschlossen. Nun leuchtete sie wieder. Ich ergriff sie, hob sie empor und das Licht erfüllte den Raum mit den Säulen, der aus dem Fels geschlagen war. Die Bank vor mir, auf der ich mit Marah Durimeh gesessen hatte, war leer.

Und die Kerze war ebenfalls verschwunden.

Ich fand meinen Weg aus dem Königsgrab nur mühsam zurück, denn mir war, als ob das Phosphorlämpchen schwächer schien als gewohnt, was ich aber nicht auf einen Verbrauch des chemischen Stoffes zurückführen konnte. Ich wusste, wie sich dies auswirkte, und jetzt schien es nicht der Fall zu sein. Wäre der Gedanke nicht absurd gewesen, hätte ich vermutet, dass sich in diesem Grab weniger Sauerstoff befand, mit dem der Phosphor reagieren konnte. Doch ich konnte ganz normal atmen, hier herrschte weder die dünne Atmosphäre des Hochgebirges, noch war es wie in einem engen, dicht verschlossenen Gelass mit verbrauchter Luft.

Zudem war ich verwundert, wie viele Säulen sich in diesem Grab vom Boden zur niedrigen Decke erhoben. Die schiere Größe des Raums oder Weite der aneinandergereihten Kammern, die sich mir im Halbdunkel erschloss, schien mir kaum zu dem kurzen Weg zu passen, auf den mich Marah Durimeh durch die Dunkelheit zu der steinernen Bank geführt hatte. Diese Anzahl von Schritten und auch die Wendungen hatte ich bereits einige Male durchmessen.

Für einen Augenblick fürchtete ich, völlig unvernünftig wie Ängste nun einmal sind, wenn sie im Gemüt emporsteigen, dass ich bereits in die Geisterwelt hinübergegangen war – durch einen üblen Gaukelzauber von Al-Kadir, der mir die Begegnung mit Marah Durimeh nur vorgespielt hatte. Dann aber fasste ich zu den Satteltaschen, die mir über die Schulter hingen und in denen sich die drei Gaben der weisen Frau befanden, und mich durchfuhren Mut und Zuversicht. Dennoch wollte ich nicht die Erkenntnis von mir weisen, dass es mich im Innern umtrieb, bald in die Welt der Geister einzutreten, einen Ort, von dem ich nichts wusste, der aber nicht für Menschen gemacht war und in dem sich das Böse in Gestalt von Al-Kadir befand.

Endlich erreichte ich den Ausgang, dessen Rechteck sich schwach in der Dunkelheit abzeichnete als Ausschnitt des Nachthimmels mit den winzigen Lichtpunkten der Sterne, die über dem Horizont von den Höhen der Berge verdeckt wurden. Die beiden Säulen, welche den Felsrahmen unterteilten und trugen, lagen als schwarze Streifen über diesem Bild. Ich lehnte mich an einen der Steinpfeiler und sog die Luft ein, in der eine Ahnung von Gebirgsfrische und Quellenfeuchte lag. Und auch mein Phosphorlämpchen schien Atem zu schöpfen, denn es begann so hell zu leuchten, wie ich es kannte. Was auch immer in dem alten Sassanidengrab seinen Schein unterdrückt hatte, war verflogen. Ich würde wohl Haschim danach fragen können, denn ich hatte den Worten Marah Durimehs entnommen, dass die beiden sich zuvor getroffen hatten. Und es mochte sein, dass er sich nun auf unsere Reise nach der Pforte zur Geisterwelt vorbereitete. Morgen würde ich erfahren, wo sich diese befand.

Ich schaute ins Tal hinaus und hinab zum Fuß des Felsens, wo ich meine Gefährten wusste. Sie hatten kein Feuer entzündet und warteten in der Dunkelheit auf meine Rückkehr. Ich überlegte, ob wir hier unser Lager aufschlagen sollten, doch dann erinnerte ich mich an die Worte Marah Durimehs, welche mir aufgetragen hatte, Quartier in Inderghasch zu suchen. Es schien mir richtig und klug, denn vor der Reise an den zweifach unbekannten Ort – jenen der Pforte und die Geisterwelt selbst – sollten wir einen guten Schlaf auf bequemem Lager nutzen und nicht erneut in der freien Natur kampieren. Dies würden wir wohl noch oft genug tun müssen, und wer wusste, wo dies sein mochte und wie es um die Natur dort bestellt war.

Mit der felsumschlossenen Finsternis hinter mir und der Dunkelheit der Ebene vor mir fühlte ich mich seltsam bedrückt, trotz des Lämpchens in meiner Hand. Sein Licht war kalt und weiß, anders als die warme, goldene Kerzenflamme, die zwischen Marah Durimeh und mir geleuchtet hatte. Und so wohl es getan hatte, mit der weisen, gütigen Frau zu sprechen, so sehr fehlten mir nun ihre Stimme und ihre Nähe.

Es mochte auch sein, dass erneut der Gedanke an die Geisterwelt mich frösteln machte. Ich spürte, dass ich dringend der menschlichen Nähe bedurfte.

Noch bevor ich also meinen Abstieg vom Felsen begann, beugte ich mich über die Kante und rief sachte nach unten.

„Halef?“

Eine Weile hörte ich nichts außer meinem eigenen Atem. Dann, endlich, die Antwort, die aus der Tiefe zu mir emporklang.

„Ich bin hier, Sihdi.“

„Ich komme hinab. Ich habe euch etwas zu verkünden.“

Auf dem kurzen Ritt nach Inderghasch überlegte ich, ob ich richtig gehandelt hatte. Ich hatte meinen Gefährten berichtet, welche Aufgabe uns bevorstünde, wobei ich aber besonderes Gewicht auf die Rettung der Erkrankten legte, die laut Marah Durimehs Worten genesen würden, wenn erst Al-Kadir besiegt war. Über die Hexe Qendressa und Tair Mirza, wer immer er sein mochte, wollte ich später mit Halef allein sprechen. Und ich enthüllte den anderen zu diesem Zeitpunkt auch nicht, dass wir in die Geisterwelt reisen würden. Wenn ich noch nicht einmal wusste, wohin unser irdischer Weg, also die Route durch die Menschenwelt, uns führte, weil ich dies erst am folgenden Tag erfahren würde, wie hätte ich dann bereits über jene Reise sprechen können, die über alle bekannten Pfade hinausgehen würde? Zudem, ich will es zugeben, wollte ich Haschim an meiner Seite haben. Er würde den anderen wohl sicherer und begreiflicher erklären können, was uns erwarten mochte.

Ich ließ meine Gefährten also bis zum Morgen im Unklaren – doch war ich ja selbst unwissend und meinte somit nicht mein Gewissen zu belasten, sondern vielmehr den anderen einen unbelasteten Schlaf zu ermöglichen.

Wir fanden rasch Unterkunft in dem Dorf. Es war ja nicht allzu spät und eine angemessene Summe als zusätzlicher Reiz verschaffte uns Obdach und Speise und auch einen Platz für die Pferde und den Hund.

Die rüstige Witwe eines wohlhabenden Landbesitzers, bei der wir unterkamen, besaß ein recht großes, wenngleich heruntergekommenes Haus, und so gab es genügend Räume, um den beiden Nestorianern, Halef und mir sowie Ann Lindsay je einen für die Nacht zur Verfügung zu stellen.

Ich will es nicht beschönigen: Die Zimmer waren eher Rumpelkammern, in denen alter Hausrat und sonstige Dinge sich stapelten, die sich über Jahrzehnte angesammelt hatten. Wäre ich ein Händler in Antiquitäten gewesen, hätte ich mich vielleicht interessiert auf die eine oder andere Ausgrabung begeben und den Stollen nachgeforscht, die sich durch Schränke, Truhen und vielerlei Möbel bildeten und das Haus wie die kantige, hölzerne und riesenhaft vergrößerte Nachahmung eines Ameisenbaus erscheinen ließen. Die Witwe hatte mir noch einige Anweisungen gegeben, gewissermaßen die Hausregeln ihres Domizils, wünschte dann, die Münzen nachzählend, eine gute Nacht und verfügte sich in ihre eigene Stube, wie die Königin jenes erdachten Ameisenstaats.

Ich verließ die Audienz, nahm einen falschen Abzweig, erinnerte mich, dass der Raum, den ich mit Halef teilte, in der anderen Richtung lag, und ging zurück. Ich leuchtete mir dürftig mit der kleinen Funzel voll schlecht riechenden Öls, die mir gegen Pfand ausgehändigt worden war, und war sorgsam darauf bedacht, die staubigen Spinnweben nicht zu entzünden, die sich von Ecke zu Ecke und Kante zu Kante spannten. Nein, hier war schon lange Zeit niemand entlanggegangen, befand ich und kehrte wieder um. Man mag sich nicht mokieren:

In der Wildnis finde ich jeden Weg, auf Straßen und Gassen ohnehin, und ich habe mich noch nie in einer Felsenhöhle verirrt – doch dieser menschengemachte Ameisenbau war etwas äußerst Ungewohntes und Seltsames. Es mochte auch von meiner inneren Unruhe vor der Reise ins Ungewisse herrühren, dass ich nicht ganz der alte Fährtenfinder war, zumal auf dem staubigen Boden keine Stiefelspuren zu sehen waren als meine eigenen.

Dann hörte ich ein schauriges Geräusch: ein dumpfes, gespenstisches Klagen!

Zweiundzwanzigstes Kapitel
Geistergespräche

Ich wandte den Kopf, um die Quelle des Schluchzens zu ermitteln, welches mich mit seltsamer Schwingung umfing, als käme es gleichzeitig von allen Seiten. Mir schien, als spürte ich es mehr, als dass ich es hörte, und so erkannte ich, dass die Laute vom Holz der Schränke und aufgestapelten Kästen und Truhen weitergeleitet wurden. Ich hatte kaum geglaubt, dass irgendwo ein gefangener Klagegeist um Befreiung jammerte. Halef hätte wohl erklärt, dass Geister allein in Behältnissen aus Glas und Metall eingekerkert werden könnten, niemals aber in etwas, das aus Holzbrettern gefügt sei.

Ich schaute mich genauer um und bemerkte, dass der vermeintliche Schrank neben mir tatsächlich eine Zimmertür war. Und als ich genauer hinhörte, waren die Laute auch nicht jene einer gespenstischen weißen Frau, die im hölzernen Ameisenbau klagte, wie es ihresgleichen gemeinhin in mittelalterlichen Gemäuern taten, sondern was ich da vernahm, war das Weinen einer jungen Frau. Und in diesem Haus gab es meines Wissens nur eine solche.

Ich klopfte sachte an die Tür, das unterdrückte Schluchzen verstummte, jedoch erst nach einem erschrockenen Kieksen, das ich sogleich wiedererkannte. Ich gab mich zu erkennen, indem ich meinen Namen nannte, und dann hörte ich nach einem Schniefen Ann Lindsays Stimme einigermaßen gefasst „Herein“ sagen.

Die Tür hatte keine Sperrvorrichtung, dafür wehrten sich die verrosteten Angeln und das verzogene Holz gegen das Öffnen, aber dann stand ich in der ebenfalls verrümpelten Kammer und sah vor mir Lady Lindsay, die gerade einen hohen Stapel staubiger Weidenkörbe fortschob, der auf ihrer Seite die Tür verdeckt hatte. Die junge Dame war noch vollständig bekleidet, sonst hätte sie mich ja kaum hereingebeten, einzig ihr Haar war halb geöffnet. Ganz geöffnet und beinahe geleert war jedoch eine Dose mit gezuckerter Kondensmilch, die mit einer Lampe auf einer Kiste stand, neben dem Wust aus Decken und Kissen, der ein überladenes Bett darstellte. Den Löffel hatte Ann Lindsay noch im Mund.

„Sorry", murmelte sie und versteckte den Löffel hinter dem Rücken, während sie mit der anderen Hand auf einen schiefen Hocker mit einer großen Tonvase darauf wies. „Sie können sich da hinsetzen, wenn Sie mögen. Aber die Vase müsste ..." Sie schaute sich nach einem geeigneten Platz um und tat einen zögerlichen Schritt auf das krude bemalte Ding hin.

„Danke, nein", gab ich zurück. „Ich will ja nicht bleiben. Mir schien nur, dass Sie betrübt sind, und da wollte ich ..."

„Es geht schon", sagte Ann Lindsay zerknirscht und ging zu der Kiste, um den Löffel in die Dose zu rammen. „Ich sorge mich nur um Cedric und heule ein bisschen wegen Webby." Sie schaute mich tapfer an und lächelte schief. Dann blitzte es in ihren Augen, und es waren nicht allein die Tränen. „Aber ich will morgen mit auf die Reise, dass das mal klar ist!" Sie hatte den Finger gegen mich gehoben, erkannte erschrocken ihre Geste und zog ihn zurück. „Sorry."

„Ich hatte nicht vor, es Ihnen auszureden", beruhigte ich sie. „Aber ich fühle mich doch verpflichtet, Ihnen zu eröffnen, dass es keine schlichte Schurkenjagd sein wird."

„Mister Kara, ich bin nicht dumm", sagte Ann Lindsay mit Nachdruck, der wegen ihrer belegten Stimme allerdings etwas schwach klang. „Es wird keine schlichte Schurkenjagd, weil der Schurke kein schlichter Schurke ist." Sie hob eine Hand und zählte an den Fingern ab: „Komische Vögel, giftige Füchse, geheimnisvolle Beckenbäder – und wenn Ihr Freund Haschim bloß ein Scheich ist, dann sind Sie, mit Verlaub, ein

Kinderbuchautor wie Lewis Carroll!“ Sie öffnete die Augen weit. „Sie werden mich doch in Ihrem Reisebericht zu keiner kauzigen Alice machen? Ich weiß ja, dass Sie manchmal etwas übertreiben, bei Ihren Schilderungen von Abenteuern und Menschen.“ Sie stutzte. „Nur Onkel Daffy ist grad genauso wie … sorry.“ Sie schlug sich die Hand vor den Mund und setzte sich schwer auf das Bett, von dessen Kissenberg sie sogleich halb herabrutschte. Ich reichte ihr die Hand und sie fand wieder Halt, zog dann aber die Finger wieder zurück, um die Arme zu verschränken und zu lauschen, was ich denn zu äußern hätte.

„Liebe Lady Lindsay“, sagte ich sanft. „Ich sehe Ihnen alles nach. Denn Sie sind wahrhaftig eine kluge junge Dame. Und wenn Sie mir versprechen, sich nicht weiter als literarische Kritikerin zu betätigen, dann will ich Sie einweihen.“

Sie nickte eifrig. „Schießen Sie los“, platzte sie heraus und biss sich auf die Lippe.

„Sprechen Sie auf dem schweizer Internat mit ihren Freundinnen so?“, fragte ich verwundert. „Als junge Damen sollten Sie nicht wie Westmänner reden.“

Ann Lindsay legte den Finger auf den Mund, als Zeichen, dass sie schweigen würde.

„Nun denn“, begann ich, „es wird wohl so sein, dass wir morgen nicht allein in eine Gegend dieses Landes reiten werden, sondern auch – mit dem nötigen kundigen Schutz durch Scheik Haschim und jene weise Frau Marah Durimeh – in die Welt, die man mangels anderer Begriffe, etwas unheimlich die Geisterwelt nennt. Doch seien Sie nicht furchtsam, es …“

„Ach“, meinte Ann Lindsay gelassen, „*da* geht es hin. Nun gut.“ Sie zuckte mit den Schultern und erstaunte mich dadurch aufs Äußerste.

„Aber Lady Lindsay“, rief ich mit unterdrückter Stimme, „wie können Sie so beiläufig auf diese tiefgehende Enthüllung reagieren? Wir werden eine Schwelle übertreten, die viele Menschen mit schrecklicher Furcht erfüllt und …“

„Aber eben nicht alle Menschen, Mister Kara. Ich weiß, ja, dass Onkel Da...vid nicht allzu viel von seiner Familie spricht, aber wenn er es getan hätte, wüssten Sie vielleicht, dass Mamá und Papá das sind, was man Spiritisten nennt."

„Nun, das ist interessant", sagte ich zögerlich. „Mir ist dergleichen ja etwas fremd ..."

„Aber Sie wissen doch, worum es geht, nicht wahr? Sie sind doch ein kluger Mann!" Sie schaute mich prüfend an. „Also gut, dann erzähle ich es Ihnen." Sie holte tief Atem.

„Mir ist das Konzept des Spiritismus bewusst, Lady Lindsay."

„Aber ich will Ihnen doch versichern, dass *ich* mich damit auskenne!", beharrte sie. „Also: Mamá und Papá sind Spiritisten, sehr zum Unmut von Onkel, der ja ein reiner Hier-und-Jetzt-Welt-Mensch ist, das wissen Sie ja. Aber Ma … meine Eltern sind seit den Erlebnissen, welche die beiden Schwestern Fox, Margaret und Kate, damals hatten … das war wann? Ach ja: 1848 in den Kolonien – sorry – im US-Staat New York, also seitdem sind sie von der Existenz der Geisterwelt überzeugt. Und von da an haben sie nicht nur die Berichte über die Schwestern Fox verschlungen, sondern auch die Bücher von Andrew Jackson Davis, dem amerikanischen Hypnotiseur, und dem Re-Inkarnisten Allan Kardec, der ist Franzose, und natürlich auch die Werke der Deutschen zu diesem Thema!" Sie schaute mich stolz an und zählte wiederum an den Fingern ab. „Der Physiker Karl Friedrich Zöllner und Gustav Theodor Fechner sowie des Botanikers und Naturphilosophen Christian Gottfried Nees von Esenbeck, der den animalischen Magnetismus propagiert. Und Mamá und Papá haben sogar die vom katholischen Theologen Gregor Konstantin Wittig herausgegebene Bibliothek des Spiritualismus im Bücherschrank: auf eigene Kosten vom Deutschen ins Englische übersetzt! Sie abonnierten auch die Zeitschrift *Psychische Studien*, die Wittig zusammen mit dem russischen Spiritisten Alexander Aksakow und dem Verleger Oswald Mutze herausgibt!" Sie schaute mich überzeugt an. „Aber Sie kennen sicher diese bedeutendste okkulte Zeitschrift Deutschlands!"

„Das ist, zugegeben, nicht ganz mein Fach."

„Das mag noch kommen! Derweil kann ich mit dem nötigen Wissen aushelfen, denn ich habe alles gelesen!" Sie hob die kleine Nase und lachte. „Ich bin also gut gewappnet für die Geisterwelt. Das Schießen übernehmen dann Sie!"

Mich wunderte kaum noch, dass sie ihre übliche Entschuldigung vergaß, denn sie war sehr atemlos vom Erzählen. Ich wollte die junge Dame nicht rügen, aber sie rasselte ihr Faktenwissen doch allzu hastig herunter. Von all den Namen schwamm mir regelrecht der Kopf, und ich habe sie nur deshalb im Text wiedergegeben, damit meine Leser anerkennen, warum ich selbst dergleichen Kenntnisschwall stets vermeide.

Es lag aber auf der Hand, dass Ann Lindsay tatsächlich für diese Reise ins Ungewisse gut vorbereitet war. Ich wollte nun nicht darauf hoffen, dass sie mit spiritistischem Wissen nützlich sein mochte – vielmehr sah ich den Vorteil darin, dass sie all dem nicht furchtsam entgegensah. Und so würde sie den anderen Männern der Expedition zweifellos als Vorbild dienen. Denn welcher tapfere Krieger wollte schon gegenüber einem Mädchen als feige erscheinen?

Es mochte sein, dass ich dies alles zu einfach sah. Aber ich war müde von den Erlebnissen des Tages und dankbar, dass sich hier kein Hindernis auftat. Deshalb vermied ich auch eine Diskussion über grundsätzliche Glaubensdinge, die ich an einem anderen Tag wohl allzu gerne aufgenommen hätte. Zumal, wenn dies ein Tag vor einigen Monaten gewesen wäre, bevor ich all jene seltsamen Dinge erfahren und erlebt hatte.

Also sagte ich nur: „Ich schätze mich glücklich, Sie bei mir zu haben. Meine Abenteuer sind nicht dieselben, wenn nicht ein Lord Lindsay dabei ist. Oder eben eine junge Lady Lindsay."

Ann Lindsay erhob sich schwankend von ihrem Kissenberg, reichte mir die Hand und knickste ungelenk.

„Dankeschön. Ich werde meinem Namen Ehre machen.“ Sie verdrehte die Augen. „Ich weiß. Was auch immer das bedeutet ...“

„Gute Nacht, Lady Lindsay.“

„Gute Nacht, Mister Kara.“

Sie zeigte auf die eigentliche Tür. „Dort hinaus finden Sie gewiss besser den Weg in Ihr Quartier.“

„Danke“, sagte ich und ging hinaus. Als ich die Tür schloss, hörte ich, wie Ann Lindsay munter summend den Korbstapel vor die zweite Tür zurückschob.

Ich fand tatsächlich ohne weitere Irrgänge im Ameisenlabyrinth den Raum, in welchem Halef bereits schnarchte, und war sehr damit zufrieden, ohne weiteres Reden ebenfalls zu meinem ersehnten Schlaf zu kommen.

Früh am Morgen brachen wir auf, um zum verabredeten Treffen mit Marah Durimeh zur Faghragha zurückzureiten. Die ‚Ameisenkönigin‘ verabschiedete uns herzlich und strafte ihren Spitznamen Lügen, indem sie sich eher wie eine Bienenkönigin benahm, die uns freigiebig von ihrem Nektar und Ambrosia als Wegzehrung mitgab. Ob sie selbst die süßen Küchlein gebacken hatte, vermochte ich nicht zu sagen, noch weniger, wo denn in diesem Haus eine Küche oder Backstube gewesen wäre. Auch wusste ich nicht, was die Alte dazu verleitet hatte, uns diese Gaben mit einem geraunten Wort zu überreichen, wir könnten diese auf unserer weiten Reise wohl gut gebrauchen. Doch dann wiederum waren wir ja alle sehr wohl als Reisende zu erkennen, und unter jenen eher als Abenteurer denn als Händler, mangels Gütern und Waren, die wir mit uns führten.

Wir verließen Inderghasch. Ann Lindsay war guter Dinge. Ich selbst war froh, bei der kommenden Ansprache an meine Gefährten wieder Haschim an meiner Seite zu haben. Er würde wohl zu uns stoßen, bevor wir weiterreisten. Doch zuvor würde ich von Marah Durimeh den Ort erfahren, zu dem wir uns begeben mussten, um ins Geisterreich hinüberzugelangen.

Im frühen Licht sahen wir den Fels der Faghragha leuchten, der sich gelblich aus der grünen Ebene des Tals erhob. Die Berge ringsum lagen in tiefen Schatten oder gleißender Helle, und der blendende Schein ließ den schweifenden Blick dann und wann unsicher werden.

„Schau, Sihdi“, rief Halef und deutete zur Seite, jenseits des Dorfes. Über einen grünen Hügel sah ich ein weißes Pferd herankommen. „Da ist Haschim!“

Ich nickte erfreut und schaute wieder zu der Felsenburg, dorthin, wo sich der grasbewachsene Hang an den Stein schmiegte und jene Reihe niedriger Bäume stand. Aus deren Schatten schimmerte das weiße Fell eines weiteren Pferdes hervor. Ich erkannte die schöne Form des Kopfes. Es war Risha, die Stute Haschims.

Ich blickte wieder in die Richtung, die mir Halef bedeutet hatte.

„Nein, Halef, das ist wohl nicht Haschim.“

„Nun, es gibt viele andere weiße Pferde“, befand Halef und hob die Brauen. „Aber ich erinnere mich an eines ...“

„Ach, Halef“, erinnerte ich mich ebenfalls, „die Geschichte mit den Zauberern und dem herbeigewünschten Schimmel? Dann wollen wir hoffen, dass nicht auch ein Drache …“

„Beschreie es nicht, Sihdi. Und warum erinnerst du dich an eine Geschichte besser als an das, was wirklich geschehen ist?“

„Sprich nicht weiter, Halef! Ich habe sie erkannt!“

Und tatsächlich – wer da über den Hügel herankam, war Ingdscha, und sie ritt auf der weißen Stute, die ich ihr im Lager des Rais übergeben hatte.

Kurz vor der Faghragha erreichte sie uns. Sie trug ihre Jagdkleidung und ihr Gesicht war vom anstrengenden Ritt gerötet. Ihr Blick jedoch war unstet. Ich glaubte, dass sie zu Recht verwundert war, uns hier anzutreffen, wenngleich dieses Gefühl wohl auch bei uns vorlag.

Ingdscha musterte mich und Halef, schweifte mit ein wenig erstauntem, auch etwas abschätzigem Blick über Ann Lindsay und fixierte dann Welat und Sivan. Die beiden Nestorianer hatten schon beim Näherkommen ihrer Herrin eine angespannte Haltung angenommen. Jetzt hielten sie mit Mühe ihrem Blick stand. Warum sie offenbar den Zorn Ingdschas erwarteten, erschloss sich mir nicht. Die beiden hatten uns ihrem Auftrag gemäß, stets begleitet. Außer …

„Wo ist Zinar?“, fragte Ingdscha grußlos. Ihre Stimme war jedoch nicht hart, sondern schwach, was ich mir nicht allein durch körperliche Erschöpfung erklären mochte.

Welat deutete in Richtung Mehabad.

„Er ist krank, Herrin. Ein Heiler kümmert sich um ihn.“ Und eilig fügte er an: „Auch ein Gefährte von Kara Ben Nemsi wurde verletzt. Wir wurden angegriffen. Von ...“

Er zögerte, verständlicherweise.

Ingdscha winkte fahrig ab. „Ich sagte doch, dass der Frieden trügt. Mein Vater …“ Sie unterbrach sich, als hätte sie sich selbst beim Plaudern über Unwichtiges ertappt, und kniff die Augen zusammen. Schweiß stand auf ihrer Oberlippe. Sie schaute mich an und deutete dann mit zitternder Hand auf die Faghragha.

„Ist sie dort?“

Mir war nicht wohl bei dieser Frage. Und dieses Gefühl überwältigte mein Erstaunen.

„Wer?“, fragte ich vorsichtig, wenngleich ich mir damit selbst als töricht erschien.

„Marah Durimeh“, gab Ingdscha matt zurück. Ich hätte wiederum erwartet, dass sie ungehalten reagieren würde, doch aus ihrer Stimme hörte ich nun eine Dringlichkeit heraus, die mir aus Furcht geboren schien.

„Ja“, nickte ich also, „ich traf sie gestern.“

„Ist sie noch immer dort?“, beharrte Ingdscha.

„Sie erwartet mich erneut.“

„Und mich!“ Ingdscha atmete schwer.

Ich war misstrauisch, denn ein seltsames Gefühl kam in mir auf.

„Sie hat dich gerufen? Wie?"

Ingdscha sah mich an.

„Sie erschien mir im Traum. Doch ich hätte sie beinahe nicht erkannt."

Ich war alarmiert. „Warum?"

„Sie war jung. Ihr Haar war schwarz. Aber es war Marah Durimeh."

„Du irrst dich nicht?" Ich blickte zu Halef. Auch er schaute ahnungsvoll und besorgt. Mir selbst war vor einiger Zeit ebenfalls eine dunkle Frau im Traum erschienen, wenn es denn ein Traum gewesen war. Das war in Skutari gewesen, im Hause des Kaufmanns Galingré – und die Frau in Schwarz die Hexe Qendressa. Hatte diese sich auch in die Träume Ingdschas geschlichen und sie an diesen Ort gelockt – doch aus welchem Grund?

„Nein", sagte Ingdscha fest. „Es war Marah Durimeh. Ich erkannte ihre Augen." Sie krampfte die Fäuste um die Zügel und schaute mich mit stolzem Blick an. „Ich kenne Marah Durimeh länger als du, vergiss dies nicht."

Ich vermied, auf den Bruch zwischen den beiden Frauen hinzuweisen, weil ich Ingdscha nicht reizen wollte – oder ihr Schmerz bereiten.

„Das ist wahr", stimmte ich zu. „Aber sag mir, was hat sie dir im Traum verkündet, dass du so eilig hierherkamst?"

„Das sage ich dir nicht. Es ist eine Sache allein zwischen Marah Durimeh und mir."

Ich hob beschwichtigend die Hand. „Und deshalb bist du auch allein aufgebrochen. Oder bist du deiner Eskorte vorausgeritten?" Ich schaute an Ingdscha vorüber in die Richtung, aus der sie gekommen war. Sie hingegen wand sich im Sattel. Es war jedoch nicht die Bewegung eines Menschen, der durch langen Ritt an schmerzenden Muskeln leidet, sondern sie zeugte von einer allgemeinen Anspannung, gar von Furcht.

„Ich bin allein“, sagte Ingdscha. „Ich und Pervin.“ Der Name kam ihr nicht so liebevoll über die Lippen, wie ich erwartet hätte. Fast schien mir, als klänge eine Scheu darin auf, um nicht von Ehrfurcht zu sprechen.

„Du hast das beste Pferd für die lange Reise gewählt“, meinte ich. „Ihr seid vertraut.“

Ingdscha blickte mich durchdringend an. Ich sah Angst in ihren Augen und sie bewegte den Kopf leicht, als wollte sie meine Worte verneinen. Ich musste dies aufgreifen.

„Marah Durimeh rief dich im Traum“, begann ich erneut. „Und sie war nicht ganz die, welche wir kennen ...“

„Sihdi“, rief Halef und zeigte hinauf zur Faghragha. „Da ist Haschim.“

Ich wandte den Kopf und sah die hochaufragende Gestalt im Eingang zum Felsengrab, an der gleichen Stelle, wo ich in der Nacht zuvor gestanden hatte. Haschim blickte zu uns herunter.

„Guten Morgen euch“, sagte er, ohne die Stimme zu erheben, und doch vernahmen wir ihn so klar, als stünde er direkt neben uns. Dann wies er mit einladender Geste auf Ingdscha. „Marah Durimeh erwartet dich. Komm nur herauf. Kara Ben Nemsi wird Pervin zu Risha bringen.“

Hatte ich Haschim den Namen der Stute genannt? Ich erinnerte mich nicht. Ingdscha schien darüber ebenso wenig verwundert wie über das Auftauchen Haschims. Ihr war wohl nur die Erwähnung Marah Durimehs wichtig. Sie übergab mir die Zügel und stieg aus dem Sattel, ohne mir oder Pervin einen Blick zu schenken. Eilig und steif schritt sie zur Faghragha hin und begann ohne Zögern ihren Weg durch die unteren Felsen und dann die Wand hinauf, als würde sie jeden Schritt und jeden Griff kennen. Sie bewegte sich nahezu traumwandlerisch. Oben empfing Haschim sie und geleitete sie die wenigen Schritte hinein. Ingdscha wurde zunächst durch die Felskante halb vor unseren Blicken verborgen, dann war sie vollständig im Schatten verschwunden.

Haschim kam zurück und begann seinerseits mit dem Abstieg, und er überwand die wenigen Mannslängen rasch und geschickt. Kaum auf den grasigen Grund gelangt, ging er zu seinem Pferd, band es los und schwang sich auf dessen Rücken. Er kam uns entgegen und hielt auf meiner Höhe an.

„Ihr schaut verwundert, Kara Ben Nemsi“, befand er.

„Kaum weniger verwundert, als ich es bei Eurem Auftauchen stets bin. Ihr habt also ebenfalls mit Marah Durimeh gesprochen.“

„Gestern am Tage und in dieser Nacht. Es gab viel zu bereden.“

„Über unsere Reise?“

„Unsere künftige und auch die vergangenen. Auch meine eigenen. Ich kenne Marah Durimeh seit langer Zeit.“

„Darauf weisen mich manche hin“, sagte ich gelassen und deutete mit einer Kopfbewegung zur Faghragha. „Heute spricht Marah Durimeh also allein mit Ingdscha und nicht erneut mit mir? Ihr, Haschim, werdet uns daher statt ihrer den Reiseweg enthüllen?“

„Ihr seid so klug, wie Marah Durimeh stets sagt.“

„Und Marah Durimeh ist weise. Sie hat Ingdscha die Stute Pervin zum Lager Nedschir-Beys gesandt, allein um dieses Treffen vorzubereiten?“

„Die genaue Stunde war nicht bestimmt. Es ergab sich durch andere Dinge, die zwingend waren.“

„Erkenne ich richtig, dass Ingdscha ein wenig gegen ihren Willen durch Pervin fortgetragen wurde?“

Haschim schaute zu der Stute hinüber, welche, wie ich jetzt bemerkte, eine gewisse Ähnlichkeit mit seiner eigenen besaß.

„Sie ist besonders. Noch mehr als Risha. Aber sie kann niemandem ihren Willen aufzwingen.“

„Auch nicht den eines anderen Menschen?“

„Warum betont Ihr dieses Wort?“

„Weil Ingdscha berichtete, sie habe von Marah Durimeh geträumt, jedoch in anderer Gestalt als gewohnt. Ich habe Euch von meiner Heimsuchung durch die Hexe Qendressa erzählt, damals in Skutari."

„Es war Marah Durimeh", sagte Haschim bestimmt. „Ingdscha ist auf ihren Wunsch hier, und dieser Wunsch hat nichts mit der Hexe zu tun, sondern mit Al-Kadir. Gleichwohl, wenn ihr von Heimsuchung sprecht … Ihr erinnert Euch an die Höhle des Bären, der kein Bär war?"

„Mit Schaudern."

„Ich möchte mich dafür entschuldigen, dass ich Euch seit unserer jüngsten Begegnung nur die kurze Botschaft durch Manakir überbringen ließ und Ihr sonst im Unklaren bleiben musstet, wo ich mich befand. Ich musste einen Schutz über die Faghragha legen."

„Und über Marah Durimeh?", fragte ich zögernd und besorgt.

„So weit will ich nicht gehen, zu meinen, dass sie meines Schutzes bedarf. Aber ich kann in manchen Dingen helfen."

Ich musterte Haschim. „Ihr wart zugegen, als ich mit Marah Durimeh sprach?"

„Nicht mit Augen oder Ohren. Aber ich war in der Nähe und sorgte dafür, dass eben nicht das geschah, was Ihr in Skutari erlebt und bei Ingdscha befürchtet habt."

„Dient die Hexe noch immer Al-Kadir oder dient sie nur sich selbst?"

„Das kann ich nicht sagen. Aber beide sind eine Gefahr, ob in dieser oder in jener Welt und sowohl für jene Welt wie auch für diese."

„Marah Durimeh hat mir davon berichtet. Und nun müsst Ihr mir berichten, wie wir in jene Welt hinübergehen können, um die Hexe und Al-Kadir zu besiegen."

„Unser Weg führt uns in die Berge zwischen Armenien und Aserbaidschan."

„Dort liegt der Gebirgskamm von Sangesur, jenseits des Flusses Aras."

„Ihr nennt die Städte nicht, die dort liegen, was richtig ist, denn wir werden sie meiden."

„Weil wir in freier Landschaft weniger gut beobachtet werden können?"

„Ihr wisst, dass es nicht allein menschliche Spione gibt."

„Und wir haben nicht allein menschliche Helfer."

Ich deutete auf Sangar, der, obgleich nicht pferdescheu, einen deutlichen Abstand von Pervin hielt. Auf den über uns kreisenden Manakir musste ich nicht deuten, ich hörte ihn in diesem Augenblick kurz schreien, als wisse er, dass ich von ihm gesprochen hatte.

„Ja, das haben wir", nickte Haschim, ohne zu Boden oder in die Luft zu schauen. „Ihr bringt Pervin noch hinüber und bindet sie an? Ingdscha wird sie später brauchen."

„Gewiss", sagte ich und schaute Haschim fragend an. „Ich hatte für einen Moment geglaubt, dass Ingdscha sich auf Marah Durimehs Ruf hier eingefunden hätte, um uns zu begleiten."

„Davon weiß ich nichts", gab Haschim zur Antwort. „Aber ich weiß vieles nicht, Kara Ben Nemsi", fügte er an und lächelte.

„Ich wusste nicht, dass Ihr zu kokettieren versteht, Haschim ..."

„Ich sagte allerdings nicht, dass ich nur weiß, dass ich nichts weiß. Das wäre philosophisch, jedoch untertrieben."

„Denn hier geht es nicht um Philosophie", sagte ich.

„Eher um Metaphysik", hörte ich Ann Lindsay murmeln.

Und gleichzeitig räusperte sich Halef laut und vernehmlich.

„Wenn die Herren dann den Aufbruch vermelden würden? Die Sonne steigt, bald ist es nicht mehr früh. Es wird warm werden und der Weg ist wohl weit!"

„Hier haben wir den wahren Weisen", rief Haschim. „Wie so oft, Halef, habt Ihr das rechte Gespür für die Tat."

„Und Haschim weiß dies", sagte ich. „Obwohl er dich noch nicht allzu lange kennt."

Ich lächelte Halef herzlich an, damit er wusste, dass weder ich noch Haschim ihn aufziehen wollten. „Also denn“, rief ich. „Männer – und Dame: auf zum Sangesur! Unsere Schicksalsreise beginnt und wir werden dem Guten zum Sieg verhelfen!“

Ich gestehe, dass mir solche Kampfesreden eigentlich nicht liegen. Doch ich wollte meinen Gefährten jene Worte nicht vorenthalten, welche der Hoffnung Ausdruck gaben, die mich vollständig erfüllte. Und ich wollte auch selbst an meine Worte glauben.

Die anderen waren ebenfalls voller Mut und Zuversicht.

„Für Zinar“, riefen Welat und Sivan und hoben ihre Gewehre.

„Für Cedric Fergus Allen“, rief Ann Lindsay. Sie bekam ihre Kurzflinte nicht rasch genug aus dem Halfter heraus, beließ sie darin und rief stattdessen noch einmal: „Für Cedric.“

Ich will zugeben, dass sich angesichts dieser Gesten und Rufe der Freundschaft mein Blick ein wenig verschleierte. Aber schließlich schien die Morgensonne auch sehr hell in jenem Tal, welches die Felsenburg der Faghragha barg. Und mit ihr auch Marah Durimeh, die unser guter Geist für Reise und Kampf sein sollte.

Dreiundzwanzigstes Kapitel
Der Weg zum Sangesur

Wir verließen das Tal von Mehabad in Richtung Nordosten, hin zum See von Urmiya. Wir querten das südliche Schwemmland, durch welches sich jene Flüsse und Bäche bahnten, die den See mit Wasser versorgten. Die größten waren der Zarrineh und der Simineh, und dennoch vermochten sie es nicht, jenes gewaltige Reservoir von Salzwasser zu versüßen, an dessen Ufern und auf den unzähligen kleinen Inseln sich eine reiche Fauna von Wasservögeln zeigte.

Doch für die prächtigen Pelikane und farbenfrohen Flamingos hatten wir kein Auge, als wir die östlichen Ufer des Sees entlangritten. Wir mieden Malekan, das man auch Malik Kandi, Dorf des Königs, nannte, ebenso wie Borab und Managhe. Wir passierten die Landschaft zwischen Gavkan und Asarschar, welches früher Tufarkan hieß. Es schien mir, als ritte ich nicht im Sattel, sondern würde leicht und rasch mit dem Finger auf der Landkarte über das Papier gleiten. Indes, der Staub, der mich umgab, war nicht der Hausstaub eines Studierzimmers, sondern es waren Wolken und Schwaden, die vom Grund aufgewirbelt wurden, durch die trommelnden Hufe meines Hengstes Rih und der Rosse meiner Gefährten.

Dies war keine gemächliche Landpartie! Wir rasteten stets nur kurz, bloß genug, um Leib und Geist mit den nötigen Dingen zu versorgen, also Speise, Trank und Schlaf. Den Pferden gestanden wir dies besonders zu.

Während wir reisten, schauten wir misstrauisch und argwöhnisch auf die Natur um uns herum. Mir war dies unvertraut, unangenehm und ich hielt es nahezu für einen Frevel, die Wunder der Wälder und Berge nicht zu genießen. Aber wie konnte man die würzige Luft eines Nadelhains wertschätzen, die sonnendurchflirrten Schatten eines Laubgehölzes, die milde Wärme eines Grashangs oder die trockene Hitze eines Geröllfelds, wenn man zu befürchten hatte, dass sich hier Augen und Klauen verbargen, die nicht von dieser Welt waren und durch welche Verrat und Verletzung drohten?

Wir spähten also zu jedem Waldrand hin, zu jedem Hügelkamm. Jeder Felshang mit seinen Klüften und Buckeln konnte dem Gegner als Versteck dienen, denn wir wussten ja nicht, in welcher Gestalt er uns belauern mochte. Mir behagte es wenig, nun Tiere jeglicher Art zu verdächtigen, mit dem Bösen im Bunde zu sein. Als Reisender und Abenteurer hat man gemeinhin nur hungrige Winterwölfe zu fürchten oder Bären, die von ungeschickt gelagerten Vorräten zum Lagerplatz gelockt werden. Gemeinhin meiden die Geschöpfe der Wildnis den Menschen ja mit Instinkt und Gelehrsamkeit, und man wird nicht behelligt. Nun aber mochte sich das harmloseste Wesen als Gefahr herausstellen. Und über Menschen, die auf Reisen die größte Bedrohung darstellen, hatte ich noch gar nicht nachgedacht. Dem Schut waren auf dem Balkan seine Schergen gegeben, die uns jederzeit hatten entgegentreten können. Was aber war mit Al-Kadir? Er befahl aus der Geisterwelt heraus über manche Tiere; doch besaß er auch menschliche Verbündete oder eben solche, die durch seine Macht in Dienst gezwungen waren? Bislang hatte ich an Gegenspielern nur die Russen im Zagros erlebt, doch diese waren keine Krieger oder Banditen gewesen und zudem wohl nicht direkt von Al-Kadir angeleitet. Und jene Räuber, die einst Al-Kadir gedient hatten, als er noch auf Erden sein Unwesen trieb, befanden sich weit im Süden, in den Wüsten des Zweistromlands oder versprengt an die levantinische Küste, wie Halef und ich hatten erfahren müssen, als wir jenen Rasin trafen, der sich später in einen dämonischen Ifrit verwandelt hatte.

Sollte aber Al-Kadir aus der Geisterwelt seine vormaligen Getreuen herbeirufen, um sich uns in den Weg zu stellen, so würden wir auch menschliche Gegner bekämpfen müssen. Unser Weg fernab der Städte und Dörfer, auch der üblichen Handelsstraßen würde uns helfen, Freund von Feind zu unterscheiden.

Wir näherten uns Täbris, der uralten Stadt, die an den Flüssen Adschi und Guri liegt, in jenem langgestreckten Tal, das an seinen Enden von zwei bemerkenswerten Gipfeln begrenzt wird. Da ist zum einen der Kegel des längst erloschenen Vulkans Schahand, der schneebedeckt hellweiß leuchtete, zum anderen aber sein höchst gegensätzlicher Bruderberg, der Eynali, mit seinen düsteren Flanken aus roter Erde.

Es dauerte mich, Täbris nicht besuchen zu können, die Stadt der prächtigen und berühmten Teppiche, von der manche sagen, sie sei an jenem Ort erbaut, der einst den biblischen Garten Eden beherbergt hat. Der große Basar bot alle Schätze der Seidenstraße feil, am begehrtesten jedoch waren die Schmuckwaren der lokalen Goldschmiede, die in ganz Persien als die feinsten Geschmeide gepriesen werden. Ich ahnte, dass Halef nur zu gern eine kleine Liebesgabe für seine Hanneh erstanden hätte und für sich selbst ein Sortiment des kaum weniger gepriesenen Konfekts, vorrangig wohl Nugha und Kurrabiya. Ersteres ist meinen leckerhaften Lesern, die, wie man im Englischen sagt, einen süßen Zahn haben, wohl als türkischer Honig oder Torrone aus Italien bekannt, Letzteres ist ein kleines, rundes Mandelgebäck, welches recht hart ist und deshalb in einem kleinen Ritual vor dem Genießen auf dem Rand des gefüllten Teeglases abgelegt wird, um es ein wenig einzuweichen. Das europäische Eintunken vermeidet der delikate Orientale jedoch!

Ich bemerkte, wie ich selbst in diesen köstlichen Gedanken schwelgte, und erkannte halb beschämt, halb belustigt, dass ich dergleichen stets Halef zuschreibe. Ich bin sonst nicht verschleckt, doch in jener ernsten Lage, in der wir uns befanden, auf dem Ritt zum Kampf mit Al-Kadir, wäre wohl ein jeder viel lieber in einem Kaffeehaus in Täbris gesessen und hätte es sich wohlergehen lassen. Aber dies war uns verwehrt, wenn nicht gar verboten, wie einst die Frucht im Garten Eden.

Wir passierten also Täbris in gebührender Entfernung, rasteten und aßen karg in der Nähe von Marand. In der Ferne konnten wir bereits die Linien des Sangesurkamms erkennen, welche jenseits des Grenzstroms Aras lagen.

Als die Nacht hereinbrach, suchte Haschim das Gespräch mit mir. Er ließ sich an meiner Seite nieder und begann ungewohnt rasch und persönlich.

„Ich kenne Marah Durimeh seit langer Zeit. Ich begegnete ihr, kurz nachdem ich meine Familie, das Reich meines Vaters verlassen hatte, weil ich nicht nach Macht und Herrscherwürde strebte. Ich war ein junger Mann und wissbegierig. Doch leider allzu wissbegierig, nahezu wahllos und bald in gefährlicher Nähe zu den falschen Dingen. Ihr kennt das Wort, Kara Ben Nemsi, nach dem Wissen Macht bedeutet. Ich wollte kein König und Herrscher sein, doch schien ich mich genau dazu zu entwickeln, nur dass ich über kein Volk von Untertanen herrschen würde, sondern ..." Er brach ab und schloss mit bitterer Miene die Augen und schöpfte sachte Atem. Schließlich sprach er weiter: „Doch dann fand ich Marah Durimeh. Oder vielmehr fand sie mich. Sie leitete mich an oder sie half mir, mich selbst anzuleiten, den richtigen Weg zu finden. Es ist mir nicht mehr ganz klar, und Ihr könnt das wohl verstehen."

Ich nickte. Auch ich hatte Marah Durimehs Wirken und meine Begegnung mit ihr vor zwei Jahren ein wenig anders verstanden und wiedergegeben, als ich es nun tat und tun würde.

Haschim lächelte. „Nun bin ich der, der ich bin. Und das verdanke ich Marah Durimeh."

„Und so ist es gut", nickte ich, „dass das Schicksal uns zusammengeführt hat, damit wir gemeinsam gegen Al-Kadir kämpfen können."

Mir schien, als würde Haschim etwas bedrücken, gar schmerzen. Doch zunächst sprach er nicht von sich.

„Al-Kadir. Ihn kenne ich noch länger als Marah Durimeh. Als er nur Ahmar war, und nicht Al-Kadir. Aber es tut nicht Not, Euch das zu berichten, was in der Vergangenheit liegt, zumindest nicht jetzt. Nun müssen wir uns dem widmen, was vor uns liegt. Und dies ist eine schwere Aufgabe."

„Ich scheue sie nicht und bin zuversichtlich. Es ist kein unbekannter Feind, dem wir entgegentreten. Und Marah Durimeh hat mich mit den drei Gaben versorgt, die dienlich sein werden. Und Eure eigenen Künste sind zudem eine gute Wehr."

Meine hoffnungsvolle Entschlossenheit schien bei Haschim das genaue Gegenteil heraufzubeschwören. Er schaute mich an und in seinem Blick las ich Genugtuung mir gegenüber, aber auch Zweifel und Ernüchterung.

„Ich muss Euch enthüllen, Kara Ben Nemsi, dass die Gaben Marah Durimehs der einzige zauberische Beistand sein werden, über den wir in der Geisterwelt verfügen. Denn meine eigenen Kräfte werden schwach sein, bis hin zum Erlöschen. Die magischen Künste des Diesseits wirken nicht in jenem Jenseits. Dort drüben bin ich nur ein Mann."

Ich mochte nicht ertragen, dass Haschim sich so erniedrigte. „Doch Ihr seid der Mann, der Ihr seid!", sagte ich fast ein wenig streng. „Klug und stark, das habe ich selbst erlebt. Es ist nicht der Zauber, der Euch ausmacht. So wenig wie ich der bin, der ich bin, nur weil mir der Henrystutzen gegeben ist. Er ist nur ein Werkzeug."

„Anders als Eure Faust, die ebenso berühmt ist."

„Mit dieser Hand bin ich geboren, doch es ist nicht allein die Muskelkraft, die sie führt, sondern der Wille zum Guten. Diesen besitzt Ihr, wie ich, und habt ihn nicht aus den Büchern gelernt. Und er geht auch nicht mit der Fähigkeit zu jenen Künsten einher, wie wir an Al-Kadir erkennen können. Ihr, Haschim, habt mir geholfen, den Schut endgültig zu besiegen. Trotz dessen Wiederkehr und Wandlung. Ähnliches ist auch

Al-Kadir beschieden, und dennoch werden wir ihn niederringen. Welche Kräfte auch immer gegeneinander stehen werden. Denn vergesst eines nicht, Haschim: Wir haben Freunde, die ein mächtiges Band wirken. Al-Kadir ist so allein, wie er es auch auf Erden war. Trotz seiner Banditen und seines eigenen Bruders. Und die Hexe wird ihm keine treue Gefährtin sein, nur eine kurzzeitige Verbündete, die ihren Lohn verlangt."

„Klug gesprochen", nickte Haschim. „Vor allem Eure Worte über Verbündete und Gefährten. Wir können uns wahrhaft glücklich schätzen. Auch weil es wohl noch andere gibt, die uns helfen mögen."

„Ihr meint Ingdscha?", fragte ich etwas zweifelnd.

„Das weiß nur Marah Durimeh. Zunächst schöpfen wir Hoffnung und Kraft aus jenen."

Haschim deutete auf die Schlafenden: meinen Freund Halef, die beiden Nestorianer Welat und Sivan und Ann Lindsay, die im Schlummer etwas murmelte.

„Vergesst nicht den Hund", meinte ich, ein wenig scherzhaft.

„Allerdings, Kara Ben Nemsi. Vom Hunde ist nicht zu schweigen."

Er lächelte. Doch ich bemerkte eine schwache Bitternis in seinen Zügen, wenn nicht gar leise Furcht. Der kommende Kampf würde schwer werden, das wussten wir beide. Doch wie sich alles gestalten mochte, konnten wir kaum ahnen. Zum ersten Mal in meinem Leben als Reisender und Abenteurer verspürte ich ein Gefühl der Anspannung, das sich mit jeder Abendrast verstärkte, an dem wir uns jener Grenze näherten, die keine Länder, sondern Welten voneinander schied. Ich war zwar gewohnt, dass zwischen Ländern und Landschaften, die ich bereits bereist hatte, keine Grenzsteine oder Zollstationen aufgestellt waren und es deutliche Linien nur auf den Landkarten gab, wenn überhaupt. Aber man wusste doch, wo sich die Gegenden, Provinzen, Regionen aneinanderstießen oder ineinander übergingen: Man erkannte dies an Sprachen, Gebräuchen, Kleidern und vielem mehr, woran man sich orientieren und worauf man sich einlassen konnte. Doch die Grenze, der wir uns nun näherten, war völlig undefiniert und unbekannt. Marah Durimeh und Haschim hatten keinen genauen Ort genannt, nicht einmal eine Landmarke, sondern nur vage das Gebiet des Sangesur bezeichnet. Ich ahnte, dass die Pforte in die Geisterwelt keine wirkliche war. Es behagte mir nicht recht, so ohne Ziel zu reisen, aber ich musste dies wohl hinnehmen.

Aus diesen metaphysischen Gedanken wurde ich jedoch einige Male unsanft gerissen und in die irdische Wirklichkeit gestoßen, genauer auf jene besagten Grenzen. Wir bewegten uns durch eine sehr heikle Weltgegend. Allzu friedlich war es nun nirgendwo, doch an diesem Ort, zwischen dem Schwarzen und dem Kaspischen Meer, zwischen den Bergen des Kaukasus und den Wüsten des Zweistromlands, standen sich drei große, unnachgiebige Reiche in verschobener, verworrener, wenngleich noch schweigender Front gegenüber: Osmanen, Perser und Russen. Sie bedrängten einander, rüsteten zum Krieg, umschlichen sich scheu und doch lüstern. Dies alles war wesentlich größer und gefahrvoller als der Kampf zwischen den verfeindeten Stämmen der Kurden und der Jesiden. Mein Ferman würde mir nicht einmal bei den Osmanen das nötige Vertrauen erkaufen, sie würden unsere Gruppe für dreiste Spione halten. Und so sehr ich auch Haschim und seinen Künsten vertraute, so glaubte ich kaum, dass er etwaige Soldaten mit einem hypnotischen Zauber belegen konnte und wir nach seinen Worten, die vielleicht „Das sind nicht die Spione, die ihr sucht", lauten mochten, sogleich freies Geleit erlangt hätten. Ich will ehrlich sein: Dies waren nicht meine Gedanken, sondern mein guter Halef stellte es sich derart vor. „Er kann das bestimmt, Sihdi", raunte er mir zu. Und wieder musste ich auf unseren Pakt hinweisen, dass wir uns nicht allzu sehr auf die Magie verlassen sollten. Wir waren bei unseren früheren Abenteuern auch erfolgreich gewesen, wenn wir uns Gefahren nicht mutig gestellt, sondern sie klug gemieden hatten.

Also wichen wir jedem Anzeichen von Patrouillen und Spähtrupps jeglicher Herkunft aus und umgingen sie weiträumig. Ich wusste seit dem Kampf gegen den Schut und den Mübarek wohl, dass Haschim uns mit seinem Amulett für kurze Zeit würde verbergen können, wenngleich nicht in der Bewegung. Wir hätten also Schutz und Deckung aufsuchen müssen – und meiner Ansicht nach waren Wäldchen und Felsen auch ohne Zauber ein nützliches Versteck. Auch wusste ich um die beiden Nebeltücher tief in den Satteltaschen von Halef und mir. Doch ich verschmähte Letztere, auch weil sie nicht für uns alle ausreichten, und Haschim bot Ersteres wohl aus vielerlei Gründen nicht an. Er wusste bestimmt warum, und ich war froh, nicht allzu neugierig zu sein.

Ein wenig in Sorge war ich um Ann Lindsay, die als Reisende nicht allzu erfahren war, ebenso wenig wie als Kämpferin. Nichtsdestotrotz nahm sie die gefährliche Reise mit britischer Nüchternheit hin oder wohl eher noch, mit der Nüchternheit derer von Lindsay. Leider ging diese stets mit einem gewissen kühlen Übermut einher, was widersprüchlich klingt, die Sache aber recht gut trifft. Die junge Dame war tatsächlich eifrig bemüht, ihre neu begonnene ‚Sammlung' an Gegnern zu komplettieren, und nachgerade stolz, als wir nach erfolgreichem Vermeiden von Scharmützeln mit Osmanen, Persern und Russen auch noch eine Abteilung Krieger aus den Khanaten Aserbaidschans umgehen konnten, welche aufgrund ihrer Freiheitsbestrebungen allen Vorgenannten Feind waren. Ann Lindsay war das gleich. „Famos", sagte sie. „Viel zu erzählen, wenn ich daheim bin! Andere beobachten Vögel und notieren die Spezies, ich mache das mit Feinden!"

Nun, es war nichts Schlimmes geschehen, und so konnte ich über die Leichtfertigkeit der Jugend ein wenig lächeln, und war dennoch froh, dass sie nicht meine eigene Nichte war. Halef dachte angesichts seiner Schwägerin Djamila wohl anders. Aber soweit genug dazu.

Wir kamen an den Strom des Aras, den die alten Griechen als Araxes kannten und von dem manche sagten, er sei wohl der biblische Fluss Ghion, einer der vier Wasserläufe des Gartens Eden. Ob diese Ansicht nun von der Meinung herrührte, dass Täbris der einstige Ort des irdischen Paradieses war oder umgekehrt – wer vermochte es zu sagen?

Für uns war der Aras ein Gewässer, das wir zu queren hatten, denn dahinter begann das Gebiet des Sangesur, jenseits der Stadt Dschulfa. Diese hat interessanterweise diesseits des Aras einen kleinen Schwesterort, der denselben Namen trägt, welcher hier aber Jolfa geschrieben wird. Wir passierten zunächst Jolfa, überquerten den Aras und ritten querab von Dschulfa auf den Sangesur zu.

Dschulfa war vor über zweieinhalb Jahrhunderten der Schauplatz eines Krieges zwischen Osmanen und Persern gewesen, und am schlimmsten hatten darunter die armenischen Einwohner zu leiden gehabt, denn sie wurden am Ende aus Dschulfa vertrieben und die Stadt in Brand gesetzt. Später kamen einige zurück, gründeten die Siedlung neu und gerieten wiederum in den Krieg zwischen Persern und Russen, um schließlich Untertanen des Zaren zu werden. Mir war es recht, Dschulfa zu meiden, denn auf dieser Reise hatte ich zwar freundliche wie unfreundliche Russen getroffen, aber ich mochte mich nicht darauf einlassen, wer mir nun begegnen könnte. Ich bin allen Menschen gegenüber offen und auch neugierig – das muss ich sein, meines Berufs und meiner Berufung wegen –, doch ich weiß auch, dass alles seine Zeit hat. Nun war nicht die Zeit für Begegnungen und Plaudereien. Und ebenso wenig die Zeit, schöne und erstaunliche Orte zu beschauen, die es auch in Dschulfa gab. Namentlich die drei Hügel am Rande der Stadt, die wir nur von Ferne sahen. Dort befand sich der alte Friedhof der Armenier, auf dem Tausende von Grabstelen aus rötlichem Gestein standen. Es waren Chatschkare, wörtlich Kreuzsteine, weil sie als Symbol eben ein Kreuz zeigten, oft auf einer Rosette oder Sonnenscheibe, ähnlich einem irischen Hochkreuz und doch ganz anders, wenngleich auch hier reiche Muster aus Bändern und Pflanzen, die Motive von Früchten und Tieren den Schmuck bildeten. Und die Chatschkare waren nicht allein Grabsteine, sondern auch Zeichen der Erinnerung an tote oder lebende Menschen, an Ereignisse und Geschehnisse. Sie waren Zeugnisse des Lebens und der Geschichte dieser Stadt, und ich bedauerte, nicht darin lesen zu können. Denn man brauchte diese Felder aus Stelen nicht als schlechtes Omen zu sehen, sie waren nicht allein Zeugen des Sterbens und des Todes, sondern eben auch des Lebens, und vor allem des Lebens in jener Gegend, wie die wiederkehrenden Bildnisse von Widdern und Granatäpfeln zeigten. Dass der rötliche Stein in seiner Farbe an die fleischigen Kerne jener Früchte erinnerte, trug ebenso dazu bei wie die Sonnenstrahlen des jungen Tages, dessen Licht leuchtete wie das sagenhafte Goldene Vlies, das Jason einst in Kolchis fand; und diese antike Landschaft lag nicht allzu weit westlich von hier, an den Gestaden des Schwarzen Meers. Uns aber war das Kaspische Meer näher, es lag jenseits der Bergketten und man konnte hoffen, dass die eine oder andere milde Brise das harte Gebirgsklima besänftigen mochte.

Denn nun ragte der Sangesurkamm vor uns auf, die drei Gipfel des Kapudschuch, des Gasanasar und des Chustup dahinter reckten ihre beschneiten, schroffen Häupter in Ferne und Nähe empor und ließen alle Hoffnung auf gutes Reisewetter ersterben. Mochten die Städte jenseits der Berge, Goris und Kapan, eine Ahnung der sanften kaspischen Küsten erhalten; hier herrschte bereits eine Ahnung des herannahenden Herbstes – und des Winters danach.

Wir ritten in die Berge. Düster und leblos grau umfing uns das Gestein, als wir die rauschenden Wälder und wogenden Gräser hinter uns ließen. Mit jedem Fels, den wir passierten, hoffte ich, ein Zeichen zu erhalten, dass wir den Ort unserer Bestimmung erreicht hätten. Oder dass Haschim doch verkündet hätte: *Hier ist es*, so wie es die Nestorianer bei dem

Zugang zum geheimen Pass nahe des Kel-i-Schin getan hatten. Ich wäre ihm nicht gram gewesen, wenn er das Geheimnis bis zum letzten Augenblick gewahrt hätte, aus welchem Grund auch immer. Ich selbst wusste ja aus Erfahrung, dass man die Spuren von Reisenden oder auch Flüchtenden schlechter verfolgen konnte, wenn diese gar nicht recht ahnten, wohin sie überhaupt reisten oder flohen – dies mag jedem unglaubhaft erscheinen, der keine Berührung mit der Kunst des Fährtensuchens und vor allem Fährtenfindens hat, doch man kann hier meinen Worten vertrauen, denn ich weiß, wovon ich spreche oder schreibe.

Doch meine Hoffnung wurde enttäuscht. Haschim blieb stumm und deutete auch nicht vielsagend auf einen Felsen am Weg oder eine Schrunde in den Bergwänden, von denen wir viele passierten.

Es war seltsam. Mit jedem Schritt, den wir auf dem steilen Pfad hinaufritten, uns im Grunde den Gipfeln um uns herum also hätten nähern müssen, schienen diese stattdessen immer höher und mächtiger emporzuragen und drohend auf uns herabzublicken mit ihren Abertausenden in Eis und Schnee glitzernden Augen, und man glaubte fast, dass sie uns trotz der Ferne genau zu erkennen vermochten – jeden einzelnen von uns.

Dann zogen finstere Wolken auf und nahmen uns das Licht, wischten das freundliche Blau des Himmels fort, als würde eine unsichtbare Riesenhand schwarze Tinte in ein Glas gießen, in dessen Wasser zuvor lichte Azurfarbe gelöst gewesen war. Schatten stürzten in die Schlucht, auf deren Grund wir uns befanden. Dann hallte ein anschwellendes Donnergrollen von den Felswänden wider und brach sich in verwirrenden Echos. Aus den Nebenschluchten schienen Antworten auf das Gewitterrufen zu drängen, welche über uns zusammenschlugen. Die Pferde warfen unruhig die Köpfe, selbst Rih und Risha, was Haschim und mich veranlasste, einen besorgten Blick zu tauschen. Wir konnten unsere Gesichtszüge im schwindenden Licht kaum mehr ausmachen – als ein Blitzstrahl über uns durch die Düsternis zuckte. Sangar jaulte auf und duckte sich, um sogleich wieder zur Seite zu setzen, damit er einem erschrocken schlagenden Huf entgehen konnte. Unwillkürlich blickte auch ich gen Himmel und sah, wie ein weiterer Blitz grell herniederschlug, eine der hohen Felsspitzen traf und dann zur nächsten weitersprang – und zur nächsten und zur nächsten! Die grellen Nachbilder bildeten scheinbar einen verzerrten Kranz aus bleichem Feuer, der über uns schwebte und sich dann nicht etwa auflöste, sondern erhob und emporstieg – als der nächste Blitz seine Kreisbahn um die Steingrate zog und das schreckliche Schauspiel wiederholte.

Instinktiv drängten sich unsere Pferde aneinander – ein *falscher* Instinkt, wie mir sogleich bewusst wurde, denn das Pferd ist ein Tier, das bei Gefahr die Flucht ergreift. Doch hier schienen sie zu spüren, dass Flucht den Tod bringen konnte, und dies nicht nur, weil die Schlucht eng und der Grund steinig war.

Meine Gefährten waren nahe bei mir, die Gesichter fahl erhellt vom flackernden Licht der unirdischen blassen Feuerringe, die in ihrer matten, durchscheinenden Gestalt wahrhaftig wie die Geister von erstorbenen, einst hell lodernden Flammenkreisen erschienen.

Halef öffnete den Mund, um etwas zu rufen, doch ich konnte nichts vernehmen, wusste nicht, ob seine Stimme vom Rollen aus den Steinschluchten übertönt wurde oder ihm die Laute in der Kehle erstickten.

Dann verstummte auch das Dröhnen. Das Licht erlosch. Der Himmel blieb finster.

Vierundzwanzigstes Kapitel
Trennung und Übergang

Die Stille nach dem Lärm war drückend. Ich verspürte eine leichte Taubheit, die nicht allein mein Gehör, sondern auch meinen gesamten Leib betraf. Meine von der vorigen Helle gequälten Augen gewöhnten sich nur langsam an die Dunkelheit.

Sangar winselte, die Pferde schnaubten zögerlich und traten langsam voneinander fort, als fühlten sie sich befreit, doch nicht von Pferchen oder Leinen, sondern von einer sie eng und drohend umfangenden Präsenz, welche wohl nur sie allein wahrnehmen konnten.

Ich hingegen konnte, wenn auch nicht meine Sinne, so doch meinen Verstand nutzen. Obgleich ich wusste, dass dieser mit einer Sache zu arbeiten hatte, die fremd und nahezu unglaublich war. In derlei Dingen hatte ich kaum Erfahrung, nicht wie im Kampf oder beim Spurenlesen, aber ich war mir angesichts der Zeichen und Ereignisse recht sicher. Ich atmete tief ein und schluckte trocken. Dann straffte ich die Schultern und sagte:

„Ob dies …“

„Ist das die Geisterwelt?“, hauchte Halef. Es war so still, dass ich glaubte, ein schwaches Echo seiner leisen Äußerung zu vernehmen.

„Nein“, wisperte Ann Lindsay. „Das glaube ich nicht.“

„Warum dies?“, fragte ich knapp, ein wenig verwundert darüber, dass die junge Lady sich zu Wort meldete, aber doch neugierig, weil sie mir ja enthüllt hatte, dass sie sich aus familiären Gründen mit dem Spiritismus auskannte.

„Weil ...“, druckste Ann Lindsay, „... weil es doch nicht anders ist als zuvor?“

Ich spürte in mich hinein. Zum ersten Mal wollte ich die zweifelhafte, nein, von mir angezweifelte Gabe nutzen, die mir von der verschmähten Macht des Schachspiels verblieben war. Doch ich fühlte nichts, außer der langsam verebbenden Taubheit. Dann wandte ich aufgeschreckt den Kopf, als ich ein sanftes Licht im Augenwinkel bemerkte. Halef hatte die magische Leuchtkugel hervorgekramt und unhörbar leise das Zauberwort gesagt.

„Sie leuchtet", bemerkte er ein wenig verdutzt. „Aber ich dachte ..." Nein, Halef hatte nicht mein Gespräch mit Haschim belauscht. Wir hatten ihn beide eingeweiht, dass Haschim in der Geisterwelt seine Zauberkräfte verlieren würde, denn dieses Vertrauen waren wir ihm schuldig, wie wir beide befunden hatten.

„Magische Dinge sind keine magischen Menschen", erläuterte Haschim. „Wenngleich sie nicht an allen Orten ihren Dienst gleichermaßen tun, so wie man nicht mit jeder Sprache in jedem Land verstanden wird."

Ein gutes Beispiel, schien mir, wenn auch nicht ganz übereinstimmend. Dennoch warf ich Haschim einen fragenden Blick zu, und in meiner Anspannung vollführte ich sogar eine vage Bewegung mit der Hand, obwohl ich gemeinhin keine ungeduldige Person bin.

Haschim blickte mich an und ich war verwundert, als ich erkannte, wie er darüber schwankte, mir zuzunicken oder mit dem Kopf zu schütteln. Denn was hätte das eine oder das andere mir bedeuten mögen? Also lächelte Haschim zögerlich und bewegte die Finger in der absurden Parodie einer Zaubergeste, wie sie wohl ein Schaukünstler im Varieté gezeigt hätte. Doch es kam natürlich zu keinem verblüffenden Effekt, ebenso wenig wie Haschim irgendeine vorgeblich magische Formel zitiert hätte. Stattdessen befand er nüchtern. „Wir sind nicht dort. Noch nicht."

Nun, ich konnte nicht umhin, mich dem Urteil dieser drei kenntnisreichen Gefährten anzuschließen. Was aber das Himmelspektakel zu bedeuten hatte, verbarg sich mir. Haschim erkannte meine Gedanken. „Noch nicht. Doch wir sind nahe", sagte er mit Schaudern.

Wir stiegen von den Pferden und gingen nun zu Fuß den sich windenden Pfad entlang, der bald eine scharfe Wendung beschrieb, um halb gegenüber weiterzulaufen, wodurch sich seitlich unter uns eine stumpfe Kluft bildete und die Sicht auf den vor uns liegenden Weg von der Felswand verwehrt wurde. Die Luft war vom Gewitter elektrisch aufgeladen, ich glaubte die Kraft spüren zu können und auch den eigentümlichen Geruch. Es war kein Regen niedergegangen und daher die Felsen noch immer von Staub bedeckt, und dessen Körnchen schienen die Energie der Entladungen in sich aufgesogen zu haben, wodurch sie eine Winzigkeit über dem Gestein schwebten – oder so wirkte es wenigstens auf mich, weil ich fühlte, wie sich die Härchen an meinen Unterarmen aufrichteten und zu schmerzen begannen.

Dann wieder ein Blitz und ein Donner – nein, kein Gewitter! Jemand schoss auf uns! An der Felswand schlug eine Kugel ein und sprengte eine Handvoll Gestein fort, welches in einem trockenen, harten Schauer über uns sprühte. Zwei weitere Projektile verfehlten uns ebenso, doch bissen und stachen die losgelösten Trümmer und Splitter genug, um die Pferde und meine Gefährten nicht allein aus Überraschung heraus aufschreien zu lassen. Ich hatte den Henrystutzen aus dem Sattelhalfter gerissen und gab drei Schüsse ins Halbdunkel schräg vor uns ab, wo ich die Mündungsflammen ausgemacht hatte, just über dem Ende der Kluft, wo der Pfad von der Flanke des Bergs verdeckt war. Während ich also die unbekannten Gegner mit Sperrfeuer eindeckte, rief ich nach Halef:

„Die Pferde nach hinten!"

Der Pfad bot mit seinen Windungen und Felsvorsprüngen genügend Deckung. Da ich nicht wusste, wie viele Schützen gegen uns standen und wie zäh sie der Gegenwehr standhielten, wollte ich kein Risiko eingehen. Ein Blick nach hinten zeigte mir, dass die Reittiere einigermaßen geschützt waren. Die Nestorianer hoben ihre Flinten, Ann Lindsay drückte sich in eine Nische, weil sie nur zu gut wusste, auf diese Entfernung mit ihrer Schrotflinte nichts ausrichten zu können. Haschim hatte neben mir Deckung gesucht und gab einen einzelnen Schuss aus seinem Revolver ab, dessen rötliches Mündungsfeuer sich von den gelblichen der anderen, wie auch meines eigenen, unterschied. Die Feinde schienen dies ebenso bemerkt zu haben. Ich hörte einen heiseren Ruf in Azeri und eine barsche Antwort darauf, ebenfalls in jener Sprache der Aserbaidschaner, jedoch mit unverkennbar russischem Akzent – und zwar großrussisch, nicht das Ukrainisch der Soldaten im Zagros.

Haschim lachte bitter. „Ich bin noch nie für einen Mann aus Zipangu gehalten worden.“

Ich hatte ebenfalls den Kopf geschüttelt, jedoch weniger darüber, dass man in Haschim aufgrund des verwendeten Schießpulvers einen Schützen aus Japan sah, als vielmehr, weil diese altertümliche Bezeichnung verwendet wurde. Doch es hatte etwas für sich, denn die Soldaten Japans hatten erst seit Kurzem wieder zur Schusswaffe gefunden, nachdem die stolzen Ritterkrieger für zweihundert Jahre zum Schwert zurückgekehrt waren, obgleich sie zuvor die modernsten Luntenschlossflinten besessen hatten. Es sei dahingestellt, ob dies als Vorbild zu sehen war, denn ob die jüngsten Kriege auf dem amerikanischen oder europäischen Kontinent mit Säbeln statt Gewehren ausgetragen, weniger blutig und grausam gewesen wären, vermochte wohl niemand zu sagen.

In diesen Augenblicken galt aber nur: Würden unsere Gegner sich mehr davon abgeschreckt fühlen, dass wir vermeintliche Fremde waren oder dass wir besser schießen konnten? Letzteres bewies ich, als ich auf den Mündungsblitz des Feindes schoss und sogleich ein Todesschrei ertönte, der in der Schlucht verhallte. Doch darauf antworteten die Unbekannten noch heftiger, mit einer Salve, die mich erkennen ließ, dass es sich wohl um ein halbes Dutzend Männer mit Gewehren handelte, und vermutlich noch weitere, die gerade nachluden. Das Gefecht würde noch längere Zeit andauern, zumal ich keine allzu gute Sicht hatte. Ich vermag dank des Henrystutzens und meiner Erfahrung etliche Ziele rasch hintereinander zu beschießen, doch muss auch ich erkennen, was ich denn anvisiere. Und ein gegnerisches Mündungsfeuer ist doch allzu rasch verloschen.

„Halef", rief ich also, nachdem dieser selbst einen Büchsenschuss abgegeben hatte. „Ich brauche mehr Patronen! Sei so gut!"

„Sehr wohl, Sihdi!", gab er zurück und lief geduckt zurück zu Rih.

Haschim griff plötzlich nach meinem Arm.

„Ich fürchte, die Patronen werden wenig nützen", sagte er heiser.

„Aber warum?"

„Dort drüben sind nicht allein Gewehre. Und die Männer dort wissen, dass es bei uns ebenso ist."

Jetzt erinnerte ich mich! Wir hatten uns zu sehr mit dem zweiten Ruf der Gegner beschäftigt: mit den chemischen Eigenheiten von Pulvern ferner Länder. Als hätte uns das rote Feuer geblendet! Aber die Gegner hatten auch einen anderen Grund erkannt, und wir hatten ihn für einen abergläubigen Azeri gehalten, der von seinem russischen Kameraden zurechtgewiesen worden war. Denn der Azeri hatte angstvoll und wütend gerufen: *Zauberer!*

„Sie haben ebenfalls einen?", fragte ich ungläubig, schämte mich sogleich der etwas undezenten Äußerung und fügte rasch an: „Was bedeutet das?"

Haschim nahm es mir nicht übel. „Es kommt ja immer drauf an, was man damit macht", entgegnete er beinahe heiter und wurde sogleich wieder ernst. „Schaut hinüber, neben die Schützen. Wenn sie wieder schießen, erwidern wir das Feuer nicht. Achtet auf das Bündel am Boden."

Die gegnerischen Gewehre blitzen auf. Für den Bruchteil eines Herzschlags sah ich die Szenerie beleuchtet und konnte sie betrachten, ohne meine Aufmerksamkeit dem Zielen mit dem Henrystutzen zu widmen. Ich erkannte das von Haschim erwähnte Bündel. Es musste den Männern entglitten sein, als sie uns bemerkt und sogleich beschossen hatten. Sie besaßen Pferde, deren angstvolles Wiehern ich vernommen hatte, und es waren zweifellos Packtiere gewesen, die sich vor Schusslärm fürchteten. Das Bündel gehörte wohl zu einer Warenladung, welche die Männer gerade empfangen hatten – doch hier, mitten in den Bergen? Es war ein voluminöser Ballen aus Tuch gewesen, von Schnüren umwunden – von eigenartiger Form – von eiförmiger Gestalt!

Jetzt begriff ich!

„Die Eier des Simurgh", zischte ich Haschim zu. Und fügte an: „Hier ist der Übergang in die Geisterwelt!"

„Beides ist richtig", nickte Haschim. „Das Ei, welches zweifellos nur eines von mehreren ist, haben wir beide erkannt. Ihr habt daraus auf den Übergang geschlossen. Ich aber kann ihn fühlen. Meine Kräfte schwinden. Dem anderen dort drüben müsste es gleich ergehen, doch ich fürchte …"

In diesem Moment kehrte Halef zurück und drückte mir meine Satteltaschen gegen die Seite. „Hier, Sihdi", sagt er atemlos.

„Aber das …", begann ich.

Dann brach das Inferno los.

Ohne die Worte Haschims hätte ich geglaubt, die Gegner würden mit einem Feldgeschütz auf uns feuern, wie die Gebirgsartillerie der Briten, die Sir David Lindsay gegen den Schut in seiner Stahlfestung geführt hatte.

Doch bevor die Felswand über uns wie von einer Granate zertrümmert wurde, hatte ich ein violettes Glimmen in der Dunkelheit gegenüber erkannt, das niemals Kanonenfeuer sein konnte. Es wirkte vielmehr wie das verglühende Nachbild, welches im Auge entsteht, wenn man in eine helle gelbe Mündungsflamme geschaut hat. Und statt eines Geschützknalls glaubte ich ein Geräusch zu vernehmen, das mir in seiner Fremdheit schauerlich erschien. Es klang, als habe ein Mensch die Luft eingesogen, als wollte er gähnen oder niesen. Und dieser Mensch musste ein Riese sein, so tief und kehlig hatte es geklungen. Doch dieser Anklang des Märchenhaften wäre falsch und zu harmlos. Denn unter dem Atem hatte ich eine leise Stimme vernommen, die rückwärts zu sprechen schien, und dies hatte keinesfalls wie bei einem Kind geklungen, das so etwas aus Scherz betreiben mag, sondern ernst und boshaft und voller Drohung.

Es war seltsam, wie ich in jener nur einen Herzschlag währenden Stille vor dem Donner der Explosion das alles hatte ausmachen können. Jetzt aber dröhnte es in meinen Ohren, der Grund unter meinen Stiefeln erbebte und ein gewaltiges Schwanken schien den gesamten Berg zu erfassen, als eine steinerne Wunde in seine Flanke gerissen wurde und die Felsen, die Steine und der Staub wie Blut hinausströmten, hinein in die Schlucht unter uns.

Das Poltern und Krachen ringsum ließ mich kaum ein anderes Geräusch vernehmen, doch glaubte ich die Schreckensrufe meiner Gefährten und der Tiere zu hören, es mochte auch sein, dass ich sie nur spürte, weil ich doch wusste, dass allesamt in panischer Angst und Leid aufschreien mussten. Die ohnehin herrschende Düsternis wurde von dem Vorhang aus Staub verstärkt, ein Felsstück streifte meinen zum Schutz erhobenen Arm und traf in abgeschwächtem Schlag meinen Kopf. Funken stoben vor meinen Augen auf, dass ich glaubte, man schieße wieder auf uns, doch es waren nur die Auswirkungen des steinernen Hiebs. Auch das kurze Glühen, das ich ringsum bemerkte, schrieb ich dieser leichten Erschütterung meines Schädels zu. Ich stand halb gebeugt in einer Felsnische, nahe eines Vorsprungs, und vor mir ebbte der Hagel der Steinchen ab, bald rieselten nur noch letzte Splitter und dann war auch das Echo des Getöses verhallt. Mit staubbedecktem Gesicht spähte ich vorsichtig aus meiner Deckung, in der bitteren Erkenntnis, dass mich bei Tageslicht nun niemand vor der Felswand hätte ausmachen können.

„Sie sind fort“, hörte ich Haschims belegte Stimme in der Nähe. Er lebte! Und seine Worte ließen mich auch sogleich die Achtsamkeit gegenüber den Feinden vergessen, und Sorge um meine Freunde und Gefährten zuckte mir brennend durch den Leib. Ich wandte den Kopf, sah einige Schritte entfernt die graue Gestalt Halefs, der sich gerade erhob und würgte und hustete. Hinter ihm – eine steile Halde aus Felsen und Geröll, wo der Pfad sich befunden hatte, darüber ein mannsgroßes rundes Loch in der Bergwand, dessen Form vollends unnatürlich war: Es schien, als habe ein Prägestempel seinen Abdruck in weichem Metall hinterlassen, und der Künstler, welcher jenes Motiv geschnitten hatte, war dem Wahnsinn anheimgefallen. Während ich noch zweifelnd schaute, zerfiel das Muster und zurück blieb eine unregelmäßige Höhlung, kaum anders als das, was nach einem gewöhnlichen Felssturz zu sehen gewesen wäre.

„Ich konnte es ablenken“, sagte Haschim gequält. „Doch ich bin bereits geschwächt durch die Nähe des Übergangs. Ich konnte kaum das Schlimmste verhindern ...“

Was er meinte, erkannte ich mit Schrecken – hinter der Halde war kein Pfad mehr zu sehen! Dort hatten sich die Nestorianer, Ann Lindsay und die Pferde befunden, darunter Rih und Risha – und auch Sangar!

Ich trat ein, zwei stolpernde Schritte nach vorn, das Geröll rutschte unter meinen Stiefelsohlen fort und ließ mich schwanken. Ich stützte mich mit einer Hand an die Felswand, hätte beinahe den Henrystutzen fallengelassen, der mir wie ein nutzloser Stock in der schwachen Hand lag. Halef kam mir zitternd entgegen, wandte fahrig den Kopf, um wechselnd mich und Haschim anzusehen und furchtsam auch den zerstörten Pfad und den Absturz darunter – niemand von uns wagte es, in die Tiefe zu blicken, wo wir in Trümmern und Felsen die zerschlagenen Körper unserer Freunde hätten erkennen können.

Da griff Haschim nach meinem Arm!

„Horcht!“, flüsterte er.

Ich reckte den Kopf, blieb still, wie erstarrt. Doch ich vernahm nichts.

„Nein, spürt!“, erklärte Haschim und presste meinen Arm, dass es schmerzte. Und dann stieg in mir ein leises Echo auf, ein vibrierender Laut, wie der eines Wieherns. Er war mir vertraut, doch nicht so vertraut, wie ich hoffen mochte.

„Es ist Risha“, sagte ich leise.

„Ja“, gab Haschim zurück. „Und ...“

„Sihdi“, krächzte Halef laut, und über seinen Ruf hörte ich zunächst das helle Wiehern Rishas durch die kalte Luft der Bergschlucht hallen – und diesem schloss sich der tiefere Laut an, den ich immer und überall erkennen würde. Es war die Stimme meines Hengstes Rih. Ich erinnerte mich, dass er und Risha zuvorderst auf dem Pfad gestanden hatten, als ich Halef die Pferde zurücktreiben ließ! Das konnte nur bedeuten …

„He da!“, vernahm ich von jenseits der Felshalde die barsche Stimme Welats. „Seid ihr verletzt?“ Der tapfere Jäger musste selbst unversehrt sein – wenngleich ich bezweifelte, dass er dann um Hilfe gerufen hätte. Doch was sollte ich über Stolz urteilen, wenn ich stattdessen hören durfte, wie Sivan rief: „Wir sind wohlauf, und die Pferde auch!“

Ich wollte aufatmen, erleichterte Blicke mit Halef und Haschim tauschen, als ich erkannte, dass eine Stimme fehlte.

„Ist das Mädchen bei euch!“, schrie ich hinüber und bemerkte, dass ich keine Frage gestellt hatte, sondern eine Hoffnung aussprach, eine Forderung gar.

„Nein ...“, kam es zögerlich zurück, als sei Sivan beschämt, dass er nicht an Ann Lindsay gedacht hatte. „Auch nicht der Hund ...“

Ich blickte Halef verzweifelt an. „Wo war sie, als du mir die Satteltaschen brachtest?“ Fahrig deutete ich auf das Bündel staubigen Leders, das in der Nische lag, in der ich Schutz gesucht hatte.

„Sie war ...“ Halef schaute zerknirscht, aufgelöst, konnte sich nicht erinnern – er ballte die Fäuste und sein Gewehr baumelte am Riemen in seiner Armbeuge, stieß mit dem Kolben gegen einen Stein in der Sturzhalde neben ihm. Ein dumpfer Laut folgte.

„Höhnendes Echo!“, fluchte Halef und hob die Hand, um sich über die Augen zu wischen. „Es klingt wie ein Hund!“

„Es ist ein Hund“, erkannte Haschim, und bevor Halef ihn erstaunt anschauen konnte, hörte ich ein quietschendes, zischendes Geräusch, das aus der gleichen Richtung zwischen Fels und Geröll hervordrang.

„Aber das ist keine Katze, Halef“, rief ich laut, und mir schlug das Herz bis zur Kehle. Ich sprang vor und riss die ersten Brocken aus dem lockeren Hang, nachdem ich in der gleichen Vorwärtsbewegung den Riemen des Gewehrs um die Schulter geschlungen hatte. Schon war Halef an meiner Seite und schob und schaufelte mit den Händen die Steintrümmer beiseite, während Haschim sich über ihm bemühte, die nachrutschenden Überreste des Felssturzes aufzuhalten.

Wir legten eilig eine ähnliche Nische im Hang frei, wie sie auch mich geschützt hatte: eng, aber tief, doch ohne den Überhang, der sie vor dem Verschütten bewahrt hätte. Zwei bestaubte Nasen ragten uns entgegen, eine schwarz und eine hell, und sie saßen dicht untereinander. Sangar prustete, weil Ann Lindsay ihn so eng umschlungen hielt, und sie selbst nieste erneut. Dann schauten uns zwei große Augenpaare an und zwinkerten. Wir drei Männer hielten für einen Herzschlag inne, dann befreiten wir rasch, aber vorsichtig den Hund und das Mädchen aus ihrem engen Gefängnis, das ihnen das Leben gerettet hatte. Ann Lindsay kam unsicher auf die Beine, Sangar schüttelte sich und hustete, drängte sich gegen die Knöchel der jungen Lady.

„Dankeschön“, krächzte sie und wankte ein wenig, wohl wegen des überstandenen Schreckens und weil Sangar offenkundig glaubte, ihr danken zu müssen, statt uns. Im Grunde lag er damit nicht falsch. Ich berührte Ann Lindsay sanft an der Schulter.

„Geht es Ihnen gut?“

„Wie man es nimmt“, gab sie zurück und machte keine Anstalten, sich den Staub von der Kleidung zu klopfen oder das Haar zur richten. Es hätte wohl ohnehin wenig genützt.

„Ich hatte ziemliche Angst.“

Halef nickte. „Verschüttet zu sein ist furchtbar!“

„Nicht deshalb!“, nieste Ann Lindsay und zeigte nach unten. „Wegen ihm!“

„Aber, aber“, sagte ich. „Das meinen Sie doch nicht wirklich. Sie waren lebendig begraben und …“

„War ich nicht“, widersprach sie erstaunlicherweise und deutete hinter sich. „Schauen Sie selbst.“

Ich blickte an ihr vorüber in die Felsnische und sah, etwas zur Seite hin, tatsächlich etwas Erstaunliches: Aus einem Spalt schimmerte Licht, helles Tageslicht – obwohl der Himmel über uns noch immer von Wolken verdüstert war und wohl auch der Abend begonnen hatte.

Haschim kam an meine Seite und deutete nach oben, dort wo ich flüchtig das seltsame Muster im Fels gesehen hatte.

„Ein Riss, der hinüberführt. Er wird sich bald schließen“, befand er.

„Sollten wir nicht nach dem eigentlichen Übergang suchen? Wo auch immer er sein mag?“

„Mit den Fremden in der Nähe? Und dem Hexer dazu?“

„Dann nutzen wir diesen Weg“, nickte ich. „Aber die anderen ...“

„Wir haben keine Zeit, den Pfad freizuräumen und zu hoffen, er sei zu überwinden ...“

„Mir ist nicht wohl, so unvorbereitet und ohne ...“

„Denkt daran, was mich dort drüben erwartet. Darauf bereite ich mich seit Tagen vor und es schreckt mich dennoch, dass ich dort ohne …“ Er lächelte. „Immerhin habt ihr Euren gewohnten Henrystutzen.“

„Und Ihr den Revolver aus Zipangu“, versuchte ich mich an einem Scherz.

„Oh, wenn Ihr wüsstet …“, gab Haschim zurück.

Halef räusperte sich und es war wohl nicht seine Absicht, die Kehle vom Steinstaub zu befreien. „Was nun, die Herren?“

„In die andere Welt“, verkündete ich.

Ich hatte überlegt, was unsere getrennten Gefährten Welat und Sivan tun konnten. Es war unsinnig, sie hier warten zu lassen, während wir in die Geisterwelt hinüberwechselten, denn wir würden sie nicht auf diesem Weg wieder verlassen können. Ich konnte die Nestorianer auch nicht auf eine ungewisse Reise auf der Suche nach dem eigentlichen Portal schicken, etwa indem sie einen anderen Pfad durch die Berge fanden, denn wie Haschim richtig bemerkt hatte, waren die unbekannten Feinde noch in der Nähe. In deren Fänge durfte ich auch die erfahrenen Krieger nicht senden. Also beschlossen wir, einander nicht sehen könnend und halblaut über die Geröllhalde des Felssturzes rufend, Folgendes:

„Ihr reitet zurück zu dem kleinen runden Tal mit dem Wasserlauf darin“, rief ich.

„Jenes, in dem wir vor zwei Tagen rasteten?“, gab Welat zurück.

„Eben dieses! Wartet dort auf uns. Es ist wohl sicher. Wir kehren dorthin zurück, wenn wir … zurückgekehrt sind.“

„Wie lang mag es dauern?“

„Wer weiß. Seid geduldig zunächst. Und …“

„Wir achten besonders auf dein edles Ross, Kara Ben Nemsi, und auf die Stute des Scheik. Wir werden sie gegen alle Gefahren verteidigen, das sind wir euch schuldig“, versprach Sivan.

„Dank euch! Und nun gute Reise.“

„Viel Glück!“

So ritten die Nestorianer fort und nahmen die Pferde mit sich. Doch auch wenn ich Welat und Sivan als zuverlässige und gewissenhafte Freunde ansah, verspürte ich eine zehrende Unruhe dabei, ihnen Rih übergeben zu müssen. Haschim, der seltsam gelöst schien oder dies auch nur vorgab, um die anderen nicht noch mehr zu ängstigen angesichts der Reise ins

Ungewisse, meinte jedoch, dass wohl eher Risha und Rih auf die Nestorianer Acht geben würden.

„Und wir haben nur den Hund“, meinte Halef, worauf er sich einen unerwartet bösen Blick von Ann Lindsay einfing.

So war unsere Gruppe also getrennt. Wer den beschwerlicheren oder gar schwereren Weg zu beschreiten hatte, vermochte ich nicht zu sagen.

Ich nahm die Satteltaschen auf, unser einziges Gepäck, das uns verblieben war, und schaute zweifelnd zu Haschim. „Werden wir dort drüben Wasser finden? Und Wild?“

„Ja, doch wir werden es nicht brauchen. In der Geisterwelt verspürt man als Mensch weder Hunger noch Durst. Man sagt aber, wenn man von dort trinkt oder isst, verfällt man dem auf ewig.“

„Man sagt?“, fragte ich zweifelnd.

„Das klingt nach Märchen“, meinte Halef.

„Woher stammen diese wohl?“, gab Haschim zurück. „Aber dennoch ist es uns angeraten, nichts prüfen zu wollen.“

„Dann braucht Sangar wohl einen Maulkorb“, bestimmte Ann Lindsay. „Damit er nicht jagt und …“ Sie zögerte. „Gibt es gefährliche Tiere dort?“

„Ja“, nickte Haschim. „Von einem wissen wir ja sicher, dem Simurgh, wenngleich diese dort friedlich sind. Aber Sangar wird von sich aus klug genug sein, nichts zu jagen. Er wird die Gefahr spüren. Weshalb es gut ist, ihn bei uns zu haben.“ Haschim blickte mich ein wenig leidend an. Ich wusste was er meinte, und als er mir einen Wink gab, erkannte ich, dass auch ich mich nicht auf mein ungeliebtes Gespür für das Magische würde verlassen können.

Ich hob die Satteltaschen. „Halef, ich kam nicht dazu, es dir zu sagen, als der Angriff begann. Aber dies sind nicht meine eigenen Taschen, sondern die mit den Gaben Marah Durimehs.“

„O Sihdi, verzeih“, haspelte er. „Ich habe sie gegriffen und war schon auf dem Weg und dann dachte ich, weil doch ebenfalls Kugeln darinnen sind ...“

„Es ist gut, Halef", sagte ich sanft. „Du hast unbewusst das Richtige getan, denn diese Dinge brauchen wir nun dort drüben."

Halef feixte. – War es wirklich nur Zufall gewesen?

Haschim hob die Hand. „Wir müssen aufbrechen! Der Riss schließt sich. Rasch!"

Er ging voran, um uns zu führen und uns die Scheu zu nehmen. Wir drängten uns nacheinander in die Nische, die sich zur Seite verbreiterte. Durch den Spalt drang das helle, doch nicht blendende Licht und ließ die grauen Felswände aufschimmern. Wir waren ebenso grau vom Steinstaub, allerdings schimmerten wir nicht, und auch unsere Mienen waren düster.

Halef schnaubte empört, aber seine Stimme war recht schwach und brüchig. „Da passen wir niemals hindurch. Der Spalt ist viel zu …"

In diesem Moment hatte sich Haschim dem Riss so weit genähert, dass er ihn hätte berühren können, oder vielmehr das daraus strömende Licht – und dann öffnete sich der Spalt zum Portal. Doch der Fels schwang nicht wie Türflügel zur Seite, ähnlich einer Pforte oder einem Tor, auch nicht wie bei einem Geheimgang, derer ich schon viele gesehen hatte, nein, hier verblasste das graue Gestein um das Licht, als würde es ausgelöscht oder eher nur verschoben – wenngleich nicht im Raum, sondern …

Ein Schwindel umfing mich und mir schien, als zöge ein Sog an meinem Innern, indem er genau dort ansetzte, wo mich dann und wann jenes eigentümliche Gefühl vor magischer Gefahr warnte. Dann aber biss mich der Schmerz, als träfe mich mein eigenes Bowiemesser in die Eingeweide und eine grausame Faust würde es in der Wunde umwenden und wieder herausreißen. Unwillkürlich schaute ich nach unten, doch der Griff des Messers schaute mir vom Gürtel entgegen, die Klinge steckte im Leder, nicht in meinem Leib. Im hellen Licht gaukelten mir meine Augen dennoch einen roten Strom vor, der aus mir hinausdrängte – ich erschrak und dann war es vorüber.

Fünfundzwanzigstes Kapitel
Durch die Fremde

Das helle Licht schwand, mit ihm das Rot, und dann sah ich nicht etwa die Dunkelheit einer Höhle, sondern türkisblauen Himmel und Gräser und Wäldchen in saftigem Grün. Durch die Wiesen zogen sich kleine Bäche, in lichten Hainen standen die Bäume zusammen, deren dunkle Blätter mit den hellen Halmen am Boden kontrastierten. Die Wolken darüber waren nur vereinzelte dünne weiße Schlieren, die sich verschlungen bis zum Horizont zogen. Im Dunst der Ferne glaubte ich Berge zu erkennen, die höher waren als jene des Ringtals, das wir nun betreten hatten. Hinter uns ragte ein ähnlicher Felswall auf wie jener über dem Pfad. Doch dass beide zum gleichen Massiv gehörten – daran hatte ich nicht zu glauben.

„Die Pforte schließt sich", bemerkte Haschim, und als ich mich umschaute, war nur noch grauer Stein dort, wo wir herausgetreten waren.

Ann Lindsay, die Sangar davon abhielt, über die Wiesen davonzustürmen, blickte über die Schulter zurück. „Das war es mit dem Sesam ..."

Ich wusste sehr wohl, dass diese Bemerkung nur dazu diente, ihre Furcht – unser aller Furcht – zu lindern, doch Halef, der nie ein Freund von leiser Ironie gewesen war, sog scharf die Luft ein. „Wir sind doch keine Räuber!"

„Das sind wir wohl nicht", sagte Haschim. „Wir sind rechtschaffene Menschen. Ganz gewöhnliche Menschen sogar." Er hob leicht die Hände, in einer Geste, die man gemeinhin zeigt, um zu beweisen, dass man unbewaffnet ist.

„Ha!“, rief Halef. „Nicht ganz gewöhnlich. Ich bin nun wahrlich kein Ala ad-Din, der ist ja nur ausgedacht, aber ich habe doch …“ Er wühlte in seiner Schultertasche, dass ihm der Gewehrriemen auf der anderen Schulter verrutschte, und holte die Leuchtkugel hervor. „… meine Lampe. Und ich hoffe ...“ Er barg die Kugel in beiden Händen, schaute etwas zweifelnd in die Runde und flüsterte dann die magischen Worte. Einige Herzschläge geschah nichts, dann glomm die Kugel wie gewohnt auf. Halef ließ sie wieder erlöschen und nickte zufrieden. „Sie musste sich wohl an die Luft hier gewöhnen ...“ Er verstaute sie wieder. „Aber jetzt haben wir auf alle Fälle Licht.“

„Halef“, begann ich, „hast du bemerkt, dass es hell ist, wir aber keine Sonne sehen? Und wenn keine da ist, kann sie auch nicht sinken ...“

Ich wechselte einen Blick mit Haschim, der sich den Bart strich und nichts entgegnete.

„Es wird dunkel werden“, beharrte Halef. „Es wird immer dunkel.“

„Da habt Ihr wohl Recht, Halef“, sagte Haschim. „Lasst uns gehen.“

„Wohin?“, fragte Ann Lindsay, die sich die Hände abstreifte, um die Hundehaare zu entfernen; aber bei all dem Staub gelang es ihr nicht und deshalb schaute sie hoffnungsvoll zum dem Bachlauf, der am nächsten lag.

„Immer der Nase nach“, erklärte Haschim mit sanfter Heiterkeit. „Seiner Nase.“

„Such, Sangar“, rief ich. Was er suchen sollte, blieb mir dabei zwar verborgen, aber Haschim würde wohl wissen, was er tat.

Sangar lief los, rannte allerdings nicht, sondern verfiel in einen achtsamen Trott, welchem wir leicht folgen konnten. Am ersten Bachlauf hielt er inne und schnupperte. Er schien etwas verwundert, dass ihn nicht dürstete, doch dann ignorierte er das hell springende Wasser.

„Trinken sollen wir nicht“, erinnerte sich Ann Lindsay. „Aber wie ist es mit Waschen?“

„Es ist kein Gift, das bei Berührung tötet“, erklärte Haschim. „Es führt nur zu ewigem Verlangen.“

„Einer Sucht also“, befand ich. „Ich dachte, das Jenseits …“

„Dies ist nicht das Jenseits, Kara Ben Nemsi“, erinnerte Haschim.

„Wie auch immer“, meinte Ann Lindsay, rollte die Ärmel auf, ließ sich am Bachufer nieder und tauchte Hände und Unterarme in dessen silbrigen Lauf, dass einige schimmernde Tropfen aufspritzten.

„Es ist nicht kalt“, sagte sie überrascht. „Auch nicht warm, aber sehr angenehm.“

Halef schaute zu mir herüber und raunte aus dem Mundwinkel. „Sie wird doch nicht baden wollen? Ich habe bei so etwas schon einige Überraschungen erlebt ...“

„Djamila wollte nicht baden, du wolltest sie waschen, weil du sie für einen schmutzigen Straßenjungen gehalten hast. Aber ich bezweifle, dass die junge Lady in Wahrheit ein junger Master ist.“

„Ach je!“, rief Ann Lindsay und zog die triefenden Hände rasch aus dem Wasser. Was von ihren Fingern troff, zog dünne Fäden, als flösse klarer Sirup an ihnen herunter.

„Was ist denn das?“, ächzte Halef. „Kein Wunder, dass man es nicht trinken sollte!“

Ann Lindsay schüttelte die Arme, um die letzten zähen Tropfen fortzuschleudern, und streifte die Hände am Gras ab. Dann erhob sie sich, zeigte allerdings keinen Anschein von Ekel, sondern schaute kennerhaft: „Das ist Ektoplasma. Eine Emanation von Geistern.“

Was Ann Lindsay nicht an Abscheu zeigte, überzog Halefs Gesicht in allen Zügen. „Ekto ... Ema … Was für eine Sprache soll das sein und was ist dieses widerwärtige Zeug?“

„Geisterspucke", lachte die junge Lady Lindsay, und genauso mochte sie wohl sein, wenn sie mit ihren Freundinnen im schweizer Internat Späße machte.

Haschim warf mir einen Blick zu, weniger amüsiert als ahnungsvoll. Ich winkte ab: Sie sei kein Zauberlehrling. Oder was auch immer das weibliche Wort dafür sein mochte.

Halef blickte leidend zwischen uns hin und her. „Ich habe ja von einem Erzähler auf dem Marktplatz von Radabul einmal gehört, dass es einen Ort geben soll, wo man Geister schmiedet. Aber dass es einen gibt, wo Geister sich den Mund auswaschen ..."

„Oder ausgepresst werden", kicherte Ann Lindsay. „Wie die Zitronen!" Sie stutzte. „Aber dann wäre das ja Gespensterlim …"

Ich räusperte mich und hob die Hand. „Genug gescherzt, bitte! Wir haben eine Mission! Im Auftrag Marah Durimehs und für unsere Gefährten." Bevor sich Betroffenheit auf den Mienen meiner Freunde zeigen konnte oder Ann Lindsay sich betreten entschuldigte, wofür es keinen Grund gab, sprach ich weiter. „Nutzen wir unsere leichten Herzen und den munteren Sinn!" Ich zögerte und fügte dann die Worte Aschers an: „Hurtig jetzt! – Sangar, los!"

Ann Lindsay und Halef wechselten einen Blick, sie verstanden sich wohl. Auch wenn die junge britische Lady nun wahrlich ganz anders war als Djamila, die halbwüchsige Schwester von Halefs Gemahlin Hanneh.

Jetzt wandten sich die beiden kleinen staubigen Gestalten um und gingen hinter dem davonschnobernden Hund her. Haschim und ich, die beiden großen staubigen Gestalten, schlossen uns an. So grau, wie wir waren, hätte man uns für Geister halten können.

Die niedrigen Bäume mit den dunklen Blättern waren Weichseln und die tiefroten Früchte hingen schwer von den Zweigen. Sie schimmerten verführerisch prall und man glaubte, durch bloßen Anblick das safttriefende Fleisch zu schmecken – doch sie waren uns verboten. Ohnehin hätte ich den übermäßigen Genuss dieses Steinobstes als unvernünftig angesehen: Es enthält viel Gerbsäure, die den Gaumen wund macht. So war es gut, dass wir ohnehin keinerlei Hunger und Durst und auch kaum Gelüste verspürten. Davon hatte Haschim bereits gesprochen und es war uns, die wir ohne Vorräte jeglicher Art reisen mussten, sehr zuträglich. Was mich aber zudem für die seltsamen Auswirkungen der Geisterwelt auf den menschlichen Leib einnahm, war die Tatsache, dass ich auch nach dem langen Fußmarsch keinerlei Erschöpfung verspürte. Ich bin nun ein leidlich kräftiger und ausdauernder Mann, allerdings marschiere ich gemeinhin nicht viel, sondern überwinde weite Strecken im Sattel. Dass ich aber weder meine Sohlen schmerzen fühlte, noch die Beine, noch viel weniger die anderen Muskeln, obwohl die Anspannung und Anstrengung eines Gefechts samt Felssturz und Trümmerräumen und dergleichen hinter mir lagen, war bemerkenswert. Ich fühlte mich eigenartig gelöst und leicht, weder müde an Körper noch an Geist, und ich fragte mich, ob dies das Gefühl war, welches die glücklichen Seelen im Elysium umfangen hielt.

Doch wichtiger war, dass wir ohne zehrende Anstrengung wohl weiter würden wandern können – wo auch immer unser Ziel lag und wie fern es noch sein mochte. Ich vermisste unsere Pferde also nicht als notwendige Reittiere, dennoch sorgte ich mich um sie, ob ihnen nicht vielleicht trotz der Obhut von Welat und Sivan etwas geschehen würde – etwa wenn die Gruppe auf weitere Feinde träfe, welcher Art diese auch sein sollten. Ich musste eben auf die mutigen Nestorianer vertrauen und auf die klugen Tiere, die Rih und Risha waren. Man sehe mir die Verteilung der persönlichen Zuschreibungen nach: Ebenso waren die Pferde mutig und die Männer klug. Und man mag zudem gnädig sein, dass ich mich mit solch weltlichen Gedanken befasste. Auch ich empfand nämlich einen seltsamen Schauder angesichts der Tatsache, dass ich durch die Geisterwelt wandelte.

Dann aber aber nahm der Schauder überhand, und das unbeschwerte Gefühl, das Geist und Leib ergriffen hatte, verschwand mit einem Mal. Wir kamen an einer Senke vorüber, die einen Kreis aus nahezu versunkenen Steinen barg. Im Gras waren die grauen Felsplatten, die wohl eine doppelte Armspanne maßen, kaum zu erkennen. Wir aber spürten etwas Erschreckendes – es war uns möglich, in die Gedanken der anderen vorzudringen! Nicht die in diesem Moment vorherrschenden, sondern jene aus der Vergangenheit! Ich hatte Halef angeblickt und sah ihn vor meinem geistigen Auge in einer Zeit, als ich ihn noch nicht kannte: Er war mir fremd, anders an Gestalt und tat etwas, von dem er mir noch nie erzählt hatte! Der gegenwärtige Halef riss die Augen auf – wohl nicht, weil er erkannte, was ich sah, sondern weil er wiederum etwas aus meiner Vergangenheit wahrnahm, von dem ich ihm nie berichtet hatte! Der Ausdruck auf seinem Gesicht war schrecklich: Ich sah Trauer und Abscheu zugleich darüber gleiten. Wir wandten uns in hastiger Bewegung voneinander ab, als hätten wir beide einen Kugeltreffer oder Säbelhieb erlitten. Mein Blick streifte Ann Lindsay und flüchtig sah ich sie mit einer Kerze in der Hand durch die Korridore eines alten Hauses streifen, das nicht nach einem englischen Palast aussah. Es mochte wohl das schweizer Internat sein, denn ich hörte leises Mädchenkichern – und drehte sogleich den Kopf fort, denn die jungen Damen trugen Nachthemden und ich wurde mir meines unschicklichen Blicks bewusst, selbst wenn er nur auf eine Erinnerung gerichtet war. – Ich hörte erschrecktes Hauchen. Was hatte Ann Lindsay in meinem Innern gesehen?

Dann hörte ich Haschims Stimme, in der Gegenwart.

„Fort von dem Steinkreis! Blickt in die Ferne“, rief er in kühlem Befehlston, der kein Zögern und keine Nachfrage gestattete. Ich folgte dem Ruf, doch ich hatte unwillkürlich zu

Haschim geblickt und auch von ihm einen herzschlagkurzen, fernen Gedanken aufgefangen. Ich hatte Haschim erkannt, obgleich er viele Jahre jünger war. Er stand neben einem weiteren Mann ähnlichen Alters – war es sein Bruder? Nein, da war keine Ähnlichkeit. Und da war eine Frau, älter – die Mutter? Wessen Mutter? Alle drei hoben die Arme in beschwörender Geste … Dann war das Bild fort, zugleich mit meinem Blick und meinen Gedanken und meinen Schritten, die sich allesamt fort von dem Steinkreis bewegten, wenngleich es wohl eher eine Flucht war.

Wir wagten es eine lange Zeit nicht, einander anzusehen, und schritten eilig weiter durch diese Welt, die zweifellos weitere furchterregende Dinge bergen mochte. Ich fragte mich, ob der Steinkreis ein Kultort war, an dem sich die Geister an fernen Erinnerungen labten. Doch dann wischte ich den Gedanken fort und ging weiter, ohne an etwas zu denken, doch gleichermaßen bemüht, das Geschaute zu vergessen. Ich hoffte, dass es den anderen ähnlich erging.

Die Bänder der Schleierwolken nahmen auf dem türkisblauen Hintergrund des Himmels eine rosig-rötliche Tönung an, wie man es wohl vom Herannahen eines irdischen Sonnenuntergangs kannte, doch noch immer konnten wir kein Tagesgestirn sehen und auch das Licht war so sanft und mild wie vor Stunden, als wir die Wiesen vor dem Felsengebirge betreten hatten. Ob es nun wirklich Stunden waren, die wir mit unserem mühelosen Wandern verbracht hatten, konnte ich nicht sagen, da mir die Sonne als Stundenweiser fehlte. Als ich aber aus Gewohnheit auf den Grund blickte, um im Gras nach unseren Schatten zu schauen, ob sie denn länger oder kürzer geworden wären – da war ich überrascht oder erschüttert, wenngleich nur für einen Herzschlag. Unsere Körper warfen keine Schatten! Bei diesem Anblick oder eben dem Fehlen desselben fuhr mir unwillkürlich durch den Kopf, was man so zu sagen pflegte: Die Toten sind nurmehr Schatten, die Untoten werfen keine

Schatten, und das Jenseits ist das Reich der Schatten. – Ich musste mich nachdrücklich daran erinnern, dass dies nicht das Jenseits war und wir nicht tot. Auch wenn wir keinen Hunger, keinen Durst und keine Müdigkeit verspürten, was die Lebenden gemeinhin auszeichnete. Dann aber, als ich mich bei dem Gedanken ertappte, dass dies doch ein wünschenswerter, erstrebenswerter und geradezu wunderbarer Zustand sei – erkannte ich noch etwas anderes, das mich mehr erschreckte als all die Ungewissheit. Nämlich, dass die Ungewissheit mich nicht schreckte. Und noch mehr: Hätte ich nicht die jüngsten Gedanken mit Haschim teilen sollen? Hätte ich sonst nicht Fragen an ihn gerichtet? Und was war mit Halef? Fragte er sonst nicht das eine oder andere oder bemerkte verwundert Weiteres und erkannte dieses und jenes? Auch Ann Lindsay sprach nicht, machte keinen Scherz und zeigte keine Neugier.

Ich wandte den Kopf zu meinen Gefährten – es fiel mir schwer, denn ich sah keinen rechten Sinn darin und wollte eigentlich auch nicht wissen, was sie dachten oder taten. Ich beobachtete, wie sie einherschritten, mit leicht erhobenem Kopf und freiem Blick nach vorn. Und obwohl sie nicht mit gesenktem Haupt und schlaffen Schultern dahintrotteten, schienen sie mir wie in einer Trance verfangen. Besonders Haschim, der doch solcherlei gewahr hätte sein müssen, ging unbekümmert seinen Weg. Mit dem Verlust seiner magischen Kräfte schien er sich ganz diesem allzu menschlichen Müßiggang ergeben zu haben, welchen die Geisterwelt in uns auslöste. Ich wollte etwas sagen, etwas rufen, aber die Gleichgültigkeit hielt mich davon ab. Mit einer unglaublichen Anstrengung hob ich meine Hand zur Westentasche. Ich wusste nicht, warum ich dies tat – denn die Anstrengung war mir zuwider und ich sah auch keinen Sinn darin. Dann berührten meine Finger die Rundung des Musaddas und die Kanten, die ihm seine besondere Form gaben, wie auch die Spuren, die Halefs Tat und Schimins Schmiedekunst hinterlassen hatten. Mit dem Auge waren sie nicht zu sehen, das wusste ich, doch meiner Haut teilten sich diese Dinge mit, als spürte ich sie unter der polierten Oberfläche aus Gold. Und dann fühlte ich noch etwas – ich fühlte überhaupt etwas, wie mir schrecklich bewusst wurde. Ich spürte die magische Kraft des Musaddas, denn wie Haschim gesagt hatte, behielten die zauberischen Gegenstände in der Geisterwelt ihre Macht. Und ich – ich mochte es mir kaum eingestehen, aber durch die unnatürliche Eigenschaft des Musaddas erkannte ich wieder meine eigene Natur. Der seltsame Bann der Gleichgültigkeit fiel von mir ab und ich war kein Geist in der Geisterwelt mehr, sondern ein Mensch!

Ich zog den Musaddas hervor, wandte mich zu Haschim, zögerte einen Herzschlag und presste schließlich den Goldreif gegen dessen linke Hand, die ich am Gelenk genommen hatte. Haschim warf den Kopf herum und blickte mich verwirrt an, begriff aber sogleich und drückte wiederum meine Finger in knapper Geste.

„Geht zu den anderen“, sagte er, noch ein wenig dumpf. Er wandte seinen Blick von mir ab und schaute zurück, dahin, von wo wir gekommen waren, als wolle er die Entfernung messen, und dann richtete er seine Augen nach vorn, über die weite Wiesenlandschaft mit den vereinzelten Weichselhainen und dem silbrigen Netz der Bäche.

Ich erweckte Halef und Ann Lindsay ebenso wie Haschim, indem ich sie an der Hand mit dem Musaddas berührte. Es war die Linke, die ich bei Haschim eher zufällig ergriffen hatte, aber es schien mir die richtige zu sein, da sie zum Herzen führt. Die beiden erwachten langsamer als Haschim, aber sprachen dann umso verwunderter und beunruhigter über ihre matten Gedanken und die Gleichgültigkeit. Dass Halef und Ann Lindsay, die nun besonders lebhafte Charaktere waren, jene Gefühllosigkeit im Nachhinein sehr heftig erschreckte, war leicht zu begreifen.

Doch wir hatten keine Gelegenheit zum Wundern und Klagen, denn in diesem Augenblick begann Sangar zu bellen.

Wir schauten zu ihm hinüber und sahen, was wir in unserem geistergleichen Dahinwandeln nicht bemerkt hatten.

In einiger Entfernung zeigte sich ein dichter Wald und über die hohen Wipfel ragte ein Turm, als erstes Zeichen von Leben in dieser Welt. Mir war nicht wohl bei der Frage, wer ihn erbaut haben mochte. Oder wer in ihm wohnte.

Nach der Weite des Graslands mit seinen sanften Hügeln und dem milden Licht wirkte der Wald umso düsterer, denn es standen viele Eichen darin: alte knorrige Riesen, deren verwundene Äste sich wie tausende Finger ineinander verschränkt hatten und mit dem dichten Wuchs der Blätterbuschen einen prächtigen, wenngleich löchrigen Baldachin bildeten. Überall stach der Himmelsschein in dünneren und breiteren Strahlen hindurch, die viel heller waren als das Licht über den grasigen Hügeln. Ich stand am Waldrand, schaute hinein und heraus und konnte mir all das nicht erklären – außer eben durch die Fremdheit dieser Welt, die doch so vertraut schien.

Ich bedauerte, dass wir diesen Wald nicht umgehen konnten. Doch es drängte uns zu dem Turm im Innern – wie hätten wir weiter durch die Wiesen wandern können? Wen auch immer wir dort finden würden – wenn wir niemanden antrafen, könnte uns der Turm als Aussichtspunkt dienen, um endlich zu erkennen, wo …

Was für ein Narr ich doch war!

„Aber warum denn, Sihdi?“, sagte Halef, und ich erkannte, dass ich laut gesprochen hatte.

„Wie gut, dass du mir nicht widersprichst“, gab ich zurück, und als sich Halefs Stirn furchte, weil er nicht recht wusste, wie ihm geschah, hatte ich bereits nach den Satteltaschen gegriffen, die ich über der Schulter trug. Ich holte das weiße Leder hervor und wechselte einen Blick mit Haschim. Dieser schien sich ebenso zu schelten wie ich mich selbst.

Ich öffnete die dünnen Riemen und entrollte das Leder. Die Schrift war verschwunden und stattdessen zeigte sich eine

Landkarte. Aber sie war anders als alle, die ich je gesehen hatte – und ich habe schon viele Karten in meinem Leben gesehen und studiert. Auch die Symbole auf dieser erkannte ich leicht als Berge, Wälder, Seen und Flüsse. Doch die Art, wie die Striche geführt, die Linien gezogen waren, erfüllte mich mit Schaudern. Ich mochte nicht glauben, dass eine menschliche Hand die Feder geführt hatte, um die Tinte auf das Leder zu bringen. Niemand, den ich kannte, niemand, dessen Zeichnungen ich je gesehen hatte, ob großer Künstler oder kleines Kind, ob Absolvent einer Akademie oder Angehöriger eines Naturvolkes, hätte die Landmarken, also das, was er gesehen hatte, auf diese Art und Weise wiedergegeben. Ich wusste nicht, was mich mehr erschreckte – dass jemand so zeichnen konnte oder dass ich es dennoch als das erkannte, was er … oder *es* hatte abbilden wollen. Ich fürchtete, das war die Erklärung. Diese Karte hatte kein Mensch gezeichnet. Und ob es wirklich mit einer Feder und mit Tinte geschehen war, wollte ich trotz aller Wissbegierde gar nicht erfahren. Und – war dies wirklich Leder aus der Haut eines Kamels? Ich zwang mich, die Karte gleichmäßig fest in den Fingern zu halten. Ich schwenkte sie zu Haschim hin, er schaute kurz darauf – und wich zurück. Dann fing er sich wieder.

„Eine Gewohnheit“, presste er zwischen den Zähnen hervor. „Obgleich ich doch weiß, dass es mir hier nicht gefährlich werden kann.“ Sein sonst so einnehmendes Lächeln misslang ein wenig. „Ich bin also nicht weniger töricht oder ein geringerer Narr als Ihr.“ Er schaute zu Halef und Ann Lindsay, doch beide wagten es nicht, die Mundwinkel zu heben. Obgleich Haschim sie mit einer Geste dazu einlud: „Diese Welt ist gar zu seltsam, nicht wahr?“

Ich nickte auf die Karte hin. „Was glaubt Ihr, woher …“

Haschim wandte langsam seinen Kopf zu mir. „Ich darf nicht so offen sein, Euch dies zu enthüllen. Verzeiht. Es ist zu Eurem Besten.“ Er trat an meine Seite. „Aber schauen wir genauer, was sie zeigt.“

Ich meinte, es war besser, nicht weiter nachzufragen. Ich vertraute Haschim. Wir studierten also die Karte.

„Es ist zu dumm, dass wir die Sonne nicht sehen", befand ich.

„Keine Sonne sehen", meinte Haschim. „Ich will nicht mutmaßen, ob es eine gibt. Oder welche es ist."

Ich bezeuge hiermit, dass dies tatsächlich seine Worte waren. Die weiteren Gedanken überlasse ich meinen Lesern. Ich selbst sprach ungerührt weiter:

„Und wir haben leider keinen Kompass."

„Der wohl kaum nützen würde. Gibt es hier einen magnetischen Pol? Oder die Linien, welche …"

„Aber dann ist die Karte doch nicht brauchbar", rief ich, auch wenn ich bedauerte, Haschim zu unterbrechen.

„Nein", sagte dieser ungerührt. „Schaut auf die Mitte."

Ich sah dort ein dunkles Gewölk mit einem hellen Gebilde darin.

„Was mag das darstellen?"

Haschim zeigte nach vorn. „Den Wald und den Turm"

„Welch Zufall, dass dies genau in der Mitte ..."

„Ihr glaubt nicht an den Zufall."

„Dann ..."

„... liegt dies in der Kartenmitte, weil wir hier stehen", nickte Haschim.

„Ach, Sihdi", warf Halef ein, „es ist eine magische Karte, hast du das vergessen?"

„Wie könnte ich das! Aber dergleichen habe ich nicht erwartet!" Ich wandte mich an Haschim. „Sollte die Karte uns also hierherführen?"

„Das können wir wohl nur erfahren, wenn wir hineingehen."

„Immer mutig, Kara Ben Nemsi!", sagte Ann Lindsay und hob die Faust.

Ich hatte wohl gezögert oder seltsam dreingeschaut. Die Geisterwelt wirkte auf uns alle doch recht seltsam ein. Mir schien es daher umso wichtiger, zur Tat zu schreiten und die Rätsel zu lösen.

Ich rollte die Karte ein, verstaute sie und packte den Henrystutzen. Und bevor wir den Wald betraten, lud ich das Gewehr mit den silbernen Kugeln. Niemand musste mich daran erinnern.

Die lichtdurchfingerten Schatten umfingen uns. Das Zwielicht ließ die dunklen Stämme der Eichen wie finstere Gefangene erscheinen, die sich an die leuchtenden Gitterstäbe ihrer Kerker drückten. Es wäre ein sehr düsterer Waldgang geworden, wenn derselbe helle Schein nicht auch die gewellten Blätter der Bäume in lebendigem Grün hätte erstrahlen lassen; so sah man überall die schimmernden Flecke wie hoffnungsvolle Lampions aus Laub, die als festlicher Schmuck erschienen.

Ich hatte niemals eine solch seltsame Zweiteilung der Stimmungen bemerkt, an welchen Wald oder welche Landschaft überhaupt, sei es Wüste oder Gebirge, ich mich auch erinnerte. Je nachdem, wohin man schaute, worauf man sein Augenmerk richtete, empfand man tiefgreifenden Schauder oder hochfliegende Freude – und dies zehrte sehr am Gemüt, wenn nicht gar an der Seele. Wir bemerkten dies rasch und bahnten uns den Weg durch das lichte Unterholz, indem wir so wenig wie möglich um uns herschauten. Da wir keinen Lärm machen wollten, suchte ich uns einen Pfad, der das dichteste Gestrüpp und Totholz umging und nur durch die dünnen Halme des Waldgrases, die dicken Moospolster und feuchten Laubreste führte. Ich bin nun nicht abergläubisch und nehme Märchen und Volkssagen als das, was sie sind, aber die auffällig vielen Kreise aus Pilzen, die auf den wenigen kleinen Lichtungen zu sehen waren, umging ich aus einer Ahnung heraus dann doch. Ich verließ mich auch gern auf Sangars Instinkt, denn der Hund vermied es – ungewöhnlich für seine Art – an diesem und jenem herumzuschnüffeln. Er hielt sich nahe bei mir, lief ein paar Schritte voran, kam wieder zurück, und ich wusste nicht recht, ob er mich beschützen wollte oder eher selbst Schutz in meiner Nähe suchte. Und wo ich schon solche Schwierigkeiten hatte, den Hund zu verstehen, so verstand ich die Karte noch weniger. Die Art ihrer Zeichnung war höchst eigentümlich, das hatte ich bemerkt. Haschim hatte mich darauf hingewiesen, dass sich ihr Zentrum veränderte, sie sich gewissermaßen von selbst einzunorden schien, wenngleich sie wohl nicht auf Norden zeigte, weil es hier gar keinen Norden gab. Doch nun schien sie zudem noch ihren Maßstab zu ändern, indem sich der dunkle Fleck, der den Wald darstellte, allmählich ausweitete und krumme und schiefe Linien in seinem Innern wohl Einzelheiten beschrieben. Aber so wie es dem Unkundigen kaum möglich ist, eine wissenschaftliche oder militärische Karte der Menschenwelt zu lesen, war es mir nicht gegeben, diese Karte aus der Geisterwelt völlig nutzbringend zu entziffern – oder vielmehr zu handhaben. Haschim konnte es ebenso wenig. Und Marah Durimeh hatte diesen Umstand nicht erwähnt, was ich aber sehr gut verstand. Wie hätte sie mir eine Karte erklären können, die wir nicht vor Augen hatten?

Und so hielt ich, vage durch die Karte geleitet, aber auch durch meinen geübten Richtungssinn, auf das Zentrum des Waldes zu, wo wir den Turm wussten und aus der Ferne gesehen hatten.

„Hirschkäfer“, bemerkte Ann Lindsay halblaut.

„Gute Augen“, gab ich knapp zurück, denn ich hatte durchaus nicht mit dem Blick des Insektenforschers herumgeschaut, mir waren aber auch sonst keine Kerbtiere aufgefallen.

„Da gehört nicht viel dazu, Mister Kara“, meinte die junge Lady nüchtern. Ich schaute von der Karte auf und fragte mich, warum sie das kleine Kompliment nicht annahm – als ich begriff, warum sie dies tat. Ich sah die Käfer ebenfalls, schwarz glänzend und mit prächtigen Hörnern, die eben an ein Geweih erinnern. Sie krochen über den Grund und an den Stämmen der Eichen – und ich sah sie deutlich, obgleich sie einen Steinwurf entfernt waren! Es waren keine gewöhnlichen Insekten, sondern veritable Monstrositäten: Hirschkäfer, die wohl die Größe von Sangar haben mochten, mit Geweihstangen so lang wie mein Arm – und ich fürchtete, von der Schärfe meines Bowie-Knife. Die Tiere bewegten sich langsam, doch konnte ich nicht wissen, ob sie neben ihrer unnatürlichen Größe nicht vielleicht auch unnatürliche Kraft und Geschwindigkeit haben mochten. In meiner Welt hätte ich geschlossen, dass sie bei solchem Umfang vielleicht zu schwer wären, um sich rasch zu rühren – hier jedoch wollte ich nicht mutmaßen. Wir sollten diesen Geschöpfen nicht zu nahe kommen, auch Sangar nicht. Ich schaute alarmiert zu ihm und bemerkte erstaunt, dass der Hund sich nicht um die Käfer scherte. Dass er sie nicht sah, lag wohl daran, dass er nicht aufblickte und Hunde sich gemeinhin mehr nach Nase und Ohren richten als mit den Augen durch die Welt zu gehen – aber Sangar schien die Käfer auch nicht zu wittern. Ob mich dies nun beruhigen oder beunruhigen sollte, wusste ich nicht. Ich erkannte nur, dass wir in dieser Welt in allen Belangen auf eigenartige Dinge gefasst sein mussten. Der Gedanke, dass mein vertrauter Henrystutzen nun mit gleichfalls ungewöhnlichen Kugeln geladen war, half mir nur wenig. Denn gegen einige Gefahren, die ich fürchtete, mochte auch kein magischer Schuss helfen.

Mit einem Mal öffnete sich der Wald zu einer Lichtung – unvermittelt, als seien die Eichen wie ein Vorhang zur Seite gewichen. Zuvor hatten wir zwischen den Stämmen nichts von dem gesehen, was sich uns nun als Anblick bot.

Ich glaubte in den niedrigen Krater eines erloschenen Vulkans zu schauen. Vom erhöhten Waldrand aus fiel ein breiter Ring aus grasbewachsenem Grund ab, der zur Mitte hin wieder langsam anstieg, um dann jäh abzustürzen. Aus dem Zentrum dieser Senke wuchs jener Turm heraus, dessen flache, zinnenlose Plattform wir über die Wipfel des Waldes ragen gesehen hatten. Durch die Tatsache, dass er sein Fundament wohl ein Dutzend Mannslängen in der Tiefe besaß, war er also viel höher als zunächst vermutet. Sein Umfang hingegen war gering, sein Inneres hätte man, je nachdem wie mächtig das Mauerwerk war, wohl mit wenigen Schritten durchmessen können. In den tiefgrauen Steinen, aus denen der Turm gefertigt war, sah ich enge Fensteröffnungen, kaum mehr als Schießscharten, die in regelmäßiger Abfolge waagrecht und senkrecht angeordnet waren, sodass sich ein eigenartiges Muster ergab, welches dem wehrhaften Anschein zuwiderlief. Mir schien das Bauwerk ein Fluchtturm zu sein, wie man ihn im Kaukasus öfter sah, jedoch von so seltsamer Ausprägung – wie sie in dieser Welt wohl zu erwarten war.

Ein Fluchtturm also. Für wen? Das war leicht zu erkennen. Um den Hang des grünen Kraters zog sich eine unregelmäßige Linie aus Hütten, die wie Blockhäuser aus säulenförmigem Basalt geschichtet waren – ein Zeichen dafür, dass ich mit meiner Ahnung der vulkanischen Herkunft dieses Ortes richtig gelegen hatte. Die Dächer der Hütten waren mit hölzernen Schindeln gedeckt, zweifellos aus den Eichenstämmen des Waldes ringsum gespalten. Und an den Giebeln zeigten sich als Schmuck die Geweihstangen der riesenhaften Hirschkäfer. Dies erinnerte mich ein wenig an die Verzierungen, die man aus dem Westfälischen und dem ehemaligen Königreich Hannover kennt, also jenen norddeutschen Ländereien, welche man Niedersachsen nennt, um es von meiner eigenen Heimat zu unterscheiden, die man aber darum nicht zwingend Obersachsen nennen muss. Die erwähnte Giebelzier aus Holz wird dort jedoch von stilisierten Pferdeköpfen gebildet, ein schönes und stolzes Motiv. Ähnliches sieht man auch an den Häusern in den Auwäldern der Spree bei Berlin, wenngleich es dort Schlangensymbole sind, was manchem etwas weniger stolz und schön erscheinen mag. Doch jener Schauder wurde von diesem Anblick der Hirschkäfergeweihe übertroffen – denn sie waren eben nicht aus Holz geschnitzt, sondern wahrhaftige Jagdtrophäen. Aber als solche strahlten sie nicht die Gemütlichkeit eines deutschen Forsthauses mit einem Zwölfender über dem Eingang aus – sondern vermittelten etwas Ursprüngliches und Rohes, das durch die grob gefügten Behausungen noch verstärkt wurde. Es schien, als sei deren Baumaterial der einstmals von rotglühendem Gestein durchflossenen Erde entrissen worden, kaum dass es zu den finsteren Basaltsäulen erstarrt war.

All dies lag nun vor uns, unter dem Zwielicht des Himmels, der eine graublaue Färbung angenommen hatte. Ich schaute zurück ins Waldesdickicht und sah dieses noch immer von hellen Strahlen durchstoßen, wenn sie auch eine dunkle, goldenere Tönung angenommen hatten. So unterschiedlich der Tagesschein dieser Welt nun war, es sank überall der Abend hernieder.

„Ob wir hier einkehren können, Sihdi?“, flüsterte Halef.

„Es ist wohl eher so, dass wir hier einkehren sollen“, gab ich zurück. „Schließlich hat uns die Karte hierhergeführt. Mehr oder minder“, fügte ich mit einem Blick zu Haschim bei.

Sangar begann zu knurren.

„Da sind Menschen“, erkannte Ann Lindsay und deutete auf die Gestalten, die nun aus den Behausungen kamen. „Wenn es denn Menschen sind ...“

„An diesem Ort wohl nicht“, unkte Halef. „Dann lieber auch keine Einkehr ...“

„Schaut“, sagte Haschim, „sie schreiten aus den Hütten und versammeln sich am Rand des Walls. Wie bei einer Prozession.“

Ich hingegen bemerkte noch etwas anderes.

„Der Turm hat keinen Eingang. Zumindest nicht auf dieser Seite. Wir sollten am Waldrand entlanggehen, weiter beobachten und dann erst die Lichtung oder gar das Dorf betreten.“

So umrundeten wir die seltsame Siedlung mit dem zentralen Turm und achteten beständig auf den Wald in unserem Rücken wie auch auf die Bewegungen zwischen den Hütten. Immer mehr Gestalten sammelten sich am Ringrand des Kraters und warteten still. Es wurde dunkler, am Himmel über der Lichtung ebenso wie zwischen den Eichen, aus deren Unterholz leises

Knacken drang, welches beruhigenderweise nicht näherkam. Wir hingegen näherten uns tatsächlich dem vermuteten Eingang zum Turm, einem schmalen Damm, der den Kraterwall mit einem hohen, doch engen Tor im Basalt verband. Dort, wo der Damm mit dem Wall abschloss, stand keine der Gestalten, sodass sich in ihrem Kreis eine deutliche Lücke auftat.

„Dort ist der Punkt." Ich deutete auf den Torweg. „Wenn wir den Ort betreten wollen, dann dort."

Haschim nickte. „Gehen wir. Warten wird nichts nutzen."

Wir gingen langsam und bedächtig den sanften Hang hinab und erreichten die ersten Hütten. Gewiss hätten wir von unserem erhöhten Standort aus die kommenden Ereignisse beobachten können. Doch nur aus der Nähe würden wir mehr über dieses Dorf und seine Bewohner und wohl auch den Turm erfahren. Wir gingen also hinunter, überwanden die ringförmige Senke und stiegen wieder empor, den sachten Kraterhang hinauf, um dessen Rand dort zu erreichen, wo der Brückendamm ihn mit dem Turmtor verband.

Wir hörten keinen Laut, die Behausungen waren verlassen. Die grob gezimmerten Türen standen offen. Drinnen waren nur Dunkelheit und Schatten, da es kaum noch Licht gab, das durch die Öffnungen zwischen die Basaltwände hätte fallen können. Dennoch wagten Haschim und ich einen Blick – doch so wie der Schein des Himmels quellenlos und allumfassend gewesen war, schien die Finsternis in den Hütten undurchdringlich.

Halef sog scharf den Atem ein. „Fällt euch nichts auf?"

Ann Lindsay schnupperte mit erhobener Nase, und auch Haschim und ich prüften die Luft.

„Ich rieche nichts Besonderes", befand ich.

„Das ist es ja, Sihdi!", erklärte Halef. „Es wird dunkel und niemand hat ein Licht angezündet."

„Nicht jede Prozession braucht Lichter", meinte ich. „Und vielleicht gehört es zu diesem Ritual, dass sie erst hernach entfacht werden."

„Entfacht – wie ein Feuer oder an einem Feuer? Warum, Sihdi, riechen wir dann keinen Rauch? Keinen neuen und keinen kalten? Wird hier nicht gekocht? Oder Wasser zum Waschen heiß gemacht …“ Er verzog das Gesicht, als er wohl an das Wasser aus dem Bach zurückdachte und daran, wie gern er sich vom Staub befreit hätte.

„Vielleicht ist ein heiliger Tag“, schlug Ann Lindsay vor. „Und sie dürfen kein Feuer machen?“

„Das mag sein“, gab ich zu. „Aber ich glaube etwas anderes, auch wenn ich es kaum für möglich halten mag. Schaut zu den Hütten. Nirgendwo ist ein Holzvorrat zu sehen. Es gibt keine Rauchabzüge in den Dächern. Und auch wenn dies keineswegs ungewöhnlich ist – zusammen mit den anderen Anzeichen, lässt es einen unglaublichen Schluss zu.“

„Was, Sihdi?“

„Diese Menschen kennen das Feuer nicht.“

Sechsundzwanzigstes Kapitel
Die Herrin der Schatten

In diesem Augenblick flammte an der Spitze des Turms ein überirdisch helles Licht auf und flutete hinab auf die Gestalten am Kraterrand, durch die Gassen zwischen den Hütten und hinauf zum Rand des Waldes. Das Leuchten drang vom Himmel herunter wie ein mächtiger Strahl, eine gleißende Säule, die den finsteren Turm nach oben erweiterte. Ich wollte im Reflex den Arm vor die Augen heben, um der Blendung zu entgehen, als ich bemerkte, dass der Schein nicht schmerzte. Mit Erstaunen erkannte ich zudem, dass dieses Licht auch keine Schatten warf – oder doch solche, wie ich sie noch nie zuvor gesehen hatte. Denn dort, wo sich sonst hinter Mensch oder Gegenstand ein dunkles, verzerrtes Abbild gezeigt hätte, sah man nun zwar die erwartete Form – doch war diese heller als der Untergrund oder Hintergrund, auf dem sie scheinbar lag. Ein Mann der physikalischen oder optischen Wissenschaften wäre wohl vor Neugierde und Forschungsdrang vergangen – ich bemerkte nüchtern, wie ich all dies als eine weitere seltsame Erscheinung der Geisterwelt hinnahm, kaum dass die erste Verwunderung erloschen war.

Das Licht hingegen blieb hell und gleichmäßig. Und als ich mich fragen wollte, ob hier eine Erklärung für oder Verbindung zu der Tatsache vorlag, dass die Menschen dieses Ortes kein Feuer kannten oder zumindest keines nutzten, geschah etwas Weiteres:

Ein Mann erschien auf der Plattform. Ein tiefes Einatmen klang aus dem Kreis der Menschen, doch niemand rührte sich. Ebenso wenig wie der Mann hoch oben auf dem Turm. Er war nicht aus dem Innern getreten, sondern aus dem hellen Licht hervorgegangen, ohne eine Bewegung. Er saß mit untergeschlagenen Beinen dort – und schwebte gewiss eine Körperlänge in der Luft, über der Plattform des Turms. Wie hätte ich, hätten wir ihn auch sonst sehen können?

Der Mann war kein indischer Fakir, kein tibetanischer Heiliger, der sich mittels Gedankenkraft vom Boden erheben konnte – er sah aus wie ein Perser, ein Kaukasier: edle Gesichtszüge, betont durch dichtes schwarzes Haar, das von der Stirn nach hinten fiel, um die dunklen Augen unter den kräftigen Brauen freizugeben. Der Bart war schwarz und gestutzt, ließ den runden Kragen seines roten Hemdes frei, wie auch das Haar nicht die Schultern mit der dunkelroten Weste berührte. Hinter einer Schulter ragte etwas empor – es war kein Gewehrlauf, kein Schwertgriff, sondern der Kopf eines Saiteninstruments, und ein anderes hielt er in den Händen.

Die Menge hielt den Atem an.

Uns schien es der richtige Moment, die letzten Schritte bis zum Kraterrand zu gehen und vor der Mündung des Brückendamms anzuhalten, etwas entfernt, zwischen den letzten Hütten, um nicht sogleich bemerkt zu werden.

Der Mann über dem Turm hob die feingliedrige Hand, halb zum Gruß, halb wie eine Beschwörung. Er schloss die Augen mit den schweren Lidern. – Wie konnte ich all dies so genau erkennen, wo wir doch weit unten standen und der Mann so hoch oben über dem Turm schwebte? Es war, als hätten meine Augen sich in Teleskope verwandelt, doch als ich zur Seite schaute – nur aus dem Augenwinkel, nur kurz, denn ich wagte kaum den Blick von dem Mann zu nehmen –, sah ich meine Gefährten und meine Umgebung nicht anders als zuvor.

Ann Lindsay hatte unbedacht ihre Brille mit den gelben Gläsern aus der Jackentasche gezogen und versuchte, sie sich auf die Nase zu setzen – was ihr nicht gelang, weil sie den Blick nicht vom Turm abwenden wollte, und was ohnehin ein sinnloses Unterfangen war, denn die Gläser waren mittlerweile völlig gesprungen und die gelbe Tönung hätte wohl nichts gegen den hellen Schein ausrichten können, wenn er denn geblendet hätte.

Halef und Haschim schauten gleichermaßen fasziniert und skeptisch, der eine mehr, der andere weniger. Sangar hatte sich auf die Hinterbeine gesetzt und den Kopf schiefgelegt, was ich äußerst seltsam fand – bis zum folgenden Augenblick.

Vom Turm erscholl Musik. Der Fremde hatte in die Saiten seines Instruments gegriffen, einer Kamantsche, der armenischen Spießgeige, wie ich weniger am Aussehen als am Klang erkannte. Und dieser Klang, diese Tonfolge, war eine herrliche Melodie, welche sogleich das Herz ergriff und den Kopf leicht machte. Dann begann der Fremde zu singen und ich erkannte sogleich die armenische Sprache und vielmehr noch das Lied aus der Feder eines berühmten armenischen Aschyq, also eines Dichters, Sängers und Komponisten gleichermaßen, und sogar des größten dieses Volkes: Sayat Nova, was ‚König des Gesangs' bedeutet. Sein wirklicher Name war …

„Arutin."

Ein leiser Laut aus den vielen Kehlen der Menschen, leise genug, um Gesang und Saitenklang nicht unhöflich zu stören, aber doch hinausdrängend als Ehrenbezeugung und Zeichen der Ergriffenheit.

Arutin war tatsächlich der Name des Sayat Nova. Und bevor ich mich noch wundern konnte, dass man diesen in der Geisterwelt kannte, jenen großen Künstler, der vor bald achtzig Jahren von Soldaten des Aga Mohammed Khan ermordet worden war, ein Schicksal also, wie es viele Künstler unterdrückter Völker trifft –, da erkannte ich staunend, dass der Fremde auf dem Turm im Aussehen genau den Porträts entsprach, die Sayat Nova zeigten – bis hin zu seiner Kleidung in den Farben des Granatapfels.

Wir befanden uns in der Geisterwelt – war der Fremde etwa der Geist Sayat Novas?

Wer auch immer er sein mochte, er hatte sein Lied beendet und begann sogleich das nächste, wobei er die Instrumente wechselte und nun die Saz, die Langhalslaute, bespielte.

Ich riss mich nur schwer von dem Anblick los, wandte nur mit Mühe meine Aufmerksamkeit ab, als Haschim mich am Arm berührte.

„Mich beunruhigt etwas, Kara Ben Nemsi“, hauchte er mit Mühe und sein Blick war verklärt.

„Ja“, gab ich schwach zurück. „Wenn dies wirklich der Geist Sayat Novas ist – mag dies doch das Jenseits sein? Und wir sind – tot?“

„Nein“, presste Haschim hervor. „Die Gewänder des Mannes erinnern mich sehr an Al-Kadirs Geschmack in Kleidung. Und auch er hat in jungen Jahren auf der Laute gespielt. Was, wenn …“

„Sihdi“, stieß Halef unterdrückt aus, und ich sah, wie er zu seiner Schulter griff, von welcher der Gewehrriemen hing. „Dort, am Eingang des Turms!“

Ich blickte zu jener Stelle des Bauwerks, wo der Brückendamm an den Basalt stieß. Das schmale Tor hatte sich geöffnet, und vor dem Licht, welches daraus hervordrang, sah ich die schlanke Silhouette einer Frau, gekleidet in ein langes, schwarzes Gewand, über dessen Schultern, kaum sichtbar, die Enden ihres langen, schwarzen Haars fielen. Ihr Gesicht konnte ich im Gegensatz zu dem Sayat Novas nicht erkennen, obgleich sie viel weniger weit entfernt war – aber bei ihr schienen wieder die üblichen Gesetze von Sichtweiten und Augenschärfe zu gelten. Was ich allerdings sogleich fühlte, war, dass ich diese Frau kannte. Ich kannte sie und sie war mir zugleich fremd. Sogleich fuhr es mir durch den Sinn – und schon sprach Halef es aus:

„Die Hexe!“

Halef griff mit Anstrengung sein Gewehr von der Schulter, auch ich nahm den Henrystutzen zur Hand. Haschim zog seinen Revolver und Ann Lindsay ihre Flinte. Ob dies alles nicht töricht sein mochte, war mir gleichgültig. Wohl hatte ich die magischen Kugeln und Haschim seinen Zauberrevolver, zumindest hielt ich diesen dafür; aber ob die gewöhnlichen Waffen in der Geisterwelt wirkten, zumal gegen eine Hexe – wie konnte ich dies wissen? Und ebenfalls konnte ich kaum ahnen, welche Macht die Hexe nun besitzen würde – wo sie doch mit Al-Kadir im Bunde stand … welcher vielleicht der Mann über dem Turm war, in einem scheußlichen Maskenspiel, um uns alle zu verwirren! Ich hatte dies bei ihm erlebt, als er die Stimmen mir bekannter Menschen nachahmte – wer wusste, ob er nun nicht auch Gestalten annehmen konnte?

Ich wandte den Blick von der Hexe, die langsam über den Brückendamm schritt, hinauf zum Mann über dem Turm. Er sang und spielte noch immer – was, wenn er sich gleich zu erkennen gab und den Menschen, die ihm gebannt lauschten, befahl, uns anzugreifen? Es waren wohl einige hundert – und waren es überhaupt Menschen? Ich hatte sie vielleicht viel zu rasch als solche bezeichnet, denn sie schienen mir so gewöhnlich, dass ich sie kaum weiter beachtet und beschrieben hätte: Männer, Frauen, Kinder, Alte – gekleidet wie Menschen des Kaukasus, ohne besondere Eigenheiten. Ich schalt mich selbst, da ich erkannte, dass ich der Untugend der Gewohnheit anheim gefallen war; statt allem stets mit Interesse und Neugierde entgegenzutreten, hatte ich diese Menschen als üblich abgetan. Ich, der erfahrene Reisende, der gar über seine Erfahrungen schrieb, hatte sie kaum beachtet, weil sie all jenen, denen ich früher und andernorts begegnet war, allzu ähnlich, wenn nicht gar gleich waren. Und das obwohl sie an diesem ganz und gar ungewöhnlichen Ort lebten – und zudem in der Geisterwelt! War dies eine weitere Auswirkung des Traumwandelns, wie wir es zuvor erlebt hatten? Lag es an den schmeichelnden Klängen und Gesängen, die Geist und Gemüt sanft wiegten, bis zu deren Schlummer? Oder war es meine eigene Sünde, mein eigener Frevel?

Und die Strafe dafür würde folgen: Jetzt wo uns die Hexe entgegentrat und Al-Kadir sich zu erkennen geben mochte!

Schon fürchtete ich, dass sich die Masse der Menschen umwenden und uns feindselig anschauen würde, bevor sie uns angriff! Ich hob den Henrystutzen in zögernder, verzweifelter Bewegung, doch es gelang mir kaum, als hielte mich etwas davon ab. Ein Zauber oder mein eigener Wille? Doch warum? Sie kam doch heran, die Hexe! Unsere Feindin – und über ihr, über uns, über dem Turm – sang Al-Kadir, unser Widersacher!

Jetzt war die schwarzgekleidete Frau herangekommen.

Ingdscha!

Nein, es war nicht Ingdscha, ich dachte allein an deren Worte, als sie mir von ihrem Traum berichtet hatte, dem Traum von der schwarzhaarigen Frau, die vielleicht …

Marah Durimeh!

Ich erkannte sie! Die Frau mit dem schwarzen Haar, die nun von dem Brückendamm zu uns trat, war Marah Durimeh – ich erkannte ihre gütigen Züge, obgleich sie ein ganzes Lebensalter jünger erschienen. Acht Jahrzehnte mochten es sein, eine gleich lange Zeit, wie Sayat Nova in seinem Grab in Georgien lag – doch in der Menschenwelt, nicht in dieser!

Es war Marah Durimeh als junge Frau, die uns begrüßte, indem sie segnend die Handflächen gegen uns hob. Und alle Beklemmung und alle Befürchtungen fielen von mir ab und von meinen Gefährten. Rasch ließ ich das Gewehr sinken und spürte ein wenig Scham, die Waffe gegen die gütige Frau gerichtet zu haben. Meine Gefährten taten es mir nach. Einzig Sangar schien klüger gewesen zu sein als wir alle. Er hatte nicht ein Knurren von sich gegeben, stattdessen winselte er nun erfreut.

„Marah Durimeh“, sagte ich leise.

„Ich bin es“, gab sie zurück. „Willkommen. Ich bedaure euer aller Seelenleid und den Übergang in diese Welt. Es hätte anders sein sollen. Die Karte hat euch dennoch geführt. Oder doch deine Gabe, mein Sohn. Vielleicht auch die Fügung.“

Sie lächelte schwach, und an diesem Lächeln erkannte ich sie zweifellos, auch wenn ihre Züge glatt und die Augen hell und jung waren.

Dann deutete sie nach hinten zum Turm, von dem noch immer Lied und Licht drangen.

„Wäret ihr, wie erhofft, einen Menschenwelttag später eingetroffen, so wäret ihr von den armen Seelen hier empfangen und auf die Ankunft des Aschyq vorbereitet worden."

Sie legte die Hand auf ihr Herz. „Es ist Arutin, der Sayat Nova. Er kommt an diesen Ort, um die armen Seelen zu erquicken. Es dauert mich, dass die Umstände euch in Schrecken versetzt haben. Doch Arutin trägt hier nur die Farben, die er schätzt – und wird sie nicht wegen des Bösen ändern." Ihr Blick wurde dunkel und der Mund hart.

„Jetzt kommt herein in den Turm. Lasst den armen Seelen ihre Freude, die sie anders empfinden als ihr. Ihr habt bemerkt, dass es Menschen wie euch hier nicht ganz so wohl bekommt."

Sie wandte sich um und ging langsam den Brückendamm zurück. Wir folgten ihr.

Die Menschen auf dem Kraterrand rund um den Turm lauschten weiter dem Sayat Nova, weideten sich an dem Gesang, den Klängen und dem nächtlichen Licht.

Marah Durimeh führte uns in den Turm und schloss die Tür hinter uns. Das Lied Arutins verstummte, bis ich bemerkte, dass es durch die steinerne Röhre des Turms von oben weiterhin zu hören war, wenngleich mit etwas hohlem Klang.

Im runden Raum aus schwarzem Stein war es für einen Herzschlag finster, bis ein Ring von Kerzen aufflammte. Die bleichen Wachslichter standen auf einem Sims, knapp über Kopfhöhe. Noch einiges höher war eine hölzerne Decke eingezogen, mit einer Aussparung an einer Seite. Eine schlichte Leiter steckte darin und war der einzige Gegenstand, welcher sich auf dem festen Lehmboden befand.

Marah Durimeh wandte sich an uns. „Verzeiht, wenn ich euch erschreckt habe. Ihr hättet mich, wenn, wohl in anderer Gestalt erwartet. Aber ich durfte euch dies nicht enthüllen."

„Gute Mutter", sagte ich zögernd, denn diese Frau, die so viele Jahre jünger war als die mir bekannte Marah Durimeh, konnte ich kaum mit dem hergebrachten Ehrentitel in Einklang bringen, „wie ..."

Dann versagte mir die Stimme. Marah Durimeh legte die Hand auf ihre Brust.

„Dies ist mein Aussehen in dieser Welt", erklärte sie. „Es ist jenes, das ich hatte, als ich zum ersten Mal hinübertrat. Ich bin also nicht verjüngt, sondern nur nicht gealtert – doch nur am Leib, nicht am Geist. Ich bin die, die ihr kennt." Sie schaute zu Haschim hinüber, in dessen Miene ich nicht zu lesen vermochte, ob er dies alles bereits wusste.

Mein Gesichtsausdruck schien Marah Durimeh zu dauern. Sie lächelte ein wenig, und ihr Mund und ihr Blick waren so, wie ich beides kannte, nur eben noch faltenlos, wenngleich mit der gleichen tiefen Weisheit, die daraus strahlte. „Sieh es mir nach, mein Sohn, dass ich noch nicht die langen, schweren Zöpfe trage. Es tut wohl, sich hier so leicht zu fühlen. Das Wissen und das Leid der Welt, beider Welten, drücken mich stets, und so ist es gut, nicht mit den dichten Flechten beladen zu sein." Sie wies auf die Leiter. „Und auch diese ist keine Mühe mehr."

„Wohnst du an diesem Ort, wenn du in der Geisterwelt bist?" Es war wie selbstverständlich, dass ich allein sprach. Die anderen schwiegen ehrfurchtsvoll, doch ich kannte ihre Fragen oder glaubte, sie zu kennen.

„An diesem und an anderen Orten. Es sind Orte des Übergangs und gleichzeitig Ankerpunkte der Menschenwelt, damit ich mich hier nicht verliere. Für jene wie Arutin ist es etwas anders."

„Er ist tot?"

„Eine Seele, der es gestattet ist zu reisen. Und Gutes zu tun."

„Diese Menschen hier – sie kennen kein Feuer?“

„Ja. Sie sind hierhergekommen, noch bevor Prometheus den Göttern das Feuer stahl und es den Menschen schenkte.“

„Und dafür von Zeus an den Fels des Kaukasus geschlagen wurde, wo …“ Ich hielt inne und konnte nicht fassen, dass ich an diesem Ort und in dieser Gegenwart die Sagen des klassischen Altertums zitierte. Noch weniger aber konnte ich fassen, dass Marah Durimeh diese Mythe verkündete.

„Du zweifelst, mein Sohn“, sagte sie. „Das verstehe ich. Doch es ist wahr. Nur die Namen sind andere.“

„Aber diese Menschen scheinen kaum anders, als ob wir tatsächlich im Kaukasus wären.“

„Sie erscheinen dir und den Deinen so. Es ist auch ein wenig die Art, wie sie sich selbst sehen.“

Marah Durimeh blickte zu Haschim. „Es ist auch für jene, die Kenntnis haben, nicht leicht zu verstehen.“ Sie seufzte, und es war eigenartig, diesen weltschweren Laut aus dem Mund einer so jung erscheinenden Frau erklingen zu hören. „Aber es gibt drängendere Dinge.“

Ich straffte die Schultern. „Wir sind bereit. Kannst du uns sagen, wo wir Al-Kadir und die Hexe finden? Führt uns die Karte dorthin?“

„Der Tatendrang ehrt dich, mein Sohn. Und deine Gefährten.“ Sie schenkte Halef und Ann Lindsay einen segnenden Blick. Die beiden standen äußerst starr, was nun niemanden verwundern mochte.

„Aber“, sagte Marah Durimeh, „auch jetzt ist noch Zeit für kurze Rast und geistige Sammlung. Ihr werdet diese Kraft brauchen.“ Dann aber blitzte es in ihren Augen auf, und ich sah etwas, das ich an ihr noch nie gesehen hatte. „Ich bin jedoch nicht so verklärt und weltweise, um nicht zu sehen, dass die junge Dame sich allzu gerne waschen würde.“

Ann Lindsay riss die Augen auf, und es mochte daran liegen, dass jene, die sie als junge Dame bezeichnet hatte, kaum älter war als sie selbst – oder zumindest so erschien.

„Ja, ja“, stotterte Lady Lindsay, wie ich sie ebenfalls noch nicht erlebt hatte, „allzu gerne.“

Marah Durimeh wies nach oben. „In den Räumen sind Krüge mit frischem Wasser und saubere Tücher. Geht nur.“

Als Halef und Ann Lindsay die Leiter erklommen, wandte sich Marah Durimeh an mich und Haschim. „Geh auch du, mein Sohn. Und nimm es mir nicht übel, dass ich mit Haschim allein reden muss.“

„Niemals, gute Mutter“, entgegnete ich und ließ die beiden im unteren Turmraum zurück. Oben brannte ebenfalls ein Kerzenring, und eine zweite Leiter führte weiter hinauf. Halef stand neben den Krügen und Tüchern. Von oben drang Ann Lindsays Stimme.

„Es gibt sogar *Bürsten* für die *Kleider*!“

Halef zuckte mit den Schultern. Ich verstand, was er meinte. Wir machten uns ohne weitere Worte daran, uns zu säubern. Ich fragte mich, ob dies alles nur dazu diente, uns vom Staub des Übergangs zu befreien oder ob es doch eine Art Ritual war, vor unserem Kampf gegen das Böse.

Nach einer geraumen Weile rief Marah Durimeh uns wieder herunter.

„Es ist Zeit“, sagte sie.

Wir waren verwundert, denn hatte sie nicht von Rast gesprochen? Zugegeben, ich fühlte in dieser Welt kaum Schwäche und Bedürfnisse, und den anderen ging es wohl nicht viel anders, doch jener Zeitraum der Ruhe war nun wirklich knapp bemessen, geradezu symbolisch. Dennoch wies ich auf etwas anderes hin.

„Draußen herrscht die Nacht der Geisterwelt. Ist es sicher, die Reise anzutreten?“ Ich sprach gewiss im Namen meiner Gefährten.

Marah Durimeh zeigte auf eines der schmalen Fenster. „Schau hinaus, die Nacht ist vorüber.“

In diesem Augenblick erlosch der Kerzenkreis und ich konnte jenseits der Aussparung im dunklen Mauerwerk ein seltsames

Farbenspiel erkennen, das wohl an einen irdischen Sonnenaufgang erinnerte, bevor sich das Gestirn über den Horizont erhob, und doch die flirrende Tönung eines Regenbogens besaß.

Dies mochte die Menschen, die kein Feuer kannten, dafür entschädigen, dass sie niemals versonnen in die Flammen blicken konnten, wie es ein jeder tat, der nächtens am Lager in die brennenden Scheite schaute.

„Das ist ja schön“, befand Ann Lindsay mit träumerischer Stimme, und wenn die Fenster nicht so schmal gewesen wären, hätte sie gewiss die Ellenbogen auf die untere Kante gestützt und sich mit den Fäusten an den Wangen an jenem Anblick geweidet.

„Ach“, sagte Halef gedehnt und griff zu seiner Tasche, um die Leuchtkugel herauszuholen. Ich bedeutete ihm mit einer Geste, dies zu unterlassen. Wir waren Gast bei Marah Durimeh und sollten keine Kunststücke vorführen. Ich verstand aber Halef, denn das farbige Lichtgeflimmer am Himmel erinnerte mich sehr an jenes, das die Kugel bei einem gewissen Wort ebenfalls hervorbringen konnte, wenngleich in viel kleinerem Umfang. In einem seltsamen Anflug dachte ich daran, ob das Luftgewölbe, das die Geisterwelt umspann, vielleicht von derselben Art Magie erleuchtet wurde. Oder sogar – wie absurd und wunderlich der Gedanke! – dass die Geisterwelt sich im Innern einer gewaltigen Leuchtkugel befand, die von einem titanengleichen Halef …

„Schaut nicht zu lang darauf“, mahnte Marah Durimeh, und sowohl ich als auch Ann Lindsay wandten uns wieder ihr zu. „Das Licht wirkt kaum anders als die Früchte und Speisen dieser Welt. Es weckt Sehnsüchte, die andernorts nicht mehr zu stillen sind.“

Ann Lindsay schaute mich erschrocken an, dann Marah Durimeh, doch die weise alte, junge Frau beruhigte sie mit einer Geste und einem Lächeln.

„Lasst uns gehen. Wir werden zu den Bergen reisen, in welchen der Simurgh lebt. Dort wird auch Al-Kadir sein. Und jene bedauernswerte Frau, die von diesem und seinem schändlichen Bruder verführt wurde."

Ich war etwas befremdet. „Du bedauerst die Hexe, gute Mutter?"

Marah Durimeh sah mich mit tiefem Blick an. „Ich fühle mit ihr. Ihr Schicksal ist mir vertraut."

Ich wartete auf ein weiteres Wort, denn ich meinte, dass dieser Satz zweideutig war und eine nähere Erläuterung benötigte, doch Marah Durimeh schwieg. Also sprach ich selbst.

„Aber sie verdient eine Strafe, so wie Al-Kadir. Denn beide haben Unrecht, gar Verbrechen begangen."

„Das haben sie. Und sie werden gerecht gerichtet werden. Nach meinem Urteil."

Ich blickte Marah Durimeh an und für einen Herzschlag sah ich über ihrer Erscheinung als junge Frau mit dem offenen schwarzen Haar die Greisin mit den langen, weißen Zöpfen. Dies erfüllte mich mit Demut, welche ich, ich muss es gestehen, zuvor nicht verspürt hatte. Denn die Worte, mit denen Marah Durimeh sich selbst zur Richterin erkoren hatte, hatten in mir ein schändliches Gefühl erweckt, das nun aber rasch erstarb. Für einen flüchtigen Moment hatte ich erkannt, wie selbstherrlich ich mich manches Mal als Vollstrecker des Guten sehen mochte und auch so handelte. Nun aber, in diesem schwarzen Turm in der Geisterwelt und mit Marah Durimeh in ihrer gleichzeitig zweifachen Gestalt, erfuhr ich eine Läuterung – gewissermaßen, bevor ich eine Sünde begangen hatte. Ich wusste, dass dies an den drei Welten lag, die ich nun kannte: die vertraute, die ich seit Jahren bereiste; jene, die sich mir als magisch enthüllt hatte und welche in der vertrauten lag; und endlich die Geisterwelt, die über beiden schwebte oder sie umfing … oder wie ein Philosoph oder Metaphysiker all dies auch immer verorten mochte. Mit diesem Gedanken kehrte meine Nüchternheit zurück.

„Du verstehst also, mein Sohn", sagte Marah Durimeh, die wohl in mein Innerstes geschaut hatte. Sie warf Haschim einen

Blick zu, dieser blieb zwar ernst, aber ich ahnte sein Lächeln. Ich nahm das Gefühl, dass beide mir wie einem noch ungelehrten Schüler begegneten, ohne Aufbegehren an, und ohne mich herabgesetzt zu fühlen. Diese beiden kannten jene mir fremden Dinge und konnten über unsere Gegner, die Hexe und den Zauberer, wesentlich weiser und gerechter urteilen, als ich es vermochte. Deren Verbrechen waren teils irdisch und teils in der Welt der Menschen begangen, und so sah ich ein, welche Rolle ich hier zu spielen hatte, selbst wenn der Vergleich schmerzte: Als Inquisitor und Eiferer eines Hexenprozesses und Zaubergerichts wollte ich mich keinesfalls sehen. Die irdische Geschichte gab dafür Mahnung genug. Doch ich war keiner jener grausam Verblendeten und würde gerecht und vor allem menschlich sein. Ich nickte also.

„Finden wir Al-Kadir. Und Qendressa." Es fiel mir schwer, sie allein bei ihrem Namen zu nennen, aber ich wollte meine Gedanken mit Worten bekräftigen, besonders vor mir selbst und Halef. Der schaute zunächst etwas finster, aber da er seinen Sihdi kannte, begriff er sogleich, was in mir vorgegangen war, und trat an meine Seite. Auch Ann Lindsay fühlte sich von dieser Stimmung ergriffen und stellte sich ebenfalls neben mich, wenngleich ein wenig schief. Ich schaute wieder Marah Durimeh und Haschim an.

„Sind wir genug gewappnet für diesen Kampf?", fragte ich. „Ich will nicht zweifeln, doch ..."

Marah Durimeh wies nach unten, zur Tür des Turms.

Wir gingen hin und öffneten sie. Jenseits des Brückendamms sah ich am Rand des Kraters noch immer den Kreis der Menschen stehen. Sie erschienen als graue Schemen wie in der Nacht zuvor, obgleich der Tag der Geisterwelt angebrochen war.

„Die Schatten werden uns folgen", verkündete Marah Durimeh. „Und wie solche an unserer Seite kämpfen."

Siebenundzwanzigstes Kapitel
Die Berge des Simurgh

Der Marsch in die Berge war so eigentümlich wie alles in der Geisterwelt. Wir verließen den Krater mit dem Turm und das kreisförmige Dorf und schritten durch den Wald, der sich auf wundersame Weise zurückgezogen hatte, um unseren Weg nicht durch sein Unterholz und die mächtigen Stämme zu behindern. Wie ein breiter Heerweg unter mattem Himmel, der von den Wolkenschleiern durchzogen war, erstreckte sich ein gerades Band aus grasbewachsener Erde, ohne Steine und Wurzeln, während die Eichen an den Rändern Spalier standen. Ob sich im Schatten zwischen den Lichtstrahlen die Hirschkäfer als heimliche Zaungäste verbargen, vermochte ich nicht zu erkennen. Auch Sangar blieb still, als er neben mir hertrottete und nur dann und wann beiläufig zu den Seiten spähte. Halef lief direkt hinter mir, bei ihm Ann Lindsay. Angeführt wurde unsere Gruppe von Marah Durimeh und Haschim, der ein wenig versetzt vor ihr ging. Zu einer Art Prozession wurde dies jedoch durch die mehreren Dutzend grauer Gestalten, die uns stumm folgten. Es war, als schritten diese Menschen, denn solche waren es ihrem Aussehen nach zweifellos, durch ein Nachtdunkel, welches sie zu Schemen werden ließ, während aber rings um sie der Tag herrschte.

Ich wusste nicht, wen von meinen beiden Gefährten, ob Halef oder Ann Lindsay, es mehr schauderte, von jener stillen, dunklen Menge eskortiert zu werden. Während Halef tapfer seine Furcht vor der Tatsache überspielte, dass es anscheinend tatsächlich Geister waren, die als unser Gefolge durch die Geisterwelt wandelten, war Ann Lindsay eher unangenehm davon berührt, dass diese grauen Menschen nicht dem entsprachen, was die Spiritisten über das Wohlergehen der Wesen im Jenseits behaupteten. Aber wir führten keine Unterhaltungen über diese Dinge, sondern bewältigten schweigend und in Gedanken den Weg durch den Wald und darüber hinaus.

Ich hatte Marah Durimeh die Frage gestellt, ob sie die Karte nutzen mochte, welche sie mir gegeben hatte. Sie verneinte. Sie kenne den Weg und wolle die Karte in dieser Welt auch nicht berühren, ebenso wenig wie Haschim. Ich begriff verständlicherweise die Gesetze nicht, nach welchen Menschen, zumal solche mit magischen Fähigkeiten, mit magischen Gegenständen umzugehen hatten – wenn es denn Gesetze gab und nicht nur variable Regeln. Marah Durimeh gab mir nur knapp zu verstehen, dass die drei Gaben in jenen für diese doch übergroßen Satteltaschen verstaut waren, um sie zu schützen und zu verbergen – vor den Kräften Al-Kadirs, in der Menschenwelt wie der Geisterwelt und auch beim Übergang in diese.

Zur Reise hatte ich also die Satteltaschen erneut schultern wollen, doch Marah Durimeh hatte mich aufgehalten und mir einen breiten Gurt gegeben, mit einem kurzen Köcher und zwei kleinen Taschen daran, in welchen ich die drei Gaben würde verstauen können – und alles bequemer tragen, ohne dass es mich im Kampf behinderte. In den Köcher passte das Kartenleder, in die Taschen die Schachtel und die Phiole. Es war nur verständlich, dass ich auch nach diesen anderen Gaben fragte.

„Mein Sohn“, hatte Marah Durimeh gesagt, „auch nun darf ich dir noch nicht das Geheimnis der Phiole enthüllen.“

„Und die Kugeln? Das Silber?“

„Dieses ist nicht so wichtig, wie es dir erscheinen mag.“

Ich hatte fragend geblickt und Marah Durimeh nur auf die grauen Menschen gewiesen, die am Kraterrand standen. In den Händen trugen sie Waffen: Speere und Stäbe, auch Beile und Messer. Doch die Klingen bestanden nicht aus Metall, sondern schimmerten gläsern und schwarz, denn sie waren aus dem Obsidian gefertigt, welchen der Vulkan einst geboren hatte.

„Kein Feuer", erklärte Marah Durimeh knapp. „Sie haben es nie kennengelernt, weil es in diesem Teil der Geisterwelt keines gibt."

Ich begriff. „Das Pulver in meinen Patronen würde also nicht abbrennen. Aber jene, die du mir schenktest ..."

„... erreichen ihre Wirkung auf andere Weise. Es ist gut, mein Sohn, dass du nicht achtlos neugierig bist. Denn wenn du auch nur eine der Silberkugeln in der Menschenwelt verschossen hättest ..."

„Gute Mutter, erfülle mich nicht mit Furcht über Vergangenes oder nie Gewesenes", bat ich und sie nickte gütig.

„Du hast Recht. Nun ist aller Mut nötig, den du aufbringen kannst. Auch musst du ein Vorbild für deine Gefährten sein." Sie blickte mich an. „Mehr noch als ohnehin."

Als wir über die sanften grünen Hügel schritten und die bläulich schimmernden schroffen Berge aus der Ferne näherrückten, sah ich seitab in einer Senke einen weiteren versunkenen Steinkreis. Marah Durimeh hatte uns weise in deutlicher Entfernung daran vorbeigeführt. Ich hätte nie wagen wollen, in ihre Gedanken zu schauen, selbst für einen Herzschlag nicht.

Ich schaute zum Himmel und mir schien, dass die schleierdünnen Wolkenfäden aus allen Richtungen zu dem Bergmassiv zu streben schienen oder auch von diesem ausgingen. Mir schien, dass man, wenn man diese Linien in einer Zeichnung wiedergeben würde, indem man sie klar und gerade zöge und auch miteinander über die Lücken und Aussparungen verbände, einen seltsamen Himmel von Gitterlinien erhalten könnte, wie eine Karte mit Längen- und Breitengraden. Aber da ich wusste, dass der menschliche Geist die Fähigkeit oder eben Phantasie besaß, in Wolkenformen allerlei zu sehen, das er kennt oder sich vorstellt, schob ich diesen Gedanken beiseite.

Er war auch allzu abwegig. Ebenso hätte ich in den Wolken die Sparren und Streben eines gewaltigen Kuppeldoms sehen können, wenn ich denn ein Architekt und Baumeister gewesen wäre, statt eines Reisenden, der schon so manche Landkarte in den Händen gehalten und studiert hatte.

Meine Gefährten blickten wiederum mit anderen Augen durch die Geisterwelt. Wir alle spürten einen Anflug von Heiterkeit, als wir an einer weiten Wiese vorüberkamen, auf der eine prächtige Vielfalt von Blumen blühte, wenngleich ihre Farben seltsam dumpf wirkten. Umso schillernder waren die Schmetterlinge, welche die Blüten umflatterten und wohl deren Nektar saugten. Selbst ich bemerkte, dass diese Tiere zwar klein, aber umso bemerkenswerter in Flügelzeichnung und Tönung waren. Aus Ann Lindsay, die für einen Moment ihre Lebhaftigkeit zurückerlangte, brach es eifrig heraus.

„Ich habe einen Onkel, der ist Lepidop …“ Sie bemerkte Halefs mitleidigen Blick und winkte ab. *„Keineschlimmekrankheit“*, erklärte sie und wackelte gleichzeitig mit dem Finger und dem Kopf. Dann bildete sie mit den Händen ein Flügelpaar und flatterte. „Er sammelt hübsche Insekten wie diese.“ Sie seufzte. „Wenn ich doch nicht die Botanisiertrommel beim Ballonabsturz verloren hätte … Onkel hatte mir aufgetragen, nach ein paar hübschen Exemplaren zu suchen. *Die* hier wären eine Sensation! Vielleicht könnte ich sie in einer Dose ...“ Sie griff zu ihrer Tasche und wollte sie öffnen.

Marah Durimeh wandte sich gütig an die junge Lady, die bereits einen Seitenschritt hin zu einem besonders bunt flirrenden Falter gemacht hatte: „Meine Tochter, ich möchte dich warnen. Diese schönen Geschöpfe sind tödlich, denn sie saugen Gift aus den Blüten und sie haben Stachel wie Bienen. Strecke deinen Finger nicht nach ihnen aus.“

Ann Lindsay war erschrocken und empört zugleich, das sah ich ihrem Gesicht leicht an. Sie rümpfte die Nase, als habe eine strenge Gouvernante ihr etwas allzu Erstrebenswertes verboten. Oder es lag daran, dass die Mahnerin keine ältliche Dame war, sondern die verjüngte Marah Durimeh. Doch ich will nicht mutmaßen, wie weibliche Wesen aufeinander wirken, in diesem Bereich habe ich keine rechte Erfahrung.

Die junge Lady tat wie ihr geheißen, wenngleich nur halb einsichtig, wie mir schien. Sie reckte noch einmal den Hals nach dem Falter, der eine Dolde umflatterte – und sog erschrocken die Luft ein. Halef ahnte Gefahr und trat an ihre Seite.

„O Sihdi“, sagte er leise. „Marah Durimeh hat weise gemahnt. Hier liegt ein toter Hase.“

„Ein Kaninchen“, berichtigte Ann Lindsay, wenngleich zögerlich.

„Und die Falter saugen an ihm.“

Dann schauten beide nur noch entsetzt.

Nun, dachte ich, es soll ja Schmetterlinge geben, die keinen Nektar aus Blüten, sondern die Säfte von Aas bevorzugen. Was meine beiden Gefährten an diesem Anblick so schockierte, war mir nicht ganz klar. Ann Lindsay und Halef gingen rasch von jener Stelle fort. Die junge Lady schaute kurz zu Sangar und wandte sich dann an mich.

„Sie passen bitte auf, dass er nicht jagt“, sagte sie strikt und ging wieder ihres Weges. Ich blickte fragend zu Halef, und er schloss zu mir auf und meinte:

„Die Geisterwelt missfällt mir immer mehr, Sihdi. Die Hasen haben hier lange Zähne.“

„Gewiss finden sie nicht genug zum Nagen, um sie gehörig abzuschleifen?“

„Zähne wie ein Wolf, Sihdi.“

„Oh.“

„Lass uns rasch Al-Kadir und die Hexe fangen und dann will ich zurück, wo ich hingehöre.“

Damit ging er wieder zu Ann Lindsay hinüber. Ich konnte mich seinen Ansichten nur anschließen, wenn ich auch andere Worte gebraucht hätte.

Kurz vor den Bergen zogen düstere Schwaden über den Himmel, wie Rauch, den der Wind zusammengetrieben hatte und über uns hinwegsandte.

„Zieht ein Unwetter auf?“, fragte ich Marah Durimeh.

„Ich habe dergleichen noch nie gesehen“, gab sie ernst zurück. „In diesen Landen fällt kein Regen, das Wasser dringt allein aus dem Boden. Es gibt auch keine Gewitter.“

„Weil es kein Feuer gibt“, gab ich zurück. „Also müssen wir nichts befürchten? Oder kommt es zu einem Sturm?“

„Es weht kein Wind, wie du bemerkst. Ich weiß nicht, was diese Zeichen bewegt.“

„Zeichen? Wofür?“

Halef gab mir eine erste Antwort. Über seinen erstaunten Ruf hörte ich ein metallisches Klingen. Haschim aber erkannte sogleich, was geschehen war.

„Achtet auf die Waffen!“

Ich sah, dass Halefs Yatagan sich wie von allein aus seiner Lederhülle befreit haben musste und nun wie ein übergroßes Bajonett am Lauf des Gewehrs steckte, welches Halef geschultert hatte. Alles Blut war aus seinem Gesicht gewichen, und auch ich verspürte heiße Sorge, als ich erkannte, dass die scharfe Schneide wohl nur um Haaresbreite Halefs Wangen, Nase und Ohren verfehlt haben musste. Ann Lindsay stieß einen entsetzten, bedrängten Laut aus, als ihre kurze Schrotflinte im Halfter zu zappeln begann und auf der anderen Seite ihres Gürtels das Messer sich gegen den Riemen drängte, welcher es in der Lederscheide hielt.

Ich presste die Faust um den Griff meines Bowiemessers, das wie ein gefangenes Tier zuckte, und nur mit Mühe konnte ich mit Hand und Armbeuge den Henrystutzen an meiner Schulter und meiner Hüfte halten. Haschim kämpfte ähnlich mit seinem Säbel und seinem Revolver. – Mein Revolver! – Ich war überaus dankbar, dass ich ihn in der robusten Tasche mit fester Verschlussklappe trug. So wie er darin geradezu bockte, hätte er ein übliches Halfter wohl mit gewaltigem Schwung verlassen und gewiss mit dem Kolben mein Kinn getroffen – und ich ahnte, dass dieser Schmetterschlag mich ohnmächtig hätte niedersinken lassen. Welche Ironie!

Und welche Ironie, dass die grauen Menschen mit ihren Waffen aus Holz und Stein von jenem Ereignis gänzlich unberührt waren!

Etwas klirrte! An Halefs seltsamer Hellebarde hing ein kleines Drahtgestell, aus dem funkelnd gelbes Glas rieselte.

„Meine Brille ...", knirschte Ann Lindsay, und als ich mich schon fragen wollte, was die junge Dame denn für eigentümliche Maßstäbe an Dringlichkeiten und Bedrohungen legte, wo wir gerade mit unseren eigenen Waffen rangen –, war der Spuk, ja, der Spuk auch schon vorüber! Die Gegenwehr des Metalls erlahmte mit einem Schlag und ich spürte einen heftigen Schmerz der Überanstrengung in meinen Muskeln. Halefs Yatagan fiel schwer ins Gras und nur mit einem reflexhaftem Ducken und Rucken konnte er der Klinge erneut entgehen. Ann Lindsay, die sich gegen den beidseitigen Ansturm hatte wehren müssen, drehte sich halb um ihre Achse, verlor das Gleichgewicht und setzte sich unsanft nieder, mit einem spitzen Laut, der weniger erschrocken als empört klang. Eilig rappelte sie sich auf und wollte die Gürtelschnalle lösen, als sie bemerkte, dass ihre Waffen sich wieder so still verhielten, wie es sich gehörte. Haschim stand aufrecht, weniger verwundert als prüfend, und schaute in den Himmel, wo sich die finsteren Schwaden verzogen.

Eine schlimme Ahnung kam in mir auf.

„War dies ein Angriff Al-Kadirs?"

Haschim blickte mich an und auch Marah Durimeh. Sie sprachen nichts, aber ihre Mienen sagten mir, dass sie keine Antwort wussten.

Aus den grasbewachsenen Hügeln erhoben sich mehr und mehr Steine und Felsen, die einander bedrängten und überragten und sich schließlich auftürmten, bis aus ihnen die schroffen

Bergflanken wuchsen, die gegen einen missfarbenen, zitternden Himmel strebten. Die Luft war klar und knisternd, doch die Wolkenstreifen flirrten eigenartig, und über allem lag die Drohung eines erneuten magnetischen Sturms – oder von Schlimmerem, das nicht vorauszuahnen war. Diese Welt verschmähte das Feuer, ließ Waffen aus Metall unbenutzbar werden oder sich gegen ihren Besitzer wenden – was stand uns noch bevor?

Was immer uns aber an lebenden oder nichtlebenden Feinden erwartete … ich hatte die Umgebung mit Argwohn beschaut und festgestellt, dass man unsere Annäherung durch jenes unregelmäßige Gelände nur schwer hätte ausmachen können, trotzdem uns jener kleine Heerzug stummer Krieger folgte. Gleichsam aber war es mir kaum möglich, Anzeichen verborgener Gegner auf den Höhen zu erkennen. Ich hatte mein Teleskop nicht zur Hand und erwartete kaum, dass der Zauber dieser Welt mir eine Fernsicht schenkte, wie am Fuße des Turms, auf dem der Sayat Nova gespielt hatte.

Ich blickte zurück und sah, wie die grauen Menschen vor den grauen Felsen verschwammen. Fast hätte ich gewünscht, wir wären noch ebenso vom Steinstaub bedeckt wie kurz nach unserem Übergang, um ähnlich verborgen zu sein.

Aber wenn auch das Auge getäuscht werden kann, so gibt es noch weitere wache Sinne.

Sangar begann zu knurren, und dann trug ein leiser Wind Laute heran, die auch wir vernehmen konnten. Die heiseren Töne erkannte ich sogleich, obwohl ich sie erst einmal vernommen hatte, in den Bergen des Zagros. Es waren die Stimmen des Fabelvogels Simurgh und sie erklangen in einer erschreckenden Vielfalt, noch verstärkt durch die hallenden Echos der Schluchten und Steilwände. Im Zagros hatten wir nur das Schreien der Jungtiere vernommen, hier aber mussten erwachsene Exemplare rufen. Ein vibrierendes Dröhnen war zu vernehmen, als würden die Demutspfeifen einer gewaltigen Kirchenorgel von einem wütenden Virtuosen gespielt und von einem firmamentweiten Kathedralendach zurückgeworfen, und ich erkannte, dass der Plan von Tair Mirza, jene Tiere zu kämpferischen Wesen heranzuziehen, die seinem Befehl folgten, teuflisch und genialisch zugleich war. Wenn seit den Zeiten des Altertums der Schall von Hörnern und Trompeten genutzt wurde, um den Feind vor der Schlacht in Angst und Schrecken zu versetzen, so war der Simurgh wohl der Urvater all jener Laute, die Lure und Carnyx nachahmen sollten – und all die anderen Instrumente, die ich wegen ihrer fremden Namen gar nicht nennen will.

Es war nur allzu deutlich, dass der Simurgh als Kriegsvogel seine Gegner wohl schon würde besiegen können, bevor er Schnabel und Klauen nutzte. Ich mochte aber Tair Mirza nicht loben, dass er derart auf jegliches Blutvergießen verzichten würde – dies glaubte ich kaum.

Unter das Dröhnen mischte sich ein Schrillen, als bliese jemand eine trillernde Flöte aus Horn, die er gleichzeitig über den Schiefer einer Wandtafel kreischen ließ.

Ich kniff im Reflex die Augen zusammen und wollte auch meine Ohren mit den Händen bedecken – warum erst jetzt? –, als ich mich umblickte und erkannte, dass meine Gefährten die Laute als gleichermaßen schrecklich empfanden, aber nun ebenso wie ich bemerkten, dass sie uns nur eine Ahnung von schmerzendem Geräusch vermittelten oder die Erinnerung daran, aber keine wirkliche Pein verursachten und auch keine Furcht.

„Wie trefflich", sagte ich halblaut, „wir hätten auch kein Wachs dabei, um uns die Ohren zu verstopfen."

Halef nickte nur ob dieses pragmatischen Gedankens, und Ann Lindsay ließ ein verständiges Schnauben vernehmen, etwas undamenhaft, aber verhalten amüsiert.

Marah Durimeh äußerte sich ernst.

„Dies ist kein lockender Sirenengesang, mein Sohn. Es sind Laute des Leids!"

Ich begriff alarmiert.

„Dann stehlen die Verbrecher in diesem Augenblick erneut aus den Gelegen?“

„So wird es sein.“

„Dann ist jetzt die Zeit zum Angriff! Voran!“

Wir eilten über die Felsen und zwischen ihnen hindurch. Es gelang sehr rasch, da es kein Geröll gab und das seltsame Fluidum der Geisterwelt jede Bewegung leicht, sicher und mühelos machte. Ich fragte mich, ob die Gespenster der Sagen und Geschichten deshalb so klagten und stöhnten, weil sie zur Erdenschwere zurückkehren mussten. Dann schalt ich mich wegen meiner schweifenden Gedanken.

Wir kamen durch eine schroffe Klamm zwischen steil emporstrebenden Steinwänden, im Hintergrund ragte ein Berg mit vielerlei gestaffelten Spitzen, als habe ein Riese ein Bündel düsterer Kirchtürme zusammengerafft und in den Grund gerammt.

Und so wie Raben in finsteren Zeiten die Türme und Dächer umfliegen, schwangen sich in der weiten Kluft die Vögel aus dem Geschlecht des Simurgh durch die Lüfte.

Hätte heller Sonnenschein geherrscht, wäre es wohl ein Anblick wie ein prächtiges Feuerwerk gewesen, ein ins Gigantische vergrößerter Tanz von schillernden Hummelvögeln, wie es sie in den Regenwäldern der Tropen gibt. Doch unter diesem Himmel und zwischen diesen Höhen blieben das Blau und Kupfer des Gefieders nur matt – und statt Freude lastete Furcht auf allen Geschöpfen.

Ein Dutzend Fabelvögel, groß wie Elefanten und doch voller Eleganz in der Form der Leiber und Köpfe, versuchten zögerlich und kläglich, ihre Brut zu verteidigen, doch sie konnten keine Angriffe fliegen, nicht mit den Schwingen Schwung holen und herniederstoßen in diesen Bereich, der doch so geeignet und schützend gewirkt hatte, um die Nester zu bauen. Stattdessen sprangen die Tiere kläglich von den Wänden fort, flatterten und kehrten sogleich wieder unsicher zurück, als vermochten sie es gar nicht, sich in die Lüfte zu erheben, sondern seien bloß erbärmliche Legehennen und Kapaune auf einem Hühnerhof.

Und so wie im Irdischen skrupellose Männer das Gelege von Adlern rauben oder die Nester von Seeschwalben – alles für zweifelhafte Vergnügen und Genüsse, so krochen hier schändliche, schreckliche Gestalten zwischen den Klüften und Vorsprüngen einher und griffen gierig nach den runden Schätzen, die Tair Mirza so begehrte.

Und schrecklich waren die Gestalten – es waren Teufel! Ich sah, dass sie ebenso grau waren wie unsere Krieger, doch waren diese zweifellos keine Menschen. Ich sah, oder glaubte eher zu ahnen, dass ihre Haut von Schuppen gebildet war, ihre Hände Klauen trugen und sich aus der Stirn die stumpfen Ansätze von Hörnern schraubten. Waren es Teufel? Waren es Menschen, die Kettenhemden, Schuppenpanzer trugen? Handschuhe mit Kletterhaken und Helme wie zweifache Pickelhauben?

Ich presste die Lider zusammen und riss wieder die Augen auf, doch die Entfernung und das unstete Licht und das seltsame Vibrieren der Luft ließen mich nicht klar genug sehen!

Nahezu verzweifelt wandte ich mich zu Marah Durimeh und Haschim. Ihre Blicke erschütterten mich – weil ich in ihnen Angst und Hilflosigkeit erkannte. Diese beiden weisen und mächtigen Menschen! Ängstlich! Hilflos!

Mich aber ergriff der Zorn! Und er war ungerecht, wie es Zorn immer ist, doch es brach aus mir heraus.

„Wie können die Vögel ihre Brut nicht verteidigen? Was hüpfen und flattern sie nur herum? Warum nutzen sie nicht Schnäbel und Krallen, um die Bösen von den Felsen zu schlagen?“

Da hoben Marah Durimeh und Haschim unvermittelt die Köpfe und blickten zu dem Berg mit den vielen Spitzen. Eine weitere Welle der Klagelaute aus den Kehlen der Fabelvögel brandete über uns, und diesmal war der Schmerz, der aus dem Schnabel eines jeden einzelnen Simurgh klang, auch körperlich zu spüren, wie ein heftiger Wind.

Doch durch diesen Wall von Schreien und Dröhnen drang ein anderer Laut. Ein hohes Timbre, nicht kläglich, sondern kraftvoll – ein Wiehern. Ein Wiehern aus der Ferne, das rasch näher kam.

Vor der Kathedrale aus Felstürmen erschien ein dunkler Punkt, der heranstürmte wie ein finsterer Komet. Dem schwarzen Fleck wuchsen Schwingen, die so kraftvoll schlugen, wie ich es den gepeinigten Fabelvögeln wünschte; doch wie ich erkannte, vermochten sie es immer weniger und ein Simurgh nach dem anderen blieb matt und kraftlos in den Felsen hängen, mühevoll sich klammernd, um nicht in die Tiefe zu stürzen.

Was ängstigte sie, was schwächte sie?

Schon sah ich es. Die schwarzen Schwingen waren jene des Burak, der Al-Kadir in die Geisterwelt getragen hatte. Ich erkannte bereits das Schimmern seines Kopfs, in welchem auf erschreckende Weise das Bild eines Pferdehaupts mit dem eines Menschengesichts wechselnd aufschien. Hatte es nicht geheißen, der Burak sei frei gewesen, nachdem er seine Schuldigkeit getan hatte? Was hatte ihn in der Geisterwelt gehalten, wo doch der Sklavenzwang Al-Kadirs erloschen war?

Die Antwort erkannte ich im nächsten Herzschlag.

Auf dem Rücken des Burak saß –

Al-Kadir selbst!

Achtundzwanzigstes Kapitel
Streiter auf Schwingen

„Endlich!“, rief Marah Durimeh und ich war erstaunt, welche Gefühle in diesem Wort mitschwangen. Ich vernahm verhaltenen Zorn, doch auch Erleichterung. Wie konnte dies sein? Ich selbst fühlte zunächst eine zweifache Überraschung. Zum einen darüber, dass Al-Kadir den Raub der Gelege des Simurgh nicht bereits zuvor überwacht hatte. Es war wohl möglich, dass er auch aus der Ferne die Fabelvögel zu bannen vermochte, damit seine gehörnten Schergen ihr niederträchtiges Treiben ausführen konnten. Doch warum kam er in diesem Augenblick heran? Weil er die Anwesenheit Marah Durimehs gespürt hatte? Aber sie zu bekämpfen wäre ihm doch auch zuvor möglich gewesen – er konnte durch die Lüfte reiten und mühelos an jeden Ort gelangen! Dann aber musste ich mir eingestehen, dass ich wohl kaum um die Ränke wissen konnte, die jene Menschen mit magischen Fähigkeiten gemäß ihres Wissens und ihrer Künste schmiedeten, und noch viel weniger, was für Zwänge ihnen wiederum die Geisterwelt auferlegte. Die seltsamen Dinge, die ich erlebt und verspürt hatte, konnten kaum die einzigen wunderlichen Gegebenheiten sein.

Gleichzeitig kam in mir eine Unsicherheit auf, ein leiser Hauch der Verzweiflung gar – denn ich wusste nicht, was ich tun konnte oder zu tun hatte! Warum hatten mich Marah Durimeh und Haschim nicht in ihre Pläne eingeweiht, sondern mich im Ungewissen gelassen? Es mochte sein, dass dies eine größere Heimlichkeit war, so wie mir der Zweck jener Phiole nicht enthüllt wurde – um mich nicht fälschlich handeln zu lassen. Doch was, wenn ich ohnehin die falsche Entscheidung traf? Es missfiel mir sehr, dass ich mich beinahe wie eine Figur in einem Spiel fühlte, die gegen ihren Willen verschoben wurde – oder zumindest gegen ihr Wissen. Es mochte nicht von ungefähr herrühren, dass ich nun wieder an meine erste Konfrontation mit Al-Kadir dachte, als wir uns in seiner Burg am magischen Schachspiel gegenübersaßen. Es war eine seltsame Spiegelung des Schicksals, wie er nun auf einem geflügelten Pferd heranritt, gleich jener goldenen Statue, die mich überhaupt erst auf seine Spur gebracht hatte. Doch statt dass wir uns an einem Schachbrett mit Zauberkräften gegenüberstanden, war unser Spielfeld nun die ganze gewaltige Welt der Geister.

Ich würde wohl meinen Zug machen müssen.

Ich hob den Henrystutzen mit den magischen Kugeln.

„Nein“, sagte Marah Durimeh und hob beschwörend die Hand, ohne den Blick von Al-Kadir abzuwenden. „Deine Aufgabe ist eine andere!“

„Dann sag mir, was ich zu tun habe!“, rief ich schärfer, als ich es eigentlich wollte.

„Lauft zu der Höhle dort!“

Ich blickte zur Seite und sah eine dunkle Kluft in der Bergwand, in deren Tiefe es hell schimmerte. Marah Durimeh zeigte auf die Felsen mit den Simurghnestern.

„Ihr müsst diese retten. Wir bekämpfen Al-Kadir!“

Ich sah, dass Haschim an Marah Durimehs Seite getreten war – ihre Worte galten also mir, Halef und Ann Lindsay. Sogleich liefen wir los, gefolgt von Sangàr, und auch wenn meine Gefährten schwiegen, so wusste ich doch, dass sie die unbekannte Finsternis der Höhle dem schrecklichen Anblick Al-Kadirs vorzogen. Wohl hatte Halef diesen bereits in der Kaverne unter dem Karaul des Schut auf dem Burak erblickt, und Ann Lindsay nahm das Flügelross kaum verwunderter auf als die Fabelvögel und die Geisterwelt – gleich, ob dies nun an dem kühlen britischen Blut derer von Lindsay lag oder an ihrer Kenntnis des Spiritismus.

Dennoch ist es etwas anderes, ob man ein Wesen sieht oder von ihm angegriffen wird. Ein jeder beschaut staunend die wilden Tiere eines zoologischen Gartens, doch ihnen in der Wildnis gegenüberzustehen, gehört nicht allein zu den Alpträumen des vom Überlebenskampf verschonten Städters, sondern auch des sonst so harten Abenteurers. Am schlimmsten aber ist die Gefahr, die man nicht einzuschätzen weiß – und ich wusste nichts von den Kräften, die Al-Kadir nun besaß. Ihm traten also besser Marah Durimeh und Haschim gegenüber – ich wollte gern den Kampf gegen die gehörnten Schergen des finsteren Zauberers aufnehmen.

Als wir die Höhle erreicht hatten, wandte ich mich kurz um und sah, wie Marah Durimeh und Haschim einander bei der Hand genommen und ihrer beider Arme emporgehoben hatten, Al-Kadir entgegen. Ich wusste, dass Haschim in der Geisterwelt seine Kräfte verloren hatte – aber ich sah zwischen den verschränkten Fingern der beiden jenes Amulett, das er stets um den Hals getragen hatte. Und aus dem Stein in der Fassung sprühte ein zerfasertes Licht, wie die Reflektionen gebrochener Sonnenstrahlen auf der Gischt eines Wasserfalls. Ein Summen schwoll an und darüber vernahm ich das unirdische Wiehern des Burak und einen empörten Schrei Al-Kadirs.

Doch hinter mir hörte ich die erschrockenen Rufe meiner Gefährten und wandte mich um, damit ich ihnen beistehen konnte. Eilig sprang ich in die Düsternis der Höhle.

Erstaunt bemerkte ich, dass sich meine Augen sogleich an das fahle Licht des Innern gewöhnten. Weit oben zeigte sich ein Stück des eigentümlich gefärbten Himmels, denn die Höhle war vielmehr ein riesenhafter natürlicher Kaminschacht, an dessen schroffer Außenwand weitere Öffnungen den Tagesschimmer hereinließen. Doch auch die Angstschreie aus den Simurghkehlen drangen herein und wurden vom Fels der Röhrenhöhle herumgeworfen, dass sich eine Kakophonie aus schrillen und dumpfen Lauten ergab, die uns wohl Gehör und Verstand zerfetzt hätten, ohne die seltsamen Bedingungen, welche in der Geisterwelt herrschten. Ein Bruchteil des Schmerzes und des scheußlichen Gefühls wurde uns zwar zuteil – aber ich fragte mich, ob es nur die Furcht darüber war, zu wissen, was uns in unserer eigenen Welt ereilt hätte!

Doch sogleich wurde all dies von Empörung überlagert, als wir auf einem tafelartigen Felsen auf dem Höhlengrund einen unregelmäßigen Hügel von Mannshöhe sahen.

„Die Beute“, befand ich nüchtern, denn ich konnte mir keinen Zorn mehr erlauben. Tatsächlich waren es Eier aus den Gelegen des Simurgh, akkurat zu einer Pyramide gestapelt, wie Kanonenkugeln neben einem altmodischen Geschütz. Von hier würden sie wohl abtransportiert werden, zum nächsten Übergang in die Menschenwelt und von dort zur Zuchtstation Tair Mirzas im Zagrosgebirge.

Jetzt erkannte ich auch, wie die Gehörnten vorgingen. Sie kletterten nicht an der Außenflanke des Berges empor, sondern sicher in dessen Innerem. Von den Löchern im Fels, aus denen Licht schien, fielen lange Seile hinab, zweifellos Aufstiegshilfen und zugleich die Möglichkeit, die geraubten Eier nach unten zu befördern.

Wenn ich also selbst zu einer der Öffnungen emporstieg, würde ich die Nesträuber Al-Kadirs von diesem Ansitz aus leicht vom Fels schießen können. Es behagte mir nicht, doch es war wohl meine Aufgabe.

„Sihdi“, rief Halef, der sich zum Eingang der Höhle gewandt hatte. „Die Schatten greifen an! Sie steigen am Berg hinauf.“

Nun begriff ich den Plan! Die Schatten unter Befehl Marah Durimehs würden die gehörnten Schergen durch die Löcher im Fels nach innen treiben, wo ich sie mit den magischen Kugeln töten konnte. Ich fragte mich jedoch, warum ich dies tun musste und warum es nicht durch die Hand der Schatten geschehen konnte.

„Pfui!“, rief Ann Lindsay und meinte damit wohl Sangar, der allzu neugierig die Eierpyramide beschnuppert hatte. „Aus!“ Sangar mochte die Worte der jungen Lady nicht verstehen.

Doch ihr Tonfall war unmissverständlich – wir waren kurz davor, das Gelege zu retten, da sollte es nicht noch zu Schaden kommen.

Von oben hörte ich Tumult, und die Laute, welche durch den Kamin hallten, änderten sich. Mir schien, als sei das Klagen des Simurgh in Laute der Erleichterung übergegangen, in ein hoffnungsvolles Singen – doch da alles noch immer misstönend wirkte und ich ohnehin kein Kenner von Vogellauten bin, wollte ich mir kein Urteil erlauben. Ich verstand aber: Der Nesterraub endete, weil die Gehörnten bedrängt wurden. Auch mochte der Bann Al-Kadirs gebrochen sein, weil er gegen Haschim und Marah Durimeh kämpfte. Würden sie bestehen können? Doch ich durfte mich nicht ablenken lassen!

Jetzt erschienen die ersten Gehörnten in den Felsöffnungen! Sie hatten geglaubt, den Schatten und dem Simurgh entfliehen und den Schutz Al-Kadirs durch jenen der Felsenhöhle ersetzen zu können – doch nun empfing ich sie mit Feuer aus meinem Henrystutzen. Ich gebe zu, dass ich beim ersten Schuss zögerte, nicht nur wegen meiner Skrupel, auf jene Wesen zu schießen. Auch weil ich nicht wusste, was die magischen Patronen bewirken würden, in denen nicht allein Silberkugeln steckten, sondern die auch eine besondere Treibladung besitzen sollten. Ich lud den Stutzen mit dem Hebel durch und spürte nichts Besonderes. Ich zielte und berührte den Abzug. Ich hatte den Gegner im Visier – und drückte ab. – Nichts geschah! Ich spürte und hörte das Klicken des Bolzens, doch die Patrone zündete nicht! Ich blieb ruhig, denn die Jahrzehnte der Erfahrung lassen den geübten Schützen nicht verzweifeln, wenn einmal eine Ladung versagt. Schließlich ist das Schießen eine technische und chemische Angelegenheit mit allen irdischen Unzulänglichkeiten – und keine Magie! Ich lockerte den Griff meiner Abzugshand, um zu repetieren und eine weitere Patrone aus dem Magazin in den Verschluss zu führen – wobei dies angesichts der besonderen Konstruktion des Henrystutzens nur eine Vereinfachung ist, um nicht ins geheime Detail zu gehen – da löste sich nun doch der Schuss! Ich spürte keinen Rückstoß! Hörte keinen Knall! Sah kein Feuer, keinen Rauch! Was ich stattdessen sah, erstaunte mich sehr, denn ich konnte die Bahn des Geschosses mit meinen Augen verfolgen, wenngleich nur für den Augenblick, den es benötigte, um sein Ziel zu finden. Eine feine Spur aus Glut, ein glimmender Strich verband meinen Lauf mit der Brust des Gehörnten – als hätte der Henrystutzen eine winzige, lautlose Signalrakete entsendet! – Indessen konnte ich mich nicht mit der Verwunderung darüber aufhalten: Der Gehörnte schrie nicht etwa getroffen auf, sondern gab nur einen Atemstoß von sich, der im Getöse nahezu unterging, aber ich spürte ihn ohnehin mehr, als dass ich ihn hörte, und der Laut erschien mir weniger wie ein Ächzen des Todes als ein Seufzer der Erlösung. Der Gehörnte starb – doch sein Leib fiel nicht etwa vom Fels hinab in den Schacht und auf den Grund vor mir, sondern er löste sich in Staub auf, der im Hinabsinken ein seltsames Schimmern von sich gab, wann immer das Licht auf ihn fiel.

Aber dieser sanfte Anblick wurde sogleich durch neue Schreie und lärmende Laute überlagert. Zwei weitere Gehörnte erschienen, an weit voneinander entfernten hellen Punkten am Fels, die durch die Höhlungen erleuchtet wurden. Ich schoss zweimal – ich wusste nun, was mich erwartete, und zweimal lösten die getroffenen Gehörnten sich in Staub auf. Doch die anderen Gegner erkannten nun auch die Gefahr, die von mir ausging!

Die Lichtstrahlen aus den Felsöffnungen flackerten, als sich die Gehörnten panisch vor- und zurückbewegten – gedrängt von den Schatten, abgeschreckt von meinen Schüssen. Dann kamen die Gehörnten weiter in mein Schussfeld – die Gefahr von draußen war zu treibend. Die grauen Gestalten in ihrer Schuppenhaut stürzten nahezu in den Höhlenschacht, in meine Schusslinie, und die Linien aus glimmendem Feuer trafen sie einen nach dem anderen. Ich zählte die Schüsse, die lautlosen Entladungen und das Repetieren, auf welches das leise

Klingen der Patronenhülsen auf dem Felsgrund folgte. Ich hatte die Hälfte der magischen Kugeln verschossen – wie viele Gehörnte mochten noch folgen?

Der schimmernde Staub hatte sich durch eine seltsame Eigentümlichkeit des Felsschachts und seiner Luftströmung in der Mitte des natürlichen Kamins gesammelt und sank sachte nach unten.

„Komm da weg, Sangar!“, hörte ich Ann Lindsay beunruhigt rufen, die mit Halef aus einiger Entfernung den Höhleneingang sicherte, falls dort doch noch ein versprengter Gegner auftauchen sollte. Ich erlaubte mir einen raschen Blick. Halef und Ann Lindsay hatten Yatagan und Messer gezogen und waren zweifellos angespannt vor Ungewissheit, ob ihnen diese Bewaffnung gegen die Gehörnten helfen könnte. Sangar hingegen hatte den strengen Befehl erhalten, weil er sich noch immer um die Pyramide aus den Eiern des Simurgh herumdrückte. Doch Ann Lindsay fürchtete weniger um das Gelege, sondern um Sangar, denn ich sah wie der Staub, der aus den Überresten der Gehörnten bestand, sich, von jenem seltsamen Strudel getrieben, auf die höckerigen Schalen legte. Ich verstand, dass die junge Lady nicht wollte, dass der Hund mit diesem Staub in Berührung kam – denn wir hatten nur zu gut gelernt, das in der Geisterwelt viele Gefahren lauerten. Warum also nicht auch in der Asche von Gestalten, die an Teufel erinnerten? Ich musste eingestehen, dass ich mir kein Urteil über sie bilden konnte, denn es war mir nicht möglich, sie von Nahem zu betrachten und meine früheren Zweifel zu zerstreuen, ob sie denn Dämonen oder seltsam gewandete Menschen waren. Ich wusste nicht, ob ihr eigentümliches Sterben von ihrer eigenen Natur oder der Wirkung der magischen Kugeln herrührte. – Ich schoss weiter! Die Kugeln schwanden! Die Gehörnten fielen! Und dann klickte ein letztes Mal der Bolzen auf eine Patrone, ein letzter glimmender Strahl schien auf und ein Gegner zerging in Staub.

Ich atmete ruhig, schaute angespannt auf die Höhlungen. Das Schattenspiel war erloschen, auch der Lärm von draußen war abgeebbt. Ich wartete, schwenkte den Lauf, auch wenn ich nicht mehr schießen konnte. – Kein weiterer Gegner! Die Zahl der Kugeln und die Zahl der Feinde hatten übereingestimmt. Durch Zufall? Kenntnis? Schicksal? Einerlei! Die Gefahr war gebannt, meine Aufgabe erfüllt. Nun hieß es Marah Durimeh und Haschim beizustehen! Oder …

„Sihdi!“ – „Mister Kara!“ – Meine Gefährten riefen und Sangar bellte. Ich hörte ein Knacken und Knirschen – nicht von oben kommend, sondern von hinter mir! Ich wirbelte herum und sah die Eier der Pyramide von Sprüngen überzogen. Hatte der Staub dies ausgelöst? Keinesfalls hatten die Gehörnten im Auftrag Tair Mirzas doch Eier stehlen sollen, die kurz davor standen, dass aus ihnen je ein junger Simurgh schlüpfte!

Eines war jedoch klar: Wir sollten uns besser nicht in der Nähe aufhalten, sobald diese auch in jungen Jahren gefährlichen Tiere das düstere Licht ihrer Geburtshöhle erblickten, selbst wenn wir nur einen solchen jungen Simurgh erlebt hatten, der durch menschliche Behandlung wütend und angriffslustig geworden war.

„Hinaus!“, rief ich.

„Das geht nicht!“, schrie Ann Lindsay und Sangar knurrte noch lauter, während Halef ein Ächzen des Abscheus von sich gab. Ich sah, wie sich die Wände bewegten – zu bewegen schienen. Und dies rührte davon her, dass aus dem Halbdunkel riesenhafte schwarze Maden aus Löchern im Fels krochen und mit ekelerregenden Geräuschen vom Stein abglitten und sich windend über den Grund bewegten – auf uns zu!

Es war ein Fehler gewesen, sich den Eiern zuzuwenden, denn so standen wir einiges vom Eingang entfernt und der Weg dorthin war abgeschnitten.

„Springen wir!“, stieß ich hervor.

Die Leiber der Maden hatten wohl den Umfang eines jungen Baums oder kräftigen Männerschenkels und waren so lang wie ein solcher, und auch wenn sie sich um- und übereinander wanden, mochten sie ein zwar ekelerregendes, doch überwindbares Hindernis sein! Aber dann blickte ich meine Gefährten an, die wesentlich kleiner und mit kürzeren Beinen ausgestattet waren und somit ohne ausreichenden Anlauf die Sprungstrecke kaum würden überwinden können.

„Ich hatte Mehrkampf im Internat“, bemerkte Ann Lindsay und gestand, „aber im Springen war ich nie gut.“

Hinter uns kollerten die Eier der Pyramide auseinander, verteilten sich auf dem kleinen Plateau, rollten jedoch nicht hinunter, weil ihre eigentümliche Form dies verhinderte. Dann krachten die faustdicken Eierschalen laut, erste Stücke sprangen heraus – aus diesen Aussparungen drangen die Schnäbel und Krallen der Jungvögel und hackten und hieben sich weiter den Weg in die Freiheit. Schon drangen die ersten krächzenden Laute aus den Kehlen und dann waren die ersten schwarz starrenden Augen zu sehen, die sich sogleich auf uns richteten!

Die Maden ringelten und krümmten sich weiter auf uns zu, von allen Seiten – und in unserem Rücken drohten die Jungen des Simurgh, sodass wir uns rasch wieder umwandten. Ich hatte den Henrystutzen erneut geschultert, war jedoch unschlüssig, ob er mir als Schlag- und Stoßwaffe besser dienen würde als das Bowiemesser in meiner Faust. Halef und Ann Lindsay hatten noch immer ihre Klingen in den Händen und schwenkten sie unschlüssig – wie konnten wir wissen, ob die Wesen der Geisterwelt von ihnen verletzt werden konnten? Gewiss hatten wir den jungen Simurgh im Zagros erlebt – doch wie mochte es in der Heimatsphäre dieser Tiere bestellt sein? Wie konnte ich wissen, ob die Schneide aus Metall ihre Haut würde ritzen können? Und die riesenhaften Maden waren zu mächtig, um sie wie eine Schlange zu zertreten oder unter dem Kopf zu greifen und das Messer zu nutzen!

„Was für eine Welt!“, klagte Halef. „Was würde ich geben, wenn mein Yatagan wieder am Gewehr kleben würde – dann hätte ich eine feine Sense!“

Sangar tänzelte zwischen unseren Füßen herum – auch er zögerte, die Maden anzugreifen. Kluger Hund: Denn wenn hier die heiteren Schmetterlinge schon Gift verströmten …

Die Simurghbrut befreite sich weiter von ihren Eierschalen, spreizte die Stummelflügel und schob und drängte einander, dass die Krallen auf dem Fels klickten und die Schalentrümmer knirschend zerbrachen. Die Jungvögel beäugten uns aus ihren schimmernden Augen, zwinkerten mit den Nickhäuten ins Licht. Dann rissen sie die Schnäbel auf, und wenn ich je einen Laut des Hungers und der Gier nach Fleisch gehört habe, dann war es jener – und er hallte schaurig von den Felswänden wider.

„Fort!“, rief ich zu meinen Gefährten und setzte zu einer freien Stelle hinüber, von der sich die Maden fortgewunden hatten. Dergleichen würde auch Halef und Ann Lindsay gelingen, da sich in Sprungweite immer wieder Lücken zwischen den Knäueln aus windenden Leibern bildeten, denn – die Maden mieden uns! Nicht, dass ich geglaubt hätte, sie würden uns angreifen, aber ich wollte doch jedem Kontakt aus dem Weg gehen. Nun aber erkannte ich, dass die Wesen dies ebenso taten und uns nicht berühren wollten – auf ihrem Weg zur Simurghbrut! Jetzt hatten die ersten Maden das Plateau erreicht, reckten ihre Köpfe … und die Jungvögel senkten die ihren, packten mit den scharfen Schnäbeln die dargebotene Speise und schlangen sie gierig hinunter, indem sie die nackten Schädel in den Nacken warfen und laut schluckten! Und dies sogleich hungrig wiederholten!

„Fütterung ...“, hauchte Anne Lindsay und ließ das Messer sinken.

Ich aber konnte nicht erleichtert sein, selbst wenn ich zweier Gegner in vielköpfiger Zahl ledig war – draußen maßen sich Menschen in tödlichem Kampf! Wenn die Höhlengeschöpfe den Jungen des Simurgh als Nahrung dienten, konnten wir beide vernachlässigen und Marah Durimeh und Haschim beistehen.

Was war draußen geschehen? Ich hatte nichts vernommen, seit das furchtsame Geschrei der Fabelvögel abgeebbt war – doch hätte ich überhaupt etwas vernehmen können? Ich hatte im Kampf gegen die Gehörnten das Gefühl für die Zeit verloren, und auch die Länge der Begegnung mit den Riesenmaden und der Simurghbrut konnte ich nicht einschätzen. War das Schlüpfen der Jungtiere nicht allzu schnell vor sich gegangen? Ausgelöst war es durch den Staub geworden... – Genug der Gedanken!

Ich wandte mich zu meinen Gefährten und lief nach kurzer Geste los. Sie folgten mir rasch – zweifellos froh, die Höhle zu verlassen. Doch was würde uns draußen erwarten?

Halef, Ann Lindsay und ich, gefolgt von Sangar, traten aus dem Schatten des Höhleneingangs und beschauten die gespenstische Szene!

Die Welt, die Geisterwelt, war weiß geworden!

Der Himmel war blank, bar jedes Wolkenschleiers – doch hätte man die Streifen weißen Dunstes vor dem weißen Hintergrund ohnehin nicht erkennen können.

Für einen Herzschlag glaubte ich, auch aus den Felsen der Berge und des Bodens sei alle Farbe gewichen, und erklärte es mir mit geblendeten Augen nach der Düsternis der Höhle – dann erkannte ich, dass alles Grau mit dem Weiß von Frost bedeckt war. Ein dünne Schicht schimmernder Kristalle überzog als Reif jegliche Oberfläche – trotzdem war es nicht kalt, vor meinem Mund stand keine Atemwolke, als ich erstaunt aushauchte.

Denn nicht allein die Welt war wie in Frost erstarrt, auch die drei Menschen in der Mitte jener Schlucht in den Bergen des Simurgh. Drei Menschen – und ein geflügeltes Pferd.

Der Burak hatte die Schwingen ausgebreitet und schwebte reglos mehrere Mannslängen über dem Grund, auf seinem Rücken Al-Kadir, welcher die Arme in einer schrecklichen Geste des Zaubers erhoben hatte. Seine Kleider wehten erstarrt und blutigrot über dem schwarzen Burak. In diesem grellen

Farbkontrast mit dem Weiß der Welt bemerkte ich verwundert ein Detail. Al-Kadir saß ohne Sattel auf dem Flügelross. Bei seinem Ritt unter dem Karaul des Schut hatte er noch eine besondere Vorrichtung benötigt, die er dem Burak wohl kurz nach dessen Gefangenschaft aufgezwungen hatte – doch nachdem das versklavte Geschöpf ihn in die Geisterwelt getragen hatte, bedurfte er dieser anscheinend nicht mehr. Al-Kadir hatte mit seiner finsteren Macht den Burak ein zweites Mal gebannt und behandelte ihn schändlich – ich erkannte den erstarrten Schaum an den Nüstern und an den Flanken und bedauerte das Tier zutiefst. Es hätte frei sei müssen, nachdem Al-Kadir in der Welt der Menschen gestorben war. Der schicksalhafte Schuss Haschims mit der Armbrust hatte die verwirrenden Ereignisse in Gang gesetzt. Verwirrend für mich, das war kaum verwunderlich – doch auch die der Magie kundigen Menschen wussten kaum Rat, sei es Haschim oder Marah Durimeh.

Die beiden standen ebenso reglos – noch immer in jener Positur, in welcher ich sie zuletzt erblickt hatte. Sie hoben die verschränkten Hände Al-Kadir entgegen – mit dem geborstenen Amulett, das noch immer einen Nachschein des früheren Farbenschimmers aussandte. Doch ich sah nicht das von ihm ausgehende Leuchten, sondern nur die Reflektionen auf den Frostkristallen des Grundes.

Ich erinnerte mich wohl, dass es geheißen hatte, in der Geisterwelt verlöre ein magiebegabter Mensch seine Kräfte, magische Gegenstände jedoch behielten ihre Macht. Das Amulett Haschims schien also all dies ausgelöst haben – mit Hilfe Marah Durimehs, von der ich nicht wusste, ob sie auch eine Zauberin war. War es bei ihr genau gegenteilig? Erhielt sie in der Geisterwelt Kräfte, die jemand wie Haschim verloren hatte? Al-Kadir hatte seine Kräfte behalten, ja verstärkt, weil er durch eigentümliche Umstände hierhergelangt war … oder alles war anders. Wer war ich, dies zu ergründen? Ich sah nur die drei reglosen Gestalten und das gleichsam reglose Wesen.

„Sind sie – tot?“, hauchte Halef.

Ann Lindsay schniefte. „Haben sie sich geopfert, um den Zauberer zu töten?“

„Wer weiß ...“, krächzte ich und bemerkte, wie mir die Stimme brach. „Es ist wohl vorüber.“

Halef räusperte sich. „Es schmerzt mich, Sihdi … aber … wie kommen wir nun nach Hause? Alle, die zaubern können, sind … sie rühren sich nicht ...“

Ann Lindsay scharrte mit dem Stiefel über den frostigen Boden. „Und wenn es wieder schmilzt? Vielleicht tauen dann auch ...“

„Es ist warm“, erinnerte ich. „Und der Frost bleibt dennoch bestehen.“

Sangar bellte.

Da hörten wir ein Wiehern. Wir schauten zum Burak, doch er war noch immer starr. Wenn auch sein Maul geöffnet war – der Laut war nicht aus seiner Kehle gedrungen. Sondern kam von ferne!

Ein weiteres Wiehern, in dessen Richtung wir blickten – hin zu dem Weg, den wir gekommen waren. Doch kein Pferd kam über den Felsengrund auf uns zu – es flog durch die Lüfte! Ein weißes, geflügeltes Ross. Mit einer Reiterin!

Beide kamen heran. Das helle Wiehern hallte durch die Schlucht.

Und ein gleicher Laut antwortete. Tiefer, dunkler und aus schwarzer Kehle.

Der Burak war wieder erwacht – und mit ihm auch Al-Kadir!

Neunundzwanzigstes Kapitel
Der Ring der Drei

Das schwarze Ross schlug mit seinen Flügeln und stieß wie von Fesseln befreit nach oben. Al-Kadir löste sich aus seiner Starre, aber das plötzliche Aufsteigen des Burak ließ die magische Geste des Zauberers misslingen, denn er musste unerwartet Halt auf dem Rücken des Tieres suchen, sich in die Mähne krallen und die Fersen in die Flanken pressen. Den Angriff auf Marah Durimeh und Haschim konnte er nicht vollenden – zum Glück!

Denn diese beiden Erstarrten wurden in diesem Augenblick ebenfalls aus ihren magischen Banden gelöst, doch sie führten nicht ihre Bewegungen fort, sondern sanken reglos zu Boden!

Wir eilten ihnen zu Hilfe – furchtsam, denn sogleich konnte Al-Kadir wieder angreifen!

Und die Frau auf dem anderen Flügelross! Wer war sie?

Zwei Gedanken kamen in mir auf – einer schrecklich, einer hoffnungsvoll!

Was, wenn Al-Kadir einen weiteren Burak versklavt und ihn als Reittier seiner Verbündeten, der Hexe Qendressa, überlassen hatte? Kam sie ihm zu Hilfe, jetzt, wo der kurze Bann erloschen war, mit dem Marah Durimeh und Haschim Al-Kadir aufgehalten hatten?

Oder war dies …

Meine Gefährten blickten ebenfalls eilig und aufgewühlt mal zu den beiden Menschen am Boden, mal zu den herannahenden Geschöpfen der Luft samt ihren Reitern.

„Sihdi! Das Pferd! Das weiße Pferd!“

Halef hatte es noch vor mir erkannt – die geflügelte Stute war Pervin, die nun tatsächlich die Schwingen trug, welche ihr Name verhieß!

Ann Lindsay bemerkte etwas anderes – doch niemand soll sagen, dass Männer sich allein auf Pferde verstehen, und nur Frauen auf andere Frauen!

„Das ist Ingdscha!“, rief sie.

Schon waren die beiden vorübergeglitten, der Wind des Flügelschlags traf uns! Ich hatte nicht auf die Reiterin achten können, doch Ann Lindsays Erkenntnis war zwangsläufig richtig! Pervin war Ingdscha als Geschenk zugedacht gewesen, und Ingdscha hatte ebenfalls Marah Durimeh in der Faghragha aufgesucht!

Nun war es enthüllt! Pervin war eine Windpferdstute – und Ingdscha von Marah Durimeh auserwählt, mit dieser in den Kampf gegen Al-Kadir zu reiten – und uns alle zu retten!

Denn nun stieß Al-Kadir auf seinem schwarzen Burak aus der Höhe hernieder – doch in weitem Schwung kamen Pervin und Ingdscha herangestürmt und fingen seinen Angriffssturz ab. Ich sah Klingen blitzen – Al-Kadir nutzte keine Magie! Konnte er es nicht? Warum? – Zweifellos war Ingdscha zu keinem Zauber fähig … nein, diese Ansicht galt nur für mein Wissen, mein bisheriges Wissen – was wusste ich, was jüngst geschehen war! Oder schon seit langer Zeit, ohne dass ich es ahnte!

Ingdscha und Pervin bedrängten Al-Kadir und seinen Burak, und ihr Kampf wirkte wie der zweier Raubvögel – um eine Beute, eine Beute am Boden!

In der zweifelhaften Sicherheit kümmerten wir uns um Marah Durimeh und Haschim – doch in meinem Nacken spürte ich die Gewissheit, dass die weitere Feindin nahe sein würde!

Und unsere Gefährten waren wie leblos …

Jetzt begriff ich! Eilig nahm ich den Gurt von der Schulter und öffnete die kleine Tasche, welche die Phiole mit dem wasserklaren Inhalt barg. Es musste ein Heiltrank sein! Marah

Durimeh hatte mir verkündet, dass ich wissen würde, wann er einzusetzen sei – und wann wäre es dringender gewesen als jetzt!

Ich nahm die Phiole und zog am Verschluss, um das Siegel zu lösen – aber nichts geschah! Ich konnte doch nicht derart geschwächt sein – warum widersetzten sich mir ein schlichter Flecken Siegellack und etwas Schnur? Ich öffnete die Faust wieder und griff nach meinem Messer – als schwache Finger sich um mein Handgelenk legten.

Es war Haschim – er war erwacht! Er wiegte langsam den Kopf und seine Lippen formten eine lautlose Verneinung.

Welche Erleichterung, dass die beiden Reglosen sich nun rührten, die Augen aufschlugen und unversehrt zu sein schienen, wenngleich schwach, entkräftet gar.

Wir halfen ihnen, sich halb aufzurichten.

„Sei unbesorgt, mein Sohn“, flüsterte Marah Durimeh heiser. „Du siehst, wir konnten ihn lange genug bannen, bis …“

„Sprich doch nicht, gute Mutter“, entgegnete ich. „Du kannst es später erklären. Wir müssen von hier fort, solange der Kampf in den Lüften währt. Ich hoffe, Ingdscha ist dem gewachsen – doch da du es gewesen bist, die sie dafür erkoren hat …“

Ich war erstaunt, dass Marah Durimeh lächelte und mich ansah, als hätte ich etwas Dummes gesagt. Ich war ihr dankbar, dass ihre Miene nicht spöttisch geriet, denn sonst hätte sie mich in ihrer Jugend und ihrem Aussehen allzu sehr an eine gewisse Dame erinnert, die sich ihrerseits auch sehr verändert hatte … Ich wischte den Gedanken fort.

Marah Durimeh hob schwach die Hand und zeigte gen Himmel.

„Sie dort oben ist nicht Ingdscha. Es ist Schakara!“

Wie verblüfft ich war! Die Verschollene! Oder so war es erschienen …

„Du bist erstaunt“, sagte Marah Durimeh. „Ein wenig so wie ich. Auch ich glaubte, dass Ingdscha jene Seele sein könnte, die … Doch du selbst weißt am besten, dass nicht allein

Menschen Entscheidungen treffen, sondern auch Tiere. Und wenn diese in ihrer Art noch besonderer sind als selbst der edle Rih ..."

„Ich verstehe", nickte ich. „Doch Schakara ..."

„... war in all der vergangenen Zeit in meiner Obhut", erklärte Marah Durimeh.

Haschim hustete, und wir beide sahen ihn an. Er deutete nur auf Halef, der ihm wohl etwas unsanft dabei geholfen hatte, die Überreste des Amuletts aus seiner Hand zu entfernen. Auch Marah Durimeh hatte eine Wunde an ähnlicher Stelle. Das Amulett war zerstört, der Stein gesprungen, die Fassung verbogen und angelaufen, allein die Kette war noch intakt.

„So geht es dahin", meinte Haschim. „Es hat mir lange Zeit gedient und war eine Gabe voller Erinnerungen."

„Die Erinnerung liegt in dir selbst", gab Marah Durimeh zurück. „Dinge tragen sie nur scheinbar. Ebenso wie Erscheinungen."

Haschim nickte und sah mich an. Wenn ich je einen Blick erhalten habe, den man als ‚vielsagend' bezeichnen kann, dann war es jener – und dennoch ahnte ich nur, was er bedeutete.

Weiter darüber nachzusinnen war jedoch nicht möglich, denn der Kampf über uns wurde nun heftiger und lauter! Ich hörte wie Al-Kadir wütend schrie, doch seltsam wortlos.

„Er hat die Stimme verloren", erklärte Haschim grimmig. „Die Zeit der Zaubersprüche ist dahin."

„Und Schakara …", fragte ich zögerlich

„… ist noch …", warf Haschim ein, doch Marah Durimeh brachte ihn mit einem milde strengen Blick zum Schweigen.

„Schakara ist gewappnet", befand sie. „Nun hilf mir auf, mein Sohn."

Ich tat es, obwohl mir schien, als bräuchte sie meine gar Hilfe nicht. Wir alle standen wieder auf den Beinen und beschauten das tödliche Schauspiel am Himmel. Mir war nicht klar, wie sich die beiden Gegner an den schlagenden Schwingen der geflügelten Pferde vorüber mit den Klingen bekämpfen konnten, doch ich musste mir eingestehen, dass diese Frage, dieser Zweifel angesichts allem, was um mich herum war, wohl kaum noch ins Gewicht fiel.

Der Frost war verschwunden, der Himmel hatte wieder seine eigenartige Tönung angenommen. Von den Berghängen kam ein leises Gurren. Die Jungtiere des Simurgh kamen aus dem Höhlenschacht heraus zu den Nestern und wurden von den ausgewachsenen Fabelvögeln empfangen. Nach dem schrecklichen Geschrei und Getöse zuvor war es still – nur die Schwingen der Flügelrosse rauschten und die Klingen klirrten. Wir standen gebannt und schauten, ebenso wie die grauen Gestalten am Fuß der Felswände.

Ich vernahm ein kehliges Schnauben und sah, wie der Burak Al-Kadirs den Kopf zurückwarf und der Schaum in dicken Flocken von den Nüstern flog. Der finstere Zauberer hatte sein Tier zu sehr geschunden und gequält!

Jetzt schlug auch ein schwarzer Flügel schwächer – Tier und Reiter sackten hinab, fingen sich nur mühsam. Schakara kam heran, Pervin schwang sich kraftvoll empor, und beide wollten auf den Gegner hinabstoßen – als der Burak laut klagte und den Rücken krümmte.

Al-Kadir brüllte – wütend und erschrocken zugleich – und dann verlor er den Halt!

Er glitt vom Rücken des Tiers! Wie töricht er gewesen war, auf Sattel und Zaum zu verzichten, in seinem Hochmut und der vermeintlichen Gewissheit von Macht!

Kopfüber stürzte der Zauberer durch die luftige Leere. Die scharfe Spitze eines Felsens empfing ihn. Er rollte von Vorsprung zu Vorsprung hinab, bis er zerschlagen und verstümmelt auf dem steinigen Grund der Schlucht liegenblieb. Es war noch Leben in seinem erbarmungswürdig zugerichteten Leib. Er versuchte vergebens, sich selbst wieder aufzurichten. Seine zerbrochenen und verrenkten Gliedmaßen versagten ihm den Dienst. Ein Licht bildete sich am Horizont. Ein brennender Strahl stieß auf das Haupt des Sterbenden hinab. Wie durch ein Leuchtfeuer wurden die Vögel herbeigerufen. Ein Simurgh nach dem anderen stürzte sich auf den Bösen und riss an seinem Fleisch, zerrte an den Sehnen und krallte nach den Knochen – und dann erhoben sich die Tiere und von Al-Kadir war nichts mehr zu sehen, außer roten Flecken auf einem letzten Kreis aus Frost. Als dieser im hellen Licht verging, sogen die Felsen das Blut auf, und dann war auch dieses verschwunden, als letztes Anzeichen, dass es je einen Al-Kadir gegeben hatte.

Der Burak flog fort, wieder schnell und kraftvoll, wie von Bann und Banden befreit, ohne dass ihn Schakara und Pervin verfolgt hätten. Er schien dem erloschenen Lichtstrahl zu folgen, der aus jener Richtung gekommen war, in welcher der kahle Berg aufragte mit seinen finsteren Türmen.

„Was ist mit diesem Berg?“, fragte ich ahnungsvoll.

„Es ist kein Berg“, sagte Haschim. „Es ist eine Felsenfestung.“ Er blickte zu Marah Durimeh.

„Doch sie ist uns verwehrt“, erklärte Marah Durimeh. „Auch wissen wir nichts darüber.“

Ich erkannte, dass sie mit diesen Worten nicht allein sich und Haschim meinte. Doch selbst wenn ich weiter hätte fragen wollen, wurde ich doch dadurch abgelenkt, dass nun Schakara ihre Windpferdstute Pervin heranlenkte und beide sanft auf dem Grund aufsetzten. Pervin tänzelte ein wenig, schnaubte und schwenkte unruhig die Flügel. Es mochte die Anspannung des Kampfes sein, die noch nicht abgeklungen war. Auch Schakara saß schwer atmend im Sattel – es war jener, der sich auf Pervins Rücken befunden hatte, als ich die Stute im Wald um das Lager Nedschir Beys in Empfang genommen hatte. Erst jetzt bemerkte ich, dass die Form des Sattels und der Riemen und Gurte genau so gefertigt war, dass die Schwingen des Windpferds nicht behindert wurden. Ich wunderte mich jedoch, wie die Flügel ...

„Ruhig“, sagte Schakara zu Pervin, und diese legte die Flügel an – und sie waren verschwunden!

Schakara schaute zu mir. „Das ist der Unterschied zwischen einem Burak und einem Windpferd, Kara Ben Nemsi!"

Sie stieg geschmeidig aus dem Sattel und ging mit festen Stiefelschritten auf mich zu. Ihr helles Gewand fiel über die Hosen, die sie darunter trug. Der Säbel schwang von ihrem Gürtel, in dem ebenso ein gekrümmter Dolch in schlichter Hülle steckte. Sie war nicht mehr das junge Mädchen, das ich einst in Ahmadija vor dem Gifttod gerettet hatte. Es schien, als sei ein gewisses Maß der Jahre, die von Marah Durimeh in der Geisterwelt abgefallen waren, auf sie übergegangen. Sie war noch immer jung, gewiss, kaum älter als Ann Lindsay, doch ihre Augen und ihre Haltung zeugten von einer Erfahrung, die sich durch ihr Lebensalter nicht erklären ließ.

Was aber sollte mich dies verwundern? Denn Schakara schritt nun zu Marah Durimeh hinüber, die wie ihre Zwillingsschwester gewirkt hätte, wären sie nicht unterschiedlich gekleidet gewesen und hätte Marah Durimeh das lange Haar nicht offen getragen, Schakara jedoch in hochgesteckten Zöpfen, damit es in Ritt und Flug nicht hinderlich war.

Die beiden so ähnlichen Frauen begrüßten sich – als Urgroßmutter und Urenkelin.

Ann Lindsay schüttelte nur stumm den Kopf, Halef hingegen raunte ihr etwas zu und zuckte mit den Schultern. Ann Lindsay schaute ihn groß an.

Haschim nickte Schakara zu. Sie schienen sich bereits zu kennen. Schakara blickte auf das zerstörte Amulett in Haschims Hand und legte wie unwillkürlich die Hand auf die Brust – als würde sie etwas berühren, das sie unter der Kleidung trug. Haschim schaute kurz zur Seite, zu Marah Durimeh, sagte aber wiederum nichts. Bevor ich mutmaßen konnte, sah ich jedoch etwas anderes viel deutlicher. Haschim und Schakara streckten einander die Handflächen entgegen, und ich erkannte, dass beide identische Ringe trugen. Ich hatte dergleichen an Haschims Finger nie zuvor bemerkt, er musste ihn sich erst angesteckt haben, als Al-Kadir angriff. Beide Ringe besaßen einen runden, schwarzen Stein, in den drei kleinere eingelassen waren, in den Farben Rot, Blau und Gelb. Ob diese wertvoll waren, Rubine, Saphire oder dergleichen, war wohl nebensächlich, ich erkannte jedoch die Symbolik.

Schakara übergab ihren Ring an Haschim, der wiederum den seinen vom Finger zog und beide in der Hand wog.

„Ihr ahnt es, Kara Ben Nemsi“, sagte er. „Dies sind die Ringe des Schut und Al-Kadirs, die Zeichen des Bundes der drei Brüder. Den einen nahm ich aus der roten Festung, nachdem Al-Kadir geflohen war, den anderen fand ich im Palast des Schut. Auch wenn die beiden Männer den Bund seit langer Zeit gebrochen hatten, waren sie doch so töricht, diese alten Dinge zu behalten. Es wurde ihnen zum Verhängnis.“

„Die Wirkungsweise zu verstehen, ist wohl nur Euresgleichen vorbehalten“, befand ich und deutete vage über Haschim, Schakara und Marah Durimeh. „Und ich will auch nicht neugierig sein.“

„Aber ich!“, warf Halef ein. „Es gab drei Brüder, der dritte nannte sich Tair Mirza. Wo mag also der Ring sein, der ihm gehörte?“

Ich warf Halef einen nicht allzu strengen Blick zu. Gewiss hatte ich ebenfalls daran gedacht, diese Frage zu stellen, wenn auch lieber zu einem späteren Zeitpunkt. Neben Halef stand Ann Lindsay und nickte nachdrücklich. Ich sah beiden aber an, dass sie weniger wissbegierig als vielmehr besorgt waren. Dies verstand ich, denn Tair Mirza mochte als letzter der Brüder noch immer sein Unwesen treiben und uns irgendwann als Feind gegenüberstehen. Unerwartet und plötzlich – vielleicht sogar hier in der Geisterwelt. Und unsere Kräfte waren erschöpft!

„Die Antwort ist nahe“, verkündete Marah Durimeh. „Und dort erscheint der Bote.“

Wir wandten uns um – und erstarrten in Ehrfurcht.

Ohne einen Laut war ein Simurgh herangekommen. Riesenhaft und schattenlos. Sangar gab ein erstauntes Husten von sich und schüttelte den Kopf, als könne er nicht glauben, das Tier nicht gewittert zu haben, doch Furcht zeigte er nicht. Auch Pervin, die Windpferdstute, blieb ruhig. Der Simurgh setzte in einiger Entfernung seine Klauen auf den Grund und faltete die Flügel in einem Aufschimmern von leuchtendem Blau und Kupfer. Dann schritt er zu Marah Durimeh hinüber, in überirdischer Grazie, obgleich er uns um zwei, drei Mannshöhen überragte und sein Leib gewaltig war. Die langen Schwanzfedern, die dem eines Pfauen ähnelten, trug er erhoben, doch nicht als Rad, sondern als flachen Fächer. Sein Haupt war von zwei Kämmen leuchtender Federn gekrönt, und der scharfe Schnabel ragte aus einem eigenartig hündisch geformten Antlitz. Die Augen schienen menschlich, und als sie flüchtig über uns alle hinwegglitten, verspürte ich eine seltsame Ehrfurcht. Ich habe nie viel auf Könige und Kaiser gegeben, aber dieses Wesen war zweifellos ein Monarch und ein Herrscher – und dies nicht nur über Seinesgleichen und sein Reich allein.

Und obwohl man oft sagt, dass Herrschern auch Blut an den Händen klebt, war es etwas befremdlich, deutliche Spuren von Rot an der silbrigen Schnabelspitze des Simurgh zu sehen. Es gab keinen Zweifel, wessen Blut dies war.

Ich glaube, dass der Simurgh mit diesem Besuch Marah Durimeh dafür danken wollte, sein Volk und seine Brut gerettet zu haben – mit ein wenig Hilfe von mir und den Meinen. Was ich jedoch nicht erwartet hatte, war, dass Marah Durimeh nun ihre Hand ausstreckte und der Schnabelspitze näherte. Die weise Frau und der Fabelvogel schienen miteinander zu sprechen, wenngleich ohne Worte, vielleicht in Gedanken.

Der Simurgh öffnete den Schnabel und heraus fiel ein kleiner Gegenstand, auf die Handfläche Marah Durimehs. Ich sah ein dreifaches Blitzen von Farben und erkannte – es war der dritte Ring aus dem Bund der Brüder.

Marah Durimeh schloss ihre Finger darum und dies schien das Signal für den Simurgh zu sein, sich wieder in die Luft zu erheben. Bevor ich noch vor dem plötzlichen Spreizen der gewaltigen Schwingen zurückschrecken konnte, zauste ein Sturmwind für einen Herzschlag mein Haar – und dann war der Simurgh bereits auf halbem Weg zu den Felshängen seines Volkes.

Sangar bellte ihm zögerlich hinterdrein, bis Ann Lindsay ihn zur Ruhe rief – nachdem sie den Mund wieder zugeklappt hatte. Halef erging es kaum anders.

„Du möchtest etwas sagen, mein Sohn?“, wandte sich Marah Durimeh an mich.

„Ja … ja, gute Mutter“, begann ich. „Was bedeutet der Ring aus Al-Kadirs – Besitz? Hat er ihn seinem Bruder gestohlen? Oder ist Tair Mirza tot?“

„Dies würde einiges erklären“, meinte Marah Durimeh. „Tair Mirza mag seinen Frevel mit dem Leben bezahlt haben, schon früh, hier in der Geisterwelt. Doch seine Schergen haben in seinem Namen weiterhin die Eier des Simurgh gestohlen und aus der Geisterwelt geschafft. Dies ist nun vorüber.“

„Was sagte der Simurgh? Über Tair Mirza?“

„Du weißt, dass nicht jeder über alles spricht. Was weise ist. Und der Simurgh ist weise, mein Sohn.“

„Ich verstehe, gute Mutter. Es ist auch nicht wichtig. Unser Werk hier ist getan und wir werden dafür sorgen, dass die gestohlenen Jungen wieder ...“ Ich stockte. „Ist dies möglich?“

„Wir werden sehen“, meinte Marah Durimeh. „Vielleicht sind sie zu retten. Es ist noch Zeit. Bis sie ausgewachsen sind, dauert es viele Jahre. Und bis dahin gibt es Hoffnung.“

Wir schauten zu den Berghängen, wo sich das Volk des Simurgh um die frisch geschlüpften Jungtiere kümmerte. Ich erinnerte mich an meinen Kampf gegen die Gehörnten, an deren Ende und den Anbeginn der jungen Fabelvögel.

„Sag, gute Mutter: Was war es, was ich dort sah? Was die Eierschalen so rasch zerbrach und die Jungtiere herauskommen ließ?“

„Es waren die Seelen der von Tair Mirza Versklavten. Eine jede ging in einen jungen Simurgh ein. So wie es immer war.

Jenen Jungen im Zagros fehlt dies, weshalb sie verdorben werden können. Doch wie ich sagte, es gibt Hoffnung." Marah Durimeh zeigte auf die grauen Schemen am Fuß der Berge und dann vage in die Ferne, womit sie die Welt der Menschen meinte. „Und jene, denen ihr in den Bergen begegnet seid und die euch angegriffen haben, sie werden zu finden sein. Haschim kennt den anderen Widersacher nun. Es ist jener, der sich in der Menschenwelt als Tair Mirza ausgab."

Haschim war herangetreten, nachdem er sich mit Schakara ausgetauscht hatte. Marah Durimeh gab ihm den dritten Ring und er verstaute alle drei in einem Beutel, den er an seinen Gürtel hing. Doch er schien nicht erleichtert zu sein, obwohl nun alles darauf hinwies, dass nach dem Schut und Al-Kadir auch der dritte Bruder keine Gefahr mehr darstellte. Nun, ich konnte dies nachvollziehen. Auch ich war misstrauisch geworden, zumal, wenn es sich um Zauberer handelte. Doch war Tair Mirza ein solcher gewesen? Die drei Brüder hatten sich nach ihrem zerbrochenen Bund, den Orient zu beherrschen, jeder einer anderen Sache zugewandt: Al-Kadir der Magie, der Schut der Technik – und Tair Mirza hatte mittels der Natur herrschen wollen, auch wenn ein Simurgh keineswegs von üblicher Natur war. Aber dieser Gedanke schien mir schlüssig. Ich würde ihn später mit Haschim erörtern. Nun wollte ich aber wissen, was ihn so sorgenvoll blicken ließ.

Er sprach bereits Marah Durimeh an.

„Wir hatten anderes erwartet", sagte er und meinte wohl das, was der Simurgh überbracht hatte. „Al-Kadir hätte es doch tragen müssen ..."

Mit einer missmutigen Bewegung streifte Haschim sich das zerstörte Amulett über.

Knapp wandte er sich an mich. „Aus diesem Grund war ich damals in seine rote Festung gegangen. Ich hoffte, er hätte es nun getragen ..."

„Ein Amulett wie jenes?", fragte ich. „Und wie das, welches Schakara trägt? Woher ...?"

„Das mag später wichtig sein“, mahnte Marah Durimeh. Sie schaute mit Haschim zu dem fernen Berg, der doch kein Berg war.

Haschim wiegte den Kopf. „Es darf nicht sein ...“

Bevor ich erkennen konnte, was er damit meinte, klangen zwei Schreie auf.

Einer aus menschlicher Kehle und der eines Pferdes.

Wir schraken herum und sahen Schakara zu Boden sinken – von Pfeilen durchbohrt!

Dreißigstes Kapitel
Das Ende der Hexe

Marah Durimeh stand wie erstarrt, Ann Lindsay schlug die Hände vor den Mund – meine Hand zuckte zum Henrystutzen, aber dieser war ungeladen und nutzlos. Auch Haschim und Halef waren waffenlos, spähten dann wie ich umher – doch es war kein Feind zu sehen, der die Pfeile abgeschossen hätte. Marah Durimeh eilte zu Schakara, die reglos dalag und aus deren Rücken die weißgefiederten Geschosse ragten, ein halbes Dutzend wohl.

„Eigenartige Pfeile, Sihdi", rief Halef – und ich erkannte, dass es gar keine Pfeile waren! Es waren Federn, lang wie ein Unterarm, und die Kiele steckten in Schakaras Körper, tief genug, um das Blut so rasch fließen zu lassen, dass ihr helles Gewand bis zu den Armen und Beinen rot durchtränkt war.

„Sie ist tot", sagte Marah Durimeh tonlos.

„Woher …", rief Ann Lindsay und dann versagte ihr die Stimme. Haschim schaute zu der Windpferdstute, die nervös mit den Hufen schlug. Ich folgte Haschims Blick. Die weißen Federn, welche Schakara getötet hatten, besaßen die gleiche Farbe wie die Schwingen Pervins, die nun unsichtbar waren oder nicht vorhanden oder …

Marah Durimeh hob den Kopf und die Hand und zeigte auf mich. Ich fürchtete die Enthüllung, die jetzt folgen würde. Was hatte das Windpferd getan? Was sollte ich tun?

„Mein Sohn!", befahl Marah Durimeh und ich verstand.

Mein Hand griff wie von selbst zum Schultergurt und fand die Tasche mit der Phiole. Sie schien mir in die Hand zu springen, als ich die ersten Schritte hin zu Schakara tat, und schon lösten sich unter meinen Fingern der Lack und die Schnur und der Stopfen, der im Hals der Phiole saß. Marah Durimeh hatte Schakara angehoben, auf den Rücken gedreht und hielt sie nun halb aufrecht, dass die Federpfeile frei zur Seite ragten. Ihre Hände waren blutbefleckt und hinterließen rote Spuren auf dem noch weißen Vorderteil von Schakaras Gewand. Ich fiel auf die Knie nieder, scherte mich nicht um die Steine, die in mein Fleisch stachen und gegen meine Knochen pressten. Mit fliegenden Händen griff ich nach Schakaras Nacken und hielt die Phiole an die toten Lippen, um den Trank einzuflößen. Mit Schrecken sah ich, wie eine Purpurschliere den Weg in die Phiole fand, dann hob ich das gläserne Behältnis hastiger, als ich es wollte – doch die Flüssigkeit glitt in Mund und Rachen, ohne dass etwas über die Lippen floss – als würde Schakaras toter Leib das Elixier gierig aufnehmen. Es musste ein Elixier sein, ein heilendes, ein wiederbelebendes, welcher Art auch immer! Es war wohl kaum eine Tinktur aus der Gleichheitslehre! Denn auch die wirkkräftigste davon konnte niemanden aus dem Reich der Toten zurückbringen!

Doch genau dies geschah! Schakara regte sich – doch sie kam nicht ins Leben zurück wie eine Ohnmächtige oder Ertrunkene: Sie hustete nicht, sie schrak nicht auf, stattdessen spürte ich nur, wie eine Spannung in den stillen Leib kam, wo zuvor die Muskeln erschlafft waren. Und im selben Augenblick fielen die Federpfeile zu Boden, die spitzen Enden der Kiele rot und zerfasert, aus dem hohlen Innern sickerten schwarze Tropfen, die auf dem steinigen Grund als finstere Perlen liegenblieben.

„Habe ich dafür die Phiole erhalten?“, fragte ich Marah Durimeh.

„Dafür oder für anderes“, gab sie zurück. „Ich konnte dir nicht eher sagen, dass du ein mächtiges Heilmittel bei dir trägst. Du wärest wie jeder andere versucht worden ...“

„Ich verstehe“, sagte ich. „Aber nun – woher kam der Angriff? War es Pervin?“

„Schau hin, mein Sohn. Dies sind nicht die Federn eines Windpferds. Sie stammen von Raben."

„Aber sie sind weiß ..."

„Wie diese dort!", rief Haschim.

„Das ist nur eine Wolke!", wagte Halef zu widersprechen – und auch ich glaubte nur einen Ballen aus weißen Fetzen am Himmel zu sehen – der mich sogleich an jenen magnetischen Sturm erinnerte, der als schwarzer Schleier über uns gekommen war. Dann kamen sie näher und ich konnte sie genau erkennen: Es waren Raben, zweifellos, wenn auch weiß und groß wie Adler. Und sie waren nicht allein weiß. Ich sah, dass die Federn wie von Schimmel und Moder überzogen waren, und das Weiß ein bleiches helles Grau, in dem es grünlich und gelblich schimmerte. Hier und da war zwischen den Federn rötlichschwarzes Fleisch zu sehen, kränklich und feucht. Die Augen der Raben waren stumpf, die Schnäbel schartig – sie waren die gefiederten Wiedergänger einer schwarzen Schar, die wir nur zu gut kannten.

„Die Raben des Mübarek!", erkannte Halef – und sogleich erinnerten wir uns, wem sie zuletzt gefolgt waren.

„Die Hexe ist nah!", schrie ich und nahm, wenngleich wohl sinnlos, mein Bowiemesser in die Faust. Wenn die Raben uns angriffen – mit ihren Federn als Pfeilen –, würden wir kaum bestehen können! Im gleichen Reflex wie ich riss auch Halef seinen Yatagan heraus und Haschim seinen Säbel. Halef hatte sein Gewehr von der Schulter geworfen, ebenso seine Riementasche und stellte sich mit ausgebreiteten Armen vor Ann Lindsay, die im Schutz seines Rückens endlich ihr Messer gezogen hatte.

Aus Halefs Tasche rollte die Leuchtkugel und Ann Lindsay wich mit dem Fuß aus, um nicht zu stolpern, hinderte den gläsernen Ball jedoch mit dem anderen Fuß auch daran, vollständig fortzurollen.

Die Raben schwebten als Wolke der Verderbnis über uns – doch sie griffen nicht an. Und sie blieben still, allein ihre wie von Motten zerfressenen Flügel schlugen einen erstickenden Wind auf uns nieder.

Und wie der Wind eine Wolke zerreißt, öffnete sich der Schwarm der weißen Raben und enthüllte eine schwebende Gestalt – grau in grau, mit wehenden Gewändern und wehendem Haar. Es war eine Frau, eine Greisin – und ich erkannte in ihr jene, die ich in der Höhle des Skipetarenfürsten durch den Musaddas gesehen hatte. Es war Qendressa in ihrer uralten Gestalt, in ihrem wahren Alter ohne Hexenkräfte. Für einen schamvollen Herzschlag gemahnte sie mich an eine widerwärtige Spottgestalt Marah Durimehs – wie sie wirklich war, nicht in ihrem verjüngten Selbst in der Geisterwelt. Beide Frauen waren somit auf seltsame Art gespiegelt, in zeitlicher Verzerrung – und auch, was Wesen und Güte betraf.

„Kara Ben Nemsi“, sprach sie mit Rabenstimme, die brüchig war vom Greisentum, aber dennoch laut und schallend und schrecklich. „Da bist du also!“

Derart vertraulich hatte sie mich noch nie angesprochen – als würde sie auf diese Art auch Marah Durimeh verhöhnen wollen. Doch war die weise Frau denn der Hexe bekannt?

„Und alle Freunde sind versammelt“, bemerkte Qendressa und streckte einen langen Finger mit langem Nagel aus und stach nacheinander in die Luft.

„Der kleine Halef … und … ein Hund?“

Sangar begann zu knurren, doch dann blickte Qendressa ihn mit einem starigen Auge an und er drückte sich winselnd auf den Boden, wobei er mit den Pfoten scharrte, als wollte er sich im Grund verkriechen.

Ann Lindsay wollte wohl empört aufschreien, biss sich aber auf die Lippen.

„Na, sieh an“, schnarrte Qendressa. „Wer mag dies junge Ding sein? So jung wie die Reiterin des Windpferds … ach, so jung war ich auch einmal, nicht wahr?“

Sie legte den Kopf schief und schenkte mir eine Grimasse, die wohl ein kokettes Lächeln darstellen sollte.

Dann schaute sie zu Marah Durimeh. „Und noch eine Schönheit.“ Sie fletschte die Zähne, die erschreckend spitz waren und grau und allesamt vorhanden. „Ich bin erstaunt“, sagte sie hämisch. „Willst du dir einen Harem zulegen? Bist du neidisch auf Halef?“

Halef warf mir einen Blick zu: *Was tun, Sihdi?*

Ich schüttelte leicht den Kopf. Und blickte meinerseits zu Haschim, den auch Qendressa musterte.

„Ah, da ist er. Der Schrecken der drei Brüder. Und so erbärmlich wie diese. Kein Versprechen, kein Eid, kein Schwur bindet sie.“

Sie ließ ihre Hände in einer wütenden Präsentiergeste vor ihrem Gewand entlanggleiten.

„Und ich habe den Schaden!“

Sie riss den Finger vor das Gesicht.

„Außer! – Ich sorge für mich selbst ...“

Sie tippte mit dem Finger gegen ihre Brust. Unter dem Gewand schimmerte etwas.

Marah Durimeh erkannte es zuerst, dann Haschim. In ihren entsetzten Mienen las ich die Bestätigung dessen, was ich ebenfalls geahnt hatte. Das Amulett, welches Haschim von Al-Kadir erlangen wollte und das seinem eigenen zerstörten und auch dem Schakaras ähnelte, wenn nicht gar gleich war – war nun im Besitz der Hexe Qendressa. Sie hatte es Al-Kadir wohl gestohlen – ihre eigenen Worte sprachen dagegen, dass sie es als Lohn erhalten hatte, wie es ihr einst versprochen worden war. In der Kaverne unter dem Karaul des Schut hatte ebenjener ein Amulett unter den Augen Qendressas vernichtet, das sie hatte dauerhaft verjüngen sollen, ohne den zehrenden Zauber, den sie selbst wirken konnte. Dass Al-Kadir ihr jenes Amulett übergeben hatte, welches er vor Haschim verborgen und wohl als einzigen Gegenstand auf seiner Flucht aus der roten Festung mitgeführt hatte – war äußerst zweifelhaft! Mich schauderte – hatten Haschim und Marah Durimeh den finsteren Zauberer nur schlagen können, weil er das Amulett nicht mehr getragen hatte? Und was war nun, wo die Hexe es besaß? Konnte sie mit ihm ebenso wirken wie Al-Kadir? Oder wie Marah Durimeh und Haschim mit dessen Amulett gegen Al-Kadir? Und was bedeutete es, dass die Hexe noch ihre Kräfte besaß, wo doch Haschim die seinen verloren hatte?

Mir schwirrte der Kopf – und über mir schlugen die Schwingen der toten Raben.

Die Hexe starrte zu Schakara, die noch immer in Marah Durimehs Armen geborgen lag.

„Das Amulett“, forderte Qendressa und streckte eine Krallenhand aus. Dann seufzte sie spöttisch.

„Allzu gern hätte ich alle drei besessen – aber da eines in Scherben gegangen ist …“ – Sie blickte mitleidig und hämisch zu Haschim. – „… begnüge ich mich mit zweien. Diese reichen hin für meine Zwecke.“

Ich wusste, dass sie sich verjüngen wollte, den Fluch von sich nehmen. Wozu aber wollte sie das zweite Amulett nutzen? Wie konnte ich dies ahnen, wo ich doch nicht wusste, was diese grundsätzlich vermochten – noch weniger, ob sie einander verstärkten oder was auch immer. Vor allem schienen sie in den Händen der Hexe Schreckliches bewirken zu können, denn Haschim und Marah Durimeh blickten ernst und besorgt – und hilflos.

Auch ich fühlte mich hilflos – doch weniger, weil ich selbst machtlos war, sondern weil jene beiden Zauberkundigen, Haschim und Marah Durimeh, nichts bewirkten – warum nutzten sie nicht die Macht des Amuletts wie zuvor bei Al-Kadir? Wagten sie es nicht? Oder hätte es keinen Nutzen erbracht – weil gegen Al-Kadir auch die Ringe eingesetzt werden konnten, auf welche Art auch immer? – Konnte ich etwas tun? Nein, der Musaddas war kein Zauberding, das irgendetwas tat, sondern doch nur ein magisches Monokel! Aufgewühlt suchte ich den Blick Haschims, aber dieser schaute zu – Halef! Und Halef nickte!

Ich wollte die Aufmerksamkeit der Hexe nicht darauf lenken, was immer dort geplant wurde, und wandte meine Augen wieder beiläufig ab.

„Halef!", rief Qendressa, wie man den Namen eines Lakaien ruft. „Sei doch so gut und nimm der Reiterin das Amulett ab. Die anderen sollen nicht wagen, es zu berühren – auch nicht dein *Sihdi*!"

Halef schrak ein wenig zusammen, hob dann aber das Haupt und hielt seine Position vor Ann Lindsay. Die Hexe lachte.

„Keine Bange! Ich tue dem Kind nichts! So wenig wie dem Hund – obwohl ich Katzen stets mehr geschätzt habe."

Sie schaute mich boshaft an, sodass sie nicht bemerkte, wie empört Ann Lindsay sie anfunkelte, trotz aller Furcht. Ich hingegen erkannte, dass Halef sich zu der jungen Lady neigte, um ihr rasch etwas zuzuwispern. Also lenkte ich die Hexe ab.

„Ah, die Löwinnen", rief ich. „Diese haben sich ihrer wahren und gerechten Bestimmung zugewandt. Sie kämpfen im Volk der Skipetaren um deren Freiheit und sind nicht mehr niedrige Dienerinnen einer schamlosen, ungerechten Herrin!"

Qendressa machte mir das zweifelhafte Geschenk eines Augenaufschlags, und es war scheußlich zu sehen, wie sie trotz der milchigen Augen nicht blind war, sondern schrecklich tief zu schauen vermochte. Ich fürchtete schon, sie könne in meinem Geist lesen und meine Absicht der Ablenkung erkennen, da lachte sie schrecklich auf und winkte mit einer übertriebenen Geste ab.

„Du kannst mich nicht erzürnen", sagte sie sanft. „Ich werde euch ohne jegliches Gefühl töten, und zu einer Zeit, die ich bestimme." Als sie rief, klang es dennoch dröhnend: „Halef – das Amulett!"

Halef wagte eine leichte Verbeugung und ging eilig zu Schakara hinüber. Qendressa sandte ein schauderhaftes Lächeln zu Ann Lindsay und verfolgte dann mit wachsamem Blick sowohl Halef als auch Haschim und Marah Durimeh. Sie dirigierte diese beiden, von Schakara wegzutreten. Marah Durimeh legte den Kopf der Reglosen sachte auf dem Grund ab und trat zwei Schritte beiseite. Danach rührten sie und Haschim sich nicht mehr und bewegten auch keinen Muskel in den Gesichtern, um die Hexe nicht zu reizen. Denn wenn ihr auch meine Worte nichts bedeuten mochten, so doch eine Regung dieser beiden.

„Nur zu", spottete Qendressa, als Halef zögerlich die Hand nach Schakaras Hals ausstreckte, unter dem sich kaum merklich die Brust in schwachem Atem hob und senkte. Halef zog mit spitzen Fingern die dünne Kette hervor, und da diese lang genug war, ließ er sie über Schakaras Kopf gleiten, ohne dass er sie hätte öffnen oder gar zerreißen müssen. Er richtete sich auf und ließ die Kette mit dem Amulett von der erhobenen Hand baumeln.

„Hol sie dir, Hexe!"

„Kecker Halef!", spottete Qendressa. „Ich hätte erwartet, dass du mir das Schmuckstück ins Gesicht werfen würdest, doch dafür sind deine Arme wohl zu kurz. Aber das macht nichts."

Sie winkte mit einem einzelnen Finger und das Amulett stieg empor – ich möchte vermeiden, *wie von Geisterhand* oder *wie durch Zauberei* hinzuzufügen, denn derlei Redewendung sind mir mittlerweile verleidet.

Qendressa hob also das Amulett langsam zu sich hinauf, und mit jeder Handbreite wuchs der Triumph in ihrem Gesicht. – Doch sie war nicht so unvorsichtig, Haschim und Marah Durimeh aus dem Blick zu lassen, ebenso wenig wie Halef und mich.

Ein Fehler! Der Lohn der Arroganz!

Ich hätte es ebenso wenig erwartet – aber dann geschah es!

„Albakussu!" Es war Ann Lindsays Stimme, welche die Worte sprach, die der Leuchtkugel Halefs das Licht entlockten. Die junge Lady rief allerdings in der ihr eigenen Aussprache, und das Folgende war kaum weniger eigentümlich: *„Alnuralalam!"*

Doch die Leuchtkugel schien weniger streng zu sein, als ich es war oder jeder, der des Arabischen mächtig war – denn sogleich schien das Licht auf, das ich kannte, doch leuchtete es nicht in jenem milden Schimmer, sondern in unglaublicher Grelle!

Und dann schleuderte Ann Lindsay die Kugel wie einen flammenden Ball griechischen Feuers hinauf in die Luft – auf die graue Hexe in ihrem Schwarm weißer Raben.

Was dann geschah, konnte ich in all dem blendenden, doch schmerzlosen Licht nicht erkennen – hören konnte ich nur das plötzliche Aufschreien aus vielerlei schartigen Schnäbeln, welches in einem wimmernden Krächzen verstummte, wie auch der Wind der Schwingen abbrach – und dann war das Licht erloschen, es war still und ein Geruch von Asche senkte sich auf uns. Gegen den Himmel sah ich nur den Schatten der Hexe, noch immer schwebend, doch um sie herum war Leere.

Mit einem leisen Klingen fiel das Amulett zwischen das Geröll zu Halefs Füßen. Etwas entfernt rollte die Leuchtkugel über die Steine, erloschen, doch unversehrt.

Und dann stürzte die Hexe schwer auf den Grund, als bestünde ihr Leib nicht aus Fleisch und Knochen, sondern aus Blei, und sie blieb wie ein Leichnam liegen, auf dem Rücken, die Beine gerade ausgestreckt und die Arme an die Seiten gelegt.

Ich starrte angespannt – die Hexe rührte sich nicht. Dann blickte ich zu Ann Lindsay, die noch mit den Augen zwinkerte. Sie lächelte schief.

„Im Werfen war ich immer ganz gut – wenn es drauf ankam.“

Dann riss sie die Augen auf und schaute erschrocken zu Haschim und Halef. „Habe ich das richtig ausgesprochen? *Sollte* das so sein?“

Haschim nickte langsam und legte die Hand auf sein Herz. Halef lachte und klatschte in die Hände und erklärte mir eifrig:

„Haschim hatte es mir vor Längerem gesagt, für alle Fälle, und ich habe mich erinnert und dann habe ich es dem klugen Farullain zugewispert und sie hat alles sehr gut gemacht!“

Ich gebe meinen Lesern hier für sie verständlich das Wort wieder, welches Halef in einer unerhörten Mischung aus den Ehrenbezeichnungen für junge Damen von sich gab – und zwar in einem Mixtum aus Arabisch, Englisch und – Französisch. Ich wusste nicht, ob er dies im Haushalt der Galingrés aufgeschnappt hatte oder ob der Lehrer Lohse sich bei den Haddedihn gar zu galant gab. Es wurde Zeit, dass ich dem Herrn endlich einmal begegnete.

Was aber Ann Lindsays Worte betraf, so hatten sie *„das Licht der Welt“* bedeutet – und wohl eben dieses in der Kugel heraufbeschworen. Ob es nun übertragen oder wortwörtlich zu verstehen sei, mag dahingestellt sein, denn ich bin ja kein Philosoph, noch weniger ein Magier. Und was die Sprachgelehrtheit betrifft, so will ich nichts weiter über meine tapferen Gefährten sagen.

Denn die Gefahr war gebannt – dies zeigte sich an der Erleichterung Marah Durimehs und Haschims, welche sich auf uns übertrug. Selbst Sangar sprang auf und kläffte zunächst hell wie ein Welpe, bis sich wieder seine volle Stimme einstellte. Er schnupperte, aber wie ich selbst bemerkte, war die Asche der Raben wohl verweht oder ebenfalls verbrannt, es fanden sich keine Überreste davon auf dem Grund oder unseren Leibern.

Ich schaute zu den Berghängen, wo sich die Nester des Simurgh befanden. Man konnte die Fabelvögel hören, wie sie sich leise um ihre Brut kümmerten.

„Warum haben sie nicht eingegriffen?“, fragte ich, sowohl an Haschim als auch Marah Durimeh gewandt.

„Du siehst es selbst“, sagte Marah Durimeh. „Sie pflegen ihre Jungen. Menschen sind ihnen einerlei.“

„Doch es ist uns auch allein gelungen“, befand Haschim, „oder doch ihr allein“, und zeigte auf Ann Lindsay, die ein wenig rot wurde und kurz mit dem Stiefel über den Boden scharrte.

„Ach, das war doch nichts“, meinte sie. „Und überhaupt – ohne die Kugel ...“

„Wo ist sie denn?“, rief Halef und schaute sich um, während er das Amulett mit spitzen Fingern aufklaubte. „Ach, dort drüben. Ich hoffe …“

„Warte, Halef“, sagte ich.

Marah Durimeh schritt nun zu ihm und nahm das Amulett entgegen. Dann wandte sie sich zu der reglosen Qendressa hin. Haschim hatte sich wiederum zu Schakara begeben und richtete ihren Oberkörper so auf, dass sie an seiner Schulter ruhen konnte. Ann Lindsay ging langsam zu den beiden hinüber.

Ich schaute zu Marah Durimeh und zeigte auf den starren Leib zu ihren Füßen.

„Was ist mit ihr?“, fragte ich. „Der Inhalt der Phiole ist aufgebraucht.“

„Dieser Gedanke ehrt dich, mein Sohn“, gab Marah Durimeh zurück. „Aber auch auf anderem Wege wird sie das erhalten, was ihr zusteht und was sie verdient.“

„Ich vertraue deinem Urteil, gute Mutter“, presste ich hervor, weil ich nicht wusste, was sie damit meinte, und zugleich an den Verrat der Hexe zurückdachte … aber auch, dass sie selbst verraten worden war. Doch was sollte ich das eine Unrecht gegen das andere abwägen – es lag ohnehin nicht in meiner Hand. So beobachtete ich schlicht, was Marah Durimeh tat.

Die weise Frau in ihrer jungen Gestalt beugte sich über die reglose Greisin und zog unter deren Gewand das Amulett hervor. Es war ein Zwilling dessen, welches sie selbst in der Hand hielt – und das Gegenstück des zerstörten Amuletts aus Haschims Besitz. Woher sie stammten und wie sie ihre Besitzer gefunden hatten … ich würde es vielleicht später erfahren.

Jetzt nahm Marah Durimeh die beiden Amulette, je eines in eine Hand und legte sie dann gleichzeitig auf die Augenhöhlen Qendressas. Wären es Münzen gewesen und Marah Durimeh eine antike Priesterin, hätte ich geglaubt, sie wolle damit dem Fährmann der Unterwelt seinen Obolus bereitstellen. So war es mir nur eine gnädige Geste, denn der starre Blick der toten, weißen Augen war schrecklich anzusehen.

„Das eine hinein, das andere heraus“, sprach Marah Durimeh, und ich meinte, es war weniger ein Zauberspruch als eine Erklärung – für mich? Doch ich musste keinen Worten nachsinnen, meine Augen zeigten mir genug!

Das graue Haar der Greisin färbte sich allmählich schwarz, die bleiche Haut des Gesichts nahm nicht allein eine lebendige Tönung an, sondern auch die Falten und Runzeln glätteten sich. Die dünnen, gesprungenen Lippen, welche die scharfen Zähne entblößt hatten, wurden wieder voll und rosig und schlossen sich – und ich glaube sogar, dass auch die Zähne sich wandelten, doch sie waren bereits verborgen. Gleichzeitig löste sich die Starre des Körpers – und dann schrak Qendressa auf, als sei sie aus einem fürchterlichen Nachtmahr erwacht, und aus ihren Lungen löste sich ein befreites Atmen, als sei der Inkubus just von ihrem Brustkorb gesprungen. Man verzeihe mir diese schaurigen und abergläubischen Bilder, doch es war genau dies, was ich nun in den wieder lebendigen Augen Qendressas erblickte. Sie erwachte aus einem Traum voller Dämonen. Die beiden Amulette waren in ihren Schoß gerutscht, als sie sich aufgerichtet hatte. Wie in einem Reflex griff sie danach – und ich wollte schon vorspringen und sie ihr entreißen – als ich sah, dass Marah Durimeh keineswegs alarmiert war. Sie wiegte leise den Kopf, als sie mich anschaute, und bewegte lautlos die Lippen.

Das eine hinein, das andere heraus.

Qendressa hatte ihre Jugend wiedererlangt, also das, was sie sich durch den Pakt mit Al-Kadir und dem Schut erhofft hatte. Doch was war der Preis gewesen?

„Recht hübsch“, sagte Qendressa zögerlich und betrachtete die beiden Amulette. „Und beide gleich. Vielleicht als Ohrgehänge? Wenngleich etwas schwer ...“

Das klang nicht nach der Frau, die ich kannte – oder hatte kennenlernen müssen. Fast hätte ich geglaubt, sie habe den Verstand verloren – wie konnte sie jetzt über Schmuck reden?

Sie schaute Marah Durimeh ohne Zorn an, doch auch ohne Erkennen.

Hatte sie ihre Erinnerung verloren?

Dann blickte sie mich an und lächelte.

„Kara Ben Nemsi! Wir haben uns auf einem Ball kennengelernt. In der britischen Botschaft! In ..." Sie suchte nach dem Ort.

„Istanbul", half ich.

„Richtig! Es war schön dort." Sie atmete tief ein. „Helfen Sie mir auf?"

Ich tat es.

„Hoppla", rief sie, als sie ein wenig einknickte und sich auf mich stützen musste „Ich bin etwas schwach auf den Beinen: Haben wir zu viel getanzt?"

„Wir haben gar nicht getanzt."

„Das müssen wir nachholen!" Sie lächelte in die Runde und ihr Blick blieb an Halef hängen, der erst erstarrte und dann misstrauisch blickte.

„Notfalls ist Hadschi Halef Omar so höflich. Aber nein, ich bin wohl etwas zu groß. Also müssen doch Sie herhalten." Sie lächelte mich nachgerade bezaubernd an.

Marah Durimeh fing meinen entsetzten Blick auf. Sie lächelte beruhigend.

Dann stieß Qendressa sich sachte von mir ab und versuchte ein paar schwankende Schritte.

„Es geht schon." Sie atmete tief ein. „Bergluft. Wie in meiner Heimat." Sie schien zu überlegen und zuckte dann mit den Schultern. „Oh, ein Hund!", rief sie und ging langsam auf Sangar zu. „Ich habe Hunde immer gemocht ..."

Sangar zuckte ein wenig, dann witterte er und kam tatsächlich auf Qendressa zu, die ihm ruhig die Hand entgegenhielt, damit er daran schnuppern konnte.

„Sie wird sich wieder an alles erinnern“, sagte Marah Durimeh leise zu mir. „Alles, was jenseits ihrer Erfahrung als Hexe ist. Denn sie ist keine mehr.“

„Ein guter Preis für das Leben“, befand ich. „Doch alle anderen werden nicht so leicht vergessen, dass sie eine Hexe war und schlimme Dinge getan hat.“

„Sei nicht bitter, mein Sohn. Es ist gut, wenn ein Feind geläutert wird, ohne sterben zu müssen.“

„Ja, gute Mutter“, gab ich zurück und lenkte mich von weiteren Gedanken ab, indem ich zu Schakara schaute. „Wird auch sie genesen? Wenn sie erst erwacht ist …“

In diesem Augenblick hörte ich auch Schakara scharf aufatmen. Haschim und Ann Lindsay, welche sie beide gestützt hatten, schraken etwas zurück. Die junge Lady lächelte mir schief zu und schwenkte ein winziges Behältnis, das aus einer Patronenhülse gefertigt zu sein schien. „Das Riechsalz war wohl schon etwas alt, deshalb hat es nicht gleich gewirkt!“ Auf meinen Blick fügte sie hinzu: „Das habe ich von Onkel ...“ Sie stockte. „Egal! Gut, dass ich es dabei hatte! Allzeit bereit!“

Schakara ließ sich von Haschim aufhelfen und nickte dankbar der strahlenden Ann Lindsay zu. Dann bemerkte sie Sangar, der sich von Qendressa hinter den Ohren kraulen ließ. Sie schüttelte den Kopf. „Der muss es ja wissen. Oder umgekehrt.“ Sie schraubte die Patronenhülse zusammen und stopfte sie in eine Jackentasche. Dann richtete sie ihren Gürtel mit Messer und Flinte, stemmte die Hände in die Hüften und schaute in der Geisterwelt herum. Sie war wohl mit sich und dem überstandenen Abenteuer zufrieden.

Ach, die Jugend!

Ich fragte mich kurz, wie Sir David in seiner Jugendzeit wohl gewesen war, und ging zu Halef hinüber. Der hatte die Leuchtkugel aufgeklaubt und rieb den Staub von der makellosen Oberfläche.

„Ist sie heil?“, fragte ich. „Ich meine, nicht allein äußerlich?“

„Ich werde es später prüfen. Jetzt braucht sie wohl etwas Ruhe."

„Wenn sie nicht mehr leuchtet, kehren wir zum Basar von Basra zurück und ich kaufe dir eine neue! Und das ist nicht nur so dahingesagt, Halef."

„Gewiss, Sihdi. Du sagst nie etwas nur so dahin. Aber zunächst müssen wir von hier fort."

„Allerdings", meinte Ann Lindsay und stapfte zu uns herüber. „Ich habe genug zu erzählen. Die Mädchen werden Augen machen." Sie schaute zu der Gruppe der anderen hinüber. Haschim stand etwas abseits und blickte erneut in die Ferne zur Felsenfestung. Sangar hatte sich auf die Hinterbeine niedergelassen und kratzte sich am Ohr. Vielleicht hatte Qendressa ihn gegen den Strich gekrault.

Qendressa, Schakara und Marah Durimeh standen beisammen. Es war ein eigentümlicher Anblick, weil die drei Frauen einander recht ähnlich sahen. Alle drei waren jung und schlank und dunkelhaarig – und ihre Gewänder kontrastierten seltsam in Schwarz und Grau und Weiß.

Ann Lindsay murmelte etwas.

„Doppelt plagt euch, mengt und mischt, Kessel brodelt, Feuer zischt ..."

Gewiss tat sie dies auf Englisch, als sie den wohl größten Dichter der Briten zitierte. Und auch wenn ich stets für eine kulturelle Anspielung zu haben bin, musste ich die junge Dame doch milde rügen, obwohl ich an diesem Ort wohl der Einzige war, der außer ihr das schottische Stück kannte, wie es in Theaterkreisen scheu genannt wurde.

„Seien Sie nicht ungerecht oder gar frech, Lady Lindsay. Die eine war nie eine Hexe, die andere wird nie eine Hexe werden, und die dritte wird nie wieder eine Hexe sein."

Ann Lindsay schaute mich an und ich hätte mir gewünscht, sie hätte dabei gelächelt.

„Sind Sie da ganz sicher, Mister Kara?"

Die Freude über die Wiederkehr aus der Geisterwelt wischte jedoch die düsteren Vorahnungen fort. Ich ließ mich von der Gelöstheit meiner Gefährten anstecken. Dabei half, dass die Reise ohne Mühen und Schmerzen erfolgte. Wir gingen von den Bergen des Simurgh auf einem unbeschwerlichen und vor allem ungefährlichen Weg zurück zum Eichenwald, der den Krater mit dem Dorf und dem Turm barg. Wieder folgten uns die Schatten, stumm und in weiter Entfernung.

Am Rande des Waldes verabschiedete sich Schakara.

„Euren Weg kann ich nicht gehen. Mich wird Pervin tragen. Euch allen sei Dank."

Sie blickte uns an, besonders lange Ann Lindsay, doch sie lächelte nicht, sondern war streng und gefasst. Allein zu Marah Durimeh sagte sie noch: „Auf bald."

Dann wartete sie, bis wir in den Wald gegangen waren. Wohin sie sich auf dem Windpferd erhob, erfuhr ich auch von Marah Durimeh nicht.

„Später einmal", sagte sie zu mir, und deshalb sprach ich kurz von einer anderen.

„Ich hatte Ingdscha die Stute übergeben. Du hattest gehofft, sie würde die Auserwählte sein, doch es kam nicht dazu. Wie hat Ingdscha dies aufgenommen?"

„Du kennst die Antwort, mein Sohn. Aber dies soll eine Sorge sein, die wir später bewältigen. Nun lass uns heimkehren."

„Ja, gute Mutter."

Wieder betraten wir den Turm. Qendressa hatte auf unserem Weg durch diesen Teil der Geisterwelt wohl gestaunt, doch allmählich schien mir ihr Charakter sich wieder dem anzunähern, wie ich sie kennengelernt hatte. Wenngleich ich nicht wusste, was daran die Frau und was die Hexe gewesen war. Doch um die Worte der weisen Frau aufzugreifen – darüber würde ich später nachdenken. Vielleicht war es auch gut, wenn ich nie erfahren würde, was Qendressa auf ihrer Reise vom Balkan zum Kaukasus und später in der Geisterwelt erlebt hatte. Einen

Teil davon, auf dem Schwarzen Meer, hatte ich ja mit eigenen Augen gesehen, und ich meine, dies war schaurig genug gewesen. Und für uns wohl nur deshalb harmlos ausgegangen, weil Qendressa uns kannte. Anderen mochte andernorts Schlimmeres widerfahren sein, ob sie nun der Piratin oder der Hexe begegnet waren …

Im Turm versammelten wir uns im Kreis, mit Marah Durimeh in unserer Mitte. Sie bat uns um Stille und dass wir unsere Augen schlossen. Noch bevor ich mich fragte, wie Sangar diesem wohl entsprechen mochte, war es auch schon vorüber. Bevor ich die Augen wieder öffnete, spürte ich bereits, dass wir nicht mehr in dem Turm standen, denn ein sachter Wind trieb kühle Bergluft heran. Die Sonne schien. Auch roch ich Wasser.

Wir standen am Eingang zu einem kleinen Tal, und ich erkannte es als jenes, zu welchem ich die Nestorianer zurückgesandt hatte.

„Woher wusstest du?“, fragte ich Marah Durimeh, die neben mir stand und wieder die edle Greisin war, als die ich sie in dieser Welt kannte.

„Nun, mein Sohn, das hat mir Haschim gesagt. Der Übergang hierher war möglich, weil in dieser Gegend die Grenze zwischen den Welten recht durchlässig ist und es kein eigentliches Portal braucht. Deshalb seid ihr auch zuvor hinübergekommen.“

„Durch den Angriff des Hexers“, erinnerte Haschim, „welcher einen Übergang geschlagen hat.“ Er schaute grimmig. „Ich werde den Mann finden, der sich Tair Mirza nennt, und ihm diesen Namen nehmen.“

„Doch nur den Namen?“, fragte ich – und begriff dann: „Ihr werdet uns verlassen?“

„Ja, sobald ich Risha aus der Obhut der Nestorianer zurückerlangt habe.“

„Und du, gute Mutter?“, wandte ich mich an Marah Durimeh und ahnte bereits ihre Worte.

„Auch ich werde gehen“, nickte sie. „Mit Qendressa. Zu einem Ort, an dem sie heilen kann.“

„Du meinst damit nicht die Quellen von Mehabad.“

„Nein, es ist ein Ort im Norden. Auch Schakara wird dort sein. Wir alle brauchen Zeit, um zu ruhen.“ Mehr sagte Marah Durimeh nicht. Ich begriff, dass dies für mich bedeutete, keine weiteren Fragen zu stellen – deren Antworten ich ohnehin erst später erhalten würde. Also ließ ich die Geisterwelt und das Vergangene hinter mir und dachte allein ans Jetzt.

„Ich sprach von Mehabad“, sagte ich. „Wird Ascher unsere Gefährten geheilt haben?“

Haschim nickte. „Auch wenn nicht er selbst es war. Aber ich denke, er ist so stolz darauf, dass er die gute Nachricht bereits auf den Weg gebracht hat. Schauen wir doch einmal nach, ob sie bereits eingetroffen ist.“ Er tat überrascht und legte die Hand an sein Ohr.

Ich hörte einen Falkenschrei, und er stammte von keinem gewöhnlichen Falken.

„Ihr vermögt es stets, dass sich alles zur rechten Zeit am rechten Ort einstellt, Haschim.“

„Das ist nichts, was Euch verwundern sollte. Es hat nichts mit Magie zu tun.“

„Wenn Ihr es sagt, Haschim“, gab ich zurück und er lächelte. Dann zeigte er ins Tal hinein.

„Gehen wir, die Nestorianer werden erleichtert sein, dass wir so wohlbehalten und rasch zurückkehren. Ich werde mich bedanken und dann fortgehen.“

Er wandte sich an Marah Durimeh, die sich auf einem bankartigen Felsen niedergelassen hatte und in der wärmenden Sonne saß. Sie legte kurz die Hand neben sich und Qendressa nahm zögerlich Platz.

„Auf Wiedersehen, Kara Ben Nemsi“, sagte sie, schloss die Augen und hob das Gesicht zur Sonne.

„Leb wohl, mein Sohn“, sprach Marah Durimeh. „Ich warte hier auf Haschim. Die tapferen Nestorianer sind Krieger

Ingdschas, ich will sie nicht in eine Lage bringen, dass sie Fragen beantworten müssten, deren Antworten sie nicht kennen, und deshalb geplagt werden."

„Wird Ingdscha einen Groll hegen?"

„Das wird sich zeigen. Doch lass uns hoffen, auf dass am Ende gilt: Es sei Friede."

„Ja, Gute Mutter. Leb wohl."

„Leb wohl, mein Sohn."

Wir verließen die beiden Frauen auf ihrem sonnigen Sitz und betraten das Tal. Das Grün und die milde Luft der weiten Felsenschale empfingen uns. Der kleine Bachlauf murmelte – und schon klangen freudige Rufe auf – von den wachsamen Nestorianern Welat und Sivan und von zwei nicht minder wachsamen Pferden: meinem Hengst Rih und Haschims Stute Risha.

Welat und Sivan winkten eifrig – ein Zeichen, in welchen Überschwang die beiden Krieger darüber verfallen waren, dass wir zurückkehrten. Und mein Rih kam stolz heran, schnaubte und legte seine Nüstern an meine Schulter. Risha stupste Haschim ein wenig ruppig, wie mir schien. Vielleicht roch sie auch Pervin an seinen Kleidern.

Welat und Sivan begrüßten auch Halef und Ann Lindsay wie alte Gefährten, und Sangar, der sich in Gegenwart Marah Durimehs äußerst artig benommen hatte, sprang fröhlich zwischen uns herum. Und wie um die Menagerie der tierischen Freunde und Helfer perfekt zu machen, stieß nun Manakir, Haschims weißer Falke, vom Himmel und setzte sich auf dessen Arm. Haschim entnahm der Kapsel am Fang des Falken eine Botschaft.

„Wie ich ahnte", lächelte er. „Ascher lässt grüßen."

Dann verkündete er den Nestorianern, dass Zinar wohlauf sei und sie in Mehabad erwarte. Ann Lindsay konnte Haschim mitteilen, dass Cedric Allen ebenso genesen war. Und er wolle sich daran machen, den Körper des Professors Hardwicke aus dem Zagros zu bergen. Ascher habe ihm ermöglicht, Botschaft nach London zu senden, und der Travellers Club würde das Nötige einleiten.

„Ach ja“, seufzte Ann Lindsay. „Ich kann es ihm nicht verdenken. Ich wäre wohl auch sehr geschäftig und tatendurstig, wenn ich …“ Sie schüttelte den Kopf. „Daran denke ich besser nicht. Aber ich verstehe Cedric. Und er wird mich verstehen, dass ich nach Hause mag. Schließlich bin ich erst auf Probezeit. Außerdem ahne ich schon, wen der Club abkommandiert hat, weil er sich wohl grad in der Nähe herumtreibt … und den mag ich gar nicht, weil …“ Sie schaute mich erschrocken an. „Sorry.“

Und sie vollführte eine seltsame Geste, in welcher sie mit Daumen und Zeigefinger über den geschlossenen Mund fuhr. Ich wusste nicht recht, was dies bedeuten sollte, es war wohl eine Sache zwischen ihr und den jungen Damen, mit denen sie auf dem Internat befreundet war. Sie würde einiges mit diesen zu plauschen haben, und es war ihr vergönnt. Da war jenes kurze, etwas unerzogene Plappern verzeihlich.

Haschim übergab mir das Schreiben Aschers.

„Dann wünsche ich euch allen eine sichere Reise. Ich werde Marah Durimeh geleiten.“

Er schaute Halef an und legte einen Finger ans Kinn.

„Ich werde noch zwei Pferde brauchen … nun, man hat ja Mittel und Wege dazu ...“

Bevor Halef nach seinen Augen auch noch den Mund öffnete, wies ich zum Ausgang des Tals und trat an Haschim heran.

„Ihr werdet noch länger bei Marah Durimeh bleiben? An jenem Ort im Norden?“

„Für eine Besprechung“, sagte er.

„Für Pläne?“

„Wir sind keine Generäle, Kara Ben Nemsi. Vielleicht so etwas wie ...“

„... Redakteure.“

„Mit solchen kennt Ihr Euch aus. Das trifft es nicht ganz, doch Ihr könnt es Euch so vorstellen, wenn Ihr mögt.“

„Ein interessanter Gedanke."

Ich stand einen Augenblick und schaute die beiden an.

„Adieu!"

Dann verließ uns Haschim. Nicht für immer, das war gewiss.

Auch wir verließen das kleine Tal. Die Nestorianer würden mit dem treuen Sangar zurückkehren zu Nedschir Bey und Ingdscha. Ich trug ihnen einen Gruß für den Berdevk auf. Halef schaute mich zunächst zweifelnd an, doch dann zuckte er mit den Schultern, denn er wusste ja, wie höflich sein Sihdi ist. Er raunte mir aber zu: „Sollen sie zu Ingdscha zurückkehren und sich das eine oder andere Wort anhören müssen. Ich gehe zurück zu den Haddedihn und freue mich auf meine Hanneh und meine gute Mutter Amscha. Und auch Djamila. Der kann ich ja etwas von der Lady Lindsay erzählen, als Beispiel und Vorbild."

„Als gutes oder schlechtes Vorbild, Halef?"

„Das weiß ich noch nicht."

Es war also beschlossen. Wir würden alle in unsere Heimat zurückkehren.

Ann Lindsay schaute zu mir.

„Wenn wir einen Telegrafenapparat finden, kommt Onkel Da...vid uns sicher mit seiner Yacht abholen. Er wollte ja ohnehin in diese Gegend." Sie schaute schief nach oben, überlegte und schien sich eine Karte ins Gedächtnis zu rufen. „Wenn wir den Fluss Aras entlangreisen würden, kämen wir nach Jerewan. Dort gibt es doch bestimmt ein Telegrafenamt. Dann kabeln wir Onkel, dass er uns in Batumi abholen soll!"

„Gut denn", sagte ich. „Ich werde sehr gern die Passage über das Schwarze Meer auf Sir Davids Yacht annehmen. Ich habe viele Dinge von diesem Schiff gehört, geradezu Wunderdinge."

Halef brummte etwas, denn er hatte verständlicherweise andere Gedanken, was Schiffe auf dem Schwarzen Meer betraf, doch Ann Lindsay lachte auf. Ein wenig spitz, wie mir schien.

Ja, sie hatte wohl Recht. Ich sollte auf meine Worte achten und sie weise wählen. Was wäre also eine bessere Übung, als nach Hause zu reisen, mich in meiner Schreibstube an den Tisch zu setzen, die Feder einzutauchen und all das Erlebte aufzuschreiben.

Getreulich, wie es sich zugetragen hat, so unglaublich dies auch meinen treuen Lesern erscheinen mag. Doch sie kennen mich und wissen:

Ich habe all dies erlebt.

ENDE

Kara Ben Nemsi und Hadschi Halef Omar erleben weitere Abenteuer

in

Sklavin und Königin

Inhalt

Weitere Informationen zur Reihe
„Karl Mays Magischer Orient“
finden Sie auf den folgenden Seiten
sowie im Internet auf
www.magischer-orient.karl-may.de